U0525886

南北朝贵族文学研究

孙明君 著

商务印书馆
2018年·北京

图书在版编目(CIP)数据

南北朝贵族文学研究/孙明君著.—北京：商务印书馆，2018
ISBN 978-7-100-15933-3

Ⅰ.①南… Ⅱ.①孙… Ⅲ.①中国文学—古典文学研究—南北朝时代 Ⅳ.①I206.2

中国版本图书馆CIP数据核字（2018）第044557号

权利保留，侵权必究

南北朝贵族文学研究

孙明君 著

商务印书馆出版
（北京王府井大街36号 邮政编码100710）
商务印书馆发行
北京市艺辉印刷有限公司印刷
ISBN 978-7-100-15933-3

| 2018年4月第1版 | 开本 850×1168 1/32 |
| 2018年4月北京第1次印刷 | 印张 14 5/8 |

定价：46.00元

前　言

这本《南北朝贵族文学研究》是拙著《两晋士族文学研究》（中华书局2010年版）的姊妹篇，共分为上下两编。

上编为南北朝贵族文学专题研究。士族文学也包括在贵族文学之内，是故《两晋士族文学研究》附论中的"谢朓《拜中军记室辞随王笺》释证"、"庾信诗赋中的士族意识"两篇也应属于这个题目的范围。除了这两篇文章之外，围绕着"南北朝贵族文学研究"这个题目，作者重点研究了以下几个问题：颜延之与刘宋宫廷文学，谢灵运《劝伐河北书》辨议，谢庄《与江夏王义恭笺》释证，沈约与萧衍之间的交往，纪昀评《文心雕龙·时序》"阙当代不言"说辨析，陈后主、隋炀帝与陈隋诗史的转变，陈叔宝的雅篇与艳什释论，杨素与廊庙山林兼之的文学范式，杨素薛道衡赠答诗探析。

笔者在《两晋士族文学研究》"前言"中曾写道：由于研究对象涉及文学、史学、政治学等学科范畴，这就决定了研究方法的多样性。作者采用的主要研究方法有："第一，文学与历史、哲学相结合。第二，文献整理与文本考察相结合。第三，微观分析与宏观把握相结合。本书在研究方法上重视文史哲学科的结合，重视文献资料的考索，重视历史发展的源流，力求从历史—文化的大背景中探查两晋士族文学。"本书的上编南北朝贵族文学专题研究,虽然与前书研究的历史时期有异,但研究方法和思路则是一致的。

具体来说,南北朝时期朝代更迭频繁,士族、庶族、皇族在权力斗争中存在着极为复杂的关系,南北方之间敌对而又相互影响,这些无不深刻影响着文学、艺术、社会思潮的变化。它决定了"贵族文学"绝不仅仅是一个个孤立的文学创作和文学史现象。本书的上编试图从南北朝时期贵族文学的个案入手,通过对相关史实的分析和文学作品文本的细读,尽量深化对个体问题的探讨,从而建立对贵族文学现象规律性的普遍认识,进而从这一侧面推进对整个南北朝文学的研究。

下编为南北朝作家生平事迹辑录,共辑录了颜延之、谢灵运、谢惠连、鲍照、谢庄、沈约、谢朓、王融、刘勰、锺嵘、江淹、任昉、庾信、颜之推、卢思道、薛道衡、杨素、陈叔宝、杨广十九人的生平事迹资料。南北朝作家与创作相关的生平事迹研究成果不少,但基本上还是散碎而不成系统的。这部分是作者多年工作的积累,希望能为本书上编的研究提供广泛而可信的文献支持和事实依据。

该部分在撰写时模仿了傅璇琮先生主编的《宋才子传笺证》(辽海出版社2011年版)的方法。傅璇琮先生在《宋才子传笺证》"总序"中说:"《唐才子传校笺》以元人辛文房作传,当代学者作笺。《宋才子传笺证》则因前人并无作传,故每篇传、笺皆为当代学者同一人所作。我们这次所作,似乎有自我作古之嫌,实则为文献整理与文学研究结合的体例与创新探索。也就是说,传文对传主之生平、政治行迹、文学交友、创作特色、才情气质、著作流传，提供基本线索，同时辑集有关文献材料，加以梳理、考证，希望对宋代作家的个人行迹与宋代文学、文化的整体风貌，作出信实、生动并多元的探索。"在下编南北朝作家生平事迹辑录中，我力求贯穿这样几点想法：第一，为初学者提供一份作家的传记资料，尽量做到史料翔实清楚。第二，充分介绍前人的研究成果，能够大体上反映研究现状。第三，在前两点的基础上，力争能够提出一点撰写者的思考和观点。

本书的两篇附录是唐代贵族文学的个案研究：附录一，唐太宗《陆机传论》解析；附录二，唐代宗期待视野中的王维诗歌。虽然从历史和文学史的分期来看，唐代文学已处于南北朝文学史研究的关注范围之外，但是文学的发展又有其内在的延续性。作者之所以特别关注这两个个案，是因为它们体现了南北朝贵族文学创作和文学观念的发展，并可以从中回溯本书上编的研究和结论。因为已经涉及唐代文学研究的范围，故而处理为附录部分。

目 录

上 编

第一章　南北朝贵族文学概论 / 3

第二章　颜延之与刘宋宫廷文学 / 18

第三章　谢灵运《劝伐河北书》辨议 / 41

第四章　谢庄《与江夏王义恭笺》释证 / 62

第五章　沈约与萧衍 / 79

第六章　纪昀评《文心雕龙·时序》"阙当代不言"说辨析 / 89

第七章　陈后主隋炀帝与陈隋诗史的转捩 / 105

第八章　陈叔宝的雅篇与艳什 / 126

第九章　杨素薛道衡赠答诗探析 / 144

第十章　杨素与廊庙山林兼之的文学范式 / 160

下 编

一、颜延之生平事迹辑录 / 183

二、谢灵运生平事迹辑录 / 194

三、谢惠连生平事迹辑录 / 213

四、鲍照生平事迹辑录 / 219

五、谢庄生平事迹辑录 / 228

六、沈约生平事迹辑录 / 243

七、谢朓生平事迹辑录 / 256

八、王融生平事迹辑录 / 269

九、刘勰生平事迹辑录 / 281

十、锺嵘生平事迹辑录 / 292

十一、江淹生平事迹辑录 / 300

十二、任昉生平事迹辑录 / 315

十三、庾信生平事迹辑录 / 332

十四、颜之推生平事迹辑录 / 343

十五、卢思道生平事迹辑录 / 366

十六、薛道衡生平事迹辑录 / 374

十七、杨素生平事迹辑录 / 385

十八、陈叔宝生平事迹辑录 / 397

十九、杨广生平事迹辑录 / 409

附录一 唐太宗《陆机传论》解析 / 423

附录二 唐代宗期待视野中的王维诗歌 / 442

后 记 / 458

上编

第一章　南北朝贵族文学概论

贵族文学有不同的理解和定义，本文所谓的贵族文学，是一个宽泛的概念。本文的南北朝贵族文学是指南北朝时代以皇族和门阀士族文人为主体创作的，内容上具有鲜明贵族意识，在艺术上体现出贵族阶层审美情趣的文学作品。贵族文学的作家既有帝王和皇族成员，也有门阀士族的子弟，同时也包括写作过宫廷文学的朝廷侍臣。日本汉学家内藤湖南先生指出："要言之，在六朝时期，贵族成为中心，这是中国中世纪一切事物的根本。在它未发生变化和解体之前，就是中国的中世纪社会。……在这一贵族时代发生的各种文化现象，如经学、文学、艺术等等，都具备了这一时代的特征。这时期的文化成为中国文化的根本，今天的中国文化也是在这一基础之上建筑起来的。"[①]大体而言，日本学术界所谓的六朝贵族社会，中国学术界通常称为六朝士族社会。与此相应，日本学术界的六朝贵族文学，中国学术界通常称之为六朝士族文学（或世族文学）。如果把"贵族"换为"士族"，那么内藤湖南先生的话就成为："在六朝时期，士族成为中心，这是中国中世纪一切事物的根本。"然而本书要谈的不仅是"士族"，还包括"士族"之

---

① （日）内藤湖南：《中国史通论》（上），夏应元译，社会科学文献出版社2004年版，第311页。

外的"贵族"。也就是说本文的"贵族"与日本学术界的普遍用法不同,除了士族之外,还包括了皇族成员和朝廷侍臣。

六朝文学是一个以贵族文学为中心的时代,六朝贵族社会和文学创作可以分为前后两个时段,两晋为一个时段,南北朝为另一个时段。两晋的贵族文学主要是士族文学,宫廷文学并不兴盛;南北朝的贵族文学,则不仅有士族文学,同时还包括宫廷文学。所以说,两晋文学以士族文学为主体,南北朝文学以贵族文学为主体。两者之间既有联系,也有区别。

一

西晋初期,统治阶层当中不同利益集团之间的较量,终于演变为"八王之乱"。八王之乱严重破坏了西晋的社会经济。再加上流民起义和众多少数民族的反晋,晋愍帝建兴四年(316),西晋被少数民族刘曜政权所灭。东汉以来,生活在中国北方和西方的少数民族不断内迁。魏晋时期最为活跃的有匈奴、羯、氐、羌、鲜卑等,人称为"五胡"。五胡等少数民族贵族和汉族官僚地主先后在北方建立了多个割据政权,史称十六国。从此,北方社会进入了五胡十六国时代。

公元317年,司马睿在建康称晋王,次年即帝位,建立了东晋政权。门阀政治是东晋政权的主要特征。南渡士族领袖王导等人联合东南士族一起维护东晋偏安政权。晋孝武帝太元八年(383),前秦军与东晋军展开淝水之战。东晋宰相谢安以谢石为征讨大都督、谢玄为前锋都督迎战。两军在寿阳城外的淝水布阵交战。淝水之战，东晋军大捷，此后乘机收复了黄河以南的大部分地区。惜乎当时东晋的统治者满足于偏安局面，无心统一全国。

在南方，东晋在淝水之战后，谢安病逝，司马道子擅权，朝政日非。公元420年，刘裕即帝位，国号宋。东晋亡，南朝开始。宋初统治者进行政治革新，迎来了文帝时代的"元嘉之治"。文帝之后，宗室骨肉相残的闹剧加速了刘宋政权覆亡的步伐。公元479年，萧道成称帝，是为齐高帝。刘宋亡。萧道成在位时采取了整顿户籍等措施，并未达到预期效果，高帝、武帝时，南北边境较为安宁。武帝之后，皇族内部出现纷争。作为同族的萧衍逐渐夺得大权，公元502年称帝，国号梁。萧齐亡。梁武帝用寒人典掌机要，引起了士族阶层的不满。梁太清二年（548），侯景据寿阳起兵叛梁。很快攻入建康，梁武帝被禁，饿死于台城。建康城在战火中变为一片废墟。公元552年，萧绎在江陵称帝，是为梁元帝。公元554年西魏攻破江陵，杀死萧绎。公元557年，陈霸先称帝，国号陈，是为武帝。文帝、宣帝时出现过短暂的中兴局面，但难以撼动历史形成的南弱北强的局势。

在北方，淝水之战后，前秦瓦解，北方再度分裂。晋孝武帝太元十一年（386），鲜卑族代王拓跋珪改国号魏，史称北魏。先后统一了大漠诸部，占据了黄河以北的部分地区。公元439年，北魏统一了中国北方地区。北魏太和九年（485），冯太后采纳并推行均田制，促进了农业经济的快速发展。太和十七年（493），孝文帝从平城迁都洛阳，实现了政治中心的南移。冯太后与孝文帝时代的改革措施，逐步加快了北方少数民族汉化的进程。孝文帝迁都洛阳之后，六镇贵族的地位一落千丈，于是他们发动了边镇暴动。北魏永熙三年（534），高欢入洛阳，大肆杀戮北魏大臣，孝武帝逃往长安。高欢立孝静帝，迁都邺中，史称东魏。西魏大统元年（535），宇文泰立文帝，建都长安，改元大统，史称西魏。东魏与西魏形成了对峙局面。公元550年东魏高洋废孝静帝，自立为帝，国号齐，史称北齐，东魏亡。公元557年，宇文觉称天王，是为孝闵帝，国号周，史称北周，西魏亡。北齐北周之间的力量并非势均力敌。北齐初年的政治军事势力强于北周。随着政治的稳定、经济的增长，北周兵师日盛，在两国相争中日渐占据上风。北周建德六年（577），北周灭北齐，统一了北方地区。

公元581年，杨坚废周静帝为介公，北周亡。杨坚自立为帝，国号隋，是为隋文帝。隋开皇九年（589），隋军南下，俘获陈后主，陈亡。隋大业十四年（618）五月，李渊迫使隋恭帝禅位，建立了大唐王朝。

从以上事实的简略回顾，可以看出，自西晋内乱以后到隋统一南北之前，共有长达二百七十余年的南北分裂局面。进入南北朝时期，北方在北魏政权之后，出现了东魏—西魏、北齐—北周的相互对立，政权的对峙中还渗入了汉族士大夫与少数民族统治者在文化与权力上的矛盾与相互妥协；南方则宋、齐、梁、陈四朝更迭，还有对政治和经济影响巨大的侯景之乱。不仅掌握统治权的皇族地位翻覆不定，南北方的士族和庶族也被深深地卷入了斗争的旋涡之中。与此同时，在汉代以来就已经充分发展的士族在文化上一直占有特殊的地位，南北朝时期，皇族力量不断加强，他们与士族在文化和文学上的争夺也异常激烈。这一时期传统儒学的衰微、新兴玄学的繁荣、外来佛教的传播等等文化现象,背后都有政治权力斗争的影响。与此同时,庶族力量借助皇族的扶助不断加强,而民间文化和文学也渐渐逐渐走进贵族生活,甚至被接收和改头换面,成为贵族文化和文学的一部分。而这种种现象都与本时期文学的发展息息相关。对南北朝贵族文学的研究,尤其需要将历史、政治、社会思潮与文学作为一个有机整体来看待。

需要说明的是,为了研究方便,我们通常把南北朝文学与隋唐文学划分为两个不同的时段,但历史是一条无法割断的河流,何况在历史上隋朝文学也是北朝文学的有机部分,初唐文学是隋朝文学的自然延伸。是故本书虽然名为"南北朝贵族文学研究",其中也包含一部分隋唐贵族文学的内容。

二

南北朝的贵族文学可以分为宫廷文学和士族文学两部分,两部分有交叉和融合。士族文人在面对皇权时,有不同程度的矛盾心态,他们在完成士族文学的同时,或多或少也写过一些宫廷文学作品,投入皇权怀抱的士族文人往往是宫廷文学的骨干人物。宫体文学则是一个特定时期宫廷文学变异出的一种文学类型。这一时期宫廷文学和宫体文学的作者都是同一群体,宫体文学与非宫体的宫廷文学之间互相影响交融。

关于这一期的贵族文学,本书有如下几点认识:首先,南北朝时期宫廷文学是贵族文学的主体。袁行霈先生说:"何谓宫廷文学?宫廷文学是以帝王的宫廷为中心,聚集一批文学家,并由他们创作的主要是描写宫廷生活、歌功颂德、点缀升平的文学。……必须有帝王的宫廷为其活动的场所。帝王本人或即是文学家,或注重文治、奖掖文士。他们招致一批文学家,给以优厚的待遇,鼓励他们从事文学创作。这些文学家或应诏,或应教,或应和,或虽非应诏、应教、应和,而仍然是投合帝王的趣味而进行创作。"[1]这样的宫廷文学历代都有,《诗经》中的"雅"、"颂",汉代的宫廷大赋,曹魏时代那些"怜风月,狎池苑,述恩荣,叙酣宴"的诗赋,皆是宫廷文学的典型。西晋时代,出现了带有"应诏"、"应令"标题的应制诗。晋武帝曾在华林园与群臣赋诗。东晋时代,门阀士族与皇权平分秋色,导致宫廷文学走向衰落。两晋宫廷文学被士族文学的光辉所遮蔽,未能像南北朝文学一样显示出自己的特色。到了南北朝时代,宫廷文学重新大放异彩。

在中国文学史上,刘宋的皇帝以重视文学而出名。刘勰《文心雕龙·时序》说:"自宋武爱文,文帝彬雅,秉文之德,孝武多才,英采云构。自明帝以下,文理替矣。"武帝刘裕出身清贫,一生在行伍中,虽然重视文学,但因为本人文学水平有限,在位日浅,没有什么文学上的作为。其子文帝刘义隆少好篇籍,热衷文学,在位30年,与文学之间关系密切。逯钦立《先秦汉魏晋南北朝诗》中录有其诗三首:《元嘉七年以滑台战守弥时遂至陷没乃作诗》、《北伐诗》、《登景阳楼诗》。孝武帝刘骏作为皇帝昏庸无道,但有一定的文学才华。其乐府诗清新自然,有《丁督护歌》等传世。南北朝时期,兰陵萧氏创建了齐梁两个皇朝,出了二十一位皇帝。齐高帝萧

---

[1] 袁行霈:《中国文学概论》,高等教育出版社1990年版,第49页。

道成、齐武帝萧赜、文惠太子萧长懋、竟陵王萧子良、随郡王萧子隆等都有诗文传世。萧梁时代的梁武帝萧衍、昭明太子萧统、梁简文帝萧纲、梁元帝萧绎更是其中的佼佼者。北周明帝宇文毓、宣帝宇文赟、赵王宇文招、滕王宇文逌，陈朝后主陈叔宝，隋代文帝杨坚、炀帝杨广等都有诗歌创作。围绕在帝王身边的大臣名士，虽然出身或高贵或卑微，但他们未尝没有写作应诏、应教、应和之作，有些"虽非应诏、应教、应和，而仍然是投合帝王的趣味而进行创作"。

北朝宫廷文学有一个日渐南化的过程。北朝初，少数民族贵族缺乏文学素养，完全藐视诗文创作。后来少数民族贵族的文化水平提高，对汉族的文化和文学越来越倾慕。北魏孝文帝改革之后，文学创作风气浓烈。随着庾信、王褒、颜之推等一大批南方士人入北，影响和培养了一代北方作家。隋朝时进一步融合南北文化，今天我们看到的隋代的作家中，既有北方诗人卢思道、杨素、薛道衡等，也有南人羁留北方的颜之推等，还有新征服的陈朝的文人学士江总等。隋炀帝时代的宫廷文学，从创作水平上说，不仅与南方宫廷文学不存在什么差距，甚至因为融合南北文化而超越了南朝宫廷文学。

围绕在帝王和皇亲周围身边的文人是宫廷文学的主要作者。刘宋最著名的宫廷诗人是颜延之。元嘉十一年三月，颜延之以其《曲水诗》与《曲水诗序》为标志，成为刘宋时代的庙堂大手笔。颜延之宫廷文学的特征主要表现为：崇尚周汉礼乐，力求回归"雅""颂"传统；颂美刘宋君主，试图再现元嘉盛世；词汇铺锦列绣,典故堆砌密集。颜延之的创作在宫廷文学史上已经达到了相当的高度。颜延之之后宫廷诗人领袖非谢庄莫属。在寒士掌机要之后,门阀士族如何在朝廷上立身处世成为一个新问题。谢庄等人既想要维持门第不坠,就不得不臣服于封建皇权,为朝廷歌功颂德。孝武帝对谢庄的创作才华甚为赏识。谢庄的应制诗有《和元日雪花应诏诗》、《七夕夜咏牛女应制诗》、《侍宴蒜山诗》、《侍东耕诗》、《从驾顿上诗》、《八月侍宴华林园曜灵殿八关斋》、《烝斋应诏诗》等。萧梁最著名的宫廷诗人当推沈约。在梁帝国的文艺舞台上,沈约扮演着重要角色。《南史·刘峻传》:"武帝每集文士策经史事,时范云、沈约之徒皆引短推长,帝乃悦,加其赏赉。"萧衍的文集编成后,沈约为其写作了《武帝集序》。

有些诗人不能被称为宫廷文人,但他们也有一些宫廷文学作品,例如谢灵运、鲍照等。《南史·颜延之传》:"颜延之、谢灵运各被旨拟《北上篇》,延之受诏即成,灵运久而方就。"鲍照在孝武帝之世一度担任中书舍人,写作过《侍宴覆舟山诗》、《三日游南苑诗》等。

其次,南北朝宫体文学也属于贵族文学,它是南北朝宫廷文学中的一个变异,从齐梁到隋,宫体诗的面貌也发生了很大变化。

齐梁时代盛行宫体诗。宫体诗人的代表人物有萧纲、徐摛徐陵父子、庾肩吾庾信父子、陈后主、隋炀帝等。《隋书·经籍志》曰:"梁简文之在东宫,亦好篇什,清辞巧制,止乎衽席之间;雕琢蔓藻,思极闺闱之内。后生好事,递相放习,朝野纷纷,号为宫体。"萧纲为太子时,常与徐摛徐陵父子、庾肩吾庾信父子等在东宫相互唱和,其内容多是宫廷生活及男女私情,形式上则追求辞藻靡丽,时称"宫体",这是当时宫廷文学的主要部分。

后来的研究者习惯把这种以宫廷为中心的艳情诗统称为宫体诗,并把陈后主、隋炀帝、唐太宗等几个宫廷的艳情诗都看作梁朝宫体诗的余绪。直到今天,依然有很多人把陈隋时代看作宫体诗盛行的时代,把陈叔宝和杨广看作宫体诗的传人,而未能正确地认识陈叔宝杨广在诗歌史上的地位和作用。陈代之前,艳情诗占据萧梁诗坛的主流地位,陈代延续了这种状况,后人合称为梁陈宫体诗。而边塞诗在萧梁时代与宫体诗合流,形成宫体边塞诗,陈隋时代恰好处于艳情诗盛极而衰与边塞诗异军突起的转捩期。陈叔宝《与江总书悼陆瑜》把自己的诗分为"雅篇"与"艳什"两种类型,因此我们不宜用淫丽之文来概括陈叔宝所有诗歌,即使是他的乐府艳诗也不全是淫丽之作,而更多地体现出一种末日亡国的哀伤情绪。从诗史上看,陈叔宝诗歌是江左诗歌过渡到隋唐诗歌的一个重要环节。隋炀帝则用艳情旧题描摹山水自然,改变了江左艳情诗的流向;他的边塞诗上承建安风骨,洗净六朝粉黛,具有豪侠气概和帝王威势,可以看作是唐代边塞诗的先声。

再次,南北朝时期贵族文学范围中的士族文学有了发展和变化。魏晋南北朝时代是一个士族阶层兴盛的时代,东晋一朝可视为门阀士族的鼎盛时期。陈寅恪先生在《述东晋王导之功业》一文中提出"门阀一端乃当时政治社会经济文化有关之大问题"。[1]钱穆先生也认为:"魏晋南北朝时代之门第,当为研究中国社会史

---

[1] 陈寅恪:《金明馆丛稿初编》,北京三联书店2001年版,第55页。

与文化史以及中国家庭制度者必须注意，亦自可不待言而知。"[1] 两晋是士族文人最为活跃的时代，他们是文坛的主要势力，他们的思想情感可以左右文坛走向，他们的审美风尚可以引导时代潮流。所以从文学史的角度看，两晋时代可以看作士族文学盛行的时代。此前的汉魏时代是士族文学的萌生期，而此后的南朝则是士族文学的式微期。

西晋与东晋各有一次名垂千古的文人聚会。西晋的是金谷园雅集；东晋的是永和九年（353）三月三日，"书圣"王羲之与后来成为"风流宰相"的谢安以及诗坛领袖孙绰等人在会稽兰亭的聚会。这两次大型聚会与其他时期文人聚会最大的区别就在于其鲜明的士族特色。特别是兰亭雅集，全方位再现了会稽门阀士族群体在永和年间的生活状态和审美情趣。如此张扬的大型士族聚会到了南朝很难重复，在南朝我们看见的更多的是由帝王亲自组织的大型聚会，如宋元嘉十一年和齐永明九年的文人雅集。裴子野《宋略》载："文帝元嘉十一年，三月丙申，禊饮于乐游苑，且祖道江夏王义恭、衡阳王义季，有诏会者咸作诗，诏太子中庶子颜延年作序。"《南齐书》卷四十七《王融传》载："（永明）九年，上幸芳林园，禊宴朝臣，使融为《曲水诗序》，文藻富丽，当世称之。"

南朝时期士族诗人的代表有谢灵运、谢朓、王融、庾信、王褒、杨素等。从士族文学本身来看，它在按照本身的内在规律继续发展；而另一方面，南朝皇权的逐渐加强，使得宫廷文学变得活跃起来，在某些作者身上宫廷文学和士族文学产生了合流。谢灵运

---

[1] 钱穆：《中国学术思想史论丛》卷三，安徽教育出版社2004年版，第186页。

和杨素可以分别作为这两方面的代表。东晋的士族文学是以玄言诗为标志的，到了晋宋之际，士族文人面临两种选择，或者与统治者合作，成为庙堂文学的吹鼓手；或者疏离朝廷，退守到自己的精神世界。谢灵运选择了后一条道路。他利用士族在文化上和经济上的优势，写作出带有鲜明的士族文学印记的山水文学。他的山水文学较多地保留了士族文学的纯正基因。士人面临的合作与退守的矛盾，实际上也就是出与处选择的矛盾。表现在文学上则是廊庙文学与山林文学的差异。隋唐之际，杨素诗文的出现标志着廊庙文学与山林文学并存的文学范式的形成。杨素廊庙与山林兼备的人格结构和文学范式在初盛唐时代产生了一定的影响。

其四，贵族文学有着较为一致的艺术风格，即形式上的典雅华丽、精雕细琢。作为帝王，对宫廷文学有一种心理预期，要求这种文体能够再现皇室气派。作为宫廷文人，一方面要讨好皇帝，一方面也要炫耀自己的才华。两种力量的凑泊必然形成一种辞藻华美、错彩镂金、典故繁富、对仗工稳的文体。葛立方《韵语阳秋》卷二："应制诗非他诗比，自是一家句法，大抵不出于典实富艳耳。"谢榛《四溟诗话》卷一云："江淹拟颜延年，致辞典缛，得应制之体，但不变句法。"贵族文人热衷于对艺术形式美的追求。随着永明体诗歌出现和骈体文形成，讲究四声，看重辞采，借助精丽工巧去显露才情成为文坛的主流。

最后来谈谈初盛唐时期的宫廷文学的历史地位。内藤湖南先生把中国古代历史分为上古、中世、近世三段，所谓中世即从五胡十六国至唐中叶，他认为："唐代是中世的结束，而宋代则是近世的开始。……中世和近世的文化状态，究竟有什么不同？从政治上来说,在于贵族政治的式微和君主独裁的出现。六朝至唐中叶,是贵族政治最盛的时代。"[1]从政治经济上看,大唐帝国与南北朝有很大的区别;但从文学上看,初唐文学是南朝文学的自然延续。到了唐代,宫廷文学也迎来了一个黄金时代。沈佺期、宋之问、许敬宗是初唐的应制诗人;燕国公张说、许国公苏颋的文章形式严整,典雅宏丽,格调雄浑,气势恢宏,被称为"燕许大手笔";贤相张说、张九龄部分应制诗中能够凸现出作者的独立人格。继二张之后,王维开创了应制诗的新天地,成为唐代应制诗的集大成者。唐代宗在《答王缙进王维集表诏》中誉之为"天下文宗"。王维诗歌反映了盛唐时代贵族阶层的审美标准和艺术趣味。可以说,在盛唐诗人中,只有王维才最符合封建帝王及其政权对文学的政治要求和审美期待。初盛唐宫廷文学不仅具有贵族文学艺术上的共性,还具有宏丽壮美的时代特色,许多优秀的作品也是唐代文学的代表作,是唐代文坛中一朵雍容华贵的奇葩。

三

拙著《两晋士族文学研究》第二章"两晋士族文学研究综述"中已经有南北朝士族文学研究综述的部分内容,提到了程章灿先生的《世族与六朝文学》(黑龙江教育出版社1998年版)、刘跃进先生的《门阀士族与永明文学》(三联书店1996年版)等

---

[1] 〔日〕内藤湖南:《概括的唐宋时代观》,《日本学者研究中国史论著选译》第一卷,中华书局1992年版,第10页。

著作。另外"日本学者六朝诗歌研究一瞥"部分粗略介绍了日本六朝诗歌研究概况。上述内容本书中不再重复出现。在此范围之外，就笔者的所见，对南北朝贵族文学研究的已有成果略作补充。

钱志熙教授对南北朝诗歌史及艺术风格的探讨是南北朝文学研究的重要成果之一。他的《中国诗歌通史·魏晋南北朝卷》（人民文学出版社2012年版）除"绪言"之外，共分为十章，涉及南北朝的部分是：刘宋时期的诗歌、南齐诗风与永明体、梁代诗风、陈代诗风、东晋南北朝乐府歌辞、北朝及隋代诗风等六章内容。作者对各个时期诗风与文风做了精到的评述，书中的主要观点有：刘宋诗风远绍汉魏之厚重风骨，下开齐梁之华绮英旨，此期诗学与诗风带有博综与变化的特点；两晋的士族文学到南齐达到成熟的境地；齐至梁初以永明年间为核心，在诗歌史上是一个有着相对独立性的时期；梁代文学可以看作南北朝后期文学的策源与培养基；十六国及北朝前期诗歌从魏与西晋的自觉发展状态，退回到自然发展状态；北魏后期，齐梁诗风开始传入北朝，北齐文学之盛，渐可与南朝媲美；庾信诗歌融合南北，上溯魏晋；隋代诗风是南北三派诗风的汇聚。（见该书"绪言"）这些观点对专门研究南北朝贵族文学的特点与成因有很大的启发。钱志熙教授还发表了许多学术论文，例如：《论初唐诗歌沿袭齐梁陈隋诗风及其具体表现》（《励耘学刊》第一辑，2005年版）、《谢灵运〈辨宗论〉与其山水诗创作》（《北京大学学报》1995年第5期）、《论魏晋南北朝乐府体五言的文体演变——兼论其与徒诗五言体之间文体上的分合关系》（《中山大学学报》2009年第3期）、《齐梁拟乐府赋题法初探——兼论乐府诗写作方法之流变》（《北京大学学报》

1995年第4期)等,其中不少观点都对本文有所启发。

林晓光博士的《王融与永明时代——南朝贵族及贵族文学的个案研究》(上海古籍出版社2014年版),是一部贵族文学个案研究专著。作者说:"本书之所以申言'贵族文学'而非惯见的'士族文学',正是希望从这一普遍的社会史范畴出发,观察中国史上特殊时代中的文学,究竟因创造者、传播者、接受者的这一特殊身份而发生怎样的特征变化?其与贵族未发达时代(汉代)、贵族衰亡时代(中唐以后)的文学相比,在性质、面貌上又呈现出怎样的分歧?"(该书前言)作者认为王融其人及其文学,是与南朝贵族社会和贵族文学紧密结合在一起的。作者以"王融与永明时代"为题,通过史实考论和文本分析,对南朝贵族与贵族文学整体进行了由点及面的研究。基于南齐贵族与寒门对抗的历史潮流,作者指出贵族文学所具备的重视经典性以及追求模式性,追究永明体运动在这一整体文学潮流中的定位。这部专著采用的贵族文学的研究视角和对永明文学研究的开掘深度,都是值得注意的。

"永明文学"是南北朝文学研究中的一个热点,许多南北朝文学专著中都涉及了永明文学,数量太多难以一一例举。除专著外,还有大量已发表的该方向的研究论文,影响较大的有:王钟陵先生的《永明体艺术成就概说》(《文学遗产》1989年第1期)、张国星先生的《永明体新变说》(《文学评论》1998年第5期)、曹道衡先生的《永明文学研究断想》(《文学遗产》1996年第6期)、傅刚先生的《永明文学至宫体文学的嬗变与梁代前期文学状态》(《社会科学战线》1997年第3期)、吴相洲先生的《论永明体的产生与音乐之关系》(《文艺研究》2002年第4期)《永明体的产生与佛经转读关系再探讨》(《文艺研究》2005年第3期)《永明体始于诗乐分离说再分析》(《文学遗产》2006年第5期)三篇文章、王小盾等先生的《经呗新声与永明时期的诗歌变革》(《文学遗产》2007年第6期)、杜晓勤先生的《吴声西曲与永明体成立关系的诗律学考察》(《陕西师范大学学报》2012年第2期)等。这些学术论文从文学流变、艺术成就、诗乐关系等方面对永明体展开了全面深入的研究。

宫体诗研究方面：长期以来宫体诗被视为文学史上的逆流，20世纪80年代之后，学术界逐渐改变了这一负面看法，相关成果也逐渐丰富。归青先生的《南朝宫体诗研究》(上海古籍出版社2006年版)论述了宫体诗的背景、诗学观、渊源、特质、价值、分期等问题。石观海先生的《宫体诗派研究》(武汉大学出版社2003年版)讨论了宫体诗发展的历程。胡大雷先生的《宫体诗研究》(商务印书馆2003年版)从女色和艳情入手展开研究，其中心和重点是梁代这一诗体的形成及繁荣的情况，仍然是宫体诗人的活动及相关的文学理论问题。这些都是该领域的代表著作。论文如吴光兴先生的《论萧纲的文学活动及其宫体文学理想》(《文学遗产》2006年第4期)，以萧纲生平的四个阶段为线索，考察了萧纲的文学活动和宫体文学理想的形成过程，可以看作是贵族(皇族)成员与宫体诗关系的一个专题研究。

有关南北朝时期个体诗人的生平、创作等研究成果，详见本书下编南北朝作家生平事迹辑录，此处不再赘述。

第二章 颜延之与刘宋宫廷文学

刘宋时代,谢灵运与颜延之在文学创作方面双峰并峙,各有千秋。正如清人陈仅《竹林答问》所评:"颜谢当日,已有定评。然谢工于山水,至庙堂大手笔,不能不推颜擅场,大家不必兼工也。大抵山林、廊庙两种,诗家作者,每分镳而驰。"这里的"庙堂"、"廊庙"一体,今天通称为宫廷文学。谢灵运是山水文学的大家,颜延之是宫廷文学的巨匠。然而,相对于谢灵运研究,有关颜延之的研究明显薄弱。20世纪以来,颜延之研究长期问津乏人,直到1980年代之后才有了一定的改观。近年来,作为颜延之创作主体的庙堂文学已经引起了学界的关注,[①]但这里还有值得进一步开拓的空间。笔者拟以颜延之的《应诏谶曲水作诗》(以下简称为《曲水诗》)与《三月三日曲水诗序》(以下简称为《曲水诗序》)为中心,就其宫廷文学中的相关问题谈点看法。

---

① 例如,吴怀东:《颜延之诗歌与一段被忽略的诗潮》(《山东大学学报(社会科学版)》1998年第4期);黄亚卓《论颜延之公宴诗的复与变》(《上海师范大学学报(社会科学版)》2003年第3期)等。

一、颜延之庙堂大手笔地位的确立

裴子野《宋略》载:"文帝元嘉十一年,三月丙申,禊饮于乐游苑,且祖道江夏王义恭、衡阳王义季,有诏会者咸作诗,诏太子中庶子颜延年作序。"三月三日是南朝贵族一年一度的盛大节日。在宋文帝元嘉十一年的这一天,由文帝出面,邀请大臣一起禊饮,为江夏王刘义恭和衡阳王刘义季送行。文帝下诏命所有与会者都要赋诗,并且命颜延之为这次盛会的诗集作序。颜延之应诏而作,分别写出了诗与序,其诗即《曲水诗》,其序即《曲水诗序》。

《曲水诗》云:

道隐未形,治彰既乱,帝迹悬衡,皇流共贯。
惟王创物,永锡洪算。仁固开周,义高登汉。

祚融世哲,业光列圣。太上正位,天临海镜。
制以化裁,树之形性。惠浸萌生,信及翔泳。

崇虚非征,积实莫尚。岂伊人和,实灵所贶。
日完其朔,月不掩望。航琛越水,辇尽逾嶂。

帝体丽明,仪辰作贰。君彼东朝,金昭玉粹。
德有润身,礼不愆器。柔中渊映,芳猷兰秘。

昔在文昭，今惟武穆。于赫王宰，方旦居叔。
有睟叡蕃，爰履奠牧。宁极和钧，屏京维服。

胐魄双交，月气参变。开荣洒泽，舒虹烁电。
化际无间，皇情爱眷。伊思镐饮，每惟洛宴。

郊饯有坛，君举有礼。幕帷兰甸，画流高陛。
分庭荐乐，析波浮醴。豫同夏谚，事兼出济。

仰阅丰施，降惟微物。三妨储隶，五尘朝骰。
途泰命屯，思充报屈。有悔可悛，滞瑕难拂。

《曲水诗序》云：

夫方策既载，皇王之迹已殊；钟石毕陈，舞咏之情不一。虽渊流遂往，详略异闻。然其宅天衷，立民极，莫不崇尚其道，神明其位，拓世贻统，固万叶而为量者也。

有宋函夏，帝图弘远。高祖以圣武定鼎，规同造物；皇上以叡文承历，景属宸居。隆周之卜既永，宗汉之兆在焉。正体毓德于少阳，王宰宣哲于元辅。晷纬昭应，山渎效灵。五方杂遝，四隩来暨。选贤建戚，则宅之于茂典；施命发号，必酌之于故实。大予协乐，上庠肆教。

章程明密，品式周备。国容眂令而动，军政象物而具。箴阙记言，校文讲艺之官，采遗于内；轺车朱轩，怀荒振远之使，论德于外。赪茎素毳，并柯共穟之瑞，史不绝书；栈山航海，逾沙轶漠之贡，府无虚月。烈燧千城，通驿万里。穹居之君，内首禀朔；卉服之酋，回面受吏。是以异人慕响，俊民间出；警跸清夷，表里悦穆。将徙县中宇，张乐岱郊。增类帝之宫，饬礼神之馆，涂歌邑诵，以望属车之尘者久矣。

日躔胃维，月轨青陆。皇祇发生之始，后王布和之辰，思对上灵之心，以惠庶萌之愿。加以二王于迈，出饯戒告，有诏掌故，爰命司历。献洛饮之礼，具上巳之仪。南除辇道，北清禁林，左关岩陞，右梁潮源。略亭皋，跨芝廛，苑太液，怀曾山。松石峻垝，葱翠阴烟，游泳之所攒萃，翔骤之所往还。于是离宫设卫，别殿周徼，旌门洞立，延帷接枑，阅水环阶，引池分席。春官联事，苍灵奉涂。然后升秘驾，胤缇骑，摇玉銮，发流吹。天动神移，渊旋云被，以降于行所，礼也。

既而帝晖临幄，百司定列，凤盖俄轸，虹旗委旆。肴蔌芬藉，觞醳泛浮。妍歌妙舞之容，衔组树羽之器。三奏四上之调，六茎九成之曲。竞气繁声，合变争节。龙文饰辔，青翰侍御。华裔殷至，观听鹜集。扬袂风山，举袖阴泽。靓庄藻野，袨服缛川。故以殷赈外区，焕衍都内者矣。上膺万寿，下禔百福。币筵禀和，阖堂依德。情盘景遽，欢洽日斜。金驾总驷，圣仪载佇。怅钧台之未临，慨酆宫之不县。方且排凤阙以高游，开爵园而广宴。并命在位，展诗发志。则夫诵美有章，陈信无愧者欤？

《曲水诗》与《曲水诗序》旨在为刘宋帝国歌功颂德，是宫廷文学的典型代表。《曲水诗》分为八章，第一章写武帝创建宋国之功;第二、三章写文帝仁义之道超越了周汉,开创出一个太平盛世;第四章赞颂太子之德有如金玉;第五章颂美诸王。宰相刘义康同于周公,诸王为京师之屏障;第六、七两章写三月三日皇家宴会盛况,欢愉之事同于上古;第八章回顾自己的仕途,感谢皇帝的恩德。《曲水诗序》分为三个部分,其一,言帝王宴乐历代有之,宴乐之道在封建统治中极为重要。其二,正面歌颂大宋帝国。武帝以圣武定鼎,宋文帝以圣明之德继承武帝的事业,太子道德高尚,宰臣为国之栋梁。在文帝的英明领导下,国家空前强盛,符命祥瑞不断出现,四夷纷纷来朝。其三,描写当日皇帝组织、亲临宴会的盛况。从中可以看出皇室的威仪和歌舞升平的盛世情景。这一诗一序,写于同一时期,前者是颜延之个人的抒情之作,后者是颜延之代表群臣的颂歌,两者珠联璧合,相得益彰,构成了刘宋时代宫廷文学中的双璧,在整个南朝时期只有萧齐时代王融的《三月三日曲水诗序》可与之争衡。

对于颜延之而言,对于宋文帝而言,元嘉十一年(434)三月丙申,禊饮于乐游苑,并不是一次皇家宴会这么简单。在这一天,由皇帝亲自确定了刘宋帝国的庙堂大手笔。这个大手笔正是颜延之。

邓绎《藻川堂谭艺·唐虞》篇云:"一代文辞之极盛,必待其时君之鼓舞与国运之昌皇,然后炳蔚当时,垂光万世。"[1]如果把这段话挪到宫廷文学创作上来说,似乎更加贴切。宫廷文学的兴盛需要两大必要条件:其一是君主对文学的爱好和提倡,其二

---

[1] 王水照:《历代文话》,复旦大学出版社2007年版,第7册,第6146页。

是国运的昌盛。颜延之创作最为活跃的元嘉时期正是刘宋国运的鼎盛期,当时的最高统治者也甚为爱好文学艺术。有一个适合宫廷文学生长的环境固然重要,但是否可以形成宫廷文学的高潮还要看此期是否能够产生优秀的宫廷诗人。成为宫廷文学领袖的人物,通常会被奉为大手笔。宫廷大手笔的出现不是偶然的,除了时代的因素之外,作为大手笔的诗人应该具备数一数二的文学才华,并且是朝廷里的高级官员,拥护当今皇上的路线、方针、政策。在两晋南朝这个看重门户出身的时代,该大手笔还应该是出身于士族家庭的文化精英。

颜延之的应制诗开始写作于宋武帝刘裕时代,在宋文帝刘义隆时代达到了巅峰。宋武帝和宋文帝对文学艺术皆颇有兴致。刘勰在《文心雕龙·时序》篇中说:"自宋武爱文,文帝彬雅,秉文之德,孝武多才,英采云构。自明帝以下,文理替矣。尔其缙绅之林,霞蔚而飙起,王、袁联宗以龙章,颜、谢重叶以凤采,何、范、张、沈之徒,亦不可胜也。"宋武帝虽然"本无术学",但他倾慕风流,极力提倡文学艺术。《南史·谢晦传》载:"帝于彭城大会,命纸笔赋诗……于是群臣并作。"宋文帝具有很高的文化素养,《宋书·索虏传》载文帝诏群臣曰:"吾少览篇籍,颇爱文义。游玄玩采,未能息卷。"由于最高统治者的爱好和提倡,刘宋的文学创作极为兴盛,缙绅阶层中活跃着许多文学世家,王氏家族、袁氏家族、颜氏家族、谢氏家族、何氏家族、范氏家族、张氏家族、沈氏家族是其中的八大家族,其中最出名的诗人当推谢灵运与颜延之。

在宋文帝时代,一度有希望成为朝廷大手笔者有三位作家,一位是傅亮，一位是谢灵运，一位是颜延之。据《宋书·颜延之传》载："义熙十二年，高祖北伐，有宋公之授，府遣一使庆殊命，参起居；延之与同府王参军俱奉使至洛阳，道中作诗二首，文辞藻丽，为谢晦、傅亮所赏。"这时的傅亮已是朝廷重臣，颜延之还是一个初出茅庐的文学青年，对傅亮没有构成任何威胁。到宋朝建立之后，颜延之与傅亮之间发生了冲突："时尚书令傅亮自以文义之美，一时莫及，延之负其才辞，不为之下，亮甚疾焉。庐陵王义真颇好辞义，待接甚厚。"政治斗争夹杂着文学竞争，一时剑拔弩张，势不两立。随着庐陵王的失势，颜延之也受到了冲击，被排挤出朝廷，担任始安太守。直到元嘉三年（426），文帝翦除了徐羡之傅亮谢晦集团，颜延之才得以再次回到朝廷。

谢灵运出身于东晋门阀士族家庭，是康乐公谢玄的唯一继承人，《宋书·谢灵运传》载："灵运少好学，博览群书，文章之美，江左莫逮。"他隐居始宁别墅期间，"每有一诗至都邑，贵贱莫不竞写，宿昔之间，士庶皆遍，远近钦慕，名动京师。"元嘉三年，谢灵运也得到了启用。《宋书·谢灵运传》载："太祖登祚，诛徐羡之等，征为秘书监，再召不起，上使光禄大夫范泰与灵运书敦奖之，乃出就职。……寻迁侍中，日夕引见，赏遇甚厚。"《宋书·颜延之传》载："元嘉三年，羡之等诛，征为中书侍郎，寻转太子中庶子。顷之，领步兵校尉，赏遇甚厚。"当此之时，谢灵运与颜延之同时受到了文帝的赏识。

就谢灵运而言，他比颜延之更具有成为宫廷大手笔的先天条件，一是他的出身更为高贵，二是他在文学创作方面的声誉更高。但是，他自己无意于做一个宫廷文人。《南史·颜延之传》载：

"颜延之、谢灵运各被旨拟《北上篇》，延之受诏即成，灵运久而方就。"通常我们以这条材料为证，来说明有作家竞于先鸣，有作家不竞于先鸣。其实联系谢灵运当时的心态，他"久而方就"未尝不是有意为之，或者说他的心思压根儿就不在此处。作为康乐公的继承人，作为谢氏子弟中的领袖人物，他进入朝廷的目的不是为了做一个宫廷弄臣。据《宋书·谢灵运传》载："既自以名辈，才能应参时政，初被召，便以此自许；既至，文帝唯以文义见接，每侍上宴，谈赏而已。王昙首、王华、殷景仁等，名位素不逾之，并见任遇，灵运意不平，多称疾不朝直。……上不欲伤大臣，讽旨令自解。灵运乃上表陈疾，上赐假东归。"谢灵运离开朝廷之后，终于在元嘉十年（433）被杀于广州。

除此两人之外，能够成为庙堂大手笔的非颜延之莫属。《宋书·颜延之传》载："（颜延之）曾祖含，右光禄大夫。祖约，零陵太守。父显，护军司马。延之少孤贫，居负郭，室巷甚陋。好读书，无所不览，文章之美，冠绝当时。"颜含虽然不属于门阀士族，但他也是衣冠南渡之际的侨姓大族，具有相当高的门第。颜延之的文学才华与谢灵运在伯仲之间。更重要的是颜延之认同当时的主流意识形态，愿意以自己的才华为朝廷服务，自愿做帝国宫廷的文人班头。元嘉三年延之被文帝召回朝廷，他在《和谢监灵运》中写道："皇圣昭天德，丰泽振沉泥。惜无雀雉化，何用充海淮。"对文帝充满了感激之情。元嘉十年，延之作《应诏观北湖田收》，《文选》李注引《丹阳郡图经》曰："乐游苑，晋时药园，元嘉中筑堤雍水，名为北湖。"次年三月三日，颜延之等陪同文帝再次游于乐游苑，写作了《曲水诗》与《曲水诗序》。

命一位大臣为朝廷宴会的诗集作序,根据现存的文献记载,在整个元嘉三十年内,这是唯一一次。在整个刘宋时代也没有看见第二次。在南朝数百年间,第二度出现类似的情况就是齐武帝永明九年(491)的三月三日,那一次王融写作了与颜延之同题的《三月三日曲水诗序》。显然它是对元嘉风流的一次模仿。当日虽然没有册封的仪式,但在宋文帝的心目中,在朝廷众臣们的心中,大家都公认:颜延之乃是元嘉文坛上当之无愧的领袖。

此后,颜延之虽然在仕途上并非一帆风顺,他也曾经受到过刘义康集团的排挤与打击,但总体上看,他还是享受到了高官厚禄。不论是在顺境还是在逆境,他始终没有辜负宋文帝的厚爱,写作了多篇庙堂之作,成为刘宋乃至南朝著名的宫廷大手笔。据《南史·颜延之传》载:"延之既以才学见遇,当时多相推服,唯袁淑年倍小于延之,不相推重。"可见颜延之很看重自己在文坛上的地位,除了小字辈的袁淑外,朝廷上下对他的文学才华颇为推服。

在颜延之的宫廷文学作品中,写于武帝时代的有:《车驾幸京口三月三日侍游曲阿后湖作诗》等;写于文帝时代的有:《曲水诗》、《曲水诗序》、《皇太子释奠会作诗》、《为皇太子侍宴饯衡阳南平二王应诏诗》、《车驾幸京口侍游蒜山作诗》、《拜陵庙作诗》、《侍东耕诗》、《赭白马赋》等诗文。《旧唐书·经籍志》及《新唐书·艺文志》(别集类)载有颜延之《元嘉西池宴会诗集》三卷,惜乎其作早已失传。

在宋文帝时代,傅亮因自身才华不足,且介入了朝廷政变,早在元嘉初年即被处死;谢灵运出身高贵,才华盖世,但他意在山林,不愿意做一个御用文人,为统治者摇旗呐喊,于元嘉十年被杀害。于是,在元嘉十一年三月,颜延之当仁不让,以其《曲水诗》与《曲水诗序》为标志,终于成为刘宋时代的庙堂大手笔。

二、颜延之庙堂文学的特征

对于颜延之的宫廷文学,自古以来评价歧异,总体上看否定性看法占大多数。20世纪以来一般文学史著作均认为:颜延之应制诗文的内容以宫廷生活为主,迎合帝王旨意,为朝廷歌功颂德;在形式上铺锦列绣,错彩镂金,雕缋满眼,缺乏生气。近年来也有学者以为:颜诗内容中正典雅,气象雍容华贵,体裁绮密,辞采藻丽,典故繁富,笔法工巧,诗体律化,应当在刘宋文坛占有一席之地。这似乎是两种截然对立的看法,其实只是角度不同而已。结合古今学者的评语,颜延之庙堂文学的特征主要体现在以下几个方面。

其一,规模广大、气体崇闳。

从古到今,对颜延之诗歌评价最高的当推清人王寿昌。其《小清华园诗谈》云:"诗有六要:心要忠厚,意要缠绵,语要含蓄,义要分明,气度要和雅,规模要广大。""何谓广大?曰:颜延年之《郊祀》《曲水》《释奠》,以及《侍游》诸作,气体崇闳,颇堪嗣响《雅》《颂》。近体则沈、宋、燕、许、右丞辈,亦时有宏壮之观。"他用规模广大、气体崇闳来评价颜延之诗歌,其评语值得后人深思。

儒家文化具有一套复杂的礼乐制度,统治者要求文学作品也要符合礼乐的规范。《礼记·乐记》载:"故乐者,审一以定和,比物以饰节,节奏合以成文,所以合和父子君臣,附亲万民也,是先王立乐之方也。故听其雅颂之声,志意得广焉……先王之道礼乐可谓盛矣。"孔颖达疏:"雅以施正道,颂以赞成功,若听其声,则淫邪不入,故志意得广焉。"这里的"雅""颂"也就是《诗经》中的《雅》、《颂》。《诗序》说"雅者,正也,言王政之所由废兴也";"颂者,美盛德之形容,以其成功告于神明者也"。宋张表臣《珊瑚钩诗话》云:"《诗》三百六篇,其精深醇粹,博大宏远者,莫如《雅》、《颂》。"在历代儒士看来,《诗经》中的《雅》、《颂》乃是儒家礼乐文化的集中体现,只有再现了《雅》、《颂》精神,符合礼乐文化标准的作品才有可能达到博大宏远的境界。

宋武帝和文帝都非常重视儒家文化,大力提倡儒家礼乐文化和名教纲常。据《宋书·臧焘传》载,刘裕在义熙初就曾说:"顷学尚废弛,后进颓业,衡门之内,清风辍响。良由戎车屡警,礼乐中息,浮夫恣志,情与事染,岂可不敷崇坟籍,敦厉风尚。"据《宋书·武帝本纪》载,刘宋建国之后,武帝在永初三年(422)正月下诏曰:"便宜博延胄子,陶奖童蒙,选备儒官,弘振国学。"文帝比武帝走得更远,裴子野《宋略·总论》云:"上亦蕴籍义文,思弘儒府,庠序建于国都,四学闻乎家巷。……江东以来,有国有家,丰功茂德,未有如斯之盛者。"文帝四学并建之举打破了两晋以来玄学在思想界占据主导地位的格局,标志着儒学在南朝开始走上了复兴之路,与之相伴,文学也取得了一定的社会地位。

颜延之从小服膺儒学,崇尚周汉礼乐,具有出众的学识和智慧。《宋书·周续之传》载:"高祖践阼,复召之,乃尽室俱下。上为开馆东郭外,招集生徒。乘舆降幸,并见诸生,问续之《礼记》'傲不可长'、'与我九龄'、'射于矍圃'三义,辨析精奥,称为该通。"
《宋书·颜延之传》云:"上使(颜延之)问续之三义,续之雅仗辞辩,延之每折以简要。既连挫续之,上又使还自敷释,言约理畅,莫不称善。"颜延之不仅对儒学有深刻的认识,在现实生活中自觉地用文学艺术服务于封建帝王。颜延之《皇太子释奠会作》云:"国尚师位,家崇儒门。禀道毓德,讲艺立言。"在文学作品中,颜延之继承了汉儒的美颂诗学观,按照统治者的意愿去写作,意在写出新时代的《雅》、《颂》之作。

颜延之在宫廷文学中经常提到上古朝代,大量使用儒家文献中的典故。其《车驾幸京口三月三日侍游曲阿后湖作》开篇云:"虞风载帝狩,夏谚颂王游。"其《应诏观北湖田收》云:"周御穷辙迹,夏载历山川。"其中写得最多的还是周和汉,其《曲水诗》云:"仁固开周,义高登汉。"写武帝的仁义之道超越了周汉皇帝;其《曲水诗序》云:"昔在文昭,今唯武穆。于赫王宰,方旦居叔。"再一次把宋武帝比为周文王,把宋文帝比喻为周武王,把宰相刘义康比喻为周公。周文王家族一门三圣,宋武帝家族同样如此。其《曲水诗》诗云:"伊思镐饮,每唯洛宴,郊饯有坛,君举有礼。"《曲水诗序》中云:"献洛饮之礼,具上巳之仪。"反复强调文帝君臣的举止符合古代礼仪,写即使在饮宴当中也不例外。

在封建士人的眼里,所谓诗歌的中正典雅,其根源就在于诗人能够按照儒家礼教的规范去写作符合《雅》、《颂》标准的文学作品。正因为颜延之的宫廷文学符合这样的标准,才被人视为规模广大、气体崇闳之作。

其二,诵美有章,陈言无愧。

《曲水诗序》结尾云："并命在位，展诗发志。则夫诵美有章，陈言无愧者欤？"吕向注曰："言今天子仁明，颂美德亦无愧也。"[①]宫廷文学乃是按照皇帝的要求在"展诗发志"，如此，臣下们的"志"自然不脱"诵美"一路。既然天子的行为与古代的圣君相同，天子的制度乃是古代礼乐的再现，所以无论怎么颂美也不算过分。

颜延之的宫廷文学中不乏对宋武帝和宋文帝的歌颂，《曲水诗序》写武帝说："圣武定鼎，规同造物。"将武帝抬高到造物主一样的高度。《曲水诗》写文帝说："惠浸萌生，信及翔泳。"文帝的恩泽广被万物，其盛德波及鱼鸟。《曲水诗序》云："正体毓德于少阳，王宰宣哲于元辅。"分别写了太子和王宰。在《曲水诗》中用"帝体丽明，仪辰作贰。君彼东朝，金昭玉粹。德有润身，礼不愆器。柔中渊映，芳猷兰秘"再写太子，另外有《皇太子释奠会作》写太子"继天接圣"，"怀仁""抱智"，在社会上有"庶士倾风，万流仰镜"的感召力。太子即刘劭，后来成为弑父的元凶。刘劭弑父，其因复杂，是另外一个话题，此处不拟展开论说。弑父事件发生在元嘉三十年（453）。在元嘉十一年的文帝眼里，太子还是继承皇位的最佳人选。在《曲水诗》中，诗人用"昔在文昭，今惟武穆。于赫王宰，方旦居叔。有晬叡蕃，爰履奠牧。宁极和钧，屏京维服"来写宰相刘义康和诸王。刘义康集团当年迫害谢灵运，此后亦曾陷害颜延之。据《宋书·颜延之传》载："（延）之见刘湛、殷景仁专当要任，意有不平……辞甚激扬，每犯权要。……湛深恨焉，

---

① 《六臣注文选》，中华书局1987年版，第867页。

言于彭城王义康,出为永嘉太守。……湛及义康以其辞旨不逊,大怒。……屏居里巷,不豫人间者七载。"然元嘉十一年三月时,双方的矛盾尚未激化。

《曲水诗序》写元嘉时代日月星辰昭明,高山大海各示其灵。中国人数众多,四方蛮夷皆来朝拜。朝廷治国依据先王之道,采用上古的礼乐制度,广泛推行儒学思想。典章制度周密,军队威猛,文官敬业。天子之德传播到了天涯海角,太平祥瑞的征兆不断出现。远方的国君或者向我们进贡,烽火连接千城,驿站沟通万里。匈奴之君南蛮之君皆俯首称臣。天下已经进入到了"异人慕响,俊民间出;警跸清夷,表里悦穆"的和谐盛世。作为宫廷文学的颜延之诗文,固然有很大的夸张成分。但元嘉年间的确是南朝最为兴盛的时代,据《宋书·良吏传序》载:"三十年间,氓庶蕃息,奉上供徭,止于岁赋。晨出暮归,自事而已","民有所系,吏无苟得。家给人足,即事虽难,转死沟渠,于时可免。凡百户之乡,有市之邑,歌谣舞蹈,触处成群,盖宋世之极盛也。"颜延之的歌颂也算有一定的现实依据。

值得肯定的是颜延之庙堂文学中反映了当时的政局,涉及了北伐战争。《曲水诗序》两次提到了北伐中原的意愿:"将徙县中宇,张乐岱郊。增类帝之宫,饬礼神之馆,途歌邑诵,以望属车之尘者久矣。"写国家将要在洛阳建立首都,在泰山举行封禅大典。中原地区的民众正在翘首以待文帝北上。"怅约台之未临,慨酆宫之不县。方且排凤阙以高游,开爵园而广宴。"约台在洛阳,是夏启宴会诸侯之地;酆宫在长安,是周康王会见诸侯之宫。凤阙在关中,爵园在邺中。诗人感慨不能在两京建立国都并举行宴会。于此可见，颜延之宫廷文学能够反映当时南北分裂的社会现实，在一定程度上打破了类型化的描写方式。从这里我们也能能够看到文帝统一中原的信念和颜延之的爱国之心。

此外，他在宫廷文学中也涉及了自我检讨。其《曲水诗》云："仰阅丰施，降惟微物。三妨储隶，五尘朝黻。途泰命屯，思充报屈。有悔可悛，滞瑕难拂。"他认为与浩荡的皇恩相比，个人微不足道。自己三次任职东宫，五次任朝官。对朝廷的器重，自己难以报答，愿意改正过悔之事，尽心为朝廷服务。如果把南朝的三月三日诗文与东晋的三月三日诗文对照，我们不难看到东晋时代兰亭诗人是以个体生命为中心的，到了南朝诗文中则以君王为中心，诗人的个性泯灭殆尽，丧失了东晋士族文学的基本特征。士族意识的进一步淡化，标明南朝士族阶层在政治领域的衰微。

其三，体裁绮密，喜用古事。

锺嵘在《诗品》中把谢灵运放在上品，将颜延之置于中品，显示出在锺嵘的审美体系中两人地位的差异。《诗品中》云："其源出于陆机。故尚巧似，体裁绮密，然情喻渊深，动无虚发，一句一字，皆致意焉。又喜用古事，弥见拘束，虽乖秀逸，故是经纶文雅，才减若人，则陷于困踬矣。汤惠休曰：'谢诗如芙蓉出水，颜诗如错彩镂金。'颜终身病之。"颜延之继承了陆机文学中"举体华美"、典雅工整的传统。锺嵘评他"经纶文雅"，即可以视为宫廷文人的杰出代表。文采绮密，典故繁富，乃是颜延之宫廷文学在艺术方面的重要特征。

与颜延之同时代的鲍照和汤惠休都给予颜诗以负面评价。除了上引汤惠休之语外，据《南史·颜延之传》载："延之尝问鲍照，己与灵运优劣。照曰：'谢五言如初发芙蓉，自然可爱；君诗若铺锦列绣，亦雕缋满眼。'"鲍照与汤惠休的诗风偏向于通俗文学，与颜延之的文学观念不同，写作立场不同，彼此之间的评论也有文人相轻的嫌疑。

颜延之诗歌具有不同的类型，错彩镂金、铺锦列绣只是其宫廷文学的特征。例如，其《车驾幸京口三月三日侍游曲阿后湖作》中写山水自然："山祇跸峤路，水若警沧流。"写帝王出游："神御出瑶轸，天仪降藻舟。万轴胤行卫，千翼泛飞浮。彤云丽璇盖，祥飚被彩斿。"其《应诏观北湖田收》中写冬日景色："阳陆团精气，阴谷曳寒烟。"其《车驾幸京口游蒜山作》写出游时所见："陟峰腾辇路，寻云抗瑶甍。春江壮风涛，兰野茂荑英。"凡此等等，莫不华丽绮靡。但是，颜延之诗歌也有不同的风格。沈德潜《古诗源》卷十评其《五君咏》、《秋胡行》云："颜诗，惠休品为镂金错彩，然镂刻太甚，填缀求工，转伤真气。中间如《五君咏》、《秋胡行》，皆清真高逸者也。"评其《秋胡行》云："无古乐府之警健，然章法细密，布置稳顺，在延之为上乘矣。"评其《北使洛》云："黍离之感，行役之悲，情旨畅越。"叶矫然《龙性堂诗话初集》评其《秋胡行》、《五君咏》曰："颜擅雕镂，而《秋胡行》、《五君咏》不减芙蕖出水。"刘熙载《诗概》评其《五君咏》云："延年诗长于廊庙之体，然如《五君咏》，抑何善言林下风也。"《还至梁城作》中的"故国多乔木，空城凝寒云"一联也因其高迈悲凉深受历代学者好评。可见，颜延之并非写不出清真高逸、芙蕖出水之作，大量写作错彩镂金、铺锦列绣乃是有意为之。

错彩镂金、铺锦列绣乃是宫廷文学自身的特征。正如葛立方

《韵语阳秋》卷二所云:"应制诗非他诗比,自是一家句法,大抵不出于典实富艳耳。"谢榛《四溟诗话》卷一云:"江淹拟颜延年,致辞典缛,得应制之体,但不变句法。"应制诗应该致辞典缛是大家的共识。

除了语言绮靡之外,宫廷文学中必然要大量使用典故。林晓光等先生把王融的《三月三日曲水诗序》视为金缕玉衣式的文学是非常贴切的。他们认为:"在《曲水诗序》中,用典是基本的手法,典故占据了核心性的位置。包括事典和语典的大量典故,远远超出一般文学中作为某种特殊手法应用的功能,而直接获得了分割层次、推进叙事的基本功能。"[1]王融之作,固然在典故的使用上登峰造极。颜延之诗文中的典故也不在少处。很多王融使用典故的手法,在颜延之这里已经初见端倪。正如张戒《岁寒堂诗话》所云:"诗以用事为博,始于颜光禄而极于杜子美。"

宫廷文学既与最高统治者的心理相符合,也与作家的歌颂心态相吻合。作为帝王,对宫廷文学有一种心理预期,要求这种文体能够再现皇室气派。作为宫廷文人,一方面要讨好皇帝,一方面也要炫耀自己的才华。两种力量的凑泊必然形成这种辞藻华美、错彩镂金、典故繁富、对仗工稳的文体。如果作者没有较高的文学素养,就容易蹈袭前人,成为玩弄文字游戏之作,陷于"困踬"之境。这种文学是为皇帝而写作的,是为宫廷贵族阶层写作的,也正因为这样,它在宫廷官僚贵族阶层中会产生广泛的影响,但在社会

---

[1] 林晓光、陈引驰:《金缕玉衣式的文学:王融〈曲水诗序〉析读》,《华东师范大学学报》2011年第2期。

中下层则难以找到知音。

综上可知，颜延之宫廷文学的特征主要表现为：崇尚周汉礼乐，力求回归《雅》、《颂》传统；颂美刘宋君主，试图再现元嘉盛世；词汇铺锦列绣，典故堆砌密集。颜延之的创作在宫廷文学史上已经达到了相当的高度。

三、颜延之宫廷文学的诗史地位

宫廷文学有它发生、发展的历程，颜延之宫廷文学渊源有自，也形成了自身的特点，他的作品在当时和后世的宫廷文学中起到了一定的示范作用。

其一，颜延之宫廷文学继承了前代的宫廷文学传统。

应该说自从有了宫廷，也就相应会形成宫廷文学。在中国的第一部诗歌总集《诗经》中，就已经产生了成熟的宫廷文学。《雅》、《颂》文学既是中国古代宫廷文学的源头，也是古代宫廷文学的经典之作。特别是《大雅》中描写宣王中兴的十余首诗篇，歌颂了宣王时代的文治武功。《国语·周语》说宣王中兴，"内修政事，外攘夷狄，复文武之境土"。《江汉》写宣王讨伐徐国，《常武》赞美太师南仲皇父，无不铺张扬厉、兴高采烈。

两汉时代的宫廷文学首推汉大赋。班固《两都赋序》云："故言语侍从之臣，若司马相如、虞丘寿王、东方朔、枚皋、王褒、刘向之属，朝夕论思，日月献纳。……或以抒下情而通讽谕，或以宣上德而尽忠孝，雍容揄扬，著于后嗣，抑亦雅颂之亚也。故孝成之世，论而录之，盖奏御者千有余篇。"其实，"抒下情而通讽谕"者少,歌功颂德、粉饰太平者众。除了大赋之外,司马相如临终前留下了《封禅文》,《封禅文》颂扬"大汉之德",主张举行封禅典礼。作者颂扬了国家的兴旺,描摹出中央王朝的声威,具有周颂之遗风。

曹魏时代,邺下诸子为曹氏父子歌功颂德。王粲《公宴诗》云:"克符周公业,奕世不可追。"西晋时代,出现了带有"应诏"、"应令"标题的应制诗。晋武帝曾在华林园与群臣赋诗。东晋时代,门阀士族与皇权平分秋色,导致宫廷文学走向衰落。正如有学者所论:"东晋门阀政治使皇权衰微,并导致代表宫廷文学的应制诗的萧条。这种萧条,显示出最高统治阶层放弃了对文学的领导和干预,东汉后期开始动摇的儒家诗教至此衰落到历史最低谷。东晋文学遂呈现自由发展的多元化格局。"[1]

到了刘宋时代,皇室的地位得以强化,东晋一朝皇室暗弱的局面得以扭转。皇室恢复了对文学的领导。刘宋宫廷文学以颜延之为代表,谢灵运、鲍照、谢庄等人皆有宫廷文学之作。刘宋时代的宫廷文学承上启下,在宫廷文学发展史上占有重要位置。

其二,刘宋宫廷文学是两晋士族文学的歧变。

从士族文学的发展史来看,东晋的士族文学以玄言诗为标志,到了晋宋之际,士族文学发生了歧变,一条路是玄理与山水结合,发展为谢灵运的山水诗。谢灵运的山水诗中有一部分乃是庄园山水诗,当门阀士族难以进入政治高层去施展自己的抱负,寒

---

[1] 何诗海:《东晋应制诗之萧条及其文学史意蕴》,《文学遗产》2011年第2期,第23页。

族和次等士族已经掌握了政治军事大权之后，门阀士族子弟或会退守到自己的庄园，利用文化上的经济上的优势负隅顽抗，写作出带有鲜明的士族文学印记的山水文学。另外一些门阀士族子弟和次等士族精英则不得不与朝廷合作，为朝廷歌功颂德，形成了一股庙堂文学的潮流。因此，刘宋时代士族文学发生了歧变：山水文学与庙堂文学分道扬镳。山水文学较多地保留了士族文学的纯正基因，而庙堂文学则已经发生了基因变异。这两条路的代表人物就是谢灵运和颜延之。沈约《宋书·谢灵运传论》中说："爰逮宋氏，颜谢腾声。灵运之兴会标举，延年之体裁明密，并方轨前秀、垂范后昆。"选择退缩至山水和庄园的谢灵运最终被杀，选择成为宫廷文人的颜延之则仕途通达，得以享其天年。然而，随着时光的推移，到了明清时代，谢灵运及其山水诗大放异彩；颜延之及其应制诗则趋于湮没无闻。

其三，颜延之宫廷文学是南朝宫廷文学的典范。

从政治的视角看，表现元嘉盛世的是以应制诗为代表的宫廷文学，而不是山林文学。颜延之宫廷文学是南朝隋唐宫廷文学复兴的号角。在颜延之之后的南朝宫廷诗人无不受到了颜延之宫廷文学的影响。

在颜延之同时，谢灵运、鲍照、谢庄等人也写作了一定数量的宫廷文学作品。谢灵运作有《三月三日侍宴西池》、《从游京口北固应诏》等应制诗。他在《劝伐河北书》中，歌颂文帝是"聪明圣哲，天下归仁"的圣主，期盼在文帝的领导下早日统一华夏，实现"太平之道"，完成"岱宗之封"。谢庄的应制诗有《和元日雪花应诏诗》、《七夕夜咏牛女应制诗》、《侍宴蒜山诗》、《侍东耕诗》、

《从驾顿上诗》、《八月侍宴华林园曜灵殿八关斋》、《烝斋应诏诗》等。出身于寒门的鲍照,在孝武帝之世一度担任中书舍人。据《宋书·鲍照传》载:"世祖以照为中书舍人。上好为文章,自谓物莫能及,照悟其旨,为文多鄙言累句,当时咸谓照才尽,实不然也。"这与文学史上那个"孤且直"的鲍照形象并不一致。在朝廷的鲍照也写作过一些宫廷文学作品,如《侍宴覆舟山诗》、《三日游南苑诗》等。

大明泰始年间,形成了一个"祖袭颜延"的诗人集团。据钟嵘《诗品下》记载,这个集团包括以下人员:齐黄门谢超宗、齐浔阳太守邱灵鞠、齐给事中郎刘祥、齐司徒长史檀超、齐正员郎钟宪、齐诸暨令颜则、齐秀才顾则心。"檀、谢七君,并祖袭颜延,欣欣不倦,得士大夫之雅致乎!余从祖正员尝云:'大明、泰始中,鲍、休美文,殊已动俗,唯此诸人,傅颜陆体。用固执不如,颜诸暨最荷家声。'"此时的文坛上有三种力量,一种是继承谢灵运路线的山林诗人,一种是学习鲍照的通俗诗人,一种是模仿颜延之的宫廷诗人。从"鲍、休美文,殊已动俗"来看,谢灵运诗派已经江河日下,鲍照诗派如日中天,而"檀谢七君"坚持走颜延之诗派的路线。尤其值得注意的是谢灵运的孙子谢超宗是宫廷诗派的中坚人物。

钟嵘《诗品序》曰:"颜延、谢庄,尤为繁密,于时化之。大明、泰始中,文章殆同书抄。近任昉、王元长等,辞不贵奇,竞须新事。尔来作者,寖以成俗。"萧齐时代最著名的宫廷文人有王融、谢朓等人,王融的创作以《三月三日曲水诗序》为代表。据《南齐书》卷四十七《王融传》载:

（永明）九年，上幸芳林园，禊宴朝臣，使融为《曲水诗序》，文藻富丽，当世称之。上以融才辩，十一年，使兼主客，接虏使房景高、宋弁。弁见融年少，问："主客年几？"融曰："五十之年，久逾其半。"因问："在朝闻主客作《曲水诗序》。"景高又云："在北闻主客此制，胜于颜延年，实愿一见。"融乃示之。后日，宋弁于瑶池堂谓融曰："昔观相如《封禅》，以知汉武之德。今览王生《曲水诗序》，用见齐王之盛。"融曰："皇家盛明，岂直比踪汉武？更惭鄙制，无以远匹相如。"

王融的《三月三日曲水诗序》意在超越颜延之，直追司马相如。然其主旨和结构模式明显照搬颜延之《曲水诗序》。颜延之在南朝的巨大影响力是难以否认的。梁陈时代宫廷文学也较为兴盛，出现了沈约、刘孝绰、庾肩吾、江总等宫廷文人。在整个南朝，学习模仿颜延之的不是一个人，而是一代又一代的宫廷文人。

到了唐代，宫廷文学也迎来了一个黄金时代。沈佺期、宋之问、许敬宗是初唐的应制诗人；燕国公张说、许国公苏颋的文章形式严整、典雅宏丽、格调雄浑、气势恢宏，被称为"燕许大手笔"；贤相张说、张九龄部分应制诗中能够凸现出作者的独立人格。继二张之后，王维开创了应制诗的新天地，终于成为唐代应制诗的集大成者。吴乔《围炉诗话》云："应制诗，右丞胜于诸公。"他们的宫廷文学中不乏宏壮之作，为唐代诗坛中增添了一片雍容华贵的奇葩。

宫廷文学是中国文学长河中的一条重要支流。刘宋时代,颜延之是宫廷文学的巨匠。颜延之宫廷文学乃是两晋士族文学的一种变体,它确立了南朝宫廷文学的范型,规定了南朝宫廷文学的走向,在中国古代宫廷文学发展史上占有一定的位置。

第三章　谢灵运《劝伐河北书》辨议

在《宋书·谢灵运传》中,全文收录了谢灵运的两篇赋和一书一表,即《撰征赋》、《山居赋》、《劝伐河北书》和《自理表》。可见《劝伐河北书》在研究谢灵运的生平和创作时是必不可少的文献之一。遗憾的是历来的研究者对《劝伐河北书》关注不够。迄今为止,在中国大陆地区还没有看到专门探究《劝伐河北书》的论文,只有叶笑雪、钟优民和李雁等先生在其著述中涉及该书的写作意图;在台湾地区,直到2007年才出现陈恬仪先生的《〈劝伐河北书〉的相关问题——论谢灵运之北伐主张与晋、宋之南北情势》一文,该文对《劝伐河北书》做出了较为细致的梳理和解析。笔者拟对前修时贤的诸种说法加以检讨,并就谢灵运写作《劝伐河北书》的背景、动机及效果等问题谈谈一己之见,以就教于大方之家。

一

20世纪以来,涉及谢灵运《劝伐河北书》写作意图的说法主要有以下几种:

有人认为《劝伐河北书》在爱国的旗号下别有用心，暴露了谢灵运与檀道济之间暗中"交通"的史实，本文简称之为"交通"说。此说以叶笑雪和李雁先生为代表。1957年，叶笑雪先生在《谢灵运诗选》"附论"中说："他在冠冕堂皇的前提下别有用心，也是一个不可否认的事实。……他的不可告人的目的在于：一方面想借发动收复失地的对外战争，消除朝廷和檀道济之间的火并危机；另一方面是为檀道济找寻一个有利的机会，以便火中取栗，使他在对外战争中既可壮大军事力量又可增高社会威望，制造内轻外重的局面。"[①]2005年出版的李雁先生的《谢灵运研究》一书中说："（叶笑雪的）这一论断是建立在对当时复杂的政局深入了解的基础上的。后来发生的事也足以证明这一论断的正确。"[②]

也有人认为《劝伐河北书》意在表现谢灵运的爱国思想，本文简称为"爱国"说。此说以钟优民先生为代表。1981年钟优民先生在《谢灵运的爱国思想》一文中认为："在这种爱国热情和政治理想的驱使下，尽管自身处于被排斥出朝廷、即将不得过问政事的逆境中，还是大无畏地上书宋文帝，痛陈中原至今未复，实乃全国人民的奇耻大辱，力主北伐。……《上书劝伐河北》疏实在算得上是一篇振奋人心、长自己志气和灭敌人威风的杰作。"[③]

还有人认为谢灵运写作《劝伐河北书》，是希望自己能够获

---

① 叶笑雪：《谢灵运诗选》，上海古典文学出版社1957年版，第171页。
② 李雁：《谢灵运研究》，人民文学出版社2005年版，第54页。
③ 钟优民：《谢灵运的爱国思想》，《社会科学战线》1981年第4期。

得重用，参与北伐之事，本文简称为"参与北伐"说。此说以台湾学者陈恬仪先生为代表。2007年陈恬仪先生在台湾《东华人文学报》(第11期，2007年7月)发表《〈劝伐河北书〉的相关问题——论谢灵运之北伐主张与晋、宋之南北情势》一文，文章认为："灵运上书劝文帝北伐，希望透过北伐之规划，进而成为文帝股肱要臣。""谢灵运实为积极的主战派，因此《劝伐河北》中认为应透过积极征战，以统一南北，恢复失土，亦为谢灵运一贯的主张……灵运本为积极主战的人，临行前写一个劝北伐的(书)上给一个有志的皇帝，实在是希望皇帝引以为用，让他参与北伐之事，以一展抱负宏图，故此书可以算是他对自己政治前途的最后尝试。"[1]

从1949年一直到1980年代初，学术界通常使用人民性、爱国主义和现实主义这三把尺子来衡量和评价古代作家。凡是能够与这三把尺子沾上边的都可以归入进步作家的阵营之内。当时的流行看法是：谢灵运出身于门阀士族家庭，远离下层人民生活，其诗风代表了六朝形式主义的主要倾向，因此那时的学术界对他的评价一向不高。钟优民先生用爱国主义作家来称许谢灵运，在当时历史环境中是一种不同流俗的见解。就《劝伐河北书》来说，谢灵运向往"区宇一统"的"太平之道"，文中还有为沦陷区人民遭遇而"伤心"的表述，说《劝伐河北书》具有一定的爱国思想并不是有意拔高古人。在此，需要注意的是谢灵运的爱国思想与家族观念之间的关系。他和当时的大多数门阀士族精英一样，在家族利益

---

[1] 陈恬仪：《〈劝伐河北书〉的相关问题——论谢灵运之北伐主张与晋、宋之南北情势》，《东华人文学报》第11期，2007年7月。

和国家利益之间，他们大都是先家族后国家的；在家族利益与皇室利益之间，他们大都是先家族后皇室的。那么，爱国主义思想是不是谢灵运思想中的主流，除了爱国思想的因素之外，《劝伐河北书》中是否还隐含着其他动机，则可以进一步讨论。

对于《劝伐河北书》表现了谢灵运与檀道济之间的"交通"说，钟优民先生认为属于"深文周纳"的"杜撰"。陈恬仪先生进一步说："檀道济之死因，依《宋书》本传所言，其人本无逆志，乃因战功多，诸子群吏又有才气，故招忌冤死，义康之陷害语，实不足为证，其它史料亦不见其与谢灵运交通之事，故以为《劝伐河北书》和檀道济有关，实属臆测之辞，并无实证。"[①]笔者按：叶笑雪先生敏锐地发现了谢灵运在爱国思想之外还有别的动机，这一点颇具启发性。他认为谢灵运的目的有二，一是"想借发动收复失地的对外战争，消除朝廷和檀道济之间的火并危机"；二是"制造内轻外重的局面"。这两点值得商榷，假设通过北伐战争可以收复失地，同时又能消除皇帝与权臣之间的"火并危机"，对朝廷而言应该不完全是一件坏事，并不是见不得人的事。通过北伐"制造内轻外重的局面"的想法过低地估计了宋文帝刘义隆的智力。既然谢灵运一直担心弄巧成拙，在乞假东归之际为何突然就不怕了呢？笔者认为这种说法难以自圆其说。

陈恬仪的《〈劝伐河北书〉的相关问题——论谢灵运之北伐主张与晋、宋之南北情势》是笔者读到的第一篇研究《劝伐河北

---

① 陈恬仪：《〈劝伐河北书〉的相关问题——论谢灵运之北伐主张与晋、宋之南北情势》。

书》的专文。作者对相关的历史资料花费了大量功夫，考证了《劝伐河北书》的写作时间，对全文进行了分段解析。该文结合晋宋之际南北的历史情势，对谢灵运书中提出的北伐时机和北伐地点两项进行了细密论析。作者对《劝伐河北书》一文的写作动机提出了新看法，他认为谢灵运意在参与北伐，此说较之于前人诸说更为深入。当然陈恬仪先生的观点也还有可以商兑和讨论的地方。首先，就谢灵运的动机而言，如果他真是希望自己被委以重任，参与北伐，那么他应该为自己的不遵礼度向文帝道歉，起码应该对自己的放诞行为做出一个对方可以接受的解释。并且，书中也应该有主动请缨、为国捐躯之意。遗憾的是文中并没有出现类似的字眼，这表明谢灵运对于重返政坛并不抱任何幻想。其次，陈文过多地分析了《劝伐河北书》表现出谢灵运"浮夸的文人特质和个人躁进空疏的性格"，而没有看到该文在决定谢灵运的命运之时所发挥的正面效应。

谢灵运《劝伐河北书》中包含着对统一大业的向往，具有一定的爱国思想，但表现个人的爱国情愫并不是谢灵运撰写此文的主要目的。"交通"说缺乏历史根据，意在"参与北伐"说也未能说明谢灵运上书的主要动机。

二

元嘉五年（428）春，谢灵运乞假东归之际以《劝伐河北书》上呈宋文帝刘义隆。在此之前，他与文帝之间的矛盾一度剑拔弩张。据《宋书·谢灵运传》载：

太祖登祚，诛徐羡之等，征为秘书监，再召不起，上使光禄大夫范泰与灵运书敦奖之，乃出就职。使整理秘阁书，补足遗阙。又以晋氏一代，自始至终，竟无一家之史，令灵运撰《晋书》，粗立条流，书竟不就。寻迁侍中，日夕引见，赏遇甚厚。灵运诗书皆兼独绝，每文竟，手自写之，文帝称为二宝。既自以名辈，才能应参时政，初被召，便以此自许；既至，文帝唯以文义见接，每侍上宴，谈赏而已。王昙首、王华、殷景仁等，名位素不逾之，并见任遇，灵运意不平，多称疾不朝直。穿池植援，种竹树堇，驱课公役，无复期度。出郭游行或一日百六七十里，经旬不归，既无表闻，又不请急。上不欲伤大臣，讽旨令自解。灵运乃上表陈疾，上赐假东归。将行，上书劝伐河北。

谢灵运进入仕途以来有过两段特殊的经历。第一段是在东晋末年。在东晋朝廷征讨桓玄的过程中，有两股政治势力开始崛起，一股是都督荆州等十六州军事的刘裕势力，另一股是抚军将军刘毅的势力。其中，刘裕的发展势头更猛，渐渐形成了代晋自立之势。相较于刘裕，刘毅则风流儒雅，与士族名士过从甚密。谢氏家族的领袖人物谢混与之结为政治同盟。在谢混的安插下，谢灵运从义熙二年（406）二十二岁时就担任刘毅的记室参军。义熙八年（412），刘裕谋杀谢混并攻打刘毅军，刘毅兵败自杀。此后，谢灵运转而进入刘裕麾下，担任太尉参军，次年任秘书丞。义熙十三年（417）冬，谢灵运奉命前往彭城慰问北伐途中的刘裕。义熙十四年（418）六月，刘裕受相国、宋公命，谢灵运任宋国黄门侍郎，迁相国从事中郎等。晋元熙二年（420）六月，刘裕废晋恭帝自立。谢灵运由康乐县公降为康乐县侯,起为散骑常侍。八月,任太子左卫率。对于谢灵运在宋国建立之前所走的这一段弯路,刘裕并没有予以深究。

第二段是在刘宋初年。刘宋政权建立之后,谢灵运并不得志。据《宋书·谢灵运传》载:"灵运为性褊激,多愆礼度,朝廷唯以文义处之,不以应实相许。自谓才能宜参权要,既不见知,常怀愤愤。"作为太子刘义符左卫率的谢灵运与作为太子舍人的颜延之一同投靠了"颇好辞义"的庐陵王刘义真。刘义真、谢灵运、颜延之和僧人慧琳四人被权臣徐羡之等视为一个政治小集团。永初二年(421),庐陵王刘义真任司徒;永初三年(422)正月,刘义真出镇历阳。五月,宋武帝刘裕卒。太子义符立,是为少帝。徐羡之、傅亮、谢晦、檀道济同受顾命。谢灵运和颜延之等被排挤出朝廷,担任地方官员。据《宋书·谢灵运传》载:"庐陵王义真少好文籍,与灵运情款异常。少帝即位,权在大臣,灵运构扇异同,非毁执政,司徒徐羡之等患之,出为永嘉太守。"在永嘉太守任上仅一年,谢灵运便辞职回乡。景平二年,徐羡之等杀害了少帝及庐陵王,迎立刘义隆于江陵。八月,文帝即位。元嘉二年(425)正月,徐羡之、傅亮等归政。元嘉三年(426)文帝杀徐羡之、傅亮、谢晦。谢灵运、颜延之和慧琳等人很快得到了启用。之所以启用谢灵运等人,是因为文帝对兄长刘义真怀有深情,对他的不幸遭遇甚为同情。文帝对谢灵运等人并不存有偏见,更何况,谢灵运出生于门阀士族之家,是当代最有名望的文人,他若能加盟朝廷则具有一定的象征意义。

谢灵运在扭捏作态一番之后来到了京都,但他并没有得到想象中的政治地位。在宋武帝时代,"朝廷唯以文义处之";到了元嘉年间,"文帝唯以文义见接"。宋文帝与谢灵运之间的矛盾在于:文帝仅仅把谢灵运看作一个宫廷文人,而谢灵运则为设想自己是能够参与朝廷最高决策的要臣。文帝以为授予谢灵运秘书监乃至侍中就已经对得起灵运了。秘书监是一个清显职务,只有士族中的精英才可以得到。灵运在这个位置上时间不长,很快就被提拔为侍中。能够担任侍中已经相当尊贵,《南史·夷貊上》载:"是时,宰相无常官,唯人主所与议论政事、委以机密者,皆宰相也。……亦有任侍中而不为宰相者;然尚书令、仆,中书监、令,侍中,侍郎,给事中,皆当时要官也。"谢灵运所嫉妒的王昙首、王华、殷景仁三人所担任的同样是侍中职务。与对待一般大臣不同,颇爱诗文艺术的文帝对谢灵运青眼相加,谢灵运受到了"日夕引见,赏遇甚厚"的恩宠。

谢灵运之所以不能成为朝廷要臣,其因何在?流行的说法是刘宋王朝代表了庶族或者次等士族的利益,他们始终在打压王谢等高门士族。其实,刘裕对陈郡谢氏家族中的谢晦、谢景仁,文帝对琅琊王氏家族中的王弘、王昙首、王华和谢灵运的族弟谢弘微等都极为信赖。到了南朝之后,门阀士族失去了东晋王朝时的显赫地位。但他们在朝廷上下还具有一定的影响力。出身庶族或次等士族的皇室,也需要门阀士族的支持,而门阀子弟也需要借助皇室来巩固和提升自己的地位,以重现家族在昔日的辉煌。双方都在寻找一个共同点,以求达到双赢的政治局面。因之,如果仅仅说到了刘宋时代,皇权在排挤士族,次等士族在打压高级士族,则显得较为笼统,与史实不尽相符。《宋书·谢弘微传》载:"太祖即位,(弘微)为黄门侍郎,与王华、王昙首、殷景仁、刘湛等号曰五臣。"五臣当中,三位就是王谢子弟,足以说明文帝对于门阀士族的倚重。也有人以为谢灵运不受重用是因为他没有参与入奉大统的经历。王昙首、王华兄弟虽然没有封爵,名位素不逾灵运,但他们都是文帝的旧臣,在清除徐羡之集团及平定谢晦之乱中立有大功。《宋书·王昙首传》载,连文帝也曾经感叹:"此坐非卿兄弟,无复今日。"这段经历使王昙首兄弟与文帝建立了患难之交。但要治理国家,仅仅靠此二三子是不可能的。其实,即使是受到文帝重用的王华也有"力用不尽"的失落感。《宋书·王华传》载:"及王弘辅政,而弟昙首为太祖所任,与华相埒,华尝谓己力用不尽,每叹息曰:'宰相顿有数人,天下何由得治!'"还有人认为谢灵运不受重用与他当年曾经是刘义真的嫡系有关。据《资治通鉴·宋纪二》载:"帝以慧琳道人善谈论,因与议朝廷大事,遂参权要,宾客辐凑,门车常有数十两,四方赠赂相系,方筵七八,座上恒满。琳著高屐,披貂裘,置通呈、书佐。会稽孔觊尝诣之,遇宾客填咽,喧凉而已。觊慨然曰:'遂有黑衣宰相,可谓冠屦失所矣!'"慧琳得以参权要的经历说明,与是否曾经是义真的嫡系也没有关系。

谢灵运之所以不能受到重用的原因只有一条,那就是他不具备参权要的能力,起码在刘裕和刘义隆父子眼里他不具备参权要的能力。据《宋书·谢弘微传》载,谢混对谢灵运的评价是"阿客博而无检","康乐诞通度"。据《宋书·刘义真传》载,刘义真对谢灵运和颜延之的评价是:"灵运空疏,延之隘薄,魏文帝云鲜能以名节自立者。"谢混是谢灵运的长辈和精神导师,刘义真是对谢灵运最赏识的诸侯王,他们对谢灵运的评价是客观而中肯的。在他们看来，以谢灵运的性格去从事政治会带来很多问题。这样，我们也就不难理解"朝廷唯以文义处之，不以应实相许"的原因了，宋武帝时代是这样，宋文帝时代依然是这样。谢灵运的才华集中在文学艺术方面，他并不擅于政治权术。遗憾的是对此他没有自知之明。

在不受当朝皇帝重用的前提下，像在武帝时代一样，谢灵运的老毛病再度发作。当意识到文帝不会让自己参与最高决策，只是把自己看作一个宫廷弄臣之后，谢灵运意甚不平，他公然采取了这样的行为：不履行请假手续，擅离职守，外出游玩，经旬不归。并且长期驱使公役去为自家劳作，"穿池植援，种竹树堇"。以拒不上朝作为对抗皇帝的手段，说轻了是近于小孩子的负气，说重了就是漠视朝廷制度。如果谢灵运一意孤行下去，以封建皇帝的耐心，那只有死路一条。即使是至圣至明的皇帝，也不能听任大臣如此恣意妄为。说起来，刘裕刘义隆父子对待谢灵运还算包容。文帝"讽旨令自解"已经是一种极度失望之后的宽大之举。

三

出人意料的是谢灵运在乞假回乡之际呈上了《劝伐河北书》。书云：

> 自中原丧乱，百有余年，流离寇戎，湮没殊类。先帝聪明神武，哀济群生，将欲荡定赵魏，大同文轨，使久渝反于正化，偏俗归于华风。运谢事乖，理违愿绝，仰德抱悲，恨存生尽。况陵

莹未几，凶虏伺隙，预在有识，谁不愤叹。而景平执事，并非其才，且构纷京师，岂虑托付。遂使孤城穷陷，莫肯拯赴。忠烈囚朔漠，绵河三千，翻为寇有。晚遣镇戍，皆先朝之所开拓，一旦沦亡，此国耻宜雪，被于近事者也。又北境自染逆虏，穷苦备罹，征调赋敛，靡有止已，所求不获，辄致诛殒，身祸家破，阖门比屋，此亦仁者所为伤心者也。

咸云西虏舍末，远师陇外，东虏乘虚，呼可掩袭。西军既反，得据关中，长围咸阳，还路已绝，虽遣救援，停住河东，遂乃远讨大城，欲为首尾。而西寇深山重阻，根本自固，徒弃巢窟，未足相拯。师老于外，国虚于内，时来之会，莫复过此。观兵耀威，实在兹日。若相持未已，或生事变，忽值新起之众，则异于今，苟乖其时，难为经略，虽兵食倍多，则万全无必矣。又历观前代，类以兼弱为本，古今圣德，未之或殊。岂不以天时人事，理数相得，兴亡之度，定期居然。故古人云："既见天殃，又见人灾，乃可以谋。"昔魏氏之强，平定荆冀，乃乘袁、刘之弱，晋氏之盛，拓开吴、蜀，亦因葛、陆之衰。此皆前世成事，著于史策者也。自羌平之后，天下亦谓虏当俱灭，长驱滑台，席卷下城，夺气丧魄，指日就尽。但长安违律，潼关失守，用缓天诛，假延岁月，日来至今，十有二载，是谓一纪，曩有前言。况五胡代数齐世，虏期余命，尽于来年。自相攻伐，两取其困，下庄之形，验之今役。仰望圣泽，有若渴饥，注心南云，为日已久。来苏之冀，实归圣明。此而弗乘，后则未兆。即日府藏，诚无兼储，然凡造大事，待国富兵强，不必乘会，于我为易，贵在得时。器械既充，众力粗足，方于前后，乃当有优。常议损益，久证冀州口数，百万有余，田赋之沃,著自《贡》典,先才经创,基趾犹存,澄流引源,桑麻蔽野,强富之实,昭然可知,为国长久之计,孰若一往之费邪。

或惩关西之败,而谓河北难守。二境形势,表里不同,关西杂居,种类不一,昔在前汉,屯军霸上,通火甘泉。况乃远戍之军,值新故交代之际者乎。河北悉是旧户,差无杂人,连岭判阻,三关作隘。若游骑长驱,则沙漠风靡;若严兵守塞,则冀方山固。昔陇西伤破,晁错兴言,匈奴慢侮,贾谊愤叹。方于今日,皆为赊矣。

晋武中主耳,值孙皓虐乱,天祚其德,亦由钜平奉策,荀、贾折谋,故能业崇当年,区宇一统。况今陛下聪明圣哲,天下归仁,文德与武功并震,霜威共素风俱举,协以宰辅贤明,诸王美令,岳牧宣烈,虎臣盈朝,而天威远命,亦何敌不灭。矧伊顽虏,假日而已哉。伏惟深机志务,久定神谟。

臣卑贱侧陋,窜景岩穴,实仰希太平之道,倾睹岱宗之封,虽乏相如之笔,庶免史谈之愤,以此谢病京师,万无恨矣。久欲上陈,惧在触罝,蒙赐恩假,暂违禁省,消渴十年,常虑朝露,抱此愚志,昧死以闻。

从这份上书来看,谢灵运表明的政治态度有三点:

其一,他完全支持北伐大业,在书中为北伐事业积极建言献策。在南朝历史上,文帝是一位少见的以北伐大业为己任的皇帝。据《资治通鉴·宋纪二》载:"帝自践位以来,有恢复河南之志。"据《宋书·索虏传》载:"太祖践阼,便有志北略。七年三月,诏曰:'河南,中国多故,湮没非所,遗黎荼炭,每用矜怀。'"《索虏传》

载有他的两首诗。一首是《元嘉七年以滑台战守弥时遂至陷没乃作诗》,诗中有"华裔混殊风,率土浃王猷。惆怅惧迁逝,北顾涕交流"之句;另一首是《北伐诗》,其中有"逝将振宏罗,一麾同文轨"等句。足以看出文帝的忧国忧民之心和一统华夏之志。这些诗篇虽然作于谢灵运离开朝廷之后,但文帝北伐中原的信念早已形成。谢灵运担任秘书监和侍中之时,被文帝日夕引见,对于文帝的北伐之志并不陌生。据《南史·宋本纪·文帝纪》载,文帝曾经在元嘉二十七年时感叹:"北伐之计,同议者少。今日士庶劳怨,不得无惭。"终元嘉之世,文帝的北伐主张,并不能得到朝廷大臣的有力支持和热烈响应。谢灵运书中说"久欲上陈,惧在触置",意指此乎?

在北伐问题上,谢灵运自觉地站在文帝一边,积极地表明自己拥护北伐的政治态度。谢灵运在上书中首先分析了北伐之必要性:北伐是先帝刘裕未竟的事业,作为先帝的继承人不应该让他抱恨九泉;刘裕死后,魏人南侵,三千里江山沦落敌手,此"国耻宜雪";北方人民在胡虏的统治下流离失所,饱受苦难。"仁者"有责任解救他们逃离苦海。其次,书中还分析北伐的时机。在北方,西虏大夏与东虏北魏正在展开激战,目前正是出兵北伐的最好时机。一旦北伐成功,富庶的河北将为国家提供巨大的物质资源。河北与关西不同,这里的人民多是汉族旧户,士族阶层在其中可以发挥重要作用。这里地势险要,易守难攻。也有人说谢灵运对北伐时机的判断有冒险轻敌的倾向,纵然如此也不应该否定他的爱国热情。相对于何时北伐而言,要不要北伐显得更为重要。何时北伐是一个由皇帝决策的技术问题;支持还是反对北伐,乃是每一个大臣应该表明的态度问题。

其二，书中高度颂扬了宋文帝。其实，在元嘉之前，他写的应制诗文就深受刘裕欣赏。义熙十三年（417）冬，谢灵运奉命前往彭城慰问北伐途中的刘裕，撰有《撰征赋》。该赋序中说："相国宋公，得一居贞，回乾运轴，内匡寰表，外清遐陬……宏功懋德，独绝古今。"宋国建立之后，谢灵运作有《三月三日侍宴西池》、《从游京口北固应诏》等应制诗。[①]有人说《撰征赋》中歌颂刘裕的成分并不多，其应制诗中也含有隐逸之想。但是我们也要看到，颂扬的句子不在于多少，关键在于作者的政治态度，在当时还难以找到另一篇赋像《撰征赋》这样为"相国刘公"歌功颂德。诗人在应制诗中也高度颂扬了皇帝，其《三月三日侍宴西池》云："江之永矣，皇心唯眷。"其《从游京口北固应诏》云："皇心美阳泽，万象咸光昭。"至于应制诗中含有一定的隐逸之想乃是一种显示诗人情趣高雅的标签，导源于谢灵运的这一传统到了唐代应制诗中被进一步发扬光大。

到了《劝伐河北书》中，灵运不仅用"聪明神武，哀济群生"颂扬先帝，且集中笔墨歌颂了北伐的新领袖——文帝刘义隆。文帝是"聪明圣哲，天下归仁，文德与武功并震，霜威共素风俱举"的圣主。与当今皇帝的雄才大略相较，那位"业崇当年，区宇一统"的晋武帝只是一位中主而已。文帝的周围人才济济，"协以宰辅贤

[①] 《从游京口北固应诏》，《文选》吕延济、张铣、吕向注及刘履《选诗补注》卷六均以为作于宋武帝时代，今人顾绍柏等以为作于文帝元嘉四年（427）。其具体创作时期有待考证。

明，诸王美令，岳牧宣烈，虎臣盈朝，而天威远命，亦何敌不灭"。沦陷区的人民正在翘首以待，"仰望圣泽，有若渴饥，注心南云，为日已久。来苏之冀，实归圣明"。自己唯一的期盼就是在文帝的英明领导下早日统一华夏，实现"太平之道"，完成"岱宗之封"。这一段颂扬皇帝的文字，与中国古代的任何一篇颂体文相比都是毫不逊色的。

其三，书中也表明了对自己去向的选择。对于文帝而言，谢灵运是否承认刘宋政权的合法性，是否拥护自己的统治，是最为重要的。对此，谢灵运的回答毫不含糊。至于谢灵运个人的去向，从理论上讲有三条路可走：第一条是成为皇帝的重臣，参与朝廷决策，为国家奉献自己的智慧，光宗耀祖，重新振兴自己的家族。这条路是谢灵运为自己设计的，但刘宋的两任皇帝都不能认可。第二条路，是文帝希望于他的，把他留在朝廷，担任一些清显的文职，为朝廷撰写一些歌功颂德的诗文辞赋，陪皇帝赏玩赏玩文学与书法。这条路是文帝为他设定的，但他自己无法忍受。这样，在现实中他其实只有一条路可走：离开朝廷，回到谢氏庄园去，过隐居的生活。这是一条无可奈何的路，也是一条别无选择的路。在《劝伐河北书》中他为自己选择的就是这第三条路，他指出尽管皇帝如同雄才大略的汉武帝，自己则愿意和告别朝廷的司马相如一样，在隐居中祝愿早日实现太平之道和岱宗之封。他说自己"消渴十年，常虑朝露"，此番"蒙赐恩假，暂违禁省"之后，将"窜景岩穴"做一个山居之士。从这里也可以看出，在这个"圣明"的时代，他不愿意做一个御用文人，为朝廷粉饰太平，为皇帝摇旗呐喊。做一个御前文人，与皇帝在一起，享受"日夕引见，赏遇甚厚"的荣耀生活，也许是很多文人一生的梦想。但这样的角色在谢灵运眼里与自己高贵的血统不符，也与其高远的志向和不羁的个性不符。与其做一个文学弄臣，还不如归隐林泉，逍遥自在。倘若谢灵运能够在认同现存政治秩序的前提下去做一个隐士，文帝也未尝不能接受。值得注意的是，谢灵运并没有在皇帝面前卑躬屈节，自我贬损，他始终保持了傲岸的人格。他敢于摆出这样的姿势，与他的贵族身份和士族意识密不可分。在此丝毫看不出他希冀受到文帝重用、参与北伐事业的念头。

　　谢灵运借上此书以表明自己对文帝及刘宋政权的政治态度，试图化解自己与文帝之间的尖锐矛盾。同时，在上书中他明确选择了归隐林泉之路。

四

　　《劝伐河北书》上奏之后究竟产生了什么样的效果呢？从史料上看，《劝伐河北书》上呈之后，文帝并没有采纳谢灵运的北伐建议，也没有挽留他，而是听任其收拾行装回到始宁别墅。元嘉七年和元嘉二十七年、二十九年的北伐战争中也没有以河北作为朝廷北伐的目的地。从这个角度看，谢灵运的《劝伐河北书》没有发挥任何作用，就像一枚投向湖心的石子，出人意料地没有溅起一丁点儿涟漪。

　　有一种观点认为正是《劝伐河北书》的上奏为谢灵运招来了杀身之祸："《劝伐河北书》的上奏对谢灵运此后人生的影响之大，恐怕连他自己都不曾意料得到——既然你已公开表明自己站到了檀道济一边，那么除非是檀道济取宋而代之，不然就将注定了祸事临头,这无疑是自绝后路。"[①]看檀道济与谢灵运的关系,在《宋书·檀道济传》中可以找到两条相关的材料,一条是间接材料,一条是直接材料。间接材料是:"徐羡之将废庐陵王义真,以告道济,道济意不同,屡陈不可,不见纳。"徐羡之集团要废黜庐陵王刘义真之时,谢灵运已经被排挤出朝廷。据此推测,檀道济对刘义真集团还是抱有一定好感的。对此,知道真相之后的谢灵运应该会心存感激。直接材料是在元嘉十三年檀道济被杀时的诏书中出现了谢灵运的名字:"檀道济……元嘉以来,猜阻滋结,不义不昵之心,附下罔上之事,固已暴之民听,彰于遐迩。谢灵运志凶辞丑,不臣显著,纳受邪说,每相容隐。"元嘉十三年文帝病危,朝政由刘义康把持,《宋书·檀道济传》曰:"道济立功前朝,威名甚重;左右腹心,并经百战,诸子又有才气,朝廷疑畏之。太祖寝疾累年,屡经危殆,彭城王义康虑宫车晏驾,道济不可复制。十二年,上疾笃,会索虏为边寇,召道济入朝。……初,道济见收,脱帻投地曰:'乃复坏汝万里之长城!'"如果檀道济与谢灵运暗中交通,那么在元嘉八年的北伐中,文帝就不会"加道济都督征讨诸军事,率众北讨",也不会在元嘉九年三月让他"进位司空,持节、常侍、都督、刺史并如故"。谢灵运被杀时,并没有人把他们两人扯到一起。直到元嘉十三年,要杀害檀道济之时,刘义康集团需要罗列道济的罪名,于是便扯上了三年前已杀的谢灵运。既然檀道济的被杀是冤枉的,那么他和谢灵运之间的"交通"自然就是莫须有之罪了。

---

① 李雁:《谢灵运研究》,第55页。

站在封建朝廷的立场看，此书关心国是，颂扬主上，立场明确，态度端正。因之，我们推断，谢灵运书中的态度在一定程度上缓解了文帝与谢灵运之间的矛盾。据《宋书·谢灵运传》记载，在辞别京师返回始宁之后，谢灵运多次遭遇不测之祸，文帝数次对谢灵运宽大处理，不能说与此书中表明的政治态度无关。

在始宁期间："会稽东郭有回踵湖，灵运求决以为田，太祖令州郡履行。此湖去郭近，水物所出，百姓惜之，（孟）顗坚执不与。灵运既不得回踵，又求始宁岯崲湖为田，顗又固执。灵运谓顗非存利民，正虑决湖多害生命，言论毁伤之，与顗遂构仇隙。因灵运横恣，百姓惊扰，乃表其异志，发兵自防，露板上言。灵运驰出京都，诣阙上表。……太祖知其见诬，不罪也。不欲使东归，以为临川内史，赐秩中二千石。"孟顗等人伺机构害灵运之意非常明显，而灵运的贪得无厌正好给自己的敌人提供了口实。灵运决湖占田的行为乃是门阀贵族在经济上贪婪性的表现。至于说他有"异志"，文帝也"知其见诬"。文帝何以知之？当与其书中的表白相关。正因为如此，文帝不仅没有治罪，反而册封他为临川内史。

在临川内史任上："（灵运）在郡游放，不异永嘉，为有司所纠。司徒遣使随州从事郑望生收灵运，灵运执录望生，兴兵叛逸，遂有逆志。为诗曰：'韩亡子房奋，秦帝鲁连耻。本自江海人，忠义感君子。'追讨禽之，送廷尉治罪。廷尉奏灵运率部众反叛，论正斩刑。上爱其才，欲免官而已。彭城王义康坚执谓不宜恕，乃诏曰：'灵运罪衅累仍，诚合尽法。但谢玄勋参微管，宜宥及后嗣，可降死一等，徙付广州。'"其中所引的诗原无题，今人沿用焦竑本《谢康乐集》称之为《临川被收》。关于这首诗的真伪及意旨向来有不同的看法。清人陈祚明《采菽堂古诗选》卷十七云："累任之后忽发此愤，诚非情实。然吾谓康乐胸中未忘此意，于其哀庐陵信之。"今人或以为此诗出于刘宋当权者的伪造，或以为它表达了谢灵运不甘为刘宋王朝所奴役的激愤心情。在没有铁证的前提下，我们难以断定其为伪作。张良击秦始皇于博浪沙，鲁仲连义不帝秦，两人均没有仕秦之举，而谢灵运则累任于刘宋政权，此前并没有显示出不臣之志。此诗中的感言显然只是一时的冲动之语。正因为这样，文帝没有与他计较，仅仅徙付广州了事。文帝之所以宽恕谢灵运，主要是考虑到谢玄当年的功勋。按理说，《劝伐河北书》中的政治态度也应该还在继续发挥着积极作用，起码它没有起到负面作用。

徙付广州之后，有人告发灵运图谋聚众叛逆，"有司又奏依法收治，太祖诏于广州行弃市刑"。表面看来，是文帝亲自下诏杀害了谢灵运。其实，谢灵运被杀的根本的原因有二，一是其性格的偏颇和行为的失检。正如《资治通鉴·宋纪二》所评："灵运恃才放逸，多所陵忽，故及于祸。"二是统治集团中有人蓄意想陷害他。在刘宋统治集团中，欲置谢灵运于死地的不是宋文帝，而是文帝之弟彭城王刘义康。邓小军先生指出："据《宋书·谢灵运传》及《孟顗传》，孟顗与彭城王刘义康是为翁婿，则可知孟顗与灵运'构仇隙'，及'顗发兵自防，露板上言'，实际皆是孟顗为其婿彭城王刘义康构害灵运。"[1]此言甚是。据《宋书·刘义康传》

---

[1] 邓小军：《三教圆融的临终关怀——谢灵运〈临终诗〉考释》，葛晓音主编：《汉魏六朝文学与宗教》，上海古籍出版社2005年版，第358页。

载:"六年,……(义康)与王弘共辅朝政。弘既多疾,且每事推谦,自是内外众务,一断之义康。""义康性好吏职,锐意文案,纠剔是非,莫不精尽。既专总朝权,事决自己,生杀大事,以录命断之。""太祖有虚劳疾,寝顿积年,每意有所想,便觉心中痛裂,属纩者相系。……内外众事,皆专决施行。"元嘉二十二年,有司上曰:"义康昔擅国权,恣心凌上,结朋树党,苞纳凶邪。衅衅彰著,事合明罚。"刘义康素无术学,奉行顺我者昌逆我者亡的人生法则,对前朝的贵族后裔并不放在眼里,对所谓的文人学士也不屑一顾,行为放诞而个性傲岸的谢灵运正是他的眼中钉。灵运之死乃是刘义康集团利用文帝病重之时一手策划和实施的一次阴谋行动。

有人把谢灵运看作反宋忠晋的义士,由于谢灵运先后数度仕于武帝时代和文帝时代,也曾经与庐陵王刘义真情款异常,是故似乎不能视作反宋复晋的典型。对于晋室,他自然存有同情之心,特别是晚年随着在刘宋政权中的失意,他对东晋王朝的怀恋愈加强烈,也写出了过激的诗句。他恃才傲物、放逸冲动的言行恰好为刘义康及其爪牙所利用,乘机置之于死地。其《临终》诗中说:"恨我君子志,不获岩上泯。"清楚地说明他的志向并不是要做反宋复晋的义士,而是要做回归岩上的隐士,在生命临终之时,他唯一遗恨的是未能将隐居之志进行到底。

由此看来,谢灵运《劝伐河北书》所表露的政治态度虽然没有能够最后保住他的性命,但一度还是发挥过一些积极作用。

元嘉五年,在与宋文帝发生摩擦之时,谢灵运借上《劝伐河北书》以表白自己对文帝和刘宋政权的政治态度;同时也表明了自己归隐林泉的志向。此书有助于淡化文帝与谢灵运之间的冲突,在一定程度上起到过与文帝沟通从而保护自己的积极作用。

第四章　谢庄《与江夏王义恭笺》释证

刘宋孝武帝孝建元年（454），年仅三十四岁的谢庄拜吏部尚书。同年冬天他向时任大司马的江夏王刘义恭呈上一封笺文，表达了自己不愿居选部的意愿。谢庄《与江夏王义恭笺》被《宋书·谢庄传》全文收录。笺云：

下官凡人，非有达概异识、俗外之志，实因羸疾，常恐奄忽，故少来无意于人间，岂当有心于崇达邪！顷年乘事回薄，遂果饕非次，既足贻诮明时，又亦取愧朋友。前以圣道初开，未遑引退，及此诸夏事宁，方陈微请。款志未伸，仍荷今授，被恩之始，具披寸心，非惟在己知尤，实惧尘秽彝序。

禀生多病，天下所悉，两胁癖疾，殆与生俱，一月发动，不减两三，每至一恶，痛来逼心，气余如缀。利患数年，遂成痼疾，吸吸惙惙，常如行尸。恒居死病，而不复道者，岂是疾瘥，直以荷恩深重，思答殊施，牵课尫瘵，以综所忝。眼患五月来便不复得夜坐，恒闭帷避风日，昼夜惛憎，为此不复得朝谒诸王，庆吊亲旧，唯被敕见，不容停耳。此段不堪见宾，已数十日，持此苦生，而使铨综九流，应对无方之诉，实由圣慈罔已，然当之信自苦剧。

若才堪事任，而体气休健，承宠异之遇，处自效之途，岂苟欲思闲辞事邪！家素贫弊，宅舍未立，儿息不免粗粝，而安之若命，宁复是能忘微禄，正以复有切于此处，故无复他愿耳。今之所希，唯在小闲。下官微命，于天下至轻，在己不能不重。屡经披请，未蒙哀恕，良由诚浅辞讷，不足上感。

家世无年，亡高祖四十，曾祖三十二，亡祖四十七，下官新岁便三十五，加以疾患如此，当复几时见圣世，就其中煎愲若此，实在可矜。前时曾启愿三吴，敕旨云"都不须复议外出"。莫非过恩，然亦是下官生运，不应见一闲逸。今不敢复言此，当付之来生耳。但得保余年，无复物务，少得养疴，此便是志愿永毕。在衡门下有所怀，动止必闻，亦无假居职，患于不能禆补万一耳。识浅才常，羸疾如此，孤负主上擢授之恩，私心实自哀愧。入年便当更申前请，以死自固。但庸近所诉，恐未能仰彻。公恩盼弘深，粗照诚恳，愿侍坐言次，赐垂拯助，则苦诚至心，庶获哀允。若不蒙降祐，下官当于何希冀邪？仰凭愍察，愿不垂吝。[1]

关于这篇笺文的意旨，《宋书·谢庄传》中说得很肯定："其年，拜吏部尚书。庄素多疾，不愿居选部，与大司马江夏王义恭笺自陈。"对此，后来的学者没有提出异议，未能予以深究。结合刘宋时代的史实，仔细研读此笺，笔者认为谢庄不愿居选部不完全是因为疾病，还当有更为复杂的社会背景和深层的历史原因。

---

[1] ［梁］沈约：《宋书·谢庄传》，中华书局1974年版，第2173页。

一

初看起来,一篇笺文中,反反复复,絮絮叨叨,不断诉说的是自身的疾病。他说自己"实因羸疾,常恐奄忽",他的疾病达三种之多,一是先天性的"两胁癖疾",此病每月发作两三次,"痛来逼心,气余如綖";二是"利患数年",已经成为一种痼疾,让谢庄处在"吸吸惙惙,常如行尸"的折磨中;三是眼科疾病,"五月来便不复得夜坐,恒闭帷避风日,昼夜惛懵"。最近几十天来病情加剧,不能接见宾客。谢庄说自己本来"禀生多病,天下所悉",再加上祖上"家世无年"的魔影,不得不辞去政务繁忙、责任重大的吏部尚书。谢庄的请求似乎并不为过,于情于理,于公于私,似乎皆应该接受。

阅读史书时,我们不难发现这样一种历史现象:称疾而辞官,是封建官场上的游戏规则。大臣上表辞职,通常有两种情况,一种是大臣之间的矛盾激化,一种是大臣与皇帝之间的冲突加剧。前者如孝建年间吏部尚书何偃上表解职,起源于他与前任吏部尚书颜竣之间的摩擦。据《宋书·何偃传》:"侍中颜竣至是始贵,与偃俱在门下,以文义赏会,相得甚欢。竣自谓任遇隆密,宜居重大,而位次与偃等未殊,意稍不悦。及偃代竣领选,竣愈愤懑,与偃遂有隙。竣时势倾朝野,偃不自安,遂发心悸病,意虑乖僻,上表解职,告医不仕。"颜竣由起初对何偃的嫉妒,发展到后来的愤懑。孝建年间的吏部尚书至少有三位,除了何偃与颜竣,另外一位就是谢庄。强势的颜竣既然这样对待何偃,他会不会也排挤谢庄呢?谢庄与权臣颜竣之间是否有冲突,史书上没有明说,我们不便去做推测。

大臣与皇帝之间的冲突可以举出宋文帝时代的谢灵运和孝武帝时代的王僧达。《宋书·谢灵运传》载:"灵运意不平,多称疾不朝直。……上不欲伤大臣,讽旨令自解。灵运乃上表陈疾。……灵运以疾东归,而游娱宴集,以夜续昼,复为御史中丞傅隆所奏,坐以免官。"谢灵运称疾辞官,宋文帝顺水推舟,彼此都有一个台阶可下。而谢灵运"以疾东归"之后的放肆行动,给朝廷检察官提供了"坐以免官"的口实。孝武帝时代,王僧达也曾称病辞职。《宋书·王僧达传》载:"孝建三年,除太常,意尤不悦。顷之,上表解职。"在《解职表》中,王僧达自称身体多病:"宿抱重疾,年月稍甚。""比日眩瞀更甚,风虚渐剧,凑理合闭,荣卫惛底,心气忡弱,神志衰散,念此根疵,不支岁月。"谢灵运与王僧达皆自负门第,高傲狂妄,所谓的疾病,虽然不全是虚妄之言,但可以肯定的是,在疾病的背后,更重要的是他们与刘宋朝廷的离心离德。值得我们关注的是,谢庄在孝建元年之前,也有过一次"谢病"的经历。《宋书·谢庄传》云:"元凶弑立,转司徒左长史。世祖入讨,密送檄书与庄,令加改治宣布。庄遣腹心门生具庆奉启事密诣世祖曰:'……谢病私门,幸免虎口。虽志在投报,其路无由。'"谢庄对待刘宋王室的态度绝然不同于谢灵运与王僧达,谢庄对待元凶刘劭的态度绝然不同于对待孝武帝刘骏,这是毋庸置疑的。

那么,谢庄现在是真病还是装病,朝廷应该不难判断。如果谢庄所述病情属实,朝廷人才济济,为何非要逼迫一个重病之人担任"铨综九流"的重任？我们发现，朝廷并没有马上接受谢庄的请辞。《宋书·谢庄传》云"（孝建）三年，坐辞疾多，免官。"从谢庄上呈此笺到离开吏部尚书的位置前后经过了三个年头，看来朝廷并不想让多病的谢庄卸任。而且在大明二年（458）和大明六年（462）还两度任命谢庄担任吏部尚书。谢庄在笺中说，此前他已经"屡经披请，未蒙哀恕"，此后他还会"更申前请，以死自固"，辞职的念头甚为坚定。从"坐辞疾多"来判断，谢庄的"更申前请"不是虚语，他反复向孝武帝提出了辞职请求。而孝武帝并不是因为谢庄体虚多病而满足他的要求，给他更换一个清闲的职务，而是因为他触犯了"辞疾多"的禁条，给予"免官"的惩罚。在孝武帝看来，谢庄的辞官不是因为身体欠佳，至少不完全是身体欠佳，更重要的是因为他的政治态度有问题。因之，即使我们承认"庄素多疾"不是托词，但是，在"庄素多疾"之外，一定还另有一段隐情。

二

吏部尚书掌管全国官吏的任免、考课、升降、调动、封勋等事务，是朝廷最有实权的官职之一。能够担任吏部尚书，起码需要三个条件，一是在朝野具有相当高的资历和声望，在讲究门第阀阅的两晋南朝，一定要出身于士族家庭，最好是来自诗礼簪缨世家；二是与皇帝关系密切，担任吏部尚书者通常是皇帝的心腹大臣；三是具有处理纷杂政务的能力。从这三个方面衡量，谢庄是最为合适的人选之一。陈郡谢氏与琅琊王氏是门阀士族中的翘楚，谢庄是谢氏家族中的蓝田美玉；元嘉三十年三月，武陵王刘骏起兵讨刘劭时，曾经密送檄书与谢庄，令谢庄广为张贴，谢庄的倾心投靠也让刘骏深感欣慰。观察谢庄在朝廷的政治表现，可以说他具有过人的政治智慧和政治才能。

然而，与前后担任吏部尚书的同僚相比，门第高华的谢庄处境反而甚为尴尬。孝武帝在位其间最为信任的两个吏部尚书是颜竣与颜师伯。二颜属于琅琊颜氏，是东晋南朝的次等士族。颜竣在孝武帝夺得皇位的过程中功高盖世，一度是孝武帝的心腹人物，被孝武帝视为自己的张良[①]。《宋书·颜竣传》载："孝建元年，（颜竣）转吏部尚书，领骁骑将军。留心选举，自强不息，任遇既隆，奏无不可。其后谢庄代竣领选，意多不行。竣容貌严毅，庄风姿甚美，宾客喧诉，常欢笑答之。时人为之语曰：'颜竣嗔而与人官，谢庄笑而不与人官。'"颜师伯以善于逢迎获得孝武帝宠爱。《宋书·颜师伯传》载："四年，征为侍中，领右军将军，亲幸隆密，群臣莫二。迁吏部尚书，右军如故。上不欲威柄在人，亲览庶务，前后领选者，唯奉行文书，师伯专情独断，奏无不可。迁侍中，领右卫将军。七年，补尚书右仆射。时分置二选，陈郡谢庄、琅邪王昙生并为吏部尚书。"另外一位吏部尚书何偃则以"善摄机宜"著称，同样得到了孝武帝的信任。《宋书·何偃传》："改领骁骑将军，亲遇隆密，有加旧臣。转吏部尚书。尚之去选未五载，偃复袭其迹，

[①] 《宋书·颜竣传》载："先是，竣未有子，而大司马江夏王义恭诸子为元凶所杀，至是并各产男，上自为制名，名义恭子为伯禽，以比鲁公伯禽，周公旦之子也；名竣子为辟强，以比汉侍中张良之子。"

世以为荣。"谢庄不仅不能像二颜那样"奏无不可",甚至也无法达到何偃"亲遇隆密"的程度。作为堂堂吏部尚书的谢庄,只是一个"意多不行"而"唯奉行文书"的傀儡角色,他的处理政务的能力受到了宾客们的怀疑。我们相信,这才是谢庄不愿居选部的根本原因。

孝武帝这样对待谢庄,并不是专门针对谢庄个人。如果他厌恶谢庄,就不会多次任命谢庄做吏部尚书。孝武帝面对的是整个士族阶层,特别是士族阶层中的门阀士族。东晋是一个门阀士族势力如日中天的时代,他们可以与皇室并肩"共天下"。到了南朝,士族的势力日趋削弱,寒族的力量日渐滋长。刘宋时代,皇族、士族与寒族之间的势力有了新的变化,皇族对士族采取既限制又拉拢的政治策略。

孝武帝为了独揽大权,将目标对准一直由士族把持的吏部尚书,为了减轻其势力,大明二年下诏分吏部尚书置二人。这是孝武帝政治改革中的一项重要举措,在《宋书》中留下了多处印迹。《宋书·谢庄传》载:"上时亲览朝政,常虑权移臣下,以吏部尚书选举所由,欲轻其势力。"《宋书·颜师伯传》载:"上不欲威柄在人,亲览庶务。"《宋书·恩幸传》:"世祖亲览朝政,不任大臣。"《宋书·孔觊传》载:"世祖不欲威权在下,其后分吏部尚书置二人,以轻其任。侍中蔡兴宗谓人曰:'选曹要重,常侍闲淡,改之以名而不以实,虽主意欲为轻重,人心岂可变邪!'既而常侍之选复卑,选部之贵不异。"可见在时人的心目中,即使把吏部尚书分置为二,其贵重程度也没有减轻多少。《宋书·谢庄传》记载了孝武帝大明二年的诏书,其中说"铨衡治枢,兴替攸寄",吏部尚书是治理国家的关键枢纽，它与国家的兴盛密切关联。官员的积极性能不能调动，官员对国家的赞美与不满，皆取决于吏部尚书的所作所为。既然责任如此之大，一个人的能力毕竟有限，因此他决定"吏部尚书可依郎分置"。同时，《宋书·谢庄传》也记载了他给太宰江夏王义恭的诏书，诏书中重申了必须分置吏部尚书的理由："一人之识，不办洽通，兼与夺威权，不宜专一。"连皇帝也认为吏部尚书至为荣耀："选曹枢要，历代斯重，人经此职，便成贵涂。""荣厚势驱，殷繁所至。"选拔吏部尚书的要求颇为严格，符合条件的人寥寥无几，"可拟议此授，唯有数人"。皇帝自己坦承今日选拔吏部尚书"有减前资"，"应有亲人"。可见孝武帝改革的目的在于减轻门阀士族的权力，以便增加亲近之人担任此要职。

与限制使用门阀士族对应，孝武帝宠幸寒士，开创了南朝以寒士典掌机要的历史。赵翼《廿二史札记》"南朝多以寒人掌机要"条云："至宋、齐、梁、陈诸君，则无论贤否，皆威福自己，不肯假权于大臣。而其时高门大族门户已成，令仆三司，可安流平进，不屑竭智尽心以邀恩宠；且风流相尚，罕以物务关怀，人主遂不能借以集事，于是不得不用寒人。人寒则希荣切而宣力勤，便于驱策，不觉倚之为心膂。"较之于父祖，孝武帝在任用寒人的路上走得更远。他所倚重的寒人主要有戴法兴、戴明宝和巢尚之等人。《宋书·恩幸传》载："法兴等专管内务，权重当时。……世祖亲览朝政，不任大臣，而腹心耳目，不得无所委寄。法兴颇知古今，素见亲待，虽出侍东宫，而意任隆密。……凡选授迁转诛赏大处分，上皆与法兴、尚之参怀，内外诸杂事，多委明宝。……而法兴、明宝大通人事，多纳货贿，凡所荐达，言无不行。"皇权向寒族的倾斜，在一定程度上架空了士族势力。

孝武帝虽贵为天子,他的个人修养不及中人,他时常以狎侮群臣取乐。《宋书·蔡兴宗传》载:"时上方盛淫宴,虐侮群臣,自江夏王义恭以下,咸加秽辱,唯兴宗以方直见惮,不被侵媟。尚书仆射颜师伯谓议曹郎王耽之曰:'蔡尚书常免昵戏,去人实远。'"《宋书·沈怀文传》载:"上每宴集,在坐者咸令沉醉,怀文素不饮酒,又不好戏调,上谓故欲异己。谢庄尝诫怀文曰:'卿每与人异,亦何可久。'怀文曰:'吾少来如此,岂可一朝而变。非欲异物,性所得耳。'"《宋书·智渊传》载:"上每酣宴,辄诟辱群臣,并使自相嘲讦,以为欢笑。智渊素方退,渐不会旨。尝使以王僧朗嘲戏其子景文,智渊正色曰:'恐不宜有此戏。'上怒曰:'江僧安痴人,痴人自相惜。'智渊伏席流涕,由此恩宠大衰……智渊益惶惧。大明七年,以忧卒。"虽说孝武帝的乖僻举止并非专门针对士族阶层,但朝廷大臣大部分是出身于不同层级的士族。越是出身高贵的士族,平时越过着养尊处优、受人尊重的生活,他们难以忍受这种流氓式的戏弄。当时士庶区别严格,士族子弟高自标持,王僧达接待路太后兄子时极为傲慢无礼。孝武帝虐侮群臣也含有消遣士族、折辱士族的成分。孝武帝性情严暴,对于睚眦小事也甚为介意,甚至会由此而杀戮大臣,群臣在他的淫威下战战兢兢、度日如年。刘义恭虽是孝武帝的叔父,也很畏惧这个侄子。据《宋书·刘义恭传》:"时世祖严暴,义恭虑不见容,乃卑辞曲意,尽礼祗奉,且便辩善附会,俯仰承接,皆有容仪。每有符瑞,辄献上赋颂,陈咏美德。"其他大臣更不用多说。《宋书·柳元景传》载:"世祖严暴异常,元景虽荷宠遇,恒虑及祸。太宰江夏王义恭及诸大臣,莫不重足屏气，未尝敢私往来。世祖崩，义恭、元景等并相谓曰：'今日始免横死。'义恭与义阳等诸王，元景与颜师伯等，常相驰逐，声乐酣酒，以夜继昼。"孝武帝死后，刘义恭等人的行为虽说不当，但从一个侧面衬托出孝武帝的残暴。以上事例并非全发生在孝建年间，但终孝武帝之世，他的行为并没有什么变化。

据此，谢庄在孝建年间"不愿居选职"的原因就非常明确：作为吏部尚书的谢庄"意多不行"，"唯奉行文书"而已，况且当朝皇帝宠爱寒人、打压士族阶层，士族们在皇帝的淫威下度日如年，是以身患痼疾的谢庄下定决心要辞去处在聚光灯下的吏部尚书一职。

三

从南朝政治史的角度看，谢庄的《与江夏王义恭笺》并非只是提出了辞去吏部尚书这么简单，它的出现表明了士族领袖在皇族与寒族夹击中所形成的一种处世方略。在刘宋时代，高门士族想要维持门第不坠、继续安享荣华富贵的生活，就不得不收敛自己的傲慢，臣服于封建皇权。在这种历史情势下，高门士族何以处世，乃是老贵族遇见的新问题。

以皇帝的意志为意志，丧失自己的个体人格，这是多数士族子弟的选择。有些人匍匐在皇族的威力下，摇尾乞怜，甚至为虎作伥、助纣为虐；也有些人为了家族的利益被动地承受命运的安排。何尚之、何偃父子，不论是在刘义隆时代、刘劭时代还是刘骏时代，皆是朝廷的宠儿，是政坛上的不倒翁。《宋书·何偃传》载：

"元凶弑立,以偃为侍中,掌诏诰。时尚之为司空、尚书令,偃居门下,父子并处权要,时为寒心;而尚之及偃善摄机宜,曲得时誉。会世祖即位,任遇无改。……亲遇隆密,有加旧臣。"宋明帝时代,王景文身为外戚,最终顺从宋明帝的意志,做到了"君叫臣死,臣不得不死"。《宋书·王景文传》载:"时上既有疾,而诸弟并已见杀,唯桂阳王休范人才本劣,不见疑,出为江州刺史。虑一旦晏驾,皇后临朝,则景文自然成宰相,门族强盛,借元舅之重,岁暮不为纯臣。泰豫元年春,上疾笃,乃遣使送药赐景文死,手诏曰:'与卿周旋,欲全卿门户,故有此处分。'死时年六十。"王景文不是为了皇室的利益,而是为了整个王氏家族的利益舍弃了自己的生命,用自己的死延续了王氏家族钟鸣鼎食的贵族生活。

倘若与封建皇帝对抗,士族人物的结局只有死路一条,谢灵运、王僧达就是典型代表。《宋书·谢灵运传》:"灵运为性褊激,多愆礼度,朝廷唯以文义处之,不以应实相许。自谓才能宜参权要,既不见知,常怀愤愤。""既自以名辈,才能应参时政,初被召,便以此自许;既至,文帝唯以文义见接,每侍上宴,谈赏而已。王昙首、王华、殷景仁等,名位素不逾之,并见任遇,灵运意不平,多称疾不朝直。"后以谋反罪被杀害于广州。《宋书·王僧达传》:"僧达自负才地,谓当时莫及。上初践阼,即居端右,一二年间,便望宰相。僧达屡经狂逆,上以其终无悛心,因高阇事陷之,下诏。……于狱赐死,时年三十六。"诚如裴子野所论:"士庶虽分,本无华素之隔。自晋以来,其流稍改,草泽之士,犹显清途;降及季年,专限阀阅。自是三公之子,傲九棘之家,黄散之孙,蔑令长之室;转相骄矜,互争铢两,唯论门户,不问贤能。以谢灵运、王僧达之才华轻躁，使其生自寒宗，犹将覆折；重以怙其庇荫，召祸宜哉。"①以谢灵运、王僧达过分看重自己的簪缨出身，过高估计了自己的政治能力，不能正确处理自己与皇帝及皇室的关系，他们的被杀害早在意料之中。

与以上诸人不同，谢庄选择了一条"顺人而不失己"的道路，《与江夏王义恭笺》正是这种人生态度的初次呈现。《庄子·外物》曰："唯至人乃能游于世而不僻，顺人而不失己。""至人"只是庄子构想中的理想人格，"顺人而不失己"的处世方式在现实中很难实现。谢庄式的"顺人而不失己"就是在顺从皇帝的同时，尽量保持个体人格的独立，能够在一定程度上维护人格的尊严。这种人生境界，只有真正的智者才能达到。

纵观谢庄的一生，可以说他对刘宋宫廷忠贞不贰，他承认孝武帝取得皇权的合法性，竭其智尽其心去为刘宋王朝服务。唐许嵩《建康实录》卷十四："时之风流领袖，则谢庄、何偃、王彧、蔡兴宗、袁顗、袁粲；御武名将，则沈庆之、柳元景、宗悫、朱修之。或清华以秀雅，或骁果以生类，固以轨道廊庙之中，方驾向时之略。"他把谢庄置于风流领袖之首，认为谢庄等人清华而秀雅，为封建国家的长治久安和社会稳定发挥了骨干作用。对此评语，谢庄当之无愧。

面临大是大非之时，谢庄能够审时度势，当机立断，立场鲜明。元嘉三十年（453），他不与元凶刘劭合作，秘密与刘骏集团合作。其《密诣世祖启事》中云："檄至，辄布之京邑，朝野同欣，里

---

① 《资治通鉴·宋纪十》，中华书局1956年版，第4038页。

颂途歌,室家相庆,莫不望景耸魂,瞻云伫足。先帝以日月之光,照临区宇,风泽所渐,无幽不洽。况下官世荷宠灵,叨恩逾量,谢病私门,幸免虎口,虽志在投报,其路无由。今大军近次,永清无远,欣悲踊跃,不知所裁。"身处元凶刘劭的势力范围之内,他作为刘骏集团在宫廷中的内应,不顾个人安危,完成了刘骏交给他的使命。

孝武帝即位之初,显示出一定的政治魄力。《建康实录》卷十四:"世祖率先九牧,大雪冤耻,身当历数,正位震居,聪明徇达,博闻强识,威可以整法,智足以胜奸,人君之略,几殆备矣。……帝即位二三年间,方逞其欲,言拒谏违,天下失望。"颜峻、谢庄等人也倾力侍奉。孝武帝即位之初除谢庄为侍中,谢庄参政议政的热情空前高涨,面对各种社会问题,积极出谋划策。他对《节俭诏》提出自己的不同看法,此后作有《索虏互市议》、《上搜才表》等。张溥评曰:"《搜才》、《定刑》二表,《与索虏互市议》,雅人之章,无忝国器。"[1]这些表章不仅富有文采,同时表现出作者高明的政治见解,不愧为国家的栋梁之才。随着时间的推移,孝武帝的表现让天下士大夫寒心。但不论如何,谢庄并没有成为逆臣。他之所以被誉为"风流领袖",正在于他具有清醒的政治头脑和高超的政治智慧,能够很好地处理各种复杂的人际关系。

在《与江夏王义恭笺》中他称当时为"明时"、"圣世",说自己"荷恩深重","孤负主上擢授之恩,私心实自哀愧。"表示自己

---

[1] [明]张溥:《汉魏六朝百三家集》,江苏古籍出版社2002年版,第515页。

"若才堪事任,而体气休健,承宠异之遇,处自效之途,岂苟欲思闲辞事邪"!虽然想要辞官,他也能够约束自己的言行,不说过头的话。将谢庄的《与江夏王义恭笺》与王僧达孝建三年的《求解职表》加以比较,可以看出王僧达表中透出狂傲之气,说自己与先帝"义虽君臣,恩犹父子"。他承认自己"去岁往年,累犯刑禁,理无申可,罪有恒典,虚秽朝序,惭累家业"。与谢庄为人处事的慎重严谨形成鲜明对照。因为有这样的不同,《宋书·王僧达传》载:"僧达文旨抑扬,诏付门下。侍中何偃以其词不逊,启付南台,又坐免官。"相较之下,谢庄的言辞恳切而真诚。

　　谢庄同时也是刘宋宫廷的文坛领袖,孝武帝对他的创作才华甚为赏识。谢庄的庙堂之作计有:《宋明堂歌》九首、《宋世祖庙歌》二首、《烝斋应诏》、《和元日雪花应诏》、《侍宴蒜山诗》、《侍东耕诗》、《从驾顿上诗》、《八月侍华林曜灵殿八关斋诗》、《江都平解严诗》、《赤鹦鹉赋》、《舞马赋》、《舞马歌》、《孝武宣贵妃诔》等。《南史·后妃传》载:谢庄的《孝武宣贵妃诔》写成之后,"都下传写,纸墨为之贵"。可见谢庄自愿充当御用文人,主动去为皇帝歌功颂德。钟嵘《诗品序》曰:"颜延、谢庄,尤为繁密,于时化之。大明、泰始中,文章殆同书抄。近任昉、王元长等,辞不贵奇,竞须新事。尔来作者,寖以成俗。"[①]据此可知,颜延之、谢庄是刘宋宫廷文学的领袖,任昉、王元长是萧齐时代宫廷文学的代表。

　　面对一个无赖式的皇帝,谢庄也只能与之委屈周旋。上引史

---

① 曹旭:《诗品笺注》,人民文学出版社2009年版,第101页。

料中载"自江夏王义恭以下,咸加秽辱",谢庄曾经劝告沈怀文说:"卿每与人异,亦何可久。"据此推断,皇帝每次宴集时,强迫在坐者饮酒直到沉醉,并用言语羞辱大臣,这其中也不排除谢庄。身为人臣的谢庄不得不勉强自己饮酒,不得不忍受皇帝的戏调,他的内心一定也很痛苦,但他为了家族的利益,在不得已中强忍耻辱,滞留官场。

如果说谢庄一味忍气吞声,那他就与那些与时沉浮、唯命是从、逆来顺受之徒没有区别,他就是一个丧失了独立人格的臣子,可贵的是他有自己的处事原则,在忍辱负重、克己为家的前提下,他也表现出"不失己"的个性特征。这里的"己"包含了个体对理想的追求和守望,其理想既与儒家传统政治观念相吻合,同时也包涵着对道家心灵自由境界的向往。

谢庄对孝武帝失望的标志是他写作了《与江夏王义恭笺》。谢庄在这里说:"持此苦生,而使铨综九流,应对无方之诉,实由圣慈罔已,然当之信自苦剧。"皇帝的任命并不是给自己带来荣耀,而是带来了肉体与精神上的痛苦。他说:"下官微命,于天下至轻,在己不能不重。""入年便当更申前请,以死自固。"从这里可以看出他坚持己见到了固执的程度,不达目的决不罢休。他不愿意让自己作为一个傀儡、一个木偶,任人摆布。皇帝要求每位大臣俯首帖耳,而谢庄竟然以辞职来表达抗议。正因为这样,孝建三年谢庄坐辞疾多而免官就在情理当中了。面对皇权,谢庄并非唯唯诺诺,大明五年(461)谢庄为侍中,领前军将军。《宋书·谢庄传》载:"于时世祖出行,夜还,敕开门。庄居守,以棨信或虚,执不奉旨,须墨诏乃开。上后因酒宴从容曰:'卿欲效郅君章邪?'对曰:

'臣闻蒐巡有度,郊祀有节,盘于游田,著之前诫。陛下今蒙犯尘露,晨往宵归,容恐不逞之徒,妄生矫诈。臣是以伏须神笔,乃敢开门耳。'"面对孝武帝的不满,谢庄从容不迫地给予解释,他的解释入情入理,让孝武帝无言以对。张溥曰:"典任铨衡,不干喧诉。居守禁门,严待墨诏。遂令颜眴让清,郅恽比节,居风貌之中,获高明之福,有微子遗则焉。"[1]在孝武帝时代,敢于这样按照传统礼教规范皇帝行为的人几乎消失殆尽。大明八年(464),前废帝即位后,记恨谢庄当年作《殷贵妃诔》时对自己不敬,想要杀掉谢庄以泄私愤,后经人劝说而将谢庄系于狱中。当此性命攸关之际,谢庄将生死置之度外,没有留下任何贪生怕死的言行。

谢庄在《与江夏王义恭笺》中还说自己无意于人间,无心于崇达。"家素贫弊,宅舍未立,儿息不免粗粝,而安之若命。""但得保余年,无复物务,少得养疴,此便是志愿永毕。""家素贫弊"云云夸张过度,但相对于别的士族和朝廷新贵,谢庄对富贵的欲求似乎并不强烈。《宋书·颜师伯传》载:"师伯居权日久,天下辐辏,游其门者,爵位莫不逾分。多纳货贿,家产丰积,伎妾声乐,尽天下之选,园池第宅,冠绝当时,骄奢淫恣,为衣冠所嫉。"《宋书·恩幸传》载:"而法兴、明宝大通人事,多纳货贿,凡所荐达,言无不行,天下辐凑,门外成市,家产并累千金。明宝骄纵尤甚,长子敬为扬州从事,与上争买御物。"吏部尚书是一个炙手可热的肥职,连皇帝也因为它"荣厚势驱,殷繁所至",不愿意轻易交给大臣。这是一个让很多人觊觎的位子,可对于谢庄而言它只是一个

---

[1] [明]张溥:《汉魏六朝百三家集》,第515页。

累赘,唯恐避之不及。相对于烈火烹油的荣华富贵,谢庄更看重那份心灵的淡泊与宁静。在世人沉溺于奢华淫恣的生活之时,谢庄向往的却是安贫乐道的日子。从这里不难窥到高雅之士性狎林水、风流相尚的浪漫情怀。

我们说谢庄对刘宋政权有一定的疏离,与孝武帝保持了一定的距离,维护了人格的尊严,只是相对而言的。从皇帝来说,并不是要将门阀士族打翻在地,他终极的目的还是希望门阀士族能够为我所用,利用他们在社会上的威信,利用他们在政治上、经济上、文化上的资源来为封建帝国服务。只要门阀士族能够顺从皇权,服务于政治,他们对士族领袖还是法外开恩的。作为门阀士族的领袖,他们轻易也不敢拿自己的脑袋和家族的利益去以卵击石。皇族与士族因为有共同的利益,他们在斗争中合作,在合作中斗争,始终维持着一种动态的平衡。谢庄以及士族阶层与孝武帝之间的关系也是如此。

在刘宋孝武帝时代,皇族与寒族联手,对士族进行了一定程度的打压。在寒士掌机要之后,门阀士族如何在朝廷上立身处世成为一个新问题。谢庄不愿居选职的主因并非"素多疾",而是他不满当时的吏部尚书只是皇帝手中的一个傀儡,是故用辞职之举表达自己的抗议。这篇笺文标明了谢庄"顺人而不失己"的处世态度,显示出高门士族精英对孝武帝政治的清醒认识和理性抗争,当然他们并不想与皇帝分庭抗礼。"顺人而不失己"是士族领袖谢庄在新的历史情势下选择的一条人生道路,这是一条充满了风浪的险途,只有谢庄这样的高明者才能踏浪而行,游刃其间。

第五章　沈约与萧衍

沈约（441—513），字休文，吴兴武康（今浙江湖州）人。南朝著名史学家、文学家。沈约被称为一代词宗，是齐梁文学中的领袖人物。萧衍（464—549），字叔达，南兰陵武进（今江苏丹阳）人。公元502年，萧衍建立萧梁王朝。在位四十八年，谥号武皇帝，庙号高祖。沈约与萧衍，同为萧齐时代"竟陵八友"中的文友，萧梁时代两人成为君臣关系。沈约与萧衍的交往，在齐梁文学史上留下了一段令后人感慨的往事。

一

沈约年长萧衍二十三岁。沈约与萧衍最晚相识于齐永明五年（487），这一年竟陵王萧子良正位司徒，移居鸡笼山西邸，招文学，形成了文学史上有名的"竟陵八友"。是年，沈约四十七岁，萧衍二十四岁。在萧衍步入仕途之前，沈约已经在官场上干得风生水起了。

沈约出身于南朝高门士族，其家族虽然不同于北方南渡的王谢家族，但在南方士族中也是赫赫有名的武力强宗。《晋书·周处传》："江东之豪，莫强周沈。"沈约的祖父沈林子是宋征虏将军，宋封为汉寿县伯。沈约之父沈璞，宋淮南太守。元嘉三十年

(453)，太子刘劭弑其父宋文帝，宋明帝兴军讨伐。义军到达时，沈璞未能远迎，由此招来杀身之祸。十三岁的沈约潜逃异地，直到朝廷赦免。沈约起家奉朝请。蔡兴宗闻沈约之才而善之。在他担任郢州刺史和荆州刺史期间，引沈约为记室参军。蔡兴宗曾经评价沈记室可为"人伦师表"。齐建元年间，沈约任征虏记室，带襄阳令，他的顶头上司是萧赜之子萧长懋。建元四年（482）三月，齐高帝卒，萧赜即皇帝位，是为武帝。六月，武帝立萧长懋为太子，史称文惠太子。太子对沈约甚为赏识，《梁书·沈约传》曰："时东宫多士，约特被亲遇，每直入见，影斜方出。"永明二年（484）正月，武帝次子萧子良为护军将军兼司徒，沈约来到了萧子良门下。后来沈约兼任过尚书左丞、御史中丞、车骑长史等职。

萧衍父萧顺之，字文纬，齐御史萧道赐之子，齐高帝萧道成族弟。萧顺之曾任齐侍中、卫尉、太子詹事、领军将军、丹阳尹等，死后赠镇北将军，谥号曰懿。萧衍建立梁朝后，追尊为太祖文皇帝。萧衍生于宋孝武大明八年（464）。《梁书》本纪云："起家巴陵王南中郎法曹行参军，迁卫将军王俭东阁祭酒。"巴陵王即皇子萧子伦，永明二年（484）七月萧子伦被封为巴陵王。永明五年（487），萧衍名列"竟陵八友"。后任南郡王府文学。《南史·范云传》："子良筑西郊，游戏而已。而梁武帝时为南郡王文学，与云俱为子良所礼。"或以为南郡王当指萧昭业。

萧衍和沈约相识之后，沈约虽然名气较大，但萧衍看不出他有什么过人之处。《梁书·沈约传》曰："时竟陵王亦招士，约与兰陵萧琛、琅邪王融、陈郡谢朓、南乡范云、乐安任昉等皆游焉，当世号为得人。"《梁书·武帝本纪》云："竟陵王子良开西邸，招文学，高祖与沈约、谢朓、王融、萧琛、范云、任昉、陆倕等并游焉，号曰八友。"《梁书·沈约传》曰："高祖在西邸，与约游旧。"同书又载："高祖召范云谓曰：'生平与沈休文群居，不觉有异人处；今日才智纵横，可谓明识。'"可见萧衍对沈约的政治能力并不看好。萧衍对沈约的看法不是孤立的，《南史·刘系宗传》载齐武帝之言："学士辈不堪经国，唯大读书耳。经国，一刘系宗足矣，沈约、王融数百人，于事何用？"此语一说为齐明帝所说，不管是谁所说，足以说明很多人都把沈约都看成不能经国的纯粹书生。

在仕途上，沈约和萧衍各走各的路子。相较之下，萧衍很早就显示出突出的政治才能。在齐武帝去世前后，朝廷形成了两种政治势力，一是竟陵王萧子良势力，一是郁林王势力。竟陵王集团中有王融和萧衍、范云等文士；郁林王集团中则有西昌侯萧鸾等人。《南史·梁本纪》：永明十一年，"及齐武帝不豫，竟陵王子良以帝及兄懿、王融、刘绘、王思远、顾暠之、范云等为帐内军主。融欲因帝晏驾立子良，帝曰：'夫立，非常之事，必待非常之人，融才非负图，视其败也'。范云曰：'忧国家者，唯有王中书。'帝曰：'忧国欲为周、召，欲为竖、刁邪？'"在关键时刻，萧衍果断退出了竟陵王集团，暗中投靠了西昌侯萧鸾集团。萧鸾先是拥戴郁林王兄弟为帝，很快就攫取了皇帝宝座。

在惊心动魄的皇权争夺战中，相对于运筹帷幄之中的萧衍，沈约似乎只能被动接受命运的摆布。萧鸾集团得势之后，沈约因为以前与萧子良关系亲近而被贬为东阳太守。《梁书·沈约传》曰："隆昌元年，除吏部郎，出为宁朔将军、东阳太守。"公元494年，先后有三个皇帝登基，因而有三个年号：隆昌元年、延兴元年、建武元年。年号虽然不同，大权则一直掌握在萧鸾手中，沈约对此看得明白，他政治立场的转变也不算慢，是年冬十月，齐明帝萧鸾即位时，沈约即作《贺齐明帝登祚启》。由于他的倾心投靠，很快就进号为辅国将军，征为五兵尚书，迁国子祭酒。终于，他与萧衍殊途同归，一起成为明帝朝的重要大臣。明帝卒后，沈约作《为齐明帝遗诏》，迁左卫将军，寻加通直散骑常侍。齐东昏侯永元二年（500），沈约六十岁，以母老表求解职，改授冠军将军、司徒左长史，征虏将军、南清河太守。

在文学创作上，两个人也走着不同的艺术道路。永明年间，沈约和王融、谢朓等人大力提倡四声八病的永明体，对所谓的四声八病之说，萧衍不感兴趣。《南齐书·陆厥传》说："永明末，盛为文章，吴兴沈约、陈郡谢朓、琅琊王融以气类相推毂，汝南周颙善识声韵，约等文皆用宫商，以平上去入为四声，以此制韵，不可增减，世呼为'永明体'。""永明体"的代表作家主要是沈约、谢朓、王融等人。沈括《梦溪笔谈》："音韵之学，自沈约为四声，及天竺梵学入中国，其术渐密。"《梁书·沈约传》："又撰《四声谱》，以为在昔词人，累千载而不寤，而独得胸衿，穷其妙旨，自谓入神之作，高祖雅不好焉。帝问周舍曰：'何谓四声？'舍曰：'天子圣哲是也'，然帝竟不遵用。"在萧齐时代，萧衍不仅对于沈约的政治才能不放在眼里，对沈约提倡的声律说也不太留心。对于什么是四声，他向来搞不清楚，也不想搞清楚。在他贵为天子之后，臣下用"天子圣哲"去恭维他，也没有激发出他的兴趣。

在竟陵八友中的王融、谢朓去世后，沈约分别作有《伤王融》、《伤谢朓》。沈约与王谢两人，都属于高门士族，在文学上也有相同的理念。王融和谢朓的早逝，让沈约在新文学的道路上失去了羽翼。在险恶的政治环境中，两位朋友先后被杀，沈约不畏人言，作诗悼念朋友，需要一定的勇气和胆量。这与谢朓死后取消儿女亲事的萧衍形成了鲜明对照。

二

在齐梁之际，政坛纷乱，其中最有政治智慧的人物当推萧衍。永明十年（492），萧顺之卒后，萧衍隐居东郊之外。《南史·范云传》："永明末，梁武与兄懿卜居东郊之外，云亦筑室相依。"隆昌初，萧鸾篡立前后，与萧衍密谋废立之计。建武二年（495），萧衍作为冠军将军、军主，随江州刺史王广北上义阳。建武四年（497），魏帝南下攻雍州，齐明帝令萧衍赴援。建武五年（498）三月，萧衍北上邓城，与魏军交战，全师而归。建武五年，东昏侯即位，萧遥光等擅权，萧衍与张弘策密谋叛齐。永元二年（500）十一月，萧衍在襄阳正式起兵。

在萧衍建立萧梁政权的过程中，沈约功莫大焉。连萧衍自己也没有料到，他以前低估了沈约的政治能耐。《梁书·沈约传》曰："时高祖勋业既就，天人允属，约尝扣其端，高祖默而不应。他日又进。……高祖命草其事。约乃出怀中诏书并诸选置，高祖初无所改。"《梁书·沈约传》载，萧衍对范云说："我起兵于今三年矣，功臣诸将，实有其劳，然成帝业者，乃卿二人也。"《梁书·范云传》："初，云与高祖遇于齐竟陵王子良邸，又尝接里闬，高祖深器之。及义兵至京邑，云时在城内。东昏既诛，侍中张稷使云衔命出城,高祖因留之,便参帷幄,仍拜黄门侍郎,与沈约同心翊赞。"《梁书·沈约传》载姚察语:"至于范云、沈约,参预缔构,赞成帝业;加云以机警明赡,济务益时,约高才博洽,名亚迁、董,俱属兴运,盖一代之英伟焉。"他把沈约和范云一同看作协助萧衍成就帝业的英伟之士。

正因为有这样的政治表现,梁台建后,沈约担任散骑常侍、吏部尚书,兼右仆射。齐中兴二年(502)四月,梁武帝萧衍受禅,改元天监。《梁书·沈约传》曰:"高祖受禅,为尚书仆射,封建昌县侯,邑千户,常侍如故。又拜约母谢为建昌国太夫人。奉策之日,右仆射范云等二十余人咸来致拜,朝野以为荣。俄迁尚书左仆射,常侍如故。寻兼领军,加侍中。"天监二年(503)十一月,沈约母亲去世,梁武帝亲出临吊,并以沈约年衰为由,遣中书舍人断客节哭。天监三年(504)正月,沈约任镇军将军、丹阳尹。《梁书·沈约传》曰:"服阕,迁侍中、右光禄大夫,领太子詹事,扬州大中正,关尚书八条事,迁尚书令,侍中、詹事、中正如故。累表陈让,改授尚书左仆射、领中书令、前将军,置佐史,侍中如故。寻迁尚书令,领太子少傅。"天监九年,沈约转左光禄大夫,侍中、少傅如故,给鼓吹一部。天监十一年(512)正月加左光禄大夫、行太子少傅沈约特进。后来加光禄、侍中、少傅如故。作为一介书生,能达到"朝野以为荣"的显赫已经难能可贵了。

在梁帝国的文艺舞台上,沈约扮演着重要角色。《南史·刘峻传》:"武帝每集文士策经史事,时范云、沈约之徒皆引短推长,帝乃悦,加其赏赉。"萧衍的文集编成后,沈约为其写作了《武帝集序》。《序》云:"日角之主,出自诸生;锐顶之君,少明古学。……

我皇诞纵自天,生知在御,清明内发,疏通外典,爰始贵游,笃志经术。究淹中之雅旨,尽曲台之奥义,莫不因流极源,披条振藻。若前疑往滞,旧学罕通,而超然直诣,妙拔终古,善发谈端,精于持论。置垒难逾,摧锋莫拟;有同成诵,无假含毫。兴绝节于高唱,振清辞于兰畹。……上与日月争光,下与钟石比韵,事同观海,义等窥天,观之而不测,游之而不知者矣。"《序》中对萧衍的文学才华和文学成就进行极力吹捧。萧衍本来就是文士,对郊庙音乐非常重视。沈约遵照萧衍的旨意,为梁帝国重新写作了郊庙音乐。据《隋书·音乐志》:"梁武帝本自诸生,博通前载,未及下车,意先风雅,爰诏凡百,各陈所闻。帝又自纠擿前违,裁成一代。……梁氏之初,乐缘齐旧。武帝思弘古乐,天监元年,遂下诏访百僚。""齐永明六年《仪注》奏《祼幽》。至是燎埋俱奏《禋雅》,取《周礼·大宗伯》'以禋祀祀昊天上帝'也。其辞并沈约所制。今列其歌诗三十曲云。"当此之时,沈约是大梁帝国的御用文人和文坛领袖。

萧梁时代,有神论与无神论的争论异常激烈,范缜《神灭论》在天监六年(507)问世之后,梁武帝与王公朝贵六十余人著文围攻。沈约响应梁武帝的号召,先后作有《答释法云〈难范缜神灭论〉》、《形神论》、《神不灭论》、《难范缜〈神灭论〉》、《六道相生作佛义》、《因缘义》等文,对范缜进行驳难。

单看以上史实,沈约不仅是萧衍政权建立时的得力助手,即使在萧梁政权建立之后,也为之不遗余力地效劳,并得到了梁武帝的器重与赏识。

三

在不明底细的人眼里，萧衍与沈约之间的君臣关系着实让人羡慕。其实，沈约内心知道萧衍从来没有把自己看成心腹。那些表面的风光，不能掩饰沈约内心深处的悲凉与失落。《梁书·沈约传》曰："约历仕三代，该悉旧章，博物洽闻，当世取则。谢玄晖善为诗，任彦升工于文章，约兼而有之，然不能过也。自负高才，昧于荣利，乘时借势，颇累清谈。及居端揆，稍弘止足。每进一官，辄殷勤请退，而终不能去，论者方之山涛。用事十余年，未尝有所荐达，政之得失，唯唯而已。"同书又载："约性不饮酒，少嗜欲，虽时遇隆重，而居处俭素。立宅东田，瞩望郊阜。尝为《郊居赋》。"《梁书》本传曰："初，约久处端揆，有志台司，论者咸谓为宜，而帝终不用，乃求外出，又不见许。与徐勉素善，遂以书陈情于勉。……勉为言于高祖，请三司之仪，弗许，但加鼓吹而已。"《资治通鉴·梁武帝天监二年》："众谓沈约宜当枢管。上以约轻易，不如尚书左丞徐勉，乃以勉及右卫将军周舍同参国政。"在大梁帝国的宫廷里，沈约是一个孤独寂寞的老臣。

萧衍为什么不重用沈约，有些人解读为因为萧衍出身于低级士族，而沈约出身于高级士族，萧衍与沈约的摩擦显示出此期高级士族与低级士族之间不可调和的社会矛盾。其实，在萧衍眼里，沈约的问题无关出身。沈约的缺点除了前后所谓的"自负高才，昧于荣利，乘时借势，颇累清谈"之外，也有萧衍眼里的"轻易"问题，说他"轻易"并不是萧衍的污蔑。《梁书·沈约传》曰："先此，约尝侍宴，值豫州献栗，径寸半，帝奇之，问曰：'栗事多少？'与约各疏所忆，少帝三事。出谓人曰：'此公护前，不让即羞死。'帝以其言不逊，欲抵其罪，徐勉固谏乃止。"萧衍虽然贵为皇帝了，在沈约眼里还是一个会护短的"此公"，他心中并没有仰视神坛上的皇帝。萧衍气量的狭小，也通过这件事暴露无遗。

在萧衍心中，"昧于荣利"和"轻易"并不是沈约的最大毛病，最重要的原因还在于他对沈约政治品格的了解。《梁书·沈约传》曰："约出，高祖召范云告之，云对略同约旨。高祖曰：'智者乃尔暗同，卿明早将休文更来。'云出语约，约曰：'卿必待我。'云许诺，而约先期入，高祖命草其事。……俄而云自外来，至殿门不得入，徘徊寿光阁外，但云'咄咄'。"如果说在这件事上沈约是为了争宠邀功，尚可以理解。那么，沈约后来的政治表现，也让萧衍对他有了更多的猜疑与防范。《南史·齐本纪》："初，梁武帝欲以南海郡为巴陵国邑而迁帝焉，以问范云，云俯首未对。沈约曰：'今古殊事，魏武所云，不可慕虚名而受实祸。'梁武颔之。于是遣郑伯禽进以生金，帝曰：'我死不须金，醇酒足矣。'乃引饮一升，伯禽就加折焉。"并不是说萧衍是受到沈约的蛊惑才萌发杀掉齐和帝的心思。要除掉齐和帝本来就是萧衍的预谋，沈约的劝说坚定了萧衍的想法。而萧衍通过类似事件也看清了沈约性情中凶狠的一面。前面所谓的"轻易"只是萧衍的托词，萧衍也不想把话说得太透。虽然沈约以为自己对梁帝国已经做到了鞠躬尽瘁，但在梁武帝眼里，还是不放心把宰相大权交给沈约这种人。

沈约死前，与萧衍之间的关系已经恶化。天监十二年（513）沈约卒,时年七十三。《梁书·沈约传》曰:"诏赠本官,赙钱五万,布百匹,谥曰隐。初,高祖有憾于张稷,及稷卒,因与约言之。约曰:'尚书左仆射出作边州刺史,已往之事,何足复论。'帝以为婚家相为,大怒曰:'卿言如此,是忠臣邪!'乃辇归内殿。约惧,不觉高祖起,犹坐如初。及还,未至床,而凭空顿于户下。因病,梦齐和帝以剑断其舌。召巫视之,巫言如梦。乃呼道士奏赤章于天,称禅代之事,不由己出。高祖遣上省医徐奘视约疾,还具以状闻。……及闻赤章事,大怒,中使谴责者数焉,约惧遂卒。有司谥曰文,帝曰:'怀情不尽曰隐。'故改为隐云。"张稷死后,君臣间的对话惹恼了萧衍。雷霆之怒,让沈约惊吓而病。沈约病中反思齐和帝之死,深感内疚。他请道士奏赤章于天,是想寻找自我安慰,但这样的事让萧衍恼怒异常,因此在给沈约上谥号时犹耿耿于怀。"隐侯"虽然不好听,毕竟还在公侯之列。比起那些脑袋搬家的大臣来说,沈约最后也算是得到善终了。

萧齐时代,沈约与萧衍一起列名于竟陵王门下,也曾经是齐明帝朝廷中的同僚;到萧梁政权建立后,萧衍和沈约变为君臣关系。两人有各自不同的人生追求,彼此之间既有过亲密的合作,也产生过一些隔阂和芥蒂。两人的摩擦越来越激烈,最终在彼此交恶中沈约离开了人世。

第六章　纪昀评《文心雕龙·时序》"阙当代不言"说辨析

清纪昀评《文心雕龙·时序》"今圣历方兴"以下曰："阙当代不言，非惟未经论定，实亦有避于恩怨之间。"①《时序》中是否存在"阙当代不言"的问题？其他篇章中是否也存在"阙当代不言"的问题？如果《文心雕龙》存在"阙当代不言"的现象，那么，"阙当代不言"的原因究竟何在？纪昀认为刘勰《时序》"阙当代不言"，并且提出了刘勰"阙当代不言"的两个原因：一是当代作家"未经论定"，一是"有避于恩怨之间"。在以往的《文心雕龙》研究中，很多学者都默认了纪昀"阙当代不言"的提法。新世纪以来，学者们或探究刘勰"阙当代不言"的种种缘由，或指陈刘勰"回避"宋齐文学而带来的理论缺失，提出了一些不同的学术观点。②本文拟在前修时贤研究的基础上，就纪昀评《文心雕龙·时序》时提出的"阙当代不言"及其原因加以初步辨析，就教于大家。

---

① ［清］黄叔琳注，［清］纪昀评：《文心雕龙辑注》，中华书局1957年版，第384页。
② 例如，力之：《〈文心雕龙〉论文不及当代乃因其"讹"不称于"休明"辩——兼说其论宋代何以仅"略举大较"》，《武汉教育学院学报》2000年第1期；韩泉欣：《刘勰论宋齐文学及文学的古今之变》，《贵州大学学报》2005年第6期；阮国华：《刘勰回避宋齐文学而带来的理论缺失》，《学术研究》2010年第2期。

一

读刘勰的《文心雕龙》,我们不难发现,他在论述当代文学时存在着一个明显的矛盾。[1]这个矛盾表现为他对萧齐文学采用既颂美又贬斥的态度。颂美集中在《时序》一篇,贬斥散见于《通变》等其他篇章中。

《时序》云:"暨皇齐驭宝,运集休明:太祖以圣武膺箓,世祖以睿文纂业,文帝以贰离含章,高宗以上哲兴运,并文明自天,缉熙景祚。今圣历方兴,文思光被,海岳降神,才英秀发,驭飞龙于天衢,驾骐骥于万里。经典礼章,跨周轹汉,唐、虞之文,其鼎盛乎!鸿风懿采,短笔敢陈;扬言赞时,请寄明哲!"这一段话论述宋齐文学,其中有两点值得我们重视:

首先,刘勰歌颂了萧齐帝王的文学政策和对文学的贡献。清人刘毓崧《通谊堂集·书〈文心雕龙〉后》在论述《文心雕龙》成书于萧齐时说:"此篇所述,自唐虞以至刘宋,皆但举其代名,而特于齐上加一'皇'字,其证一也。魏晋之主,称谥号而不称庙号,至齐之四主,唯文帝以身后追尊,止称为帝。余并称祖称宗,其证二也。历朝君臣之文,有褒有贬,独于齐则竭力颂美,绝无规过之

---

[1] 纪昀评《文心雕龙·时序》"阙当代不言"中的"当代"是特指"皇齐"时代。由于宋齐文学前后相承,很多文人由宋入齐,因之本文的"当代"以萧齐时代为主,也兼及刘宋时代。

第六章　纪昀评《文心雕龙·时序》"阙当代不言"说辨析

词,其证三也。"①换一个角度看,刘毓崧此言充分肯定了刘勰对萧齐帝国的重视和忠诚。刘勰之所以如此颂美萧齐帝王,是由于在刘勰的文学思想中,帝王占有重要位置。《时序》曰:"故知歌谣文理,与世推移,风动于上,而波震于下者也。"帝王是影响文学走向、推动文学发展的首要因素。他用"运集休明"来称颂萧齐时代,用"圣武"、"睿文"、"上哲"来称颂萧齐帝王,或许也包含着为自己将来的仕进打好基础的意思。刘勰在《时序》之外的篇章中,对萧齐文学多有批评,在这里他指出当今皇上至圣至明,言外之意,这个时代的文坛弊病,和当朝皇帝没有关系,只是文人们不自雕励而已。

其次,刘勰在《时序》中大力称颂萧齐文学。《时序》认为:当今之世,"经典礼章,跨周轹汉;唐虞之文,其鼎盛乎"。王运熙先生说:"这里对宋齐两代文学,除'自明帝以下,文理替矣'一句外,都是笼统赞美之辞,实际并不体现刘勰真实的看法。"②这不只是王运熙先生一个人的看法,许多学者一致认同这里只是一种泛泛的称颂、笼统的赞美。纵然如此,有没有这样泛泛的笼统的赞美,效果应该是大不一样的。它起码表明了作者的一种政治态度。

同时,我们也要看到,《时序》在论述前代与当代文学时的确是有一定区别的。《时序》谈古今情理,从"昔在陶唐"、"有虞继作"开始,一直谈到了萧齐时代。对照来看,他对不同的时代有不

---

① 范文澜:《文心雕龙注》,人民文学出版社1958年版,第729页。
② 王运熙:《刘勰论宋齐文风》,《复旦学报》1983年第5期。

同的看法。试举建安文学和刘宋文学为例。《时序》论述建安文学曰:"自献帝播迁,文学蓬转,建安之末,区宇方辑。魏武以相王之尊,雅爱诗章;文帝以副君之重,妙善辞赋;陈思以公子之豪,下笔琳琅;并体貌英逸,故俊才云蒸。仲宣委质于汉南,孔璋归命于河北,伟长从宦于青土,公幹徇质于海隅;德琏综其斐然之思;元瑜展其翩翩之乐。文蔚、休伯之俦,于叔、德祖之侣,傲雅觞豆之前,雍容衽席之上,洒笔以成酣歌,和墨以藉谈笑。观其时文,雅好慷慨,良由世积乱离,风衰俗怨,并志深而笔长,故梗概而多气也。"《时序》论述刘宋文学曰:"自宋武爱文,文帝彬雅,秉文之德,孝武多才,英采云构。自明帝以下,文理替矣。尔其缙绅之林,霞蔚而飙起。王袁联宗以龙章,颜谢重叶以凤采,何范张沈之徒,亦不可胜数也。盖闻之于世,故略举大较。"我们可以清楚地看到,在论述建安文学时,刘勰指出了曹操、曹丕、曹植三位在建安文坛的领袖地位,也论述了王粲、陈琳、刘桢、徐幹、应玚、阮瑀等人聚集邺下,路粹、繁钦、邯郸淳、杨修等人围绕在曹氏父子周围,他们共同开创了"俊才云蒸"的新时代。在论述刘宋文学时,除了歌颂几位帝王之外,只是点出了王、袁、颜、谢、何、范、张、沈八家姓氏。在刘勰眼里,刘宋文学是"缙绅之林",也就是说这是一个士族文学兴盛的时代,他列举出"王袁联宗"、"颜谢重叶",显然他以"王袁颜谢"为文学领域中的四大家族。同样,"何范张沈"也不只是指四位诗人,而是排名在王袁颜谢之后的次四大文学家族。其中的"颜谢"当然包括元嘉三大家中的颜延之和谢灵运,但又不止这两位诗人,而是指颜谢两大文学家族。说到萧齐时代,只说这是一个"才英秀发"的时代,他们"驭飞龙于天衢,驾骐骥于万里",刘勰说这个伟大的时代我不配言说,要等待比我高明的人来说。既没有像建安文学那样点出具体作家,也没有像刘宋文学那样点出若干文学家族。

虽然刘勰说过"鸿风懿采,短笔敢陈",但他歌颂了萧齐帝王对萧齐文学的贡献,并论述了萧齐文学的整体成就,并认为萧齐时代是一个文学鼎盛的时代,因此就不能说他"阙当代不言"。同时,他的确对具体作家没有加以点评。

二

在《文心雕龙》的其他篇章中,刘勰对萧齐文学做出了与《时序》截然不同的评判。《明诗》论宋初山水文学曰:"宋初文咏,体有因革,庄老告退,而山水方滋。俪采百字之偶,争价一句之奇,情必极貌以写物,辞必穷力而追新,此近世之所竞也。"《物色》论近代文学曰:"自近代以来,文贵形似,窥情风景之上,钻貌草木之中。吟咏所发,志惟深远;体物为妙,功在密附。故巧言切状,如印之印泥,不加雕削,而曲写毫芥,故能瞻而见貌,即字而知时也。"刘勰在这里归纳了宋齐文学的一些新变,例如"情必极貌"、"辞必穷力"、"文贵形似"、"曲写毫芥"等。单纯读这两段文字,还看不出来刘勰对宋齐文学所持的贬斥态度。就算刘勰不太喜欢这样的新变,最起码应该持一种中立的态度吧。但是,结合《体性》等篇章来看,刘勰对这样的"新变"极其反感。《体性》云:"新奇者,摈古竞今,危侧趣诡者也。"《定势》云:"自近代辞人,率好诡巧,原其为体,讹势所变,厌黩旧式,故穿凿取新,察其讹意,似难而实无他术也,反正而已。"在刘勰眼里,近代以来的新变并不是一种好现象。

在其他一些篇章中,刘勰否定萧齐文学的观点更加明确。《通变》云:"榷而论之,则黄唐淳而质,虞夏质而辨,商周丽而雅,楚汉侈而艳,魏晋浅而绮,宋初讹而新。从质及讹,弥近弥澹,何则?竞今疏古,风昧气衰也。今才颖之士,刻意学文,多略汉篇,师范宋集,虽古今备阅,然近附而远疏矣。……故练青濯绛,必归蓝蒨;矫讹翻浅,还宗经诰。"这是刘勰对中国文学史的概括,按照刘勰的思路,文学的衍变从"淳而质"开始,相继发生了"质而辨"、"丽而雅"、"侈而艳"、"浅而绮"、"讹而新"的变化,其变每下愈况。从宋初以来文学创作进入到一个"讹而新"的新常态。

刘勰认为,近代以来新奇讹滥的文风表现在许多方面,《文心雕龙》用大量的篇幅予以揭示和指斥。例如:《指瑕》云:"而晋末篇章,依希其旨,始有赏际奇致之言,终有抚叩酬即之语,每单举一字,指以为情。夫赏训锡赉,岂关心解,抚训执握,何预情理;雅颂未闻,汉魏莫用,悬领似如可辩,课文了不成义:斯实情讹之所变,文浇之致弊。而宋来才英,未之或改,旧染成俗,非一朝也。近代辞人,率多猜忌,至乃比语求蚩,反音取瑕,虽不屑于古,而有择于今焉。"从字与义的角度,批评了"比语求蚩,反音取瑕"的现状。《乐府》云:"若夫艳歌婉娈,怨诗诀绝,淫辞在曲,正响焉生?然俗听飞驰,职竞新异,雅咏温恭,必欠伸鱼睨;奇辞切至,则拊髀雀跃;诗声俱郑,自此阶矣!凡乐辞曰诗,诗声曰歌,声来被辞,辞繁难节。"宋齐时代民歌和俗文学声势浩大,刘勰对宋齐时代盛行的乐府民歌甚为反感,将其称之为艳歌淫辞,视为当代的郑声。以上种种现象皆是宋初以来文学创作"讹而新"的具体表现。

他在《时序》中称萧齐文学"跨周轹汉",无比辉煌;在《通变》中却说宋初以来的文学"讹而新",在《定势》篇中说近代辞人"率好诡巧"。也就是说,刘勰一方面在大力歌颂这个时代,一方面又在极力指斥这个时代。对于这样的矛盾,多数学者都认定"跨周轹汉"云云只是一种泛泛的称颂、笼统的赞美,不可以当真,刘勰的本意还是在于批评时代的弊病;也有学者认为:"《文心雕龙》论文之所以不涉及当代,并非'避于恩怨'或'避忌',而是因为当代文'讹'极而不称于'盛德'。褒之,有违本心;贬之,有损'休明'。论宋而仅'略举大较',乃因如此既免陷于两难,又有以寄其矫'讹'之意。"① 其实,不论是赞美还是贬斥,刘勰都是发自内心的。刘勰对当代文学做出了既褒又贬的判断,让自己陷入了两难之境,并不是无意的,也不是偶然的。这种矛盾正是刘勰内心深处思想矛盾的自然投射。作为皇齐帝国一个忠实的臣子,将来也想在仕途上获得一官半职,他没有理由不歌颂这个时代;按照儒家正统文化的文艺标准,作为儒家文艺思想的代言人,他又不能不批判这个时代。刘勰在《序志》中说:"及其品列成文,有同乎旧谈者,非雷同也,势自不可异也;有异乎前论者,非苟异也,理自不可同也。"赞美当朝的帝王和文学创作同乎旧谈,乃是老生常谈,

---

① 力之:《〈文心雕龙〉论文不及当代乃因其"讹"不称于"休明"辩——兼说其论宋代何以仅"略举大较"》。

但不得不谈；用儒家思想来衡量当代文学，得出了异乎前论的结论，并不是为了标新立异，而是理该如此。

由此可见，刘勰在《时序》中言及了当代文学，在其他篇章中也大谈当代文学，并且对当代文坛做出了与《时序》截然相反的评价。这种矛盾的出现有其历史必然性。

三

不论是在《时序》中还是在其他篇章中，刘勰始终没有点评过当代作家。如果将"阙当代不言"改作"阙当代作者不言"则庶几近之。关于刘勰不言当代作者的原因，刘永济先生认同纪昀的观点，并加以引申说："宋齐世近，作者尚多生存，又皆显贵，舍人存而不论，非但是非难定，且亦有所避忌也。故列代虽十，而衡论文变，止及晋世。"[①]纪昀把"未经论定"作为刘勰"阙当代不言"的一条主要理由，似乎不能成立，在刘勰同时稍后，锺嵘的《诗品》就涉及了当代文士。可见"未经论定"、"是非难定"，并不能作为"阙当代作者不言"的主要理由。

那么，"有避于恩怨"说是否符合事实呢？刘勰在《文心雕龙·史传》深有感慨地说："若夫追述远代，代远多伪。……至于记编同时，时同多诡，虽定哀微辞，而世情利害。勋荣之家，虽庸夫而尽饰；迍败之士，虽令德而嗤埋，吹霜煦露，寒暑笔端，此又同时之枉，可为叹息者也！"不能完全责怪作者"寒暑笔端"，我们

---

① 刘永济：《文心雕龙校释》，中华书局1962年版，第168页。

第六章 纪昀评《文心雕龙·时序》"阙当代不言"说辨析

翻开史料,其中记载着很多因为文学而引发的恩怨。

其一,封建皇帝大都自我意识膨胀,不能容忍臣子在才艺方面超越自己。唐人刘𫗧《隋唐嘉话》:"炀帝善属文,而不欲人出其右。司隶薛道衡由是得罪,后因事诛之,曰:'更能作"空梁落燕泥"否?'"旧说以为隋炀帝因嫉妒薛道衡诗才而加害于他,当代读者都知道隋炀帝嫉妒其才并不是薛道衡获罪的主因。不过,即使是此事不确,帝王"不欲人出其右"的心理应该是真实的。《南史·鲍照传》云:"(鲍照)迁秣陵令。文帝以为中书舍人。上好为文章,自谓人莫能及,照悟其旨,为文章多鄙言累句。咸谓照才尽,实不然也。"连鲍照这样自称"孤且直"的士人尚且如此,何况其他缺乏操守的士人。《梁书·沈约传》云:"约尝侍宴,值豫州献栗,径寸半,帝奇之,问曰:'栗事多少?'与约各疏所忆,少帝三事。出谓人曰:'此公护前,不让即羞死。'帝以其言不逊,欲抵其罪,徐勉固谏乃止。"记忆力不可超过皇帝,诗文水平当然也不能超越皇帝。不过,怕遭帝王嫉妒这一点,对于刘勰来说是不存在的。刘勰当时身微言轻,没有直接见到过萧齐皇帝的机会。何况,他在《时序》中已经大力称颂过当朝皇帝。

其二,在士人之间,因为史学论著和诗赋创作也会造成一定的恩怨。《晋书·袁宏传》:"宏后为《东征赋》,赋末列称过江诸名德,而独不载桓彝。……温知之甚忿,而惮宏一时文宗,不欲令人显问。后游青山饮归,命宏同载,众为之惧。行数里,问宏云:'闻君作《东征赋》,多称先贤,何故不及家君?'宏答曰:'尊公称谓非下官敢专,既未遑启,不敢显耳。'……宏赋又不及陶侃,侃子胡奴尝于曲室抽刃问宏曰:'家君勋迹如此,君赋云何相怨?'宏窘急,答曰:'我已盛述尊公,何乃言无?'"这就不是恩怨所能涵盖的范围了,袁宏作赋差点儿惹来杀身之祸。《北齐书·魏收传》:"范阳卢斐父同附出族祖玄传下,顿丘李庶家传称其本是梁国家人,斐、庶讥议云:'史书不直'。收性急,不胜其愤,启诬其欲加屠害。……时太原王松年亦谤史,及斐、庶并获罪,各被鞭配甲坊,或因以致死,卢思道亦抵罪。然犹以群口沸腾,敕魏史且勿施行,令群官博议,听有家事者入署,不实者陈牒。于是众口喧然,号为'秽史',投牒者相次,收无以抗之。"魏收因为写史引来了众口喧然,树敌无数。

虽然历史上因为著述引起过诸多恩怨,但刘勰作文有自己的底线,他在《史传》说:"故述远则诬矫如彼,记近则回邪如此,析理居正,唯素心乎!若乃尊贤隐讳,固尼父之圣旨,盖纤瑕不能玷瑾瑜也;奸慝惩戒,实良史之直笔,农夫见莠,其必锄也:若斯之科,亦万代一准焉。……然史之为任,乃弥纶一代,负海内之责,而赢是非之尤。秉笔荷担,莫此之劳。迁、固通矣,而历诋后世。若任情失正,文其殆哉!"刘勰推崇"秉笔荷担"的写作态度,反对"任情失正"的写作方式。如果因为有避于恩怨而不去评论当代作家,是一种逃避社会责任的方式,这不符合刘勰为文的原则。退一步说,如果为了避于恩怨而不评论任何一个作家,似乎是高明的,其实是愚蠢的,不评论任何一个作家,就等于否定了这个时代的所有作家,事实上会得罪所有的当代作家。《梁书·刘勰传》曰:"既成,未为时流所称。勰自重其文,欲取定于沈约。约时贵盛,无由自达,乃负其书,候约出,干之于车前,状若货鬻者。约便命取读,大重之,谓为深得文理,常陈诸几案。"为了《文心雕龙》

能为世所知，必须要借助于"贵盛"的名士。刘勰既然会以这种方式拜会沈约，说明他非常敬重沈约。虽然如此，刘勰并没有点评、歌颂沈约的诗文。显然，刘勰是有意对当代作家不予点评。而当代文坛领袖沈约也对刘勰阙当代作者不言的做法心领神会，赞扬他"深得文理"。

显然，即使"有避于恩怨"说有一定的道理，但它并不是刘勰"阙当代作者不言"的主要原因。

四

我们认为，《文心雕龙》阙当代作者不言应该有多重考虑，其主要原因中不能排除以下两点因素：

首先，刘勰的《文心雕龙》意在建构一个儒家文学理论的体系。刘勰完成《文心雕龙》的动机不仅与沈约完成《宋书》、萧子显完成《南齐书》不同，即便与锺嵘完成《诗品》的动机也不相同。历史著作讲究实录，要忠于历史事实，这一点不待多言。文学理论和文学批评著作之间也有区别。锺嵘《诗品序》："观王公缙绅之士，每博论之余，何尝不以诗为口实。随其嗜欲，商榷不同，淄渑并泛，朱紫相夺，喧议竞起，准的无依。近彭城刘士章，俊赏之士，疾其淆乱，欲为当世诗品，口陈标榜。其文未遂，感而作焉。昔九品论人，七略裁士，校以宾实，诚多未值。至若诗之为技，较尔可知。以类推之，殆均博弈。"有感于文士"喧议竞起，准的无依"的社会现象，锺嵘《诗品》仿照九品论人法，对历代五言诗作者进行分品点评。

刘勰撰写《文心雕龙》的目的，不仅是为了用儒家的思想来矫正当今的文学创作的走向，同时也意在为儒家文学思想修筑一座理论的大厦。据前辈学者研究，刘勰是在三十岁之后撰写《文心雕龙》的。当时，刘勰虽然在定林寺以学习和整理佛教经典为主，但他思想上依然深受儒家思想的影响，对儒家思想顶礼膜拜。《文心雕龙·序志》阐述写作动机曰："自生人以来，未有如夫子者也。敷赞圣旨，莫若注经，而马郑诸儒，弘之已精，就有深解，未足立家。唯文章之用，实经典枝条，五礼资之以成，六典因之致用，君臣所以炳焕，军国所以昭明，详其本源，莫非经典。而去圣久远，文体解散，辞人爱奇，言贵浮诡，饰羽尚画，文绣鞶帨，离本弥甚，将遂讹滥。盖周书论辞，贵乎体要；尼父陈训，恶乎异端；辞训之异，宜体于要。于是搦笔和墨，乃始论文。"上述文字中值得引起重视的有两点：一是刘勰解释为何要写作《文心雕龙》一书。"敷赞圣旨，莫若注经"，但古往今来，儒家经典已经有了诸多经师。唯有作为经典枝条的文章需要清理。儒家有立德、立功、立言三不朽，刘勰也想借助立言达到不朽。二是刘勰提出了他对文章发展的根本看法："去圣久远，文体解散，辞人爱奇，言贵浮诡，饰羽尚画，文绣鞶帨，离本弥甚，将遂讹滥。"刘勰写作《文心雕龙》就是为了按照自己的理想构建一个理论大厦，这个大厦从地基到材料都需要经过儒家文艺思想的测量和检测。为了让文学重新回到儒家思想的轨道上，为了实现原道、征圣、宗经的崇高目标，他要求文学创作要向经典雅正的文风学习。所以，史学著作不能不涉及所写时代的重要人物，文学批评著作不能不点评所写时代的具体作家。而文学理论著作则重在提出一种理论体系，不同的作家只是用来阐释这种理论的材料，刘勰没有必要一定非要使用当代作家作为他著书立说的材料。是故，我们看到刘勰对时弊的针砭是严肃的，但他对事而不对人，对当代作家并没有进行指名道姓的贬斥。他反对背离儒家经典的文风，从儒家经典出发来判断问题的对与错。他批评的重点在于文化制度建设，而不在于批评本身。

其次，身处寺庙与佛典之中，与青灯黄卷为伴的刘勰，没有机会接触到大批的当代作家。《梁书·刘勰传》曰："勰早孤，笃志好学。家贫不婚娶，依沙门僧祐，与之居处，积十余年，遂博通经论，因区别部类，录而序之。今定林寺经藏，勰所定也。"据牟世金先生考证，永明八年（490），刘勰二十四岁，是年二月之后守丧期满，入定林寺。"自本年至天监二三年出寺，计十三四年，与本传'依沙门僧祐，与之居处，积十余年'相符。"[1]齐梁时期，很多高僧先后居住于定林寺，为南朝佛教活动之中心。很多名流居士慕名而来，时常出入山门。杨明照先生《梁书刘勰传笺注》曰："定林寺，即上定林寺，亦称定林上寺。故址在今南京市紫金山。自宋迄梁，寺庙广开。高僧如僧远、僧柔、法通、智称、道嵩、超辨、慧弥、法愿辈皆居此寺。处士名流如何点、周颙、明僧绍、吴苞、张融、袁昂、何胤等，王侯如萧子良、萧宏、萧伟之徒，亦节策踵出门，展敬禅室，或咨戒范，或听内典。曾极一时之盛。"[2]刘勰生活在寺院

---

[1] 牟世金：《刘勰年谱汇考》，巴蜀书社1988年版，第28页。
[2] 杨明照：《梁书刘勰传笺注》，张少康编：《文心雕龙研究》，湖北教育出版社2002年版，第62页。

当中，只有僧人、佛典与他朝夕相伴。虽然定林寺中有很多当代名流出入，一则这些名流主要是为了佛事而来，他们关心的重心不在文学创作上；二则名士是冲着僧祐等大师而来的，他们并不会与刘勰这样寄身寺院者商讨当代文学的诸种现象。刘勰既然远离世俗生活，远离当时的诗人群体，生活环境注定了他只能以寺院寄养人的身份与眼光看待文学和世界。

《高僧传·僧祐传》曰："释僧祐，本姓俞氏。其先彭城下邳人，父世居于建业。……永明中，敕入吴，试简五众，并宣讲十诵，更申受戒之法。凡获信施，悉以治定林、建初。及修缮诸寺，并建无遮大集舍身斋等。及造立经藏，搜校卷轴。……初祐集经藏既成，使人抄撰要事，为《三藏记》、《法苑记》、《世界记》、《释迦谱》及《弘明集》等。皆行于世。"隋费长房《历代三宝记》著录的僧祐著述有：《出三藏记集》十六卷、《法苑集》十卷、《弘明集》十四卷、《世界记》十卷、《萨婆多师资传》五卷、《释迦谱》四卷、《大集等三经记》一卷、《集三藏因缘记》一卷、《律分五部记》一卷、《经来汉地四部记》一卷、《律分十八部记》一卷、《十诵律五百罗汉出三藏记》一卷、《善见律毗婆沙记》一卷。后人认为这些典籍中有许多出自刘勰的手笔。范文澜《文心雕龙·序志》篇注："僧祐宣扬大教，未必能潜心著述，凡此造作，大抵皆出彦和手也。"[1]杨明照《梁书刘勰传笺注》曰："僧祐使人抄撰诸书，由今存者文笔验之，恐多为舍人捉刀。"[2]僧祐名下的典籍中，到底

---

[1] 范文澜：《文心雕龙注》，第730页。
[2] 杨明照：《梁书刘勰传笺注》，张少康编：《文心雕龙研究》，第62页。

第六章 纪昀评《文心雕龙·时序》"阙当代不言"说辨析

哪些是僧祐自作,哪些出自刘勰之手,还需要继续鉴定甄别。既然《梁书·刘勰传》很肯定地说:"(刘勰)区别部类,录而序之。今定林寺经藏,勰所定也。"那么,刘勰多年来在佛学方面潜心钻研,整理并写作过一些佛教著作,当是没有异议的。既然寺院中的刘勰以佛教典籍的整理为中心,同时也研读了大量儒家典籍,那么他用在当代文学现状方面的精力必然是有限的。

同期的沈约、萧子显、锺嵘等人接触面都比刘勰广泛。沈约在齐初为文惠太子萧长懋家令,后来又在竟陵王萧子良门下,有条件接触当代杰出文人。沈约是"永明体"的代表作家之一,《梁书·武帝本纪》云:"竟陵王子良开西邸,招文学,高祖与沈约、谢朓、王融、萧琛、范云、任昉、陆倕等并游焉,号曰八友。"也是当时声律说的创始人之一,《南齐书·陆厥传》说:"永明末,盛为文章,吴兴沈约、陈郡谢朓、琅琊王融以气类相推毂,汝南周颙善识声韵,约等文皆用宫商,以平上去入为四声,以此制韵,不可增减,世呼为'永明体'。"他始终活跃在当代文学的前沿,一度是文坛上执牛耳的人物。《诗品中》说:"于时,谢朓未遒,江淹才尽,范云名级又微,故约称独步。"萧子显是齐高帝萧道成孙,豫章文献王萧嶷第八子。梁武帝天监元年(502),萧子显十三岁。齐梁易代之后,受到梁武帝的礼遇和信任,官至吏部尚书。他身处社会上层,自然有与当代名士交往的条件。锺嵘生于颍川长社锺氏,长社锺氏曾为郡国大族,四海通望。到了南朝还属于次等士族之列。锺嵘在齐梁曾任参军、记室一类官职。《诗品》中品评的梁代诗人有中书郎邱迟、太常任昉、左光禄沈约、秀才陆厥、常侍虞羲、建阳令江洪、步兵鲍行卿、晋陵令孙察等。显然,他的接触范围也比刘勰要广泛得多。

刘勰《文心雕龙》为什么没有涉及晋宋田园诗人陶渊明,这也是一个大家非常关注的话题。《时序》论刘宋文学云:"尔其缙绅之林,霞蔚而飙起。"在刘勰眼里,刘宋文学最大的特征是士族文学的兴盛,非士族文学则在他视线的盲区当中。陶渊明虽然是当时著名的隐士,但他的诗歌不符合士族社会的欣赏习惯,未能像士族诗人的诗篇那样广泛流传。刘勰自成年后,常年生活在寺院里,环境相对闭塞,没有条件接触和了解当代作家。是故,这个时代最伟大的文学理论家与这个时代最著名的诗人失之交臂。

概之,刘勰在《时序》和其他篇章中不仅多次言及当代,而且对宋齐文学有彼此矛盾的评价。纪昀将"阙当代不言"的主要原因归结为"未经论定"和"有避于恩怨"似乎不够确切。刘勰避而不谈当代具体作者的主要原因有二,一是《文心雕龙》的重点在于建构一个儒家文学理论体系,当代文学只是建构这个理论体系时的材料;二是由于刘勰特殊的生活环境,没有条件接触到大批的当代作家。

第七章　陈后主隋炀帝与陈隋诗史的转捩

陈隋之际，最值得后人关注的一大诗史现象是艳情与边塞的消长变化。沈德潜《说诗晬语》云："隋炀帝艳情篇什，同符后主，而边塞诸作，铿然独异，剥极将复之候也。杨素幽思健笔，词气清苍，后此射洪（陈子昂）、曲江（张九龄），起衰中立，此为胜、广云。"[①]陈代之前，艳情诗占据萧梁诗坛的主流地位，陈代延续了这种状况，后人合称为梁陈宫体诗；古已有之的边塞诗在萧梁时代与宫体诗合流，形成宫体边塞诗。到了隋代，边塞诗从梁陈文人的想象世界走向真实世界，从皇宫圣殿走向大漠沙场。贯通六朝隋唐来看，边塞诗是这一时期最富有生命活力的诗歌体式之一。陈隋时代恰好处于艳情诗盛极而衰与边塞诗异军突起的转捩期，陈叔宝与杨广作为当时诗坛上先后崛起的两位领军人物，为诗史巨变各自发挥了不同的作用。

陈叔宝现存诗歌九十六首，[②]其中广义艳情诗约三十首，边

---

① ［清］沈德潜：《说诗晬语》卷上七十二，人民文学出版社1979年版，第205页。
② 逯钦立《先秦汉魏晋南北朝诗》中录有六十一题九十五首，今人辑佚出《济江陵诗》、《临终诗》和《浮梁上怀乡诗》等三首（参见方学森：《陈后主诗歌考校辑佚》，《池州师范学院学报》2013年第2期）。集中《听筝诗》和《戏赠沈后》两首为后人依托之词，故陈叔宝现存诗歌为九十六首。

塞诗约十首。逯钦立《先秦汉魏晋南北朝诗》辑录杨广诗三十六题四十二首，其中广义艳情诗及以艳情为题者七首，边塞诗八首。在封建时代，主流观点把他们两人皆看作萧梁宫体诗的继承者。《陈书·后主本纪》魏徵云："古人有言，'亡国之主多有才艺'，考之梁陈及隋，信非虚论。然则不崇教义之本，偏尚淫丽之文，徒长浇伪之风，无救乱亡之祸矣。"受这种儒家正统观念的影响，后世很多文人学士完全否定了陈叔宝和杨广的文学成绩。韩愈《荐士》："齐梁及陈隋，众作等蝉噪。"胡应麟："五言盛于汉，畅于魏，衰于晋宋，亡于齐梁。……齐梁陈隋，品之杂也。……陈隋，无论其质，即文无足论者。"[1]闻一多先生说："宫体诗就是宫廷的，或以宫廷为中心的艳情诗，它是个有历史性的名词，所以严格地讲，宫体诗又当指以梁简文帝为太子时的东宫，及陈后主、隋炀帝、唐太宗等几个宫廷为中心的艳情诗。"宫体诗乃是"一百年间梁、陈、隋、唐四代宫廷所遗下了那份最黑暗的罪孽。"[2]由于以上观点深入人心，直到今天，依然有很多人把陈隋时代看作宫体诗盛行的时代，把陈叔宝和杨广看作宫体诗的传人，未能深入发掘陈叔宝、杨广诗歌的内涵。对杨广边塞诗，今人虽有较高评价，但也没有超越沈德潜定下的基调。在当代的六朝隋唐文学研究中，很少有人对陈叔宝、杨广诗歌进行比较研究，尚未有人以陈杨艳情诗与边塞诗为中心去考察陈、杨在陈隋之际诗史变迁中所发挥的具体作用。

---

[1] ［明］胡应麟：《诗薮·内编》卷二，上海古籍出版社1958年版，第22页。
[2] 闻一多：《宫体诗的自赎》，胡晓明选编：《唐诗二十讲》，华夏出版社2009年版，第11页。

一

陈宣帝太建元年(569),陈叔宝十七岁,被立为皇太子。在北周,杨广生于是年。陈后主与隋炀帝相差十七岁,成年后一为陈之太子,一为隋之太子。即位后分别成为陈、隋两国的皇帝。如果两国军事实力相当,两人治国能力相当,他们会维持南北分治的局面。可到了陈叔宝时代,陈代已经江河日下,隋王朝正在旭日东升。

陈太建十四年(582),隋开皇二年,陈宣帝死,太子叔宝即位,是为陈后主。陈后主即位之初,也有过一番雄心壮志。《陈书·后主本纪》载其太建十四年三月诏书:"朕将虚己听受,择善而行,庶深鉴物情,匡我王度。"很快他意识到以陈之力要去抗衡强大的隋朝,无异于以卵击石。于是他便放弃了抗争与奋斗,一心纵情声色。《南史·张贵妃传》:"至德二年,乃于光昭殿前起临春、结绮、望仙三阁。……后主每引宾客,对贵妃等游宴,则使诸贵人及女学士与狎客共赋新诗,互相赠答。"此时在北国,隋帝国正在磨刀霍霍,虎视东南。开皇六年(586),隋文帝任命次子杨广为淮南道行台尚书令,驻寿春,经略淮南。开皇八年(588),隋文帝以晋王杨广、秦王杨俊和杨素为元帅,诸军在晋王杨广的节度下开始伐陈。隋开皇九年(589)正月,陈后主被俘,杨广踏入建康。自此中国结束了长达数百年的南北分裂。

陈叔宝与杨广第一次遇面时,一个为阶下囚,一个为征服者。杨广曾经垂涎于张贵妃的美色,欲据为己有。《隋书·高颎传》:

"及陈平,晋王欲纳陈主宠姬张丽华。颎曰:'武王灭殷,戮妲己。今平陈国,不宜取丽华。'乃命斩之。王甚不悦。"为此,埋下了高颎日后被杀的祸根。杨广遣送陈叔宝君臣去了长安,对陈之府库财物秋毫无犯。《陈书·后主本纪》:"三月己巳,后主与王公百司发自建业,入于长安。"《隋书·炀帝本纪》:"于是封府库,资财无所取,天下称贤。"翌年,陈之故地狼烟四起。《资治通鉴》卷一七七《隋纪一》云:"陈之故境,大抵皆反,大者有众数万,小者数千。"隋文帝任命杨广为扬州总管,镇江都,负责整个东南的军务和行政管理。从公元590年到公元600年,杨广管理东南军政事务长达十年之久。

杨广《敕责窦威崔祖浚》云:"自平陈之后,硕学通儒,文人才子,莫非彼至。"[①]平陈之役后,隋朝将陈朝人才一网打尽,为己所用。杨广麾下先后有许多来自东南之地的社会精英。其中有"专典机密"、"特见亲爱"的虞世基。《隋书·虞世基传》:"炀帝即位,顾遇弥隆。……帝重其才,亲礼逾厚,专典机密,……特见亲爱,朝臣无与为比。"有"参掌机密"的裴蕴。《隋书·裴蕴传》载:大业初,"炀帝闻其善政,征为太常少卿",后又为炀帝奏括南北音乐,"擢授御史大夫,与裴矩、虞世基参掌机密"。有"以师友处之"的柳䛒。《隋书·柳䛒传》云:"王好文雅,招引才学之士诸葛颖、虞世南、王胄、朱瑒等百余人以充学士,而䛒为之冠,王以师友处之,每有文什,必令其润色,然后示人。"有以文会友的庾自直。

---

① [清]严可均:《全上古三代秦汉三国六朝文》,河北教育出版社1997年版,第九册,第337页。

《隋书·庾自直传》云："自直解属文,于五言诗尤善。……陈亡,入关,不得调。晋王广闻之,引为学士。大业初,授著作佐郎。……帝有篇章,必先示自直,令其诋诃。自直所难,帝辄改之。"有"甚见亲幸"的诸葛颖。《隋书·诸葛颖传》载炀帝赏赐诸葛颖诗云："参翰长洲苑,侍讲肃成门。名理穷研覈,英华恣讨论。实录资平允,传芳导后昆。"这些东南人物或因其政治谋略,得以参与机密;或因其文学才华,备受皇帝恩宠。

隋开皇二十年(600),文帝废太子杨勇,立晋王杨广为皇太子。仁寿四年(604)七月,太子杨广弑文帝,即皇帝位,是为炀帝。史载杨广因非礼宣华夫人的行径暴露而弑父。[①]宣华夫人,陈叔宝同父之妹。杨广即位旋即杀故太子杨勇。是年十一月,长城公陈叔宝死。从隋炀帝为陈叔宝所赐谥号看,他对叔宝深恶痛绝。"炀"有好内远礼、好内怠政、逆天虐民等意。让他意想不到的是,他自己死后也被赐以"炀"帝之号。后人似乎没有人把陈叔宝称之为陈炀帝,而"炀帝"几乎成为杨广的专用谥号。陈后主死后,杨广占有了陈叔宝的沈皇后,巡幸时时常带在身边。《陈书·沈皇后传》："陈亡,(沈后)与后主俱入长安。及后主薨,后自为哀辞,文甚酸切。隋炀帝每所巡幸,恒令从驾。及炀帝为宇文化及所害,后自广陵过江还乡里,不知所终。"

做了皇帝之后的杨广,对东南地有着异乎寻常的爱恋,他先后三下江都,最终死于此地。大业元年(605)八月至翌年三月、大

[①] 杨广弑父,事见《隋史·宣华夫人传》,《北史》、《资治通鉴》亦载。今人多持怀疑态度。

业六年(610)三月至翌年二月、大业十二年(616)七月至大业十四年(618),杨广都在江都地区度过。炀帝后期,各地起义风起云涌,隋帝国陷入风雨飘摇当中。大业年间,隋炀帝欲保居江东,这时他想到了当年的"长城公"陈叔宝。《资治通鉴》卷一八五《唐纪一》:"隋炀帝至江都,荒淫益甚。……谓萧后曰:'外间大有人图侬,然侬不失为长城公,卿不失为沈后,且共乐饮耳!'因引满沉醉。"他没有料到,他想做长城公而不能得。大业十四年,隋炀帝被部将宇文化及等绞杀于江都。继陈朝在公元589年灭亡之后,隋帝国在公元618年寿终正寝。

杨广与陈叔宝生活在同一时代,两人多有交集。杨广掀翻了陈叔宝的龙椅,让他沦为亡国之君;杨广抢占了陈叔宝的皇后,玷污了陈叔宝的妹妹,用东南精英充实了自己的团队,并且长期盘桓在江都地区。最终,陈叔宝客死于杨广的老巢,而杨广被杀于陈叔宝的故地,历史又翻开了新的一页。

对这两位相继亡国的皇帝,唐初史家做出了情感上截然不同的评价。《陈书·后主本纪》引魏徵语曰:"后主生深宫之中,长妇人之手,既属邦国殄瘁,不知稼穑艰难。初惧阽危,屡有哀矜之诏,后稍安集,复扇淫侈之风。宾礼诸公,唯寄情于文酒,昵近群小,皆委之以衡轴。……毒被宗社,身婴戮辱,为天下笑,可不痛乎!"叔宝的最大问题有二,一是长于深宫之中,不了解底层民情;二是未励精图治,大行淫侈之风。另外一位史学家姚思廉认为陈叔宝的执政理念并没有什么错误,陈代的败亡主要在于天意。他在《陈书·后主本纪》中说:"后主因循,未遑改革。……斯亦运钟百六,鼎玉迁变,非唯人事不昌,盖天意然也。"如果说初唐史家对陈叔宝的亡国充满了遗憾之情,故用了一个"痛"字,那么,他们对隋炀帝则表现出了咬牙切齿的恨。《隋书·炀帝本纪》史臣评论杨广说:"负其富强之资,思逞无厌之欲。……恃才矜己,傲狠明德。……内怀险躁,外示凝简。盛冠服以饰其奸,除谏官以掩其过。……普天之下,莫匪仇雠,左右之人,皆为敌国。……社稷颠陨,本枝殄绝,自肇有书契以迄于兹,宇宙崩离,生灵涂炭,丧身灭国,未有若斯之甚也。"在当代,不断有人为隋炀帝鸣不平,把他装扮成一位被史学家不公正对待的、被后人误解了的好皇帝。崔瑞德有一段较为客观的评语,他说:"儒家修史者对炀帝道义上的评价的确是苛刻的,因为他们把他描写成令人生畏的典型的'末代昏君'。……在中国的帝王中,他绝不是最坏的,从他当时的背景看,他并不比其他皇帝更加暴虐。他很有才能,很适合巩固他父亲开创的伟业,而他在开始执政时也确有此雄心。"[1]相较于陈后主,隋炀帝具有政治雄心和军事才略,即便是他的政敌也不得不承认这一点。他修建大运河,营建东都,开创科举制度,亲征吐谷浑,三征高句丽,无不在历史上产生了轰动效应。隋炀帝终因滥用民力,酿成天下大乱,从而导致隋帝国成为一个流星王朝。

陈叔宝和杨广虽然身为亡国之君,他们的诗歌才华还是受到了后人的一致肯定。郑燮《板桥诗钞·南朝》诗序:"昔人谓陈后主、隋炀帝作翰林自是当家本色。"[2]他们的政治地位和文学才华

---

[1] 〔英〕崔瑞德编:《剑桥中国隋唐史》(中译本),中国社会科学出版社1990年版,第147页。
[2] [清]郑板桥:《郑板桥集》,中华书局1962年版,第92页。

都决定了他们在陈隋之际的诗史上占有举足轻重的地位。

二

宫体诗就是从梁代宫中流行开来的艳情诗。萧纲是宫体诗的主将,《梁书·简文帝纪》:"(萧纲)七岁有诗癖,长而不倦,然伤于轻艳,当时号曰宫体。"《梁书·徐摛传》:"文体既别,春坊尽学之,'宫体'之号,自斯而起。"魏徵《隋书·经籍志》:"梁简文帝在东宫,亦好篇什,清辞巧制,止乎衽席之间,雕琢蔓藻,思极闺闱之内。后生好事,递相仿习,朝野纷纷,号为宫体,流宕不已,讫于丧亡。"显然,萧梁时代宫廷中盛行的这种诗体,是以宫廷为中心、以女性为描写对象的"轻艳"之作。

近人丁福保说:"后主以绮艳相高,极于淫荡。所存者只是绮罗粉黛。"[1]其实,陈叔宝的"艳丽之词"中既有色情的糟粕,也有爱情的吟唱,不可一概否定。陈叔宝即位后纵情酒色,不理朝政,经常与文人学士一起游宴赋诗,多篇轻薄之作就是当时宫廷生活的剪影。张溥曰:"世言陈后主轻薄最甚者,莫如《黄鹂留》、《玉树后庭花》、《金钗两鬓垂》等曲,今曲不尽传,惟见《玉树》一篇。"[2]其《玉树后庭花》:"丽宇芳林对高阁,新妆艳质本倾城。映户娇凝乍不进,出帷含态笑相迎。妖姬脸似花含露,玉树流光

---

[1] 丁福保:《全汉三国晋南北朝诗歌·绪言》,中华书局1959年版。
[2] [明]张溥著,殷孟伦注:《汉魏六朝百三家集题辞注》,人民文学出版社1960年版,第296页。

照后庭。"这首诗最能代表陈叔宝宫体诗活色生香的特征。陈祚明说:"炀帝材不逮后主远,顾能为质语、重语。"[1]后主和炀帝的诗才孰高孰低乃是见仁见智的事,在女色描写上陈叔宝更为生动灵巧当是事实。这首诗为陈后主招来了千古骂名,受到了诗人无情的讥笑与嘲讽。刘禹锡《台城》云:"台城六代竞豪华,结绮临春事最奢。万户千门成野草,只缘一曲《后庭花》。"杜牧《泊秦淮》云:"商女不知亡国恨,隔江犹唱《后庭花》。"其实换一个角度看,上述诗篇从另外一个侧面证明:终唐之世陈叔宝的诗歌始终在社会上广泛流传。《黄鹂留》及《玉树后庭花》、《金钗两臂垂》等曲是陈叔宝自创的新题,在乐府文学史上理应占有一席之地。

陈叔宝经常组织同一创作团队共赋新诗,然后配上曲调,组织排练,继而在大型演唱会上进行表演。《南史·陈本纪下》:"后主愈骄,不虞外难,荒于酒色,不恤政事。左右嬖佞珥貂者五十人,妇人美貌丽服巧态以从者千余人。常使张贵妃、孔贵人等八人夹坐,江总、孔范等十人预宴,号曰'狎客'。先令八妇人襞采笺,制五言诗,十客一时继和,迟则罚酒。君臣酣饮,从夕达旦,以此为常。"《南史·张贵妃传》:"后主每引宾客,对贵妃等游宴,则使诸贵人及女学士与狎客共赋新诗,互相赠答。采其尤艳丽者,以为曲调,被以新声。选宫女有容色者以千百数,令习而歌之,分部迭进,持以相乐。其曲有《玉树后庭花》、《临春乐》等。"陈后主动辄举办上千人的宫体诗演唱会,演唱者是从宫女中精心选拔的,要求年轻貌美、善于表演。这样的排场在中国古代当属史无前例。是

---

[1] [清]陈祚明:《采菽堂古诗选》,上海古籍出版社2008年版,第1149页。

故,张溥无限感慨地说:"临春三阁,遍居丽人,奇树天花,往来相望,学士狎客,主盟文坛,新诗方奏,千女学歌,辞采风流,官家未有。"[1]陈后主把一个即将灭亡的国度装扮成了歌舞升平的人间天堂。

陈叔宝此期的创作不同于通常意义上的宫体诗,它与萧梁宫体诗最大的区别在于:萧梁宫体诗中的艳情就是艳情,最多点缀一点离别的感伤、相思的愁绪;陈后主诗则在艳情的背后蕴含着巨大的悲哀。《隋书·音乐志上》载:"及后主嗣位,耽荒于酒,视朝之外,多在宴筵。尤重声乐,遣宫女习北方箫鼓,谓之《代北》,酒酣则奏之。又于清乐中造《黄鹂留》及《玉树后庭花》、《金钗两臂垂》等曲,与幸臣等制其歌词,绮艳相高,极于轻薄。男女唱和,其音甚哀。"这里显示歌词依旧是绮艳轻薄的,只是歌者用哀伤的调子在演唱。下面的材料则说不仅仅是曲调哀怨,连歌词本身也是哀怨的。《隋书·五行志》:"祯明初,后主做新歌词,甚哀怨。令后宫美人习而歌之。其辞曰:'玉树后庭花,花开不复久。'"张溥亦云:"陈主词非绝淫,亡且忽焉,哀而不起者,在声音之间乎?非独篇章已也。诏命书铭,秋冬气多,即作者亦不自知日暮矣。"[2]不仅陈叔宝的诗歌是哀怨的,即使是诏命书铭之类同样具有秋冬之气。张溥说"作者亦不自知日暮矣",我们以为这不是作者不知日暮,而是他已知日暮而无可奈何。这是一群特殊诗人的末世狂欢,这些诗歌虽然在写女色之美,但其中包涵着国家即将毁灭、

---

[1] [明]张溥著,殷孟伦注:《汉魏六朝百三家集题辞注》,第296页。
[2] 同上。

大难将要临头的惊悚与哀痛。它是宫体诗的一种变调,其中充满了悲哀、无奈、绝望。它们在哀怨中香艳,在香艳中哀怨,形成了独特的哀怨宫体诗。这正是陈叔宝对宫体诗或者说在诗歌史上的最大"贡献"。与其说陈后主艳情诗是萧梁艳情诗的延续,不如说陈后主艳情诗是梁陈宫体诗的绝唱。《资治通鉴》卷一八五《唐纪一》:"隋炀帝至江都,荒淫益甚,宫中为百余房,各盛供张,实以美人,日令一房为主人。江都郡丞赵元楷掌供酒馔,帝与萧后及幸姬历就宴饮,酒卮不离口,从姬千余人亦常醉。然帝见天下危乱,意亦扰扰不自安,退朝则幅巾短衣,策杖步游,遍历台馆,非夜不止,汲汲顾景,唯恐不足。"据此可知,最高统治者在途穷末路之时,纵情声色,推日下山,陈叔宝并不是特例,即使是隋炀帝这样的枭雄也不能幸免。王灼《碧鸡漫志》引《脞说》云:"《水调》、《河传》,炀帝将幸江都时所制,声韵悲切,帝乐之。"显然此时的隋炀帝在文学创作上也在踵武陈后主之尘,在悲切中快乐,在大笑中流泪。只是隋炀帝已经失去了千女咏歌的条件,最终也没有写出陈叔宝那样有名的哀怨宫体诗。

隋炀帝有没有大量写作艳情诗,是一个值得讨论的问题。可以肯定的是,在即位之前他基本未写艳情诗。《隋书·柳䛒传》云:"初,王属文,为庾信体。"《隋书·文学传序》亦云:"炀帝初习艺文,有非轻侧之论。"《隋书·音乐志下》云:"至仁寿元年,炀帝初为皇太子……乃上言曰:'清庙歌辞,文多浮丽,不足以述宣功德,请更议定。'"《隋书·炀帝本纪》:"初,上自以藩王,次不当立,每矫情饰行,以钓虚名,阴有夺宗之计。时高祖雅信文献皇后,而性忌妾媵。皇太子勇内多嬖幸,以此失爱。帝后庭有子,皆不育之,示无私宠,取媚于后。大臣用事者,倾心与交。中使至第,无贵贱,皆曲承颜色,申以厚礼。婢仆往来者,无不称其仁孝。又常私入宫掖,密谋于献后,杨素等因机构扇,遂成废立。"《隋书·炀帝本纪》史臣曰:"炀帝爰在弱龄,早有令闻,南平吴会,北却匈奴,昆弟之中,独著声绩。于是矫情饰貌,肆厥奸回,故得献后锺心,文皇革虑,天方肇乱,遂登储两,践峻极之崇基,承丕显之休命。"庾信体是北朝当年广为盛行的文体,少年杨广模仿庾信体,自在情理当中。但随着年龄的增长,他学会了政治表演。他的"非轻侧之论"就是一种表演。为了夺得太子之位,杨广多年来矫情自饰,沽名钓誉,终于达到了目的。

杨广即位之后,已经无须再去自饰,他是否会暴露出本来面目去大制艳篇呢?在同一部史书中有相左的记载。一种说法是隋炀帝"意在骄淫,而词无浮荡"。《隋书·经籍志》:"炀帝初习艺文,有非轻侧之论,暨乎即位,一变其风。其《与越公书》、《建东都诏》、《冬至受朝诗》及《拟饮马长城窟》,并存雅体,归于典制。虽意在骄淫,而词无浮荡,故当时缀文之士,遂得依而取正焉。所谓能言者未必能行,盖亦君子不以人废言也。"另一种记载是隋炀帝"大制艳篇,辞极淫绮"。《隋书·音乐志》载:"炀帝不解音律,略不关怀。后大制艳篇,辞极淫绮。令乐正白明达造新声,创《万岁乐》、《藏钩乐》、《七夕相逢乐》、《投壶乐》、《舞席同心髻》、《玉女行觞》、《神仙留客》、《掷砖续命》、《斗鸡子》斗百草、《泛龙舟》、《还旧宫》、《长乐花》及《十二时》等曲,掩抑摧藏,哀音断绝。"陈祚明也说:"览《受朝诗》《饮马长城窟行》,似邻雅正。及观江都宫掖诸作,便极妖淫。有其实者必形诸言,自不容掩。"①《隋书·炀帝本纪》所载炀帝淫乱的后宫生活令人发指："所至唯与后宫流连耽湎,惟日不足,招迎姥媪,朝夕共肆丑言;又引少年,令与宫人秽乱。不轨不逊,以为娱乐。"这也许是事实,也许是诬陷,我们已经很难加以按覆。同时我们也知道,在封建帝王中找不出几个出淤泥而不染的皇帝。宫廷生活的淫乱与否与他们的诗歌创作之间其实并没有对应关系。

上文提到的《泛龙舟》全诗如下:"舳舻千里泛归舟,言旋旧镇下扬州。借问扬州在何处,淮南江北海西头。六辔聊停御百丈,暂罢开山歌棹讴。讵似江东掌间地,独自称言鉴里游。"其中并没有所谓的"辞极淫绮"之状。那么,今存杨广其他诗中有没有"辞极淫绮"之作呢? 杨广诗中描写美女的诗歌有:《嘲罗罗》:"个侬无赖是横波,黛染隆颅簇小娥。幸好留侬伴成梦,不留侬住意如何。"写佳人美目流转,装扮新潮;《喜春游歌》二首:"禁苑百花新,佳期游上春。轻身赵皇后,歌曲李夫人。""步缓知无力,脸曼动余娇。锦袖淮南舞,宝袜楚宫腰。"写宫女载歌载舞之状;《江都夏》:"梅黄雨细麦秋横,枫叶萧萧江水平。飞楼倚观轩若惊,花簟罗帏当夜清。菱潭落日双凫舫,绿水红妆两摇渌。还似扶桑碧海上,谁肯空歌采莲唱。"写贵族女子的雨季相思。上述诗歌当属于广义艳情诗,没有萧纲那种"玉体横陈"式的描摹。也可以说,在杨广诗歌中色情的成分正在褪色、淡化。

更重要的是杨广开始了对宫体诗的改造,即用艳曲旧题来写自然风光。最典型的是《春江花月夜》其一。诗云:"暮江平不动,

---

① [清]陈祚明:《采菽堂古诗选》,第1149页。

春花满正开。流波将月去,潮水带星来。"《春江花月夜》本来是陈叔宝创制的艳歌,《旧唐书·音乐志》:"后主常与宫中女学士及朝臣相和为诗,太常令何胥又善于文咏,采其尤艳丽者,以为此曲。"朱乾说:"陈后主作不传,隋炀自负才高,今观此词,未见其必为亡国。如'暮江平不动',即唐人能手,无以过之。"[①]杨广《春江花月夜》是张若虚同名诗歌的先导。杨广《东宫春》:"洛阳城边朝日晖,天渊池前春燕归。含露桃花开未飞,临风杨柳自依依。小苑花红洛水绿,清歌宛转繁弦促。长袖逶迤动珠玉,千年万岁阳春曲。"当年,沈约用此题写舞女娇艳之态,杨广诗则用此题来描摹洛阳城边的无限春光。

沈德潜说:"隋炀帝艳情篇什,同符后主。"深入去看,并不尽然。隋炀帝诗歌中并没有陈后主那种哀怨宫体诗。明人许学夷云:"隋炀帝五言声尽入律,语多绮靡,乐府七言有《泛龙舟》、《江都夏》、《东宫春》,调虽稍变梁陈,而体犹未纯。"[②]隋炀帝也写作过一些宫体诗,这些诗虽有绮靡之语,实无淫亵之言。相比于萧纲兄弟和陈后主,隋炀帝宫体诗的数量既少,艳情色彩又大为淡化。他的部分诗歌用艳情的旧瓶装入了山水的新酒,从而在一定程度上改变了艳情诗的流向。

---

① [清]朱乾:《乐府正义》,乾隆五十四年线装刻本。
② [明]许学夷:《诗源辨体》,人民文学出版社1987年版,第135页。

三

　　边塞诗滥觞于先秦时代。汉魏之际，边塞诗兴盛。曹氏父子等多用乐府写边塞生活，诗风慷慨激昂，洋溢着英雄主义情怀。晋宋时代，边塞诗陷入低潮。太康诗人陆机喜欢模拟汉魏边塞诗。元嘉诗人鲍照的从军诸作，表现了寒素文人建功立业的愿望。齐梁之时，边塞诗逐步受人关注。齐梁边塞诗有三个特点，一是帝王带头写作边塞诗，齐高帝、梁武帝、梁简文帝、梁元帝等人皆写有边塞之作；二是此时边塞诗人多没有从军边塞的经历，他们喜欢想象无论从时间上还是从空间上都已经非常遥远的秦汉边塞；三是部分边塞诗人特别是萧纲兄弟热衷于写作带有脂粉气的边塞诗。萧纲《从军行》其一云："何时返旧里，遥见下机来。"其二云："庭前桃花飞已合，必应红妆起见迎。"其《燕歌行》："燕赵佳人本自多，辽东少妇学春歌。"此类诗诗风绮靡艳丽，与其说是边塞诗，不如说是宫体诗的一个分支。总体上看萧梁边塞诗内容重复，缺乏新意，喜欢堆砌辞藻、炫耀典故。

　　陈后主的边塞诗计有《陇头》、《陇头水二首》、《关山月二首》、《雨雪曲》、《饮马长城窟行》、《昭君怨》、《紫骝马》二首等十首，在梁陈时代算是写作边塞诗较多的一位。他的边塞诗和很多前代、同代的王公贵族一样，也是属于想象之作和娱情之作。后主的边塞诗中写到了边地苦寒的环境和气候，奇异的自然景色，征人思妇的相思，诗人对士卒的同情等内容，这些描写并没有超出传统边塞诗的范围。《陇头》："陇头征戍客，寒多不识春。惊风起嘶马，苦雾杂飞尘。"《陇头水》："高陇多悲风，寒声起夜丛。"写边地苦寒，自然环境恶劣。《陇头水》："汉处扬沙暗，波中燥叶轻。地风冰易厚，寒深溜转清。""禽飞暗识路，鸟转逐征蓬。落叶时惊沫，移沙屡拥空。"《关山月》："秋月上中天，迥照关城前。晕缺随来减，光满应珠圆。带树还添桂，衔峰乍似弦。"《雨雪曲》："长城飞雪下，边关地籁吟。蒙蒙九天暗，霏霏千里深。"《饮马长城窟行》："征马入他乡，山花此夜光。离群嘶向影，因风屡动香。月色含城暗，秋声杂塞长。"写与内地不同的自然风景。《陇头水》："登山一回顾，幽咽动边情。"《陇头》："四面夕冰合，万里望佳人。"《关山月二首》："复教征戍客，长怨久连翩。"《饮马长城窟行》："何以酬天子，马革报疆场。"诗中描写戍边将士的内心世界，既有思乡之情，也有报国情结。较之于萧梁诗人，陈后主边塞诗有明显的改进。首先，与梁边塞诗中具有浓郁的宫帏气胭脂气不同，陈后主诗中的宫帏气胭脂气明显减少了。其次，陈后主边塞诗比前人更为精致，他的风景描写虽然是出于想象，但极为生动细腻，给人一种亲临其境的错觉。不过从整体上看，陈后主还在宫体边塞诗的泥潭中挣扎，未能达到濯清涟而不妖的境界。他的诗中虽然也写到了征人，但诗中的人物形象是较为苍白的，缺乏血肉和生命。

随着隋帝国的统一，国力大增，士人的自信心也空前高涨。身为皇帝的杨广更是目空一切，不可一世。《隋书·炀帝本纪》："以天下承平日久，士马全盛，慨然慕秦皇汉武之事。"《资治通鉴》卷一八二《隋纪六》："帝自负才学，每骄天下之士，尝谓侍臣曰：

'天下皆谓朕承藉绪余而有四海，设令朕与士大夫高选，亦当为天子矣。'"王夫之说："逆广非胡亥匹也，少长兵间，小有才而战屡克，使与群雄角逐于中原，未必其劣于群雄也。"①杨广的雄心与其诗才结合，形成了具有特色的边塞诗。其边塞诗中最受后人推崇的是《拟饮马长城窟》和《白马篇》。王士禛说："隋混一南北，炀帝之才，实高群下，《长城》、《白马》二篇，殊不类陈隋间人。"②

杨广《拟饮马长城窟》云："肃肃秋风起，悠悠行万里。万里何所行，横漠筑长城。岂台小子智，先圣之所营。树兹万世策，安此亿兆生。讵敢惮焦思，高枕于上京。北河秉武节，千里卷戎旌。山川互出没，原野穷超忽。撼金止行阵，鸣鼓兴士卒。千乘万骑劲，饮马长城窟。秋昏塞外云，雾暗关山月。缘岩驿马上，乘空烽火发。借问长城候，单于入朝谒。浊气静天山，晨光照高阙。释兵仍振旅，要荒事方举。饮至告言旋，功归清庙前。"学界或以为本诗作于大业初北巡时，或以为作于大业七年秋征高丽时。张玉榖曰："通首气体阔大，颇有魏武之风。"③全诗以"肃肃秋风"开篇，以"功归清庙"结尾，采用了万里、万世、亿兆、千乘、万骑等大数字，写到了长城、上京、塞外、关山、天山等地名，场面阔大，气势雄壮。全诗的背后矗立着一个人，这个人可以调度千乘万骑，可以平静天山浊气，可以建盖世奇功。其《白马篇》云："白马金贝

---

① [清]王夫之：《读通鉴论》，中华书局1975年版，第560页。
② [清]王士禛：《带经堂诗话》上，人民文学出版社1963年版，第93页。
③ [清]张玉榖：《古诗赏析》卷二十二，上海古籍出版社2002年影印上海图书馆藏清乾隆姑苏思义堂刻本续修《四库全书》，第1592册，第122页。

装，横行辽水傍。问是谁家子，宿卫羽林郎。文犀六属铠，宝剑七星光。山虚空响彻，地迥角声长。宛河推勇气，陇蜀擅威强。轮台受降虏，高阙翦名王。射熊入飞观，校猎下长杨。英名欺霍卫，智策蔑平良。岛夷时失礼，卉服犯边疆。征兵集冀北，轻骑出渔阳。进军随日晕，挑战逐星芒。阵移龙势动，营开虎翼张。冲冠入死地，攘臂越金汤。尘飞战鼓急，风交征旆扬。转斗平华地，追奔扫鬼方。本持身许国，况复武功彰。会令千载后，流名满旂常。"此诗模仿曹植《白马篇》，但又多有创新。正如曹植以"幽并游侠儿"自喻一样，杨广化身为"宿卫羽林郎"。此羽林郎智勇双全，志在天下。相对于曹诗，杨诗更有皇家气象。辽水、宛河、陇蜀、轮台、冀北、渔阳等地名表明羽林郎有过南征北战的经历。"岛夷时失礼"是现实的写真，杨广曾经挥戈天下，三征高丽。"会令千载后，流名满旗常"等句可以看出杨广的远大追求。

  杨广《纪辽东二首》云："辽东海北翦长鲸，风云万里清。方当销锋散马牛，旋师宴镐京。前歌后舞振军威，饮至解戎衣。判不徒行万里去，空道五原归。""秉旄伏节定辽东，俘馘变夷风。清歌凯捷九都水，归宴雒阳宫。策功行赏不淹留，全军藉智谋。讵似南宫复道上，先封雍齿侯。"据《隋书·炀帝本纪》："（大业）八年春正月辛巳，大军集于涿郡。……（三月）癸巳，上御师。甲午，临戎于辽水桥。戊戌，大军为贼所拒，不果济。右屯卫大将军、左光禄大夫麦铁杖，武贲郎将钱士雄、孟金叉等，皆死之。甲午，车驾渡辽。大战于东岸，击贼破之，进围辽东。"此诗当作于三月渡辽水时。此时诗人尚在征战的路上，诗中却主要在想象得胜后班师回朝的情景，表现出作者胜券在握的信心，突出了天子之师无敌于天下的威力，全诗大气包举，语气豪迈。其《云中受突厥主朝宴席赋》："毡帷望风举，穹庐向日开。呼韩顿颡至，屠耆接踵来。索辫擎膻肉，韦韝献酒杯。如何汉天子，空上单于台。"写炀帝大业三年北巡时会见突厥主的情形，有一种君临天下的霸气流贯其内。其《望海》："远水翻如岸，遥山倒似云。断涛还共合，连浪或时分。"其《季秋观海》："浮天迥无岸，含灵固非一。委输百谷归，朝宗万川溢。"与曹操的《观沧海》一样，这两首诗也是描写大海的佳作。只有具有大海一般宽广心胸的诗人，才能表现出大海的阔大气象。

沈德潜《古诗源》卷十四："炀帝诗，能作雅正语，比陈后主胜之。"[1]只就边塞诗而言，此言不虚。与包括陈后主诗在内的梁陈边塞诗相比，隋炀帝边塞诗有两点新变，第一，梁陈边塞诗多是对边塞的想象，隋炀帝边塞诗是其现实经历的记录与写照，写作的地点也从梁陈诗人的庙堂宫殿之内转换为塞上大漠之中。第二，梁陈边塞诗缺失了"人"，确切地说是缺失了大写的人，隋炀帝边塞诗中挺立起了一个"人"，这个人具有高迈的胸怀和阔大的人生格局。这个人以不同的化身出现在隋炀帝边塞诗的其他篇章中。隋炀帝直接继承了曹操等建安诗人的写实传统，超越了梁陈宫体诗人的想象之作，其诗风骨与文采并存。在充分肯定隋炀帝边塞诗的同时，我们也应警惕过度夸大其价值的现象。沈德潜说："（隋炀帝）边塞诸作，铿然独异，剥极将复之候也。"陆时雍曰："陈人意气恹恹，将归于尽。隋炀起敝，风骨凝然。……诗至陈

---

[1] ［清］沈德潜：《古诗源》卷十四，中华书局1963年版，第354页。

余,非华之盛,乃实之衰耳。……隋炀从华得素,譬诸红艳丛中,清标自出。虽卸华谢彩,而绚质犹存。"又曰:"读隋炀帝诗,见其风格初成,精华未备。"[①]陆氏之言,既指出了隋炀帝诗对陈代诗歌的超越和矫正,也指出了此时尚处于"风格初成"的阶段,与沈德潜的"剥极将复之候"同旨。与盛唐边塞诗相比,隋炀帝边塞诗只是孤鸣先发。毕竟,风气所在,积重难返,很难达到盛唐边塞诗的高度。

诗歌发展到了唐代,人们逐渐意识到只有南北文化融合、气质与清绮合一才能写出无愧于新时代的诗章。魏徵《隋书·文学传序》有鉴于"江左宫商发越,贵于清绮;河朔词义贞刚,重乎气质"的现象,提出"各去其短,合其所长"最终达到"文质彬彬,尽善尽美"境界的诗学主张。这样的诗学理想的来源之一就是对前代诗歌创作的总结。而这样的总结和尝试也体现在隋炀帝身上。《隋书·王胄传》载隋炀帝语:"气高致远,归之于胄;词清体润,其在世基;意密理新,推庾自直。过此者未可以言诗也。"气高致远、词清体润、意密理新是隋炀帝追求的诗歌标准,它超越了六朝隋唐时代的南北地域之争。相比之下,窃以为隋炀帝的美学意识更加超前。

陈隋之时,诗坛主要流行两种诗体,一是艳情诗,一是边塞诗。陈叔宝和杨广,作为陈朝和隋朝的最高统治者,又是当时才华横溢的诗人,他们的爱好和追求,自然会引领时代风尚。聚集在他们周围的文人学士,无不以马首是瞻。艳情诗虽然在萧梁时代

---

① [明]陆时雍:《诗镜总论》,中华书局2014年版,第103、105页。

最为兴盛，但到了陈代已成为明日黄花，盛极将衰。陈后主的艳情诗在艳情的背后蕴含着巨大的悲哀，可以称为哀怨宫体诗，它是梁陈艳情诗的绝唱。隋与初唐，江左艳情诗余风犹存，日益走向衰微。隋炀帝艳情诗是江左艳情诗的余响，他用艳情旧题描摹山水自然，改变了江左艳情诗的流向。初唐时代，一代雄主唐太宗李世民，一方面依然眷恋齐梁艳情诗，一方面又担心艳情诗影响到当代诗风。边塞诗源远流长，陈后主边塞诗是萧梁宫廷边塞诗的回光返照，其中的宫帏气大幅减少，比前人更显精致。隋炀帝边塞诗剥极将复，上承建安风骨，洗净六朝粉黛，具有豪侠气概和帝王威势。到了唐代，伴随着大唐国力的强盛，经过了陈子昂、张九龄等人的努力，以高适、岑参为代表的盛唐边塞诗派崛起，为大唐盛世奏响了时代的最强音。盛唐诸公的边塞诗不仅超越了六朝的想象之作，也超越了杨广的"风格初成"之作。回首望去，陈叔宝与杨广在中国诗史的这一历史的转捩期各自承担过不同的角色，发挥过不可替代的诗史作用。

第八章　陈叔宝的雅篇与艳什

近代以来，陈叔宝其人作为亡国之君的代表，其诗作为淫丽之文的典型，屡屡被人所提及。然而各家多沿袭陈说，深入系统的研究较为少见。陈叔宝《与江总书悼陆瑜》云："吾监抚之暇，事隙之辰，颇用谈笑娱情，琴樽间作，雅篇艳什，迭互锋起。"他把自己的诗分为"雅篇"与"艳什"两种类型。前人关注的焦点在"艳什"部分，对"雅篇"部分的研究相对较少。即使是"艳什"部分也以道德判断为主，以艺术分析为辅。有鉴于此，本文拟在前人研究的基础上，从"雅篇"与"艳什"两个方面对陈叔宝诗歌予以探究，就教于大方之家。

一

关于陈代灭亡的原因，初唐的史家从不同视角给予解读。一种观点认为陈叔宝的执政理念并没有什么错误，陈代的败亡主要在于天意。《陈书·后主本纪》姚思廉曰："后主昔在储宫，早标令德，及南面继业，实允天人之望矣。至于礼乐刑政，咸遵故典，加以深弘六艺，广辟四门，是以待诏之徒，争趋金马，稽古之秀，云集石渠。且梯山航海，朝贡者往往岁至矣。自魏正始、晋中朝以来，贵臣虽有识治者,皆以文学相处,罕关庶务,朝章大典,方参议焉。文案簿领,咸委小吏,浸以成俗,迄至于陈。后主因循,未遑改革,故施文庆、沈客卿之徒,专掌军国要务,奸黠在道,以哀刻为功,自取身荣,不存国计。是以朝经堕废,祸生邻国。斯亦运锺百六,鼎玉迁变,非唯人事不昌,盖天意然也。"姚思廉对陈叔宝的评价既有夸诩成分,也有可取之处。张溥曰:"史称后主标德储宫,继业允望,遵故典,弘六艺,金马石渠,稽古云集,梯山航海,朝贡岁至,辞虽夸诩,审其平日,固与郁林、东昏殊趋矣。"①应该承认,后主在东宫时"早标令德",后主即位后"咸遵故典",不完全是空穴来风。但所谓的"朝贡岁至",并不全是陈叔宝的功绩,主要是他在享受前代帝王的福荫。从陈叔宝的执政期间的行事来看,他的人性没有完全泯灭,他的确不是一个郁林王、东昏侯式的暴君。姚思廉提出了这样一种历史现象:"自魏正始、晋中朝以来,贵臣虽有识治者,皆以文学相处,罕关庶务,朝章大典,方参议焉。"他认为陈叔宝只是沿袭了这种治世方式,在执政理念上并没有什么过错。这显然是对陈叔宝的曲意回护。向来如此便是一种好制度吗?即使是一种好制度也应该与时俱进,而不能食古不化,墨守成规。何况,陈叔宝即位后国家已经危在旦夕,作为最高统治者,他治国无方,自然难逃其咎。

另外一种观点认为陈代之亡主要缘于人事。《陈书·陈后主本纪》引魏徵语曰:"后主生深宫之中,长妇人之手,既属邦国殄瘁,

---

① [明]张溥著,殷孟伦注:《汉魏六朝百三家集题辞注》,人民文学出版社1960年版,第296页。

不知稼穑艰难。初惧阽危,屡有哀矜之诏,后稍安集,复扇淫侈之风。宾礼诸公,唯寄情于文酒,昵近群小,皆委之以衡轴。谋谟所及,遂无骨鲠之臣,权要所在,莫匪侵渔之吏。政刑日紊,尸素盈朝,耽荒为长夜之饮,嬖宠同艳妻之孽。危亡弗恤,上下相蒙,众叛亲离,临机不寤,自投于井,冀以苟生,视其以此求全,抑亦民斯下矣。……毒被宗社,身婴戮辱,为天下笑,可不痛乎!"魏徵的观点值得重视处有三:首先,魏徵认为陈叔宝青少年时代不了解底层社会,不知稼穑艰难;其次,魏徵肯定了陈叔宝即位之初的努力。即位之初,陈叔宝有过一番"合德天地"的追求;最后,魏徵认为陈叔宝亡国的主要原因是嗜欲遂性、昵近群小,导致朝廷无骨鲠之臣。以上三点皆言之成理,切中肯綮。需要指出的是,魏徵把"情于文酒"也看作亡国的原因,这是一种偏见。文章、美酒包括美女并不能亡国,是亡国者自己不能正确处理文酒、美女与政治之间的关系。

有人把魏徵与姚思廉观点的不同,看成江左之士与河朔之士的区别,他们认为江左之士与河朔之士承载着不同的政治文化传统,表现出北朝与南朝政治观念上的差异。我们以为他们之间的区别主要还是一介书生与成熟的政治家之间的不同。魏徵不仅是一位史学家,同时也是一位杰出的政治家。在政治家看来,撰史的目的本来就是为了总结历史兴亡的教训,为后世提供一种治世之鉴。如果把历史的成败归结为天意,那就起不到资治通鉴的作用了。陈叔宝即位时,隋王朝的势力正在日渐壮大,隋文帝厉兵秣马,随时准备渡江南下,陈代的灭亡不可避免。正如陈寅恪先生所说:"陈亡不过是个时间上的问题。"[①]纵然"天命"如此,从主观上看,作为南朝的最后一位帝王,陈叔宝有他自己不可推卸的责任。"不知稼穑艰难","昵近群小","政刑日紊","临机不寤",正是后主政治表现的真实写照。

从政治的视角看,陈叔宝不是一个暴君,而是一代昏君。从文学的视角看,他则是一位多情善感的、多才多艺的、多有建树的皇帝。陈叔宝任太子后汲引文士,即位之后尤尚文章,推动陈代诗歌进入了南朝诗坛上的又一个繁荣期。梁末动乱,衣冠殄尽,陈代帝王不得不选用非士族人物支撑政治危局。《南史·文学传序》:"至有陈受命,运接乱离,虽加奖励,而向时之风流息矣。"刘师培说:"陈代开国之初,承梁季之乱,文学渐衰。然世祖以来,渐崇文学。后主在东宫,汲引文士,如恐不及,及践帝位,尤尚文章,故后妃宗室,莫不竞为文词。……故文学复昌,迄于亡国。"[②]陈叔宝不仅酷爱文学艺术,同时在经学、佛学、玄学等方面皆深有造诣,他以太子之身和帝王之位引领士风之走向。经过多年努力,形成了多士如林的局面,齐梁风流重现于世,为隋代文学和学术的发展储备了人才。杨广《敕责窦威崔祖浚》云:"自平陈之后,硕学通儒,文人才子,莫非彼至。"随着陈叔宝被俘,建康学术风流云散。唐长孺先生说:"陈亡以后,建康不但丧失了政治中心地位,同时也丧失了文化中心的地位,东晋以后奇才辈出的盛况一

[①] 陈寅恪:《魏晋南北朝史讲演录》,黄山书社1987年版,第193页。
[②] 刘师培:《中国中古文学史讲义》,上海古籍出版社2000年版,第91页。

去不返。"①在中国古代学术史和文学史上,陈叔宝应该占有一席之地。

二

历代文士把陈叔宝诗歌看成是梁代宫体诗在陈代的延续。《隋书·经籍志四》云:"简文之在东宫,亦好篇什。清辞巧制,止乎衽席之间;雕琢蔓藻,思极闺房之内。后生好事,递相放习,朝野纷纷,号为宫体。"后人遂把这种内容上止乎衽席之间、思极闺房之内,艺术上清辞巧制、雕琢蔓藻的诗称之为宫体诗,并给予道德上的严厉斥责。《陈书·后主本纪》载魏徵语:"古人有言,'亡国之主多有才艺',考之梁陈及隋,信非虚论。然则不崇教义之本,偏尚淫丽之文,徒长浇伪之风,无救乱亡之祸矣。"刘师培说:"陈季艳丽之词,尤较梁代为盛,即魏徵《陈论》所谓'偏尚淫丽之文'也。"刘永济说:"降及陈世,运极屯难,情尤颓放。声色之娱,惟日不足。"②刘大杰说:"宫体文学到了陈代,有了陈后主和江总、陈瑄、孔范一流人的推波助澜,更是淫艳之极。风格日卑,靡靡之音日盛,真是成为狎客文学了。……在这些诗句里,完全是表现一种肉感性欲的低级趣味,而外面又包掩着一层美丽的文字表皮,诗的格调到这时候,确实是低落极了。"③上述论者都把陈

---

① 唐长孺:《论南朝文学的北传》,《唐长孺文存》,上海古籍出版社2006年版,第98页。
② 刘永济:《十四朝文学要略》,黑龙江人民出版社1984年版,第167页。
③ 刘大杰:《中国文学发展史》,百花文艺出版社2007年版,第179页。

叔宝诗歌等同于宫体诗，等同于淫丽之文。时至今日，这种看法依然影响广泛。

陈叔宝现存诗歌近一百首，逯钦立《先秦汉魏晋南北朝诗》中录有九十五首，今人辑佚出《济江陵诗》、《临终诗》和《浮梁上怀乡诗》等三首。[①]集中《听筝诗》和《戏赠沈后》两首为后人依托之词。其中乐府诗六十九首。前人所谓的"淫丽之文"都集中在乐府诗中。陈叔宝乐府诗中包涵着咏物、咏史、山水、边塞等内容，但大部分作品都与男女私情相关。这些写于衽席之间的作品是否就是淫荡之作？是否可以概括为"淫丽之文"？本文以为尚需要对具体诗篇做具体分析。所谓的"淫丽之文"其实可以分为三类：第一类是色情的、变态的淫荡之作。如梁代萧纲的《咏内人昼眠》、《娈童》等。第二类写正常的健康的爱情生活，包括男女离别相思，南朝的很多民歌就是例子。第三类则介于以上两种之间，虽然不能说描写的是健康的爱情，但也不属于淫荡的范围。这类作品通常把女人看作一种"物"去描写，对此"物"只有一种欣赏的态度，并没有情感的投入和真情的互动。

毋庸讳言，陈叔宝的乐府诗中，存有数首色情之作。张溥曰："世言陈后主轻薄最甚者，莫如《黄鹂留》、《玉树后庭花》、《金钗两鬓垂》等曲，今曲不尽传，唯见《玉树》一篇。"[②]刘大杰列举的具有"肉感性欲"的诗句是：《乌栖曲》中的"含态眼语悬相解，翠带罗裙入为解。"《舞媚娘》中的"转态结红裙，含娇拾翠

---

① 参见方学森：《陈后主诗歌考校辑佚》，《池州师范学院学报》2013年第2期。
② ［明］张溥著，殷孟伦注：《汉魏六朝百三家集题辞注》，第296页。

羽。""转身移佩响,牵袖起衣香。"《玉树后庭花》中的"妖姬脸似花含露,玉树流光照后庭。"[①]《黄鹂留》、《金钗两鬓垂》两首已经失传,现存的淫荡之作,除了《玉树后庭花》、《乌栖曲》、《舞媚娘》之外,还要加上《三妇艳词》中的"小妇正横陈,含娇情未吐"等诗句。这类诗虽然数量不多,但完全是一种艳淫之声,没有任何美感,容易引人走向堕落之渊。

陈叔宝的色情诗主要创作于即位之后。陈叔宝在宣帝时代固然有很多艳什,但艳什不等于色情之作。我们今天所看到的太子时代的宫廷游宴诗中几乎没有色情描写。而我们前面所列举的色情描写主要完成于他做了皇帝之后。太子时代,竞争激烈,叔陵诸王对太子宝座虎视眈眈,陈宣帝对叔宝也有所约束。《陈书·江总传》:"以与太子为长夜之饮,养良娣陈氏为女,太子微行总舍,上怒免之。"为了保证自己的宝座,陈叔宝也需要时时伪装,不敢过分放肆。等他即位之后,才可以随心所欲地去写作色情诗。

陈叔宝即位之后创作的宫体诗,与梁代宫体诗之间存在较大的区别。这个区别就在于,陈叔宝宫体诗在艳情的背后蕴含着巨大的悲哀。《隋书·音乐志上》载:"及后主嗣位,耽荒于酒,视朝之外,多在宴筵。尤重声乐,遣宫女习北方箫鼓,谓之《代北》,酒酣则奏之。又于清乐中造《黄鹂留》及《玉树后庭花》、《金钗两臂垂》等曲,与幸臣等制其歌词,绮艳相高,极于轻薄。男女唱和,其音甚哀。"《隋书·五行志》说:"祯明初,后主做新歌词,甚哀怨。令后宫美人习而歌之。其辞曰:'玉树后庭花,花开不复久。'"张

---

① 刘大杰:《中国文学发展史》,第179页。

溥亦云:"陈主词非绝淫,亡且忽焉,哀而不起者,在声音之间乎?非独篇章已也。诏命书铭,秋冬气多,即作者亦不自知日暮矣。"[1]这是一群特殊诗人的末世狂欢。这些诗歌虽然在写女色之美,但其中包涵着国家即将毁灭、大难将要临头的惊悚与哀痛。它是萧梁宫体诗的一种变调,其中充满了悲哀、无奈、绝望。它们在哀怨中香艳,在香艳中哀怨,形成了独特的哀怨宫体诗。《黄鹂留》及《玉树后庭花》、《金钗两臂垂》等曲是陈叔宝自创新题。在乐府文学史上具有一定意义。

陈叔宝诗歌中具有一些清新的爱情篇什。比如:《自君之出矣》六首:

自君之出矣,霜晖当夜明。思君若风影,来去不曾停。(其一)
自君之出矣,房空帷帐轻。思君如昼烛,怀心不见明。(其二)
自君之出矣,不分道无情。思君若寒草,零落故心生。(其三)
自君之出矣,尘网暗罗帷。思君如落日,无有暂还时。(其四)
自君之出矣,绿草遍阶生。思君如夜烛,垂泪著鸡鸣。(其五)
自君之出矣,愁颜难复睹。思君如蘗条,夜夜只交苦。(其六)

诗写自君之出,思君之苦。陈祚明《采菽堂古诗选》评这组

诗云:"能作新思。"评其一云:"犹得《子夜》风致。"①如《有所思》三首其二:

> 杳杳与人期,遥遥有所思。山川千里间,风月两边时。
> 相对春那剧,相望景偏迟。当由分别久,梦来还自疑。

所思的人远在千里之外,日有所思夜有所梦。"梦来还自疑"写相思之情如在目前。陈祚明《采菽堂古诗选》评曰:"清绪自萦,不须藻绘,故知诗至陈隋,仍贵言情,非关填彻。"②这样的作品数量虽然不多,但也不能漠视。他们是作者在学习、模仿民歌的基础上完成的,审美趣味是健康向上的。连刘大杰先生也说:"在陈后主那许多民歌式的小诗中,却也有不少的好作品,这是我们不能一概抹杀的,这位风流天子的诗才,几乎在梁氏父子之上。只就艺术而论,他确有一种过人的技巧与才情。"③

陈叔宝艳情诗中更多是介于色情与爱情之间的处于灰色地段的作品。这些作品着力描写女性的生活环境,女性的服饰、容貌、体态,揣摩女性的心思。例如《采桑》中的采桑女、《日出东南隅行》中的南威、《三妇艳词》中的三艳妇、《采莲曲》中的采莲女、《梅花落》二首中的佳人、《舞媚娘》中的娇艳女、《东飞伯劳歌》中的佳丽等。除了个别关涉色情的句子外,整体上看不能算作

---

① [清]陈祚明:《采菽堂古诗选》,上海古籍出版社2008年版,第944页。
② 同上书,第940页。
③ 刘大杰:《中国文学发展史》,第179页。

淫荡之作。这类作品审美趣味并不高，也没有什么遥深的政治寓意和寄托。这些作品就是用统治者的眼光在欣赏女性的美，带有贵族阶层的审美印记。从艺术的角度看，陈叔宝艳情诗呈现出明艳绮靡、阴柔缠绵的风格。陈祚明说："后主诗才飘逸，态度便妍，固是一时之隽。""陈后主诗如春花始开，色鲜，故贵纵，揉取片萼，亦自淹蔚。"[1]王运熙先生说："其实'宫体'格调的作品固然有庸俗低下者，但有许多只是描绘女性服饰之美丽、歌舞之精妙、神态之动人而已。它们在文学史上有开拓意义，有一定的审美价值。至于其语言，一方面是讲究声律、对偶，另一方面，用典一般不多，更不用僻典。其作者的艺术追求，在于细致地观察、体会和描绘人物，而不以使事逞博相高。"[2]钱志熙先生说："从写作的艺术上讲，梁代宫体诗多用丽典，表现女性之美，多出于一般化，流于平面。陈后主与江左等狎客诗人，与张丽华、孔贵嫔等宫廷妃嫔美女直接唱酬，有真实的模特，所以其表现女性之美、绮艳之事，更有活色生香的效果，在艺术形象的创造上不能不承认是有所发展的。"[3]与那些纯粹的政客不同，真正的学者即使一面批评其色情描写，另一面也会承认它在艺术方面的特色和创造。

陈叔宝的艳丽之词，既有色情的糟粕，也有爱情的吟唱。介于两者之间的诗歌并不能一概否定，大都有独特的审美情趣和艺术价值。在继承了江左艳丽诗风的同时，陈叔宝诗歌添加了清新生

---

[1] ［清］陈祚明：《采菽堂古诗选》，第940页。
[2] 王运熙、杨明：《中国文学批评通史·隋唐五代卷》，上海古籍出版社1996年版，第59页。
[3] 钱志熙：《中国诗歌通史·魏晋南北朝卷》，人民文学出版社2012年版，第493页。

动之态。

三

我们暂且将上述诗歌之外的作品视之为雅篇。在本文中，我们主要讨论雅篇中的宫廷游宴诗、彼境诗和怀乡诗。雅篇诗中最值得注意的是宫廷游宴诗。这类诗达二十余首，作于皇帝任上的有两首，一是《同江仆射游摄山栖霞寺诗》，一是《幸玄武湖饯吴光太守任惠诗》，其余的皆为叔宝东宫时代所作。陈叔宝在《与江总书悼陆瑜》回忆说："吾监抚之暇，事隙之辰，颇用谈笑娱情，琴樽间作，雅篇艳什，迭互锋起，每清风明月，美景良辰，对群山之参差，望巨波之混养，或玩新花，时观落叶，既听春鸟，又聆秋雁，未尝不促膝举觞，连情发藻，且代琢磨，间以嘲谑，俱怡耳目，并留情致。"这些诗歌作于弹琴饮酒之时，诗中既有清风、明月、群山、巨波、新花、落叶、春鸟、秋雁等自然景色的描写，也有对立春、上巳、七夕等的朝廷节庆活动的描写。当此良辰美景之时，君臣饮宴游乐，其乐融融。

陈叔宝宫廷游宴诗具有以下几个特点：一是善于刻画景物，对仗工整，声调和谐。这些诗歌描写了四季的景致，作者用力最多的是对春景的描绘。诗中或写诗人徘徊于大自然的怀抱，或写与大臣饮宴于宫殿之上。以下三首诗俱写春日泛舟玄圃，但彼此各不相同。《立春日泛舟玄圃各赋一字六韵成篇》："霄烟近漠漠，暗浪远滔滔。石苔侵绿藓，岸草发青袍。回歌逐转楫，浮水随度刀。遥看柳色嫩，回望鸟飞高。"从远处的霄烟、暗浪写起，描写了近处的石苔、岸草。因为诗人泛舟水上，所以岸边的柳色只能遥望。"回望"写时间已经过去了一段，舟已经滑行很远，刚刚在眼前的飞鸟已经落到身后，但诗人依旧深情回望飞鸟，陶醉在春景中。《献岁立春光风具美泛舟玄圃各赋六韵诗》："寒轻条已翠，春初未转禽。野雪明岩曲，山花照迥林。苔色随水溜，树影带风沉。沙长见水落，歌遥觉浦深。余辉斜四户，流风飚八音。"从柳条写到飞鸟。谢灵运《登池上楼》中有"池塘生春草，园柳变鸣禽"，此处"春初未转禽"比谢灵运所写的春色稍早一点，山岩上还有残雪，山花已经开放。青苔、树影、白沙写春之美。"余辉"表明天色已晚，诗人依然难舍自然美景。《祓禊泛舟春日玄圃各赋七韵诗》："春池已渺漫，高枝自毵森。日里丝光动，水中花色沉。安流浅易榜，峭壁迥难临。野莺添管响，深岫接铙音。山远风烟丽，苔轻激浪侵。"峭壁、深岫表明诗人游览甚远。"山远风烟丽"写景如绘。以下三首诗写殿堂上所能看见的春天，《上巳宴丽晖殿各赋一字十韵诗》："日照源上桃，风摇城外柳。"《上巳玄圃宣猷堂禊饮同共八韵诗》："藤交近浦暗，花照远林明。"《宴詹事陆缮省诗》："云收山树隐，叶长宫槐密。水绿已浮苔，花舒正含实。"皆有声有色，具有流动之美。诗人也描写了秋天的景色，《同管记陆琛七夕五韵诗》："亭亭秋月明，团团夕露轻。"《七夕宴玄圃各赋五韵诗座》："殿深炎气少，日落夜风清。"《五言同管记陆瑜九日观马射诗》："晴朝丽早霜，秋景照堂皇。"诗歌还写到了山寺的秋色，《同江仆射游摄山栖霞寺诗》："天迥浮云细，山空明月深。摧残枯树影，零落古藤阴。霜村夜乌去，风路寒猿吟。"陈祚明评《上巳宴丽晖殿各赋一字十韵诗》："宜句句分看，并能低回见隽，押韵必取致。"又评《祓禊泛舟春日玄圃各赋七韵诗》:"宜细玩,其好句各有生动之态。"[1]虽然陈氏是对两首诗的点评,从中不难看出陈叔宝此类诗无不具有相似特点:从细处落笔,动静结合,各有生动之态。陈叔宝宫廷游宴诗是对建安以来宫廷游宴诗景色描写的承继。在六朝山水诗系统中,较之于山水名家"二谢",陈叔宝的描写更显细腻生动。

二是诗中描写饮宴的场景,流露出愉悦的心情。《七夕宴乐修殿各赋六韵》:"秋初芰荷殿,宝帐芙蓉开。玉笛随弦上,金钿逐照回。钗光摇玳瑁,柱色轻玫瑰。笑靥人前敛,衣香动处来。"《初伏七夕已觉微凉既引应徐且命燕赵清风朗月以望七襄之驾置酒陈乐》:"管弦檐外响,罗绮树中鲜。"《晚宴文思殿诗》:"晚日落余晖,宵园翠盖飞。……乐极未言醉,杯深犹恨稀。"《五言画堂良夜履长在节歌管赋诗迥筵命酒十韵成篇》:"复殿可以娱,于兹多延纳。迢迢百尺观,杳杳三休合。前后训导屏,左右文卫匝。进退簪缨移,纵横壮思杂。幸矣天地泰,当无范睢拉。"君臣在音乐与歌舞中饮酒赋诗,谈笑娱情,心旷神怡。时代虽然不同了,帝王们追求享受的欲望和方式并没有改变。在饮宴的欢乐中,作者在结尾处多会流露出道家清静无为思想倾向,如《立春日泛舟玄圃各赋一字六韵成篇》:"自得欣为乐,忘意若临濠。"《献岁立春光风具美泛舟玄圃各赋六韵诗》:"既此留连席,道欣放旷心。"《春色禊辰尽当曲宴各赋十韵诗》:"得性足为娱,高堂聊复拟。……坐客听一言,随吾祛俗鄙。"从陈叔宝一生的行事来看,羡慕道家的逍

---

[1] [清]陈祚明:《采菽堂古诗选》,第946页。

遥仅仅停留在书面上,并没有落实在行动上。个别诗篇也流露出一些慷慨之气,例如《五言同管记陆瑜九日观马射诗》:"且观千里汗,仍瞻百步杨。非为从逸赏,方追塞外羌。"《幸玄武湖饯吴光太守任惠诗》:"寒云轻重色,秋水去来波。待我戎衣定,然送大风歌。"前一首诗中人物豪迈,意境辽阔。后一首诗中写景悲凉,抒情大气。他的生活环境和人生格局注定了他的作品风格,这样的大气之作只是偶然的灵光闪现。陈叔宝缺乏的不是写作大气诗歌的能力,而是写作大气诗歌的胸襟和气度。诗歌结尾处的逍遥也好,豪放也罢,只是诗人例行的曲终奏雅。

三是饮宴中表现出君臣和睦的氛围,记载了陈叔宝与文士之间的深厚情谊。陈叔宝当年虽然贵为太子,但他对文士极为友善,做到了以文会友。《上巳宴丽晖殿各赋一字十韵诗》:"文学且迥筵,罗绮令陈后。干戈幸勿用,宁须劳马首。"《上巳玄圃宣猷堂禊饮同共八韵诗》:"簪缨今盛此,俊乂本多名。带才尽壮思,文采发雕英。乐是西园日,欢兹南馆情。"《祓禊泛舟春日玄圃各赋七韵诗》:"园林多趣赏,祓禊乐还寻。……置酒来英雅,嘉贤良所钦。"《上巳玄圃宣猷嘉辰禊酌各赋六韵以次成篇诗》:"既悦弦筒畅,复欢文酒和。"君臣一起沉溺在音乐、美酒、诗文、壮思当中,诗篇中的描写与历史记载完全吻合。太建年间,陈叔宝在东宫时常组织文人雅集。参与东宫雅集的有江总、陆瑜、陆琼、顾野王、褚玠、傅縡、陈暄、虞世基等文士。《陈书·顾野王传》:"太建二年,迁国子博士。后主在东宫,野王兼东宫管记,本官如故。六年,除太子率更令,寻领大著作,掌国史,知梁史事,兼东宫通事舍人。时宫僚有济阳江总,吴国陆琼,北地傅縡,吴兴姚察,并以才学显著,论者推重焉。迁黄门侍郎,光禄卿,知五礼事,余官并如故。"《陈书·姚察传》:"补东宫学士。于时济阳江总、吴国顾野王、陆琼、从弟瑜、河南褚玠、北地傅縡等,皆以才学之美,晨夕娱侍。"《陈书·孔奂传》:"后主时在东宫,欲以江总为太子詹事,令管记陆瑜言之于奂。……后主固争之,帝卒以总为詹事。"因为这些文人的才学之美,陈叔宝与他们晨夕相伴。陈叔宝《与江总书悼陆瑜》:"管记陆瑜,奄然殂化,悲伤悼惜,此情何已。……自谓百年为速,朝露可伤,岂谓玉折兰摧,遽从短运,为悲为恨,当复何言,遗迹余文,触目增泫,绝弦投笔,恒有酸恨,以卿同志,聊复叙怀,涕之无从,言不写意。"陆瑜死后,叔宝极为悲伤。让人想到曹丕《与吴质书》中对邺下诸子的深切悼念。

这些宫廷饮宴诗描写的是帝王的日常生活,但通过它们我们可以看到陈代宫殿皇家园林的景致,也可以看见陈叔宝的内心世界以及对待文士的脉脉温情。

四

本文所谓的彼境诗,特指六朝时代南朝诗歌中对北方地域的想象与描写。陈叔宝乐府诗中多次写到了北方的城市与边塞。《长安道》、《洛阳道五首》和《刘生》等诗歌写到了北方的两个著名都市:长安和洛阳。其中写到了两个都城中的多处建筑和地名,《长安道》中的建章宫、未央宫、长乐宫、明光宫,新丰、渭桥等;《刘生》中的长安、新丰;《洛阳道五首》中的洛京、东京道、洛汭、铜沟、金谷、伊水、河桥、凌霄阙、井干楼等。诗歌也写到了都市的繁华，《长安道》中写"大道移甲第，甲第玉为堂"；《洛阳道》中写"佳丽娇南陌，香气含风好"；"纵横肆八达，左右辟康妆"；"百尺瞰金塿，九衢通玉堂。……向夕风烟晚，金羁满洛阳"；"远望凌霄阙，遥看井干楼。黄金弹侠少，朱轮盛彻侯。桃花杂渡马，纷披聚陌头"。这些诗句写出了北方城市的美丽与繁华，整个城市充满了生命的活力，生活于此城中的人物无不快乐而美好。这不是对当时北方城市的写真，而是史书上对长安、洛阳两大都市的记载的投射。

边塞诗《陇头》、《陇头水二首》、《关山月二首》、《雨雪曲》、《饮马长城窟行》等。与梁代边塞诗中的浓郁的宫帏气不同，陈叔宝写到了边地苦寒，这里自然环境恶劣。如《陇头》："惊风起嘶马，苦雾杂飞尘。"《陇头水二首》："高陇多悲风，寒声起夜丛。"这里也有与内地不同的自然景色，如《陇头水二首》："汉处扬沙暗，波中燥叶轻。地风冰易厚，寒深溜转清。"《关山月二首》："秋月上中天，迥照关城前。"《雨雪曲》："长城飞雪下，边关地籁吟。蒙蒙九天暗，霏霏千里深。"《饮马长城窟行》："征马入他乡，山花此夜光。离群嘶向影，因风屡动香。月色含城暗，秋声杂塞长。"这些描写，虽然出于想象，但极为生动，给人亲临其境的错觉。诗中也写到了戍边将士的内心世界，如《陇头水二首》："登山一回顾，幽咽动边情。"《陇头》："四面夕冰合，万里望佳人。"《关山月二首》："复教征戍客，长怨久连翩。"《饮马长城窟行》："何以酬天子，马革报疆场。"诗歌描写了将士的思乡之情，其中也有报国情结。

长安和洛阳本来是华夏的两大都市，陇头也是秦汉帝国的属地，现在南北长期分裂，长安、洛阳、陇头只能在想象中出现。陈叔宝为何要选择这样的题目呢？大致有两个原因。一是意在表现个人才学。郭茂倩《乐府诗集》引《乐府解题》曰："汉横吹曲，二十八解，李延年造。魏、晋已来，唯传十曲：一曰《黄鹄》，二曰《陇头》，三曰《出关》，四曰《入关》，五曰《出塞》，六曰《入塞》，七曰《折杨柳》，八曰《黄覃子》，九曰《赤之扬》，十曰《望行人》。后又有《关山月》、《洛阳道》、《长安道》、《梅花落》、《紫骝马》、《骢马》、《雨雪》、《刘生》八曲，合十八曲。"《陇头》、《洛阳道》、《长安道》、《刘生》作为乐府旧题，前人多有描写。自己重写这些题目正好可以与前贤一较高下，凸显自己的超世才华；二是体现了南方帝王的正朔观念。在南人的观念中，自从西晋末年五胡乱华之后，洛京倾覆，北方沦陷，华夏正朔转移到了东南地区。作为帝王，他认为自己有责任收复失地，驱逐夷狄，传承华夏文化。现在虽然时机并不成熟，但不妨碍他用诗歌去表现自己对于北方失地的怀念之情。

雅篇中还有一组数量极少，但值得我们关注的作品。这就是作于陈亡之后的三首怀乡诗。《济江陵诗》："故乡一水隔，风烟两岸通。望极清波里，思尽白云中。"《临行诗》："鼓声催命役，日光向西斜。黄泉无客主，今夜向谁家？"《浮梁上怀乡诗》："闻道长安路，今年过□津。请问浮梁上，度几失乡人。"这三首诗，皆写于亡国之后，陈叔宝等人被隋军押赴长安的途中。杨慎《升庵集》卷五十八云："'故乡一水隔，风烟两岸通'陈后主句也，唐人高处始能及之。"从感情上看，三首诗皆沉痛凝重。如果不知道《济江陵诗》的作者和背景，单纯看这首诗，全诗显得通脱而明亮。只有了解到了作者的经历和创作背景,方可知晓诗人在明亮中隐藏的绝望,"望极""思尽"乃是诗人带血的呐喊。《临行诗》写夕阳西下,鼓声时闻,诗人提心吊胆,走在宛如黄泉一样的夜路上。《浮梁上怀乡诗》写出了"失乡"之痛。这三首诗与他亡国前的诗迥然不同。七年的帝王生活结束了,偏安的东南小朝廷灭亡了。昨日是一国之君,今日乃阶下之囚,性命掌握在敌人手中,自己随时可能一命呜呼。于此可见,陈叔宝并非全无心肝。那个在隋仁寿宫班同三品的陈叔宝,那个为隋文帝写出《入隋侍宴应诏诗》的陈叔宝,其实是为了苟活而故作姿态的表演,他的内心深处何尝没有"一江春水向东流"?

此外,陈叔宝及陈代诗人在诗歌声律方面更进一步,为唐代律诗的成熟奠定了基础。许学夷曰:"后主五言声尽入律。"[1]这一点前人和今人叙述已多,本文不再赘述。

总之,不宜用淫丽之文来概括陈叔宝所有诗歌,即使是他的乐府诗也不全是淫丽之文。陈诗艳什部分中有少量的色情描写,其中灌注着一种生命的绝望与哀伤;也有一些清新的相思小调;介于两者之间的诗歌大都有独特的审美情趣和艺术价值。雅篇部分中的宫廷游宴之作描写建康一带的自然风光,从中也透露出陈叔宝复杂的内心世界,表现了君臣之间的深厚情谊。他对北方城市和边塞的畅想,对个人亡国情感的抒发,也具有一定的诗史价值。从诗史上看,陈叔宝诗歌是江左诗歌过渡到隋唐诗歌的一个重要环节。

---

[1] [明]许学夷:《诗源辨体》,人民文学出版社1987年版,第135页。

第九章　杨素薛道衡赠答诗探析

　　杨素与薛道衡彼此之间写有大量赠答诗。杨素现存完整诗歌十九首,其中《出塞》二首属于边塞诗,其余十七首属于赠答诗。杨素所赠的对象只有薛道衡一人,它们包括:《山斋独坐赠薛内史诗》二首、《赠薛内史诗》、《赠薛播州诗》十四章。薛道衡集中有《敬酬杨仆射山斋独坐》、《重酬杨仆射山亭诗》两首予以回赠,另外薛道衡还有《出塞二首和杨素》。李商隐《谢河东公和诗启》:"某曾读《隋书》,见杨越公地处亲贤,才兼文武,每舒绣锦,必播管弦。当时与之握手言情,披襟得侣者,唯薛道衡一人而已。及观其唱和,乃数百篇。力均声同,德邻义比。彼若陈葛天氏之舞,此乃引穆天子之歌。彼若言太华三峰,此必曰浔阳九派。神功古迹,皆应物无疲;地理人名,亦争承不阙。后来酬唱,罕继声尘,常以斯风,望于哲匠。"直到晚唐,存世的杨薛唱和诗竟然多达数百篇。从李商隐对杨素薛道衡赠答诗的推崇,可以看出杨、薛关系之亲密和杨、薛赠答诗写作手法之高妙。"后来酬唱,罕继声尘"八个字足以说明杨、薛赠答诗在中国赠答诗史上的重要性。目前,虽有多部文学史著作和多篇学术文章论及杨素诗歌和薛道衡诗歌,但尚未见到探究杨素薛道衡赠答诗的专题论文。本文拟结合史实,探查杨素与薛道衡赠答诗中的深厚友情,探究杨、薛之间友情形成的原因,剖析薛道衡评杨素《赠薛播州诗》时说"人之将死,其言也善"的内在含义。

一、嘤其鸣矣,求其友声

杨素诗歌的创作年代,据曹道衡、刘跃进先生《南北朝文学编年史》考证:隋文帝开皇十八年(598),杨素伐突厥归,作《出塞》二首,薛道衡、虞世南俱有和作。开皇十九年(599),杨素《山斋独坐赠薛内史诗》二首当作于是时,薛道衡有《敬酬杨仆射山斋独坐》。开皇二十年(600),杨素作《赠薛内史诗》,薛道衡作《重酬杨仆射山亭诗》。仁寿四年(604),杨素作《赠薛番州》诗。"播州"为"番州"之误,《赠薛播州诗》当为《赠薛番州》诗。[①]按,杨素《赠薛播州诗》十四章,据《隋书·杨素传》:"素尝以五言诗七百字赠番州刺史薛道衡,词气宏拔,风韵秀上,亦为一时盛作。未几而卒,道衡叹曰:'人之将死,其言也善,岂若是乎!'"据此可知组诗《赠薛播州诗》是杨素在人间世的绝笔。十四章虽然可能写作于不同年代,但定稿当完成于杨素临死前不久,即大业二年(606)。

作为朋友之间的赠答诗,友情是诗中最重要的元素。杨素诗歌也不例外,对薛道衡的思念是杨素赠答诗的主线。开皇十九年(599),在薛道衡出守襄州时,杨素写作了《山斋独坐赠薛内史

[①] 曹道衡、刘跃进:《南北朝文学编年史》,人民文学出版社2000年版,第648—655页。

诗》和《赠薛内史诗》。据《隋书·薛道衡传》："仁寿中，杨素专掌朝政，道衡既与素善，上不欲道衡久知机密，因出检校襄州总管。道衡久蒙驱策，一旦违离，不胜悲恋，言之哽咽。高祖怆然改容曰：'尔光阴晚暮，侍奉诚劳。朕欲令尔将摄，兼抚萌俗。今尔之去，朕如断一臂。'于是赉物三百段，九环金带，并时服一袭，马十匹，慰勉遣之。在任清简，吏民怀其惠。"[1]在隋文帝眼里，杨素和薛道衡过从甚密，故不得不把薛道衡调离京城。杨素《山斋独坐赠薛内史诗》其一："居山四望阻，风雨竟朝夕。深溪横古树，空岩卧幽石。日出远岫明，鸟散空林寂。兰庭动幽气，竹室生虚白。落花入户飞，细草当阶积。桂酒徒盈樽，故人不在席。日落山之幽，临风望羽客。"其二："岩壑澄清景，景肖岩壑深。白云飞暮色，绿水激清音。涧户散余彩，山窗凝宿阴。花草共萦映，树石相陵临。独坐对陈榻，无客有鸣琴。寂寂幽山里，谁知无闷心？"其一写在大山深处，风雨交集。风雨之后，日出鸟散。有酒不想畅饮，只因故人不在身边。其二写岩壑中所见的清幽之景。暮色四合，流水潺潺，诗人独居山林，琴声中寄托了对老友的思念之情。薛道衡以《敬酬杨仆射山斋独坐诗》回赠，诗云："相望山河近，相思朝夕劳。龙门竹箭急，华岳莲花高。岳高嶂重叠，鸟道风烟接。遥原树若荠，远水舟如叶。叶舟旦旦浮，惊波夜夜流。露寒洲渚白，月冷函关秋。秋夜清风发，弹琴即鉴月。虽非庄舄歌，吟咏常思越。"在襄州，薛道衡同样在仰望远方，苦苦思念故人。在月光如水的秋夜，道衡独自弹琴寄托相思。因为杨素封为越国公，诗人一语双关

---

[1] ［唐］魏徵等：《隋书》，中华书局1973年版，第1409页。

地说"吟咏常思越"。杨素又有《赠薛内史诗》,诗云:"耿耿不能寐,京洛久离群。横琴还独坐,停杯遂待君。待君春草歇,独坐秋风发。朝朝唯落花,夜夜空明月。明月徒流光,落花空自芳。别离望南浦,相思在汉阳。汉阳隔陇吟,南浦达桂林。山川虽未远,无由得寄音。"诗人深夜难眠,独自弹琴,无心饮酒。从春到秋,从朝到暮,时光变了;从南浦到汉阳、到桂林,地点变了。唯一不变的,是诗人对故友的深情。薛道衡以《重酬杨仆射山亭诗》答之:"寂寂无与晤,朝端去总戎。空庭聊步月,闲坐独临风。临风时太息,步月山泉侧。朝朝散霞彩,暮暮澄秋色。秋色遍皋兰,霞彩落云端。吹旌朔气冷,照剑日光寒。光寒塞草平,气冷咽笳声。将军献凯入,蔼蔼风云生。"离别故人之后,无人可以倾心交谈。两个人就这样你来我往,情思缠绵。彼此的相思没有随着年华的流逝而改变。

在大业二年(606)完成的组诗《赠薛播州诗》中,杨素回顾了两人的交往历史。杨素《赠薛播州诗》其四:"植林虽各树,开荣岂异春?相逢一时泰,共幸百年身。"两个人虽然身处不同的国度,但为了事功都在不懈努力。有一天,他们终于走到了一起。其五:"倾盖如旧知,弹冠岂新沐。利心金各断,芬言兰共馥。"《周易·系辞上》:"二人同心,其利断金。同心之言,其臭如兰。"杨、薛二人倾盖如故,志同道合。其六:"自余历端揆,缉熙恶时彦。及尔陪帷幄,出纳先天眷。高调发清音,缛藻流余绚。或如彼金玉,岁暮无凋变。余松待尔心,尔筠留我箭。"作为宰相的杨素,颇为欣赏薛道衡的才学人品,两人交情日深。其七:"荏苒积岁时,契阔同游处。闾阖既趋朝,承明还宴语。上林陪羽猎,甘泉侍清曙。

迎风含暑气,飞雨凄寒序。相顾惜光阴,留情共延伫。"两人同时任职于朝廷,时常共同陪侍皇帝,留下了许多美好的回忆。其八:"滔滔彼江汉,实为南国纪。作牧求明德,若人应斯美。高卧未褰帷,飞声已千里。还望白云天,日暮秋风起。岘山君倘游,泪落应无已。"薛道衡因为与杨素关系过于密切而被贬谪为检校襄州总管,杨素在思念中也带有愧对故友的意思。其九:"汉阴政已成,岭表人犹蠹。弹冠比方新,还珠总如故。楚人结去思,越俗歌来暮。阳乌尚归飞,别鹤还回顾。君见南枝巢,应思北风路。"仁寿四年(604)八月,薛道衡任番州刺史,前往岭南。从此天各一方,南北暌隔,但离别没有冲淡彼此的友情,组诗也描写了杨素对远在番州的故人的深切思念。《赠薛播州诗》其十:"北风吹故林,秋声不可听。雁飞穷海寒,鹤唳霜皋净。含毫心未传,闻音路犹夐。唯有孤城月,徘徊独临映。吊影余自怜,安知我疲病。"薛道衡远赴番州之后,杨素对景伤心,吊影自怜,身心俱疲。其十三:"濠梁暮共往,幽谷有相思。千里悲无驾,一见杳难期。"两人的关系如同庄惠之交,在哲学层面能够互相启发。其十四:"衔悲向南浦,寒色黯沈沈。风起洞庭险,烟生云梦深。独飞时慕侣,寡和乍孤音。木落悲时暮,时暮感离心。离心多苦调,讵假雍门琴!"千里相思,孤独日暮。

虽然已经遗失了大量的诗歌,但现存的诗篇足以说明杨、薛两人之间深切的友情。从传说中的苏李诗开始,中国文人特别看重友情,曹丕曹植与邺下诸子、陆机陆云与东南士族、李白与杜甫、元稹与白居易……无不谱写了一曲又一曲友情之歌。杨、薛友情诗比肩其中,毫无愧色。

二、力均声同，德邻义比

《隋书·杨素传》："素性疏而辩，高下在心，朝臣之内，颇推高颎，敬牛弘，厚接薛道衡，视苏威蔑如也。自余朝贵，多被陵轹。"[①]在整个朝臣中，杨素只欣赏三个人，一个是大隋丞相高颎。《隋书·高颎传》："颎有文武大略，明达世务。"[②]一个是他少年时的同窗、朝廷重臣牛弘。杨素曾与牛弘一起学习，研精不倦。另外一个是诗人薛道衡。杨素敬重牛弘、高颎两位，自在情理当中。然杨素一生"与之握手言情，披襟得侣者，唯薛道衡一人而已"，多少有些出人意料。杨素为什么会与薛道衡如此相知呢？

其一，两人出身相似，青年时代即具有非凡的政治抱负。杨素出于弘农华阴杨氏，其家族在汉魏时代就是赫赫有名的关中士族。杨素的十世祖杨瑶，是晋侍中、仪同三司、尚书令。杨素的祖父杨暄官至北魏辅国将军、谏议大夫。杨素父杨敷为北周汾州刺史。杨素少年时代就胸有大志，落拓不拘小节。他的从叔祖、魏尚书仆射杨宽称誉他"当逸群绝伦，非常之器"。杨素善于写文章，工于草隶。《隋书·杨素传》："武帝亲总万机，素以其父守节陷齐，未蒙朝命，上表申理，帝不许。至于再三，帝大怒，命左右斩之。素乃大言曰：'臣事无道天子，死其分也。'帝壮其言，由是

---

① ［唐］魏徵等：《隋书》，第1285页。
② 同上书，第1184页。

赠敷为大将军,谥曰忠壮。拜素为车骑大将军、仪同三司,渐见礼遇。"[1]杨素不仅是一位能征善战的将军,同时也是一位大才子。周武帝命杨素代为起草诏书,杨素下笔立成,词义兼美。周武帝读后甚为赏识,他对杨素说:"善自勉之,勿忧不富贵。"杨素应声答道:"臣但恐富贵来逼臣,臣无心图富贵。"他对自己的才华和前程非常自负。

薛道衡出身于河东士族,具有家学渊源,精于儒学。《隋书·薛道衡传》:"薛道衡,字玄卿,河东汾阴人也。祖聪,魏济州刺史。父孝通,常山太守。道衡六岁而孤,专精好学。年十三,讲《左氏传》,见子产相郑之功,作《国侨赞》,颇有词致,见者奇之。其后才名益著,齐司州牧、彭城王浟引为兵曹从事。尚书左仆射弘农杨遵彦,一代伟人,见而嗟赏。授奉朝请。吏部尚书陇西辛术与语,叹曰:'郑公业不亡矣。'河东裴讞目之曰:'自鼎迁河朔,吾谓关西孔子罕值其人,今复遇薛君矣。'"[2]薛道衡后来曾经接待周、陈二使。并在武平初年,与诸儒一起修定过《五礼》。后来待诏文林馆,与范阳卢思道、安平李德林齐名友善。他是北方著名的儒士。

其二,薛道衡的诗歌才华为时人所公认,一时无人能出其右。《隋书·薛道衡传》:"陈使傅縡聘齐,以道衡兼主客郎接对之。縡赠诗五十韵,道衡和之,南北称美。""江东雅好篇什,陈主尤

---

[1] [唐]魏徵等:《隋书》,第1281页。
[2] 同上书,第1405页。

爱雕虫,道衡每有所作,南人无不吟诵焉。"[1]南北朝时期,虽然从整体上看北朝武力强盛,但南朝统治者向来看重衣冠礼乐,以为正朔在己,南朝文人经常以文采风流自诩,在诗歌创作上一直是北朝诗人学习模仿南朝诗歌。到了隋朝时,北朝终于出现了让"南人无不吟诵"的诗篇。杨素并不是一介武夫,他才兼文武。《隋书·杨素传》史臣曰:"杨素少而轻侠,俶傥不羁,兼文武之资,包英奇之略,志怀远大,以功名自许。高祖龙飞,将清六合,许以腹心之奇,每当推毂之重。扫妖氛于牛斗,江海无波;摧骁骑于龙庭,匈奴远遁。考其夷凶静乱,功臣莫居其右;览其奇策高文,足为一时之杰。然专以智诈自立,不由仁义之道,阿谀时主,高下其心。营构离宫,陷君于奢侈;谋废冢嫡,致国于倾危。终使宗庙丘墟,市朝霜露,究其祸败之源,实乃素之由也。"[2]杨素也是当时的著名诗人,黄子云《野鸿诗的》曰:"越公《赠薛播州》数篇,高迥雅逸,纤靡扫尽,大业之朝,足称首杰。观者不以人废言可也。"[3]杨素和薛道衡两人在文学创作上能够做到惺惺相惜,彼此欣赏。

其三,杨素是当时有名的政治家和军事家。身为文人的薛道衡在政治上见解高超。薛道衡受到了隋文帝的赏识。《隋书·薛道衡传》:"高祖每曰:'薛道衡作文书称我意。'然诫之以迂诞。后高祖善其称职,谓杨素、牛弘曰:'道衡老矣,驱使勤劳,宜使其朱门陈戟。'于是进位上开府,赐物百段。道衡辞以无功,高祖曰:

---

[1] [唐]魏徵等:《隋书》,第1406页。
[2] 同上书,第1296页。
[3] 丁福保辑:《清诗话》,上海古籍出版社1995年版,下册,第863页。

'尔久劳阶陛，国家大事，皆尔宣行，岂非尔功也？'"[1]由于薛道衡受到了皇帝的器重，太子和诸王也争相与之交往。《隋书·薛道衡传》载："道衡久当枢要，才名益显，太子诸王争相与交，高颎、杨素雅相推重，声名籍甚，无竞一时。"[2]在整个隋朝大臣中，能够获得高颎、杨素两位宰相共同推重的也许只有薛道衡一人。

薛道衡积极主张平定江南，早日完成祖国统一大业。《隋书·薛道衡传》载："其年，兼散骑常侍，聘陈主使。道衡因奏曰：'江东蕞尔一隅，僭擅遂久，实由永嘉已后，华夏分崩。刘、石、符、姚、慕容、赫连之辈，妄窃名号，寻亦灭亡。魏氏自北徂南，未遑远略。周、齐两立，务在兼并，所以江表逋诛，积有年祀。陛下圣德天挺，光膺宝祚，比隆三代，平一九州，岂容使区区之陈，久在天网之外？臣今奉使，请责以称藩。'高祖曰：'朕且含养，置之度外，勿以言辞相折，识朕意焉。'"[3]开皇八年（588），平陈战役开始后，薛道衡被授淮南道行台尚书吏部郎，兼掌文翰。他对隋军的胜利充满了信心。《隋书·薛道衡传》载："王师临江，高颎夜坐幕下，谓之曰：'今段之举，克定江东已不？君试言之。'道衡答曰：'凡论大事成败，先须以至理断之。《禹贡》所载九州，本是王者封域。后汉之季，群雄竞起，孙权兄弟遂有吴、楚之地。晋武受命，寻即吞并，永嘉南迁，重此分割。自尔已来，战争不息，否终斯泰，天道之恒。郭璞有云：'江东偏王三百年，还与中国合。'今数

---

[1] ［唐］魏徵等：《隋书》，第1407页。
[2] 同上书，第1408页。
[3] 同上书，第1406页。

将满矣。以运数而言，其必克一也。有德者昌，无德者亡，自古兴灭，皆由此道。主上躬履恭俭，忧劳庶政，叔宝峻宇雕墙，酣酒荒色。上下离心，人神同愤，其必克二也。为国之体，在于任寄，彼之公卿，备员而已。拔小人施文庆委以政事，尚书令江总唯事诗酒，本非经略之才，萧摩诃、任蛮奴是其大将，一夫之用耳。其必克三也。我有道而大，彼无德而小，量其甲士，不过十万。西自巫峡，东至沧海，分之则势悬而力弱，聚之则守此而失彼。其必克四也。席卷之势，其在不疑。'颎忻然曰：'君言成败，事理分明，吾今豁然矣。本以才学相期，不意筹略乃尔。'还除吏部侍郎。"[1]薛道衡纵论天下大事，对时事政治的解析清晰透彻，见地高明，高颎对他心悦诚服。

从杨素薛道衡的边塞诗中也可以看出他们的入世之心和爱国情怀。杨素《出塞二首》充满了豪情壮志。《出塞》其一："漠南胡未空，汉将复临戎。飞狐出塞北，碣石指辽东。冠军临瀚海，长平翼大风。云横虎落阵，气抱龙城虹。横行万里外，胡运百年穷。……休明大道暨，幽荒日用同。方就长安邸，来谒建章宫。"诗中塑造了一位汉将的形象，他的身影活跃在漠南、塞北、辽东、瀚海、长平等不同的地方，他万里征战，最终功成名就。《出塞》其二："汉虏未和亲，忧国不忧身。握手河梁上，穷涯北海滨。据鞍独怀古，慷慨感良臣。历览多旧迹，风日惨愁人。……薄暮边声起，空飞胡骑尘。"这位"忧国不忧身"的人物就是杨素自己的化身。薛道衡以《出塞二首和杨素》与之唱和，薛道衡《出塞二首和杨素》其二：

---

[1] ［唐］魏徵等：《隋书》，第1406页。

"边庭烽火惊,插羽夜征兵。少昊腾金气,文昌动将星。长驱鞯汗北,直指夫人城。……左贤皆顿颡,单于已系缨。继马登玄阙,钩鲲临北溟。当知霍骠骑,高第起西京。"诗中用汉将霍去病来比喻杨素的神勇。两人诗中都写到了战争的艰难过程,对战争充满了必胜的信念。

大隋朝廷,文武官员人才济济。然而,杨素一生最为亲密的朋友首推薛道衡。之所以这样,是因为在长期的朝廷共事中,杨、薛二人有共同的理想和共同的爱好。

三、人之将死,其言也善

《隋书·杨素传》:"素尝以五言诗七百字赠番州刺史薛道衡,……未几而卒,道衡叹曰:'人之将死,其言也善,岂若是乎!'"[1]"人之将死"句语出《论语·泰伯》:"曾子言曰:'鸟之将死,其鸣也哀;人之将死,其言也善。'"杨素临死前未与薛道衡会面,薛道衡所谓的"人之将死,其言也善",乃是针对杨素《赠薛播州诗》而发的。薛道衡为什么要这样评价亡友?或曰薛道衡这样评价杨素,显得对死者不够尊重,可以看出薛道衡其人不够厚道,薛、杨两人表面亲昵其实貌合神离。那么,我们应该如何理解薛道衡"人之将死,其言也善"的评语呢?杨素《赠薛播州诗》中的"善"言究竟表现在什么地方?

杨素《赠薛播州诗》固然是一组赠答诗,但其中不仅仅限于友

---

[1] [唐]魏徵等:《隋书》,第1292页。

情的吟唱。沈德潜点评杨素《赠薛播州诗》说:"从天下之乱,说到定鼎,次说求才,次说立朝,次说薛之出守、颂其政成,次说己之归闲,末致相思之意。一题几章,须具比章法。未尝不排,而不觉排偶之迹,骨高也。"① 郑振铎先生说:"至于《赠薛播州十四首》中如:'北风吹故林,秋声不可听。……吊影余自怜,安知我疲病。'便非齐、梁所得范围的了。殆足以上继嗣宗,下开子昂。"② 杨素《赠薛播州》中不仅有哲学的元素,同时也反映了诗人对历史的反思,对现实政治问题、社会问题的深入思考。

比较杨素前后的赠答诗,我们发现《赠薛播州诗》像以前的诗歌一样表达了对薛道衡的相思之情。与此前不同的是在《赠薛播州诗》中,诗人的情绪变得消沉了,诗人思考的内容变得丰富了。《赠薛播州诗》其十:"北风吹故林,秋声不可听。雁飞穷海寒,鹤唳霜皋净。含毫心未传,闻音路犹复。唯有孤城月,徘徊独临映。吊影余自怜,安知我疲病。"其中充满了孤独的情感、吊影自怜的心态、身心疲惫的感受。其十一:"养病愿归闲,居荣在知足。栖迟茂陵下,优游沧海曲。故人情可见,今人遵路躅。荒居接野穷,心物俱非俗。桂树芳丛生,山幽竟何欲!"此时诗人疾病缠身,厌弃了荣华富贵的生活。其十二:"所欲栖一枝,禀分丰诸己。"知足不辱,失去了昂扬进取之心。其十三:"物华不相待,迟暮有余悲。"在生命的晚年,面对时光的流逝,只能无可奈何。其十四:"衔悲向南浦,寒色黯沈沈。风起洞庭险,烟生云梦深。独飞时慕

---

① [清]沈德潜:《古诗源》,中华书局1963年版,第358页。
② 郑振铎:《插图本中国文学史》,中国文联出版社2009年版,第183页。

侣，寡和乍孤音。木落悲时暮，时暮感离心。离心多苦调，讵假雍门琴！"陈祚明评本章："亦可谓其鸣也哀矣。"[①]总之，《赠薛播州诗》写杨素临死之前身体的病痛、生命的衰老；晚年的杨素失去了皇帝的恩宠，他比以往任何时候都体验到强烈的生命孤独感，哀伤的意绪弥漫在全诗。诗人看淡了金戈铁马，看淡了荣华富贵，看淡了功名利禄，他摘下戴了多年的面具，他不再需要伪装自己。此时的杨素是一个充满了全身远祸意念的老人，不同于以前那个纵横驰骋于疆场的将军，不同于以往那个宫廷斗争中的密谋者。

杨素为什么会产生这样的念头？桑榆日暮、年老体衰是其中的原因之一，此外，还有人事方面的原因。检索史籍，我们发现在对待隋炀帝杨广的态度上两人明显不同。薛道衡对于晋王杨广一向敬而远之。当年，太子杨勇、晋王杨广、汉王杨谅等争相走近薛道衡。据《隋书·薛道衡传》："道衡久当枢要，才名益显，太子诸王争相与交。……（道衡）配防岭表。晋王广时在扬州，阴令人讽道衡从扬州路，将奏留之。道衡不乐王府，用汉王谅之计，遂出江陵道而去。寻有诏征还，直内史省。晋王由是衔之，然爱其才，犹颇见礼。"[②]薛道衡配防岭表时，晋王杨广和汉王杨谅都在拉拢薛道衡，薛道衡在二王之间明显倾向于杨谅，由此得罪了杨广。《隋书·薛道衡传》："炀帝嗣位，转番州刺史。岁余，上表求致仕。帝谓内史侍郎虞世基曰：'道衡将至，当以秘书监待之。'道衡既至，上《高祖文皇帝颂》。……帝览之不悦，顾谓苏威曰：'道衡致

---

① ［清］陈祚明：《采菽堂古诗选》，上海古籍出版社2008年版，第1163页。
② ［唐］魏徵等：《隋书》，第1407页。

美先朝,此《鱼藻》之义也。'于是拜司隶大夫,将置之罪。道衡不悟。司隶刺史房彦谦素相善,知必及祸,劝之杜绝宾客,卑辞下气,而道衡不能用。会议新令,久不能决,道衡谓朝士曰:'向使高颎不死,令决当久行。'有人奏之,帝怒曰:'汝忆高颎邪?'付执法者勘之。……及奏,帝令自尽。道衡殊不意,未能引诀。宪司重奏,缢而杀之,妻子徙且末,时年七十,天下冤之。"[1]杨广登基之后,贬谪薛道衡去番州,明显出于打击报复。薛道衡"上表求致仕"未尝没有负气抗议的色彩。召回朝廷之后,薛道衡先是上《高祖文皇帝颂》,后来公然缅怀高颎,与杨广对立,最终招致了杀身之祸。《隋书·裴蕴传》云:"司隶大夫薛道衡以忤意获谴,蕴知帝恶之,乃奏曰:'道衡负才恃旧,有无君之心。见诏书每下,便腹非私议,推恶于国,妄造祸端。论其罪名,似如隐昧,源其情意,深为悖逆。'帝曰:'然。我少时与此人相随行役,轻我童稚,共高颎、贺若弼等外擅威权,自知罪当诛罔。及我即位,怀不自安,赖天下无事,未得反耳。公论其逆,妙体本心。'于是诛道衡。"[2]读此,我们知道隋炀帝对薛道衡的衔恨由来已久,帝恶道衡不是什么秘密。

较之于薛道衡,杨素一直是杨广的亲信。如果没有杨素的倾心相助,杨广能否成为太子,能否登基,都很难逆料。《隋书》本纪史臣曰:"炀帝爱在弱龄,早有令闻,南平吴会,北却匈奴,昆弟之中,独著声绩。于是矫情饰貌,肆厥奸回,故得献后钟心,文皇

---

[1] [唐]魏徵等:《隋书》,第1408页。
[2] 同上书,第1575页。

革虑，天方肇乱，遂登储两，践峻极之崇基，承丕显之休命。"①为了夺得太子之位，杨广多年矫情自饰，沽名钓誉，后来终于实现了愿望。开皇二十年（600），晋王杨广为灵朔道行军元帅，杨素为长史，杨广开始卑躬结交杨素。杨素与之暗中联合。太子杨勇被废后，文帝立杨广为皇太子。仁寿四年（604），文帝病重之时，杨素等入内侍疾。当时皇太子杨广入居大宝殿，心神不安，多有担心，于是写信给杨素。杨素回太子的信，被宫人误送给了文帝，文帝读信大怒。加上文帝所宠爱的陈贵人又说太子无礼。文帝欲召长子杨勇。杨广与杨素密谋，杨素矫诏追东宫兵士帖上台宿卫，门禁出入，并由宇文述、郭衍节度，又令张衡侍疾。文帝在这一天去世，于是朝廷内外就有了很多议论。文帝去世后，杨广即皇帝位于仁寿宫。杨广即位后，马上杀掉了故太子杨勇。此时，兄弟中对他能够构成威胁的只有汉王杨谅。杨谅造反后，杨广派杨素率众数万前去征讨。《隋书·杨素传》："初，素将行也，计日破贼，皆如所量。帝于是以素为并州道行军总管、河北安抚大使，率众数万讨谅。……谅退保并州，素进兵围之，谅穷蹙而降，余党悉平。"②杨广自从与杨素联手之后，披荆斩棘，所向无敌。

当杨素为杨广扫清了一切障碍之后，他自己便成为杨广的眼中钉。《隋书》本传："素虽有建立之策及平杨谅功，然特为帝所猜忌，外示殊礼，内情甚薄。……素寝疾之日，帝每令名医诊候，赐以上药。然密问医人，恒恐不死。素又自知名位已极，不肯服药，

---

① ［唐］魏徵等：《隋书》，第95页。
② 同上书，第1289页。

亦不将慎,每语弟约曰:'我岂须更活耶?'"①此时杨素的心态发生了巨大变化。《赠薛播州诗》就写于皇帝待他"内情甚薄"的时期,他的心态自然会反映在诗歌中。杨素《赠薛播州诗》之所以其鸣也哀、其言也善,与杨广有直接的关系。从薛道衡的角度看,杨素有了这样的转变,他们两人更加成为志同道合,成为一个战壕里的战友。

薛道衡说杨素"人之将死,其言也善",其含义应该不止一种。但其中最主要的含义或许就是指杨素晚年对隋炀帝态度的转变吧。薛道衡做出这样的评语不是对杨素的贬斥,而是对老友人格的一种肯定和褒扬。

杨素与薛道衡的赠答诗传递出两人之间深切的友情。在长期的朝廷共事中,杨、薛二人因具有共同的理想和爱好而日益亲密,情同手足。薛道衡评杨素《赠薛播州诗》时说"人之将死,其言也善",此语主要体现了在薛道衡眼里杨素晚年对隋炀帝杨广态度的转变。

---

① [唐]魏徵等:《隋书》,第1292页。

第十章 杨素与廊庙山林兼之的文学范式

中国文学体类复杂多样,其中影响最大的当推廊庙文学和山林文学。所谓廊庙文学,也可以称为宫廷文学、庙堂文学、台阁文学等;所谓山林文学,也可以称为隐逸文学、林薮文学、田园山水文学等。中国古代士人所能选择的人生道路其实只有两条:出与处。出,则为官吏、为人臣;处,为山人、为隐士。反映和再现这两条不同人生道路的作品,便被分别称为廊庙文学与山林文学。明宋濂《汪右丞诗集序》:"昔人之论文者曰:有山林之文,有台阁之文。山林之文,其气枯以槁;台阁之文,其气丽以雄。"[1]同一诗人对此两种文学很难兼而善之。宋杨万里《石湖先生大资参政范公文集序》说:"甚矣,文之难也!长于台阁之体者,或短于山林之味;谐于时世之嗜者,或漓于古雅之风。……非文之难,兼之者难也。"[2]然而,在某些历史时期,在某些文人身上,他们的创作会兼善廊庙文学和山林文学。通观中国历史,许多两晋名士兼有廊庙之志与山林之情。经过六朝时代的酝酿,到了隋唐之际,杨素诗文

---

[1] [明]宋濂:《宋濂全集》卷六,浙江古籍出版社1999年版,第396页。
[2] [宋]杨万里:《诚斋集》,《四部丛刊》,商务印书馆1936年版。

的出现，标志着廊庙文学与山林文学并存的文学范式的形成。杨素廊庙与山林兼备的人格结构和文学范式在初盛唐时代产生了一定的影响。本文拟解析杨素廊庙与山林兼之的文学范式的内涵，并追溯廊庙山林合一人格结构形成的历时性过程，探究廊庙山林合一人格结构和文学范式在初盛唐时代的发展轨迹。

一、杨素与山林文学

杨素现存完整诗歌共十九首，除了两首边塞诗外，其余17首都是写给薛道衡的赠答诗。这些诗歌表现了山居之幽美。《山斋独坐赠薛内史诗》作于开皇十九年（599），其一："居山四望阻，风雨竟朝夕。深溪横古树，空岩卧幽石。日出远岫明，鸟散空林寂。兰庭动幽气，竹室生虚白。落花入户飞，细草当阶积。桂酒徒盈樽，故人不在席。日落山之幽，临风望羽客。"其二："岩壑澄清景，景肖岩壑深。白云飞暮色，绿水激清音。涧户散余彩，山窗凝宿阴。花草共萦映，树石相陵临。独坐对陈榻，无客有鸣琴。寂寂幽山里，谁知无闷心？"《赠薛内史诗》作于开皇二十年（600），诗云："耿耿不能寐，京洛久离群。横琴还独坐，停杯遂待君。待君春草歇，独坐秋风发。朝朝唯落花，夜夜空明月。明月徒流光，落花空自芳。别离望南浦，相思在汉阳。汉阳隔陇吟，南浦达桂林。山川虽未远，无由得寄音。"组诗《赠薛播州诗》完成于大业二年（606），其十一云："荒居接野穷，人物俱非俗。桂树芳丛生，山幽竟何欲！"其十二："所欲栖一枝，禀分丰诸己。园树避鸣蝉，山梁过雌雉。野阴冒丛灌，幽气含兰芷。"其十三：

"秋水鱼游日,春树鸟啼时。……山河散琼蕊,庭树下丹滋。"以上诗无不格调清远,气味高华,境界清幽,文笔细巧。曹道衡、沈玉成先生评《山斋独坐赠薛内史诗》说:"写山中景色幽静秀丽,极尽刻画之能事,其观察细致,色彩绮丽近于张协和谢朓之作;表现山林寂静气氛,则又近似左思《招隐诗》与郭璞《游仙诗》。……诗中体现的气格,正是位极人臣之后思想中另一侧面的表现。'富贵闲人'的恬适、悠远,在熟练技巧的驱使下,作品就呈现出这种一般隐士都达不到的境界。"[1]在这个一尘不染的隐士境界中,诗人徜徉于其内,似乎不知秦汉,无论魏晋,完全与世隔绝。如果把山中景色幽静秀丽和山林寂静气氛结合起来看,只有王维的山水田园诗与之相似。杨素诗歌喜欢描写"空""静"的境界,空岩、空林、虚白、独坐、无客、寂寂幽山、夜夜空明月、明月徒流光、落花空自芳等,其中"独坐"一词数次出现。王维同样喜欢描写"空""静"的境界,胡应麟《诗薮》曰:"如'人闲桂花落'、'木末芙蓉花',读之身世两忘,万念皆寂。"许学夷《诗源辨体》曰:"摩诘五言绝,意趣幽玄,妙在文字之外。……摩诘胸中渣秽净尽,而境与趣合,故其诗妙至此耳。"杨素和王维的诗歌同样喜欢表现空寂境界,诗人远离红尘,超然物外,诗歌中没有人间的烟熏火燎之痕,似乎与现实没有任何关系。此一审美境界,需要具有一定的思想深度和艺术修养的诗人才能创造出来。

单纯读这样的诗篇,读者会误以为杨素是一个安贫乐道的

---

[1] 曹道衡、沈玉成:《南北朝文学史》,人民文学出版社1998年版,第507页。

处士。但是,现实中的杨素却并不是一个"富贵闲人"。掀开杨素赠答诗写作的历史帷幕,我们看见的是一个在历史舞台上叱咤风云的英雄人物。开皇十八年(598),突厥达头可汗犯塞,隋文帝以杨素为灵州道行军总管,出塞讨伐,杨素大破达头。开皇十九年(599)突厥突利可汗为都蓝、达头所败,高颎、杨素大败突厥军。开皇二十年(600)杨素大败西突厥达头可汗。此时,晋王杨广与杨素暗中勾结,《隋书·杨素传》:"二十年,晋王广为灵朔道行军元帅,素为长史。王卑躬以交素。及为太子,素之谋也。"文帝听信谗言,废太子杨勇,立杨广为太子。仁寿元年(601)杨素代高颎为尚书左仆射。其年,文帝以杨素为行军元帅,出云州击突厥。突厥退走,杨素率骑追击,大破敌人,突厥远遁,此役解除了突厥对隋朝的威胁。仁寿二年(602)杨素大破步迦可汗。是年,独孤皇后去世。杨坚称帝之后,独孤皇后长期参与朝政,时人并称二人为"二圣"。独孤皇后去世之后,山陵制度多出于杨素,足见文帝对他的信任。蜀王杨秀(文帝子)遭到杨广和杨素的诬陷,被废为庶人。大理卿梁毗上封事,言杨素专权。文帝下敕,让杨素不必躬亲事务。仁寿四年(604)文帝去世,8月杨广即位。汉王杨谅(文帝子)在晋阳起兵,从者十九州。杨谅军被杨素攻破。大业元年(605)隋炀帝迁都洛阳。杨素回到京师,跟随炀帝到达洛阳,炀帝命杨素领营东京大监,对杨素多有赏赐。大业二年(606)杨素去世。在上述十七首诗歌创作的这一段时间里,杨素为了国家,马不停蹄,不断劳作。杨素是北周平齐的功臣,是隋代平陈的元帅,也是平定陈地民众造反的枭雄,他为国家统一和社会安定做出了巨大贡献;他不仅是将军,还担任过太尉,事必躬亲。同时,他也是隋代宫廷斗争的主角之一。据史载,仁寿四年(604),"及上不豫,素与兵部尚书柳述、黄门侍郎元岩等入阁侍疾。时皇太子入居大宝殿,虑上有不讳,须豫防拟,乃手自为书,封出问素。素录出事状以报太子。宫人误送上所,上览而大恚。所宠陈贵人又言太子无礼。上遂发怒,欲召庶人勇。太子谋之于素,素矫诏追东宫兵士帖上台宿卫,门禁出入,并取宇文述、郭衍节度,又令张衡侍疾。上以此日崩,由是颇有异论。"杨素未必弑君,但他的确参与了宫廷密谋。由此可知,写作上述诗篇时,时局动荡,风云变幻,有时候惊心动魄,有时候生死难卜,完全不像杨素山居诗中所写的那样云淡风轻,恬静闲适。

同时,我们也要注意到,这样的山居生活需要雄厚的物质基础作后盾,杨素的山居诗完成于他的庄园别墅中。杨素是一个不放弃世俗享乐的人。隋文帝时代,杨素贵盛之后,把持朝政,骄傲自大。《隋书·杨素传》:"并赐田三十顷,绢万段,米万石,金钵一,实以金,银钵一,实以珠,并绫锦五百段。时素贵宠日隆,其弟约、从父文思、弟文纪,及族父异,并尚书列卿。诸子无汗马之劳,位至柱国、刺史。家僮数千,后庭妓妾曳绮罗者以千数。第宅华侈,制拟宫禁。……亲戚故吏,布列清显,素之贵盛,近古未闻。……若有附会及亲戚,虽无才用,必加进擢。朝廷靡然,莫不畏附。"到了隋炀帝时代他变本加厉。《隋书·杨素传》:"素贪冒财货,营求产业。东、西二京,居宅侈丽,朝毁夕复,营缮无已。爰及诸方都会处,邸店、水硙并利田宅以千百数,时议以此鄙之。"联系前述诗歌来看,在恬淡的风景后面,诗人其实在享受一种低调的奢华。这里的兰庭、竹室、桂酒、山窗、横琴、庭树是杨丞相的庄园,远处的深溪、古树、空岩、幽石、园树、山梁未尝不在杨素庄园之内。《隋书·杨玄感传》载杨素之子杨玄感叛乱时对众人曰："我身为上柱国，家累巨万金，至于富贵，无所求也。"据此可知杨素在长安的庄园规模不同一般。汉末仲长统《乐志论》中希望自己拥有"良田广宅，背山临流，沟池环布"，很多汉魏六朝的士族文人实现了这样的梦想。谢灵运的部分山水诗和《山居赋》写晋宋时代的谢氏庄园。其《山居赋》介绍谢氏始宁庄园说："若乃南北两居，水通陆阻。……大小巫湖，中隔一山。然往北山，经巫湖中过。""田连冈而盈畴，岭枕水而通阡，阡陌纵横，塍埒交经。"杨素家族的庄园当比谢氏庄园更为广大。庄园不仅为贵族提供了物质资料，同时也是贵族文人精神上的避难所。

杨素是隋朝朝廷的栋梁之才，他的家族富可敌国，其庄园分布在不同地方。从杨素的写作中我们发现：当一位诗人如果身居廊庙而兼善山林文学时，他必然要具备这样的特点：有适宜于创作的幽静的自然环境，有富饶的物质基础，有高品位的文学素养和丰富的精神世界。

二、杨素与廊庙文学

杨素的《谢炀帝手诏问劳表》是一篇向隋炀帝剖白心扉的表文。《隋书·杨素传》："汉王谅平，帝遣素弟修武公约赍手诏劳素，素上表陈谢。"表云："臣自唯虚薄，志不及远，州郡之职，敢惮劬劳，卿相之荣，无阶觊望。然时逢昌运，王业惟始，虽涓流赴海，诚心屡竭，轻尘集岳，功力盖微。徒以南阳里闬，丰沛子弟，高位重爵，荣显一时。遂复入处朝端，出总戎律，受文武之任，预帷幄之谋。岂臣才能，实由恩泽。欲报之德，义极昊天。伏惟陛下照重离之明，养继天之德，牧臣于疏远，照臣以光晖，南服降柾道之书，春官奉肃成之旨。然草木无识，尚荣枯候时，况臣有心，实自效无路。昼夜回徨，寝食惭惕，常惧朝露奄至，虚负圣慈。贼谅包藏祸心，有自来矣，因幸国哀，便肆凶逆，兴兵晋、代，摇荡山东。陛下拔臣于凡流，授臣以戎律，蒙心膂之寄，禀平乱之规。萧王赤心，人皆以死；汉皇大度，天下争归。妖寇廓清，岂臣之力！曲蒙使臣弟约赍诏书问劳，高旨峻笔，有若天临，洪恩大泽，便同海运。悲欣惭惧，五情振越，虽百陨微躯，无以一报。"杨素将自己的成功归结为自己具有"南阳里闾，丰沛子弟"的身份，得到了皇帝的眷顾；归结为皇帝有"照重离之明，养继天之德"，自己取得的成绩完全是皇帝的德行的果实。自己将对于浩荡的皇恩，"百陨微躯，无以一报"。分明建立了盖世之功，却表现得异常谦恭。杨素心中清楚：自己帮助杨广取得了太子位置，得到了皇帝宝座，还替杨广扫清了杨谅这个最后的障碍。但是，自己已经功高震主，现在到了"狡兔死走狗烹，飞鸟尽良弓藏"的阶段，在杨广眼里唯一能威胁到帝位的只有杨素一个人了。在这样的时刻，杨素上表，只能尽力歌颂圣上，剖白一片衷心，乞求皇帝对自己开恩。杨素的表文完全符合封建时代廊庙文学的标准。

边塞诗虽然不属于廊庙文学，但边塞诗中也可以表现家国情怀，与廊庙文学有一定的交汇之处。杨素《出塞》二首其一："漠南胡未空，汉将复临戎。飞狐出塞北，碣石指辽东。冠军临瀚海，长平翼大风。云横虎落阵，气抱龙城虹。横行万里外，胡运百年穷。兵寝星芒落,战解月轮空。严鐎息夜斗,骍角罢鸣弓。北风嘶朔马,胡霜切塞鸿。休明大道暨,幽荒日用同。方就长安邸,来谒建章宫。"其二:"汉虏未和亲,忧国不忧身。握手河梁上,穷涯北海滨。据鞍独怀古,慷慨感良臣。历览多旧迹,风日惨愁人。荒塞空千里,孤城绝四邻。树寒偏易古,草衰恒不春。交河明月夜,阴山苦雾辰。雁飞南入汉,水流西咽秦。风霜久行役,河朔备艰辛。薄暮边声起,空飞胡骑尘。"此二诗写自身征战体会,风格雄健苍凉。其一写出塞归来,其二写出塞远征。诗中既有对边塞风光的描绘,也写到了汉将横行塞北报国忘身的行为。全诗寄寓着一种人生感慨,充满了爱国主义精神,格调昂扬向上,开唐人边塞诗之先河。

陈祚明《采菽堂古诗选》卷三十五曰:"越公诗清远有气格,规模西晋,不意武夫凶人有此雅调。"沈德潜《古诗源》:"武人亦复奸雄,而诗格清远。转似出世高人,真不可解。"[1]让他们迷惑的是杨素既然身为武夫凶人、武人奸雄,何以能写出诗格清远的雅调来。我们知道,杨素出身于著名的关中士族家族,自幼受到传统文化的熏陶和训练,所以他不同于一般意义上的起起武夫,他是文武双全的一代名士。至于杨素是否是奸雄、奸臣的问题则较为复杂。《隋书·杨素传》史臣曰:"杨素少而轻侠,傲诞不羁,兼文武之资,包英奇之略,志怀远大,以功名自许。高祖龙飞,将清六合,许以腹心之寄,每当推毂之重。扫妖氛于牛斗,江海无波;摧骁骑于龙庭,匈奴远遁。考其夷凶静乱,功臣莫居其右;览其奇策高文,足为一时之杰。然专以智诈自立,不由仁义之道,阿谀时

---

[1] [清]沈德潜:《古诗源》,中华书局1963年版,第356页。

主，高下其心。营构离宫，陷君于奢侈；谋废冢嫡，致国于倾危。终使宗庙丘墟，市朝霜露，究其祸败之源，实乃素之由也。"这里并没有直接说杨素是大隋的奸贼。王夫之《读通鉴论》卷十九："素者，天下古今之至不仁者也。其用兵也，求人而杀之以立威，使数百人犯大敌，不胜而俱斩之，自有兵以来，唯尉缭言之，唯素行之，盖无他智略，唯忍于自杀其人而已矣。呜呼！人之不仁至于此极，而犹知有君之不可弑乎？犹知子之不可弑父而已弗与其谋乎？"[1]王夫之的论说从杨素杀害其士卒推衍到杨素必然会参与弑君。概括起来看，杨素的"罪行"有三：一是战争中自杀士卒以立威；一是修建仁寿宫，过于奢侈，大损人丁；一是协助杨广夺嫡，与杨广合谋弑隋文帝。杨素杀其部下，不仁不义，是其人格的污点，这一点不容置疑。至于营构离宫的奢侈，已得到文帝的宽恕；谋废冢嫡，站在杨广的立场，不是其罪，反是其功。旧说怀疑杨素协助杨广杀害了文帝，此说多有破绽，已不为今日史学界所采纳。在杨广即位之后，杨素出马平定了杨谅之乱，此后杨素身体已经病弱，不具备篡位的条件。崔瑞德说："杨素在朝廷上也是残酷无情，是一个能伺机取胜和工于心计的机会主义者。……他鲁莽无情，傲慢自负，但以那暴力年代的标准来衡量，他是隋王朝的忠仆。"[2]与奸臣说相反，他认为杨素是大隋王朝的忠仆，此说应该是可信的。

---

[1] 〔清〕王夫之：《读通鉴论》，中华书局1975年版，第1457页。
[2] 〔英〕崔瑞德编：《剑桥中国隋唐史》（中译本），中国社会科学出版社1990年版，第70页。

我们看到的杨素，身在朝廷，心系山林。他一方面入世，一方面出世。他一方面身为大隋宰相，在为国事日夜操劳；另一方面他在清雅广大的庄园中，享受林泉之趣，写出了清幽绝尘的诗篇，一如世外高人。他一方面不拒绝朝廷官职，不拒绝世俗享乐；另一方面追求超越的精神生活。儒家与道家、事功与自然、朝廷和江湖、廊庙和林薮这些彼此对立的元素同时并存在他的身上。这使他的文学创作既长于台阁之体，亦具有山林之味；既谐于时世之嗜者，亦具有古雅之风。在同一个作者的创作中，同时擅长廊庙文学与山林文学，且都达到了相当的高度，在杨素之前并无先例。

三、廊庙与山林合一的人格结构溯源

有人认为在中国古代第一部诗歌总集《诗经》中就已经有了廊庙文学与山林文学的分野。宋濂《汪右丞诗集序》："诗之体有三，曰风、曰雅、曰颂而已。风则里巷歌谣之辞，多出于氓隶女妇之手，仿佛有类乎山林。雅、颂之制，则施之于朝会，施之于燕飨，非公卿大夫或不足以为，其亦近于台阁矣乎！"[1]说雅颂近似于后世的廊庙文学没有错，它们的作者主要是朝廷大夫；说国风类似山林文学则过于勉强。山林文学的作者乃是隐士阶层。在古代中国很早就有《后汉书·逸民传》中所说的"甘心畎亩之中，憔悴江海之上"的隐士。《庄子·缮性》："古之所谓隐士者，非伏其身而弗见也，非闭其言而不出也，非藏其知而不发也，时命大谬也。当时

---

[1] ［明］宋濂：《宋濂全集》卷六，第481页。

命而大行乎天下,则反一无迹;不当时命而大穷乎天下,则深根宁极而待。此存身之道也。"山林文学与廊庙文学的作者,同样属于士阶层。如果士进入官场,歌咏朝廷和国家,他的文章就属于廊庙文学。如果他拒绝与统治者合作,歌咏自然,他的创作则属于山林文学。

到了汉末魏晋间,旧的秩序被打破了,魏晋士人的精神世界充满了焦虑、迷茫与失落。士族文人既要追求个性自由,又想维护社会体制,在名教与自然之间形成了一种矛盾。他们需要一种理论,能够把廊庙和山林统一起来。郭象哲学应时而生,为西晋末年和东晋时代的士族文人提供了一种新的处世理论。郭象注《庄子·逍遥游》曰:"夫圣人,虽在庙堂之上,然其心无异于山林之中。世岂识之哉!徒见其戴黄屋,佩玉玺,便谓足以缨绂其心矣;见其历山川,同民事,便谓足以憔悴其神矣。岂知至至者之不亏哉!"唐成玄英疏曰:"言圣人动寂相应,则空有并照,虽居廊庙,无异山林,和光同尘,在染不染。"[1]经过郭象等人的改造,玄学演变为一种明显带有士族色彩的哲学体系。郭象的"适性"理论提出的是一种廊庙与山林合一的人格结构。"庙堂"与"山林"本来是相互对峙的,现在士族文人可以把它们视为一体,悠游其间,左右逢源,为我所用。

两晋之时,特别是东晋时期"朝隐"现象在士族阶层中广为盛行。晋王康琚《反招隐诗》:"小隐隐陵薮,大隐隐朝市。伯夷窜首阳,老聃伏柱史。"《世说新语·文学》注谓谢万作《八贤论》,

---

[1] [晋]郭象注,[唐]成玄英疏:《庄子注疏》,中华书局2011年版,第15页。

"其旨以处者为优,出者为劣。孙绰难之,以谓体玄识远者,出处同归。"《晋书·邓粲传》曰:"隐之为道,朝亦可隐,市亦可隐。隐初在我,不在于物。"所谓的"朝隐"实质上指东晋士族名士的一种贪婪行为,他们既需要世俗的权势,只有权势才能保证个人和家族的长久利益,同时他们也企图占有广大的庄园和山泽林泉,只有庄园和山林才能让生命个体沉浸在逍遥自由之境。在六朝文学中不难看到,很多诗人都推崇廊庙与山林合一的人格模式。范晔《乐游应诏诗》:"崇盛归朝阙,虚寂在川岑。山梁协孔性,黄屋非尧心。"[1]王僧达《祭颜光禄文》歌颂颜延之"服爵帝典,栖志云阿"[2]。谢朓《之宣城出新林浦向板桥》:"既欢怀禄情,复协沧洲趣。"这些东晋南朝的士族文人无不身在庙堂之上,心在山林之中。

在门阀士族中,既有王导、谢安、庾亮这样的廊庙之器,也有一些欺世盗名之徒。王导、谢安身为风流宰相受人敬仰。孙绰《丞相王导碑》云:"玄性合乎道旨,冲一体之自然;柔畅协乎春风,温而侔于冬日。信人伦之水镜,道德之标准也。"孙绰《太尉庾亮碑》云:"公雅好所托,常在尘垢之外,虽柔心应世,蠖屈其迹,而方寸湛然,固以玄对山水。"作为国家的廊庙之器,他们也在追求一种超然玄悟的人生。"以玄对山水"表明东晋士族谈玄说理之风从抽象转向现实。更多的士族名士缺乏王导谢安那样经纶国事的才能,但他们还要占据清流官职,崇尚"居官而无官官之事,处事

---

[1] 逯钦立:《先秦汉魏晋南北朝诗·宋诗》卷四,中华书局1983年版,第1202页。
[2] [清]严可均:《全宋文》卷十九,中华书局1958年版,第2541页。

无事事之心"(《晋书·刘惔传》孙绰诔刘惔文)的生活方式。

当时既然以自然美为时代风尚,在为人和为文时就出现了一些"言与志反"的人。《文心雕龙·情采》云:"故有志深轩冕,而泛咏皋壤;心缠几务,而虚述人外。真宰弗存,翩其反矣。"王运熙先生说:"六朝文人,多出身贵族,贪恋爵禄,同时喜谈超脱尘世的玄学,当山水文学兴起后,更喜欢写企羡山林、观赏风景的诗篇。……可以想象,在谢灵运、谢朓等名家影响下,当时那种'志深轩冕,而泛咏皋壤'的作品是相当多的,所以招致刘勰的抨击了。"① "言与志反"的文人历代都有,揭露他们的虚伪非常必要,但不能因此而怀疑廊庙与山林合一的人格结构的合理性。范文澜《文心雕龙注》说:"刘歆作《遂初赋》,潘岳作《秋兴赋》,石崇作《思归引》,古来文人类此者甚众,然不得谓其必无皋壤人外之思。盖鱼与熊掌,本所同欲,不能得兼,势必去一,而反身绿水,固未尝忘情也。故尘俗之缚愈急,林泉之慕愈深。"② 每个人的人格结构都是复杂的,在内心世界里廊庙与山林并不是一直对立的。法国作家蒙田说:"我们要保留一个完全属于我们自己的自由空间,犹如店铺的后间,建立起我们真正的自由,和最重要的隐逸和清静。在那里,我们应该进行自己同自己的交谈,毫不涉及与外界的沟通与交流。"③ 每个人有自己所理解的生存价值和生存意义。生命本体本来就是一个个矛盾体,每个生命个体都有不同的角

---

① 王运熙:《刘勰论宋齐文风》,《复旦学报》1983年第5期。
② 范文澜:《文心雕龙注》,人民文学出版社1958年版,第541页。
③ 〔法〕蒙田:《蒙田随笔全集》上卷,潘丽珍等译,译林出版社1999年版,第271页。

色。即使是价值取向集中在政治文化层面的人,他也会欣赏大自然的美,他也需要精神的安顿。自然世界通常是人们转移心理压力的窗口。人需要在生命的困境中寻找心灵的自由和灵魂的解脱,哪怕只是片刻的自由和解脱,也显得弥足珍贵。从这个角度看,廊庙与山林合一的人格结构自有其存在的合理性。

郭象提出了廊庙与山林合一的人格结构的理论,两晋南北朝士族文人践行了这一理论。遗憾的是,在杨素之前没有出现廊庙文学与山林文学兼善的诗人。东晋时代,永和三年的兰亭雅集,形成了王羲之的《兰亭集序》、孙绰的《兰亭集后序》和兰亭诗,它们是"以玄对山水"的典范之作,但在廊庙文学方面他们没有多少建树。刘宋时代的颜延之等是庙堂文学的代表人物,但在山林文学方面他们缺乏杰作。杨素作为大隋的丞相和将军,他的主体人格集中在社会政治层面,为国家操劳奉献,至少在表面上忠心效力于朝廷。另外一方面,他具有很高的文学素养和审美能力,能够体悟到大自然的美,让自己沉浸在自然美当中。所以,他不仅具有廊庙与山林合一的人格结构,而且也完成了廊庙山林兼善的文学模式。

四、廊庙山林人格模式与文学范式在初盛唐的发展

廊庙与山林合一的人格模式在初唐时代大放异彩,成为一个时代的基本音调。据《新唐书·食货志》载"自王公以下,皆有永业田",从初唐开始,许多宫廷诗人都写到了园林别墅中的风光景

致,可以说是初盛唐时代的庄园别墅之风促进了山水诗的发展。在帝王的鼓励下,一些台阁重臣们会时常组织山池宴集。朝廷大臣也多向往"丘壑夔龙,衣冠巢许"的生活方式。

在此以侍中杨师道和宰相韦嗣立为例。《旧唐书·杨师道传》:"(师道)寻尚桂阳公主,超拜吏部侍郎,累转太常卿,封安德郡公。贞观七年,代魏徵为侍中。性周慎谨密,未尝漏泄内事,亲友或问禁中之言,乃更对以他语。……师道退朝后,必引当时英俊,宴集园池,而文会之盛,当时莫比。雅善篇什,又工草隶,酬赏之际,援笔直书,有如宿构。太宗每见师道所制,必吟讽嗟赏之。"刘洎《安德山池宴集》云:"已均朝野致,还欣物我齐。"赞赏杨师道将朝臣与山野合二为一。

唐中宗游幸世家望族韦嗣立的山庄,封韦嗣立为"逍遥公",称其山庄为"逍遥谷"。《旧唐书·韦嗣立传》载:韦嗣立"父子三人,皆至宰相。有唐已来,莫与为比"。"嗣立与韦庶人宗属疏远,中宗特令编入属籍,由是顾赏尤重。赏于骊山构营别业,中宗亲往幸焉,自制诗序,令从官赋诗,赐绢二千匹。因封嗣立为逍遥公,名其所居为清虚原幽栖谷。"张说《东山记》:"兵部尚书同中书门下三品修文馆大学士韦公,体含真静,思协幽旷,虽翊亮廊庙,而缅怀林薮。东山之曲,有别业焉。岚气入野,榛烟出俗,石潭竹岸,松斋药畹,虹泉电射,云木虚吟,恍惚疑梦,闲关忘术:兹所谓丘壑夔龙,衣冠巢许。幸温泉之岁也,皇上闻而赏之。……缇骑环山,朱旆焰野,纵观空巷,途歌传壑。是日即席拜公逍遥公,名其居曰清虚原幽栖。景移乐极,天子赋诗,王后帝女,宫嫔邦媛,歌焉和焉,以宠德也。"随从的大臣们以《奉和幸韦嗣立山庄侍宴应制》

为题赋诗唱和,赵彦昭诗:"廊庙心存岩壑中,銮舆瞩在灞城东。逍遥自在蒙庄子,汉主徒言河上公。"李峤诗:"万骑千官拥帝车,八龙三马访仙家。凤凰原上开青壁,鹦鹉杯中弄紫霞。"刘宪诗:"东山有谢安,柱道降鸣銮。缇骑分初日,霓旌度晓寒。云跸岩间下,虹桥涧底盘。幽栖俄以届,圣瞩宛余欢。崖悬飞溜直,岸转绿潭宽。桂华尧酒泛,松响舜琴弹。明主恩斯极,贤臣节更殚。不才叨侍从,咏德以濡翰。"诗人们陪伴在皇帝周围,皇帝怎么评说韦嗣立,大家顺着皇帝的意思大声喝彩。

唐太宗、中宗如此爱慕风雅,玄宗也不甘落后。《唐诗品》云:"开元之际,君臣悦豫,饯别临流,动纾文藻,而感旧瞩芳,探奇校猎,情欣所属,辄有命赋。"唐玄宗《王屋山送道士司马承祯还天台》云:"江湖与城阙,异迹且殊伦。间有幽栖者,居然厌俗尘。林泉先得性,芝桂欲调神。"玄宗对幽栖者的林泉生活不胜歆羡。玄宗还有《同二相已下群臣宴乐游园》等写自己与臣下的山林之乐。

在初唐四杰中,王勃写有《秋日宴季处士宅序》:"若夫争名于朝廷者,则冠盖相望;循迹于丘园者,则林泉相托。虽语默非一,物我不同,而逍遥皆得性之场,动息匪自然之地。故有季处士者,远辞濠上,来游镜中。"①骆宾王写有《秋日于益州李长史宅宴序》:"得丧双遣,巢由与许史同归;宠辱两忘,廊庙与山林齐致。"②其他诗人也同样欣赏这样一种廊庙山林合一的人格。

---

① 何林天:《重订新校王子安集注》,山西人民出版社1990年版,第103页。
② [清]陈熙晋:《骆临海集笺注》,中华书局1961年版,第314页。

李颀《裴尹东溪别业》云:"公才廊庙器,官亚河南守。别墅临都门,惊湍激前后。旧交与群从,十日一携手。幅巾望寒山,长啸对高柳。……始知物外情,簪绂同刍狗。"储光羲《同张侍御鼎和京兆萧兵曹华岁晚南园》云:"公府传休沐,私庭效陆沉。方知从大隐,非复在幽林。"利用政务之余走向山林,退朝之后休憩山庄,成为在唐代官员中盛行的社会风气。在他们眼里,山林生活是朝廷生涯的一个组成部分,山水诗是宫廷文学的自然延伸。

在王维出现之前,尚未出现可以与杨素诗文媲美的廊庙—山林文学,从帝王到大臣大家都集中在对廊庙山林合一人格的崇敬中。"虽翊亮廊庙,而缅怀林薮","丘壑夔龙,衣冠巢许",是初盛唐时人们对廊庙之器的最高期许。包括杨素在内的,六朝以来社会上层的清庙与山林、朝臣与山野合一的生活方式得到了唐人的热烈响应。杨素以其高位和诗歌开初唐社会风气和诗歌创作之先河。但是,初唐的这类"山林"诗,与杨素山居诗截然不同。杨素山居诗是个体独自在山林中徘徊静思,杨素并没有组织过盛大的文会。而唐代的山林诗则是皇帝率领下或丞相举办的群体狂欢。所谓的"逍遥公"是诗人对庄园主的一种恭维。身居廊庙而心存山林成为达官贵人们流行的一种生活方式。这些享受着最高物质生活的人,这些在政治上功德圆满的人,他们集中在山林别墅里,假装自己是常年生活在山林中的幽栖者。在他们的周围,有众多的文人围绕在他们周围,为他们作诗喝彩。初唐士人崇拜廊庙与山林合一的人格,他们用诗歌赞美廊庙与山林合一的生活,但是,他们当中并没有出现廊庙与山林兼善的诗人。

唐代廊庙文学与山林文学兼善的诗人首推王维。王维半官半隐的生活就是廊庙山林生活方式的另一种说法。王维山水诗是唐代帝王和权贵生活的记录,王维诗歌再现了上层贵族的林泉之趣。《旧唐书·王维传》云:"维以诗名盛于开元、天宝间,昆仲宦游两都,凡诸王驸马豪右贵势之门,无不拂席迎之,宁王、薛王待之如师友。"王维也光顾过韦嗣立的"逍遥谷"。其《暮春太师左右丞相诸公于韦氏逍遥谷宴集序》:"逍遥谷天都近者,王官有之,不废大伦,存乎小隐。迹崆峒而身拖朱绂,朝承明而暮宿青霭,故可尚也。"其《同卢拾遗过韦给事东山别业二十韵》云:"谒帝俱来下,冠盖盈丘樊。……鸣玉满春山,列筵先朝暾。"王维诗意地栖居在蓝田别墅庄园中。其《终南别业》云:"兴来每独往,胜事空自知。行到水穷处,坐看云起时。偶然值林叟,谈笑无还期。"人和自然合二为一,在做官的同时不放弃隐逸,是王维坚持的生存方式,他从山水中获得了道。半隐是官场生活的一种补充,半隐的目的是为了更好地仕宦。

除了山水诗,王维也是盛唐边塞诗和应制诗的大匠。王维诗歌中,既有清庙之作,也有山林之作;既有高华之作,也有清远之作。徐献忠《唐诗品》曰:"上登清庙,则情近圭璋;幽彻丘林,则理同泉石。言其风骨,固尽扫微波;采其流调,亦高跨来代。"王维《和贾舍人早朝大明宫之作》云:"九天阊阖开宫殿,万国衣冠拜冕旒。日色才临仙掌动,香烟欲傍衮龙浮。"吴烶《唐诗选胜直解》曰:"应制诗庄重典雅,斯为绝唱。"王维边塞诗中也有一些"赞圣朝之美"的诗歌。其《出塞作》云:"居延城外猎天骄,白草连天野火烧。暮云空碛时驱马,秋日平原好射雕。护羌校尉朝乘障,破虏将军夜度辽。玉靶角弓珠勒马,汉家将赐霍嫖姚。"方东树《昭昧詹言》曰:"前四句目验天骄之盛,后四句侈陈中国之武,写得兴高采烈,如火如锦。……浑灏流转,一气磅礴,而自然有首尾起结章法,其气若江海之浮天。"王维《从军行》云:"尽系名王颈,归来报天子。"以上诗歌皆与杨素边塞诗的主旨有相通之处。

杨素与王维比较,相同之处是两人均身居高位,又同时擅长廊庙文学和山林文学。当然,在事功上,杨素建有丰功伟绩,王维毕竟是书生,不能和杨素比肩;创作上,王维与李白杜甫各领风骚,杨素被人视为武夫,和王维无法比肩。杨素的主要贡献在廊庙上,王维的精神则盘桓在诗国中。杨素在拼搏的途中有时会进入山林歇息一会儿,王维在林泉中时常会忘怀世俗。两者相较,杨素更是一位廊庙桢干之才,王维更是一位诗坛名家。

盛唐之后,崇敬"丘壑夔龙,衣冠巢许"的社会风气没有消失,钱起《宴崔驸马玉山别业》云:"满朝辞赋客,尽是入林人。"到了中唐,白居易提出了"中隐"说。白居易《中隐》:"大隐住朝市,小隐入丘樊。丘樊太冷落,朝市太嚣喧。不如作中隐,隐在留司官。似出复似处,非忙亦非闲。唯此中隐士,致身吉且安。""中隐"、"吏隐"在社会上非常流行,大批的官吏们虽然身在官场,却不以利禄萦心,在精神上追求超然物外。当时盛行的吏隐文学就是廊庙—山林文学的一种畸变。时人有关吏隐文学的研究已经很多了,此处笔者不再饶舌。

廊庙文学与山林文学是中国古代文学中的两条重要支流,它们产生之后,各自独立发展。到了两晋之时,郭象哲学中首次提出了廊庙与山林合一的人格模式,此一人格模式在东晋南朝士族中影响巨大。隋代权臣杨素不仅具有廊庙山林合一的人格结构,同时，在创作中形成了廊庙文学与山林文学兼善的文学范式。初盛唐时代，贵族社会推崇廊庙山林合一的人格结构，但缺少廊庙文学与山林文学兼善的诗人。王维是杨素之后廊庙山林文学模式的继承者和发扬者。

下编

一、颜延之生平事迹辑录

颜延之，字延年，琅琊临沂（今山东）人。

颜延之，《宋书》卷七十三有传，《南史》卷三十四有传。《宋书》本传曰："颜延之，字延年，琅邪临沂人也。"

《宋书》本传曰："曾祖含，右光禄大夫。祖约，零陵太守。父显，护军司马。"颜含虽然不属于门阀士族，但他也是衣冠南渡之际的侨姓大族，具有相当高的门第。《颜氏家训》的作者颜之推也是颜含的后代。颜之推比颜延之晚五世。颜之推《观我生赋》云："去琅邪之迁越，宅金陵之旧章。""经长干以掩抑，展白下以流连"，自注："长干，旧颜家巷。靖侯以下七世坟茔，皆在白下。"

晋孝武帝太元九年（384）颜延之生于建康。《宋书》本传曰："孝建三年，卒，时年七十三。"上推七十三年，可知颜延之生于太元九年。

颜延之生平事迹见《宋书》卷七十三、《南史》卷三十四等。缪钺有《颜延之年谱》（载缪钺《读史存稿》，北京三联书店1963年版）[①]、沈玉成有《关于颜延之的生平和作品》（《西北师大学报》1989年第4期）等。

---

① 鉴于下编为资料辑录，为了行文简洁，是故省略"先生"之称。

延之少孤贫，居负郭，室巷甚陋。好读书，无所不览，文章之美，冠绝当时。

《宋书》本传曰："延之少孤贫，居负郭，室巷甚陋。好读书，无所不览，文章之美，冠绝当时。"

饮酒不护细行，年逾三十始入仕。

《宋书》本传曰："饮酒不护细行，年三十，犹未婚。妹适东莞刘宪之，穆之子也。穆之既与延之通家，又闻其美，将仕之。先欲相见，延之不往也。后将军、吴国内史刘柳以为行参军，因转主簿，豫章公世子中军行参军。"沈玉成《关于颜延之的生平和作品》认为颜延之在二十三岁左右入仕。他说："刘柳在晋未曾为尚书仆射。……据《晋书·王凝之妻传》，那位著名的才女谢道韫，丈夫王凝之为孙恩所杀，寡居会稽，太守刘柳曾和她'谈议'。按，孙恩破会稽，王凝之被杀，事在晋安帝隆安三年(399)，孙恩兵败被杀，事在安帝元兴元年(402)。所以刘柳在会稽任太守当在元兴年间。……据《宋书·谢瞻传》，谢瞻幼年父母双亡，为叔母刘氏所抚养。刘氏是刘柳的姐姐，'柳为吴郡，将姐俱行'。谢瞻跟随叔母到吴郡，为刘柳建威长史，不久转入刘裕幕中为镇军参军。刘裕为镇军参军的时间在元兴三年(404)至义熙二年(406)，所以刘柳为吴国内史而兼太守的时间应当在元兴、义熙之间，而不能晚于义熙三年，因为《宋书·沈演之传》说沈十一岁为'尚书仆射刘柳'所赏识，据沈演之的年岁推算，当时正是义熙三年。综合以上几条证据可以推定，颜延之入仕为刘柳的行参军时在义熙初，时年二十三岁左右。从《宋书》本传行文看，似乎颜延之三十以后才出仕，这和刘柳的仕历相矛盾。"

义熙十二年,刘裕北伐。延之与同府王参军俱奉使至洛阳,作诗二首。

《宋书》本传曰:"义熙十二年,高祖北伐,有宋公之授,府遣一使庆殊命,参起居;延之与同府王参军俱奉使至洛阳,道中作诗二首,文辞藻丽,为谢晦、傅亮所赏。"延之的《北使洛》、《还至梁城作》两诗即作于此时。

宋国建立之后,迁世子舍人等。

《宋书》本传曰:"宋国建,奉常郑鲜之举为博士,仍迁世子舍人。"

《宋书》本传曰:"高祖受命,补太子舍人。"

《宋书》本传曰:"徙尚书仪曹郎,太子中舍人。"

与周续之论学,言约理畅,莫不称善。

《宋书》本传曰:"雁门人周续之隐居庐山,儒学著称,永初中,征诣京师,开馆以居之。高祖亲幸,朝彦毕至,延之官列犹卑,引升上席。上使问续之三义,续之雅仗辞辩,延之每折以简要。既连挫续之,上又使还自敷释,言约理畅,莫不称善。"《宋书·周续之传》载:"高祖践阼,复召之,乃尽室俱下。上为开馆东郭外,招集生徒。乘舆降幸,并见诸生,问续之《礼记》'傲不可长'、'与我九龄'、'射于矍圃'三义,辨析精奥,称为该通。"

尚书令傅亮嫉妒延之文才。

《宋书》本传曰:"时尚书令傅亮自以文义之美,一时莫及,延之负其才辞,不为之下,亮甚疾焉。"《诗品》列傅亮为下品,称其作"平美"。

与庐陵王刘义真情款异常。少帝即位后,被徐羡之等外放

为始安(今广西桂林)太守。

《宋书》本传曰:"庐陵王义真颇好辞义,待接甚厚;徐羡之等疑延之为同异,意甚不悦。少帝即位,以为正员郎,兼中书,寻徙员外常侍,出为始安太守。"又曰:"领军将军谢晦谓延之曰:'昔荀勖忌阮咸,斥为始平郡,今卿又为始安,可谓二始。'黄门郎殷景仁亦谓之曰:'所谓俗恶俊异,世疵文雅。'"

颜延之何时出为始安太守,学术界有不同看法:缪钺《颜延之年谱》认为在永初三年(422)。沈玉成《关于颜延之的生平和作品》认为是少帝景平二年(424)。邓小军《陶渊明政治品节的见证——颜延之〈陶征士诔并序〉笺证》(《北京大学学报》2005年第5期)认为:权臣徐羡之等猜忌义真、灵运、延之,将义真出为南豫州刺史、出镇历阳(今安徽和县),是在永初三年(422)三月。将灵运出为永嘉(今浙江温州)太守,延之出为始安太守,是在同年五月少帝即位以后不久。……延之出为始安太守道经寻阳与渊明延留连,是在永初三年(422),非景平二年即元嘉元年(424)。

据《陶征士诔》,延之和陶渊明前后两次晤面,交谊甚笃。

延之之郡,道经汨潭,写作《祭屈原文》。

《宋书》本传曰:"延之之郡,道经汨潭,为湘州刺史张邵祭屈原文以致其意。"

元嘉三年,征为中书侍郎,寻转太子中庶子。顷之,领步兵校尉。

《宋书》本传曰:"元嘉三年,羡之等诛,征为中书侍郎,寻转太子中庶子。顷之,领步兵校尉,赏遇甚厚。"直到元嘉三年(426),文帝剪除了徐羡之傅亮谢晦集团,颜延之才得以再次回到朝廷。当此之时，谢灵运与颜延之同时受到了文帝的赏识。

《南史》本传："颜延之、谢灵运各被旨拟《北上篇》，延之受诏即成，灵运久而方就。"参见本书《谢灵运生平事迹辑录》。

元嘉三年延之被文帝召回朝廷，他在《和谢监灵运》中写道："皇圣昭天德，丰泽振沈泥。惜无雀雉化，何用充海淮。"对文帝充满了感激之情。元嘉十年，延之作《应诏观北湖田收》，《文选》李注引《丹阳郡图经》曰："乐游苑，晋时药园，元嘉中筑堤雍水，名为北湖。"次年三月三日，颜延之等陪同文帝再次游于乐游苑，写作了《曲水诗》与《曲水诗序》。

延之好酒疏诞，不能斟酌当世。辞甚激扬，每犯权要。出为永嘉太守。延之乃作《五君咏》以泄愤。

《宋书》本传曰："延之好酒疏诞，不能斟酌当世，见刘湛、殷景仁专当要任，意有不平，常云：'天下之务，当与天下共之，岂一人之智所能独了！'辞甚激扬，每犯权要。谓湛曰：'吾名器不升，当由作卿家吏。'湛深恨焉，言于彭城王义康，出为永嘉太守。""延之甚怨愤，乃作《五君咏》以述竹林七贤，山涛、王戎以贵显被黜，咏嵇康曰：'鸾翮有时铩，龙性谁能驯。'咏阮籍曰：'物故可不论，途穷能无恸。'咏阮咸曰：'屡荐不入官，一麾乃出守。'咏刘伶曰：'韬精日沉饮，谁知非荒宴。'此四句，盖自序也。湛及义康以其辞旨不逊，大怒。时延之已拜，欲黜为远郡，太祖与义康诏曰：'降延之为小邦不政，有谓其在都邑，岂动物情，罪过彰著，亦士庶共悉，直欲选代，令思愆里间。犹复不悛，当驱往东土。乃志难恕，自可随事录治。殷、刘意咸无异也。'乃以光禄勋车仲远代之。"

陈祚明《采菽堂古诗选》卷十六评此诗说："五篇别为新裁，其声坚苍，其旨超越，每于结句凄婉壮激，余音诎然，千秋乃有此体。"李白《酬王补阙惠翼庄庙宋丞泚赠别》"鸾翮我先铩，龙性君莫驯"，套用颜诗中的警句。

屏居里巷，不豫人间者七载。与王球交好。

《宋书》本传曰："延之与仲远世素不协，屏居里巷，不豫人间者七载。"元嘉十年后罢官家居，其《重释何衡阳达性论》云："薄岁从事，躬敛山田。田家节隙，野老为俦，言止谷稼，务尽耕牧。"

《宋书》本传曰："中书令王球名公子，遗务事外，延之慕焉；球亦爱其材，情好甚款。延之居常罄匮，球辄赡之。"

《宋书》本传曰："晋恭思皇后葬，应须百官，湛之取义熙元年除身，以延之兼侍中。邑吏送札，延之醉，投札于地曰：'颜延之未能事生，焉能事死！'"

《宋书》本传曰："闲居无事，为《庭诰》之文。今删其繁辞，存其正，著于篇。"

裴子野《宋略》载："文帝元嘉十一年，三月丙申，禊饮于乐游苑，且祖道江夏王义恭、衡阳王义季，有诏会者咸作诗，诏太子中庶子颜延年作序。"三月三日是南朝贵族一年一度的盛大节日。在宋文帝元嘉十一年的这一天，由文帝出面，邀请大臣一起禊饮，为江夏王刘义恭和衡阳王刘义季送行。文帝下诏命所有与会者都要赋诗，并且命颜延之为这次盛会的诗集作序。颜延之应诏而作，分别写出了诗与序，其诗即《曲水诗》，其序即《曲水诗序》。

一、颜延之生平事迹辑录　189

　　元嘉十二年，颜延之和何承天有关于《达性论》的争辩。何承天以为天地人"三才同体，相须而成"，"人"不能等同于"众生"，在形神生死的问题上，则"有生必有死，形毙神散，犹春荣秋落"。颜延之不同意何承天的论点，两次致函何承天，反复辩论。

　　《庭诰》意即家戒、家训。颜延之在《庭诰》中谆谆告诫子弟，必须收敛锋芒甚至谨小慎微。他说，"言高一世，处之逾默"、"不以所能干众，不以所长议物"的，是"士之上也"。

　　刘湛诛，起延之为始兴王濬后军咨议参军，御史中丞。被人上奏"求田问舍"、"唯利是视"，坐此免官。

　　《宋书》本传曰："刘湛诛，起延之为始兴王濬后军咨议参军，御史中丞。"

　　《宋书》本传曰："在任纵容，无所举奏。迁国子祭酒、司徒左长史，坐启买人田，不肯还直。尚书左丞荀赤松奏之曰：'求田问舍，前贤所鄙。延之唯利是视，轻冒陈闻，依傍诏恩，拒捍余直，垂及周年，犹不毕了，昧利苟得，无所顾忌。……请以延之讼田不实，妄干天听，以强凌弱，免所居官。'诏可。"

　　复为秘书监，光禄勋，太常。

　　《宋书》本传曰："复为秘书监，光禄勋，太常。时沙门释慧琳，以才学为太祖所赏爱，每召见，常升独榻，延之甚疾焉。因醉白上曰：'昔同子参乘，袁丝正色。此三台之坐，岂可使刑余居之。'上变色。延之性既褊激，兼有酒过，肆意直言，曾无遏隐，故论者多不知云。居身清约，不营财利，布衣蔬食，独酌郊野，当其为适，傍若无人。"

　　元嘉二十九年，上表自陈，乞解所职，不许。

《宋书》本传曰:"二十九年,上表自陈曰:'……乞解所职,随就药养。伏愿圣慈,特垂矜许。禀恩明世,负报冥暮,仰企端闱,上恋罔极。'不许。"

明年致仕。刘劭弑立之后,以为光禄大夫。

孝武帝刘骏起事时,其子颜竣参定密谋,兼造书檄。

《宋书》本传曰:"先是,子竣为世祖南中郎咨议参军。及义师入讨,竣参定密谋,兼造书檄。劭召延之,示以檄文,问曰:'此笔谁所造?'延之曰:'竣之笔也。'又问:'何以知之?'延之曰:'竣笔体,臣不容不识。'劭又曰:'言辞何至乃尔。'延之曰:'竣尚不顾老父,何能为陛下。'劭意乃释,由是得免。"

孝武帝刘骏登阼,以为金紫光禄大夫,领湘东王师。时常告诫颜竣。

《宋书》本传曰:"世祖登阼,以为金紫光禄大夫,领湘东王师。子竣既贵重,权倾一朝,凡所资供,延之一无所受,器服不改,宅宇如旧。常乘羸牛笨车,逢竣卤簿,即屏往道侧。又好骑马,遨游里巷,遇知旧辄据鞍索酒,得酒必颓然自得。常语竣曰:'平生不喜见要人,今不幸见汝。'竣起宅,谓曰:'善为之,无令后人笑汝拙也。'表解师职,加给亲信三十人。"

孝建三年,延之卒,时年七十三。

《宋书》本传曰:"孝建三年,卒,时年七十三。追赠散骑常侍、特进,金紫光禄大夫如故。谥曰宪子。"

延之与陈郡谢灵运俱以词彩齐名,江左并称为颜谢。

颜延之原有文集三十卷,已佚。明人辑有《颜光禄集》。

《宋书》本传曰:"延之与陈郡谢灵运俱以词彩齐名,自潘岳、陆机之后，文士莫及也，江左称颜、谢焉。所著并传于世。"清陈仅《竹林答问》："颜谢当日，已有定评。然谢工于山水，至庙堂大手笔，不能不推颜擅场，大家不必兼工也。大抵山林、廊庙两种，诗家作者，每分镳而驰。"这里的"庙堂"、"廊庙"一体，今天通称为宫廷文学。谢灵运是山水文学的大家，颜延之是宫廷文学的巨匠。

《文心雕龙·时序》篇中说："自宋武爱文，文帝彬雅，秉文之德，孝武多才，英采云构。自明帝以下，文理替矣。尔其缙绅之林，霞蔚而飙起，王、袁联宗以龙章，颜、谢重叶以凤采，何、范、张、沈之徒，亦不可胜也。"当时缙绅阶层中活跃着许多文学世家，王氏家族、袁氏家族、颜氏家族、谢氏家族、何氏家族、范氏家族、张氏家族、沈氏家族是其中的八大家族，其中最出名的诗人当推谢灵运与颜延之。

《南史·颜延之传》载："延之既以才学见遇，当时多相推服，唯袁淑年倍小延之，不相推重。"可见除了小字辈的袁淑外，朝廷上下对他的文学才华颇为推服。

在颜延之的宫廷文学作品中，写于武帝时代的有：《车驾幸京口三月三日侍游曲阿后湖作诗》等；写于文帝时代的有：《曲水诗》、《曲水诗序》、《皇太子释奠会作诗》、《为皇太子侍宴钱衡阳南平二王应诏诗》、《车驾幸京口侍游蒜山作诗》、《拜陵庙作诗》、《侍东耕诗》、《赭白马赋》等诗文。《新唐书·艺文志》（别集类）载有颜延之《元嘉西池宴会诗集》三卷，惜乎其作早已失传。

清人王寿昌《小清华园诗谈》云："诗有六要：心要忠厚，意要缠绵，语要含蓄，义要分明，气度要和雅，规模要广大。""何谓广大？曰：颜延年之《郊祀》、《曲水》、《释奠》，以及《侍游》诸作，气体崇闳，颇堪嗣响《雅》、《颂》。近体则沈、宋、燕、许、右丞辈，亦时有宏壮之观。"

钟嵘在《诗品》中把谢灵运放在上品，将颜延之置于中品，显示出在钟嵘的审美体系中两人地位的差异。《诗品中》云："其源出于陆机。故尚巧似，体裁绮密，然情喻渊深，动无虚发，一句一字，皆致意焉。又喜用古事，弥见拘束，虽乖秀逸，故是经纶文雅，才减若人，则陷于困踬矣。汤惠休曰：'谢诗如芙蓉出水，颜诗如错彩镂金。'颜终身病之。"颜延之继承了陆机文学中"举体华美"、典雅工整的传统。正如钟嵘所评他是"经纶文雅才"，即宫廷文人的杰出代表。文采绮密，典故繁富，乃是颜延之宫廷文学在艺术方面的重要特征。

与颜延之同时代的鲍照和汤惠休都给予颜诗以负面评价。除了《诗品中》记载的汤惠休之语外，据《南史·颜延之传》载："延之尝问鲍照己与灵运优劣。照曰：'谢五言如初发芙蓉，自然可爱；君诗若铺锦列绣，亦雕缋满眼。'"鲍照与汤惠休的诗风偏向于通俗文学，与颜延之的文学观念不同，写作立场不同，彼此之间的评论也有文人相轻的嫌疑。

沈约《宋书·谢灵运传论》中说："爰逮宋氏，颜谢腾声。灵运之兴会标举，延年之体裁明密，并方轨前秀，垂范后昆。"选择退缩至山水和庄园的谢灵运最终被杀，选择成为宫廷文人的颜延之则仕途通达，得以享其天年。

大明泰始年间，形成了一个"祖袭颜延"的诗人集团。据钟嵘

《诗品下》记载,这个集团包括以下人员:齐黄门谢超宗齐浔阳太守邱灵鞠、齐给事中郎刘祥、齐司徒长史檀超、齐正员郎锺宪、齐诸暨令颜则、齐秀才顾则心。"檀、谢七君,并祖袭颜延,欣欣不倦,得士大夫之雅致乎!余从祖正员尝云:'大明、泰始中,鲍、休美文,殊已动俗,唯此诸人,傅颜陆体。用固执不移,颜诸暨最荷家声。'"

锺嵘《诗品序》曰:"颜延、谢庄,尤为繁密,于时化之。故大明、泰始中,文章殆同书抄。近任昉、王元长等,辞不贵奇,竞须新事。尔来作者,浸以成俗。"

张溥在《汉魏六朝百三家集·颜光禄集》的题辞中说:"颜延年饮酒祖歌,自云狂不可及。……玩世如阮籍,善对如乐广。"《南史》本传:"文帝尝召延之,传诏频不见,常日但酒店裸袒挽歌,了不应对,他日醉醒乃见。"

二、谢灵运生平事迹辑录

谢灵运，陈郡阳夏（今河南太康）人。灵运幼便颖悟，其祖谢玄甚异之。

谢灵运，《宋书》有传，云："谢灵运，陈郡阳夏人也。"锺嵘《诗品上》云："初，钱塘杜明师夜梦东南有人来入其馆，是夕即灵运生于会稽。旬日而谢玄亡。其家以子孙难得，送灵运于杜治养之。"会稽：今浙江绍兴。钱塘：今浙江杭州。"旬日而谢玄亡"当有误，据《宋书·谢玄传》可知谢玄亡于太元十三年（388）。或疑为"谢安亡"，或疑为"谢瑍亡"。丁陶庵《谢康乐年谱》（《京报周刊》1925年10月17日）持前说。郝立权《谢康乐年谱》（《齐大季刊》1935年6期）、郝昺衡《谢灵运年谱》（《华东师大学报》1957年3期）、顾绍柏《谢灵运集校注》（中州古籍出版社1987年版）持后说。

谢灵运生年，《宋书》本传未载。本传载谢灵运被杀于"元嘉十年，年四十九"。上推四十九年为太元十年（385）。

《宋书》本传云："祖玄，晋车骑将军。父瑍，生而不慧，为秘书郎，蚤亡。灵运幼便颖悟，玄甚异之，谓亲知曰：'我乃生瑍，瑍那得生灵运！'"谢灵运祖父谢玄，太傅谢安之侄。曾任东晋车骑将军，著名军事家。与谢安一起领导了淝水之战，大败前秦苻坚军。太元十年谢安去世之后，翌年谢玄请解职。太元十二年（387），谢玄为会稽内史，得以返乡领略山川之美。次年（388）谢玄卒。谢氏始宁庄园（今浙江上虞一带）颇为出名，谢灵运的祖父和父亲都安葬在这里。谢灵运《山居赋》云："选自然之神丽，尽高楼之意得。（余祖车骑，建大功淮、肥，江左得免横流之祸。后及太傅既薨，远图已辍，于是便求解驾东归，以避君侧之乱。废兴隐显，当是贤达之心，故选神丽之所，以申高栖之志。经始山川，实基于此。）"谢玄为了"避君侧之乱"而东归营造庄园，对谢灵运有一定的影响。

关于谢灵运的事迹，除《宋史》、《南史》本传外，今人有叶瑛《谢灵运年谱》（《学衡》33期《谢灵运文学》，1924年9月）、丁陶庵《谢康乐年谱》、郝立权《谢康乐年谱》、郝昺衡《谢灵运年谱》等。顾绍柏的《谢灵运集校注》重辑重校谢灵运诗文，附录中有《谢灵运生平事迹及作品系年》（以下省称为《系年》）一文在前人研究的基础上对谢灵运生平与创作进行了较为细致的考辨。该书于2004年在台湾里仁书局改版重排后出版。此外，还有杨勇《谢灵运年谱》（刘跃进、范子烨编《六朝作家年谱辑要》上册，黑龙江教育出版社1999年版）、陈祖美《谢灵运年谱汇编》（广西师范大学出版社2001年版）等。

灵运少好学，博览群书，文章之美，江左莫逮。隆安三年，灵运回到建康，是年十五岁。

据史载，太元二十一年（396）晋孝武帝卒，子司马德宗立，是为晋安帝。安帝听任司马道子、王国宝执政。安帝隆安元年（397）王恭上表举王国宝罪状，举兵讨伐，司马道子杀王国宝。隆安二年

(398)七月,王恭、殷仲堪起兵,讨司马尚之。王恭部将刘牢之杀王恭。隆安三年(399)司马道子子司马元显自领扬州刺史,独揽大权。十月,孙恩在海上起兵。桓玄进攻江陵。

《宋书》本传云:"灵运少好学,博览群书,文章之美,江左莫逮。从叔混特知爱之,袭封康乐公,食邑三千户。以国公例,除员外散骑侍郎,不就。"谢混,谢安之子。谢氏子弟的精神领袖,后因依附刘毅而被刘裕杀害。康乐公,太元十年谢玄被封为康乐县公,据《晋书·孝武帝纪》:"冬十月丁亥,论淮肥之功,追封谢安庐陵郡公,封谢石南康公,谢玄康乐公,谢琰望蔡公,桓伊永修公,自余封拜各有差。"谢灵运袭封康乐公当在他十五岁返回都城之后。

钟嵘《诗品上》云:"送灵运于杜治养之。十五方还都。"谢灵运何时被送往钱塘,不明。谢灵运何以要离开会稽前往建康,顾绍柏《系年》认为:"灵运往建康,盖与孙恩起义军攻会稽、吴郡等有关。"十五岁还都之后,谢灵运居住在建康乌衣巷内谢氏家族旧宅中。

义熙年间,谢氏子弟有乌衣之游。

据史载,隆安四年(400),桓玄都督八州军事,领荆州、江州二州刺史。孙恩再次进攻会稽、临海。谢琰败卒。隆安五年(401),孙恩攻海盐,被刘裕所败。元兴元年(402),晋下诏讨桓玄。桓玄入京师,放逐司马道子,杀司马元显,独揽朝政。三吴大饥,户口减半。元兴二年(403),刘裕破卢循于永嘉。九月,封桓玄为楚王。十一月,逼安帝下禅位诏书;十二月,桓玄称帝。元兴三年(404),刘裕、刘毅等起兵讨桓玄。桓玄出逃,为益州兵所杀。刘裕灭豫州刺史刁逵之族。义熙元年（405），刘毅迎安帝回建康。以刘裕都督荆州等十六州军事，任卢循为广州刺史。

《宋书·谢弘微传》云："（谢）混风格高峻，少所交纳，唯与族子灵运、瞻、曜、弘微并以文义赏会，常共宴处，居在乌衣巷，故谓之乌衣之游。混五言诗所云'昔为乌衣游，戚戚皆亲侄'者也。其外虽复高流时誉，莫敢造门。"在族叔谢混的带领下，谢氏子弟中的谢灵运与谢瞻、谢曜、谢弘微等人，在故宅中清谈玄理、品鉴人物、吟诗作文、宴饮歌咏。关于乌衣之游的时间，有不同说法。

义熙二年，灵运二十二岁，任抚军将军刘毅之记室参军。

据史载，义熙三年（407），刘裕杀桓玄党殷仲文等。义熙四年（408），以刘裕为侍中，录尚书事，扬州刺史。义熙五年（409），刘裕攻南燕。义熙六年（410）二月，南燕亡。卢循等乘虚北进。十二月，刘裕大破卢循等。次年卢循战败，投水自杀。

《宋书》本传云："为琅邪王大司马行参军。性奢豪，车服鲜丽，衣裳器物，多改旧制，世共宗之，咸称谢康乐也。抚军将军刘毅镇姑孰，以为记室参军。毅镇江陵，又以为卫军从事中郎。"琅邪王即大司马司马德文。姑孰在今安徽当涂。按：谢灵运任刘毅记室参军值得注意。在东晋朝廷征讨桓玄的过程中，有两股政治势力开始崛起，一股是都督荆州等十六州军事的刘裕势力，另一股是抚军将军刘毅的势力。其中，刘裕的发展势头更猛，渐渐形成了代晋自立之势。相较于刘裕，刘毅则风流儒雅，与士族名士过从甚密。谢氏家族的领袖人物谢混与之结为政治同盟。在谢混的安插下，谢灵运从义熙二年（406）二十二岁时担任刘毅的记室参军。

义熙七年，灵运曾随军至江州，赴庐山见慧远。义熙八年，

刘裕攻打刘毅，刘毅兵败自杀，谢混被杀。灵运依刘裕为太尉参军。义熙九年，灵运任秘书丞，后坐事免职。

后将军刘毅任江州都督时，谢灵运当随刘毅至江州，登庐山，拜访名僧慧远。《高僧传》卷六《慧远传》载："陈郡谢灵运负才傲俗，少所推崇，及一相见，肃然心服。"谢灵运一生与佛教关系密切，汤用彤《汉魏两晋南北朝佛教史》（北京大学出版社2011年版）第十三章《佛教之南统》中有"谢灵运"一节予以论述。汤用彤说："康乐一生常与佛徒发生因缘。曾见慧远于匡庐，与昙隆游崿嵊，与慧琳、法流等交善。著《辨宗论》，申道生顿悟之义。又尝注《金刚般若》。（《文选》注引之。又见《广弘明集·金刚经集注序》）与慧严、慧观等修改大本《涅盘》。近日黄晦闻论康乐之诗，谓其能融合儒佛老，可见其濡染之深。……康乐一代名士，文章之美，江左莫逮。虽性情褊激，常与世龃龉。然因其文才及家世，为时所重。故《涅槃》之学、顿悟之说虽非因其提倡，乃能风行后世。但在当时，谢氏为佛旨揄扬，必有颇大之影响。"

《宋书》本传云："毅伏诛，高祖版为太尉参军，入为秘书丞，坐事免。"义熙八年（412），刘裕谋杀谢混并攻打刘毅军，刘毅兵败自杀。此后，谢灵运转而进入刘裕麾下，担任太尉参军，次年任秘书丞。

义熙十一年，灵运出任刘道怜咨议参军，转中书侍郎。其《拟魏太子邺中集诗》大约写作于此期。

据史载，义熙十一年（415），刘裕攻打荆州刺史司马休之。《宋书》本传云："高祖伐长安，骠骑将军道怜居守，版为咨议参军，转中书侍郎。"按，长安当为荆州之误（详见顾绍柏

《年表》)。

关于谢灵运的《拟魏太子邺中集诗》(以下省称为《拟邺中》)的写作年代,主要有三种看法:第一种看法认为《拟邺中》的写作与谢灵运和庐陵王刘义真的交游相关。其中,有人认为创作于刘义真去世之前,有人认为完成于刘义真去世之后。清人何焯说:"当是与庐陵周旋时所拟"(见何义门、孙义峰《评注昭明文选》卷七)。永初二年(421)正月,刘义真以扬州刺史改任司徒,此时,灵运任太子左卫率,颜延之任太子舍人。永初三年(422)五月宋武帝刘裕去世,七月谢灵运离开京城出守永嘉。可见"与庐陵周旋时"当指从永初二年(421)正月至永初三年(422)夏天这一段时间。清人吴淇《六朝选诗定论》云:"及其拟子建诗……使人知平原侯植之为庐陵王义真耳。"顾绍柏认为:"灵运这一组诗,大概作于元嘉三年至五年(公元426—428)。时灵运在京任秘书监、侍中。……如此不受重用,意甚不平,盖由此而回忆起永初年间与庐陵王刘义真以及颜延之等朝夕相处的一段美好生活,自不免感慨良多,遂拟诗八首以寄其意。"(顾绍柏《谢灵运集校注》,中州古籍出版社1987年版,第137页)第二种看法认为完成于谢灵运生命的最后几年。方回《颜鲍谢诗评》云:"序云:'其主不文。'又曰:'雄才多忌。'使宋武帝、文帝见之,皆必切齿。盖'不文'明讥刘裕,'多忌'亦诛徐、傅、谢、檀之所讳也。灵运坐诛,此序亦贾祸一端也。"他认为灵运以"序"反抗现实,讥刺刘裕父子,此为被杀害的原因之一。梅家玲教授认为《拟邺中》的写作年代未可确考,但她同时又说:"则灵运拟作总序中的'岁月如流,零落将尽,撰文怀人,感往增怆',便不仅是'魏文'的撰辑动机而已,它甚至还寄予了灵运的拟作动机；其所'怀'之'人'，不唯是邺下诸子，亦且是与其'以文章赏会，共为山泽之游'的亲交友朋。"（梅家玲《汉魏六朝文学新论——拟代与赠答篇》，北京大学出版社2004年版，第30页）据《宋书·谢灵运传》可知，"山泽之游"开始于元嘉五年（428），到了元嘉七年（430）春天，"山泽之游"的骨干成员谢惠连离开了始宁，元嘉八年（431）谢灵运赴京上《自理表》，"山泽之游"解散。元嘉十年（433）谢灵运在广州被杀。如此看来，怀念"山泽之游"的诗作当作于元嘉八年（431）前后。第三种看法由邓仕梁提出，他说："也不能排除作于早岁摹拟用功于五言诗的可能性。"（转引自梅家玲《汉魏六朝文学新论——拟代与赠答篇》，第27页）以上三种看法中，第一种看法为大多数学者所认同，流传最广，影响最大。

乌衣之游、京师之游和"山泽之游"都不能完全对应《拟邺中序》。诗人在现实中的体验和情感只是为《拟邺中序》的写作提供了一个参照背景而已。根据对《拟邺中》的写作环境、写作动机的考察，本书作者推断《拟邺中》完成于乌衣之游解散之后，大约在义熙十一年前后。理由如下：六朝时期，模拟的风气兴盛。模拟邺下文士之作对于谢灵运来说具有非同寻常的吸引力。一般来说，用功摹拟的情况，大都发生在青少年时代。义熙八年（412）八月谢混死，尚在刘毅军中任职的谢灵运作有《赠安成》致谢瞻。义熙十一年（415）至义熙十二年（416），谢灵运集中创作了多首给同族兄弟的赠答诗。这里不仅有对"朝游夕燕"、"欢愉之极"之生活的无限怀恋之情，其中也隐含着时光飘忽的感叹，此与《拟邺中序》中的情感大体吻合。也许组诗《拟邺中》与以上提及的家族诗完成于同一时期。《拟邺中》中山水描写成分不仅很少而且质实朴素，不似后期所作。如此，我们估计《拟邺中》应该写作于诗人对山水描写还不纯熟的三十八岁之前。据此，笔者推断谢灵运《拟邺中》完成于乌衣之游解散数年之后，大约在义熙十一年前后。

义熙十二年八月，慧远在庐山东林寺去世，灵运作《庐山慧远法师诔》。同月，灵运任世子中军咨议，黄门侍郎。义熙十三年冬，灵运奉命前往彭城（今江苏徐州）慰问刘裕。

南朝梁释慧皎《高僧传》卷六《释慧远传》云慧远于义熙十二年（416）八月六日卒，春秋八十三。谢灵运《庐山慧远法师诔》谓慧远于义熙十三年（417）八月六日卒，春秋八十四。汤用彤《汉魏两晋南北朝佛教史》第十一章《释慧远》云："晋安帝义熙十二年，或十三年，（慧远）年八十三或八十四，卒于庐山之东林寺。"谢灵运集中有《庐山慧远法师诔》，顾绍柏《谢灵运集校注》注释说："据《广弘明集》卷二三，此诔作于晋义熙十三年秋，它扼要叙述了慧远的生平，高度赞扬他皈依佛门、广布教化的功德，表达了灵运对这位佛教领袖的景仰之情。"

《宋书》本传云："又为世子中军咨议，黄门侍郎。奉使慰劳高祖于彭城，作《撰征赋》。"义熙十二年八月，刘裕攻后秦。谢灵运任世子中军咨议，黄门侍郎。义熙十三年冬，谢灵运奉命前往彭城慰问北伐当中的刘裕。谢灵运《撰征赋序》中赞扬刘裕说："相国宋公，得一居贞，回乾运轴，内匡寰表，外清遐陬。……宏功懋德，独绝古今。"

义熙十四年六月，灵运任宋国黄门侍郎，迁相国从事中郎。元熙元年春，灵运归建康，任世子刘义符左卫率。因杀门生桂兴

而免官。晋元熙二年六月，宋建国。灵运由康乐县公降为康乐县侯，起为散骑常侍。八月，任太子左卫率。

《宋书》本传云："仍除宋国黄门侍郎，迁相国从事中郎，世子左卫率。"据史载，义熙十四年（418）六月，刘裕受相国、宋公之命，谢灵运任宋国黄门侍郎，迁相国从事中郎。九月谢灵运、谢瞻等同题作《九日从宋公戏马台集送孔令》，送孔靖回会稽山隐居。《文选》卷二十谢瞻《九日从宋公戏马台集送孔令》诗李善注云："高祖游戏马台，命僚佐赋诗，瞻之作冠于一时。"

元熙元年（419）七月，刘裕进爵为宋王。春，谢灵运归建康，任世子刘义符左卫率。因杀门生桂兴而被免官。《宋书》本传云："迁相国从事中郎，世子左卫率。坐辄杀门生，免官。"《宋书·王弘传》云："宋国初建，迁尚书仆射领选，太守如故。奏弹灵运曰：'臣闻闲厥有家，垂训《大易》，作威专戮，致诫《周书》，斯典或违，刑兹无赦。世子左卫率康乐县公谢灵运，力人桂兴淫其嬖妾，杀兴江涘，弃尸洪流。事发京畿，播闻遐迩。宜加重劾，肃正朝风。案世子左卫率康乐县公谢灵运过蒙恩奖，频叨荣授，闻礼知禁，为日已久。而不能防闲阃闱，致兹纷秽，罔顾宪轨，忿杀自由。此而勿治，典刑将替。请以见事免灵运所居官，上台削爵土，收付大理治罪。……违旧之愆，伏须准裁。'高祖令曰：'灵运免官而已，余如奏。端右肃正风轨，诚副所期，岂拘常仪，自今为永制。'"

晋元熙二年（420）六月，刘裕废晋恭帝自立，是为宋武帝，国号宋，史称刘宋，南朝自此始。《宋书》本传云："高祖受命，降公爵为侯，食邑五百户。起为散骑常侍，转太子左卫率。"

刘义真与灵运、颜延之、慧琳周旋异常，有京师之游。永初二年三月三日，灵运作《三月三日侍宴西池》。

据史载，宋永初二年（421），宋以庐陵王刘义真为司徒，徐羡之为尚书令，傅亮是尚书仆射。

刘义真与谢灵运情款异常。《宋书》本传云："灵运为性褊激，多愆礼度，朝廷唯以文义处之，不以应实相许。自谓才能宜参权要，既不见知，常怀愤愤。庐陵王义真少好文籍，与灵运情款异常。少帝即位，权在大臣，灵运构扇异同，非毁执政，司徒徐羡之等患之，出为永嘉太守。"《宋书·庐陵孝献王传》云："义真聪明爱文义，而轻动无德业。与陈郡谢灵运、琅邪颜延之、慧琳道人并周旋异常，云得志之日，以灵运、延之为宰相，慧琳为西豫州都督。徐羡之等嫌义真与灵运、延之昵狎过甚，故使范晏从容戒之。义真曰：'灵运空疏，延之隘薄，魏文帝云鲜能以名节自立者。但性情所得，未能忘言于悟赏，故与之游耳。'"刘宋政权建立之后，谢灵运并不得志。作为太子刘义符左卫率的谢灵运，与作为太子舍人的颜延之一同投靠了"颇好辞义"的庐陵王刘义真。刘义真、谢灵运、颜延之和僧人慧琳四人被权臣徐羡之等视为一个政治小集团。

谢灵运、颜延之均有《三月三日侍宴西池》，据顾绍柏《年表》考证，诗作于永初二年三月三日。

永初三年，宋武帝刘裕卒，灵运作《武帝诔》。灵运出任永嘉太守，作《过始宁墅》。

据史载，永初三年（422）正月，宋以徐羡之为司空，王弘为卫将军，谢晦为领军将军。刘义真出镇历阳。三月，刘裕病。谢晦劝刘裕考虑嗣续问题。五月,宋武帝刘裕卒。太子义符立,是为少帝。徐羡之、傅亮、谢晦、檀道济同受顾命。谢灵运作《武帝诔》。诔云:"史臣考卜,高山开基;贞龟无远,迁灵有期。"

《宋书》本传云:"少帝即位,权在大臣,灵运构扇异同,非毁执政,司徒徐羡之等患之,出为永嘉太守。"谢灵运出任永嘉太守时,绕道始宁,作《过始宁墅》。《过始宁墅》诗中云:"剖竹守沧海,枉帆过旧山。山行穷登顿,水涉尽洄沿。岩峭岭稠叠,洲萦渚连绵。白云抱幽石,绿筱媚清涟。葺宇临回江,筑观基曾巅。挥手告乡曲,三载期归旋。且为树枌槚,无令孤愿言。"从现存作品看,在谢灵运四十九年的人生中,山水诗的写作开始于永初三年,这一年诗人三十八岁。在此之前诗人很少有山水描写。

《宋书》本传云:"郡有名山水,灵运素所爱好,出守既不得志,遂肆意游遨,遍历诸县,动逾旬朔,民间听讼,不复关怀。所至辄为诗咏,以致其意焉。在郡一周,称疾去职,从弟晦、曜、弘微等并与书止之,不从。"永初三年八月,谢灵运抵达永嘉郡,次年秋天辞官回乡。景平元年(423)秋天到元嘉三年(426),谢灵运第一次在始宁隐居,元嘉五年(428)至元嘉八年(431),他第二次在始宁隐居。元嘉九年(432)春天赴临川,夏天到达目的地。次年在临川被收,流放广州。从生活的年头上看,谢灵运在永嘉和临川分别约有一年时间。而两次隐居始宁则前后达七八年之久。

宋景平元年(423),在永嘉太守任上作有《晚出西射堂》、《登永嘉绿嶂山》、《游岭门山》、《斋中读书》、《登池上楼》、《东山望海》、《登上戍石鼓山》、《种桑》、《答弟书》、《辨宗论》、《答纲琳二法师》等作品。《登池上楼》中有名句:"池塘生春草,园柳变鸣禽"。王若虚《滹南诗话》卷一曰:"谢灵运梦见惠连而得'池塘生春草'之句,以为神助。《石林诗话》云:'世多不解此语为工,盖欲以奇求之耳。此语之工,正在无所用意,猝然与景相遇,借以成章,故非常情所能到。'冷斋云:'古人意有所至,则见于情,诗句盖寓意也。谢公平生喜见惠连,而梦中得之,此当论意,不当泥句。'张九成云:'灵运平日好雕镌,此句得之自然,故以为奇。'田承君云:'盖是病起忽然见此可喜,而能道之,所以为贵。'予谓天生好语,不待主张;苟为不然,虽百说何益!李元膺以为'反复求之,终不见此句之佳',正与鄙意暗同。盖谢氏之夸诞,犹存两晋之遗风。后世惑于其言而不敢非,则宜其委曲之至是也。"

九月,灵运辞职回到始宁,在始宁扩建庄园。作《石壁精舍还湖中作》、《相逢行》、《伤己赋》等。元嘉二年作《山居赋》。

据史载,宋景平二年(424),宋少帝游戏无度,徐羡之等废杀少帝及庐陵王刘义真,迎立刘义隆于江陵。八月,即位,是为文帝。宋元嘉二年(425)正月,徐羡之、傅亮等归政。

谢灵运在始宁积极扩建庄园。《宋书》本传云:"灵运父、祖并葬始宁县,并有故宅及墅,遂移籍会稽,修营别业,傍山带江,尽幽居之美。与隐士王弘之、孔淳之等纵放为娱,有终焉之志。"

《宋书》本传云:"每有一诗至都邑,贵贱莫不竞写,宿昔之间,士庶皆遍,远近钦慕,名动京师。"谢灵运回乡后作有《与庐陵王刘义真笺》、《述祖德》、《会吟行》、《石壁立招提精舍》、《石壁精舍还湖中作》、《田南树园激流植援》、《南楼中望所迟客》、

《于南山往北山经湖中瞻眺》、《从斤竹涧越岭溪行》、《相逢行》、《伤己赋》等。

《宋书》本传云："作《山居赋》并自注，以言其事。"据顾绍柏《年表》推断该赋作于元嘉二年。赋中写："其居也，左湖右江。往渚还汀，面山背阜，东阻西倾。抱含吸吐，款跨纡萦。绵联邪亘，侧直齐平。……（大小巫湖，中隔一山。）……远东则天台、桐柏，方石、太平，二韭、四明，五奥，三菁。……（江从山北流，穷上虞界，谓之三江口，便是大海。）……（南术是其临江旧宅，门前对江、三转曾山，路穷四江、对岸西面常石。此二山之间，西南角岸孤山。……岸高测深，渚下知浅也。江中有孤石沈沙，随水增减，春秋塑望，是其盛时。）……（葺室在宅里山之东麓，东窗瞩田，兼见江山之美。）……阡陌纵横，塍垮交经。导渠引流，脉散沟并。……送夏蚕秀，迎秋晚成。兼有陵陆，麻麦粟菽。候时觇节，递艺递孰。供粒食与浆饮，谢工商与衡牧。生何待于多资，理取足于满腹。……自园之田，自田之湖。泛滥川上，缅邈水区。……虽备物之偕美，独扶渠之华鲜。播绿叶之郁茂，含红敷之缤翻。怨清香之难留，矜盛容之易阑。必充给而后搴，岂蕙草之空残。"按：谢氏家族本来就有希企隐逸的传统，他们把老庄隐逸思想与士族意识紧密结合起来，努力去营建艺术型的别墅山庄。谢安"于土山营墅，楼馆竹林甚盛，每携中外子侄往来游集"（《晋书·谢安传》）。谢玄的庄园"右滨长江，左傍连山，平陵修道，澄湖远镜，于江曲起楼。楼侧悉是桐梓，森耸可爱"（《水经注·浙江水注》）。谢灵运继承了父祖"选自然之神丽，尽高栖之意得"的嗜好，"修营别业，傍山带江，尽幽居之美"。庄园首要的目的是方便于农业生产，以提供衣食资源，保障享乐生活。作为诗人的谢灵运，同时还追求庄园建设上的艺术化，他在布局上根据天然的山水地形，加以改造利用，以求能够收纳远近景观，充分体现出文人化艺术化的园林观念。

元嘉三年，文帝以灵运为秘书监、颜延之为中书侍郎。灵运在京不被重用，常出游经旬不归。元嘉五年上《劝伐河北表》。

据史载，元嘉二年（425）正月，徐羡之、傅亮等归政。元嘉三年（426）文帝杀徐羡之、傅亮、谢晦。谢灵运、颜延之和慧琳等人很快得到了启用。《宋书》本传云："太祖登祚，诛徐羡之等，征为秘书监，再召不起，上使光禄大夫范泰与灵运书敦奖之，乃出就职。使整理秘阁书，补足遗阙。又以晋氏一代，自始至终，竟无一家之史，令灵运撰《晋书》，粗立条流；书竟不就。寻迁侍中，日夕引见，赏遇甚厚。灵运诗书皆兼独绝，每文竟，手自写之，文帝称为二宝。既自以名辈，才能应参时政，初被召，便以此自许；既至，文帝唯以文义见接，每侍上宴，谈赏而已。王昙首、王华、殷景仁等，名位素不逾之，并见任遇，灵运意不平，多称疾不朝直。穿池植援，种竹树堇，驱课公役，无复期度。出郭游行或一日百六七十里，经旬不归，既无表闻，又不请急。上不欲伤大臣，讽旨令自解。灵运乃上表陈疾，上赐假东归。将行，上书劝伐河北。"

《资治通鉴·宋纪二》载："是时，宰相无常官，唯人主所与议论政事、委以机密者，皆宰相也。……亦有任侍中而不为宰相者；然尚书令、仆，中书监、令，侍中，侍郎，给事中，皆当时要官也。"谢灵运所嫉妒的王昙首、王华、殷景仁三人所担任的同样是侍中职务。与对待一般大臣不同，颇爱诗文艺术的文帝对谢灵运青眼有加，谢灵运受到了"日夕引见，赏遇甚厚"的恩宠。

元嘉五年，灵运以疾东归，而游娱宴集，以夜续昼。与族弟惠连等共为山泽之游。凿山浚湖，功役无已。寻山陟岭，必造幽峻，岩嶂千重，莫不备尽。

据史载，宋元嘉六年（429），宋以彭城王刘义康录尚书事，与王弘共辅朝政。

《宋书》本传云："灵运以疾东归，而游娱宴集，以夜续昼，复为御史中丞傅隆所奏，坐以免官。是岁，元嘉五年。灵连既东还，与族弟惠连、东海何长瑜、颍川荀雍、泰山羊璿之，以文章赏会，共为山泽之游，时人谓之四友。惠连幼有才悟，而轻薄不为父方明所知。灵运去永嘉还始宁，时方明为会稽郡。灵运尝自始宁至会稽造方明，过视惠连，大相知赏。时长瑜教惠连读书，亦在郡内，灵运又以为绝伦，谓方明曰：'阿连才悟如此，而尊作常儿遇之。何长瑜当今仲宣，而饴以下客之食。尊既不能礼贤，宜以长瑜还灵运。'灵运载之而去。"《宋书》本传云："荀雍，字道雍，官至员外散骑郎。璿之，字曜璠，临川内史，为司空竟陵王诞所遇，诞败坐诛。长瑜文才之美，亚于惠连，雍、璿之不及也。"

《宋书》本传云："灵运因父祖之资，生业甚厚。奴僮既众，义故门生数百，凿山浚湖，功役无已。寻山陟岭，必造幽峻，岩嶂千重，莫不备尽。登蹑常着木履，上山则去前齿，下山去其后齿。尝自始宁南山伐木开径，直至临海，从者数百人。临海太守王琇惊骇，谓为山贼，徐知是灵运乃安。又要琇更进，琇不肯，灵运赠琇诗曰：'邦君难地险，旅客易山行。'在会稽亦多徒众，惊动县邑。太守孟顗事佛精恳，而为灵运所轻，尝谓顗曰：'得道应须慧业文人，生天当在灵运前,成佛必在灵运后。'顗深恨此言。"

元嘉七年,灵运欲掘湖为田。会稽太守孟顗上表,灵运上京自理。

《宋书》本传云:"会稽东郭有回踵湖,灵运求决以为田,太祖令州郡履行。此湖去郭近,水物所出,百姓惜之,顗坚执不与。灵运既不得回踵,又求始宁岯崲湖为田,顗又固执。灵运谓顗非存利民,正虑决湖多害生命,言论毁伤之,与顗遂构仇隙。因灵运横恣,百姓惊扰,乃表其异志,发兵自防,露板上言。灵运驰出京都,诣阙上表。……太祖知其见诬,不罪也。不欲使东归,以为临川内史,加秩中二千石。"按:孟顗等人伺机构害灵运之意非常明显,而灵运的贪得无厌正好给敌人提供了口实。

元嘉八年,灵运出任临川内史。元嘉九年夏,灵运抵临川。在郡游放,不异永嘉,为有司所纠。司徒遣使随州从事郑望生收灵运,灵运执录望生。

《宋书》本传云:"(灵运)在郡游放,不异永嘉,为有司所纠。司徒遣使随州从事郑望生收灵运,灵运执录望生,兴兵叛逸,遂有逆志。为诗曰:'韩亡子房奋,秦帝鲁连耻。本自江海人,忠义感君子。'追讨禽之,送廷尉治罪。廷尉奏灵运率部众反叛,论正斩刑。上爱其才,欲免官而已。彭城王义康坚执谓不宜恕,乃诏曰:'灵运罪衅累仍,诚合尽法。但谢玄勋参微管,宜宥及后嗣,可降死一等,徙付广州。'"其中所引的诗原无题,今人沿用焦竑本《谢康乐集》称之为《临川被收》。关于这首诗的真伪及意旨向来有不同的看法。清人陈祚明《采菽堂古诗选》卷十七云:"累任之后忽发此愤,诚非情实。然吾谓康乐胸中未忘此意,于其哀庐陵信之。"今人或以为是刘宋当权者的伪造，或以为它表达了谢灵运不甘为刘宋王朝所奴役的激愤心情。在没有铁证的前提下，我们难以断定其为伪作。张良击秦始皇于博浪沙，鲁仲连义不帝秦，两人均没有仕秦之举，而谢灵运则累任于刘宋政权，此前并没有显示出子房、鲁连之志。此诗中的感言显然只是一时的冲动之语。

元嘉十年夏秋之际，灵运被捕。八月徙广州，以谋反罪被杀于广州。作《临终诗》。

《宋书》本传云："其后，秦郡府将宗齐受至涂口，行达桃墟村，见有七人下路乱语，疑非常人，还告郡县，遣兵随齐受掩讨，遂共格战，悉禽付狱。其一人姓赵名钦，山阳县人，云：'同村薛道双先与谢康乐共事，以去九月初，道双因同村成国报钦云："先作临川郡、犯事徙送广州谢，给钱令买弓箭刀楯等物，使道双要合乡里健儿，于三江口篡取谢。若得志，如意之后，功劳是同。"遂合部党要谢，不及。既还饥馑，缘路为劫盗。'有司又奏依法收治，太祖诏于广州行弃市刑。临死作诗曰：'龚胜无余生，李业有终尽。嵇公理既迫，霍生命亦殒。凄凄凌霜叶，网网冲风菌。邂逅竟几何，修短非所愍。送心自觉前，斯痛久已忍。恨我君子志，不获岩上泯。'诗所称龚胜、李业，犹前诗子房、鲁连之意也。时元嘉十年，年四十九。"

按：谢灵运被杀的根本的原因有二，一是其性格的偏颇和行为的失检。正如《资治通鉴·宋纪二》所评："灵运恃才放逸，多所陵忽，故及于祸。"张溥《谢康乐集题辞》亦云："夫谢氏在晋，世居公爵，凌忽一代，无其等匹。……（谢灵运）以衣冠世族，公侯才子，欲屈强新朝，送龄丘壑，势诚难之。"二是统治集团中有人蓄意想陷害他。邓小军指出："据《宋书·谢灵运传》及《孟顗传》，孟顗与彭城王刘义康是为翁婿，则可知孟顗与灵运'构仇隙'，及'顗发兵自防，露板上言'，实际皆是孟顗为其婿彭城王刘义康构害灵运。"（邓小军《三教圆融的临终关怀——谢灵运〈临终诗〉考释》，见葛晓音主编《汉魏六朝文学与宗教》，上海古籍出版社2005年版，第358页）据《宋书·刘义康传》载："六年，……（义康）与王弘共辅朝政。弘既多疾，且每事推谦，自是内外众务，一断之义康。""义康性好吏职，锐意文案，纠剔是非，莫不精尽。既专总朝权，事决自己，生杀大事，以录命断之。""太祖有虚劳疾，寝顿积年，每意有所想，便觉心中痛裂，属纩者相系。……内外众事，皆专决施行。"元嘉二十二年，有司上曰："义康昔擅国权，恣心凌上，结朋树党，苞纳凶邪。重衅彰著，事合明罚。"

灵运诗"名章迥句，处处间起；丽典新声，络绎奔发"。

《宋书》本传云："所著文章传于世。"前人对谢灵运诗文评价颇高。锺嵘《诗品序》云："元嘉中，有谢灵运，才高词盛，富艳难踪，固以含跨刘、郭，凌轹潘、左。"《诗品上》云："宋临川太守谢灵运诗。其源出于陈思，杂有景阳之体，故尚巧似，而逸荡过之，颇以繁芜为累。嵘谓若人学多才博，寓目辄书，内无乏思，外无遗物，其繁富宜哉。然名章迥句，处处间起；丽曲新声，络绎奔发。譬犹青松之拔灌木，白玉之映尘沙，未足贬其高洁也。"释皎然《诗式》曰："康乐公早岁能文，性颖神澈。及通内典，心地更精，故所作诗，发皆造极。得非空王之道助邪？夫文章，天下之公器，安敢私焉？曩者尝与诸公论康乐为文，直于情性，尚于作用，不顾词彩，而风流自然。彼清景当中，天地秋色，诗之量也，庆云从风,舒卷万状,诗之变也。不然,何以得其格高,其气正,其体贞,其貌古,其词深,其才婉,其德宏,其调逸,其声谐哉! 至如《述祖德》一章,《拟邺中》八首。《经庐陵王墓》、《临池上楼》,识度高明,盖诗中之日月也,安可攀援哉! 惠休所评: 谢诗如芙蓉出水,斯言颇近矣! 故能上蹑风骚,下超魏晋。建安制作,其椎轮乎?"敖器之《敖陶孙诗评》曰:"谢康乐如东海扬帆,风日流丽。"

刘宋时代诗歌为何会从玄言诗转向山水诗呢? 通常我们把其中的原因归结为两个方面: 一是江南秀美风景对北方南渡士族的触动,一个是玄理佛教对晋宋诗人的渗透。日本汉学家冈村繁在日本九州大学《中国文学研究》(2003年卷)发表了《"庄老告退,山水方滋"考——淝水之战的文化史意义》一文,他否定了以上两种原因,提出了第三种观点——炫耀说。他认为: 淝水之战表明了谢氏一族的无能无策与优柔虚荣。至此,谢氏一族甚至整个士族阶层都已经走到了山重水复的尽头,东晋末期新兴军权已经抬头,以刘牢之和刘裕为代表的底层势力才是取得淝水之战的决定性力量。这个势力的崛起,标志着贵族在政治上军事上的彻底失败。性格"褊激"、"猖獗"、"放逸"的谢灵运,具有贵公子的特权意识,他的山水文学旨在夸耀自己广大秀丽的庄园和贵族的才学。在贵族们失去了政治军事上的优越感之后,唯有文学——特别是山水文学才可以让他们显示自己的地位与虚荣。

三、谢惠连生平事迹辑录

谢惠连，陈郡阳夏（今河南太康）人。

谢惠连，《宋书》卷五十三、《南史》卷十九《谢方明传》附有《谢惠连传》。

曾祖铁，东晋永嘉太守，谢安六弟。祖冲，宋中书侍郎，为孙恩所杀。父方明，宋竟陵太守、丹阳尹、会稽太守。《宋书·谢方明传》："谢方明，陈郡阳夏人，尚书仆射景仁从祖弟也。祖铁，永嘉太守。父冲，中书侍郎。家在会稽，谢病归，除黄门侍郎，不就。为孙恩所杀，追赠散骑常侍。"又载："桓玄闻而赏之，即除（方明）著作佐郎，补司徒王谧主簿。""顷之，转从事中郎，仍为左将军道怜长史、高祖命府内众事，皆咨决之。随府转中军长史。寻更加晋陵太守，复为骠骑长史、南郡相，委任如初。……遭母忧，去职。服阕，为宋台尚书吏部郎。高祖受命，迁侍中。永初三年，出为丹阳尹，有能名。转会稽太守。……元嘉三年，卒官，年四十七。"

谢惠连生于晋安帝义熙三年（407）。《宋书》本传："（元嘉）十年，卒，时年二十七。"中华书局版《宋书·谢惠连传》校勘记云："'二十七'各本并作'三十七'，据《文选·雪赋》注引《宋书》改。按惠连父谢方明任会稽郡在景平末，以元嘉三年卒官。又《谢灵运传》载元嘉初何长瑜在会稽教惠连读书，则惠连是时当不出二十岁。至元嘉十年，惠连卒，时年当二十七岁，故称'早亡'。"

谢惠连事迹见《宋书》、《南史》中《谢方明传》所附《谢惠连传》。另外，有关谢灵运的年谱中均涉及谢惠连事迹，如叶瑛《谢灵运年谱》(《学衡》33期《谢灵运文学》, 1924年9月)、丁陶庵先生《谢康乐年谱》(《京报周刊》1925年10月17日)、郝立权《谢康乐年谱(《齐大季刊》1935年6期)》、郝昺衡《谢灵运年谱》(《华东师大学报》1957年第3期)等。顾绍柏先生的《谢灵运集校注》(中州古籍出版社1987年版)。此外，还有杨勇《谢灵运年谱》(刘跃进、范子烨编《六朝作家年谱辑要》上册，黑龙江教育出版社1999年版)、陈祖美《谢灵运年谱汇编》(广西师范大学出版社2001年版)等。曹道衡、沈玉成《中古文学史料丛考》(中华书局2003年版)中有"谢灵运与谢惠连"等章节。

惠连幼而聪敏。年十岁，能属文，族兄灵运深相知赏。

《宋书》本传："(方明)子惠连，幼而聪敏，年十岁，能属文，族兄灵运深相知赏，事在《灵运传》。"《南史》本传："(方明)子惠连，年十岁，能属文，族兄灵运嘉赏之，云'每有篇章，对惠连辄得佳语'。尝于永嘉西堂思诗，竟日不就，忽梦见惠连，即得'池塘生春草'，大以为工。常云'此语有神功，非吾语也'。"钟嵘《诗品》引《谢氏家录》云："康乐每对惠连，辄得佳语。后在永嘉西堂，思诗竟日不就。寤寐间忽见惠连，即成'池塘生春草'。故常云：'此语有神助，非吾语也。'"惠连年十岁，即义熙十一年(415)。据史载，义熙十一年，刘裕攻打荆州刺史司马休之。《宋书·谢灵运传》："高祖伐长安，骠骑将军道怜居守，版(灵运)为咨议参军，转中书侍郎。"按，长安当为荆州之误。据《宋书·谢方明传》：

"顷之，转从事中郎，仍为左将军道怜长史，高祖命府内众事，皆咨决之。随府转中军长史。寻更加晋陵太守，复为骠骑长史、南郡相，委任如初。"此时，谢方明为中军将军刘道怜幕下之长史，谢灵运为幕下之咨议参军。

宋永初三年（422），谢惠连十六岁。是年，宋武帝刘裕卒。八月谢灵运出任永嘉太守，次年秋天辞官回乡。《登池上楼》作于景平元年（423）春永嘉太守任上。

《宋书·谢灵运传》："惠连幼有才悟，而轻薄不为父方明所知。灵运去永嘉还始宁，时方明为会稽郡。灵运尝自始宁至会稽造方明，过视惠连，大相知赏。时长瑜教惠连读书，亦在郡内，灵运又以为绝伦，谓方明曰：'阿连才悟如此，而尊作常儿遇之。何长瑜当今仲宣，而饴以下客之食。尊既不能礼贤，宜以长瑜还灵运。'灵运载之而去。"

谢灵运《答范光禄书》："从弟惠连，后进文悟，衰宗之美，亦有一首，并以远呈。"范光禄，即范泰。据顾绍柏《谢灵运集校注》（中州古籍出版社1987年版）：景平二年（424），谢灵运隐居故乡始宁，作品有《和范光禄祇洹像赞三首》、《和从弟惠连无量寿颂》、《答范光禄书》，并云："会稽乃方明故乡，惠连当亦随父归。景平元年，惠连十七岁，次年，十八岁，故将赞、颂、书系于是年比较恰当。"（《谢灵运集校注》，第433页）

惠连爱会稽郡吏杜德灵。及居父忧，赠以五言诗十余首，文行于世。

元嘉三年（426）惠连父谢方明去世。《宋书·谢方明传》："元嘉三年，卒官，年四十七。"是年惠连二十岁。《宋书》本传：

"本州辟主簿,不就。惠连先爱会稽郡吏杜德灵,及居父忧,赠以五言诗十余首,文行于世。坐被徙废塞,不豫荣伍。"《南史》本传:"惠连先爱幸会稽郡吏杜德灵,及居父忧,赠以五言诗十余首,'乘流遵归路'诸篇是也。坐废不豫荣位。"杜德灵,会稽郡吏。《宋书·刘义宗传》:"元嘉八年,坐门生杜德灵放横打人,还第内藏,义宗隐蔽之,免官。德灵雅有姿色,为义宗所爱宠,本会稽郡吏。谢方明为郡,方明子惠连爱幸之,为之赋诗十余首,'乘流遵归渚'篇是也。"

灵连既东还,与族弟惠连等以文章赏会,共为山泽之游,时人谓之四友。

《宋书·谢灵运传》:云:"灵运以疾东归,而游娱宴集,以夜续昼,复为御史中丞傅隆所奏,坐以免官。是岁,元嘉五年。灵连既东还,与族弟惠连、东海何长瑜、颍川荀雍、泰山羊璿之,以文章赏会,共为山泽之游,时人谓之四友。"《宋书·谢灵运传》云:"荀雍,字道雍,官至员外散骑郎。璿之,字曜璠,临川内史,为司空竟陵王诞所遇,诞败坐诛。长瑜文才之美,亚于惠连,雍、璿之不及也。"元嘉五年(428),惠连二十二岁。据刘传芳《谢惠连年谱》考证,此时惠连作有《离合诗》二首、《夜集作离合》、《七月七日夜咏牛女诗》、《鞠歌行》、《顺西东门行》、《泛湖归出楼中望月诗》、《三月三日曲水集诗》、《秋怀》等。

元嘉七年,为司徒彭城王义康法曹参军。

《宋书》本传:"尚书仆射殷景仁爱其才,因言次白太祖:'臣小儿时,便见世中有此文,而论者云是谢惠连,其实非也。'太祖曰:'若如此,便应通之。'元嘉七年,方为司徒彭城王义康法曹参军。是时义康治东府城，城堑中得古冢，为之改葬，使惠连为祭文，留信待成，其文甚美。又为《雪赋》，亦以高丽见奇。文章并传于世。"《南史》本传："灵运见其新文，每曰'张华重生，不能易也。'"元嘉七年（430），惠连二十四岁。

曹道衡、沈玉成《中古文学史料丛考》"谢灵运与谢惠连"云："六年春，惠连即入建康。过钱塘江西陵，有《西陵遇风献康乐》诗五章，时在仲春，灵运有答诗《酬从弟惠连》，亦五章。复有《答谢惠连》……则惠连入京复有诗寄灵运，灵运答诗，时距仲春之别已三月余。"

《诗品》"宋监典事区惠恭"云："惠恭本胡人，为颜师伯干。颜为诗笔，辄偷定之。后造《独乐赋》，语侵给主，被斥。及大将军修北第，差充作长。时谢惠连兼记室参军，惠恭时往共安陵嘲调。末作《双枕诗》以示谢。谢曰：'君诚能，恐人未重。且可以为谢法曹造。'遗大将军，见之赏叹，以锦二端赐谢。谢辞曰：'此诗，公作长所制，请以锦赐之。'"大将军，指刘义康。

元嘉十年卒，时年二十七。

《宋书》本传："十年，卒，时年二十七。既早亡，且轻薄多尤累，故官位不显。无子。"

才思富捷，有《谢惠连集》。

锺嵘《诗品》将谢惠连置于中品，评曰："小谢才思富捷，恨其兰玉夙凋，故长辔未骋。《秋怀》、《捣衣》之作，虽复灵运锐思，亦何以加焉。又工为绮丽歌谣，风人第一。"

《隋书·经籍志》有《谢惠连集》六卷，后佚。明人张溥《汉魏六朝百三家集》中有《谢法曹集》一卷。严可均《全宋文》收录其文十七篇。逯钦立《先秦汉魏晋南北朝诗》辑录其诗三十四首。

后人把他和谢灵运并称为大小谢,又将他们与谢朓合称为"三谢"。

四、鲍照生平事迹辑录

鲍照字明远，东海人。

鲍照，《宋书》卷五十一、《南史》卷十有传。《宋书》本传云："鲍照，字明远。"《宋书·刘义庆传》："吴郡陆展、东海何长瑜、鲍照等，并为辞章之美。"《南史》本传："鲍照，字明远，东海人。"南齐虞炎《鲍照集序》："鲍照，字明远，本上党人，家世贫贱，少有文思。"《四库全书总目》说："照字明远，东海人。晁公武《读书志》作上党人，盖误读虞炎序中本上党人之语。"按，鲍照究竟是东海人还是上党人？史书中的东海、上党的地理位置在哪里？历来存在一定的争议。关于东海，有人认为在今山东郯城西南；有人认为指江苏之东海，在今江苏涟水北；有人认为在今江苏灌云；有人认为在今江苏连云港东。关于上党，有人认为在今山西长子；有人认为指江苏上党，在今江苏宿迁。张志岳否定了虞炎的记载，认为东海并非今江苏灌云，鲍照当为东海郯人，即今天山东郯城人。（见张志岳《鲍照及其诗新探》，《文学评论》1979年第1期）曹道衡先生认为：根据现有材料，应当肯定虞炎所说的鲍照祖籍上党未必有误，而像张志岳同志那样猜测鲍照是郯县人却颇嫌证据不足。鲍照生长在今江苏镇江一带。鲍照的出身很可能是庶族。（见曹道衡《关于鲍照的家世与籍贯》，载《中古文学史论文集》，中华书局1986年版）丁福林认为：鲍照祖籍原为上党而后始迁居东海。鲍照祖籍的上党必为并州的上党郡，在今山西长子一带。鲍照籍贯东海为汉晋时治郯城的东海。鲍照的先世由徐州东海移居至侨立于京口的南东海郡，而后在元嘉十一年之前移居到了当时的京都建康。（见丁福林《鲍照研究》，凤凰出版社2009年版）

关于鲍照的社会阶层也有不同看法。虞炎《鲍照集序》："家世贫贱。"锺嵘《诗品》："嗟其才秀人微，故取湮当代。"张溥《鲍参军集题辞》："鲍明远才秀人微，史不立传。"鲍照在作品中也一再强调自己的出身之孤贱。例如，《解褐谢侍郎表》"臣孤门贱生"；《拜侍郎上疏》"臣北州衰沦，身地孤贱"；《答客》"我以筚门士，负学谢前基"；《谢解禁止表》"臣自惟孤贱"。《侍郎报满辞阁疏》："臣器机穷贱，情嗜踳昧，身弱涓毷，地幽井谷。本应守业，垦畛剿茇，牧鸡圈豕，以给征赋。而幼性猖狂，因顽慕勇；释担受书，废耕学文。画虎既败，学步无成。反拙归跂，还陋燕雀。日晏途远，块然自丧。加以无良，根孤伎薄。既同冯衍负困之累，复抱相如消渴之疾。志逐运离，事与衰合。"因此，在六朝这样一个看重士族门阀的时代，鲍照是一位反抗士族制度的勇士。把鲍照看作庶族（寒族）出身的代表是一种学术界通行的看法，钱仲联、曹道衡等都持这种看法。但也有相反意见，例如张志岳认为："鲍照一出仕就能为王国侍郎：不难推断，鲍照的先世应该是属于有地位、有财产的世族。"在鲍照时代，已降为"寒门庶族"，"但这种'衰沦'、'贫贱'是不能脱离士族风气而用后世的一般标准去衡量的。"（见张志岳《鲍照及其诗新探》）丁福林认为："东海鲍氏

是时既然已经衰落,鲍照的父、祖又不见于载于史册,则鲍照无疑属于低级士族之列。"(丁福林《鲍照研究》,第62页)

《四库全书总目》:"'照'或作'昭',盖唐人避武后讳所改。"《宋书》本传云:"临海王子顼为荆州,照为前军参军,掌书记之任。"故后世称鲍照为鲍参军。

《宋书》本传云:"临海王子顼为荆州,照为前军参军,掌书记之任。子顼败,为乱兵所杀。"可知,鲍照死于宋明帝泰始二年(466)。鲍照的出生年月史书无载,目前有多种说法:晋安帝义熙元年说(吴丕绩《鲍照年谱》,商务印书馆1940年版),义熙六年说(陆侃如、冯沅君《中国诗史》,人民文学出版社1983年版)、义熙八年说(北京大学中国文学史教研室编《魏晋南北朝文学史参考资料》,中华书局1962年版)、义熙十年说(钱仲联《鲍照年表》,载《鲍参军集注》,古典文学出版社1958年版,上海古籍出版社1980年重版)、义熙十一年说(余冠英《汉魏六朝诗选》,人民文学出版社1958年版)、义熙十二年说(丁福林《鲍照研究》)。其中影响最大的两种说法,一是吴丕绩《鲍照年谱》认为鲍照生于晋安帝义熙元年(405);二是钱仲联《鲍照年表》认为鲍照生于义熙十年(414)。钱仲联说:"联按《宋书·孝武本纪》,大明六年秋七月庚辰,临海王子顼为荆州刺史(虞序云'大明五年,误'),《在江陵叹年伤老》诗中所叙,是春日节物,写作时间不能早于大明七年春。今以大明七年照年五十计之,则当生于晋安帝义熙十年,下推至宋明帝泰始二年,得年五十三,与虞序所云'年五十余'者相合。"今日学界多从钱仲联说。

记载鲍照生平的文献资料主要有三种:最早的是虞炎的《鲍

照集序》。虞炎是南朝齐诗人，齐骁骑将军。虞炎奉文惠太子萧长懋之命编纂鲍照诗文，作《鲍照集序》，虞炎的序是鲍照研究中的重要史料之一。其次是沈约《宋书》和李延寿《南史》。沈约《宋书》中的本传附于《临川烈武王道规传》之后，李延寿《南史》中的本传附于《宋临川烈武王道规传》之后，都非常简短。

今人研究其生平者甚多，主要有缪钺的《鲍明远年谱》(《文学月刊》1932年第3卷第1期)、吴丕绩的《鲍照年谱》、钱仲联的《鲍照年表》、张志岳的《鲍照及其诗新探》(《文学评论》1979年第1期)、曹道衡的《关于鲍照的家世与籍贯》(《中古文学史论文集》，中华书局1986年版)、丁福林的《鲍照年谱》(上海古籍出版社2004年版)和《鲍照研究》(凤凰出版社2009年版)等。

照尝谒见临川王刘义庆，献诗言志，获得赏识。

《宋书》本传云："照始尝谒义庆，未见知，欲贡诗言志。人止之曰：'卿位尚卑，不可轻忤大王。'照勃然曰：'千载上有英才异士沉没而不闻者，安可数哉。大丈夫岂可遂蕴智能，使兰艾不辨，终日碌碌，与燕雀相随乎。'于是奏诗，义庆奇之。赐帛二十匹，寻擢为国侍郎，甚见知赏。"虞炎《鲍照集序》："宋临川王爱其才，以为国侍郎。王死，始兴王浚又引为侍郎。"按：元嘉十六年(439)，临川王刘义庆在江州招聚文学之士。《宋书·刘义庆传》："(义庆)性简素，寡嗜欲，爱好文义，才词虽不多，然足为宗室之表。……招聚才学之士，近远必至。太尉袁淑，文冠当时，义庆在江州，请为卫军咨议参军。其余吴郡陆展、东海何长瑜、鲍照等，并为辞章之美，引为佐史国臣。"鲍照曾上《解褐谢侍郎表》。跟随刘义庆期间，他写下了《登庐山》、《登庐山望石门》、《从登香炉峰》等。元嘉十七年(440)十月,临川王刘义庆调任南兖州刺史,鲍照随之东还京都,归里省亲,道出京口。赴广陵(时南兖州治在广陵),途中作有《还都道中》、《还都至三山望石头城》、《还都口号》、《发后渚》、《行京口至竹里》等。丁福林先生认为:鲍照初仕之地点在荆州而非江州。鲍照解褐为临川王国侍郎在元嘉十二年。(《鲍照研究》,第26页)

元嘉二十一年(444)正月,临川王刘义庆卒。鲍照依制服丧,服满,上书临川王世子景舒,自请解职。

元嘉二十二年(445),衡阳王义季督豫州之梁郡,迁徐州刺史,鲍照从之。

照为《河清颂》,其序甚工。

《宋书》本传云:"元嘉中,河济俱清,当时以为美瑞。照为《河清颂》,其序甚工。"鲍照《河清颂》中有"圣上天飞践极,迄兹二十有四载",可知此文写于元嘉二十四年(447)。鲍照作《河清颂》词意并美,一时传诵,沈约更是将《河清颂》全文录入《宋书》,可见《河清颂》在沈约和在时人心中的地位。

元嘉二十四年八月,衡阳王义季逝世,鲍照又依制服三月之丧。始兴王刘濬为扬州刺史,引鲍照为国侍郎。次年,刘濬为南徐、兖州二州刺史,出镇京口,鲍照从之。

元嘉二十七年(450),北魏太武帝南侵,兵到瓜步,于第二年正月方始退兵,之后,刘濬率众城瓜步,鲍照以佐吏随往。

元嘉二十八年(451)三月,刘濬解南兖州任,鲍照随之往江北,呈《侍郎报满辞阁疏》,以病自请辞职。

除海虞令,迁太学博士兼中书舍人,出为秣陵令,又转永

嘉令。

据史载,元嘉三十年(453)二月,太子刘劭杀父宋文帝刘义隆。江州刺史武陵王刘骏起兵平定刘劭之乱,劭及弟睿并诸同谋一并伏诛。刘骏即位,是为孝武帝。孝武帝修建新亭,易名为中兴亭。鲍照作《中兴歌》十首。

虞炎《鲍照集序》:"孝武初,除海虞令,迁太学博士,兼中书舍人。(一本云,时主多忌,以文自高,趋侍左右,深达风旨,以此赋述,不复尽其才思。)出为秣陵令,又转永嘉令。"《南史》本传云:"迁秣陵令。文帝以为中书舍人。上好为文章,自谓人莫能及,照悟其旨,为文章多鄙言累句。咸谓照才尽,实不然也。"孝建三年(456),中书舍人鲍照被任命为秣陵令,旋转永嘉令,并于永嘉任上因罪去职。

颜延之尝问照己与谢灵运优劣。

《南史·颜延之传》:"延之与陈郡谢灵运俱以辞采齐名,而迟速悬绝。文帝尝各敕拟乐府北上篇,延之受诏便成,灵运久之乃就。延之尝问鲍照己与灵运优劣。照曰:'谢五言如初发芙蓉,自然可爱;君诗如铺锦列绣,亦雕缋满眼。'延之终身病之。"颜延之卒于宋孝武帝孝建三年(456),颜延之与鲍照问答于何时,不详。

临海王子顼为荆州,照为前军参军,掌书记之任。子顼败,为乱兵所杀。

《宋书》本传云:"临海王子顼为荆州,照为前军参军,掌书记之任。子顼败,为乱兵所杀。"虞炎《鲍照集序》:"大明五年,除前军行参军,侍临海王镇荆州,掌知内命,寻迁前军刑狱参军事。宋明帝初，江外拒命，及义嘉败，荆土震扰。江陵人宋景因乱掠城，为景所杀，时年五十余。"孝武帝大明六年（462），临海王子顼为荆州太守，鲍照为前军参军。鲍照作《从临海王上荆初发新渚》、《在江陵叹年伤老》。

大明八年（464）孝武帝死后，刘子业即位，是为前废帝。泰始二年（466），江州刺史刘子勋称帝，刘子顼举兵应之。是年八月，刘子勋败，刘子顼被赐死。鲍照与阮道豫、刘道宪等同时为乱兵所害。

照文辞瞻逸，尝为古乐府，文甚遒丽。

《宋书》本传云："文辞瞻逸，尝为古乐府，文甚遒丽。"

锺嵘《诗品》："宋参军鲍照诗。其源出于二张，善制形状写物之词，得景阳之諔诡，含茂先之靡嫚。骨节强于谢混，驱迈疾于颜延。总四家而擅美，跨两代而孤出。嗟其才秀人微，故取湮当代。然贵尚巧似，不避危仄，颇伤清雅之调。故言险俗者，多以附照。"

萧子显《南齐书·文学传论》："次则发声惊挺，操调险急，雕藻淫艳，倾炫心魂，亦犹五色之有红紫，八音之有郑卫，斯鲍照之遗烈也。"

有《鲍参军集》传世。

鲍照去世之后，文士虞炎遵齐武帝太子萧长懋之命在永明年间编辑了《鲍照集》。虞炎《鲍照集序》："身既遇难，篇章无遗，流迁人间者，往往见在。储皇博采群言，游好文艺，片辞只韵，罔不收集。照所赋述，虽乏精典，而有超丽，爰命陪趋，备加研访，年代稍远，零落者多，今所存者，傥能半焉。"《隋书·经籍志》录有《鲍照集》十卷，注"梁六卷"。现存《鲍照集》最早为《四部丛刊》影印明毛扆据宋本校勘的《鲍氏集》。

明代张溥《汉魏六朝百三家集》本《鲍参军集》最为通行。张溥《鲍参军集题辞》云："鲍明远才秀人微，史不立传。服官年月，考论鲜据。差可凭者，虞散骑奉敕一序耳。明远《松柏篇》，自叙危病中读《傅休奕集》，见长逝辞，恻然酸怀。草丰人灭，忧生良深。后掌临海书记，竟死乱兵。谢康乐云'夭枉兼常'，其斯人乎？临川好文，明远自耻燕雀，贡诗言志。文帝惊才，又自贬下就之。相时投主，善周其长，非祢正平、杨德祖流也。集中文章，实无鄙言累句，不知当时何以相加？江文通遭逢梁武，年华望暮，不敢以文陵主，意同明远，而蒙讥才尽，史臣无表而出之者，沈休文窃笑后人矣。鲍文最有名者，《芜城赋》、《河清颂》及《登大雷书》。《南齐·文学传》所谓'发唱惊挺，持调险急，雕藻淫艳，倾炫心魂'，殆指是耶？诗篇创绝，乐府五言，李、杜之高曾也。颜延年与康乐齐名，私问优劣于明远，诚心折之。士顾才何如耳，宁论官阀哉！"（张溥著，殷孟伦注《汉魏六朝百三家集题辞注》，人民文学出版社1981年版，第176页）

清末钱振伦曾经为《鲍照集》作注，其注本未能刻印。黄节有《鲍参军诗注》（人民文学出版社1957年版），注释了鲍照的部分诗歌。钱仲联《鲍参军集注》以涵芬楼影印毛扆所校宋本为底本，参校不同典籍而成，是鲍照集的最佳整理本。钱仲联的《鲍参军集注》对鲍照的部分诗文予以系年，曹道衡的《鲍照几篇诗文的写作时间》（《中古文学史论文集》，中华书局1986年版）、曹道衡与沈玉成的《中古文学史料丛考》（中华书局2003年版）、丁福林的

《鲍照年谱》与《鲍照研究》等文章对鲍照作品的创作年代做出了进一步辨析。

除了以上涉及的著作之外,研究鲍照的专著还有:苏瑞隆的《鲍照诗文研究》(中华书局2006年版),殷雪征的《鲍照研究》(中国文联出版社2001年版)等。

五、谢庄生平事迹辑录

谢庄，字希逸，陈郡阳夏（今河南太康）人。

《宋书》卷八十五有传。《南史》卷二十有传。《宋书》本传曰："谢庄，字希逸，陈郡阳夏人，太常弘微子也。"谢庄生年，史书无载，《宋书》本传曰："泰始二年，卒，时年四十六。"上推四十六年，为永初二年（421）。

谢弘微，本名密，谢庄父，东晋太常，元嘉十年（433）卒。《宋书》卷五十八有传。《南史》卷二十有传。在谢氏子弟中，谢弘微最受族叔谢混喜爱。《宋书·谢弘微传》："（谢）混风格高峻，少所交纳，唯与族子灵运、瞻、曜、弘微并以文义赏会。尝共宴处，居在乌衣巷，故谓之乌衣之游。混五言诗所云'昔为乌衣游，戚戚皆亲侄'者也。其外虽复高流时誉，莫敢造门。瞻等才辞辩富，弘微每以约言服之，混特所敬贵，号曰微子。谓瞻等曰：'汝诸人虽才义丰辩，未必皆惬众心；至于领会机赏，言约理要，故当与我共推微子。'常云：'阿远刚躁负气；阿客博而无检；曜恃才而持操不笃；晦自知而纳善不周，设复功济三才，终亦以此为恨；至如微子，吾无间然。'又云：'微子异不伤物，同不害正，若年迨六十，必至公辅。'尝因酣宴之余，为韵语以奖劝灵运、瞻等曰：'康乐诞通度，实有名家韵，若加绳染功，剖莹乃琼瑾。宣明体远识，颖达且沈俊,若能去方执,穆穆三才顺。阿多标独解,弱冠纂华胤,质胜诚无文,其尚又能峻。通远怀清悟,采采标兰讯,直辔鲜不踬,抑用解偏吝。微子基微尚,无倦由慕蔺,勿轻一篑少,进往将千仞。数子勉之哉,风流由尔振,如不犯所知,此外无所慎。'灵运等并有诫厉之言,唯弘微独尽褒美。"沈约誉之为名臣,《南史·谢弘微传》:"弘微与琅邪王惠、王球并以简淡称,人谓沈约曰:'王惠何如?'约曰:'令明简。'次问王球,约曰:'蒨玉淡。'又次问弘微,约曰:'简而不失,淡而不流,古之所谓名臣,弘微当之。'其见美如此。"《南史》史论曰:"《易》云:'积善之家,必有余庆。'弘微立履所蹈,人伦播美,其世济不陨,盖有冯焉。"

谢庄的事迹主要见于《宋书》卷八十五本传和《南史》卷二十本传。今人对谢庄生平和创作研究较少。

庄年七岁,能属文,通《论语》。

《宋书》本传曰:"年七岁,能属文,通《论语》。"按,谢庄年七岁时为元嘉四年(427)。

及长,韶令美容仪,宋文帝见而异之。

《宋书》本传曰:"及长,韶令美容仪,太祖见而异之,谓尚书仆射殷景仁、领军将军刘湛曰:'蓝田出玉,岂虚也哉!'"太祖即宋文帝。蓝田在今陕西。

庄初为始兴王浚后军法曹行参军,转太子舍人,庐陵王文学,太子洗马,中舍人,庐陵王绍南中郎咨议参军。又转随王诞后军咨议,并领记室。

《宋书》本传曰:"初为始兴王璿后军法曹行参军,转太子舍人,庐陵王文学,太子洗马,中舍人,庐陵王绍南中郎咨议参军。

又转随王诞后军咨议，并领记室。"始兴王，文帝次子刘浚；庐陵王：文帝第五子刘绍。曹道衡、沈玉成《中古文学史料丛考》中"谢庄元嘉间仕历"条认为：元嘉十七年置佐领兵，谢庄入仕，当在此时，至迟不当晚于十九年刘濬罢府之后，时年二十左右。（《中古文学史料丛考》，中华书局2003年版，第319页）

分左氏《经传》，随国立篇。

《宋书》本传曰："分左氏《经传》，随国立篇，制木方丈，图山川土地，各有分理，离之则州别郡殊，合之则宇内为一。"刘诗中说："他以裴秀的《方丈图》为依据，把裴秀的《方丈图》在木头上进行刻绘，故取名为《木方丈图》。从'离之则州别郡殊，合之则守内为一'可知谢庄所制的《木方丈图》和裴秀的《方丈图》除小质地不同外，还有其他不同，这就是谢庄所制的《木方丈图》是按州郡界分块制作，每一州郡为一块，其大小形状与州郡缩小的边境相同，如果将这些单个的州郡图合而为之，便可构成一整幅木刻的全方丈图。"（刘诗中主编《中国历代科技人物录》，江西人民出版社1993年版，第37页）

张彦远说："宋朝谢希逸、陈顾野王之流，当时能画，评品不载，……盖是世上未见其踪。"（《历代名画记》卷一）。宋陈思《书十史》谓谢庄"善行书"。明董其昌《戏鸿堂帖》云："谢庄书法似《阁贴》所谓萧子云者，小加妍隽，宋高宗书近之。"

元嘉二十六年（449），谢庄随同随王刘诞去襄阳，时任随王刘诞咨议参军。于是年作《怀园引》。《宋书·沈怀文传》："随王诞镇襄阳，出为后军主簿，与咨议参军谢庄共掌辞令。"又《宋书·谢庄传》："转随王诞后军咨议，并领记室。"曹道衡、沈玉成先生认为《怀园引》作于元嘉二十七年（450）春：盖于秋日发自建康而之楚地，可知当在二十六年秋随刘诞入雍州，此诗作于次年即二十七年春，及至二十八年三月，臧质代刘诞为雍州，五月迁刘诞为广州刺史，谢庄当于此时返建康。（《中古文学史料丛考》，中华书局2003年版，第320页）

庄名声远布北朝。

《宋书》本传曰："元嘉二十七年，索虏寇彭城，虏遣尚书李孝伯来使，与镇军长史张畅共语，孝伯访问庄及王徽，其名声远布如此。"《宋书·张畅传》："元嘉二十七年，索虏托跋焘南侵，太尉江夏王义恭总统诸军，出镇彭、泗。时焘亲率大众，已至萧城，去彭城十数里。"李孝伯曾与张畅应对交谈，但如何谈及谢庄，史书中没有明确记载。

时南平王铄献赤鹦鹉，普诏群臣为赋，庄作《赤鹦鹉赋》。

《宋书》本传曰："二十九年，除太子中庶子。时南平王铄献赤鹦鹉，普诏群臣为赋。太子左卫率袁淑文冠当时，作赋毕，赍以示庄；庄赋亦竟，淑见而叹曰：'江东无我，卿当独秀。我若无卿，亦一时之杰也。'遂隐其赋。"锺嵘《诗品》将袁淑置于中品而将谢庄置于下品，《诗品》中曰："宋豫章太守谢瞻、宋仆射谢混、宋太尉袁淑、宋征君王微、宋征虏将军王僧达诗，其源出于张华。才力苦弱，故务其清浅，殊得风流媚趣。课其实录，则豫章、仆射，宜分庭抗礼。征君、太尉，可托乘后车。征虏卓卓，殆欲度骅骝前矣。"萧子显："谢庄、袁淑又以才藻系之，朝廷之士及闾阎衣冠，莫不仰其风流，竞为诗赋之事。"（《通典》卷十六裴子野《雕虫论》之后引）

太子刘劭弑立，庄转司徒左长史。

《宋书》本传曰："元凶弑立，转司徒左长史。"据史载，元嘉三十年（453）二月，太子劭杀宋文帝自立，改元太初。

孝武帝刘骏入讨，密送檄书与庄，令加改治宣布。

《宋书》本传曰："世祖入讨，密送檄书与庄，令加改治宣布。庄遣腹心门生具庆奉启事密诣世祖曰：'贼劭自绝于天，裂冠毁冕，穷弑极逆，开辟未闻，四海泣血，幽明同愤。奉三月二十七日檄，圣迹昭然，伏读感庆。天祚王室，睿哲重光。殿下文明在岳，神武居陕，肃将乾威，龚行天罚，涤社稷之仇，雪华夷之耻，使弛坠之构，更获缔造，垢辱之氓，复得明目。伏承所命，柳元景、司马文恭、宗悫、沈庆之等精甲十万，已次近道。殿下亲董锐旅，授律继进。荆、郢之师，岷、汉之众，舳舻万里，旌旆亏天，九土冥符，群后毕会。今独夫丑类，曾不盈旅，自相暴殄，省阃横流，百僚屏气，道路以目。檄至，辄布之京邑，朝野同欣，里颂途歌，室家相庆，莫不望景耸魂，瞻云伫足。先帝以日月之光，照临区宇，风泽所渐，无幽不洽。况下官世荷宠灵，叨恩逾量，谢病私门，幸免虎口，虽志在投报，其路无由。今大军近次，永清无远，欣悲踊跃，不知所裁。'"据史载，元嘉三十年（453）三月，武陵王刘骏起兵讨劭。

孝武帝践阼，除侍中。

《宋书》本传曰："世祖践阼，除侍中。时索房求通互市，上诏群臣博议。庄议曰：'臣愚以为獯猃弃义，唯利是视，关市之请，或以觇国，顺之示弱，无明柔远，距而观衅，有足表强。且汉文和亲，岂止彭阳之寇；武帝修约，不废马邑之谋。故有余则经略，不足则闭关。何为屈冠带之邦，通引弓之俗，树无益之轨，招尘点之风。

交易爽议，既应深杜；和约诡论，尤宜固绝。臣庸管多蔽，岂识国仪，恩诱降逮，敢不披尽。'"

《宋书》本传曰："时骠骑将军竟陵王诞当为荆州，征丞相、荆州刺史南郡王义宣入辅，义宣固辞不入，而诞便克日下船。庄以：'丞相既无入志，骠骑发便有期，如似欲相逼切，于事不便。'世祖乃申诞发日，义宣竟亦不下。"

《宋书》本传曰："上始践阼，欲宣弘风则，下节俭诏书，事在《孝武本纪》。庄虑此制不行，又言曰：'诏云贵戚竞利，兴货廛肆者，悉皆禁制。此实允惬民听。其中若有犯违，则应依制裁纠；若废法申恩，便为令有所屈。此处分伏愿深思，无缘明诏既下，而声实乖爽。臣愚谓大臣在禄位者，尤不宜与民争利，不审可得在此诏不？拔葵去织，实宜深弘。'"

孝建元年，庄迁左卫将军。

《宋书》本传曰："孝建元年，迁左卫将军。初，世祖尝赐庄宝剑，庄以与豫州刺史鲁爽送别。爽后反叛，世祖因宴集，问剑所在，答曰：'昔以与鲁爽别，窃为陛下杜邮之赐。'上甚说，当时以为知言。"杜邮，在今陕西咸阳东。《史记·白起列传》："秦王乃使人遣白起，不得留咸阳中。武安君既行，出咸阳西门十里，至杜邮。秦昭王与应侯群臣议曰：'白起之迁，其意尚怏怏不服，有余言。'秦王乃使使者赐之剑自裁。武安君引剑将自刭，曰：'我何罪于天而至此哉？'良久，曰：'我固当死。长平之战，赵卒降者数十万人，我诈而尽阬之，是足以死。'遂自杀。"武安君即秦将白起。

庄上《搜才表》。

《宋书》本传曰："于时搜才路狭，乃上表。……有诏庄表如此，可付外详议，事不行。"

庄拜吏部尚书。庄素多疾，不愿居选部，与大司马江夏王义恭笺自陈。

《宋书·天文志》："孝建元年十月乙丑，荧惑犯进贤星。吏部尚书谢庄表解职，不许。"

孝武帝孝建元年（454），年仅三十四岁的谢庄拜吏部尚书。同年冬天他向时任大司马的江夏王刘义恭呈上一封笺文，表达了自己不愿居选部的意愿。《宋书》本传曰："其年，拜吏部尚书。庄素多疾，不愿居选部，与大司马江夏王义恭笺自陈。"表中陈述他的疾病达三种之多，一是先天性的"两胁癖疾"，此病每月发作两三次，"痛来逼心，气余如缀"；二是"利患数年"，已经成为一种痼疾，让谢庄处在"吸吸惙惙，常如行尸"的折磨中；三是眼科疾病，"五月来便不复得夜坐，恒闭帷避风日，昼夜惛惛"。最近几十天来病情加剧，不能接见宾客。谢庄说自己本来"禀生多病，天下所悉"，再加上祖上"家世无年"的魔影，不得不辞去责任重大的吏部尚书。

《宋书·颜竣传》载："孝建元年，（颜竣）转吏部尚书，领骁骑将军。留心选举，自强不息，任遇既隆，奏无不可。其后谢庄代竣领选，意多不行。竣容貌严毅，庄风姿甚美，宾客喧诉，常欢笑答之。时人为之语曰：'颜竣嗔而与人官，谢庄笑而不与人官。'"颜师伯以善于逢迎获得孝武帝宠爱。《宋书·颜师伯传》载："（孝建）四年，征为侍中，领右军将军，亲幸隆密，群臣莫二。迁吏部尚书，右军如故。上不欲威柄在人，亲览庶务，前后领选者，唯奉行文书，师伯专情独断，奏无不可。迁侍中，领右卫将军。七年，补尚书右仆射。时分置二选,陈郡谢庄、琅邪王昙生并为吏部尚书。"另外一位吏部尚书何偃则以"善摄机宜"著称,同样得到了孝武帝的信任。《宋书·何偃传》:"改领骁骑将军,亲遇隆密,有加旧臣。转吏部尚书。尚之去选未五载,偃复袭其迹,世以为荣。"谢庄不仅不能像二颜那样"奏无不可",甚至也无法达到何偃"亲遇隆密"的程度。作为堂堂吏部尚书的谢庄,只是一个"意多不行"而"唯奉行文书"的傀儡角色,他的处理政务的能力受到了宾客们的怀疑。这才是谢庄不愿居选部的根本原因。

《南史》本传曰:"孝建元年,迁左将军。庄有口辩,孝武尝问颜延之曰:'谢希逸《月赋》何如?'答曰:'美则美矣;但庄始知"隔千里兮共明月"。'帝召庄以延之答语语之,庄应声曰:'延之作《秋胡诗》,始知"生为久离别,没为长不归"。'帝抚掌竟日。又王玄谟问庄何者为双声,何者为叠韵。答曰:'玄护为双声,磝碻为叠韵。'其捷速若此。"按玄护指王玄谟、垣护之二人。磝碻为地名(在今山东省境内)。据史载,宋文帝元嘉二十七年(450),王玄谟与北魏军队战于磝碻,大败。可见谢庄对声韵之学深有造诣。范晔《狱中与诸甥侄书》:"性别宫商,识清浊,斯自然也。……年少中,谢庄最有其分,手笔差易,文不拘韵故也。" 范于元嘉二十二年(445)十一月入狱,事见《宋书·范晔传》。锺嵘《诗品序》亦曰:"齐有王元长者,尝谓余云:'宫商与二仪俱生,自古词人不知用之……唯见范晔、谢庄,颇识之耳。'"

《宋书》本传曰:"三年,坐辞疾多,免官。"从谢庄上笺辞职到离开吏部尚书的位置前后经过了三个年头,看来朝廷并不想让多病的谢庄卸任。从"坐辞疾多"来判断,孝武帝因为他触犯了

"辞疾多"的禁条,给予"免官"的惩罚。

大明元年,庄起为都官尚书,奏改定刑狱。

《宋书》本传曰:"大明元年,起为都官尚书,奏改定刑狱。"作有《瑞雪咏》。逯钦立《先秦汉魏晋南北朝诗》题下注:"大明元年诏敕作。"

时河南献舞马,诏群臣为赋,庄上《舞马赋》。又使庄作《舞马歌》,令乐府歌之。

《宋书》本传曰:"时河南献舞马,诏群臣为赋,庄所上其词曰:(略)。又使庄作《舞马歌》,令乐府歌之。"

《南史》本传曰:宋大明二年(458),"诏吏部尚书依郎分置,并详省闲曹。又别诏太宰江夏王义恭曰:'吏部尚书由来与录共选,良以一人之识不辨洽通,兼与夺威权不宜专一故也。'于是置吏部尚书二人,省五兵尚书。庄及度支尚书顾觊之并补选职。迁左卫将军,加给事中。"孝武帝为了独揽大权,将目标对准一直由士族把持的吏部尚书,为了减轻其势力,大明二年下诏分吏部尚书置二人。《宋书·谢庄传》载:"上时亲览朝政,常虑权移臣下,以吏部尚书选举所由,欲轻其势力。"《宋书·颜师伯传》载:"上不欲威柄在人,亲览庶务。"《宋书·恩幸传》:"世祖亲览朝政,不任大臣。"《宋书·孔觊传》载:"世祖不欲威权在下,其后分吏部尚书置二人,以轻其任。侍中蔡兴宗谓人曰:'选曹要重,常侍闲淡,改之以名而不以实,虽主意欲为轻重,人心岂可变邪!'既而常侍之选复卑,选部之贵不异。"可见在时人的心目中,即使把吏部尚书分置为二,其贵重程度也没有减轻。《宋书·谢庄传》记载了孝武帝大明二年的诏书,其中说"铨衡治枢,兴替攸寄",吏部尚书是治理国家的关键枢纽,它与国家的兴盛密切关联。同时,《宋书·谢庄传》也记载了他给太宰江夏王义恭的诏书,诏书中重申了必须分置吏部尚书的理由:"一人之识,不办洽通,兼与夺威权,不宜专一。"皇帝也认为吏部尚书至为荣耀:"选曹枢要,历代斯重,人经此职,便成贵涂。""荣厚势驱,殷繁所至。"选拔吏部尚书的要求颇为严格,符合条件的人寥寥无几,"可拟议此授,唯有数人。"皇帝自己坦承今日选拔吏部尚书"有减前资","应有亲人"。可见孝武帝改革的目的在于减轻门阀士族的权力,以便增加亲近之人担任此要职。

《宋书·刘遵考传》:"澄之弟琨之,为竟陵王诞司空主簿。诞作乱,……乃杀之。追赠黄门郎,诏吏部尚书谢庄为之诔。"宋孝武帝大明四年(460)谢庄作《侍东耕诗》。《宋书·孝武帝纪》:"(大明四年正月)乙亥,车驾躬耕藉田。"则谢庄此诗作于是时。

五年,庄为侍中,领前军将军。于时世祖出行,夜还,敕开门。庄居守,执不奉旨。

大明五年(461)正月,作《雪花应诏诗》。《宋书·符瑞志》:"大明五年正月戊午元日,花雪降殿庭。时右卫将军谢庄下殿,雪集衣,还白,上以为瑞。于是公卿并作《花雪诗》。"

《宋书》本传曰:"五年,又为侍中,领前军将军。于时世祖出行,夜还,敕开门。庄居守,以棨信或虚,执不奉旨,须墨诏乃开。上后因酒宴从容曰:'卿欲效郗君章邪?'对曰:'臣闻蒐巡有度,郊祀有节,盘于游田,著之前诫。陛下今蒙犯尘露,晨往宵归,容恐不逞之徒,妄生矫诈。臣是以伏须神笔,乃敢开门耳。'"张溥曰:"典任铨衡,不干喧诉。居守禁门,严待墨诏。遂令颜瞋让清,郅章比节,居风貌之中,获高明之福,有微子遗则焉。"(张溥著,殷孟伦注《汉魏六朝百三家集题辞注》,人民文学出版1981年版,第184页)

九月,作《皇太子哀册文》。《宋书·沈怀文传》:"时游幸无度,太后及六宫常乘副车在后,怀文与王景文每陈不宜亟出。后同从坐松树下,风雨甚骤。景文曰:'卿可以言矣。'怀文曰:'独言无系,宜相与陈之。'江智渊卧草侧,亦谓言之为善。俄而被召俱入雉场,怀文曰:'风雨如此,非圣躬所宜冒。'景文又曰:'怀文所启宜从。'智渊未及有言,上方注弩,作色曰:'卿欲效颜竣邪?何以恒知人事。'又曰:'颜竣小子,恨不得鞭其面!'上每宴集,在坐者咸令沉醉,怀文素不饮酒,又不好戏调,上谓故欲异己。谢庄尝诫怀文曰:'卿每与人异,亦何可久。'怀文曰:'吾少来如此,岂可一朝而变。非欲异物,性所得耳。'"

《南史·王僧虔传》:"僧虔弱冠,雅善隶书,宋文帝见其书素扇,叹曰:'非唯迹逾子敬,方当器雅过之。'为太子舍人,退默少交接,与袁淑、谢庄善,淑每叹之曰:'卿文情鸿丽,学解深拔,而韬光潜实,物莫之窥,虽魏阳元之射,王汝南之骑,无以加焉。'"

庄改领游击将军,又领本州大中正。后改为江夏王义恭太宰长史。

《宋书》本传曰:"改领游击将军,又领本州大中正,晋安王子勋征虏长史、广陵太守,加冠军将军。改为江夏王义恭太宰长史,将军如故。"

六年,庄又为吏部尚书,领国子博士,坐选公车令张奇免

官。谢庄作《宋孝武宣贵妃诔》。

《宋书》本传曰:"六年,又为吏部尚书,领国子博士,坐选公车令张奇免官,事在《颜师伯传》。时北中郎将新安王子鸾有盛宠,欲令招引才望,乃使子鸾板庄为长史,府寻进号抚军,仍除长史、临淮太守。未拜,又除吴郡太守。庄多疾,不乐去京师,复除前职。"

孝武帝大明七年(463),谢庄坐选公车令张奇免官。《宋书·颜师伯传》:"师伯坐以子领职,庄、(王)昙生免官。"

《南史·后妃传》:"谢庄作哀策文奏之。"《文选》卷五十七有谢庄《宋孝武宣贵妃诔序》,其中曰:"惟大明六年夏四月壬子,宣贵妃薨。"《南史·后妃传·孝武文穆王皇后附宣贵妃》:"殷淑仪,南郡王义宣女也。丽色巧笑。义宣败后,帝密取之,宠冠后宫。假姓殷氏,左右宣泄者多死,故当时莫知所出。及薨,帝常思见之。……谢庄作哀策文奏之,帝卧览读,起坐流涕曰:'不谓当今复有此才。'都下传写,纸墨为之贵。"

前废帝即位,以为金紫光禄大夫。因庄诔文用典不恭系于左尚方。

据史载,大明八年(464)闰五月,宋孝武帝死。太子子业继位,是为前废帝。前废帝永光元年(465)十二月,湘东王刘彧即位,是为明帝。

《宋书》本传曰:"前废帝即位,以为金紫光禄大夫。初,世祖宠姬殷贵妃薨,庄为诔云:'赞轨尧门。'引汉昭帝母赵婕妤尧母门事,废帝在东宫,衔之。至是遣人诘责庄曰:'卿昔作殷贵妃诔,颇知有东宫不?'将诛之。或说帝曰:'死是人之所同,政复一往之苦,不足为深困。庄少长富贵,今且系之尚方,使知天下苦剧,然后杀之未晚也。'帝然其言,系于左尚方。"据《南史》本传:"孙奉伯说帝曰:'死是人之所同,政复一往之苦,不足为困。庄少长富贵,且系之尚方,使知天下苦剧,然后杀之未晚。'帝曰:'卿言有理。'"当此性命攸关之际,谢庄将生死置之度外,没有留下任何贪生怕死的言行。

明帝刘彧定乱,庄得出。

《宋书》本传曰:"太宗定乱,得出。及即位,以庄为散骑常侍、光禄大夫,加金章紫绶,领寻阳王师。顷之,转中书令,常侍、王师如故。寻加金紫光禄大夫,给亲信二十人,本官并如故。"

泰始二年,庄卒,时年四十六。

《宋书》本传曰:"泰始二年,卒,时年四十六,追赠右光禄大夫,常侍如故,谥曰宪子。"

长子飏,晋平太守。女为顺帝皇后,追赠金紫光禄大夫。

《宋书》本传曰:"长子飏,晋平太守。女为顺帝皇后,追赠金紫光禄大夫。"《南史》本传曰:"五子:飏、朏、颢、𩖁、瀹,世谓庄名子以风、月、景、山、水。飏位晋平太守,女为顺帝皇后,追赠金紫光禄大夫。"

庄所著文章四百余首,行于世。

《宋书》本传曰:"所著文章四百余首,行于世。"《隋书·经籍志》录其集为十九卷,存世的作品不及十分之一,张溥辑为《谢光禄集》,收入《汉魏六朝百三家集》。现存赋四篇,诗二十余首,文二十余篇。《文选》收录其《月赋》和《宋孝武宣贵妃诔》。张溥云:"《封禅仪注奏》,藻丽云汉,欲摹长卿。《搜才》、《定刑》

二表,与《索虏互市议》,雅人之章,无忝国器。耳食者徒称陈王之明月,河南之舞马,欲以两赋概其群长,不几采春华、忘秋实哉?"(《汉魏六朝百三家集题辞·谢光禄集》)谢庄的庙堂之作计有:《宋明堂歌》九首、《宋世祖庙歌》二首、《烝斋应诏》、《和元日雪花应诏》、《侍宴蒜山诗》、《侍东耕诗》、《从驾顿上诗》、《八月侍华林曜灵殿八关斋诗》、《江都平解严诗》、《赤鹦鹉赋》、《舞马赋》、《舞马歌》、《孝武宣贵妃诔》等。《南史·后妃传》载:谢庄的《孝武宣贵妃诔》写成之后,"都下传写,纸墨为之贵"。钟嵘《诗品》曰:"颜延、谢庄,尤为繁密,于时化之。故大明、泰始中,文章殆同书抄。近任昉、王元长等,辞不贵奇,竞须新事。尔来作者,寖以成俗。"(曹旭《诗品集注》,第228页)据此可知,颜延之、谢庄是刘宋宫廷文学的领袖,任昉、王元长是萧齐时代宫廷文学的代表。

《全梁文》裴子野《宋略总论》:"世祖率先九牧,大雪冤耻,身当历数,正位天居,聪明绚达,博闻强记,威可以整法,智足以胜奸,君人之略,几将备矣。时之风流领袖,则谢庄、何偃、王彧、蔡兴宗、袁凯、袁粲;御武名将,则沈庆之、柳元景、宗敞之。或洁清以秀雅,或骁果以生类,因以轨道廊之方中,知向时之士。若颜竣之经纶忠劲,匪躬谅直,虽晋之狐、赵,无以尚焉。帝即位二三年间,方逞其欲,拒谏是己,天下失望。夫以世祖才明,少以礼度自肃,思武皇之节俭,追太祖之宽恕,则汉之文、景,曾何足论。"他把谢庄置于风流领袖之首,认为谢庄等人清华而秀雅,为封建国家的长治久安和社会稳定发挥了骨干作用。

钟嵘《诗品》将谢庄诗列为下品。《诗品下》"宋光禄谢庄"条

云:"希逸诗,气候清雅。不逮王、袁,然兴属闲长,良无鄙促也。"(曹旭《诗品集注》,第543页)

清王士禛《古诗选》、沈德潜《古诗源》各录谢庄诗一首,即《北宅秘园诗》。王夫之曰:"物无遁情,字无虚设。两间之固有者,自然之华,因流动生变而成其绮丽。心目之所及,文情赴之,貌其本荣如所存而显之,即以华奕照耀,动人无际矣。古人以次被之吟咏,而神采即绝。"(王夫之《古诗评选》)王运熙说:《怀园引》、《山夜忧吟》、《瑞雪咏》"此种体制,句式长短参差,多用'兮'字,体式与楚辞相近,亦可认为'辞'之变体,故严可均《全宋文》(卷三四)亦加编入。这三首诗过去冯惟讷《古诗纪》、张溥《汉魏六朝百三名家集》、严可均《全宋文》据《艺文类聚》所录,均不全;逯钦立《先秦汉魏南北朝诗》据《戏鸿堂帖》、《续古文苑》所录,始为全篇"(王运熙《谢庄作品简论》,《南阳师范学院学报》2002年第3期)。

六、沈约生平事迹辑录

沈约，字休文，吴兴武康人也。

《梁书》卷十三、《南史》卷五十七有《沈约传》。《梁书》本传曰："沈约，字休文，吴兴武康人也。祖林子，宋征虏将军。父璞，淮南太守。"吴兴武康，在今浙江德清。

沈约生于宋文帝元嘉十八年（441），卒于梁武帝天监十二年（513）。《梁书》本传曰："（天监）十二年，卒官，时年七十三。"从天监十二年上推七十三年，为元嘉十八年。

沈约在《宋书·自序》中详细记载了自己家族的谱系和重要人物的生平事迹。《南史》本传基本抄录了沈氏家族谱系。《宋书·自序》以"昔少暤金天氏有裔子曰昧，为玄冥师，生允格、台骀"开篇，排列了沈氏世系。《宋书·自序》："晋武帝平吴后，太康二年，改永安为武康县，史臣七世祖延始居县东乡之博陆里余乌村。王父从官京师，义熙十一年，高祖赐馆于建康都亭里之运巷。"

沈约祖父沈林子。沈林子，沈穆夫之子，宋征虏将军，宋封汉寿县伯。《宋书·自序》："永初三年，薨，时年四十六。群公知上深相矜重，恐以实启，必有损恸，每见呼问，辄答疾病还家，或有中旨，亦假为其答。高祖寻崩，竟不知也。赐东园秘器，朝服一具，衣一袭，钱二十万，布二百匹。诏曰：'故辅国将军沈林子，器怀真审，忠绩允著，才志未遂，伤悼在怀。可追赠征虏将军。'有司率常典也。元嘉二十五年，谥曰怀伯。林子简泰廉靖，不交接世务，义让之美，著于闺门，虽在戎旅，语不及军事。所著诗、赋、赞、三言、箴、祭文、乐府、表、笺、书记、白事、启事、论、老子一百二十一首。太祖后读《林子集》，叹息曰：'此人作公，应继王太保。'子邵嗣。"

沈约父沈璞，宋淮南太守。《宋书·自序》："璞，字道真，林子少子也。……年十许岁，智度便有大成之姿，好学不倦，善属文，时有忆识之功。尤练究万事，经耳过目，人莫能欺之。居家精理，姻族资赖。……太祖从容谓始兴王曰：'沈璞奉时无纤介之失，在家有孝友之称，学优才赡，文义可观，而沉深守静，不求名誉，甚佳。汝但应委之以事，乃宜引与晤对。'……（元嘉三十年）横罹世难，时年三十八。所著赋、颂、赞、祭文、诔、七、吊、四五言诗、笺、表，皆遇乱零失，今所余诗笔杂文凡二十首。"

林晓光《〈诗品〉"贵公子孙"解——兼论王融在永明体运动中的定位》（《文学遗产》2011年第5期）认为：沈约出身寒门而兼将门的吴兴沈氏。西晋以来，江南豪族就备受歧视。……沈约祖父沈林子，是他这一系在南朝的发家之始，官至龙威将军（第四品）、河东太守（第五品），赠征虏将军（第四品），始终未能超越三品的界限。父亲沈璞，官不过淮南太守（第五品），名位不彰。沈约无论父祖，离第一品的"贵公"的资格都还差得远。……沈约自己起家奉朝请，这是南朝低等门第的典型出身官，高门子弟是绝对不会以此官起家的。

沈约生平事迹见《梁书》卷十三《沈约传》、《南史》卷五十九《沈约传》及《宋书》卷一〇〇《自序》。今人编写的沈约年谱有：

伍叔傥《沈约年谱》，载《中山大学文史研究所辑刊》第一卷第一册（1931年7月出版）；日本铃木虎雄《沈约年谱》，马导源译，商务印书馆1935年铅印本；陈庆元《沈约诗文系年》，载《沈约集校笺》（以下简称《校笺》），浙江古籍出版社1995年版；林家骊《沈约诗文系年》，载《古文献研究》第2辑，浙江古籍出版社1995年版；罗国威《沈约任昉年谱》（以下简称罗谱），载《学术集林》第14卷，远东出版社1997年版；姚振黎《沈约年谱》，见姚振黎《沈约及其学术探究》，台湾文史哲出版社1989年版；侯云龙《沈约年谱》，《松江学刊》2001年第5期；柏俊才《沈约生平事迹考辨》、《沈约诗文系年》，载柏俊才《"竟陵八友"考辨》（以下简称《考辨》），中国社会科学出版社2011年版。

沈璞元嘉末被诛，约幼潜窜，会赦免。

《梁书》本传曰："璞元嘉末被诛，约幼潜窜，会赦免。"《宋书·自序》："（元嘉）三十年，元凶弑立，璞乃号泣曰：'一门蒙殊常之恩，而逢若斯之运，悠悠上天，此何人哉！'日夜忧叹，以至动疾。会二凶逼令送老弱还都，璞性笃孝，寻闻尊老应幽执，辄哽咽不自胜，疾遂增笃，不堪远迎，世祖义军至界首，方得致身。先是，琅邪颜竣欲与璞交，不酬其意，竣以致恨。及世祖将至都，方有谗说以璞奉迎之晚，横罹世难，时年三十八。"《梁书》沈约本传曰："少时孤贫，丐于宗党，得米数百斛，为宗人所侮，覆米而去。"又曰："与徐勉素善，遂以书陈情于勉曰：'吾弱年孤苦，傍无期属，往者将坠于地，契阔屯邅，困于朝夕。"元嘉三十年（453），沈约十三岁。

既而流寓孤贫，笃志好学，昼夜不倦。年二十许，便有撰述

之意。

《梁书》本传曰:"既而流寓孤贫,笃志好学,昼夜不倦。母恐其以劳生疾,常遣减油灭火。而昼之所读,夜辄诵之,遂博通群籍,能属文。"《宋书·自序》:"史臣年十三而孤,少颇好学,虽弃日无功,而伏膺不改。"

《宋书·自序》:"常以晋氏一代,竟无全书,年二十许,便有撰述之意。"大明四年(460),沈约二十岁。

起家奉朝请。

《梁书》本传曰:"起家奉朝请。济阳蔡兴宗闻其才而善之;兴宗为郢州刺史,引为安西外兵参军,兼记室。兴宗尝谓其诸子曰:'沈记室人伦师表,宜善事之。'及为荆州,又为征西记室参军,带关西令。"《梁书》未载沈约出仕的年月。据《宋书·蔡兴宗传》:"(泰始)三年春,出为使持节、都督郢州诸军事、安西将军、郢州刺史。……在任三年。"泰始三年(467),沈约二十七岁。《宋书·明帝纪》:"(泰豫元年夏四月己亥)镇东将军蔡兴宗为征西将军、开府仪同三司、荆州刺史。"泰豫元年(472),沈约三十二岁。任征西将军记室参军,带关西令。

《宋书·自序》:"泰始初,征西将军蔡兴宗为启明帝,有敕赐许,自此迄今,年逾二十,所撰之书,凡一百二十卷。"泰始元年(465),沈约二十五岁。

关于沈约起家奉朝请的时间,严可均认为孝建中(454—456)为奉朝请;铃木虎雄认为在大明四年(460)二十岁时为奉朝请;王达津认为在泰始元年(465);刘静认为不可考;林家骊认为在大明四年(460)或大明五年(461)四月之前;柏俊才认为在孝建

二年（455）。（参见柏俊才《考辨》，第85—100页）

兴宗卒，始为安西晋安王法曹参军，转外兵，并兼记室。入为尚书度支郎。

《梁书》本传曰："兴宗卒，始为安西晋安王法曹参军，转外兵，并兼记室。入为尚书度支郎。"据史载，蔡兴宗卒于泰始元年（465）八月。陈庆元考证，"晋安王"当为"晋熙王"（见陈庆元《校笺》，第551页）。

齐初为征虏记室，带襄阳令。

《梁书》本传曰："齐初为征虏记室，带襄阳令，所奉之王，齐文惠太子也。"齐初，即齐高帝建元元年（479），沈约三十九岁。《南齐书·文惠太子传》："文惠太子长懋，字云乔，世祖长子也。……建元元年，封南郡王，邑二千户。江左未有嫡皇孙封王，始自此也。进号征虏将军。……二年，征为侍中、中军将军，置府，镇石头。"

太子萧长懋入居东宫，为步兵校尉，管书记，直永寿省，校四部图书。

《梁书》本传曰："太子入居东宫，为步兵校尉，管书记，直永寿省，校四部图书。时东宫多士，约特被亲遇，每直入见，影斜方出。当时王侯到宫，或不得进，约每以为言。太子曰：'吾生平懒起，是卿所悉，得卿谈论，然后忘寝。卿欲我夙兴，可恒早入。'迁太子家令。"建元四年（482）三月，齐高帝萧道成卒，太子萧赜即位，是为武帝。六月，萧长懋立为太子。

《梁书》本传曰："后以本官兼著作郎，迁中书郎，本邑中正，司徒右长史，黄门侍郎。"永明二年（484）正月，武帝之子萧子良为护军将军兼司徒。沈约从太子身边来到了萧子良门下。

《宋书·自序》:"(所撰之书)条流虽举,而采掇未周,永明初,遇盗失第五帙。建元四年未终,被敕撰国史。永明二年,又忝兼著作郎,撰次起居注。自兹王役,无暇搜撰。五年春,又被敕撰《宋书》。六年二月毕功,表上之。"建元四年(482),沈约四十二岁。

时竟陵王亦招士,约与兰陵萧琛、琅邪王融、陈郡谢朓、南乡范云、乐安任昉等皆游焉,当世号为得人。

《梁书》本传曰:"时竟陵王亦招士,约与兰陵萧琛、琅邪王融、陈郡谢朓、南乡范云、乐安任昉等皆游焉,当世号为得人。"《梁书·武帝本纪》云:"竟陵王子良开西邸,招文学,高祖与沈约、谢朓、王融、萧琛、范云、任昉、陆倕等并游焉,号曰'八友'。"

《南齐书·陆厥传》说:"永明末,盛为文章,吴兴沈约、陈郡谢朓、琅琊王融以气类相推毂,汝南周颙善识声韵,约等文皆用宫商,以平上去入为四声,以此制韵,不可增减,世呼为'永明体'。""永明体"的代表作家,主要是沈约、谢朓、王融三人。

沈括《梦溪笔谈·艺文一》:"音韵之学,自沈约为四声,及天竺梵学入中国,其术渐密。"

俄兼尚书左丞,寻为御史中丞,转车骑长史。

《梁书》本传曰:"俄兼尚书左丞,寻为御史中丞,转车骑长史。"沈约任御史中丞的时间,柏俊才根据其在御史中丞任上的文学创作,确定其任职时间为永明七年(487)至十一年(493)正月(见柏俊才《考辨》,第84页)。

隆昌元年，除吏部郎，出为宁朔将军、东阳太守。

《梁书》本传曰："隆昌元年，除吏部郎，出为宁朔将军、东阳太守。"隆昌为齐郁林王年号，隆昌元年（494）这一年，也是海陵王延兴元年、明帝建武元年。是年，沈约五十四岁。赴东阳太守任上作有《新安江水至清浅见底贻京邑游好》。在东阳作有《赠沈录事江水曹二大使》、《赠刘南郡季连》、《与陶弘景书》、《伤王融》、《酬谢宣城朓》等。

齐明帝即位，进号辅国将军，征为五兵尚书，迁国子祭酒。

《梁书》本传曰："明帝即位，进号辅国将军，征为五兵尚书，迁国子祭酒。"

齐明帝卒，政归冢宰，尚书令徐孝嗣使约撰定遗诏。

《梁书》本传曰："明帝崩，政归冢宰，尚书令徐孝嗣使约撰定遗诏。迁左卫将军，寻加通直散骑常侍。"明帝卒于永泰元年（498）七月。沈约作《为齐明帝遗诏》。

永元二年，以母老表求解职，改授冠军将军、司徒左长史，征虏将军、南清河太守。

《梁书》本传曰："永元二年，以母老表求解职，改授冠军将军、司徒左长史，征虏将军、南清河太守。"永元为齐东昏侯年号。永元二年（500），沈约六十岁。

萧衍在西邸，与约游旧，建康城平，引为骠骑司马，将军如故。时衍勋业既就，天人允属，约尝扣其端，衍默而不应。

《梁书》本传曰："高祖在西邸，与约游旧，建康城平，引为骠骑司马，将军如故。"骠骑，骠骑大将军，梁王萧衍时任骠骑大将军。

《梁书》本传曰:"时高祖勋业既就,天人允属,约尝扣其端,高祖默而不应。佗日又进曰:'今与古异,不可以淳风期万物。士大夫攀龙附凤者,皆望有尺寸之功,以保其福禄。今童儿牧竖,悉知齐祚已终,莫不云明公其人也。天文人事,表革运之征,永元以来,尤为彰著。谶云"行中水,作天子",此又历然在记。天心不可违,人情不可失,苟是历数所至,虽欲谦光,亦不可得已。'高祖曰:'吾方思之。'对曰:'公初杖兵樊、沔,此时应思,今王业已就,何所复思。昔武王伐纣,始入,民便曰吾君,武王不违民意,亦无所思。公自至京邑,已移气序,比于周武,迟速不同。若不早定大业,稽天人之望,脱有一人立异,便损威德。且人非金石,时事难保。岂可以建安之封,遗之子孙?若天子还都,公卿在位,则君臣分定,无复异心。君明于上,臣忠于下,岂复有人方更同公作贼。'高祖然之。约出,高祖召范云告之,云对略同约旨。高祖曰:'智者乃尔暗同,卿明早将休文更来。'云出语约,约曰:'卿必待我。'云许诺,而约先期入,高祖命草其事。约乃出怀中诏书并诸选置,高祖初无所改。俄而云自外来,至殿门不得入,徘徊寿光阁外,但云'咄咄'。约出,问曰:'何以见处?'约举手向左,云笑曰:'不乖所望。'有顷,高祖召范云谓曰:'生平与沈休文群居,不觉有异人处;今日才智纵横,可谓明识。'云曰:'公今知约,不异约今知公。'高祖曰:'我起兵于今三年矣,功臣诸将,实有其劳,然成帝业者,乃卿二人也。'"《梁书·范云传》:"初,云与高祖遇于齐竟陵王子良邸,又尝接里闬,高祖深器之。及义兵至京邑,云时在城内。东昏既诛,侍中张稷使云衔命出城,高祖因留之,便参帷幄,仍拜黄门侍郎,与沈约同心翊赞。"

梁台建，为散骑常侍、吏部尚书，兼右仆射。

《梁书》本传曰："梁台建，为散骑常侍、吏部尚书，兼右仆射。"

沈约看重刘勰的《文心雕龙》。详见本书《刘勰生平事迹辑录》。

萧衍受禅，为尚书仆射，封建昌县侯，邑千户，常侍如故。

《梁书》本传曰："高祖受禅，为尚书仆射，封建昌县侯，邑千户，常侍如故。又拜约母谢为建昌国太夫人。奉策之日，右仆射范云等二十余人咸来致拜，朝野以为荣。俄迁尚书左仆射，常侍如故。寻兼领军，加侍中。""高祖受禅"，齐中兴二年（502）四月，梁武帝萧衍受禅，改元天监。

天监二年，遭母忧，舆驾亲出临吊。

《梁书》本传曰："天监二年，遭母忧，舆驾亲出临吊，以约年衰，不宜致毁，遣中书舍人断客节哭。"天监二年（503），沈约六十三岁。据《梁书·武帝本纪》，是年十一月沈约母卒。

《梁书》本传曰："起为镇军将军、丹阳尹，置佐史。"据《梁书·武帝本纪》天监三年（504）正月，约起为镇军将军、丹阳尹。

《梁书》本传曰："服阕，迁侍中、右光禄大夫，领太子詹事，扬州大中正，关尚书八条事，迁尚书令，侍中、詹事、中正如故。累表陈让，改授尚书左仆射、领中书令、前将军，置佐史，侍中如故。寻迁尚书令，领太子少傅。"《梁书·昭明太子传》："（天监）五年六月庚戌，始出居东宫。"

天监六年（507），沈约作《答释法云〈难范缜神灭论〉》。（见陈庆元《校笺》，第583页）范缜《神灭论》在天监六年问世之后，梁武帝与王公朝贵六十余人著文围攻。沈约写有《答释法云〈难范缜神灭论〉》、《形神论》、《神不灭论》、《难范缜〈神灭论〉》、《六道相生作佛义》、《因缘义》等文。

九年，转左光禄大夫，侍中、少傅如故，给鼓吹一部。作《与徐勉书》。

《梁书》本传曰："九年，转左光禄大夫，侍中、少傅如故，给鼓吹一部。"

《梁书》本传曰："初，约久处端揆，有志台司，论者咸谓为宜，而帝终不用，乃求外出，又不见许。与徐勉素善，遂以书陈情于勉曰：'吾弱年孤苦，傍无期属，往者将坠于地，契阔屯邅，困于朝夕，崎岖薄宦，事非为己，望得小禄，傍此东归。岁逾十稔，方忝襄阳县，公私情计，非所了具，以身资物，不得不任人事。永明末，出守东阳，意在止足；而建武肇运，人世胶加，一去不返，行之未易。及昏猜之始，王政多门，因此谋退，庶几可果，托卿布怀于徐令，想记未忘。圣道聿兴，谬逢嘉运，往志宿心，复成乖爽。今岁开元，礼年云至，悬车之请，事由恩夺。诚不能弘宣风政，光阐朝猷，尚欲讨寻文簿，时议同异。而开年以来，病增虑切，当由生灵有限，劳役过差，总此凋竭，归之暮年，牵策行止，努力祗事。外观傍览，尚似全人，而形骸力用，不相综摄，常须过自束持，方可俯偻。解衣一卧，支体不复相关。上热下冷，月增日笃，取暖则烦，加寒必利，后差不及前差，后剧必甚前剧。百日数旬，革带常应移孔；以手握臂，率计月小半分。以此推算，岂能支久？若此不休，日复一日，将贻圣主不追之恨。冒欲表闻，乞归老之秩。若天假其年，还是平健，才力所堪，惟思是策。'勉为言于高祖，请三司之仪，弗许，但加鼓吹

约性不饮酒,少嗜欲,虽时遇隆重,而居处俭素。尝为《郊居赋》。

《梁书》本传曰:"约性不饮酒,少嗜欲,虽时遇隆重,而居处俭素。立宅东田,瞩望郊阜。尝为《郊居赋》。"

寻加特进,光禄、侍中、少傅如故。十二年,卒官,时年七十三。

《梁书》本传曰:"寻加特进,光禄、侍中、少傅如故。"据《梁书·武帝本纪》,天监十一年(512)正月,加左光禄大夫、行太子少傅沈约特进。

《梁书》本传曰:"十二年,卒官,时年七十三。诏赠本官,赙钱五万,布百匹,谥曰隐。"天监十二年(513)闰三月乙丑,沈约卒。

约左目重瞳子,腰有紫志,聪明过人。好坟籍,聚书至二万卷,京师莫比。

《梁书》本传曰:"约左目重瞳子,腰有紫志,聪明过人。好坟籍,聚书至二万卷,京师莫比。少时孤贫,丐于宗党,得米数百斛,为宗人所侮,覆米而去。及贵,不以为憾,用为郡部传。尝侍宴,有妓师是齐文惠宫人。帝问识座中客不?曰:'唯识沈家令。'约伏座流涕,帝亦悲焉,为之罢酒。约历仕三代,该悉旧章,博物洽闻,当世取则。谢玄晖善为诗,任彦升工于文章,约兼而有之,然不能过也。自负高才,昧于荣利,乘时借势,颇累清谈。及居端揆,稍弘止足。每进一官,辄殷勤请退,而终不能去,论者方之山涛。用事十余年,未尝有所荐达,政之得失,唯唯而已。初,高祖有憾于张稷，及稷卒，因与约言之。约曰：'尚书左仆射出作边州刺史，已往之事，何足复论。'帝以为婚家相为，大怒曰：'卿言如此，是忠臣邪！'乃辇归内殿。约惧，不觉高祖起，犹坐如初。及还，未至床，而凭空顿于户下。因病，梦齐和帝以剑断其舌。召巫视之，巫言如梦。乃呼道士奏赤章于天，称禅代之事，不由己出。高祖遣上省医徐奘视约疾，还具以状闻。先此，约尝侍宴，值豫州献栗，径寸半，帝奇之，问曰：'栗事多少？'与约各疏所忆，少帝三事。出谓人曰：'此公护前，不让即羞死。'帝以其言不逊，欲抵其罪，徐勉固谏乃止。及闻赤章事，大怒，中使谴责者数焉，约惧遂卒。有司谥曰文，帝曰：'怀情不尽曰隐。'故改为隐云。"

所著文集一百卷，皆行于世。

《梁书》本传曰："所著《晋书》百一十卷，《宋书》百卷，《齐纪》二十卷，《高祖纪》十四卷，《迩言》十卷，《谥例》十卷，《宋文章志》三十卷，文集一百卷：皆行于世。又撰《四声谱》，以为在昔词人，累千载而不寤，而独得胸衿，穷其妙旨，自谓入神之作，高祖雅不好焉。"

《隋书·经籍志》著录的沈约著作有：《谥法》十卷；《四声》一卷；《晋书》一百一十一卷；《宋书》一百卷；《齐纪》二十卷；《新定官品》二十卷；《宋世文章志》二卷；《俗说》三卷；《杂说》二卷；《袖中记》二卷；《袖中略集》一卷；《珠丛》一卷；《梁特进沈约集》一百零一卷；《集钞》十卷。

《沈约集》在宋代已经散佚，仅存二十余卷。今人陈庆元的《沈约集校笺》（浙江古籍出版社1995年版）重辑沈约作品，校勘工作通书使用了明娄东张氏《汉魏六朝百三家集》本、明崇祯《刘沈合集》等。作者写出了一千二百多条校记。该书是目前最好的沈约作品整理本。

约高才博洽，名亚迁、董，俱属兴运，盖一代之英伟焉。

《梁书》本传曰："陈吏部尚书姚察曰：昔木德将谢，昏嗣流虐，慄慄黔黎，命悬晷漏。高祖义拯横溃，志宁区夏，谋谟帷幄，实寄良、平。至于范云、沈约，参豫缔构，赞成帝业；加云以机警明赡，济务益时，约高才博洽，名亚迁、董，俱属兴运，盖一代之英伟焉。"

《南史》云："谢玄晖善为诗，任彦升工于笔，约兼而有之，然不能过也。"

锺嵘《诗品》将沈约置于中品，评曰："梁左光禄沈约诗。观休文众制，五言最优。详其文体，察其余论，固知宪章鲍明远也。所以不闲于经纶，而长于清怨。齐永明中，相王爱文，王元长、约等皆宗附之。于时，谢朓未遒，江淹才尽，范云名级又微，故约称独步。虽文不至，其功丽，亦一时之选也。见重闾里，诵咏成音。嵘谓：约所著既多，今剪除淫杂，收其精要，允为中品之第矣。故当词密于范，意浅于江也。"（曹旭《诗品集注》，第426页）纪昀《四库全书总目》卷一九五《诗品》："史称嵘尝求誉于沈约，约弗为奖借。故嵘怨之，列约'中品'。案约诗列之'中品'，未为排抑。唯《序》中深诋声律之学，谓'蜂腰鹤膝，仆病未能，双声叠韵，里俗已具'是则攻击约说，显然可见。言亦不尽无因也。"

七、谢朓生平事迹辑录

谢朓，字玄晖，陈郡阳夏（今河南太康）人。

谢朓，字玄晖，《南齐书》卷四十七有传，《南史》卷十九有传。《南齐书》本传曰："谢朓，字玄晖，陈郡阳夏人也。祖述，吴兴太守。父纬，散骑侍郎。"谢朓生年史书未载，《南齐书》本传曰：东昏侯永元元年（497），"使御史中丞范岫奏收朓，下狱死。时年三十六。"上推三十六年，知谢朓生于大明八年（464）。据《文选》卷二十二谢朓《游东田》李善注："朓有庄在钟山东。"谢朓多首诗写故乡建康，如《晚登三山还望京邑》云"有情知望乡，谁能鬒不变"。是以推知其生于建康。

谢朓祖父谢述，《宋书·谢景仁传》："（谢述）美风姿，善举止。……补吴兴太守，在郡清省，为吏民所怀。"谢朓父谢纬，《宋书·谢景仁传》："纬尚太祖第五女长城公主。……太宗太始中，至正员郎中。"

林晓光《〈诗品〉"贵公子孙"解——兼论王融在永明体运动中的定位》（《文学遗产》2011年第5期）：谢朓虽然出身阳夏谢氏，却是其中疏远低落的一支。谢朓四世祖谢据，为谢安二弟，然而早卒无名位。……谢朓自己娶王敬则之女为妻，这在真正的高门权贵子弟是不可想象的。王敬则虽然以武勇勋重位居三公，却是晋陵女巫之子，极其寒贱。两家之间的婚姻，正是因为谢朓有门第而无权位，王敬则有权位而无门第，相互妥协谋求利益的结果。总之，谢朓出身阳夏谢氏旁支，家世虽较沈约为高，但父祖官品从未达到三品以上，离"贵公"仍有相当的距离。

谢朓生平事迹见《南齐书》卷四十七本传、《南史》卷十九本传。今人的考辨有伍叔傥的《谢朓年谱》、郝立权的《谢宣城诗注》、陈庆元的《谢朓诗歌系年》、葛晓音的《谢朓生平考略》、曹融南《谢宣城集校注》（上海古籍出版社1991年版）中有《谢朓事迹诗文系年》（以下简称《年谱》）、柏俊才《竟陵八友考辨》中有《谢朓诗文系年》（以下简称《系年》）等。

朓少好学，有美名，文章清丽。

《南齐书》本传曰："朓少好学，有美名，文章清丽。"

解褐豫章王太尉行参军，度随王东中郎府，转王俭卫军东阁祭酒，太子舍人、随王镇西功曹，转文学。

《南齐书》本传曰："解褐豫章王太尉行参军，度随王东中郎府，转王俭卫军东阁祭酒，太子舍人、随王镇西功曹，转文学。"《南史·高祖本纪》："建元四年三月壬戌，高帝崩。是日，太子即皇帝位。……庚午，以司空豫章王嶷为太尉。"据此，解褐豫章王太尉行参军当在建元四年（482），谢朓时年十九岁。随王萧子隆，武帝第八子，封随郡王。王俭，琅邪临沂（今属山东）人，王导五世孙。宋明帝时，尚阳羡公主，拜驸马都尉。齐太祖萧道成即位，以佐命之功封南昌县公。齐武帝时任侍中、尚书令等。《南齐书·武十七王传》载："随郡王子隆，字云兴，世祖第八子也。有文才。……子隆娶尚书令王俭女为妃，上以子隆能属文，谓俭曰：'我家东阿也。'俭曰:'东阿重出,实为皇家蕃屏。'未及拜,仍迁中护军,转侍中、左卫将军。"齐武帝既以萧子隆为南齐皇室的曹子建,那么当代刘桢非谢朓莫属。永明四年(486),武帝就安排谢朓"历随王东中郎府"。永明六年(488),谢朓"转王俭卫军东阁祭酒、太子舍人",应该有许多与萧子隆谋面的机会。

朓好奖掖人才。

《梁书·江革传》:"革幼而聪敏,早有才思,六岁便解属文。柔之深加赏器,曰:'此儿必兴吾门。'九岁丁父艰,与弟观同生,少孤贫,傍无师友,兄弟自相训勖,读书精力不倦。十六丧母,以孝闻。服阕,与观俱诣太学,补国子生,举高第。齐中书郎王融、吏部谢朓雅相钦重。朓尝宿卫,还过候革,时大雪,见革弊絮单席,而耽学不倦,嗟叹久之,乃脱所着襦,并手割半毡与革充卧具而去。"据曹融南《事迹》考证,谢朓访问江革,赠襦割毡,当在永明三年(485)或翌年冬。《南史》本传曰:"朓好奖人才,会稽孔觊粗有才笔,未为时知,孔珪尝令草让表以示朓。朓嗟吟良久,手自折简写之,谓珪曰:'士子声名未立,应共奖成,无惜齿牙余论。'其好善如此。"未能考证出具体年月,姑系于此。

永明年间,朓在京城之时,经常出入于竟陵王萧子良的藩邸,为"竟陵八友"之一。

《南史·竟陵王子良传》:"(永明)五年,正位司徒,给班剑二十人,侍中如故,移居鸡笼山西邸。"《梁书·武帝纪》载:"竟陵王子良开西邸,招文学,高祖与沈约、谢朓、王融、萧琛、范云、任昉、陆倕等并游焉,号曰八友。"《梁书·陆倕传》云:"年十七,举本州秀才,刺史竟陵王子良开西邸延英俊,倕亦预焉。"陆倕卒于梁普通七年（526），年五十七。十七岁时在永明四年（486）。关于开西邸的时间，学术界有不同看法。例如：《资治通鉴》系于永明二年（484）。林东海《谢朓评传》（山东教育出版社编《中国历代著名文学家评传》）系于永明五年（487）。永明年间，谢朓在京城时，经常出入于竟陵王萧子良的藩邸。他与竟陵王萧子良及沈约、萧衍、王融等人都建立了深厚的友谊。萧纲《与湘东王书》："近世谢朓、沈约之诗，任昉、陆倕之笔，斯实文章之冠冕、述作之楷模。"

子隆在荆州，好辞赋，数集僚友，朓以文才，尤被赏爱，流连晤对，不舍日夕。

《南齐书》本传曰："子隆在荆州，好辞赋，数集僚友，朓以文才，尤被赏爱，流连晤对，不舍日夕。长史王秀之以朓年少相动，密以启闻。世祖敕曰：'侍读虞云自宜恒应侍接。朓可还都。'"《南史》本传曰："子隆在荆州，好辞赋，朓尤被赏，不舍日夕。长史王秀之以朓年少相动，欲以启闻。朓知之，因事求还。"按：永明八年（490），萧子隆任荆州刺史，谢朓任"随王镇西功曹，转文学"。《梁书·文学传》载："齐随王子隆为荆州，召（庾於陵）为主簿，使与谢朓、宗夬抄撰群书。"《南齐书·武十七王传》载："八年，（子隆）代鱼复侯子响为使持节、都督荆雍梁宁南北秦六州、镇西将军、荆州刺史，给鼓吹一部。其年，始兴王鉴罢益州，进号督益州。九年，亲府州事。"到了永明九年（491）萧子隆"亲府州事"之时，谢朓也在春日赴荆州。从永明九年春到永明十一年夏期间，萧子隆与谢朓过从甚密。

《南齐书》本传曰："朓道中为诗寄西府曰：'常恐鹰隼击，秋菊委严霜。寄言骎罗者,寥廓已高翔。'"即《暂使下都夜发新林至京邑赠西府同僚》诗。诗中透露了诗人对随王和同僚的恋恋难舍之情。永明年间,谢朓创作中与随王子隆相关的作品甚多,其中有《随王鼓吹曲十首》,原注曰:"齐永明八年,谢朓奉镇西随王教,于荆州道中作。《均天》以上三曲颂帝功,《校猎》以上三曲颂藩德。"《奉和随王殿下》(十六首),《杜若赋(奉随王教于座献)》,《游后园赋(奉随王教作)》,《谢随王赐〈左传〉启》,《谢随王赐紫梨启》、《为随王东耕文》等。

朓迁新安王中军记室,作《拜中军记室辞随王笺》。

据史载,永明十一年(493)秋七月,齐武帝崩。《南齐书·郁林王本纪》载:"世祖崩,太孙即位。……十一月,辛亥,立临汝公昭文为新安王,曲江公昭秀为临海王,皇弟昭粲为永嘉王。"《南齐书》本传曰:"迁新安王中军记室。朓笺辞子隆曰:'朓闻潢污之水,思朝宗而每竭;驽蹇之乘,希沃若而中疲。何则?皋壤摇落,对之惆怅;岐路东西,或以鸣悒。况乃服义徒拥,归志莫从,邈若坠雨,飘似秋蒂。朓实庸流,行能无算,属天地休明,山川受纳,褒采一介,搜扬小善,舍耒场圃,奉笔菟园。东乱三江,西浮七泽,契阔戎旃,从容宴语。长裾日曳,后乘载脂,荣立府廷,恩加颜色。沐发晞阳,未测涯涘;抚臆论报,早誓肌骨。不悟沧溟未运,波臣自荡;渤澥方春,旅翮先谢。清切藩房,寂寥旧苇。轻舟反溯,吊影独留,白云在天,龙门不见。去德滋永,思德滋深。唯待青江可望,候归艎于春渚;朱邸方开,效蓬心于秋实。如其簪履或存,衽席无改,虽复身填沟壑,犹望妻子知归。揽涕告辞,悲来横集。'"《南史》本传曰:"仍除新安王中军记室。朓笺辞子隆。……时荆州信去倚待，朓执笔便成，文无点易。"齐永明十一年（493）十一月，谢朓写作了《拜中军记室辞随王笺》（以下简称为《辞随王笺》）。此笺被后人视为谢朓的代表作之一，不仅全文收入《南齐书·谢朓传》和《南史·谢朓传》，同时被选入《昭明文选》。后世文人墨客无不对此笺予以高度评价，王世贞《艺苑卮言》用"绝妙好辞"四字予以概括。张溥《汉魏六朝百三家集题辞》曰："集中文字，亦惟文学《辞笺》、《西府赠诗》两篇独绝，盖中情深为言益工也。"谢朓写作此笺前后，出现了一次政治上的大"变脸"，也就是从早年的追随随王萧子隆，转变为此后的阿附西昌侯萧鸾。谢朓后期的人生际遇和创作生涯都与这一次转变关系密切。

　　谢朓的《辞随王笺》所包含的内容有三点，一是追忆自己与随王子隆之间的旧情；二是宣告自己即将在政治层面与随王子隆彻底割裂；三是希望随王子隆在春天时离开荆州，回到京城建康来。论者关注只在第一点上，相对忽略了后面两点。纵观谢朓三十六年的人生，对其最为赏识的上司有两位，一位是随郡王萧子隆，一位是齐明帝萧鸾。永明十一年冬天，经过了数月来的思虑，谢朓在政治立场上发生了一次大转折，这就是从早年的倾心子隆，转变为此后的"阿附齐明"。写作《拜中军记室辞随王笺》之时，虽然在情感层面上谢朓对随王子隆还有一定的依恋之情，但在政治层面上已经决定要为西昌侯萧鸾效劳了。所以，《拜中军记室辞随王笺》不仅仅是一篇追忆自己与随王子隆旧情之作，同时也是一篇宣告与随王子隆在政治层面割裂的告别之作。

　　寻以本官兼尚书殿中郎。隆昌初，敕朓接北使，朓自以口讷，启让不当，不见许。

《南齐书》本传曰:"寻以本官兼尚书殿中郎。隆昌初,敕朓接北使,朓自以口讷,启让不当,不见许。"按,"不见许",《南史》本传作"见许"。隆昌,郁林王年号。《资治通鉴》卷一三九载:郁林王时代,"朝事大小,皆决于西昌侯鸾。鸾数谏争,帝多不从;心忌鸾,欲除之。"隆昌元年(494)七月,萧鸾杀掉了郁林王,迎立新安王为帝,改元延兴。此后,新皇帝更是被宣城公萧鸾玩弄于股掌之上。同年十月,萧鸾即皇帝位,改元建武。

"敕朓接北使":据《南齐书·魏虏传》,指前来吊唁世祖(齐武帝)的北魏使者。

高宗辅政,以朓为骠骑咨议,领记室,掌霸府文笔。又掌中书诏诰,除秘书丞,未拜,仍转中书郎。

《南齐书》本传曰:"高宗辅政,以朓为骠骑咨议,领记室,掌霸府文笔。又掌中书诏诰,除秘书丞,未拜,仍转中书郎。"《南史》本传曰:"明帝辅政,以为骠骑咨议,领记室,掌霸府文笔。又掌中书诏诰,转中书郎。"永明十一年(493)十一月之后,史籍中再没有谢朓与随王子隆继续来往的记载,谢朓的诗文中也没有出现过随王子隆的名字。甚至在随王子隆被杀害后,谢朓也没有露面。《梁书·文学传》载:"齐随王子隆为荆州,召(庾於陵)为主簿,使与谢朓、宗夬抄撰群书。子隆代还,又以为送故主簿。子隆寻为明帝所害,僚吏畏避,莫有至者。唯於陵与夬独留,经理丧事。"

"为骠骑咨议,领记室,掌霸府文笔"是在海陵王时代,"掌中书诏诰"是在高宗萧鸾即位之后。

公元494年十月齐明帝即位,即位前谢朓作《为百官劝进齐明帝表》。

《南齐书·乐志》:"建武二年,雩祭明堂,谢朓造辞,一依谢庄,唯世祖四言也。"建武二年(495)谢朓三十二岁。

出为宣城太守,以选复为中书郎。

《南齐书》本传曰:"出为宣城太守,以选复为中书郎。建武四年,出为晋安王镇北咨议、南东海太守,行南徐州事。"《南史》本传曰:"出为晋安王镇北咨议、南东海太守,行南徐州事。"据谢朓《在郡卧病呈沈尚书》"为邦岁已期"可知,出为宣城太守当在建武二年(495)夏。离开京城前往宣城的沿路作有《晚登三山还望京邑》、《京路夜发》、《之宣城郡出新林浦向板桥》等诗。到达宣城后有《始之宣城郡》、《高斋视事》、《宣城郡内春望》、《后斋回望》、《游敬亭山》、《游山》、《赛敬亭山庙喜雨》、《落日怅望》、《冬日晚郡事隙》、《郡内高斋独坐答吕法曹》等诗。

《梁书·到洽传》:"洽年十八,为南徐州迎西曹行事。洽少知名,清警有才学士行。谢朓文章盛于一时,见洽深相赏好,日引与谈论。每谓洽曰:'君非直名人,乃亦兼资文武。'朓后为吏部,洽去职,朓欲荐之,洽睹世方乱,深相拒绝。""朓后为吏部"指《南齐书》本传中"启王敬则反谋,上甚嘉赏之。迁尚书吏部郎。"谢朓任尚书吏部郎在永泰元年(498),此前任南东海太守,行南徐州事,与到洽相识当在南徐州。

启王敬则反谋,上甚嘉赏之。迁尚书吏部郎。

萧鸾集团为了巩固自己的统治,采用了镇压武帝功臣旧将的行动。早在郁林王即位之初,萧鸾就对高武旧将多有怀疑。《资治通鉴》卷一三九载:"豫州刺史崔慧景,高、武旧将,鸾疑之,以萧衍为宁朔将军,戍寿阳。慧景惧,白服出迎;衍抚安之。"

《南齐书》本传曰:"启王敬则反谋,上甚嘉赏之。迁尚书吏部郎。朓上表三让,中书疑朓官未及让,以问祭酒沈约。约曰:'宋元嘉中,范晔让吏部,朱修之让黄门,蔡兴宗让中书,并三表诏答,具事宛然。近世小官不让,遂成恒俗,恐此有乖让意。王蓝田、刘安西并贵重,初自不让,今岂可慕此不让邪?孙兴公、孔觊并让记室,今岂可三署皆让邪?谢吏部今授超阶,让别有意,岂关官之大小?抑谦之美,本出人情,若大官必让,便与诣阙章表不异。例既如此,谓都自非疑。'朓又启让,上优答不许。"

《南齐书·王敬则传》:"帝既多杀害,敬则自以高、武旧臣,心怀忧恐。帝虽外厚其礼,而内相疑备,数访问敬则饮食体干堪宜,闻其衰老,且以居内地,故得少安。……永泰元年,帝疾,屡经危殆。以张瑰为平东将军、吴郡太守,置兵佐,密防敬则。内外传言当有异处分。敬则闻之,窃曰:'东今有谁?只是欲平我耳!'诸子怖惧,第五子幼隆遣正员将军徐岳密以情告徐州行事谢朓为计,若同者,当往报敬则。朓执岳驰启之。……乃起兵。"据史载,王敬则起兵于永泰元年(498)四月丁丑(26日)。五月壬午辅国将军刘山阳率兵讨伐,乙酉斩敬则,传首建邺。

朓善草隶,长五言诗,沈约常云"二百年来无此诗也"。

《南齐书》本传曰:"朓善草隶,长五言诗,沈约常云'二百年来无此诗也。'"阳玠《谈薮》载,梁武帝萧衍曾说:"不读谢诗三日,觉口臭。"(《太平广记》卷一九八引)《颜氏家训·文章》:"刘孝绰当时既有重名,无所与让;唯服谢朓,常以谢诗置几案间,动静辄讽味。"严羽《沧浪诗话》以为:"谢朓之诗,已有全篇似唐人者。"陈祚明《采菽堂古诗选》云:"玄晖去晋渐遥,启唐欲近。"《四库全书总目》:"本传称朓'长于五言诗'。沈约尝云'二百年来无此诗'。锺嵘《诗品》乃称其'微伤细密,颇在不伦。一章之中,自有玉石。'又称其'善自发端,而末篇多踬。过毁过誉,皆失其真。'赵紫芝诗曰:'辅嗣易行无汉学,元晖诗变有唐风。'斯于文质升降之间,为得其平矣。"

敬皇后迁祔山陵,朓撰《哀策文》,齐世莫有及者。

《南齐书·明敬刘皇后传》云:"明敬刘皇后讳惠端。……永明七年卒,葬江乘县张山。……永泰元年,高宗崩,改葬,祔于兴安陵。"《南齐书》本传曰:"敬皇后迁祔山陵,朓撰《哀策文》,齐世莫有及者。"

永泰元年(498),谢朓作《酬德赋》。《酬德赋序》云:"右卫沈侯以冠世伟才,眷予以国士,以建武二年,予将南牧,见赠五言。予时病,既以不堪莅职,又不获复诗。四年,予忝役朱方,又致一首。迫东偏寇乱,良无暇日。其夏还京师,且事宴言,未遑篇章之思。沈侯之丽藻天逸,固难以报章,且欲申之赋颂,得尽其体物之旨。《诗》不云乎:'无言不酬,无德不报。言既未敢为酬,然所报者寡于德耳。故称之曰酬德赋。'""其夏还京师"即永泰元年(498)夏,谢朓从南徐州回到建康。柏俊才《系年》认为作于是年夏,曹融南《年谱》认为作于是年冬。按:赋中有"嗟岁晏之鲜欢",说明写作时间是岁末。

东昏失德,江祏欲立江夏王宝玄。遥光又遣亲人刘沨密致意于朓,欲以为肺腑。朓自以受恩高宗,非沨所言,不肯答。

《南齐书》本传曰:"东昏失德,江祏欲立江夏王宝玄,未更回惑,与弟祀密谓朓曰:"江夏年少轻脱,不堪负荷神器,不可复行废立。始安年长入纂,不乖物望。非以此要富贵,政是求安国家耳。"遥光又遣亲人刘沨密致意于朓,欲以为肺腑。朓自以受恩高宗,非沨所言,不肯答。"《南史》本传曰:"少日,遥光以朓兼知卫尉事,朓惧见引,即以祀等谋告左兴盛,又说刘暄曰:'始安一旦南面,则刘沨、刘晏居卿今地,但以卿为反复人尔。'暄阳惊,驰告始安王及江祏。始安欲出朓为东阳郡,祏固执不与。先是,朓常轻祏为人,祏常诣朓,朓因言有一诗,呼左右取,既而便停。祏问其故,云'定复不急'。祏以为轻己。后祏及弟祀、刘沨、刘晏俱候朓,朓谓祏曰:'可谓带二江之双流',以嘲弄之。祏转不堪,至是构而害之。诏暴其过恶,收付廷尉。"

又使御史中丞范岫奏收朓,下狱死。时年三十六。

《南齐书》本传曰:"又使御史中丞范岫奏收朓,下狱死。时年三十六。"《南史》本传曰:"临终谓门宾曰:'寄语沈公,君方为三代史,亦不得见没。'"

明人张溥《汉魏六朝百三家集题辞·谢光禄集》说:"呜呼!康乐、宣城其死等尔!康乐死于玩世,怜之者尤比于孔北海、嵇中散。宣城死于畏祸,天下疑其反复,即于吕布、许攸,同类而共笑也。"按:世人皆将谢朓视为性格懦弱、反复无常之人。其实,对于明帝萧鸾而言,谢朓何曾怯懦和反复,从他投靠萧鸾集团开始,他至死也没有背叛明帝萧鸾。

朓初告王敬则,敬则女为朓妻,常怀刀欲报朓,朓不敢相见。朓临败叹曰:"我不杀王公,王公由我而死。"

《南齐书》本传曰:"朓初告王敬则,敬则女为朓妻,常怀刀欲报朓，朓不敢相见。及为吏部郎，沈昭略谓朓曰：'卿人地之美，无忝此职。但恨今日刑于寡妻。'朓临败叹曰：'我不杀王公，王公由我而死。'"《南史》本传曰："初，朓告王敬则反，敬则女为朓妻，常怀刀欲报朓，朓不敢相见。及当拜吏部，谦挹尤甚，尚书郎范缜嘲之曰：'卿人才无惭小选，但恨不可刑于寡妻。'朓有愧色。及临诛，叹曰：'天道其不可昧乎！我虽不杀王公，王公因我而死。'"

谢朓有子名谢谟，梁时用为信安县，稍迁王府咨议。

《南史》本传曰："朓及殷叡素与梁武以文章相得，帝以大女永兴公主适叡子钧，第二女永世公主适朓子谟。及帝为雍州，二女并暂随母向州。及武帝即位，二主始随内还。武帝意薄谟，又以门单，欲更适张弘策子，弘策卒，又以与王志子諲。而谟不堪叹恨，为书状如诗赠主。主以呈帝，甚蒙矜叹，而妇终不得还。寻用谟为信安县，稍迁王府咨议。时以为沈约早与朓善，为制此书云。"谢朓死后，沈约作有《伤谢朓》，诗云："吏部信才杰，文锋振奇响。调与金石谐，思逐风云上。岂言陵霜质，忽随人事往。尺璧尔何冤，一旦同丘壤。"

有《谢宣城集》传世。

《谢宣城集》原十二卷，已散佚。《四库全书总目》曰："案朓以中书郎出为宣城太守，以选复为中书郎。又出为晋安王镇北咨议、南东海太守、行南徐州事，迁尚书吏部郎，被诛。其官实不止于宣城太守。然诗家皆称'谢宣城'，殆以《北楼吟咏》为世盛传耶。据陈振孙《书录解题》称：'朓集本十卷。楼炤知宣州，止以上五卷赋与诗刊之。下五卷皆当时应用之文，衰世之事。可采者已见本传及《文选》。余视诗劣焉,无传可也。'考钟嵘《诗品》称:'朓极与予论诗,感激顿挫过其文。'则振孙之言审矣。张溥刻《百三家集》,合朓诗赋五卷为一卷。此本五卷即绍兴二十八年楼炤所刻。前有炤序,犹南宋佳本也。"清嘉庆年,吴骞辑《拜经楼丛书》本《谢宣城诗集》五卷,校勘较精。今人郝立权有《谢宣城诗注》。曹融南有《谢宣城集校注》(上海古籍出版社1991年版),对于谢朓的辞赋、散文、乐府、五言作品,以及谢朓的版本卷帙、诸家点评和其事迹诗文系年等内容都做了详细校注。

八、王融生平事迹辑录

王融，字元长，琅邪临沂（今山东临沂北）人。

王融，《南齐书》卷四十七、《南史》卷二十一有传。《南齐书》本传："王融，字元长，琅邪临沂人也。"《南史》本传："融字元长，少而神明警慧。"

《南齐书》本传："祖僧达，中书令，曾高并台辅。僧达答宋孝武云：'亡父亡祖，司徒司空。'父道琰，庐陵内史。母临川太守谢惠宣女，惇敏妇人也。教融书学。"《宋书·王僧达传》："子道琰，徙新安郡，前废帝即位，得还京邑。后废帝元徽中，为庐陵国内史，未至郡，卒。"林晓光《〈诗品〉"贵公子孙"解——兼论王融在永明体运动中的定位》（《文学遗产》2011年第5期）："王融出身琅邪王氏最为显贵的嫡系。祖父王僧达官至三品的尚书右仆射、中书令，王僧达之父王弘更是宋文帝朝最为核心的宰辅重臣。《王弘传》在沈约《宋书》列传中位列第二，仅次于《后妃传》，可见其地位之首要。故连宋孝武帝也称王僧达为贵公子，不敢轻视。不但如此，从王弘开始追溯，其父王珣为东晋名士，东晋末期政治史的重要人物，位至尚书令，卒赠司徒。祖王洽，在王导'诸子中最知名'，苦让中书令不受。曾祖王导，更是开创'王与马共天下'局面的东晋中兴一代名臣。王融一门历经七世，可谓累代公卿，世泽绵长。"

《南齐书》本传："（永明十一年）诏于狱赐死。时年二十七。"上推二十七年，知王融生于宋明帝泰始三年（467）。

王融生平事迹见《南齐书》、《南史》本传。今人相关成果有：陈庆元《王融年谱》（刘跃进、范子烨编《六朝作家年谱辑要》上册，黑龙江教育出版社1999年版，以下简称《年谱》）。柏俊才《"竟陵八友"考辨》（中国社会科学出版社2011年版，以下简称《考辨》）中有"王融生平重要事迹考辨"、"王融诗文系年"等章节。林晓光有《王融与永明时代——南朝贵族及贵族文学的个案研究》（上海古籍出版社2014年版）等。

融少而神明警惠，博涉有文才。举秀才。

《南齐书》本传："融少而神明警惠，博涉有文才。举秀才。晋安王南中郎板行参军，坐公事免。"《南史》本传："博涉有文才，从叔王俭谓人曰：'此儿至四十，名位自然及祖。'举秀才，累迁太子舍人。"陈庆元《年谱》：永明二年（484）融十八岁，举秀才。永明三年，晋安王南中郎板行参军，坐公事免。作《为王俭让国子祭酒表》。柏俊才《考辨》：齐高帝建元元年，王融在家乡临沂，为王俭所赏识。永明二年，王融在琅琊，举秀才。永明三年，王融在南豫州，晋安王南中郎板行参军。永明四年，王融在京师，求自试，迁秘书丞。

《梁书·柳恽传》："少工篇什。为诗曰'亭皋木叶下，陇首秋云飞。'琅琊王元长见而嗟赏，因书斋壁。"陈庆元《年谱》：永明二年（484），王融嗟赏柳恽诗句。

《法书要录》卷二载梁庾元威《论书》："宋末，王融图古今杂体，有六十四书。少年仿效，家藏纸贵。而凤鱼虫鸟，是七国时书。元长皆作隶字，故贻后来所诘。湘东王遣沮阳令韦仲定为九十一种，次功曹谢善勋增其九法，合成百体。其中以八卦为书焉，以太极为两法，径丈一字，方寸千言。"

《梁书·刘孝绰传》："孝绰幼聪敏，七岁能属文。舅齐中书郎王融深赏异之，常与同载适亲友，号曰神童。融每言曰：'天下文章，若无我当归阿士。'阿士，孝绰小字也。"

永明五年，竟陵王子良开西邸，招文学，融等号曰竟陵八友。

《南齐书》本传："竟陵王司徒板法曹行参军，迁太子舍人。融以父官不通，弱年便欲绍兴家业，启世祖求自试。……迁秘书丞。从叔俭，初有仪同之授，融赠诗及书，俭甚奇惮之，笑谓人曰：'穰侯印讵便可解？'"《南史》本传："举秀才，累迁太子舍人。以父宦不通，弱年便欲绍兴家业，启齐武帝求自试，迁秘书丞。"陈庆元《年谱》：永明五年（487），竟陵王司徒板法曹行参军，迁太子舍人，迁秘书丞。永明六年，迁丹阳丞。是年作《赠族叔卫军俭诗》、《从武帝琅琊城讲武应诏诗》。永明七年，作《阻雪联句遥赠和》、《同沈右率诸公赋鼓吹曲名》二首、《咏幔诗》。永明八年，作《金天颂》、《净住子颂》、《奉辞镇西应教诗》。林晓光《王融与永明时代》不同意陈庆元《年谱》中永明五年竟陵王司徒板法曹行参军说，竟陵王永明二年已入兼司徒，并不一定要等到五年正位司徒。网佑次《中世纪文学研究》认为王融入府或在永明四年，或许更为恰当。柏俊才《考辨》：永明八年，王融任司徒法曹。

《梁书·武帝纪》："竟陵王子良开西邸，招文学，高祖与沈约、谢朓、王融、萧琛、范云、任昉、陆倕等并游焉，号曰八友。融俊爽，识鉴过人，尤敬异高祖，每谓所亲曰：'宰制天下，必在此人。'"《梁书·沈约传》中有相似记载。竟陵王萧子良，齐武帝次子。西邸，在建康鸡笼山。永明五年萧子良正位司徒，由西州移居鸡笼山西邸。王融在西邸作诗文甚多，详见陈庆元《年谱》。

萧绎《金楼子·说蕃》："竟陵萧子良，开私仓赈贫民。少有清尚，礼才好士，居不疑之地，倾意宾客，天下才学皆游集焉。善立胜事，夏月客至，为设瓜饮及甘果。著之文教，士子文章及朝贵辞翰皆发教撰录。居鸡笼山西邸，集学士抄《五经》、百家，依《皇览》列为《四部要略》千卷；招致名僧，讲论佛法，造经呗新声，道俗之盛，江左未有也。好文学，我高祖、王元长、谢玄晖、张思光、何宪、任昉、孔广、江淹、虞炎、何僴、周颙之俦，皆当时之杰，号士林也。"

《高僧传·齐上定林寺释法献传》："至文宣感梦，方传道俗，献律行精纯，德为物范。琅琊王肃、王融，吴国张融、张绻，沙门慧令、智藏等，并投身接足，崇其诫训。"《高僧传·齐安乐寺释僧辩传》："永明七年二月十九日，司徒竟陵文宣王，梦于佛前咏《维摩》一契，因声发而觉。即起至佛堂中，还如梦中法。更咏古《维摩》一契，便觉韵声流好，着工恒日。明旦即集京师善声沙门，龙光普智、新安道兴、多宝慧忍、天保超胜及僧辩等，集第作声。"陈庆元《年谱》：《萧子良传》谓"造经呗新声"，始于此时。

融与萧子良特相友好，情分殊常。

《南齐书》本传："子良特相友好，情分殊常。晚节大习骑马。才地既华，兼借子良之势，倾意宾客，劳问周款，文武翕习辐凑之。招集江西伧楚数百人，并有干用。"《南史》本传："子良特相友好。晚节大习骑马，招集江西伧楚数百人，并有干用，融特为谋主。"林晓光《〈诗品〉"贵公子孙"解》认为："从与竟陵王的关系角度看，王融在竟陵集团中也居于核心地位。……在今天尚存的萧子良撰述中，《与隐士刘虬书》是由王融代笔，其最重视的《净住子净行法门》所配颂三十一首也是王融所作。在与范缜论神不灭时，代萧子良劝说范缜的正是王融。而在王融诗中，题名为'应司徒竟陵王教'的作品便有六组十六首之多，远远超过竟陵集团中其他成员。王融文中还留下了《谢竟陵王示法制启》、《谢竟陵王赐纳裘启》和《谢司徒赐紫鲊启》等作。"

《续高僧传》卷五："释法云，姓周氏，宜兴阳羡人。晋平西将军处之七世孙也。……建武四年夏，初于妙音寺开《法华》、《净名》二经。……讲经之妙，独步当时。齐中书周颙、琅琊王融、彭城刘绘、东莞徐孝嗣等一代名贵，并投莫逆之交。"

《南史·徐勉传》："迁临海王西中郎田曹行参军，俄徙署都曹。时琅邪王融一时才俊，特相慕悦，尝请交焉。勉谓所亲曰：'王郎名高望促，难可轻繫衣裾。'融后果陷于法，以此见推识鉴。"陈庆元《年谱》按：《南史》所记有误。徐勉离西中郎田曹任，徙署都曹在延兴元年（494）。而前此一年，融已被郁林赐死狱中。

《南齐书·张冲传》："新蔡太守席谦，永明中为中书郎王融所荐。"

《梁书·孔休源传》："孔休源，字庆绪，会稽山阴人也。……建武四年，州举秀才，太尉徐孝嗣省其策，深善之，谓同坐曰：'董仲舒、华令思何以尚此，可谓后生之准也。观其此对，足称王佐之才。'琅邪王融雅相友善，乃荐之于司徒竟陵王，为西邸学士。""建武四年"，公元497年，即魏太和二十一年。陈庆元《年谱》按：《徐孝嗣传》不书孝嗣官太尉，然《隋书·经籍志》有齐太尉《徐孝嗣集》十卷，徐孝嗣官太尉不误；融荐休源于竟陵王必在此前。《梁书》误，《南史》略去"建武四年"数字。

永明九年，上幸芳林园，禊宴朝臣，使融为《曲水诗序》，文藻富丽，当世称之。翌年，使兼主客，接虏使。

《南齐书》本传："融自恃人地，三十内望为公辅。直中书省，夜叹曰：'邓禹笑人。'行逢大桁开，喧溅不得进。又叹曰：'车前无八驺卒，何得称为丈夫！'"《南史》本传："融躁于名利，自恃人地，三十内望为公辅。初为司徒法曹，诣王僧祐，因遇沈昭略，未相识。昭略屡顾盼，谓主人曰：'是何年少？'融殊不平，谓曰：'仆出于扶桑，入于旸谷，照耀天下，谁云不知，而卿此问？'昭略云：'不知许事，且食蛤蜊。'融曰：'物以群分，方以类聚，君长东隅，居然应嗜此族。'其高自标置如此。及为中书郎，尝抚案叹曰：'为尔寂寂，邓禹笑人。'行遇朱雀桁开，路人填塞，乃捶车壁曰：'车中乃可无七尺，车前岂可乏八驺。'"陈庆元《年谱》：永明九年，王融迁中书郎。是年作《永明九年策秀才文》、《三月三日曲水诗序》、《萧咨议西上夜集诗》、《饯谢文学离夜诗》、《杂体报范通直诗》、《上疏请给虏书》、《画汉武北伐图上疏》。

《南齐书》本传："九年，上幸芳林园，禊宴朝臣，使融为《曲水诗序》，文藻富丽，当世称之。"

《南齐书》本传："上以融才辩，十一年，使兼主客，接虏使房景高、宋弁。弁见融年少，问：'主客年几？'融曰：'五十之年，久逾其半。'因问：'朝闻主客作《曲水诗序》。'景高又云：'在北闻主客此制，胜于颜延年，实愿一见。'融乃示之。后日，宋弁于瑶池堂谓融曰：'昔观相如《封禅》，以知汉武之德；今览王生《诗序》，用见齐王之盛。'融曰：'皇家盛明，岂直比踪汉武！更惭鄙制，无以远匹相如。'上以房献马不称，使融问曰：'秦西冀北，实多骏骥，而魏主所献良马，乃驽骀之不若。求名检事，殊为未孚。将旦旦信誓，有时而爽，駉駉之牧，不能复嗣？'宋弁曰：'不容虚伪之名，当是不习土地。'融曰：'周穆马迹遍于天下，若骐骥之性，因地而迁，则造父之策，有时而踬。'弁曰：'王主客何为勤勤于千里？'融曰：'卿国既异其优劣，聊复相访。若千里日至，圣上当驾鼓车。'弁曰：'向意既须，必不能驾鼓车也。'融曰：'买死马之骨，亦以郭隗之故。'弁不能答。"陈庆元《年谱》：景高，亮字。案："十一年"误，当作十年。

《南齐书·东南夷传》："高丽俗服穷绔，冠折风一梁，谓之帻。知读《五经》。使人在京师，中书郎王融戏之曰：'"服之不衷，身之灾也。"头上定是何物？'答曰：'此即古弁之遗像也。'"按，王融何时接待高丽使，史书未载。

《南齐书》本传："寻迁丹阳丞，中书郎。虏使遣求书，朝议欲不与。融上疏。……世祖答曰：'吾意不异卿。今所启，比相见更委悉。'事竟不行。"

《南齐书》本传："永明末，世祖欲北伐，使毛惠秀画《汉武北伐图》，使融掌其事。融好功名，因此上疏。……图成，上置琅邪城射堂壁上，游幸辄观视焉。"

《南史·任昉传》："后为司徒竟陵王记室参军。时琅邪王融有才俊，自谓无对当时，见昉之文，怳然自失。"

《南齐书·陆厥传》："永明末，盛为文章，吴兴沈约、陈郡谢朓、琅琊王融以气类相推毂；汝南周颙，善识声韵。约等文皆用宫商，以平上去入为四声，以此制韵，不可增减，世呼为'永明体'。"《梁书·庾肩吾传》："齐永明中，文士王融、谢朓、沈约，文章始用四声，以为新变，至是转拘声韵，弥尚丽靡，复逾于往时。"

永明十一年，齐武帝不豫，融戎服绛衫，于中书省阁口断东宫仗不得进，欲立子良。郁林王即位，诏于狱赐死，时年二十七。

《南齐书》本传："朝廷讨雍州刺史王奂，融复上疏。……会虏动，竟陵王子良于东府募人，板融宁朔将军、军主。融文辞辩捷，尤善仓卒属缀，有所造作，援笔可待。"《南齐书武帝纪》："（永明十一年）三月乙亥，雍州刺史王奂伏诛。"陈庆元《年谱》：《魏虏传》："十一年，遣露布并上书，称当南寇。世祖发扬徐州民丁，广设召募。""虏动"指此。柏俊才《考辨》：永明十一年，王融任宁朔将军、军主。

《南齐书》本传："世祖疾笃暂绝，子良在殿内，太孙未入，融戎服绛衫，于中书省阁口断东宫仗不得进，欲立子良。上既苏，太孙入殿，朝事委高宗。融知子良不得立，乃释服还省。叹曰：'公误我。'"《南史》本传："……诏草已立，上重苏，朝事委西昌侯鸾。梁武谓范云曰：'左手据天下图，右手刎其喉，愚夫不为。主上大渐，国家自有故事，道路籍籍，将有非常之举，卿闻之乎？'云不敢答。俄而帝崩，融乃处分以子良兵禁诸门，西昌侯闻，急驰到云龙门，不得进，乃曰：'有敕召我。'仍排而入，奉太孙登殿，命左右扶出子良，指麾音响如钟，殿内无不从命。融知不遂，乃释服还省，叹曰：'公误我。'"

《南齐书》本传："郁林深忿疾融，即位十余日，收下廷尉狱，然后使中丞孔稚珪倚为奏曰：'融姿性刚险，立身浮竞，动迹惊群，抗言异类。近塞外微尘，苦求将领，遂招纳不逞，扇诱荒伧。狡筭声势，专行权利，反覆唇齿之间，倾动颊舌之内。威福自己，无所忌惮，诽谤朝政，历毁王公。谓己才流，无所推下。事曝远近，使融依源据答。'融辞曰：'囚实顽蔽，触行多愆，但夙忝门素，得奉教君子。……百日旷期，始蒙旬日，一介罪身，独婴宪劾。若事实有征，爰对有在，九死之日，无恨泉壤。'诏于狱赐死。时年二十七。临死叹曰：'我若不为百岁老母，当吐一言。'融意欲指斥帝在东宫时过失也。"柏俊才《考辨》：此恐记载有误，王融本年二十七岁，如果母亲百岁的话，则王融出生时，母亲已七十三岁。

《南齐书》本传："融被收，朋友部曲参问北寺，相继于道。融请救于子良，子良忧惧不敢救。"《南史》本传："融被收，朋友部曲，参问北寺，相继于道。请救于子良，子良不敢救。西昌侯固争不得。诏于狱赐死，时年二十七。……先是，太学生会稽魏准，以才学为融所赏，既欲奉子良，而准鼓成其事。太学生虞羲、丘国宾窃相谓曰：'竟陵才弱，王中书无断，败在眼中矣。'及融诛，召准入舍人省诘问，遂惧而死，举体皆青，时人以准胆破。"

《南齐书》史臣曰："晋世迁宅江表，人无北归之计，英霸作辅，芟定中原，弥见金德之不竞也。元嘉再略河南，师旅倾覆，自此以来，攻伐寝议。虽有战争，事存保境。王融生遇永明，军国宁息，以文敏才华，不足进取，经略心旨，殷勤表奏。若使宫车未晏，有事边关，融之报效，或不易限。夫经国体远，许久为难，而立功立事,信居物右,其贾谊、终军之流亚乎!"该书赞曰:"元长颖脱,拊翼将飞。时来运往,身没志违。"《南史》论曰:"元长躁竞不止。"

沈约作《怀旧诗·伤王融》:"元长秉奇调,弱冠慕前踪。眷言怀祖武,一篑望成峰。途艰行易跌,命舛志难逢。折风落迅羽,流恨满青松。"

融文集行于世。

《南齐书》本传:"融文集行于世。"《南齐书》本传:"文辞辩捷,尤善仓卒属缀,有所造作,援笔可待。"

锺嵘《诗品》云:"故大明、泰始中,文章殆同书抄。近任昉、王元长等,辞不贵奇,竞须新事,尔来作者,浸以成俗。"(曹旭《诗品集注》,第228页)又云:"齐有王元长者,常谓余云:'宫商与二仪俱生,自古词人不知用之。唯颜宪子论文乃云"律吕音调",而其实大谬。唯见范晔、谢庄,颇识之耳。'常欲造《知音论》,未就而卒。王元长创其首,谢朓、沈约扬其波。三贤咸贵公子孙,幼有文辩。于是士流景慕,务为精密。襞绩细微,专相凌架。故使文多拘忌,伤其真美。"(曹旭《诗品集注》,第448、452页)又云:"元长、士章,并有盛才,词美英净,至于五言之作,几乎尺有所短。"(曹旭《诗品集注》,第604页)

北魏《李璧墓志》曰:"为中书郎王融,思狎渊云,韵乘琳瑀,气轹江南,声兰岱北,耸调孤远,鉴赏绝伦。"(见赵超《汉魏南北朝墓志汇编》,天津古籍出版社1992年版,第118页。)

明人张溥《王宁朔集题辞》:"词涉比偶,而壮气不没。"

清人王士禛《古诗选·凡例》:"齐有玄晖,独步一代,元长辅之。自兹以外，未见其人。"

《王融集》，《隋书·经籍志》有《齐中书郎王融集》十卷；《旧唐书·经籍志》、《新唐书·艺文志》著录为十卷；《宋史·艺文志》为七卷。明人张燮《七十二家集》中有《王宁朔集》四卷，附录一卷；张溥《汉魏六朝百三家集》中有《王宁朔集》一卷。严可均《全上古三代秦汉三国六朝文》收录王融文二十八篇、逯钦立《先秦汉魏晋南北朝诗》收王融诗七十六首。

当代王融研究现状可参阅林晓光《王融与永明时代》中"研究史综述"一节。该文认为：陈庆元《年谱》"可以说是至今为止国内唯一有分量的王融整体研究成果"。曹道衡、沈玉成《中古文学史料丛考》"考证大抵精当"。徐晓方《王融诗歌校注》（2010年西北大学硕士学位论文）"尚不失为多数空疏论文中的一个切实成绩"。在日本学术界，网佑次的《中世纪文学研究》（1960年出版）"对永明文学进行过基础研究"，"远胜于后来许多论文的粗疏浮泛"。欧美学者中作者举出了六朝学界的名宿马瑞志和新秀郭缪慧。作者认为王融研究依然停留在一个较为表面且局部的层次。

柏俊才的《"竟陵八友"考辨》针对王融生平事迹进行考辨，包括王融家风、生平仕履、交游等方面，另有王融诗文系年、王融研究资料汇编。作者云："无论是《齐传》或《南传》，都过于简略，未能准确揭示王融之生平仕履。今人陈庆元作《王融年谱》，基本上是对史传的诠释，史传不清楚者，《王融年谱》亦不清晰，这对研究王融带来很大的不便。基于这种考虑，笔者对以下三个问题进行了考辨：一、《王融家风考》主要探讨造成王融人生悲剧的深层原因;二、《王融生平仕履考》力图准确把握王融的一生;三、《王融交游考》探讨了王融与十九位文人的交往情形。"

林晓光《王融与永明时代》是目前唯一一本以王融为研究对象的博士学位论文。该文通过史实考论和文本分析,对南朝贵族与贵族文学整体作出了透视。上篇"历史篇"。第一章谈王融家世在南朝贵族社会中的最高谱系。第二章考论王融的生平仕宦。第三章论王融的整体形象。第四章考述永明十一年王融拥立竟陵政变的始末原委,复原王融生命悲剧的真相。下篇"文学篇"。第五章对王融代表作《三月三日曲水诗序》作了细致的文本分析。第六章从六朝哀策文的发展历史出发,勾勒哀策文模板化的进程,明确王融在其中的定位。第七章论王融的佛教文学。终章,立足于史料考证,指示可能推进永明体运动的三种视角转换。

针对《〈诗品〉"贵公子孙"解——兼论王融在永明体运动中的定位》,柏俊才发表《〈诗品〉"贵公子孙"疏证——兼论王融对永明声律论的贡献》(《中北大学学报》2012年第6期)进行商兑,柏文认为:沈约与谢朓对永明新体诗的贡献向来为学界所认可,而王融因理论不显、创作不著而被学人所忽略。

九、刘勰生平事迹辑录

刘勰，字彦和，东莞莒（今山东莒县）人。

刘勰，《梁书》、《南史》各有《刘勰传》。《南史·刘勰传》乃是对《梁书·刘勰传》的删节，没有添加什么新史料。《梁书》本传曰："刘勰，字彦和，东莞莒人。"按：东莞莒在今山东莒县。永嘉之乱后，刘氏家族南渡，世居京口（今江苏镇江）。是故，刘勰出生于京口，莒县是其祖籍。

刘勰的生卒年史书中没有明确记载。刘勰的出生年代有宋大明八年（464）、泰始元年（465）、泰始二年（466）、泰始三年（467）、泰始五年（469）、泰始六年（470）、泰始七年（471）等不同说法。牟世金《刘勰年谱汇考》云："汇考诸家之说，当以《杨氏新笺》定刘勰生于泰始二、三年为是，系于本年，除刘勰成书献书均在502年之外，又据《序志》所云：'予生七龄，乃梦彩云若锦，则攀而采之'，事在元徽元年（473），上推七年，是刘勰生于本年。""杨氏"即杨明照。此说为学术界最为通行的说法。

《梁书》本传曰："祖灵真，宋司空秀之弟也。父尚，越骑校尉。"刘勰祖父刘灵真、父亲刘尚史书无传。《南史》本传中删除了"祖灵真，宋司空秀之弟"一句，或表明此句的可靠性值得怀疑。刘尚去世时刘勰多大，诸家也有争议。或以为刘尚卒于刘勰三岁时，或以为卒于刘勰八岁时。牟世金《刘勰年谱汇考》考证认为：刘勰之父刘尚于474年战死，刘勰当时在8至10岁之间。牟世金说："刘勰二十岁，母殁。其母殁之年，无从确考。《范注》谓：'母殁当在二十岁左右'。衡诸居丧三年后之行事，姑系于本年（482）。"

刘勰是否属于士族，也是研究者关注的重点问题。学者多认为刘勰出身士族，王元化《刘勰身世与士庶区别问题》（《中华文史论丛》1979年第一辑）说："刘勰究竟属于士族还是庶族，这是研究刘勰身世的关键问题。"他认为刘勰并不是出身于代表身份性大地主阶级的士族，而是出身于家道中落的贫寒庶族。程天佑、牟世金等赞同此说；王利器、马山宏、周绍恒等则认为刘勰出身于士族家族。

刘勰的生平事迹，除《梁书·刘勰传》、《南史·刘勰传》外，今人研究成果甚多。牟世金的《刘勰年谱汇考》（巴蜀书社1988年版）吸收诸家研究成果，汇总诸家之说于一览，并提出了自己的看法，是一本有关刘勰年谱的集大成之作。其中所汇年谱、年表有：霍衣仙《刘彦和简明年谱》，杨明照《〈梁书·刘勰传〉笺注》（其旧笺刊发于1941年《文学年报》第六期；新笺刊发于《中华文史论丛》1979年第一辑，其新旧笺注均有较大影响，又系年各异。下文所引该文为新笺），张严《刘勰身世考索》，翁达藻《〈梁书·刘勰传〉大事系年表》，兴膳宏《文心雕龙大事年表》，王更生《梁刘彦和先生年谱》，王金凌《刘勰年谱》，詹锳《刘勰简略年表》，李曰刚《梁刘彦和年谱》，龚菱《刘勰彦和先生重要事略系年表》，张恩普《刘勰生平系年考略》，李庆甲《刘勰年表》、穆克宏《刘勰年谱》，陆侃如《刘勰年表》等。其中杨明照的《〈梁书·刘勰传〉笺注》考证精细，影响最大。

勰早孤，笃志好学。家贫不婚娶，依沙门僧祐，与之居处，积十余年，遂博通经论，因区别部类，录而序之。

《梁书·刘勰传》曰："勰早孤，笃志好学。家贫不婚娶，依沙门僧祐，与之居处，积十余年，遂博通经论，因区别部类，录而序之。今定林寺经藏，勰所定也。"陆侃如《刘勰年表》认为刘勰永明六年（488）入定林寺依沙门僧祐，并说"这里的定林寺，应指京口的庙宇。"牟世金认为刘勰于永明八年（490）年二月之后守丧期满，入定林寺。"自本年至天监二三年出寺，计十三四年，与本传'依沙门僧祐，与之居处，积十余年'相符。"定林寺在建康（今南京市），建康定林寺有二，分别称为上定林寺和下定林寺。上定林寺也称为定林上寺，故址在南京紫金山。齐梁时期，很多高僧先后居住于此，名流居士慕名而来，时常出入山门。

僧祐，当时著名高僧。《高僧传·京师建初寺僧祐传》曰："释僧祐，本姓俞氏。其先彭城下邳人，父世居于建业。……永明中，敕入吴，试简五众，并宣讲《十诵》，更申受戒之法。凡获信施，悉以治定林、建初，及修缮诸寺，并建无遮大集舍身斋等。及造立经藏，搜校卷轴。……初祐集经藏既成，使人抄撰要事，为《三藏记》、《法苑记》、《世界记》、《释迦谱》及《弘明集》等。皆行于世。"僧祐撰制的《释僧祐法集》中有：《出三藏记集》十五卷、《萨婆多部相承传》、《十诵义记》、《释迦谱》五卷、《世界记》五卷、《法苑集》十卷、《弘明集》十四卷、《法集杂记传铭》十卷等。现存《释迦谱》、《出三藏记集》、《弘明集》三书。这些典籍中应该有刘勰的手笔。杨明照《〈梁书·刘勰传〉笺注》曰："僧祐使人抄撰诸书，由今存者文笔验之，恐多为舍人捉刀。"

天监初，起家奉朝请、中军临川王宏引兼记室，迁车骑仓曹参军。

《梁书》本传曰："天监初，起家奉朝请、中军临川王宏引兼记室，迁车骑仓曹参军。"奉朝请，《宋书·百官志下》："奉朝请，无员，亦不为官。……奉朝请者，奉朝会请召而已。"临川王宏即萧宏，《梁书·临川王宏传》曰："临川靖惠王宏，字宣达，太祖第六子也。……天监元年，封临川郡王。……三年，加侍中，进号中军将军。"《高僧传·僧祐传》："临川王宏，南平王伟……并崇其戒范，尽师资之敬。"临川王前来拜访僧祐之时，或许与刘勰相熟。由此推断，刘勰入仕，曾经得到过僧祐的推荐。另外一位古代文论家钟嵘此时任临川王行参军，两位最优秀的文学理论家曾经是同事，这在文学史上并不多见。杨明照《〈梁书·刘勰传〉笺注》："在天监七年十一月之前，舍人仍任职萧宏府中。"牟世金则认为天监四年（505）萧宏的记室换成丘迟，天监七年刘勰已迁车骑将军夏侯详的仓曹参军。

出为太末令，政有清绩。除仁威南康王记室，兼东宫通事舍人。迁步兵校尉，兼舍人如故。昭明太子萧统好文学，深爱接之。

《梁书·刘勰传》曰："出为太末令，政有清绩。除仁威南康王记室，兼东宫通事舍人。时七庙飨荐已用蔬果，而二郊农社犹有牺牲。勰乃表言二郊宜与七庙同改，诏付尚书议，依勰所陈。迁步兵校尉，兼舍人如故。昭明太子好文学，深爱接之。"太末在今浙江衢县。陆侃如、牟世金、贾树新等认为，刘勰出任太末令在天监六年（507）。穆克宏定在天监九年（510），杨明照疑在天监十年

（511）。

南康王萧绩，萧衍第四子。《梁书·南康王绩传》曰："南康简王绩，字世谨。高祖第四子。天监八年，封南康郡王。……十年，迁使持节都督南徐州诸军事，南徐州刺史，进号仁威将军。"天监十年（511）萧绩时年七岁。杨明照认为：刘勰"假定舍人作太末令至天监十一年（512）左右，则除为萧绩记室之年，必与之相继"。牟世金认为："（天监十年）刘勰四十五岁，除仁威南康王记室，兼东宫通事舍人。"

刘勰所上表之内容，已无从考索。

步兵校尉掌东宫警卫，位列六品。

东宫指太子萧统。萧统的生母丁贵嫔也是僧祐的弟子。东宫通事舍人虽然属于九品，但是清选，只有出身高门大族的才子能够担任。刘勰虽然门第较低，靠其人品才学获得此职。

初，勰撰《文心雕龙》五十篇，论古今文体，引而次之。

《梁书·刘勰传》曰："初，勰撰《文心雕龙》五十篇，论古今文体，引而次之。"

《文心雕龙》的开始写作时间。据《文心雕龙·序志》："齿在逾立，则尝夜梦执丹漆之礼器，随仲尼而南行。旦而寤，乃怡然而喜，大哉圣人之难见哉，乃小子之垂梦欤！自生人以来，未有如夫子者也。敷赞圣旨，莫若注经，而马郑诸儒，弘之已精，就有深解，未足立家。唯文章之用，实经典枝条，五礼资之以成，六典因之致用，君臣所以炳焕，军国所以昭明，详其本源，莫非经典。而去圣久远，文体解散，辞人爱奇，言贵浮诡，饰羽尚画，文绣鞶帨，离本弥甚，将遂讹滥。盖周书论辞，贵乎体要；尼父陈训，恶乎异端；辞训之异,宜体于要。于是搦笔和墨,乃始论文。"于此可知,刘勰撰写《文心雕龙》是在三十岁之后。刘勰虽然当时在定林寺整理佛教经典,但他的思想深受儒家思想影响。

《文心雕龙》的成书时间。《隋书·经籍志》曰:"梁兼东宫通事舍人刘勰撰。"《直斋书录解题》、《遂初堂书目》、《宋史·艺文志》同。《四库全书总目》曰:"据《时序》篇中所言,此书实成于齐代,此本署梁通事舍人刘勰撰,亦后人追题也。"

《文心雕龙·时序》曰:"暨皇齐驭宝,运集休明:太祖以圣武膺箓,高祖以睿文纂业,文帝以贰离含章,中宗以上哲兴运,并文明自天,缉遐景祚。今圣历方兴,文思光被,海岳降神,才英秀发,驭飞龙于天衢,驾骐骥于万里,经典礼章,跨周轹汉,唐虞之文,其鼎盛乎!鸿风懿采,短笔敢陈;扬言赞时,请寄明哲。"清人刘毓崧《书文心雕龙后》据此断定成书于齐。他说:"予谓勰虽梁人,而此书之成,则不在梁时,而在南齐之末也。……此篇所述,自唐虞以至刘宋,皆但举其代名,而特于齐上加一'皇'字,其证一也。魏晋之主,称谥号而不称庙号,至齐之四主,唯文帝以身后追尊,止称为帝。余并称祖称宗,其证二也。历朝君臣之文,有褒有贬,独于齐则竭力颂美,绝无规过之词,其证三也。东昏上高宗之庙号,系永泰元年八月事,据高宗兴运之语,则成书必在是月之后。……人但知《宋书》成于齐,而不知此书亦成于齐耳。"此后,此说几为定论。牟世金将完成《文心雕龙》的时间定在梁天监元年(502),他认为:"刘勰三十六岁,撰成《文心雕龙》,并取定于沈约。""《文心》必成于齐末,已毋庸置疑。"贾树新在《文心雕龙研究》第一辑认为《文心雕龙》成书于梁天监元年(502)。

《文心雕龙》有不同的版本。詹锳的《〈文心雕龙〉版本叙录》(载《中华文史论丛》1980年第三期)对国内所见的各种版本加以叙录。整理出32种版本：

1. 元至正十五年（1355）刊本《文心雕龙》十卷；
2. 明弘治十七年冯允中刻活字本《文心雕龙》十卷；
3. 嘉靖十九年（1540）汪一元私淑轩刻本《文心雕龙》十卷；
4. 徐燉校汪一元私淑轩刻本；
5. 嘉靖二十二年（1543）佘诲刻本；
6. 张子象本；
7. 胡维新《两京遗编》本《文心雕龙》；
8. 何允中《汉魏丛书》本《文心雕龙》；
9. 梅庆生音注本；
10. 《文心雕龙训故》十卷；
11. 凌云五色套印本《刘子文心雕龙》；
12. 天启二年（1622）梅庆生重修音注本；
13. 天启二年曹批梅庆生第六次校定本；
14. 天启七年（1627）谢恒抄、冯舒校本；
15. 沈岩临何焯批校本《文心雕龙》；
16. 崇祯七年（1634）《奇赏汇编》本；
17. 合刻五家言本；
18. 梁杰订正本；
19. （增定）《汉魏六朝别解》收《文心雕龙》一卷；
20. 清谨轩蓝格旧抄本《文心雕龙》不分卷；
21. 抱青阁刻本《杨升庵先生批点文心雕龙》十卷；

22. 《古今图书集成》，雍正四年（1726）印铜活字本；
23. 乾隆四年（1739）刊李安民批点本《文心雕龙》；
24. 乾隆六年（1741）姚培谦刻黄叔琳注养素堂本；
25. 陈鳣校养素堂本；
26. 张松孙辑注本；
27. 王谟《广汉魏丛书》本《文心雕龙》；
28. 黄叔琳注纪昀评本；
29. 顾黄合校本《文心雕龙》；
30. 顾谭合校本《文心雕龙》；
31. 崇文书局《三十三种丛书》本；
32. 敦煌唐写本《文心雕龙》残卷。

《文心雕龙》的研究可谓魏晋南北朝文学中的显学。20世纪以来，出现了黄侃的《文心雕龙札记》、范文澜的《文心雕龙注》等著作，杨明照、王利器、王元化、牟世金等中国大陆学者，王更生等中国港台学者，冈村繁、户田浩晓等日本学者为"龙学"的繁荣贡献了各自的力量。

既成，未为时流所称。勰自重其文，欲取定于沈约。约时贵盛，无由自达，乃负其书，候约出，干之于车前，状若货鬻者。约便命取读，大重之，谓为深得文理，常陈诸几案。

《梁书·刘勰传》曰："既成，未为时流所称。勰自重其文，欲取定于沈约。约时贵盛，无由自达，乃负其书，候约出，干之于车前，状若货鬻者。约便命取读，大重之，谓为深得文理，常陈诸几案。"

沈约生平事迹，参见本书《沈约生平事迹辑录》。梁天监二年（503）正月，沈约为尚书左仆射。此年十一月，沈约以丁母忧解职。刘勰"干之于车前"当在此年正月至十一月之间。牟世金认为："刘勰之与沈约，除曾负书干誉外，似已别无关系。"

勰为文长于佛理，京师寺塔及名僧碑志，必请勰制文。有敕与慧震沙门于定林寺撰经证，功毕，遂启求出家，先燔鬓发以自誓，敕许之。乃于寺变服，改名慧地。未期而卒。

《梁书·刘勰传》曰："然勰为文长于佛理，京师寺塔及名僧碑志，必请勰制文。有敕与慧震沙门于定林寺撰经证，功毕，遂启求出家，先燔鬓发以自誓，敕许之。乃于寺变服，改名慧地。未期而卒。"慧震，生平不详。

僧祐去世之后，刘勰为之撰文。《高僧传·僧祐传》曰："今上深相礼遇，凡僧事硕疑，皆敕就审决。年衰脚疾，敕听乘舆入内殿，为六宫受戒，其见重如此。开善智藏、法音慧廓皆崇其德素。请事师礼。梁临川王宏、南平王伟、仪同陈郡袁昂、永康定公主、贵嫔丁氏，并崇其戒范，尽师资之敬。凡白黑门徒一万一千余人。以天监十七年五月二十六日卒于建初寺，春秋七十有四。因窆于开善路西定林之旧墓也。弟子正度立碑颂德，东莞刘勰制文。"刘勰为京师寺塔及名僧碑志所制之文，除《梁建安王造剡山石城寺石像碑》外，文已不传。

刘勰出家之年及卒年，向来有不同看法。有人认为刘勰卒于520年，也有人认为刘勰卒于539年。范文澜认为校经"大抵一二年即毕功"，推想他在普通元年（520）或普通二年（521）年去世。牟世金认为校经大抵始于上年而毕于普通元年，刘勰去世于普通三年（522）。周绍衡《刘勰卒年新考》认为刘勰卒于普通三年或四年。李庆甲认为刘勰于中大通三年（531）出家为僧，卒于中大通四年（532）。杨明照认为昭明太子在中大通三年去世后，刘勰受敕在定林寺撰经。"撰经仅有二人，当非短期所能竣事。其始年虽难遽定，出家之年尚可探索。"杨明照《刘勰卒年初探》（《四川大学学报》1978年第4期）认为刘勰卒于538—539年间。由于《南史》本传中删除了《梁书》本传中的"未期而卒"四字。于是产生了另外一种说法，认为刘勰并非"未期而卒"，而是潜回故乡东莞莒，创建了定林寺，最后校经于此，卒于此，葬于此。（参见萧洪林、邵立均《刘勰与莒县定林寺》，《文史哲》1984年第5期）

刘勰卒后，文集行于世。

刘勰文集《隋书》中未著录。

今存《刘子》五十五篇，或谓为刘勰所作。《刘子》也称为《新论》、《刘子新论》、《流子》、《德言》等。关于《刘子》的作者有梁刘勰、北齐刘昼、汉刘歆、梁刘孝标、唐袁孝政等不同说法。其中影响最大的是刘昼和刘勰两说。新旧《唐书》并称《刘子》为刘勰所作，《魏晋丛谈》将《刘子》称为《新书》收入其中，署名为梁东莞刘勰。前人多疑其误。今人林其锬、陈凤金《〈刘子〉作者考辨》（载《刘子集校》附录二，上海人民出版社1985年版）主张《刘子》为刘勰著作。曹道衡说："近几年林其锬、陈凤金二位的《〈刘子〉作者考辨》是很有见地的。他们发现晁公武、陈振孙和《宋史·艺文志》均对刘昼说持存疑态度。因此转而采用两唐书的说法，以《刘子》为刘勰作，并且进而论证了《刘子》思想与《文心雕龙》的一致性。"（《关于〈刘子〉的作者问题》，《中国社会科学院研究生院学报》1990年第2期）曹道衡认为刘昼说不能成立，刘勰作也有怀疑者,建议可考虑另一刘姓学者的作品。朱文明《把〈刘子〉的著作权还给刘勰——〈刘子〉作者考辨补正》(载《刘勰传》,三秦出版社2006年版)一文,继承了林、陈观点,认为《刘子》乃刘勰著作。据该文介绍:支持刘勰所作的还有顾廷龙、日本的户田浩晓等人。反对者则有杨明照等人。

《灭惑论》载《弘明集》卷八,题为刘勰作。牟世金《刘勰年谱汇考》认为:"此文之撰写年代,近年考证甚多,以确证难得,故分歧较大。""《灭惑论》撰于齐,必矣;撰于何年,则乏显证。"文中列举了数家看法,例如:杨明照《刘勰〈灭惑论〉撰年考》(《古代文学理论研究丛刊》第一辑,1979年12月)以为:"刘勰写的《灭惑论》,不管是在永明十一年前或建武四年后,为时都比《文心雕龙》成书早,这是无庸置疑的。"王元化《〈灭惑论〉与刘勰的前后期思想变化》(《历史学》1979年第2期)认为《灭惑论》写作于天监三至七年,李庆甲《刘勰〈灭惑论〉撰年考辨》(《中国古代美学艺术论文集》,上海古籍出版社1981年版)认为:"《灭惑论》的写作年代当在刘勰任仁威南康王萧绩记室后不久,具体地讲是在梁天监十六年左右。"

刘勰的《梁建安王造剡山石城寺石像碑》载《会稽掇英总集》卷十六,亦载于《艺文类聚》卷七十六,题名《剡山石城寺弥勒石像碑》。该碑文作于梁天监十五年(516)之后,主要叙述营造石像始末。

范文澜、兴膳宏等认为僧祐的《出三藏记集》中或有刘勰手笔。(见彭恩华编译《兴膳宏文心雕龙论文集》,齐鲁书社1984年版)

十、锺嵘生平事迹辑录

锺嵘,字仲伟,颍川长社(今河南长葛)人。

锺嵘,《梁书》、《南史》皆有《锺嵘传》。《南史》本传与《梁书》本传小有不同,详后。《梁书》本传:"锺嵘,字仲伟,颍川长社人。晋侍中雅七世孙也。父蹈,齐中军参军。嵘与兄岏、弟屿并好学,有思理。"颍川长社,在今河南长葛。颍川长社只是锺嵘的祖籍,不是他的出生地。

锺嵘七世祖锺雅,晋侍中。锺嵘之父锺蹈,齐中军参军。《新唐书》卷七十五:"锺氏出自子姓,与宗氏皆晋伯宗之后也。伯宗子州犁仕楚,食采于锺离,因以为姓。楚汉时有锺离昧,为项羽将,有二子:长曰发,居九江,仍故姓;次曰接,居颍川长社,为锺氏。汉有西曹掾皓,字季明,二子:迪、敷。迪,郡主簿,生繇、演。繇字元常,魏太傅、定陵侯。生毓、会。毓字稚叔,侍中、廷尉。生骏,骏字伯道,晋黄门侍郎。生晔,字叔光,公府掾。生雅,字彦胄,过江仕晋,侍中。生诞,字世长,中军参军。生靖,字道寂,颍川太守。生源,字循本,后魏永安太守。生挺,字法秀,襄城太守、颍川郡公。生蹈,字之义,南齐中军。二子:岏、嵘。岏字秀望,梁永嘉县丞。"锺雅是随司马睿南渡的士族人物,据《晋书·锺雅传》:"避乱东渡,元帝以为丞相记室参军,迁临淮内史、振威将军。

顷之，征拜散骑侍郎，转尚书右丞。……转北军中候。大将军王敦请为从事中郎，补宣城内史。……风平，征拜尚书左丞。明帝崩，迁御史中丞。……雅直法绳违，百僚皆惮之。"据张伯伟考证，锺雅从世系上来说，乃出自锺演，而不是锺繇。"自魏至梁，颍川锺氏主要是从繇、演二支传下来，锺嵘出于锺演一支。……尽管锺氏一系在齐梁时的实际地位已无法同魏晋时相比，但昔日的荣耀对锺嵘还是很有影响，使他自居于清流士族而不愿与'吏姓寒人'同流。因此，他的出身，应该定为甲族。"（张伯伟《锺嵘年谱简编初稿》，见张伯伟《锺嵘诗品研究》，南京大学出版社1993年版）

锺嵘兄锺岏、弟锺屿。《南史》本传："岏字长丘，位建康令卒。著《良吏传》十卷。屿字季望，永嘉郡丞。"天监十五年，梁武帝下诏征召学士撰《华林遍略》，锺屿是被征的五学士之一。

关于锺嵘的家庭出身，向来有寒素说、士人说、士族说。颍川长社锺氏是两汉魏晋时代的郡国大族，四海通望。到了南朝，虽然地位下降，无法与王谢这样的门阀士族比肩，但还是属于士族阶层。

锺嵘的生卒年，史书没有明确记载。锺嵘在《诗品序》中说"今所寓言，不录存者"，而《诗品》中涉及的诗人中去世最晚的是沈约，他卒于天监十二年（513）。显然《诗品》完成于天监十二年之后。锺嵘在永明三年（485）入太学，各家没有异议。但锺嵘在永明三年年龄多大，分歧甚多：或以为他是年十五岁（张伯伟说），或以为十七岁（谢文学说），或以为十八岁（王达津说），或以为二十岁（段熙仲说）。相对于生年，锺嵘的卒年比较容易确定。《梁书·锺嵘传》曰："选西中郎晋安王记室。……顷之，卒官。"根据王达津的考证，晋安王不是萧方智，而是简文帝萧纲。萧纲在普通元年（520）出为云麾将军徐州刺史。王达津在确定了锺嵘的卒年之后，继而考证了锺嵘的生年。最后的推断是：锺嵘永明三年十八岁入太学，永明四年十九岁举秀才。锺嵘的生年当在宋明帝泰始四年（468），卒年在梁武帝天监十七年（518），享年五十一岁。（详见王达津《锺嵘生卒年代考》，载《光明日报·文学遗产》1957年8月18日）。这一看法目前为学术界普遍接受。此外，张伯伟认为锺嵘生于宋明帝泰始七年（471），卒于天监十七年，享年四十八岁。（详见张伯伟《锺嵘年谱简编初稿》）

有关锺嵘的生平事迹，除《梁书·文学上·锺嵘传》、《南史·锺嵘传》外，今人研究成果有王达津的《锺嵘生卒年代考》、谢文学的《锺嵘年谱》（上，下）（《文史》第43、44辑）等文章。曹旭评价王达津《锺嵘生卒年代考》说："考证锺嵘生卒年代，以本文为最佳。最早对锺嵘生卒年研究的是张陈卿。张氏作《锺嵘生卒年考》……思路颇为清晰。只是没有注意前后有两个'晋安王'，弄错了一个'晋安王'，考证就错了。王达津此文即在张基础上前进一步，问题即迎刃而解。此后又有几篇关于锺嵘生卒年的考证，如段熙仲的《锺嵘与〈诗品〉考年及其他》（《文学评论丛刊》第5辑，1980年3月）、萧华荣的《锺嵘〈诗品〉三题》（《山东大学文科论文集刊》，1983年1月），均可作为补充，终未能突破此文。"（曹旭选评《中日韩〈诗品〉论文选评》，上海古籍出版社2003年版，第144页）

齐永明中为国子生，明《周易》，卫军王俭领祭酒，颇赏接之。举本州秀才。起家王国侍郎，迁抚军行参军，出为安国令。

永元末，除司徒行参军。

《梁书》本传："嵘，齐永明中为国子生，明《周易》，卫军王俭领祭酒，颇赏接之。举本州秀才。起家王国侍郎，迁抚军行参军，出为安国令。永元末，除司徒行参军。"《南史·钟嵘传》："卫将军王俭领祭酒，颇赏接之。建武初，为南康王侍郎。"据《南齐书·礼志上》："建元四年正月，诏立国学……太祖崩，乃止。永明三年正月，诏立学，创立堂宇，召公卿子弟下及员外郎之胤，凡置生二百人。其年秋中悉集。"钟嵘为国子生当在永明三年（485）秋天。因为钟嵘在《周易》方面的突出成绩，得到了国子祭酒、卫将军王俭的赏识，被举荐为本州秀才。

建武初，钟嵘为南康王萧子琳侍郎，其间曾向齐明帝书奏进言。《南史》本传："建武初，为南康王侍郎。时齐明帝躬亲细务，纲目亦密，于是郡县及六署九府常行职事，莫不争自启闻，取决诏敕。文武勋旧皆不归选部，于是凭势互相通进，人君之务，粗为繁密。嵘乃上书言：'古者明君揆才颁政，量能授职，三公坐而论道，九卿作而成务，天子可恭己南面而已。'书奏，上不怿，谓太中大夫顾暠曰：'钟嵘何人，欲断朕机务，卿识之不？'答曰：'嵘虽位末名卑，而所言或有可采。且繁碎职事，各有司存，今人主总而亲之，是人主愈劳而人臣愈逸，所谓代庖人宰而为大匠斫也。'上不顾而他言。"

萧子琳被杀之后，迁抚军行参军，出为安国令。

永元三年（501），改任为司徒行参军。

天监初，制度虽革，而日不暇给，嵘乃上书。敕付尚书行之。迁中军临川王行参军。

《梁书》本传:"天监初,制度虽革,而日不暇给,嵘乃言曰:'永元肇乱,坐弄天爵,勋非即戎,官以贿就。挥一金而取九列,寄片札以招六校;骑都塞市,郎将填街。服既缨组,尚为臧获之事;职唯黄散,犹躬胥徒之役。名实淆紊,兹焉莫甚。臣愚谓军官是素族士人,自有清贯,而因斯受爵,一宜削除,以惩侥竞。若吏姓寒人,听极其门品,不当因军,遂滥清级。若侨杂伧楚,应在绥抚,正宜严断禄力,绝其妨正,直乞虚号而已。谨竭愚忠,不恤众口。'敕付尚书行之。迁中军临川王行参军。"

萧衍建立梁朝之后,钟嵘迁中军临川王行参军。在迁中军临川王行参军之前,钟嵘曾经给梁武帝上言,"不当因军,遂滥清级。"

衡阳王元简出守会稽,引为宁朔记室,专掌文翰。天监十七年选西中郎晋安王记室,卒于本年。

《梁书》本传:"衡阳王元简出守会稽,引为宁朔记室,专掌文翰。……选西中郎晋安王记室。"按,萧元简在天监三年(504)被封为衡阳王,钟嵘被引为宁朔记室,专掌文翰工作。

钟嵘在宁朔记室任上作《瑞室颂》。在萧元简结交的名士中有一位何胤,隐居在若邪山上。《梁书》本传:"时居士何胤筑室若邪山,山发洪水,漂拔树石,此室独存。元简命嵘作《瑞室颂》以旌表之,辞甚典丽。"《瑞室颂》今已不存。

萧纲于天监十七年(518)任西中郎将、领石头戍军事,钟嵘任晋安王萧纲记室,卒于本年。

嵘尝品古今五言诗,论其优劣,名为《诗评》。

《梁书》本传:"嵘尝品古今五言诗,论其优劣,名为《诗评》。"《诗评》后世称之为《诗品》。《隋书·经籍志》："《诗评》三卷,锺嵘撰。或曰《诗品》。"锺嵘的著作除了《诗品》之外,再没有留存下来。锺嵘仿汉代"九品论人,七略裁士"的著作先例,写出了《诗品》。《诗品》以五言诗为主,将两汉至梁朝作家一百二十二人(据曹旭考证实为一百二十三人)分为上、中、下三品进行评论。锺嵘提倡建安风力,反对玄言诗;主张音韵自然和谐,反对人为的声病说;主张"直寻"之作,反对用典之作。

锺嵘自叙其写作动机曰:"昔九品论人,七略裁士,校以贵实,诚多未值。至若诗之为技,较尔可知,以类推之,殆均博弈。方今皇帝资生知之上才,体沉郁之幽思,文丽日月,赏究天人,昔在贵游,已为称首。况八纮既奄,风靡云蒸,抱玉者联肩,握珠者踵武。固以瞰汉、魏而不顾,吞晋、宋于胸中。谅非农歌辕议,敢致流别。嵘之今录,庶周旋于闾里,均之于谈笑耳。"

《诗品》的成书年代史无明确记载。《诗品序》:"一品之中,略以世代为先后,不以优劣为诠次。又其人既往,其文克定,今所寓言,不录存者。"查《诗品》中所涉及的诗人,去世最晚者当为沈约,沈约卒于天监十二年(513)。

《诗品》现存最早版本为元延祐七年(1320)圆沙书院刊宋章如愚《群书考索》所收本,较常见版本是《津逮秘书》本、《学津讨原》本和《历代诗话》本。今人的注释本较多,此处举出数种:陈延杰的《诗品注》(开明书店1925年版,经过修订之后,人民文学出版社1958年版);古直《锺记室诗品笺》(刊于1928年,为《隅楼丛书》第四种);许文雨《锺嵘诗品讲疏》(成都古籍书店1983年版);叶长青的《锺嵘诗品集释》(上海华通书局1933年初版);

吕德申的《锺嵘诗品校释》(北京大学出版社1986年版);曹旭的《诗品集注》(增订本)(上海古籍出版社2011年版)。曹旭《诗品集注》对《诗品》加以校勘、注释,共收海内外版本、校注本、各种诗话、笔记、类书及研究著作二百多种,分校异、集注、参考三方面对《诗品》进行了校注。

或云锺嵘尝求誉于沈约,为沈约所拒。

《南史》本传:"嵘尝求誉于沈约,约拒之。及约卒,嵘品古今诗为评,言其优劣,云:'观休文众制,五言最优。齐永明中,相王爱文,王元长等皆宗附约。于时谢朓未遒,江淹才尽,范云名级又微,故称独步。故当辞密于范,意浅于江。'盖追宿憾,以此报约也。顷之卒官。"

胡应麟《诗薮·外编》卷二:"休文四声八病,首发千古妙诠,其于近体,允谓作者之圣。而自运乃无一篇,诸作材力有余,风神全乏。视彦升、彦龙,仅能过之。世以锺氏私憾,抑置'中品',非也。"张锡瑜《锺记室诗平》:"嵘之评约,实非有意贬抑。沈诗具在,后世自有公评。衡以范、江,适得其分。'报憾'之言,所谓以小人之腹,度君子之心耳。延寿载之,为无识矣。"许印芳《诗法萃编》:"隐侯列'中品',已不为屈。《南史》犹称其追报宿憾。史书可尽信哉!"纪昀《四库全书总目》卷一九五:"史称嵘尝求誉于沈约,约弗为奖借,故嵘怨之,列约'中品'。案约诗列之'中品',未为排抑。唯《序》中深诋声律之学,谓'蜂腰鹤膝,仆病未能;双声叠韵,里俗已具',是则攻击约说,显然可见。言亦不尽无因也。"范文澜《文心雕龙注》曰:"《南史》喜杂采小说家言,恐不足据以疑二贤也。"《诗品中》说:"于时,谢朓未遒,江淹才尽,范云名级又微,故约称独步。"对沈约在诗史地位的地位予以肯定,并非前人所谓的报复。

十一、江淹生平事迹辑录

江淹,字文通,济阳考城(今河南民权)人。

江淹,《梁书》卷十四、《南史》卷五十九有传。江淹《自序传》:"淹字文通,济阳考城人。"《梁书》本传:"江淹,字文通,济阳考城人也。"清汪中《述学·江淹墓辨》:"江氏本贯,实在今之考城,……而醴陵所系之济阳考城,则侨立于今之丹徒县境。"丹徒县,在今江苏镇江市。康熙《考城县志》卷四《古迹》:"江家集,乃醴陵侯江淹故里也,在县西南二十五里。"俞绍初《江淹年谱》(刘跃进、范子烨《六朝作家年谱辑要》下册,黑龙江教育出版社1999年版)云:"淹之祖居实在今民权县境。至于江淹先祖侨居江南时间,史无明文。……据此推测,亦或在西晋末年。"丁福林《江淹年谱》(凤凰出版社2007年版)云:江淹,字文通,济阳考城(今河南兰考)人。原籍陈留圉(今河南杞县)。西晋末,中原战乱,济阳江氏避难徙居成皋(今河南荥阳),后又南徙渡江,居南徐州之京口(今江苏镇江)。

江淹祖耽,丹阳令;父康之,南沙令。江淹《伤爱子赋》:"缅吾祖之赫羲,帝高阳之玄胄。"宋汪藻《叙录·考异·企羡门》:"以陈留江渊以能食为谷伯……按江渊,学士,中兴初为国子祭酒,大鸿胪,襄邑李侯。渊生象、猥。象字元,卫尉,定侯。六世孙淹,今骁骑将军。"《文选》江淹《恨赋》李善注引刘璠《梁典》:"祖耽,丹阳令;父康之,南沙令。"俞绍初《江淹年谱》:自言为帝高阳之后。七世祖渊,大鸿胪;六世祖象,卫尉;祖耽,丹阳令;父康之,南沙令。母刘氏。外族刘伯龙,官至少府卿;舅彪,齐征虏晋安王记室。"考城江氏,虽为大族,然门第低下。……江淹在文章中亦常自叹其身世贫贱。……由是可知,其出身为寒门无疑。"

江淹生于宋文帝元嘉二十一年(444),卒于梁天监四年(505),终年六十二岁。《梁书》本传:"(天监)四年卒,时年六十二。"天监四年上推六十二年为元嘉二十一年。

江淹生平见江淹《自序传》及《梁书》、《南史》本传。今人著作有吴丕绩《江淹年谱》(商务印书馆1938年版,以下简称《年谱》),俞绍初《江淹年谱》(以下简称《年谱》),曹道衡《江淹评传》(载《中国历代著名文学家评传》,山东教育出版社1985年版,以下简称《评传》),曹道衡《江淹作品写作年代考》(载《艺文志》,山西人民出版社1983年版,以下简称《年代考》),丁福林《江淹年谱》(以下简称《年谱》)。

少孤贫好学,沉静少交游。

《梁书》本传:"少孤贫好学,沉静少交游。"江淹《自序传》:"幼传家业,六岁能属诗。十三而孤,邈过庭之训。"《广弘明集》卷三江淹《遂古篇》文末注引《梁典》:"初,年十三而孤贫,采薪养母,以孝闻。"俞绍初《年谱》:"案《隋书·经籍志》史部著录有刘璠《梁典》三十卷,又有陈何元之撰《梁典》三十卷。此《梁典》不知出自何家。"丁福林《年谱》按曰:当是何元之,其撰《梁典》事见载《陈书·文学传》。江淹虽属士族,郡望甚高,然家境则较贫困。

江淹《自序传》：" 长遂博览群书，不事章句之学，颇留精于文章，所诵咏者，盖二十万言，而爱奇尚异，深沉有远识，常慕司马长卿、梁伯鸾之徒，然未能悉行也。所与神游者，唯陈留袁叔明而已。"《南史》本传："淹少孤贫，常慕司马长卿、梁伯鸾之为人，不事章句之学，留情于文章。早为高平檀超所知，常升以上席，甚加礼焉。""陈留袁叔明"，即袁炳，江淹友人，江淹有《伤友人赋》、《袁友人传》记其事迹。"高平檀超"，字悦祖，曾与江淹同掌史职。《南齐书》、《南史》有传。

弱冠，以五经授宋始安王刘子真，略传大义。

江淹《自序传》："弱冠，以五经授宋始安王刘子真，略传大义。"弱冠，大明七年（463），江淹二十岁。子真，宋孝武帝第十一子。大明五年（461）封始安王。《文选》江淹《从冠军建平王登庐山香炉峰诗》李善注引刘璠《梁典》："江淹年二十，以五经授宋建平王景素。"《广弘明集》卷三江淹《遂古篇》文末注引《梁典》："（江淹）年二十，以五经授宋诸王，待以客礼。"吴丕绩《江淹年谱》、曹道衡《江淹作品写作年代考》皆以为《文选》注引刘璠《梁典》所载有误。俞绍初《年谱》："其时，始安王五岁，建平王十岁，皆在幼冲，淹授以五经，仅'略传大义'，发蒙而已。"丁福林《年谱》针对上文三条资料说：是三说各异，谁是谁非，尚需考索。俞说颇为可信，今从之。

江淹《自序传》："弱冠……为南徐州新安王从事，奉朝请。"《梁书》本传："起家南徐州从事，转奉朝请。"这里涉及两个问题，一个是新安王是谁？吴丕绩《年谱》云："先生作新安王从事、奉朝请，不识究为何人。"曹道衡《年代考》和俞绍初《年谱》都认为新安王即始平王刘子鸾，宋孝武帝第八子。俞绍初《年谱》云：江淹大明七年（463）为南徐州新安王从事，奉朝请。大明八年（464）在建康，入始安王府。泰始元年（465）在建康。丁福林《年谱》云江淹所仕必子鸾无疑。江淹入子鸾府，其时当在大明七到八年之间。另外一个问题是，江淹在任南徐州新安王从事的同时兼任奉朝请，还是先任南徐州从事，后来"转"任奉朝请？大家对此都没有特别留意，丁福林第一次提出了自己的看法。丁福林《年谱》云："笔者以为并不能将当时江淹所任职之经历简单地理解为以新安王掾属而为奉朝请。""江淹先为新安王子鸾南徐州从事，此后又转为奉朝请。其转奉朝请之时间虽然难以确切考知，但大致在大明七年冬至大明八年春夏之间，故暂系之于此。"据丁福林《年谱》：大明八年七月宋新安王子鸾解领司徒，之南徐州刺史任。江淹入始安王子真幕。次年九月，始安王子真之南兖州任，江淹随之之广陵。

宋建平王景素好士，淹随景素在南兖州。

江淹《自序传》："始安之薨也，建平王刘景素闻风而悦，待以布衣之礼。然少年尝倜傥不俗，或为世士所嫉，遂诬淹以受金者，将及抵罪，乃上书见意而免焉。"《梁书》本传："宋建平王景素好士，淹随景素在南兖州。广陵令郭彦文得罪，辞连淹，系州狱。淹狱中上书。……景素览书，即日出之。"始安之薨，始安王子真于泰始二年（466）十月被明帝赐死。子真时年十岁。刘景素，建平王刘宏之子，刘宏为宋文帝第七子。俞绍初《读文选江淹诗文拾琐》（《郑州大学学报》1993年第3期，以下简称《拾琐》）云："江淹当时在建平王门下，不过是一名以文墨术数侍主的食客而已。"丁福林《年谱》：江淹被南兖州狱乃在泰始三年（467）七月中下旬，被免出狱则在八月下旬。八、九月间，建平王景素离南兖州任，之建康，就任丹阳尹。江淹亦随景素离广陵南归。

江淹《自序传》："寻举南徐州桂阳王秀才，对策上第，转巴陵王右常侍，右军建平王主簿，宾待累年，雅以文章见遇。"《梁书》本传："寻举南徐州秀才，对策上第，转巴陵王国左常侍。"桂阳王刘休范，文帝第十八子。巴陵王刘休若，文帝第十九子。江淹转巴陵王右常侍还是左常侍，两书记载牴牾。此外，关于江淹举南徐州秀才的时间，各家有不同看法。曹道衡《评传》认为在泰始三年（467），俞绍初《年谱》认为：泰始五年（469）十月，江淹举南徐州秀才，对策上第。泰始七年（471）为右军建平王主簿。丁福林《年谱》认为泰始四年（468）春，江淹被举为南徐州秀才。据他考证当时秀才并非正式之官职。之湘州途中，道经荆州江陵，作《望荆山》诗一首。又作《哀千里赋》。泰始五年春夏之间，江淹离巴陵王休若幕，由湘州之州治临湘返京都建康，复入建平王景素幕。建平王转吴兴太守，江淹随之之吴兴任。泰始六年（470）正月，江淹随建平王由吴兴还京都。二三月间，建平王之湘州任，江淹随行。

江淹《自序传》："而宋末多阻，宗室有忧生之难，王初欲羽檄征天下兵，以求一旦之幸；淹尝从容晓谏，言人事之成败，每曰：'殿下不求宗庙之安，如信左右之计，则复见麋鹿霜栖露宿于姑苏之台矣。'终不以纳，而更疑焉。"《梁书》本传："景素为荆州，淹从之镇。少帝即位，多失德。景素专据上流，咸劝因此举事。淹每从容谏曰：'流言纳祸，二叔所以同亡；抵局衔怨，七国于焉俱毙。殿下不求宗庙之安,而信左右之计,则复见麋鹿霜露栖于姑苏之台矣。'景素不纳。"俞绍初《年谱》系江淹从容谏言于泰豫元年(472)。该书考证:泰豫元年六月,随建平王景素回建康。丁福林《年谱》:泰始七年(471),建平王改任荆州刺史,江淹随之,之荆州后为右军主簿。泰豫元年七月,随建平王景素还京都。

《宋书·后废帝纪》:"(泰豫元年闰七月甲辰),新除太常建平王景素出为镇军将军、南徐州刺史。"《梁书》本传:"及镇京口,淹又为镇军参军事,领南东海郡丞。"俞绍初《年谱》:泰豫元年(472)闰七月,江淹随建平王至京口,淹为镇军参事,领南东海郡丞。南东海属徐州,治京口。

江淹《自序传》:"于是王与不逞之徒,日夜拘议,淹知祸机之将发,又赋诗十五首,略明性命之理,因以为讽。王遂不悟,乃凭怒而黜之,为建吴兴令。"《梁书》本传:"景素与腹心日夜谋议,淹知祸机将发,乃赠诗十五首以讽焉。会南东海太守陆澄丁艰,淹自谓郡丞应行郡事,景素用司马柳世隆。淹固求之,景素大怒,言于选部,黜为建安吴兴令。淹在县三年。"俞绍初《年谱》:案建平王与腹心日夜谋议,江淹劝谏事,《通鉴》系于元徽三年(475),今从之。建安郡吴兴县属江州,在今福建蒲城县。丁福林《年谱》:元徽元年(473)八月,建平王景素进号镇北将军,江淹随府转镇北参军。元徽二年江淹作《效阮公诗》十五首。七月景素进号征北将军,江淹随府转征北参军。八、九月间,江淹被黜为建安吴兴令。之吴兴途中作《去故乡赋》等。

江淹《自序传》:"为建吴兴令,地在东南峤外,闽越这旧境也,爱有碧水丹山,珍木灵草,皆淹平生所至爱,不觉行路之远矣。山中无事，专与道书为偶，乃悠然独往，或日夕忘归，放浪之际，颇着文章自娱。"丁福林《年谱》：在吴兴作《青苔赋》、《石劫赋》、《伤爱子赋》、《四时赋》、《悼室人》、《恨赋》、《别赋》等。

江淹《自序传》："在邑三载，朱方竟败焉。复还京师。"俞绍初《年谱》：元徽五年（477）春，自吴兴回京。朱方，代指南徐州刺史景素。

江淹《自序传》："复还京师，值世道已昏，守志闲居，不交当轴之士。俄皇帝始有大功于四海，闻而访召之，为尚书驾部郎、骠骑竟陵公参军事。"皇帝：齐高帝萧道成。《梁书》本传："昇明初，齐帝辅政，闻其才，召为尚书驾部郎、骠骑参军事。"昇明，宋顺帝刘准年号。昇明元年（477），江淹三十四岁。

是时军书表记，皆为草具，逮东霸城府，犹掌笔翰，相府始置，仍为记室参军事，及让齐王九锡备物，凡诸文表，皆淹为之。

江淹《自序传》："当沈攸之起兵西楚也，人怀危惧，高帝尝顾而问之，曰：'天下纷纷若是，君谓如何？'淹对曰：'昔项强而刘弱，袁众而曹寡，羽号令诸侯，竟受一剑之辱，绍跨蹑四州，终为奔北之虏，此所谓在德不在鼎，公何疑焉。'帝曰：'闻此言者多矣，其试为我言之。'淹曰：'公雄武有奇略，一胜也。宽容而仁恕，二胜也。贤能毕力，三胜也。民望所归，四胜也。奉天子而伐逆叛，五胜也。攸之志锐而器小，一败也。有威而无恩，二败也。士卒解体，三败也。搢绅不怀，四败也。悬兵数千里，而无同恶相济，五败也。故豺狼十万，而终为我获焉。'帝笑曰：'君谈过矣。'"据《南齐书·高帝纪上》，昇明元年（477）十二月，荆州刺史沈攸之举兵反叛。据《宋书·沈攸之传》,昇明二年(478)正月,沈攸之兵败被杀。

江淹《自序传》:"是时军书表记,皆为草具,逮东霸城府,犹掌笔翰,相府始置,仍为记室参军事,及让齐王九锡备物,凡诸文表,皆淹为之。"《梁书》本传:"是时军书表记,皆使淹具草。相国建,补记室参军事。"据《南齐书·高帝纪上》,昇明三年(479)三月,萧道成进位相国,封齐公,备九锡之礼。

建元初,又为骠骑豫章王记室,带东武令,参掌诏册,并典国史。

江淹《自序传》:"受禅之后,又为骠骑豫章王记室参军、镇东武令,参掌诏册,并典国史,既非雅好,辞不获命。"《梁书》本传:"建元初,又为骠骑豫章王记室,带东武令。"据《南齐书·高帝纪上》,昇明三年(479)四月,萧道成进位齐王。同月,宋顺帝禅位于萧道成。萧道成即帝位,国号齐,改元建元。骠骑豫章王萧嶷,齐高帝萧道成第二子,齐武帝萧赜之弟。俞绍初《年谱》:东武为江左侨立,属南徐州南平昌郡。丁福林《年谱》:江淹为骠骑豫章王记室参军在萧道成即帝位后,而领东武令则在建元二年始置史官后,是二者并非一时之事。俞谱系此月江淹即带东武令,恐未审。

《南史》本传:"永明三年,兼尚书右丞。时襄阳人开古冢,得玉镜及竹简古书,字不可识。王僧虔善识字体,亦不能谙,直云是科斗书。淹以科斗字推之,则周宣王之前也。"朱季海《南齐书校议》、俞绍初《年谱》考证:永明三年有误,实为"昇明三年"。详见丁福林《年谱》第146页。

江淹《自序传》:"参掌诏册,并典国史,既非雅好,辞不获命。寻迁中书侍郎。"《南史》本传:"建元二年,始置史官,淹与司徒左长史檀超共掌其任,所为条例,并为王俭所驳,其言不行。淹任性文雅,不以著述在怀,所撰十三篇竟无次序。又领东武令,参掌诏策。后拜中书侍郎,王俭尝谓曰:'卿年三十五,已为中书侍郎,才学如此,何忧不至尚书金紫。所谓富贵卿自取之,但问年寿何如尔。'淹曰:'不悟明公见眷之重。'"俞绍初《年谱》:其发凡起例,檀超当居首功,而撰成《十志》者,则是江淹。建元四年(482)迁正员散骑侍郎、中书侍郎。丁福林《年谱》:建元二年,江淹领东武令,参掌诏册。今岁,江淹迁正员散骑侍郎。又迁中书侍郎。建元四年(482)三月齐高帝萧道成卒,萧赜即位,是为齐武帝。江淹为萧道成编次遗文。今岁前,江淹完成《杂体诗三十首》。

永明初,迁骁骑将军,掌国史。

江淹《自序传》:"淹尝云:'人生当适性为乐,安能精意苦力,求身后之名哉?'故自少及长,未尝著书,唯集十卷,谓如此足矣。"俞绍初《年谱》:案《自序》所云"集十卷"应是前集,《自序》则为前集之序。前集当成于永明元年(483)未迁任骁骑将军之时。

《梁书》本传:"永明初,迁骁骑将军,掌国史。出为建武将军、庐陵内史。视事三年,还为骁骑将军,兼尚书左丞,寻复以本官领国子博士。"俞绍初《年谱》:庐陵郡属江州,在今江西吉安县境。《杂体诗》三十首,无确年可考,要当在建元之末、永明之初。丁福林《年谱》:永明元年,江淹续撰齐史成。今岁,江淹有议南郊明堂事。出为建武将军、庐陵内史。永明三年（485），江淹由庐陵内史还为骁骑将军，兼尚书左丞。还京都后，寻复以本官领国子博士。

萧绎《金楼子·说蕃》："竟陵王子良好文学，我高祖（萧衍）、王元长、谢玄晖、张思光、何宪、任昉、孙广、江淹、虞炎、何佣、周颙之俦，皆当时之杰，号士林也。"《梁书·武帝纪上》："竟陵王子良开西邸，招文学，高祖（萧衍）与沈约、谢朓、王融、萧琛、范云、任昉、陆倕等并游焉，号曰八友。"《梁书·沈约传》："时竟陵王亦招士，约与兰陵萧琛、琅琊王融、陈郡谢朓、南乡范云、乐安任昉等皆游焉，当世号为得人。"据此可知，江淹虽然在"士林"这个大圈子之内，却不在"八友"这个小集团当中。

《南齐书·庾杲之传》："永明中，诸王年少，不得妄与人接，敕杲之与济阳江淹五日一诣诸王，使申游好。"

锺嵘《诗品》："梁左光禄沈约诗。观休文众制，五言最优。详其文体，察其余论，固知宪章鲍明远也。所以不闲于经纶，而长于清怨。齐永明中，相王爱文，王元长、约等皆宗附之。于时，谢朓未遒，江淹才尽，范云名级又微，故约称独步。"俞绍初《年谱》：永明相王，即竟陵王子良，永明五年为司徒，故称。是谓江淹"才尽"是永明中事，与声律说倡行几乎同时。

时明帝作相，淹为南司，震肃百僚。

《梁书》本传："少帝初，以本官兼御史中丞。时明帝作相，因谓淹曰：'君昔在尚书中，非公事不妄行，在官宽猛能折衷；今为南司，足以震肃百僚。'淹答曰：'今日之事，可谓当官而行，更恐才劣志薄，不足以仰称明旨耳。'于是弹中书令谢朓，司徒左长史王缋、护军长史庾弘远,并以久疾不预山陵公事;又奏前益州刺史刘悛、梁州刺史阴智伯,并赃货巨万,辄收付廷尉治罪。临海太守沈昭略、永嘉太守庾昙隆,及诸郡二千石并大县官长,多被劾治,内外肃然。明帝谓淹曰:'宋世以来,不复有严明中丞,君今日可谓近世独步。'"永明十一年(493)齐武帝萧赜去世,皇太孙萧昭业即位,史称郁林王,亦即上文中的"少帝"。

明帝即位,为车骑临海王长史。

《梁书》本传:"明帝即位,为车骑临海王长史。俄除廷尉卿,加给事中,迁冠军长史,加辅国将军。出为宣城太守,将军如故。在郡四年,还为黄门侍郎、领步兵校尉,寻为秘书监。"据史载,公元494年,西昌侯萧鸾即位,史称齐明帝。改元建武。临海王,文惠太子第三子萧昭秀。丁福林《年谱》:建武三年(496)夏,谢朓离宣城太守任。江淹出为辅国将军、宣城太守,继谢朓之任。江淹实乃被贬出京。永元元年(499),江淹还为黄门侍郎,领步兵校尉。又迁秘书监、侍中。

《梁书》本传:"永元中,崔慧景举兵围京城,衣冠悉投名刺,淹称疾不往。及事平,世服其先见。"据《南齐书·东昏侯纪》,永元二年(500)三月,齐平西将军崔慧景举兵围京城。四月,豫州刺史萧懿击破崔慧景军。萧懿为尚书令,十月被东昏侯所杀。十二月,齐雍州刺史萧衍起兵于襄阳。

东昏末,淹以秘书监兼卫尉,固辞不获免,遂亲职。

《梁书》本传:"东昏末,淹以秘书监兼卫尉,固辞不获免,遂亲职。谓人曰:'此非吾任,路人所知,正取吾空名耳。且天时人事,寻当翻覆。孔子曰:"有文事者必有武备。"临事图之,何忧之有？'顷之，又副领军王莹。及义师至新林，淹微服来奔，高祖板为冠军将军，秘书监如故，寻兼司徒左长史。中兴元年，迁吏部尚书。二年，转相国右长史，冠军将军如故。"义师至新林，据《梁书·武帝纪上》，永元三年（501）九月萧衍率军至新林。

天监元年，为散骑常侍、左卫将军，封临沮县开国伯，食邑四百户。

《梁书》本传："天监元年，为散骑常侍、左卫将军，封临沮县开国伯，食邑四百户。淹乃谓子弟曰：'吾本素宦，不求富贵，今之忝窃，遂至于此。平生言止足之事，亦以备矣。人生行乐耳，须富贵何时。吾功名既立，正欲归身草莱耳。'其年，以疾迁金紫光禄大夫，改封醴陵侯。"中兴二年（502）正月，萧衍进位相国。四月，萧衍即帝位，国号梁，是为梁武帝。改元天监。是年，江淹五十九岁。

天监四年卒，时年六十二。

《梁书》本传："四年卒，时年六十二。高祖为素服举哀。赙钱三万，布五十匹。谥曰宪伯。""子蒍袭封嗣，自丹阳尹丞为长城令，有罪削爵。普通四年，高祖追念淹功，复封蒍吴昌伯，邑如先。"

凡所著述百余篇，自撰为前后集，并《齐史》十志，并行于世。

《梁书》本传："凡所著述百余篇，自撰为前后集，并《齐史》十志，并行于世。"另外，据《自序传》称凡十卷，《隋书·经籍志》著录为九卷。另有《后集》十卷。俞绍初《年谱》云："《隋书·经籍志》载：'《江淹集》九卷，梁二十卷。《江淹后集》十卷。'所云'梁二十卷'，疑是梁时前后两集之合编本，'九卷'，当是前集十卷而佚去序目一卷。两《唐志》均作前集十卷，后集十卷。宋代公私书目但著录十卷。今所见《四部丛刊》影印翻宋本，其所收诗文凡有确切年代可考者，多为永明元年前所作，则宋代流传之江集当是所谓前集，其后集则已亡佚不存。"丁福林《年谱》云："江淹创作，今存者有赋二十七篇（外有残篇一），诗八十六首，骚三首，杂篇三首，颂十五首，赞五首，符一篇，教五篇，檄文一篇，章八篇，表三十八篇，启六篇，诏二十篇，上书一篇，书三篇，笺二篇，奏记二篇，谏一篇，行状一篇，祭文一篇，咒文一篇，传一篇，序一篇，论一篇。"注本有明代胡之骥《江文通集汇注》，中华书局1984年排印本。今人研究著作有：曹道衡《江淹评传》（载《中国历代著名文学家评传》，山东教育出版社1983年版），曹道衡《中古文学史论文集》中华书局1986年版，俞绍初《读文选江淹诗文拾琐》（《郑州大学学报》1993年第3期）等。

在江淹研究中，有两个问题颇受关注。其一是江郎才尽。其二是如何理解江淹诗歌"筋力于王微，成就于谢朓"。

《梁书》本传："淹少以文章显，晚节才思微退，时人皆谓之才尽。"《南史》本传："淹少以文章显，晚节才思微退，云为宣城太守时罢归，始泊禅灵寺渚，夜梦一人自称张景阳，谓曰：'前以一匹锦相寄，今可见还。'淹探怀中得数尺与之，此人大恚曰：'那得割截都尽。'顾见丘迟谓曰：'余此数尺既无所用，以遗君。'自尔淹文章踬矣。又尝宿于冶亭，梦一丈夫自称郭璞，谓淹曰：'吾有笔在卿处多年，可以见还。'淹乃探怀中得五色笔一以授之。尔后为诗绝无美句，时人谓之才尽。"

锺嵘《诗品》云："文通诗体总杂，善于摹拟，筋力于王微，成就于谢朓。初，淹罢宣城郡，遂宿冶亭，梦一美丈夫，自称郭璞，谓淹曰：'我有笔在卿处多年矣，可以见还。'淹探怀中，得一五色笔以授之。尔后为诗，不复成语，故世传江淹才尽。"

古直《诗品笺》引张溥语："江文通遭梁武，年华望暮，不敢以文陵主，意同明远，而蒙讥才尽。世人无表而出之者，沈休文窃笑后人矣。"

俞绍初《年谱》：江淹在永明中已蒙才尽之讥，及至此时，岂以前任谢朓在宣城创作甚多，诗名卓著，而淹不与之争胜，乃借托"索笔""还锦"之梦以自解欤？又《广弘明集》卷三江淹《遂古篇》注引《梁典》云："梦郭璞索五色笔，淹与之。自是为文不工，人谓才尽，然不得志故也。"此与后世所谓淹之才尽在于"名位益登"而"清思旋乏"之谈（见姚鼐《惜抱轩笔记》卷一），大相径庭。

曹旭《诗品集注》云："江淹才尽，后世见仁见智，说颇歧纷。"作者归纳清朝以前解释"江淹才尽"的四种观点为：第一，江淹晚年遇到喜好文墨而又气量狭窄的梁武帝，不敢以文才凌驾于帝王之上，所以故意"藏拙"，不是真的才尽。第二，江淹对当时流行的"永明体"文风不满，但无力与之抗衡，只能搁笔表示抗议。第三，江淹由于生活环境改变，晚年已身居高位，俗务缠身，没有时间进行文学创作。第四，江淹真的才尽了，归还五色笔和锦的梦就是"才尽"的征兆。（曹旭《诗品集注》，上海古籍出版社2011年版，第409—410页）

丁福林《年谱》引述了三种观点：陈延杰《诗品注》云："文通诗亦能极体物之奇，而声调格律，皆逼肖谢朓，故锺氏谓成就于谢朓者,差近之。"陈庆元《江淹"筋力于王微,成就于谢朓"辨》(《中古文学论稿》,天津人民出版社1992年版)以为成就于谢朓者,成就高于谢朓。樊荣《江淹"筋力于王微,成就于谢朓"再辨》(《新乡师范高等专科学报》1999年第1期)以为:指江淹在对五言诗的贡献上成就接近于谢朓。丁福林《年谱》评论道:"其中'筋力'二句,时人多有以江淹受王微及谢朓诗影响者。……然谢朓实为江淹的后辈,谢朓生时,江淹年已二十一岁。……锺嵘论诗,以为江淹成就接近于后辈,于情理似未有允。则庆元所论,差为得之。"

穆克宏《"筋力于王微,成就于谢朓"众说平议》(《文学遗产》2014年第1期)认为:长期以来,《诗品》研究者们对"筋力"二句的解释众说纷纭。该文列举了11种说法,分别是陈延杰说,古直说,许文雨说,王叔岷说,萧华荣说,吕德申说,周振甫说,陈元胜说,杨明说,陈庆元说,曹旭说。最后,作者提出自己的观点:根据王引之《经传释词》,将"于"作"如"解,"筋力于王微",就可以解释为:江淹的才力如王微。如者,像也。说江淹的才力像王微,是因为锺嵘认为当时江淹"才尽",而王微"才力苦弱",故而相似。

十二、任昉生平事迹辑录

任昉，字彦升，小字阿堆，乐安博昌（今山东博兴）人。

任昉，《梁书》卷十四、《南史》卷五十九有传。《梁书》本传载："任昉，字彦升，乐安博昌人，汉御史大夫敖之后也。"《元和姓纂》载："黄帝二十五子，十二子各以德为姓，一为任氏。六代至奚仲，封薛。魏有任座，秦任鄙、汉御史大夫广阿侯任敖，武帝时任安。"下载乐安博昌一支："任敖之后，晋尚书任恺，梁新安太守任昉，生东里。"（林宝《元和姓纂》卷五，中华书局1994年版）罗国威《任昉年谱》（《四川大学学报》1994年第1期）认为乐安博昌在今山东乐昌西北；张顶政《任昉年谱略稿》（《西南民族学院学报》1999年增刊）认为乐安博昌是任昉的郡望，地址在今山东博兴。乐安博昌任氏，魏晋之世为显族。任昉先世，当为从晋元帝过江之乐安世族。张金平《任昉年谱》（《辽东学院学报》2010年第1期）说：据《晋书》载，乐安任氏在魏晋为显族。魏有任昊拜太常。晋有任恺，恺乃昊子，恺拜侍中，封昌国县侯。恺尚魏明帝女，又为晋武帝舅父，有国戚之重。恺子罕，字子伦，历官御史黄门侍郎，散骑常侍，兖州刺史，大鸿胪。乐安为其郡望，但其家已迁居兖州，且户籍从此一直隶属兖州，后乃有任昉举兖州秀才。任昉父辈史书有载，未载其祖辈，用现存文献可略推知身世。

任昉父任遥，齐中散大夫。母裴氏，高明有德行。《梁书》本传："父遥，齐中散大夫。遥妻裴氏，尝昼寝，梦有彩旗盖四角悬铃，自天而坠，其一铃落入裴怀中，心悸动，既而有娠，生昉。身长七尺五寸。"《南史》本传："父遥，齐中散大夫。遥兄遐，字景远，少敦学业，家行甚谨，位御史中丞、金紫光禄大夫。永明中，遐以罪将徙荒裔，遥怀名请诉，言泪交下，齐武帝闻而哀之，竟得免。遥妻河东裴氏，高明有德行，尝昼卧，梦有五色采旗盖四角悬铃，自天而坠，其一铃落入怀中，心悸因而有娠。占者曰：'必生才子。'及生昉，身长七尺五寸。"《梁书·裴子野传》："子野与任昉为从中表兄弟。"张金平《任昉年谱》：任昉之母裴氏为史学家裴松之孙女，裴骃之侄女。任昉之祖辈不应无闻。任昉应为士族之家。沈约与任昉交往甚密可作为一旁证。

任昉生卒年，史书记载清楚，各家无异议。任昉生于宋孝武帝大明四年（460），卒于梁武帝天监七年（508），享年四十九岁。《梁书》本传："六年春，出为宁朔将军、新安太守。……为政清省，吏民便之。视事期岁，卒于官舍，时年四十九。"

任昉生平事迹见《梁书》、《南史》本传等。今人整理的年谱有：罗国威《任昉年谱》（以下简称《年谱》）；张顶政《任昉年谱略稿》（以下简称《年谱》）；杨赛《任昉年谱》（以下简称《年谱》）；张金平《任昉年谱》（以下简称《年谱》）。

幼而好学，早知名。宋丹阳尹刘秉辟为主簿，时昉年十六。

《梁书》本传："幼而好学，早知名。"《南史》本传："幼而聪敏，早称神悟。四岁诵诗数十篇。八岁能属文，自制《月仪》，辞义甚美。褚彦回尝谓遥曰：'闻卿有令子，相为喜之。所谓百不为多，一不为少。'由是闻声藉甚。年十二，从叔晷有知人之量，见而称其小名曰：'阿堆，吾家千里驹也。'昉孝友纯至，每侍亲疾，衣不解带，言与泪并，汤药饮食必先经口。"昉四岁，大明七年（463）。八岁，泰始三年（467）。年十二，泰始七年（471）。

《梁书》本传："宋丹阳尹刘秉辟为主簿。时昉年十六，以气忤秉子。久之，为奉朝请，举兖州秀才，拜太常博士，迁征北行参军。"《南史》本传："初为奉朝请，举兖州秀才，拜太学博士。"任昉年十六，为宋后废帝元徽三年（475）。据杨赛《年谱》：昉除北行参军，当在送建平王刘景素府。是年，与江淹交。元徽四年（476）除太学博士，《梁书·任昉传》作"太常博士"，误。

《南齐书·王慈传》："慈以朝堂讳榜，非古旧制，上表。……仪曹郎任昉议……慈议不行。"罗国威《年谱》认为建元元年（479）任昉除仪曹郎，作《朝堂讳榜议》。杨赛《年谱》：永明八年（490）任昉为仪曹郎。王慈永明九年卒，故昉为仪曹郎当在是年。

永明初，卫将军王俭引为主簿。俭雅钦重昉，以为当时无辈。

《梁书》本传："永明初，卫将军王俭领丹阳尹，复引为主簿。俭雅钦重昉，以为当时无辈。迁司徒刑狱参军事，入为尚书殿中郎，转司徒竟陵王记室参军，以父忧去职。"《南史》本传："永明初，卫将军王俭领丹阳尹，复引为主簿。俭每见其文，必三复殷勤，以为当时无辈，曰：'自傅季友以来，始复见于任子。若孔门是用，其入室升堂。'于是令昉作一文，及见，曰：'正得吾腹中之欲。'乃出自作文，令昉点正，昉因定数字。俭拊几叹曰：'后世谁知子定吾文！'其见知如此。后为司徒竟陵王记室参军。时琅邪王融有才俊，自谓无对当时，见昉之文，怳然自失。"罗国威《年谱》认为永明初为永明二年（484），是年任昉作《别萧咨议衍诗》。丁父忧当为是年事。杨赛《年谱》认为任昉为王俭所赏在升明二年（478）。建元四年（482），任昉二十一岁时，与萧衍相识。

《梁书》本传："性至孝，居丧尽礼。服阕，续遭母忧，常庐于墓侧，哭泣之地，草为不生。服除，拜太子步兵校尉、管东宫书记。"《南史》本传："以父丧去官，泣血三年，杖而后起。齐武帝谓昉伯遐曰：'闻昉哀瘠过礼，使人忧之，非直亡卿之宝，亦时才可惜。宜深相全譬。'遐使进饮食，当时勉励，回即欧出。昉父遥本性重槟榔，以为常饵，临终尝求之，剖百许口，不得好者。昉亦所嗜好，深以为恨，遂终身不尝槟榔。遭继母忧，昉先以毁瘠，每一恸绝，良久乃苏，因庐于墓侧，以终丧礼。哭泣之地，草为不生。昉素强壮，腰带甚充，服阕后不复可识。" 罗国威《年谱》认为昉以永明二年丁父忧去职，三年服阕，当为永明五年（487）。入竟陵王萧子良西邸。永明五年昉复遭母丧，三年服阕，当是永明八年（490）。是年拜太子步兵校尉、管东宫书记。拜尚书殿中郎，与宗夬同接魏使。《梁书·宗夬传》："永明中，与魏和亲，敕夬与尚书殿中郎任昉同接魏使，皆时选也。"张顶政《年谱》认为昉当于永明七年（489）重除尚书殿中郎并参与接待来聘的魏使。永明八年丁父忧去职。昉当于丁父忧中又遭母忧，服阕当在永明十一年（493）。杨赛《年谱》认为永明三年（485）昉丁父忧去职。永明五年与竟陵八友游。预萧子良抄书事。张金平《年谱》认为永明五年昉以父忧去职，其父当卒于是年末或明年春初。《梁书·宗夬传》："永明中"，即是永明七八年。昉当于是时为尚书殿中郎，并参与第二次接待来聘的可能性较大。《南史》"遭继母忧"应为"继遭母忧"之讹。昉遭母忧应在永明八年末或明年初。

《梁书》本传："初，齐明帝既废郁林王，始为侍中、中书监、骠骑大将军、开府仪同三司、扬州刺史、录尚书事，封宣城郡公，加兵五千，使昉具表草。……帝恶其辞斥，甚愠昉，由是终建武中，位不过列校。"《南史》本传："齐明帝深加器异，欲大相擢引，为爱憎所白，乃除太子步兵校尉，掌东宫书记。齐明帝废郁林王，始为侍中、中书监、骠骑大将军、开府仪同三司、扬州刺史、录尚书事，封宣城郡公，使昉具草。帝恶其辞斥，甚愠，昉亦由是终建武中，位不过列校。"杨赛《年谱》称"齐明帝深加器异"时在永明八年，明帝误，应为武帝。

杨赛《年谱》：齐明帝建武元年（494），任昉称美刘孝绰。《南史·刘孝绰传》："孝绰父绘，齐时掌诏诰，孝绰年十四，绘常使代草之。父党沈约、任昉、范云等闻其名，命驾造焉，昉尤赏好。"建武三年（496），与张率、陆厥友。按，建武三年，（张率）举秀才，除太子舍人。与同郡陆倕幼相友狎，常同载诣左卫将军沈约，适值任昉在焉，约乃谓昉曰："此二子后进才秀，皆南金也，卿可与定交。"由此与昉友善。（《梁书·张率传》）又按，张率建武三年举秀才，除太子舍人。与同郡陆倕、陆厥幼相友狎，尝同载诣左卫将军沈约，遇任昉在焉。约谓昉曰："此三子后进秀才，皆南金也，卿可与交。"由此与昉友。（《艺文类聚》卷二四六）按，此说有误。任昉与陆倕同为竟陵八友，早有交往。故倕不在其列。

建武初，昉作《赠王僧孺诗》。《梁书·王僧孺传》："初，僧孺与乐安任昉遇竟陵王西邸，以文学友会，及是，将之县，昉赠诗。"

又《南史·王僧孺传》:"建武初举士,为始安王遥光所荐,除仪曹郎,迁治书侍御史,出为唐令。"

《梁书》本传:"昉雅善属文,尤长载笔,才思无穷,当世王公表奏,莫不请焉。昉起草即成,不加点窜。沈约一代词宗,深所推挹。明帝崩,迁中书侍郎。永元末,为司徒右长史。"《南史》本传:"昉尤长载笔,颇慕傅亮,才思无穷,当时王公表奏无不请焉。昉起草即成,不加点窜。沈约一代辞宗,深所推挹。永元中,纡意于梅虫儿,东昏中旨用为中书郎。谢尚书令王亮,亮曰:'卿宜谢梅,那忽谢我。'昉惭而退。末为司徒右长史。"按:"明帝崩",齐明帝卒于公元498年。"永元",齐东昏侯年号(499—501),共三年。

高祖萧衍克京邑,霸府初开,以昉为骠骑记室参军。

《梁书》本传:"高祖克京邑,霸府初开,以昉为骠骑记室参军。始高祖与昉遇竟陵王西邸,从容谓昉曰:'我登三府,当以卿为记室。'昉亦戏高祖曰:'我若登三事,当以卿为骑兵。'谓高祖善骑也。至是故引昉,符昔言焉。……梁台建,禅让文诰,多昉所具。"《南史》本传:"梁武帝克建邺,霸府初开,以为骠骑记室参军,专主文翰。每制书草,沈约辄求同署。尝被急召,昉出而约在,是后文笔,约参制焉。始梁武与昉遇竟陵王西邸,从容谓昉曰:'我登三府,当以卿为记室。'昉亦戏帝曰:'我若登三事,当以卿为骑兵。'以帝善骑也。至是引昉,符昔言焉。昉奉笺云:'昔承清宴,属有绪言,提挈之旨,形乎善谑。岂谓多幸,斯言不渝。'盖为此也。梁台建,禅让文诰,多昉所具。"据《梁书·武帝纪》载,永元三年(501)十二月,萧衍任中书监、都督扬南徐二州军事、大司马、录尚书事、骠骑大将军、扬州刺史。故任昉是年为骠骑记室参军。"梁台建"，梁台建于中兴二年（502）。昉在齐末梁初所撰文诰篇目，前述各家《年谱》均有罗列。

张金平《年谱》整理任昉在中兴二年、天监元年（502）任昉所撰文诰如下：

正月所撰者：
《封梁公诏》（《梁书·武帝纪上》，系于正月戊戌）；
《为梁武帝断华侈令》（《梁书·武帝纪上》系于正月）；
《策梁公九锡文》（《梁书·武帝纪上》系于正月戊戌）；
《为府僚劝进梁公笺》（《梁书·武帝纪上》系于正月）。

二月所撰者：
《为梁公请刊改律令表》（《艺文类聚》卷五十四）；
《进梁公为梁王诏》（《梁书·武帝纪上》系于二月丙戌）；
《府僚重请笺》（《文选》卷四十题为《百辟劝进今上笺》；
《梁书·武帝纪上》系于二月辛酉）；
《齐宣德皇后答梁王令》（《艺文类聚》卷十四）；
《宣德皇后敦劝梁王令》（《文选》卷三十六、《艺文类聚》卷十四）；
《宣德皇后重敦劝梁王令》（《艺文类聚》卷十四）。

三月所撰者：
《禅位诏》（《梁书·武帝纪上》系于三月丙辰）。《梁书·武帝纪上》"三月丙辰齐帝禅位于梁王"。

四月所撰者：

《为齐宣德皇后令》(《梁书·武帝纪上》《南史·梁武帝纪》)；

《禅位梁王策》(《梁书·武帝纪上》《南史·武帝纪》)；

《禅位梁王玺书》(《梁书·武帝纪》)；

《吏部郎表》(《艺文类聚》卷四十八)；

《梁武帝初封功臣诏》(《艺文类聚》卷五十一)；

《追封丞相长沙王诏》(《艺文类聚》卷五十一)；

《追封永阳王诏》(《艺文类聚》卷五十一)；

《追封衡阳王桂阳王诏》(《艺文类聚》卷五十一)；

《封临川安兴建安等五王诏》(《艺文类聚》卷五十一)；

《为范尚书让吏部封侯第一表》(《文选》卷三十八、《艺文类聚》卷四十八)；

《为梁武帝集坟籍令》(《文馆词林》卷六九五)；

《奏请郊庙备六代礼》(《隋书·音乐志上》)；

《求荐士诏》(《艺文类聚》卷五十三)；

《为昭明太子答何胤书》(《艺文类聚》卷三十七)；

《丞相长沙宣武王碑》(《艺文类聚》卷四十五)；

《抚军桂阳王墓志铭》(《艺文类聚》卷四十五)；

《刘先生夫人墓志铭》(《文选》卷五十九)；

《奉答敕示七夕诗启》(《文选》卷三十九)；

《静思堂秋竹应诏诗》(《艺文类聚》卷八十九)；

《九日侍宴乐游苑诗》(《艺文类聚》卷四)；

《奉和登景阳山诗》(《艺文类聚》卷七)；

《赋体》(《艺文类聚》卷五十六)。

萧衍践阼，拜黄门侍郎，迁吏部郎中，寻以本官掌著作。

《梁书》本传："高祖践阼，拜黄门侍郎，迁吏部郎中，寻以本官掌著作。"

天监元年（502）除大司马记室参军。《资治通鉴》卷一四五："初，大司马与黄门侍郎范云、南清河太守沈约、司徒右长史任昉同在竟陵王西邸，意好敦密，至是，（天监元年）引云为大司马咨议参军、领录事，约为骠骑司马，昉为记室参军，与参谋议。前吴兴太守谢朓、国子祭酒何胤，先皆弃官家居，衍奏征为军谘祭酒，朓、胤皆不至。"

沈约、任昉与江革书。《南史·江革传》："中兴元年，梁武帝入石头，时吴兴太守袁昂据郡拒义不从，革制书与昂，于坐立成，辞义典雅，帝深赏叹之，令与徐勉同掌书记。建安王为雍州刺史，表求管记，以革为征北记室参军，带中庐令。与弟观少长共居，不忍离别，苦求同行。以观为征北行参军，兼记室。时吴兴沈约、乐安任昉与革书云：'比闻雍府妙选英才，文房之职，总卿昆季，可谓驱二龙于长途，骋骐骥于千里。'"据《梁书·武帝纪》，天监元年，梁武帝封雍州刺史萧伟为建安郡王。

天监二年，出为义兴太守。友人彭城到溉，溉弟洽，从昉共为山泽游。

《梁书》本传："天监二年，出为义兴太守。在任清洁，儿妾食麦而已。友人彭城到溉，溉弟洽，从昉共为山泽游。及被代登舟，止有米五斛。既至无衣，镇军将军沈约遣裙衫迎之。重除吏部郎中，参掌大选，居职不称。寻转御史中丞，秘书监，领前军将军。自齐永元以来，秘阁四部，篇卷纷杂，昉手自雠校，由是篇目定焉。"

《南史》本传:"奉世叔父母不异严亲,事兄嫂恭谨。外氏贫阙,恒营奉供养。禄奉所收,四方饷遗,皆班之亲戚,即日便尽。性通脱,不事仪形,喜愠未尝形于色,车服亦不鲜明。武帝践阼,历给事黄门侍郎,吏部郎。出为义兴太守。岁荒民散,以私奉米豆为粥,活三千余人。时产子者不举,昉严其制,罪同杀人。孕者供其资费,济者千室。在郡所得公田奉秩八百余石,昉五分督一,余者悉原,儿妾食麦而已。"据罗国威《年谱》考证,天监三年(504)昉重除吏部郎,寻转御史中丞。天监五年(506),官秘书监。杨赛《年谱》认为天监三年除秘书监。

天监二年(503)任昉作《出郡传舍哭范仆射五言》、《与沈约书》。《文选》卷二十三《出郡传舍哭范仆射五言》李善注引刘璠《梁典》曰:"天监二年,仆射范云卒。任昉自义兴贻沈约书曰:'永念平生忽为畴昔。然此郡谓义兴也。'刘熙《释名》曰:传,舍也,使人所止息而去,后人复来,转相传也。《风俗通》曰:诸有传信,乃得舍于传也。"

作《奏弹曹景宗文》。《南史·曹景宗传》:"二年十月,魏攻司州,围刺史蔡道恭。城中负板而汲,景宗望关门不出,但耀军游猎而已。及司州城陷,为御史中丞任昉所奏。帝以功臣不问,征为右卫将军。"

天监三年,与刘孝绰、到溉、到洽等"兰台聚"。《南史·到溉传》:"昉还为御史中丞,后进皆宗之,时有彭城刘孝绰、刘苞、刘孺,吴郡陆倕、张率,陈郡殷芸,沛国刘显及到溉、到洽,车轨日至,号曰兰台聚。"

据杨赛《年谱》记载：

天监三年作《述异记》。按，任昉天监三年撰。昉家书三万卷，多异闻，又采于秘书，撰此记。《中兴馆阁书目》、《郡斋读书记》卷十二作"天监中"。

天监四年（505）作《祭日不宜遍舞六代乐议》。梁武帝时，太常任昉奏："据魏王肃议，周礼，宾客皆作备乐。况天地宗庙，事之大者。周官'以六律、六同、五声、八音、六舞大合乐，以致鬼神，以和邦国'。请依王肃，祀祭郊庙备六代乐。"（《通典》卷一四七）

天监五年作《秘书阁四部书目》。按齐末兵火延及秘阁，有梁之初，缺亡甚众。爰命秘书监任昉躬加部集。又于文德殿内别藏众书，使学士刘孝标等重加校进，乃分数术之分更为一部，使奉朝请祖暅撰其名录，其尚书阁内别藏经史杂书，华林园又集释氏经论，自江左篇章之盛。未有逾于当今者也。（《七录序目》、《隋书·经籍志》、民国十三年《任氏宗谱》卷二系此事于此下）

称美何宪。按，宪博涉该通，群籍毕览，天阁宝秘，人间散逸，无遗漏焉。任昉、刘沨共执秘阁四部书，试问其所知，自甲至丁，书说一事，并叙述作之体，连日累夜，莫见所遗。（《南史·王谌传》）

称美刘之遴。按刘虬子之遴年十五，举茂才，明经对策，沈约、任昉见而异之。吏部尚书王瞻尝候任昉，遇之遴在坐，昉谓瞻曰："此南阳刘之遴，学优未仕，水镜所宜甄擢。"即辟为太学博士。昉曰："为之美谈，不如面试。"时张稷新除尚书仆射，托昉为让表，昉令之遴代作，操笔立成。昉曰："荆南秀气，果有异才，后

仕必当过仆。"(《南史·刘虬传》)

天监六年春，出为宁朔将军、新安太守。为政清省，吏民便之。视事期岁，卒于官舍，时年四十九。

《梁书》本传："六年春，出为宁朔将军、新安太守。在郡不事边幅，率然曳杖，徒行邑郭，民通辞讼者，就路决焉。为政清省，吏民便之。视事期岁，卒于官舍，时年四十九。阖境痛惜，百姓共立祠堂于城南。高祖闻问，即日举哀，哭之甚恸。追赠太常卿，谥曰敬子。"《南史》本传："友人彭城到溉、溉弟洽，从昉共为山泽游。及被代登舟，止有绢七匹，米五石。至都无衣，镇军将军沈约遣裙衫迎之。重除吏部郎，参掌大选，居职不称。寻转御史中丞、秘书监。自齐永元以来，秘阁四部，篇卷纷杂，昉手自雠校，由是篇目定焉。出为新安太守，在郡不事边幅，率然曳杖，徒行邑郭。人通辞讼者，就路决焉。为政清省，吏人便之。卒于官，唯有桃花米二十石，无以为敛。遗言不许以新安一物还都，杂木为棺，浣衣为敛。阖境痛惜，百姓共立祠堂于城南，岁时祠之。武帝闻问，方食西苑绿沉瓜，投之于盘，悲不自胜。因屈指曰：'昉少时常恐不满五十，今四十九，可谓知命。'即日举哀，哭之甚恸。追赠太常，谥曰敬子。"

沈约作《太常卿任昉墓志铭》，载《艺文类聚》卷四十九。

王僧孺撰《太常敬子任府君传》，载《艺文类聚》卷四十九。

昉好交结，奖进士友，得其延誉者，率多升擢。

《梁书》本传："昉好交结，奖进士友，得其延誉者，率多升擢，故衣冠贵游，莫不争与交好，坐上宾客，恒有数十。时人慕之，号曰任君，言如汉之三君也。陈郡殷芸与建安太守到溉书曰：'哲人云亡,仪表长谢。元龟何寄?指南谁托?'其为士友所推如此。昉不治生产,至乃居无室宅。世或讥其多乞贷,亦随复散之亲故。昉常叹曰:'我亦以叔则,不我亦以叔则。'昉坟籍无所不见,家虽贫,聚书至万余卷,率多异本。昉卒后,高祖使学士贺纵共沈约勘其书目,官所无者,就昉家取之。昉所著文章数十万言,盛行于世。"《南史》本传:"昉好交结,奖进士友,不附之者亦不称述,得其延誉者多见升擢,故衣冠贵游莫不多与交好,坐上客恒有数十。时人慕之,号曰任君,言如汉之三君也。在郡尤以清洁著名,百姓年八十以上者,遣户曹掾访其寒温。尝欲营佛斋,调枫香二石,始入三斗,便出教长断,曰:'与夺自己,不欲贻之后人。'郡有蜜岭及杨梅,旧为太守所采,昉以冒险多物故,即时停绝,吏人咸以百余年未之有也。为《家诫》,殷勤甚有条贯。陈郡殷芸与建安太守到溉书曰:'哲人云亡,仪表长谢。元龟何寄,指南何托?'其为士友所推如此。昉不事生产,至乃居无室宅。时或讥其多乞贷,亦随复散之亲故,常自叹曰:'知我者亦以叔则,不知我者亦以叔则。'既以文才见知,时人云'任笔沈诗'。昉闻甚以为病。晚节转好著诗,欲以倾沈。用事过多,属辞不得流便,自尔都下士子慕之,转为穿凿,于是有才尽之谈矣。博学,于书无所不见,家虽贫,聚书至万余卷,率多异本。及卒后,武帝使学士贺纵共沈约勘其书目,官无者就其家取之。所著文章数十万言,盛行于时。东海王僧孺尝论之,以为'过于董生、扬子。昉乐人之乐,忧人之忧,虚往实归,忘贫去吝,行可以厉风俗,义可以厚人伦,能使贪夫不取,懦夫有立'。其见重如此。"

《梁书》本传:"初,昉立于士大夫间,多所汲引,有善己者则厚其声名。及卒,诸子皆幼,人罕赡恤之。"《南史》本传:"有子东里、西华、南容、北叟,并无术业,坠其家声。兄弟流离不能自振,生平旧交莫有收恤。西华冬月着葛帔练裙,道逢平原刘孝标,泫然矜之,谓曰:'我当为卿作计。'乃著《广绝交论》。……到溉见其论,抵之于地,终身恨之。"

昉所著文章数十万言,盛行于世。

《梁书》本传:"昉所著文章数十万言,盛行于世。"《南史》本传:"昉撰杂传二百四十七卷,《地记》二百五十二卷,文章三十三卷。"《隋书·经籍志》载又有《文章始》一卷。杨赛《年谱》:"著五:《地记》二百五十三卷,《地理书钞》九卷,《杂传》三十六卷,《文章缘起》一卷,《述异记》二卷。"

《梁书》本传:"陈郡殷芸与建安太守到溉书曰:'哲人云亡,仪表长谢。元龟何寄?指南谁托?'其为士友所推如此。"

《南史·任昉传》说:"俭每见其文,必三复殷勤,以为当时无辈。"

梁萧纲《与湘东王论文书》:"至于近世谢朓、沈约之诗,任昉、陆倕之笔,其文章之冠冕、述作之楷模。"

梁萧绎《金楼子·立言》说:"任彦升甲部阙如,才长笔翰。"

梁陆倕《感知己赋赠任昉》:"轸工迟于长卿,逾巧速于王粲,固乃度平子而越孟坚,何论孔璋而与公幹。"

梁刘孝标《广绝交论》:"近世有乐安任昉,海内髦杰,早绾银黄,夙昭人誉。遒文丽藻,方驾曹、王;英跱俊迈,联衡许、郭。类田文之爱客,同郑庄之好贤。见一善则盱衡扼腕,遇一才则扬眉抵掌。雌黄出其唇吻,朱紫由其月旦。于是冠盖辐凑,衣裳云合;

辐轷击楶，坐客恒满。蹈其阃阈，若升阙里之堂；入其隩隅，谓登龙门之坂。至于顾昤增其倍价，剪拂使其长鸣，彩组云台者摩肩，趋走丹墀者叠迹。莫不缔恩狎，结绸缪。想惠、庄之清尘，庶羊、左之徽烈。"

陈姚察《梁书·任昉传》："（昉）既以文才见知，时人云'沈诗任笔'。"

《梁书·文学传序》："高祖旁求儒雅，文学之盛，焕乎俱集。其在位者，则沈约、淹、昉，并以文采妙绝当时。"

《北史·魏收传》："收每议陋邢文。邵又云：'江南任昉，文体本疏，魏收非直模拟，亦大偷窃。'收闻乃曰：'伊常于沈约集中作贼，何意道我偷任。'任、沈俱有重名，邢、魏各有所好。"王晖业说："江左文人，宋有颜延之、谢灵运，梁有沈约、任昉，我子升足以陵颜轹谢，含任吐沈。"

《南史·沈约传》："时谢玄晖善为诗，任彦升工于笔，约兼而有之，然不能过。"

李商隐《读任彦升碑》："任昉当年有美名，可怜才调最纵横。梁台初建应惆怅，不得萧公作骑兵。"

明吕兆禧："彦升发迹齐朝，逮事梁祖，勋庸翰藻，与右率并驱一时，流誉北庭，为邢、魏宗下。虽优劣互有诋非，要之胫颈不齐、修短各适，文辞具在，可与知者。"（吕兆禧《跋任彦升集后》，《汉魏诸名家集二十一种》万历天启间汪氏刻本）

清孙月峰评《为范尚书让吏部封侯表》说："此篇合璧多，贯珠少，然风度固自胜。大约撮得句巧，炼得意秀，点得明，应得响，其趣味全埋在用事中。所以不觉其堆铺，但觉其圆妙。此乃是笔端天机，良不易及。"

范文澜《中国通史简编》中说："以宋颜延之为代表的一派骈文，偏重辞采，非对偶不成句，非用事不成言，形体是很美观的，但冗长堆砌，意少语多，也是这一派的通病。以齐、梁任昉、沈约等人为代表，所谓永明体的一派骈文，修辞更加精工，渐开四六门径。以梁、陈徐陵、庾信为代表，所谓徐庾体的一派骈文，已形成为原始的四六体，对魏晋骈文来说，徐庾体是新变的文体，对唐宋四六来说，徐庾体却是保持着较多的古意。"

刘跃进说："任昉、陆倕等人的骈体创作，尤以思理明朗、文笔练达著称于世。任昉的奏弹文如《奏弹曹景宗》、《奏弹萧颖达》、《奏弹范缜》等，凌厉峻切，文显神畅，骈散相间，词采斐然。其他如《王文宪集序》，《齐竟陵文宣王行状》等，学深笔健，条畅明达。"（刘跃进《论竟陵八友》，《文学遗产》1992年第3期）

陈松雄把任笔的特点总结为四点：一、嫖姚激越，骏迈曲折；二、密丽婉附，娓娓尽致；三、琢辞工整，无伤其气；四、用典入化，不流于滞。（陈松雄《齐梁丽辞论衡》，台湾文史哲出版社1996年版）

罗国威《年谱》："任昉是南朝梁代的重要作家，在当世即有'沈诗任笔'之称，为世所重。《文选》载任昉诗文十九首，是入选作品最多的作家。"

杨赛《年谱》云：作为齐梁时期著名的文学家和学问家，任昉的身上集中了很多矛盾。他与沈约一起，号称"沈诗任笔"。沈诗与任诗同居《诗品》中品，但由于沈约大力提倡永明声律学，却成了永明诗歌革新的典型代表,享有盛名。任笔千五百年来无有出其右者,却很少有理论家对任笔的特点进行总结,大家对任笔不甚了了。至于任昉诗,代表了齐梁时期另外一条诗歌革新路线,在永明诗歌革新方面的贡献与沈约相当,这一点,几乎被后来的诗歌研究者所忽略。任昉是南朝一流的志怪小说家,可由于现今流传的《述异记》的本子不好,错讹甚多,被人误解,研究的人也很少。任昉是齐梁时期一流的目录学家、地理学家,由于他的著作已佚,知道他这方面成就的人也不多。任昉写的《文章缘起》,是第一部专门的文原学著作,对齐梁时期的文体学产生了巨大影响,唐宋元明清的诸多文体理论家,都受到他的深刻影响。但由于四库馆臣认为《文章缘起》是伪作,致使后人一直没有认真关注这本著作的价值。

十三、庾信生平事迹辑录

庾信，字子山，南阳新野（在今河南）人。

庾信，字子山。《周书》卷四十一有传，《北史》卷八十三有传。《周书》本传曰："庾信，字子山，南阳新野人也。祖易，齐征士。父肩吾，梁散骑常侍、中书令。"《北史》本传曰："祖易、父肩吾，并《南史》有传。"庾信的祖父庾易是一位"隐遁无闷"的大名士，朝廷屡招不起，由此而名满天下。父肩吾，梁朝诗人。

庾信的生卒年，《周书》不载。《北史》云："隋开皇元年卒。"滕王宇文逌《庾子山集序》云："自梁朝筮仕周世，驰驱至今，岁在屠维，龙居渊献，春秋六十有七。齿虽耆宿，文更新奇，才子词人，莫不师教，王公名贵，尽为虚襟。"据鲁同群《庾信传论》考证，此序作于北周宣帝大象元年（579）。此年庾信六十七岁，上推六十七年，知生于513年。《四库全书总目》："然考集中辛成碑文，称'开皇元年七月某日，反葬河州。'则入隋几一载矣。"

庾信生平事迹见《周书》卷四十一本传、《北史》卷八十三《文苑传》本传。清人倪璠《庾子山集注》中附有《庾子山年谱》一卷。今人鲁同群《庾信传论》（天津人民出版社1997年版）中附有《庾信年谱》（以下简称《年谱》）。

信幼而俊迈，聪敏绝伦。博览群书，尤善《春秋左氏传》。身长八尺，腰带十围，容止颓然，有过人者。

《周书》本传曰："信幼而俊迈，聪敏绝伦。博览群书，尤善《春秋左氏传》。""身长八尺，腰带十围，容止颓然，有过人者。"

起家湘东国常侍，转安南府参军。时庾肩吾父子与徐摛父子在东宫，出入禁闼，恩礼莫与比隆。他们的创作被人称为"徐庾体"。

《周书》本传曰："起家湘东国常侍，转安南府参军。时肩吾为梁太子中庶子，掌管记。东海徐摛为左卫率。摛子陵及信，并为抄撰学士。父子在东宫，出入禁闼，恩礼莫与比隆。既有盛才，文并绮艳，故世号为'徐庾体'焉。当时后进，竞相模范。每有一文，京都莫不传诵。"按：大通元年（527）庾信十五岁，射策高第，释褐湘东国常侍。中大通三年（531）夏四月，皇太子萧统卒，七月立晋安王萧纲为皇太子。此处的"东宫"指皇太子萧纲之宫。

累迁尚书度支郎中等职，聘于东魏。文章辞令，盛为邺下所称。还为东宫学士，领建康令。

《周书》本传曰："累迁尚书度支郎中、通直正员郎。出为郢州别驾。寻兼通直散骑常侍，聘于东魏。文章辞令，盛为邺下所称。还为东宫学士，领建康令。"大同八年（542）正月，安城刘敬恭造反，江州刺史湘东王萧绎遣兵讨之。庾信时为郢州别驾，参与讨贼。参见鲁同群《年谱》。大同十一年（545）七月，梁遣散骑常侍徐君房、通直散骑常侍庾信聘于东魏。出使中庾信作有《将命使北始渡瓜步江》、《入彭城馆》、《将命至邺》、《将命至邺酬祖正员》、《西门豹庙》等。

侯景乱时，庾信营于朱雀航。及景至，信以众先退。

《周书》本传曰："侯景作乱,梁简文帝命信率宫中文武千余人,营于朱雀航。及景至,信以众先退。台城陷后,信奔于江陵。"据史载,太清元年（547）,东魏司徒侯景降梁；太清二年（548）,侯景举兵反梁。侯景立临贺王萧正德为帝,自任为丞相。太清三年（548）三月,侯景攻陷宫城。五月,梁武帝崩。太子萧纲即位。

梁元帝承制,除御史中丞。梁承圣三年聘于西魏。

《周书》本传曰："梁元帝承制,除御史中丞。及即位,转右卫将军,封武康县侯,加散骑常侍,来聘于我。"据鲁同群《年谱》,简文帝大宝元年（550）,庾信于是年冬或此年春逃离建邺。道遇侯景袭郢之兵。在江夏（今湖北武昌）藏身约有数月之久。秋七月,庾信往见长沙王萧韶,韶接信甚薄。

庾信至江陵,萧绎除为御史中丞。

《梁书·庾肩吾传》："肩吾因逃入建昌界,久之,方得赴江陵,未几卒。"据倪璠《庾子山年谱》,大宝二年（551）庾肩吾卒。

庾氏江陵庄园乃宋玉故宅。倪璠注《哀江南赋》"诛茅宋玉之宅"曰："《渚宫故事》曰：'庾信因侯景乱,自建康遁归江陵,居宋玉故宅。宅在城北三里,……'按：庾氏本新野人,今赋所云,自滔徙居江陵即是宋玉旧宅,非信始居也。"庾氏家族在江陵郊区拥有的这个庄园,从东晋建武元年（317）建立算起,到庾信出生已经将近两百年了。宋玉故宅一定会有很多文士神往,会有很多强权豪族觊觎。两百年来,时局变幻,天地翻覆,但庾氏家族能够保持自己的庄园不易其主,可见其家族势力之强盛。

太清六年（552）,十一月萧绎即皇帝位。改太清六年为承圣元年。庾信转右卫将军,封武康县侯。

梁承圣元年（552），元帝萧绎遣散骑常侍庾信等聘于西魏。

属大军南讨，遂留长安。

《周书》本传曰："属大军南讨，遂留长安。江陵平，拜使持节、抚军将军、右金紫光禄大夫、大都督，寻进车骑大将军、仪同三司。"《北史》本传曰："属大军南讨，遂留长安。江陵平，累迁仪同三司。"按，承圣三年（554）十一月江陵城陷，元帝被执，后被杀害。江陵亡后，庾信入仕西魏。

西魏恭帝元年（554）冬，庾信作《奉和永丰殿下言志诗十首》。

西魏恭帝二年（555），庾信在长安（今陕西西安），进车骑大将军、仪同三司。

孝闵帝践阼，封临清县子，邑五百户，除司水下大夫。出为弘农郡守，迁骠骑大将军、开府仪同三司、司宪中大夫，进爵义城县侯。

《周书》本传曰："孝闵帝践阼，封临清县子，邑五百户，除司水下大夫。出为弘农郡守，迁骠骑大将军、开府仪同三司、司宪中大夫，进爵义城县侯。"据史载，公元557年正月，宇文觉即天王位；九月宇文护废孝闵帝，弑之。宇文毓即天王位，是为明帝。

鲁同群《年谱》认为："庾子山集中乡关之思的代表作品《和张侍中述怀》、《小园赋》、《伤心赋》、《哀江南赋》等均作于555—557数年内。"学术界有不同看法。《哀江南赋》写作年代的考辨详后。

庾信《小园赋》表明自己"非有意于轮轩"、"本无情于钟鼓"，一心一意在田园生活中寻找生命的乐趣。庾信的《小园赋》

中有对小园的描绘,也有对隐逸生活的向往。但同时在这篇赋中,作者也表露出隐逸生活并不能让他快乐。作者说自己"心则历陵枯木,发则睢阳乱丝",表明庾信此赋写于入北时间不久,人在北国,心中还有南方战乱的惊悸。他的心中既有"山崩川竭,冰碎瓦裂,大盗潜移,长离永灭"的家国之恨,也有"关山则风月凄怆,陇水则肝肠断绝"的乡关之思。连他笔下的小园景色也充满了忧愁:"草无忘忧之意,花无长乐之心","风骚骚而树急,天惨惨而云低"。

《周书·于翼传》:"世宗雅爱文史,立麟趾学,在朝在艺业者,不限贵贱,皆预听焉。"据鲁同群《年谱》:武成二年(560)周明帝立麟趾学,庾信王褒等同为麟趾学士。庾信作《预麟趾殿校书和刘仪同》。诗云:"连云虽有阁,终欲想江湖。"对于麟趾学士这样的差事,庾信并不感兴趣,反而意欲归隐江湖。

据史载,是年四月,周明帝崩。鲁公宇文邕即皇帝位,是为周武帝。

周武帝保定元年(561),庾信被任命为司水大夫。他为此创作了《忝在司水看治渭桥》。诗中写建桥工程浩大,渭桥如同彩虹将连接两岸交通。"春洲鹦鹉色,流水桃花香"两句写春景明媚如画,透露出作者的心情甚佳。"钓叟值周王"句用姜太公遇到周文王的典故,"固是与他正在渭水修桥有关,但亦未尝没有以钓叟自比、以周文王喻周武帝之意"(鲁同群《庾信传论》,第196页)。

保定二年(562),陈侍中周弘正还陈。周弘正于陈天嘉元年(560)出使北周,本年还陈。庾信做有《集周公处连句》、《别周尚书弘正》、《送周尚书弘正二首》、《重别周尚书》等。

保定三年（563），庾信出为弘农郡守。

天和五年（570），庾信与卢恺参与讨伐齐国的战役，作有《同卢记室从军》。

周武帝建德四年（575），庾信升迁为司宪中大夫，他为此在正月初一写作了《正旦上司宪府》一诗。这是庾信在北朝所写的少有的兴高采烈之作。庾信《望野》诗云："试策千金马，来登五丈原。……但得风云赏，何须人事论。"倪璠注曰："《后汉书·二十八将论》曰：'然咸能感会风云，奋其智勇。'言古佐命之臣，风云相感，为可叹赏。至于人事盛衰，不足论也。"今天也有学者解释为："意即但求高官美宦，无须考虑所事为新君故君。"（鲁同群《庾信传论》，第267页）庾信《山斋》云："直置风云惨，弥怜心事乖。"其《和裴仪同秋日》云："霜天林木燥，秋气风云高。"其中的"风云"皆指大自然界的风云。庾信入北之后，"人事"也是非常复杂，虽然说争斗主要发生在高层，与庾信这个南人羁士没有太多的关系。但毕竟身处刀光剑影之中，需要时时小心，刻刻提防。

拜洛州刺史。为政简静，吏民安之。

《周书》本传曰："俄拜洛州刺史。信多识旧章，为政简静，吏民安之。"建德五年（576），庾信任洛州刺史。庾信作《任洛州酬薛文学见赠别》。

周宣帝大象元年（579），庾信入朝任司宗中大夫。

时南北通好，南北流寓之士，各许还其旧国。陈氏乃请王褒及信等十数人。北周留而不遣。

《周书》本传曰："时陈氏与朝廷通好，南北流寓之士，各许还其旧国。陈氏乃请王褒及信等十数人。高祖唯放王克、殷不害等,信及褒并留而不遣。寻征为司宗中大夫。"

《周书》本传曰:"世宗、高祖并雅好文学,信特蒙恩礼。至于赵、滕诸王,周旋款至,有若布衣之交。群公碑志,多相请托。唯王褒颇与信相埒,自余文人,莫有逮者。"庾信的《奉报穷秋寄隐士诗》云:"王倪逢啮缺,桀溺耦长沮。藜床负日卧,麦陇带经锄。……空枉平原骑,来过仲蔚庐。"倪璠题注曰:"以诗末二句解之,当是报赵王也。"有意思的是他把赵王宇文招也写成自己的同类,自己与赵王宇文招之间的关系就如同王倪与啮缺、桀溺与长沮一样。庾信这样写是为了投其所好。其《奉报赵王惠酒》云:"梁王修竹园,冠盖风尘喧。行人忽枉道,直进桃花源。"把自己的居所比喻为安宁幸福的桃花源。

周武帝组织了以庾信为首的文学之臣为朝廷制作六代之乐。《隋书·乐志》曰:"周太祖迎魏武入关,乐声皆阙。……天和元年,武帝初造《山云舞》,以备六代。……建德二年十月甲辰,六代乐成,奏于崇信殿。群臣咸观。"倪璠在庾子山集"郊庙歌辞"后按曰:"《隋书》所采,皆子山之辞。《周书》云:'天和元年冬十月,初造《山云舞》,以备六代之乐。建德三年冬十月,六代乐成。'集中有《贺新乐表》。是周武帝时郊庙燕射,使子山作辞也。"在今本庾信诗集中,郊庙歌辞和燕射歌辞占有一定的比例。庾信创作的郊庙歌辞又分为"周祀圜丘歌"(十二首)、"周祀方泽歌"(四首)、"周祀五帝歌"(十二首)、"周祀宗庙歌"(十二首)、"周大祫歌"(二首)五个部分;燕射歌辞即"周五声调曲",名下包括宫调曲五首、变宫调二首、商调曲四首、角调曲二首、徵调曲六首、羽调曲五首。仅仅看列出的名目我们就知道,为了北周的礼乐建设事业，庾信为此倾注了多少心血。庾信自觉地在歌辞中为北周帝王涂脂抹粉、歌功颂德，其《周五声调曲》序曰："元正飨会大礼，宾至食举，称觞荐玉，六律既从，八风斯畅，以歌大业，以舞成功。"因为庾信在北周礼文化建设方面的重要贡献，所以深受北周帝王的赏识。

庾信《对宴齐使》诗云："归轩下宾馆，送盖出河堤。……故人傥相访，知余已执珪。"大同十一年（545），庾信兼通散骑常侍，出使东魏。那时的庾信意气风发，举止得体。文章辞令之美，深为邺下之士折服。现在自己屈节做了北周的大臣，面对齐国的使者，身份的变化让庾信自感羞愧难当。结尾两句充满了内疚之痛和自责之情。

周建德六年（577）正月，北周兵攻入邺城，北齐灭亡。庾信特意作《贺平邺都表》，表云："百年逋诛，遂穷巢窟；三代敌怨，俄然扫荡。……平定寓内，光宅天下。二十八宿，止余吴越一星；千二百国，裁漏麟洲小水。"庾信还创作了《奉和平邺应诏》，诗云："天策引神兵，风飞扫邺城。阵云千里散，黄河一代清。"庾信把周武帝比为至圣之君。庾信不仅为北周灭齐而欢欣鼓舞，也为北周尚未能平定南方地区而深感遗憾。在他眼里，被陈氏统治的江东地区，并不是他的故国。盼望着大周帝国能够早日统一海内，光照天下。他的政治立场已经完全站在北周统治者一边。

信虽位望通显，常有乡关之思。乃作《哀江南赋》以致其意。

《周书》本传曰："信虽位望通显，常有乡关之思。乃作《哀江南赋》以致其意云。"明人张溥《庾开府集》题辞云："南冠西河，旅人发叹，乡关之思，仅寄于《哀江南》一赋。"

关于庾信《哀江南赋》的写作年代，因为赋中有"暮齿"等词语，再加上杜甫说庾信"暮年诗赋动江关"，一般人都认为此赋完成于庾信晚年。目前学术界对于《哀江南赋》的创作年代并没有一致的看法。20世纪以来具有代表性的观点可概括为以下六种：1. 陈寅恪《读〈哀江南赋〉》（1939年昆明《清华学报》第13卷第1期）认为作于周武帝宣政元年（578）十二月。2. 王仲镛《〈哀江南赋〉著作年代问题》（《中华文史论丛》1984年第4辑）接受清人倪璠的观点，认为作于周武帝天和年间（566—572）。3. 鲁同群《庾信传论》（天津人民出版社1997年版）认为作于周明帝元年（557）十二月。4. 牛贵琥《庾信入北的实际情况及与作品的关系》（《文学遗产》2000年第5期）认为倪璠之说最为切近，进而确定作于568年十二月。5. 林怡《庾信〈哀江南赋〉创作时间新考》（《中国典籍与文化》2000年第4期）认为作于北周天和元年（566）十二月。6. 胡政《〈哀江南赋〉作年考辨》（《文学遗产》2004年第5期）认为作于周孝闵帝元年（557）十二月。以上六种观点或可概括为北周前期说（鲁同群、胡政）、中期说（王仲镛、牛贵琥、林怡）和后期说（陈寅恪）。其中陈寅恪的观点影响最大，许多通行的文学史著作皆采用此说。笔者认为庾信《哀江南赋》当完成于北周明帝元年（557）庾信45岁至明帝武成二年（560）庾信48岁之间。

大象初，以疾去职，卒。

《周书》本传曰："大象初，以疾去职，卒。隋文帝深悼之，赠本官，加荆淮二州刺史。子立嗣。"《北史》本传曰："大象初，以疾去职。隋开皇元年卒。有文集二十卷。文帝悼之，赠本官，加荆、雍二州刺史。子立嗣。"大象元年为公元579年。

大象二年（580），庾信作《周大将军怀德公吴明彻墓志铭》等。

据史载，大象三年（581）二月，隋王杨坚称尊号，改为开皇元年。庾信大约卒于是年秋冬。

唯王褒、庾信奇才秀出，牢笼于一代。

《周书》本传曰："史臣曰：……唯王褒、庾信奇才秀出，牢笼于一代。是时，世宗雅词云委，滕、赵二王雕章间发。咸筑宫虚馆，有如布衣之交。由是朝廷之人，间阎之士，莫不忘味于遗韵，眩精于末光。犹丘陵之仰嵩、岱，川流之宗溟渤也。然则子山之文，发源于宋末，盛行于梁季。其体以淫放为本，其词以轻险为宗。故能夸目侈于红紫，荡心逾于郑、卫。昔杨子云有言：'诗人之赋，丽以则；词人之赋，丽以淫。'若以庾氏方之，斯又词赋之罪人也。"

据《周书·王褒传》载：明帝之时，"褒与庾信才名最高，特加亲待。帝每游宴，命褒等赋诗谈论，常在左右。"据《周书·文闵明武宣诸子传》载："赵僭王招，博涉群书，好属文，学庾信体，词多轻艳。"宇文泰幼子滕王宇文逌"少好经史，解属文"，亲自为庾信编辑诗文集。宇文逌《庾信集序》云："余与子山，夙期款密，情均缟纻，契比金兰。"

历仕诸朝，如更传舍，其立身本不足重。其骈偶之文，则集六朝之大成，而导四杰之先路。自古迄今，屹然为四六宗匠。

《四库全书总目》："信为梁元帝守朱雀舫，望敌先奔。厥后历仕诸朝，如更传舍，其立身本不足重。其骈偶之文，则集六朝之大成，而导四杰之先路。自古迄今，屹然为四六宗匠。"按："信为梁元帝守朱雀舫"不确,庾信守朱雀舫时皇帝为梁武帝萧衍。

《北史》本传称庾信有集二十卷。

《四库全书总目》:"《北史》本传称有集二十卷,与周滕王逌之序合。《隋书·经籍志》作二十一卷,皆已久佚。倪瓒《清閟阁集》有《与彝斋学士书》曰:'闻执事新收得《庾子山集》,在州郭时欲借以示仆,不时也。兹专一力致左右,千万暂借一观'云云。则元末明初尚有重编之本,今亦未见此本。虽冠以滕王逌序,实由诸书抄撮而成,非其原帙也。《隋书·魏澹传》称:'废太子勇命澹注《庾信集》。'其书不传。《唐志》载张廷芳等三家尝注《哀江南赋》,《宋志》已不著录。近代胡渭始为作注,而未及成帙。兆宜采辑其说,复与昆山徐树谷等补缀成编,粗得梗概。然六朝人所见之书,今已十不存一。兆宜捃摭残文,补苴求合,势不能尽详所出。如注《哀江南赋》'经邦佐汉'一事,引《史记索隐》误本,以园公为姓'庾',以四皓为汉相,殊不免附会牵合。后钱塘倪璠别为笺注,而此本遂不甚行。然其经营创始之功,终不可没。与倪注并录存之,亦言杜诗者不尽废千家注意也。兆宜字显令,吴江人,康熙中诸生。尝注徐、庾二集,又注《玉台新咏》、《才调集》、《韩偓诗集》。今唯徐、庾二集刊版行世。余唯钞本仅存云。"最早的《庾信集》由滕王宇文逌编辑。《隋书·经籍志》著录二十一卷。明代以后辑本较多,如张溥《汉魏六朝百三家集》中有《庾开府集》。庾信集较早的注释本是清代吴兆宜所注的《庾开府集笺注》。稍后有倪璠注本《庾子山集注》。今人许逸民校点了倪璠注本《庾子山集注》(中华书局1980年版),是最为完善的本子。

十四、颜之推生平事迹辑录

颜之推,字介,琅琊临沂(在今山东)人。

颜之推,《北齐书·文苑传》、《北史·文苑传》有传。《北齐书》本传曰:"颜之推,字介,琅邪临沂人也。"颜之推《观我生赋》自注云:"之推琅邪人。"《颜氏家训·诫兵》云:"颜氏之先,本乎邹、鲁,或分入齐,世以儒雅为业,遍在书记。"颜氏祖先原本生活在邹鲁地区,曹魏之际颜盛任青、徐二州刺史,其中一支迁徙到琅琊临沂。

又,颜之推九世祖颜含,为西晋名士。《北齐书》本传曰:"九世祖含,从晋元东渡,官至侍中、右光禄、西平侯。"颜之推《观我生赋》云:"旄头玩其金鼎,典午失其珠囊,瀍涧鞠成沙漠,神华泯为龙荒,吾王所以东运,我祖于是南翔(晋中宗以琅邪王南度,之推琅邪人,故称吾王)。去琅邪之迁越,宅金陵之旧章,作羽仪于新邑,树杞梓于水乡,传清白而勿替,守法度而不忘。逮微躬之九叶,颊世济之声芳。"西晋末年,颜含随琅琊王司马睿南渡,东晋政权建立后,颜含任侍中、右光禄、西平侯等,家居建康(在今江苏南京)。此后,颜氏后人一直在东晋南朝做官,享有士族特权。

颜之推的父亲颜协,做过湘东王萧绎的镇西府咨议参军。《北齐书》本传曰:"父勰,梁湘东王绎镇西府咨议参军。世善周官、左氏。"《颜氏家训·文章》云:"吾家世文章,甚为典正,不从流俗;梁孝元在蕃邸时,撰《西府新文》,讫无一篇见录者,亦以不偶于世,无郑、卫之音故也。有诗赋铭诔书表启疏二十卷,吾兄弟始在草土,并未得编次,便遭火荡尽,竟不传于世。衔酷茹恨,彻于心髓!操行见于《梁史·文士传》及孝元《怀旧志》。"蕃邸即藩邸,指萧绎被封为湘东王。《西府新文》乃梁萧淑所撰。西府指江陵(在今湖北)。郑卫之音即春秋战国时代郑国卫国的音乐,此处代指浮艳的文风。《梁史》为陈人许亨撰。《怀旧志》为梁元帝萧绎撰。据上可知,颜协生活在宫体诗兴盛的梁代,文风典正,不喜浮华。他的志趣爱好对颜之推的论文主张有直接影响。

关于颜之推的事迹,除《北齐书·文苑传》和《北史·文苑传》本传外,颜之推的《观我生赋》和《颜氏家训》等多有自叙。清人钱大昕的《疑年录》等古典文献有所涉及。当代缪钺有《颜之推年谱》(《中国文化研究汇刊》第8卷,1948年9月;载《读史存稿》,三联书店1963年版),对颜之推生平考论翔实,可资参考。

梁武帝中大通三年,之推生于江陵。

《颜氏家训·序致》云:"年始九岁,便丁荼蓼。"《颜氏家训·终制》云:"吾年十九,值梁家丧乱,其间与白刃为伍者,亦常数辈;幸承余福,得至于今。……先君先夫人皆未还建邺旧山,旅葬江陵东郭。承圣末,已启求扬都,欲营迁厝。蒙诏赐银百两,已于扬州小郊北地烧砖,便值本朝沦没,流离如此,数十年间,绝于还望。"先君先夫人指死去的父母。旅葬即客葬。清人钱大昕《疑年录》卷一云:"颜之推,六十余,生梁中大通三年辛亥,卒隋开皇中。"钱氏自注云:"本传不书卒年,据《家训·序致》篇云:'年始九岁，便丁荼蓼。'以梁书颜协卒年证之，得其生年。又《终制》篇云：'吾已六十余。'则其卒盖在开皇十一年以后矣。"据《梁书·颜协传》，颜协卒于梁武帝大同五年（539），这一年颜之推九岁，向前推九年是中大通三年（531）。从中大通三年到太清三年（549），恰好是十九个年头。

《梁书·颜协传》云："释褐湘东王常侍，又兼府记室；世祖出镇荆州，转正记室。"据此，缪钺《颜之推年谱》曰："湘东王于普通七年（526年）出为荆州刺史，大同五年（539）入为护军将军，领石头戍事（《梁书·元帝纪》），在荆州凡十三年，而协即卒于大同五年，协盖自普通七年即随湘东王于荆州，以至于卒。之推亦当生于江陵。"所见甚是。

少年时代之推即博览群书，无不该洽；词情典丽，甚为西府所称。好饮酒，多任纵，不修边幅，时论以此少之。

《北齐书》本传曰："之推早传家业。年十二，值绎自讲庄、老，便预门徒；虚谈非其所好，还习《礼》《传》。博览群书，无不该洽；词情典丽，甚为西府所称。……好饮酒，多任纵，不修边幅，时论以此少之。"

《颜氏家训·勉学》云："洎于梁世，兹风复阐，《庄》、《老》、《周易》，总谓三玄。武皇、简文，躬自讲论，周弘正奉赞大猷，化行都邑，学徒千余，实为盛美。元帝在江、荆间，复所爱习，召置学生，亲为教授，废寝忘食，以夜继朝，至乃倦剧愁愤，辄以讲自释。吾时颇预末筵，亲承音旨，性既顽鲁，亦所不好云。"

《颜氏家训·序致》云："吾家风教，素为整密。昔在龆龀，便蒙诱诲；每从两兄，晓夕温清。规行矩步，安辞定色，锵锵翼翼，若朝严君焉。赐以优言,问所好尚,励短引长,莫不恳笃。年始九岁,便丁荼蓼,家涂离散,百口索然。慈兄鞠养,苦辛备至;有仁无威,导示不切。虽读《礼》、《传》,微爱属文,颇为凡人之所陶染,肆欲轻言,不修边幅。年十八九,少知砥砺,习若自然,卒难洗荡。二十已后,大过稀焉;每常心共口敌,性与情竞,夜觉晓非,今悔昨失,自怜无教,以至于斯。"

按,两汉时代儒学盛行,到了汉末儒学日渐衰微,玄学开始兴盛,从上引史料可知玄儒之风在梁代的盛况。颜之推幼年时代受到了良好的儒家思想教育,但在少年时代受纵情任性的时代风气之熏染,曾经饮酒不节,不修边幅,喜欢浮华文风。由于家学渊源的影响及本性并不喜欢玄谈,是以他在玄学方面没有得到长足的发展,长大成人之后知今是而昨非,日渐转变为信奉儒学的正统士人。

出仕后,萧绎以之推为湘东王国左常侍,加镇西墨曹参军。简文帝大宝元年,湘东王萧绎之子萧方诸出镇郢州之时,任之推掌管记。

《北齐书》本传曰:"绎以为其国左常侍,加镇西墨曹参军。……绎遣世子方诸出镇郢州,以之推掌管记。"《观我生赋》云:"方幕府之事殷,谬见择于人群,未成冠而登仕,财解履以从军(时年十九,释褐湘东国右常侍,以军功加镇西墨曹参军)。非社稷之能卫,□□□□□□。仅书记于阶闼,罕羽翼于风云。及荆王之定霸,始雠耻而图雪,舟师次乎武昌,抚军镇于夏汭(时遣徐州刺史徐文盛,领二万人屯武昌芦州拒侯景将任约,又第二子绥宁度方诸为世子,拜中抚军将军、郢州刺史以盛声势)。滥充选于多士，在参戎之盛列，惭四白之调护，厕六友之谈说（时迁中抚军外兵参军，掌管记，与文珪、刘民英等与世子游处），虽形就而心和，匪余怀之所说。"按：简文帝大宝元年（550），湘东王萧绎之子萧方诸出镇郢州。《观我生赋》中的"右常侍"与本传的"左常侍"不同，当以颜之推自撰的《观我生赋》为准。郢州治江夏，在今湖北武汉武昌。文珪、刘民英为颜之推同事，事迹无考。缪钺《颜之推年谱》曰："盖萧方诸仅十五岁，幼稚无知，鲍泉为长史、郢州行事，亦极庸碌。故之推颇郁闷也。"

大宝二年，侯景将领宋子向等进攻郢州。之推被俘，囚送至建康（今江苏南京）。侯景乱后，自建康回到江陵。

《颜氏家训·终制》云："吾年十九，值梁家丧乱。"指太清三年（549）三月，侯景军攻陷建康事。《北齐书》本传曰："值侯景陷郢州，频欲杀之，赖其行台郎中王则以获免，囚送建业。景平，还江陵。"《观我生赋》云："将睥睨于渚宫，先凭陵于他道（景欲攻荆州，路由巴陵）。懿永宁之龙蟠（永宁公王僧辩据巴陵城，善于守御，景不能进）。奇护军之电扫（护军将军陆法和破任约于赤亭湖，景退走，大溃）。奔厉快其余毒，缧囚膏乎野草，幸先生之无劝，赖滕公之我保（之推执在景军，例当见杀。景行台郎中王则初无旧识，再三救护，获免，囚以还都），剟鬼录于岱宗，招归魂于苍昊（时解衣讫而获全），荷性命之重赐，衔若人以终老。"又云："经长干以掩抑（长干旧颜家巷），展白下以流连（靖侯以下七世坟茔皆在白下），深燕雀之余思，感桑梓之遗虔，得此心于尼甫，信兹言乎仲宣。"太清元年（547），东魏大臣侯景以河南十三州降梁；太清二年（548）十月，侯景自寿阳开始叛乱；太清三年三月，侯景军攻陷建康台城。五月梁武帝卒,太子萧纲立,是为梁简文帝。这一年,颜之推十九岁。长干颜家巷是祖先所住之地,白下是祖坟所在地。从被俘后经过这些地方时的徘徊留恋,可以看出颜之推浓烈的家族意识。

之推返江陵后,任散骑侍郎,奏舍人事,奉命校书。

公元552年十一月,萧绎即位于江陵。《北齐书》本传曰:"时绎已自立,以之推为散骑侍郎,奏舍人事。"《观我生赋》云:"指余棹于两东,侍升坛之五让,钦汉宫之复睹,赴楚民之有望。摄绎衣以奏言,悉黄散于官谤(时为散骑侍郎,奏舍人事也),或校石渠之文(王司徒表送秘阁旧事八万卷,乃诏比校,部分为正御、副御、重杂三本。左民尚书周弘正、黄门郎彭僧朗、直省学士王珪、戴陵校经部,左仆射王褒、吏部尚书宗怀正、员外郎颜之推、直学士刘仁英校史部,廷尉卿殷不害、御史中丞王孝纪、中书郎邓荩、金部郎中徐报校子部,右卫将军庾信、中书郎王固、晋安王文学宗善业、直省学士周确校集部也)。时参柏梁之唱。顾甑瓯之不算,濯波涛而无量,属潇湘之负罪(陆纳),兼岷峨之自王(武陵王)。伫既定以鸣鸾,修东都之大壮(诏司农卿黄文超营殿)。"按,"柏梁之唱":西汉柏梁台落成后,汉武帝在柏梁台宴会上与臣下联句咏诗,诗歌句句押韵,称为"柏梁体"。萧绎与颜之推本有师生情谊,萧绎当皇帝之后,对颜之推委以文化建设方面的重任。

梁元帝承圣三年,北周攻破江陵。北周大将军李穆重之,荐往弘农,令掌其兄阳平公李远书翰。之推利用黄河暴涨,用船载妻子投奔北齐。经砥柱之险,时人称其勇决。

梁元帝承圣三年(554),北周攻破江陵,颜之推第二次做了俘虏。《北齐书》本传曰："后为周军所破，大将军李显庆重之，荐往弘农，令掌其兄阳平公远书翰。值河水暴长，具船将妻子来奔，经砥柱之险，时人称其勇决。"李穆时以太仆射从征梁朝，进位为大将军。李远，李穆之兄，封阳平郡公、都督义周弘农等二十一防诸军事。弘农，在今河南陕县。砥柱即三门山，故址在今河南三门峡和山西平陆之间。南北朝时此山在黄河河道中间。

《观我生赋》云："惊北风之复起，惨南歌之不畅（秦兵继来）。守金城之汤池，转绛宫之玉帐（孝元自晓阴阳兵法，初闻贼来，颇为厌胜，被围之后，每叹息，知必败）。徒有道而师直，翻无名之不抗（孝元与宇文丞相断金结和，无何见灭，是师出无名）。民百万而囚虏，书千两而烟炀，溥天之下，斯文尽丧（北于坟籍少于江东三分之一，梁氏剥乱，散逸湮亡。唯孝元鸠合，通重十余万，史籍以来，未之有也。兵败悉焚之，海内无复书府）。怜婴孺之何辜，矜老疾之无状，夺诸怀而弃草，蹯于途而受掠。冤乘舆之残酷，轸人神之无状，载下车以黜丧，揎桐棺之藁葬。云无心以容与，风怀愤而慓悢，井伯饮牛于秦中，子卿牧羊于海上。留钏之妻，人衔其断绝；击磬之子，家缠其悲怆。"按，《观我生赋》生动记叙了梁代灭亡前后代史实。从"徒有道而师直，翻无名之不抗"看，他完全站在萧绎的立场上思考问题，且为书生之见。梁末之乱焚毁了很多珍贵的古籍，令人叹惋。

《观我生赋》云："小臣耻其独死，实有愧于胡颜，牵痾痃而就路（时患脚气），策驽蹇以入关（官疲驴瘦马）。下无景而属蹈，上有寻而亟搴，嗟飞蓬之日永，恨流梗之无还。若乃玄牛之旌，九龙之路，土圭测影，璿玑审度，或先圣之规模，乍前王之典故，与神鼎而偕没,切仙宫之永慕。尔其十六国之风教,七十代之州壤,接耳目而不通,咏图书而可想,何黎氓之匪昔,徒山川之犹曩。每结思于江湖,将取弊于罗网,聆代竹之哀怨,听出塞之嘹朗,对皓月以增愁,临芳樽而无赏。"战败之后,南方人民受到了严酷的迫害。士族人物在战乱中极为狼狈,北行之路颇为艰难。赋中对北徙场面的描绘异常真切,非亲历者不能道。

《观我生赋》云:"自太清之内衅,彼天齐而外侵,始蹙国于淮浒,遂压境于江浔(侯景之乱,齐氏深斥梁家土宇,江北、淮北唯余庐江、晋熙、高唐、新蔡、西阳、齐昌数郡。至孝元之败,于是尽矣,以江为界也)。获仁厚之麟角,克俊秀之南金,爰众旅而纳主,车五百以夏临(齐遣上党王涣率兵数万纳梁贞阳侯明为主),返季子之观乐,释锺仪之鼓琴(梁武聘使谢挺、徐陵始得还南,凡厥梁臣,皆以礼遣)。窃闻风而清耳,倾见日之归心,试拂蓍以贞筮,遇交泰之吉林(之推闻梁人返国,故有奔齐之心。以丙子岁旦筮东行吉不,遇《泰》之《坎》,乃喜曰:'天地交泰而更习,坎重险,行而不失其信,此吉卦也,但恨小往大来耳。'后遂吉也)。譬欲秦而更楚,假南路于东寻,乘龙门之一曲,历砥柱之双岑。冰夷风薄而雷响,阳度山载而谷沉,侔挈龟以凭浚,类斩蛟而赴深,昏扬舲于分陕,曙结缆于河阴(水路七百里一夜而至)。追风飙之逸气,从忠信以行吟。"颜之推用船载妻子投奔北齐的行为表现出他对故国的忠信。明人于慎行说:"夫河自龙门、砥柱而下,天下之水皆河也,济独以一苇之流,横贯其中,清浊可望而辨。夫济固不能不河也,然无失其济,固难矣。……侍郎倘亦其指与?抑以察察之迹,而浮游世之汶汶,固将有三闾大夫之愤而莫之宣耶!"(于

慎行《颜氏家训序后》，见王利器《颜氏家训集解》附录一《序跋》，第618页）

在北齐，之推深受重用。鉴于陈霸先代梁自立，遂放弃南归之志。先后担任奉朝请、中书舍人、司徒录事参军、黄门侍郎等官职。

公元557年十月，陈霸先代梁自立，颜之推遂放弃南归之志。《北齐书》本传曰："显祖见而悦之，即除奉朝请，引于内馆中；侍从左右，颇被顾昐。天保末，从至天池，以为中书舍人，令中书郎段孝信将敕书出示之推；之推营外饮酒。孝信还，以状言，显祖乃曰：'且停。'由是遂寝。"《观我生赋》云："遭厄命而事旋，旧国从于采苢，先废君而诛相，讫变朝而易市（至邺，便值陈兴而梁灭，故不得还南）。遂留滞于漳滨，私自怜其何已，谢黄鹄之回集，恧翠凤之高峙。曾微令思之对，空窃彦先之仕。"天池：祁连池，在今山西静乐。邺，今河北临漳。令思，晋华谭字令思，曾任秘书监；彦先：晋顾荣字彦先，曾任东晋散骑常侍。

《北齐书》本传曰："河清末，被举为赵州功曹参军，寻待诏文林馆，除司徒录事参军。之推聪颖机悟，博识有才辩，工尺牍，应对闲明，大为祖珽所重；令掌知馆事，判署文书，寻迁通直散骑常侍，俄领中书舍人。帝时有取索，恒令中使传旨。之推禀承宣告，馆中皆受进止；所进文章，皆是其封署，于进贤门奏之，待报方出。兼善于文字，监校缮写，处事勤敏，号为称职。帝甚加恩接，顾遇逾厚。"《观我生赋》云："纂书盛化之旁，待诏崇文之里（齐武平中，署文林馆待诏者仆射阳休之、祖孝征以下三十余人，之推专掌，其撰《修文殿御览》《续文章流别》等皆诣进贤门奏之）。"公元565年四月，武成帝禅位给太子高纬，是为后主。后主颇好讽咏，重用左仆射祖珽（字孝征）。当时的文武之争也是华夏文化与戎狄文化之争，颜之推协助祖珽，成立文林馆，主编《御览》，意在保存和发展华夏文化。

武平四年，祖珽解左仆射。十月，侍中崔季舒等六人以劝谏后主赴晋阳被杀。之推处境艰难。

《北齐书》本传曰："帝甚加恩接，顾遇逾厚，为勋要者所嫉，常欲害之。崔季舒等将谏也，之推取急还宅，故不连署；及召集谏人，之推亦被唤入，勘无其名，方得免祸。寻除黄门侍郎。"《观我生赋》云："珥貂蝉而就列，执麾盖以入齿（时以通直散骑常侍迁黄门郎也）。款一相之故人（故人祖仆射掌机密，吐纳帝令也），贺万乘之知己，祗夜语之见忌，宁怀璧之足恃。谏潜言之矛戟，惕险情之山水，由重裘以寒胜。用去薪而沸止（时武职疾文人，之推蒙礼遇，每构创痏。故侍中崔季舒等六人以谏诛，之推尔日邻祸。而侪流或有毁之推于祖仆射者，仆射察之无实，所知如旧不忘）。"武平四年（573）四、五月间，祖珽解左仆射，十月侍中崔季舒等六人以劝谏后主赴晋阳被杀。颜之推受到了戎狄贵族的嫉恨，一度处境艰难。

隆化元年（576）冬，周武帝伐齐。次年，北齐亡国。《观我生赋》云："予武成之燕翼，遵春坊而原始，唯骄奢之是修，亦佞臣之云使（武成奢侈，后宫御者数百人，食于水陆贡献珍异，至乃厌饱，弃于厕中。裈衣悉罗缬锦绣珍玉，织成五百一段。尔后宫掖遂为旧事。后主之在宫，乃使骆提婆母陆氏为之，又胡人何洪珍等为左右，后皆预政乱国焉）。惜染丝之良质，惰琢玉之遗祉，用夷吾而治臻，昵狄牙而乱起（祖孝徵用事，则朝野翕然，政刑有纲纪矣。骆提婆等苦孝徵以法绳己,潛而出之。于是教令昏僻,至于灭亡)。"

《隋书·食货志》曰:"武平之后,权幸并进,赐与无限,加之旱蝗,国用转屈,乃料境内六等富人,调令出钱,而给事黄门侍郎颜之推奏请立关市邸店之税,开府邓长颙赞成之,后主大悦。"颜之推身处困境,不忘为朝廷建言献策。

《北齐书》本传曰:"及周兵陷晋阳,帝轻骑还邺,窘急,计无所从。之推因宦者侍中邓长颙进奔陈之策,仍劝募吴士千余人,以为左右,取青、徐路,共投陈国。帝甚纳之,以告丞相高阿那肱等;阿那肱不愿入陈,乃云:'吴士难信,不须募之。'劝帝送珍宝累重向青州,且守三齐之地,若不可保,徐浮海南度。虽不从之推计策,犹以为平原太守,令守河津。"《观我生赋》云:"诚怠荒于度政,愧驱除之神速,肇平阳之烂鱼,次太原之破竹(晋州小失利,便弃军还并,又不守并州,奔走向邺)。实未改于弦望,遂□□□□□,及都□而升降,怀坟墓之沦覆。迷识主而状人,竞已栖而择木,六马纷其颠沛,千官散于奔逐,无寒瓜以疗饥,靡秋萤而照宿(时在季冬,故无此物),雠敌起于舟中,胡越生于辇毂。壮安德之一战,邀文武之余福,尸狼藉其如莽,血玄黄以成谷(后主奔后,安德王延宗收合余烬,于并州夜战,杀数千人。周主欲退,齐将之降周者告以虚实,故留至明而安德败也),天命纵不可再来,犹贤死庙而恸哭。"又云:"乃诏余以典郡,据要路而问津(除之推为平原郡,据河津,以为奔陈之计),斯呼航而济水,郊乡导于善邻(约以邺下一战不克,当与之推入陈),不羞寄公之礼,愿为式微之宾。忽成言而中悔,矫阴疏而阳亲,信谄谋于公王,竟受陷于奸臣（丞相高阿那肱等不愿入南，又惧失齐主则得罪于周朝，故疏间之推。所以齐主留之推守平原城，而索船度济向青州，阿那肱求自镇济州，乃启报应齐主云：'无贼，勿匆匆。'遂道周军追齐王而及之）。曩九围以制命，今八尺而由人，四七之期必尽，百六之数溢屯（赵郡李穆叔调妙占天文算术，齐初践阼计止于二十八年，至是如期而灭）。"赋作中生动再现了北齐亡国之时的情境，具有重要的史料价值。

之推再度入周。周静帝大象二年，任御史上士。

公元577年，颜之推再次入周。周静帝大象二年（580），任御史上士。《北齐书》本传曰："齐亡，入周，大象末，为御史上士。"《北齐书·阳休之传》载：周武帝平齐之后，颜之推与文士阳休之、卢思道、薛道衡等十八人同征，随驾到达长安，阳休之在途中作有《鸣蝉篇》，颜之推作有《和阳纳言听鸣蝉篇》。

《颜氏家训·勉学》云："邺平之后，见徙入关。思鲁尝谓吾曰：'朝无禄位，家无积财，当肆筋力，以申供养。每被课笃，勤劳经史，未知为子，可得安乎？'吾命之曰：'子当以养为心，父当以学为教。使汝弃学徇财，丰吾衣食，食之安得甘？衣之安得暖？若务先王之道，绍家世之业，藜羹缊褐，我自欲之。'"申即表达。课指课业，课程。"笃"通"督"，督促。徇财乃殉财，以身求财。藜羹是用豆叶等做的汤。缊褐是用乱麻做的粗布衣服。在北周，颜之推一度生活困难，但他能够安贫乐道。

隋开皇年间，之推被太子杨勇召之为学士，甚为礼重。后来因疾而终。

公元580年二月，杨坚废北周静帝自立。《北齐书》本传曰：

"隋开皇中,太子召为学士,甚见礼重。寻以疾终。"颜之推在隋代的主要事迹如下:

为朝廷建言献策。《隋书·音乐志中》:"开皇二年,齐黄门侍郎颜之推上言:'礼崩乐坏,其来自久,今太常雅乐,并用胡声,请冯梁国旧事,考寻古典。'高祖不从,曰:'梁乐亡国之音,奈何遣我用邪?'"在儒士眼里,礼乐制度是朝廷的最重要的制度。颜之推为隋朝建言考寻中华古乐,隋文帝采用政治功利主义文艺观,不能接受颜之推的建议。

曾经参与撰写史书。《史通》卷十二《古今正史》载:"齐天保二年,敕秘书监魏收博采旧闻,勒成一史。……由是世薄其书,号为'秽史'。至隋开皇,敕著作郎魏澹与颜之推、辛德源更撰《魏书》,矫正收失。澹以西魏为真,东魏为伪,故文、恭列纪,孝靖称传。合纪、传、论例,总九十二篇。炀帝以澹书犹未能善,又敕左仆射杨素别撰,学士潘徽、褚亮、欧阳询等佐之。会素薨而止。今世称魏史者,犹以收本为主焉。"

曾经负责接待陈国使者。开皇三年(583),颜之推奉命接待陈使阮卓。《陈书·阮卓传》云:"至德元年,入为德教殿学士,寻兼通直散骑常侍,副王话聘隋。隋主夙闻卓名,乃遣河东薛道衡、琅琊颜之推等,与卓谈宴赋诗。"

曾经与陆法言等人论音韵。《四库全书总目·颜氏家训》载:"考陆法言《切韵序》作于隋仁寿中,所列同诣八人,之推与焉。"陆法言《切韵序》:"昔开皇初,有仪同刘臻等八人,同诣法言门宿。夜永酒阑,论及音韵,萧、颜多所决定(萧该、颜之推也),魏著作(著作郎魏渊)谓法言曰:'向来论难处悉尽,何不随口记之？'法言即烛下握笔，略记纲纪。十数年间，未遑修集。今返初服，私训诸弟子。凡有文藻，即须明声韵。……遂取诸家音韵，古今字书，以前所记者定之，为切韵五卷。……于时岁次辛酉，大隋仁寿元年也。"余嘉锡《辨证》曰："《切韵序》前所列八人姓名，有内史颜之推（古逸丛书本作'外史'），内史之官，本传不书。"颜之推的观点对陆法言有一定影响。陈寅恪《从史实论切韵》（载《陈寅恪史学论文选集》，上海古籍出版社1992年版）认为："东汉伊始，以迄于西晋，文化政治之中心均在洛阳，则洛阳及其近旁之旧音，即颜氏所视为雅正明晰之古音，固可推见也。至金陵士族与洛下士庶所操之语言，虽同属古昔洛阳之音系，而一染吴越，一糅夷虏，其驳杂不纯，又极相似。"颜之推所谓的雅音既不是当时的金陵士族的语言也不是洛下士庶的语言，因为它们都受到了少数民族语言的污染，不再纯正。

参与有关历法的讨论。《颜氏家训·省事》云："前在修文令曹，有山东学士与关中太史竞历，凡十余人，纷纭累岁，内史牒付议官平之。吾执论曰：'大抵诸儒所争，四分并减分两家尔。历象之要，可以晷景测之；今验其分至薄蚀，则四分疏而减分密。疏者则称政令有宽猛，运行致盈缩，非算之失也；密者则云日月有迟速，以术求之，预知其度，无灾祥也。用疏则藏奸而不信，用密则任数而违经。且议官所知，不能精于讼者，以浅裁深，安有肯服？既非格令所司，幸勿当也。'举曹贵贱，咸以为然。有一礼官，耻为此让，苦欲留连，强加考核。机杼既薄，无以测量，还复采访讼人，窥望长短，朝夕聚议，寒暑烦劳，背春涉冬，竟无予夺，怨诮滋生，赧然而退，终为内史所迫：此好名之辱也。"

之推著述散佚较多，现存者有《颜氏家训》、《还冤志》、《观我生赋》及诗歌若干首。

《北齐书》本传曰："有文三十卷、家训二十篇，并行于世。"

一、《颜氏家训》

1. 《颜氏家训》的撰写年代

关于《颜氏家训》的撰写年代有两种说法，一种认为作于北齐之时，一种认为完成于隋代。

前说以《四库全书总目·颜氏家训》（以下省称为《提要》）为代表，其书云："旧本题北齐黄门侍郎颜之推撰。考陆法言《切韵序》作于隋仁寿中，所列同定八人，之推与焉，则实终于隋。旧本所题，盖据作书之时也。"此处说的是《颜氏家训》的"作书之时"，它与"成书之时"应该不是一个概念。当然《提要》并没有予以说明。

此说受到了余嘉锡和王利器的反驳。主要理由有两点：

其一，陆法言与颜之推等论音韵是在隋开皇初年，而不是隋仁寿年间。余嘉锡《四库提要辨证》（以下省称为《辨证》）曰："考《切韵序》末，虽题大隋仁寿元年，然其序云：'昔开皇初，有仪同刘臻等八人，同诣法言门宿。夜永酒阑，论及音韵，萧、颜多所决定（萧该、颜之推也）。……'是则法言之书，虽作于仁寿元年，而其与之推等论韵，实在开皇之初。"又曰："《提要》乃云：'切韵序作于仁寿中，所列同定八人，之推与焉。'一若之推至仁寿时尚存者，亦误也。"

其二,《颜氏家训》多处叙及隋代之事。《辨证》曰:"考家训屡叙齐亡时事,……其《终制篇》云:'先君先夫人,皆未还建邺旧山;今虽混一,家道馨穷,何由办此奉营经费。'则家训实作于隋开皇九年平陈之后。《提要》以为作于北齐,盖未尝一检原书,姑以臆说之耳。" 王利器《颜氏家训集解》(以下省称为《集解》)中说:"寻颜氏于《序致》篇云:'圣贤之书,教人诚孝。'《勉学》篇云:'不忘诚谏。'《省事》篇云:'贾诚以求位。'《养生》篇云:'行诚孝而见贼。'《归心》篇云:'诚孝在心。'又云:'诚臣殉主而弃亲。'这些'诚'字,都应当作'忠',是颜氏为避隋讳而改;《风操》篇云:'今日天下大同。'《终制》篇云:'今虽混一,家道馨穷。'明指隋家统一中国而言;《书证》篇'赢股肱'条引国子博士萧该说,国子博士是该入隋后官称;又《书证》篇记'开皇二年五月,长安民掘得秦时铁称权';这些,都是入隋以后事。"

余嘉锡和王利器均认为《颜氏家训》完成于隋代,王利器进一步断定此书成于隋炀帝即位之前。他说:"而《勉学》篇言:'孟劳者,鲁之宝刀名,亦见广雅。'《书证》篇引广雅云:'马薤,荔也。'又引《广雅》云:'晷柱挂景。'其称《广雅》,不像曹宪音释一样,为避隋炀帝杨广讳而改名博雅。然则此书盖成于隋文帝平陈以后,隋炀帝即位之前,其当六世纪之末期乎。"

既然隋代之事斑斑可见,为何要题为"北齐黄门侍郎"呢?

余嘉锡的解释是:"颜真卿所撰《殷夫人颜氏碑》云:'北齐黄门侍郎之推。'与《家训》署衔同。家庙碑虽书隋官,而下又云'黄门兄之推',仍举齐官为称;岂非以之推在齐颇久,且官位尊显耶?《新唐书·颜籀传》云:'祖之推,终隋黄门郎。'其以官黄门为隋时事固误，然亦可见从来举之推官爵必署黄门矣。《隶释》卷九《司隶校尉鲁峻碑跋》云：'汉人所书碑志，或以所重之官揭之。司隶权尊而秩清，非列校可比；亦犹冯绲舍廷尉而用车骑也。'余谓……唐人之以黄门称之推，亦从所重言之耳。卢文弨补《家训》赵曦明注例言曰：'黄门始仕萧梁，终于隋代，而此书向来唯题北齐，唐人修史，以之推入《北齐书·文苑传》中。其子思鲁既纂其父之集，则此书自必亦经整理，所题当本其父之志。'此言是也。然则此书之题北齐黄门侍郎，不关作书之时，亦明矣。"

《集解》中的解释是："此书既成于入隋以后，为何又题署其官职为'北齐黄门侍郎'呢？寻颜之推历官南北朝，宦海浮沉，当以黄门侍郎最为清显。《陈书·蔡凝传》写道：'高祖尝谓凝曰："我欲用义兴主婿钱肃为黄门郎，卿意何如？"凝正色对曰："帝乡旧戚，恩由圣旨，则无所复问；若格以金议，黄散之职，故须人门兼美，唯陛下裁之。"高祖默然而止。'这可见当时对于黄散之职的重视。之推在梁为散骑侍郎，入齐为黄门侍郎，故之推于其作品中，一则曰'忝黄散于官谤'，再则曰：'吾近为黄门郎'，其所以如此津津乐道者，大概也是自炫其'人门兼美'吧。然则此盖其自署如此，可无疑义。不特此也，《隋书·音乐志中》记载：'开皇二年，齐黄门侍郎颜之推上言云云。'而《直斋书录解题》十六又著录：'《稽圣赋》三卷，北齐黄门侍郎琅邪颜之推撰。'则史学家、目录学家也都追认其自署，而没有像陆法言《切韵序》前所列八人姓名，称其入隋以后之官称为'颜内史'了。"

按：笔者认为《颜氏家训》的写作当开始于北齐，最后完成于隋朝。黄门侍郎固然是颜之推一生最为清显的官职，但称呼他为颜黄门并不是着眼于这个官职的清显,更多的是一种约定俗成的习惯称呼而已。古人习惯于以作者的封号、谥号、官职作集名。例如张溥《汉魏六朝百三名家集》中称曹植、阮籍、嵇康、陆机、陶渊明、谢灵运、鲍照、庾信等人的文集分别为《陈思王集》、《阮步兵集》、《嵇中散集》、《陆平原集》、《陶彭泽集》、《谢康乐集》、《鲍参军集》、《庾开府集》等。因为曹植的封地在陈,谥号为思,故称"陈思王"。谢灵运袭封康乐公,故称"谢康乐"。其他人也都是因为担任过某种官职,故有不同的称呼。"颜黄门"也是如此。这样的称呼反映了后世读者对前辈作家的一种敬重之情。

2. 《颜氏家训》的内容

《提要》曰:"陈振孙《书录解题》云:'古今家训,以此为祖。'然李翱所称《太公家教》,虽属伪书,至杜预《家诫》之类,则在前久矣。特之推所撰,卷帙较多耳。晁公武《读书志》云:'之推本梁人,所著凡二十篇。述立身治家之法,辨正时俗之谬,以训世人。'今观其书,大抵于世故人情,深明利害,而能文之以经训,故《唐志》、《宋志》俱列之儒家。然其中《归心》等篇,深明因果,不出当时好佛之习。又兼论字画音训,并考正典故,品第文艺,曼衍旁涉,不专为一家之言。今特退之杂家,从其类焉。"

《颜氏家训》是颜之推留给子孙后代的告诫,全文共20篇,包括以下部分:《序致》篇、《教子》篇、《兄弟》篇、《后娶》篇、《治家》篇、《风操》篇、《慕贤》篇、《勉学》篇、《文章》篇、《名实》篇、《涉务》篇、《省事》篇、《止足》篇、《诫兵》篇、《养生》篇、《归心》篇、《书证》篇、《音辞》篇、《杂艺》篇、《终制》篇。

这些篇目涉及了家庭伦理教育、士族子弟的品德智能教育、思想方法教育、养生之道、学术与杂艺知识等，是一部训导士族子弟如何安身立命的著作，也是一部中国古代教育学的专著，是后人了解两晋南北朝社会的小型百科全书。在封建社会，《颜氏家训》受到了很多封建文人的极力推崇。宋代陈振孙《直斋书录解题》中说："古今家训，以此为祖。"清人赵曦明在卢文弨刻本跋语中说："当家置一编，奉为楷式。"

《序致》篇是全书的序言，介绍他撰写本书的宗旨和目的。出身于士族家庭的颜之推，为了"吾家风教"的延续，特意写作了此二十篇文字，"以为汝曹后车耳"。《教子》篇谈子女的教育问题，从正反两个方面谈论如何教育子女成人及成才。其中甚至涉及"胎教"这一现代人关注的问题。《兄弟》篇训诫兄弟之间如何相处。认为兄弟关系是人伦中的重要一环，不能掉以轻心。《后娶》篇谈男子后娶的危害，讲述再婚之后应该如何对待非亲生子女。《治家》篇谈怎样治理家庭，要求父亲、兄长、丈夫起到带头作用，"父不慈则子不孝，兄不友则弟不恭，夫不义则妇不顺矣"。儒家讲究修身齐家治国平天下，家庭是社会的细胞，对于国家和天下而言是非常重要的组成部分。《治家》云："吾家巫觋祷请，绝于言议；符书章醮亦无祈焉，并汝曹所见也。勿为妖妄之费。"《风操》篇谈论士族的风度和节操问题，涉及士大夫所应遵循的礼仪规范，主要涉及避讳问题、称谓问题和丧礼问题，该篇也谈到了南北地区风俗习惯的差异。《慕贤》篇谈仰慕礼敬贤人的问题，指出世人存在着"贵耳贱目，重遥轻近"的陋俗。《勉学》篇讲述认真学习的重要性，劝勉子孙勤奋学习。他反对子弟弃学经商，也反对空疏无用的学风。《文章》篇讲述作者的文章理论观,属于古代文学理论范畴。作者看重文章的政治功用,而把抒情类文学放在次要位置。提倡"典正"的文风,对当时的"浮艳"文风表示了不满。《名实》篇讲述名与实的关系,认为实是根本,名是外在形态,指出社会上存在着名实不符的现象,提倡名实相符。《涉务》篇要求儿孙要做于国于民有用的实事,不能夸夸其谈,华而不实。《省事》篇是说做该做的事,省去不该做的事。做事的时候要把握一定的尺度,不能随心所欲。一个人的能力有限,要有所为有所不为。《止足》篇讲述人应该知足,不能贪得无厌。《诫兵》篇告诫士族子弟不应该参与军事,强调颜氏家族多以文雅形象出现,强行进入军事领域参与用兵者没有好结果。《养生》篇谈养生的问题,他认为"生不可不惜,不可苟惜"。《归心》篇讲述他对于佛教的态度,他认为佛教与儒教并不冲突,"内外两教,本为一体"。作者驳斥了世人攻击佛教的五种偏见,劝人应该信仰佛教。《书证》篇是颜之推对经史古籍所做的考证,如同今天的读书札记,该篇对于古代汉语研究具有很高的学术价值。《音辞》篇讨论语音问题,是研究中国语音史的珍贵资料。《杂艺》篇谈论作者对书法、绘画、射箭、占卜、算术、音乐、医学、博弈、投壶等知识的看法。作者认为粗通一些技艺也有好处,但不用专精。《终制》篇是自己的遗嘱,写自己对去世之后丧礼的安排,他叮嘱儿孙辈对自己进行薄葬。

3. 《颜氏家训》的版本

《提要》曰:"又是书《隋志》不著录,《唐志》、《宋志》俱作七卷，今本止二卷。"《颜氏家训》成书之后，历代刻本甚多。清代赵曦明为之作注，卢文弨为之作补注，刻入《抱经堂丛书》中。1980年上海古籍出版社出版了王利器校注的《颜氏家训集解》，1993年中华书局出版了该书的增补本，是《颜氏家训》整理本中最为完善的本子。此后，多家出版社出版的多种译注本，基本上都采用了《集解》的原文并参考了该书的注释。

二、《还冤志》

《还冤志》又名《冤魂志》、《还冤记》，是南北朝时代的一部志怪小说，大部分内容是作者从旧典籍中辑录而出的。

1. 版本。《四库全书总目·还冤志》云："此书《隋志》不载，《唐书·艺文志》作《冤魂志》三卷，《文献通考》作《北齐还冤志》二卷。考《宋史·艺文志》作颜之推《还冤志》，《太平广记》所引亦皆称《还冤志》，与今本合，则《唐志》为传写之讹。"

2. 写作年代。《四库全书总目·还冤志》云："至书中所记，上始周宣王杜伯之事，不得目以北齐。……殆因旧本之首题'北齐黄门侍郎颜之推撰'，遂误以冠于书名上欤？观《宋史》又载释庭藻《续北齐还冤志》一卷，则误称北齐，亦已久矣。"估计并不是成书于北齐，而是从北齐开始，完成于隋代。

3. 思想内容及其特色。《四库全书总目·还冤志》云："自梁武以后，佛教弥昌，士大夫率皈礼能仁，盛谈因果。之推家训有《归心篇》，于罪福尤为笃信，故此书所述，皆释家报应之说。然齐有彭生，晋有申生，郑有伯有，卫有浑良夫，其事并载《春秋传》。赵氏之大厉，赵王如意之苍犬，以及魏其、武安之事，亦未尝不载于正史。强魂毅魄，凭厉气而为变，理固有之，尚非天堂地狱，幻杳不可稽者比也。其文词亦颇古雅，殊异小说之冗滥，存为鉴戒，固亦无害于义矣。"鲁迅《中国小说史略》中说："释氏辅教之书，《隋志》著录九家，在子部及史部，今唯颜之推《冤魂志》存，引经史以证报应，已开混合儒释之端矣，而余则俱佚。"

4. 历代刻本。《四库全书总目·还冤志》云："陈继儒尝刻入《秘笈》中，刊削不完，仅存一卷。此本乃何镗《汉魏丛书》所刻，犹为原帙，今据以著录焉。"此外还有《说郛》本、《续百川学海》本、《唐宋丛书》本等。

三、《观我生赋》

《观我生赋》是一篇带有自传性质的赋。《北齐书》本传曰："曾撰《观我生赋》，文致清远。"瞿蜕园在其《汉魏六朝赋选·哀江南赋题解》中说："在这场动乱中，南朝纸醉金迷的酣梦打破了。江南的人民来往奔窜，家室流亡，文物残破，发生了很大的变化。这时期出了两篇反映这一动乱时代的文艺作品，一是庾信的《哀江南赋》，一是颜之推的《观我生赋》。"《哀江南赋》与《观我生赋》是反映南北朝社会动乱和士族思想的双璧。

《观我生赋》总结了自己的一生。赋云："予一生而三化，备荼苦而蓼辛（在阳都值侯景杀简文而篡位，于江陵逢孝元覆灭，至此而三为亡国之人），鸟焚林而铩翮，鱼夺水而暴鳞，嗟宇宙之辽旷，愧无所而容身。夫有过而自讼，始发蒙于天真，远绝圣而弃智，妄锁义以羁仁，举世溺而欲拯，王道郁以求申。既衔石以填海，终荷戟以入秦，亡寿陵之故步，临大道以逡巡。向使潜于草茅之下，甘为畎亩之人，无读书而学剑，莫抵掌以膏身，委明珠而乐贱，辞白璧以安贫，尧、舜不能荣其素朴，桀、纣无以污其清尘，此穷何由而至，兹辱安所自臻。而今而后，不敢怨天而泣麟也。"王利器评论说："当改朝换代之际，随例变迁，朝秦暮楚，'禅代之际，先起异图'，'自取身荣，不存国计'者，滔滔皆是；而之推殆有其甚焉。他是把自己家庭的利益——'立身扬名'，放在国家，民族利益之上的。他从忧患中得着一条安身立命的经验：'父兄不可常依，乡国不可常保，一旦流离，无人庇荫，当自求诸身耳。'他一方面颂扬'不屈二姓，夷，齐之节'；一方面又强调'何事非君，伊、箕之义也。自春秋已来，家有奔亡，国有吞灭，君臣固无常分矣。'一方面宣称'生不可惜''见危授命'；一方面又指出'人身难得'，'有此生然后养之，勿徒养其无生也'。因之，他虽'播越他乡'，还是'觍冒人间，不敢坠失'。'一手之中，向背如此'，终于像他自己所说的那样，'三为亡国之人'。"（王利器《颜氏家训集解》（增订本）《叙录》，第3页）

此外，据逯钦立《先秦汉魏晋南北朝诗》，颜之推现存诗有《神仙诗》、《从周入齐夜度砥柱》、《和阳纳言听鸣蝉篇》、《古意诗二首》等。《神仙诗》是一首游仙诗。《从周入齐夜度砥柱》作于556年诗人由周入齐之际。《和阳纳言听鸣蝉篇》作于周武帝建德六年（577），北周平齐之后，颜之推赴长安的路上。阳休之、卢思道也有诗作。《古意诗二首》，第一首悼念梁朝之亡，第二首慨叹自己的命运。

十五、卢思道生平事迹辑录

卢思道，字子行。范阳（今河北涿州）人。

卢思道，《隋书》、《北史》有传，唐人张说有《齐黄门侍郎卢思道碑》（以下简称《卢思道碑》）。《隋书》本传："卢思道，字子行，范阳人也。祖阳乌，魏秘书监。父道亮，隐居不仕。"

范阳卢氏是北朝的名门大族之一。卢思道曾祖卢玄，祖阳乌，父道亮。《北史·卢玄传》载："卢玄，字子真，范阳涿人也。曾祖谌，晋司空刘琨从事中郎。祖偃，父邈，并仕慕容氏。偃为营丘太守，邈为范阳太守，皆以儒雅称。……（卢邈）四子，伯源、敏、昶、尚之。""伯源小名阳乌，性温雅寡欲，有祖父风。敦尚学业，闺门和睦。袭侯爵，降为伯。累加秘书监、本州大中正。""长子道将，字祖业。……道将弟道亮，字仲业，隐居不仕。子思道。"《魏书·卢玄传》中载"道将弟亮，字仁业，不仕而终。子思道。"卢思道父名有"亮"与"道亮"，字有"仲业"与"仁业"的不同。祝尚书《卢思道年谱》按曰："道将兄弟八人并以'道'字为次，不应亮独无之，疑有脱文。'仲''仁'二字未知孰是。"

据《卢思道碑》："隋开皇六年，春秋五十有二，终于长安，返葬故里。"可知卢思道生于北魏孝武帝永熙四年（535），卒于隋开皇六年（586），享年五十二岁。

卢思道生平事迹主要载于《隋书》、《北史》本传及唐人张说《齐黄门侍郎卢思道碑》（载清人董诰等编《全唐文》，中华书局1993年版）。今人祝尚书有《卢思道集校注》（巴蜀书社2001年版），书后附有《卢思道年谱》（以下简称《年谱》），该书是研究卢思道的必备资料。

少年时闭户读书，师事河间邢子才。

卢思道《孤鸿赋序》："余志学之岁，自乡里游京师，便见识知音，历受群公之眷。""志学之岁"当指其十五岁前后。京师指东魏首都邺城（在今河北临漳）。《隋书》本传载："思道聪爽俊辩，通侻不羁。年十六，遇中山刘松，松为人作碑铭，以示思道。思道读之，多所不解，于是感激，闭户读书，师事河间邢子才。后思道复为文，以示刘松，松又不能甚解。思道乃喟然叹曰：'学之有益，岂徒然哉！'"刘松，北朝文士。邢子才，北地三才之一。

因就魏收借异书，数年之间，才学兼著。

《隋书》本传载："因就魏收借异书，数年之间，才学兼著。然不持操行，好轻侮人。齐天保中，《魏史》未出，思道先已诵之，由是大被笞辱。前后屡犯，因而不调。"按，"齐天保"，北齐文宣帝年号，天保共十年（550—559）。据《北齐书·魏收传》载天保五年（554）三月，魏收上奏《魏书》。"时太原王松年亦谤史，及斐、庶并获罪，各被鞭配甲坊，或因以致死，卢思道亦抵罪。"据此"天保中"当指天保五年，是年卢思道二十岁。祝尚书《年谱》云："既言'不调'，则是年三月谤史抵罪前当已入仕。"

卢思道《孤鸿赋序》："年登弱冠，甫就朝列。谈者过误，遂窃虚名。通人杨令君、邢特进以下，皆分庭致礼，倒履相接。蒻拂吹嘘，长其光价。而才本驽拙，性实疏懒，势利货殖，淡然不营。"杨令君即杨愔，邢特进即邢邵。

左仆射杨遵彦荐之于朝，解褐司空行参军，长兼员外散骑侍郎，直中书省。

《隋书》本传载："其后左仆射杨遵彦荐之于朝，解褐司空行参军，长兼员外散骑侍郎，直中书省。"《北齐书·文宣纪》：天保八年四月，"尚书右仆射杨愔为尚书左仆射。"天保八年（557），卢思道二十三岁。祝尚书《年谱》云："《孤鸿赋序》称'年登弱冠，甫就朝列'。而此言是时方'解褐'，盖'甫就朝列'而并无职事，此时方实授官也。"

《隋书》本传载："文宣帝崩，当朝文士各作挽歌十首，择其善者而用之。魏收、阳休之、祖孝徵等不过得一二首，唯思道独得八首。故时人称为'八米卢郎'。"天保十年（559）十月，北齐文宣帝高洋卒，太子殷即位，是为废帝。是年，卢思道二十五岁。

后漏泄省中语，出为丞相西阁祭酒，历太子舍人、司徒录事参军。后为京畿主簿，历主客郎、给事黄门侍郎，待诏文林馆。

《隋书》本传载："后漏泄省中语，出为丞相西阁祭酒，历太子舍人、司徒录事参军。每居官，多被谴辱。后以擅用库钱，免归于家。尝于蓟北怅然感慨，为五言诗为见意，人以为工。数年，复为京畿主簿，历主客郎、给事黄门侍郎，待诏文林馆。"

据祝尚书《年谱》考证："其出省及为祭酒确年未详，审其于皇建至天统中尚历两官，为祭酒似当在本年前后。"本年，即560年。卢思道为太子舍人或在北齐武成帝河清三年（564）前后。"刘逖于河南使周，卢思道作《赠刘仪同西聘诗》。彭城王高浟于是年

(564)被杀,作《彭城王挽歌》。"

"擅用库钱",《北齐书·袁聿修传》:"袁聿修,字叔德,陈郡阳夏人。……皇建二年,遭母忧去职,寻复前官,加冠军、辅国将军,除吏部郎中。未几,迁司徒左长史,加骠骑大将军,领兼御史中丞。司徒录事参军卢思道私贷库钱四十万,娉太原王乂女为妻,而王氏已先纳陆孔文礼娉为定,聿修坐为首僚,又是国之司宪,知而不劾,被责免中丞。寻迁秘书监。天统中,诏与赵郡王叡等议定五礼。"祝尚书《年谱》:"据知卢思道为司徒录事参军,当在皇建二年以后,天统三年以前数年间,确年不可考。"

"复为京畿主簿",据祝尚书《年谱》考证:北齐后主武平二年(571),卢思道三十七岁,"当在本年或稍前复为京畿主簿。""思道为主客郎,当即在罢京畿府之后。"

"待诏文林馆",《北齐书·文苑传》:武平三年(572),"祖珽奏立文林馆,于是更召引文学士,谓之待诏文林馆焉。珽又奏撰《御览》,诏珽及特进魏收、太子太师徐之才、中书令崔劼、散骑常侍张雕、中书监阳休之监撰。珽等奏追通直散骑侍郎韦道逊、陆乂、太子舍人王劭、卫尉丞李孝基、殿中侍御史魏澹、中散大夫刘仲威、袁奭、国子博士朱才、奉车都尉眭道闲、考功郎中崔子枢、左外兵郎薛道衡、并省主客郎中卢思道、司空东阁祭酒崔德立、太傅行参军崔儦、太学博士诸葛汉、奉朝请郑公超、殿中侍御史郑子信等入馆撰书,并敕放、悫、之推等同入撰例。"祖珽,字孝征,北齐政治家。

北齐后主武平五年(574),卢思道四十岁,作《仰赠特进阳休之》。该诗《序》云:"大齐武平之五载,(阳休之)抗表悬车,难进之风,首振颓俗,余不胜嘉仰,敬赠是诗。"

周武帝平齐,授仪同三司,追赴长安,与同辈阳休之等数人作《听蝉鸣篇》。

武平七年(576),北周大举进攻北齐,十月破晋州(今山西临汾)。十一月北齐后主围平阳(即晋州),十二月周武帝救平阳,齐后主逃回晋阳,再逃邺,欲禅位皇太子。张说《卢思道碑》:"武平末,天子总兵御寇,太子监国于晋阳,公留综宫朝,兼典枢密。及皇舆败绩于外,而百寮荡析于内,公节义独存,侍从趋邺,告至行赏,授仪同三司。"《隋书》本传载:"周武帝平齐,授仪同三司,追赴长安,与同辈阳休之等数人作《听蝉鸣篇》,思道所为,词意清切,为时人所重。新野庾信遍览诸同作者,而深叹美之。"高步瀛《唐宋文举要》注张说《卢思道碑》云:"案子行受仪同三司,据碑当在齐末,传云周武帝平齐,授仪同三司,《隋书》、《北史》皆同,殆误,当以碑正之。"

同郡祖英伯及从兄昌期、宋护等举兵作乱,思道预焉。

张说《卢思道碑》:"入周,除御正上士。"《周书·宣帝纪》:宣政元年(578)闰六月,"幽州人卢昌期据范阳反,诏柱国东平公宇文神举率众讨平之。"《隋书》本传载:"未几,以母疾还乡,遇同郡祖英伯及从兄昌期、宋护等举兵作乱,思道预焉。周遣柱国宇文神举讨平之,罪当法,已在死中。神举素闻其名,引出之,令作露布。思道援笔立成,文无加点,神举嘉而宥之。后除掌教上士。"

隋文帝杨坚为丞相时,迁武阳太守。

北周静帝大象二年(580),卢思道四十六岁。是年九月杨坚为大丞相，十二月为隋王。《隋书》本传载："高祖为丞相，迁武阳太守，非其好也。为《孤鸿赋》以寄其情曰：'……余五十之年，忽焉已至，永言身事，慨然多绪，乃为之赋，聊以自慰云。'"

开皇元年，思道著《劳生论》，指切当时。岁余，被征，奉诏郊劳陈使。顷之，遭母忧，未几，起为散骑侍郎，奏内史侍郎事。

开皇元年（581），杨坚受周禅让建立隋朝，是为隋高祖文帝。是年，卢思道四十七岁。《隋书》本传载："开皇初，以母老，表请解职，优诏许之。思道自恃才地，多所陵轹，由是官途沦滞。既而又著《劳生论》，指切当时，其词曰：'……余年五十，羸老云至，追惟畴昔，勤矣厥生。乃著兹论，因言时云尔。……'"

《隋书》本传载："岁余，被征，奉诏郊劳陈使。顷之，遭母忧，未几，起为散骑侍郎，奏内史侍郎事。于时议置六卿，将除大理。思道上奏曰：'省有驾部，寺留太仆，省有刑部，寺除大理，斯则重畜产而贱刑名，诚为未可。'又陈殿庭非杖罚之所，朝臣犯笞罪，请以赎论，上悉嘉纳之。"据祝尚书《年谱》考证，是年岁末，卢思道随尚书左仆射高颎军伐陈。"此役卢思道当在军中，作有《为隋檄陈文》、《为高仆射与司马消难书》、《祭溠湖文》。"

开皇六年，卒于京师，时年五十二。

隋初，卢思道作《北齐兴亡论》、《后周兴亡论》。文中有"天所以启大隋"可证作于隋初，确年无考。

卢思道与颜之推、薛道衡等人论及音韵。陆法言《切韵序》："昔开皇初，有仪同刘臻等八人，同诣法言门宿。夜永酒阑，论及音韵。……萧、颜多所决定（萧该、颜之推也），魏著作（著作郎魏渊）谓法言曰：'向来论难疑处悉尽，何不随口记之？……'法言即烛下握笔，略记纲纪。……十数年间，不遑修集。今返初服，私训诸弟子。凡有文藻，即须明声韵。……遂取诸家音韵，古今字书，以前所记者定之，为《切韵》五卷。……于时岁次辛酉，大隋仁寿元年也。"

卢思道与陇西辛德源友善，时相往来。《隋书·辛德源传》："德源素与武阳太守卢思道友善，时相往来。"

《卢思道碑》："隋开皇六年，春秋五十有二，终于长安，返葬故里。"《隋书》本传载："是岁，卒于京师，时年五十二。上甚惜之，遣使吊祭焉。"卢思道卒年据《卢思道碑》说为隋开皇六年，即公元586年；逯钦立《先秦汉魏南北朝诗》中《隋诗》卷一《卢思道小传》："隋开皇元年为散骑侍郎卒，年五十二。"祝尚书《年谱》认定《卢思道碑》所载卢思道卒于隋开皇六年信实无误。

有集三十卷，行于时。

《隋书》本传载："有集三十卷，行于时。"《隋书·经籍志》亦载有文集三十卷。《旧唐书·经籍志》、《新唐书·艺文志》著录"《卢思道集》二十卷"。郑樵《通志·经艺文略》著录《卢思道集》三十卷，祝尚书疑是根据文献，当时未必实有其书。明张溥《汉魏六朝百三家集》中有《卢武阳集》一卷。清严可均《全上古三代秦汉三国六朝文》之《全隋文》存其文十余篇。今人逯钦立《先秦汉魏南北朝诗》存其诗27首。祝尚书在《卢武阳集》的基础上，据唐宋典籍所载卢氏诗文新辑一编，赠诗一首，注明出处，校勘笺释，完成了《卢思道集校注》。卢照邻云："北方重浊，独卢黄门往往高飞；南国轻清，唯庾中丞时时不坠。"（李云逸《卢照邻集校注》中华书局1998年版，第313页）明人胡应麟云："庾子山谓薛道衡、卢思道仅解捉笔,亦孝穆之论庾制作虽多,神韵颇乏;卢薛篇章虽寡,而明艳可观。总之鲁卫之间,不堪相仆役也。"(《诗薮》外编卷二,中华书局1958年版,第150页)

卢思道的诗长于七言,对仗工整,善于用典,气势充沛,语言流畅,已开初唐七言歌行的先声,在北朝后期和隋初有较高地位。诗歌代表作有《听鸣蝉篇》、《从军行》。文以《劳生论》最有名,被誉为北朝文压卷之作。《北齐兴亡论》、《后周兴亡论》等史论讨论二代灭亡之原因。

十六、薛道衡生平事迹辑录

薛道衡,字玄卿。河东汾阴(今山西万荣)人。

薛道衡,《隋书》卷五十七、《北史》卷三十六有传。《隋书》本传载:"薛道衡,字玄卿,河东汾阴人也。祖聪,魏济州刺史。父孝通,常山太守。"

河东薛氏乃北方望族。《北史·薛辩传》、《新唐书·宰相世系表》祖述道衡家族渊源甚详。道衡八世祖薛兴,晋尚书右仆射、冀州刺史、安邑公。道衡七世祖薛涛,梁州刺史。道衡六世祖薛强,后秦右光禄尚书、左户尚书。道衡五世祖薛辩,后魏并州刺史。道衡四世祖薛谨,后魏河东太守、秦州太守。道衡曾祖父薛湖,河东太守。"祖聪,魏济州刺史。父孝通,常山太守。"

关于薛道衡的生卒年,学术界有不同的说法。《隋书》本传载:"帝令自尽。道衡殊不意,未能引决。宪司重奏,缢而杀之,妻子徙且末,时年七十。"道衡卒于何年并不明确。目前学术界有三种看法,一是生于535年,卒于604年,《北史·薛辩附薛孝通传》,道衡之父薛孝通"兴和二年卒于邺",又《隋书》本传云"道衡六岁而孤",据以上史料推出此说。但此说不能成立。详见袁卧雪《薛道衡年谱》(《中国古典文献学丛刊》第六卷,国际炎黄文化出版社2007年版);一是生于538年,卒于607年,此说见罗宗强等《隋唐五代文学史》（高等教育出版社1990年版）中相关章节；一是生于540年，卒于609年，此说源于《资治通鉴》卷一八一，该书将薛道衡之死系于隋大业五年（609），上推七十年，可知道衡生于540年。因为《隋书》、《北史》记载的薛道衡最后一次活动在大业五年，故此说被读者普遍接受。

薛道衡事迹见《隋书》、《北史》本传。今人有袁卧雪《薛道衡年谱》（《中国古典文献学丛刊》第六卷，以下简称《年谱》）、袁敏《隋代文宗薛道衡生平事迹考辨》（《唐都学刊》2010年第1期）等。

道衡年十三，讲《左氏传》，作《国侨赞》，颇有词致，见者奇之。其后才名益著。

《隋书》本传载："道衡六岁而孤，专精好学。年十三，讲《左氏传》，见子产相郑之功，作《国侨赞》，颇有词致，见者奇之。其后才名益著，齐司州牧、彭城王浟引为兵曹从事。尚书左仆射弘农杨遵彦，一代伟人，见而嗟赏。授奉朝请。吏部尚书陇西辛术与语，叹曰：'郑公业不亡矣。'河东裴讞目之曰：'自鼎迁河朔，吾谓关西孔子罕值其人，今复遇薛君矣。'"

"道衡六岁而孤"，袁卧雪《年谱》按曰："《北史》载其父卒年与本传载'六岁而孤'，两者至少有一误。"

"年十三"，《北史》本传作"年十岁"。"年十岁"在东魏孝静帝武定七年（549），"年十三"为北齐文宣帝天保三年（552）。未知孰是，待考。

袁卧雪《年谱》按曰："检《隋书·天文志》，杨遵彦于本年（北齐孝昭帝皇建元年）二月乙巳被诛，故道衡授奉朝请当在天保七年之后，本年二月之前。姑系于此，俟考。"按，袁说可商，"授奉朝请"固在杨遵彦"见而嗟赏"之后，但与杨遵彦被杀的时间没有关联。

武成作相，召为记室，及即位，累迁太尉府主簿。

《隋书》本传载："武成作相，召为记室，及即位，累迁太尉府主簿。岁余，兼散骑常侍，接对周、陈二使。武平初，诏与诸儒修定《五礼》，除尚书左外兵郎。陈使傅縡聘齐，以道衡兼主客郎接对之。縡赠诗五十韵，道衡和之，南北称美。魏收曰：'傅縡所谓以蚓投鱼耳。'待诏文林馆，与范阳卢思道、安平李德林齐名友善。复以本官直中书省，寻拜中书侍郎，仍参太子侍读。后主之时，渐见亲用，于时颇有附会之讥。后与侍中斛律孝卿参预政事，道衡具陈备周之策，孝卿不能用。及齐亡，周武引为御史二命士。后归乡里，自州主簿入为司禄上士。"

"武成作相"，武成指北齐武成帝高湛。《北齐书·武成帝纪》："皇建初，进位右丞相。"因为皇建只有两年，故"皇建初"当指皇建元年（560）。公元561年十一月孝昭帝卒，高湛即位，改元太宁。

"武平初，诏与诸儒修定《五礼》"，据袁卧雪《年谱》考证，参与修改《五礼》者众多。主要有魏收、阳休之、魏澹、马进德、熊安生、权会、袁聿修、卢思道、崔儦等。

"陈使傅縡聘齐，以道衡兼主客郎接对之。"《北齐书·后主纪》："（武平二年夏四月）甲午，陈遣使连和，谋伐周，朝议弗许。……（九月）壬申，陈人来聘。"北齐后主武平二年（571），薛道衡三十二岁。

"待诏文林馆,与范阳卢思道、安平李德林齐名友善。"《北齐书·文苑传》:"及在武平,李若、荀士逊、李德林、薛道衡为中书侍郎,诸军国文书及大诏诰俱是德林之笔,道衡诸人皆不预也。""三年,祖珽奏立文林馆,于是更召引文学士,谓之待诏文林馆焉。"

据《北齐书·后主纪》,武平三年(572)二月,后主敕撰《玄洲苑御览》,八月成,敕付史阁,后改名《圣寿堂御览》。《北齐书·文苑传》:"珽又奏撰《御览》,诏珽及特进魏收、太子太师徐之才、中书令崔劼、散骑常侍张雕、中书监阳休之监撰。珽等奏追通直散骑侍郎韦道逊、陆乂、太子舍人王劭、卫尉丞李孝基、殿中侍御史魏澹、中散大夫刘仲威、袁奭、国子博士朱才、奉车都尉眭道闲、考功郎中崔子枢、左外兵郎薛道衡、并省主客郎中卢思道、司空东阁祭酒崔德立、太傅行参军崔儦、太学博士诸葛汉、奉朝请郑公超、殿中侍御史郑子信等入馆撰书,并敕放、悫、之推等同入撰例。复令散骑常侍封孝琰、前乐陵太守郑元礼、卫尉少卿杜台卿、通直散骑常侍王训、前南兖州长史羊肃、通直散骑常侍马元熙、并省三公郎中刘珉、开府行参军李师上、温君悠入馆,亦令撰书。复命特进崔季舒、前仁州刺史刘逖、散骑常侍李孝贞、中书侍郎李德林续入待诏。寻又诏诸人各举所知,又有前济州长史李翥、前广武太守魏骞、前西兖州司马萧溉、前幽州长史陆仁惠、郑州司马江旰、前通直散骑侍郎辛德源、陆开明、通直郎封孝謇、太尉掾张德冲、并省右民郎高行恭、司徒户曹参军古道子、前司空功曹参军刘顗、获嘉令崔德儒、给事中李元楷、晋州治中阳师孝、太尉中兵参军刘儒行、司空祭酒阳辟疆、司空士曹参军卢公顺、司徒中兵参军周子深、开府参军王友伯、崔君洽、魏师謇并入馆待诏,又敕右仆射段孝言亦入焉。《御览》成后,所撰录人亦有不时待诏,付所司处分者。凡此诸人,亦有文学肤浅,附会亲识,妄相推荐者十三四焉。虽然,当时操笔之徒,搜求略尽。其外如广平宋孝王、信都刘善经辈三数人,论其才性,入馆诸贤亦十三四不逮之也。待诏文林,亦是一时盛事,故存录其姓名。"

北周武帝建德六年(577)二月,北周灭齐。《北齐书·幼主纪》:"幼主名恒,帝之长子也。母曰穆皇后,武平元年六月生于邺。其年十月,立为皇太子。隆化二年春正月乙亥,即皇帝位,时八岁,改元为承光元年,大赦,尊皇太后为太皇太后,帝为太上皇帝,后为太上皇后。于是黄门侍郎颜之推、中书侍郎薛道衡、侍中陈德信等劝太上皇帝往河外募兵,更为经略,若不济,南投陈国,从之。丁丑,太皇太后、太上皇后自邺先趣济州。周师渐逼,癸未,幼主又自邺东走。"

"及齐亡,周武引为御史二命士。后归乡里,自州主簿入为司禄上士。"《北齐书·阳休之传》载与道衡同征者十八人:"周武平齐,与吏部尚书袁聿修、卫尉卿李祖钦、度支尚书元修伯、大理卿司马幼之、司农卿崔达拏、秘书监源文宗、散骑常侍兼中书侍郎李若、散骑常侍给事黄门侍郎李孝贞、给事黄门侍郎卢思道、给事黄门侍郎颜之推、通直散骑常侍兼中书侍郎李德林、通直散骑常侍兼中书舍人陆乂、中书侍郎薛道衡、中书舍人高行恭、辛德源、王劭、陆开明十八人同征,令随驾后赴长安。卢思道有所撰录,止云休之与孝贞、思道同被召者,是其诬罔焉。"

隋文帝杨坚作相,从元帅梁睿击王谦,摄陵州刺史。

《隋书》本传载:"高祖作相,从元帅梁睿击王谦,摄陵州刺史。"《隋书·梁睿传》:"睿威惠廉著,民夷悦服,声望逾重,高祖阴惮之。薛道衡从军在蜀,因入接宴,说睿曰:'天下之望,已归于隋。'密令劝进,高祖大悦。及受禅,顾待弥隆。"

《隋书》本传载:"大定中,授仪同,摄邛州刺史。高祖受禅,坐事除名。"大定中,公元581年正月,北周改元大定。二月,隋文帝代周,周亡。高祖改号开皇。

曾参与《内典文会集》整理。唐释道宣《续高僧传》卷二《隋东都上林园翻经馆沙门释彦琮传》:"高祖受禅,改元开皇。……(彦琮)又与陆彦师、薛道衡、刘善经、孙万寿等一代宗师,著《内典文会集》。"

《隋书》本传载:"河间王弘北征突厥,召典军书,还除内史舍人。"袁卧雪《年谱》考证,从河间王弘北征突厥在隋文帝开皇三年(583),是年道衡四十四岁。

曹道衡《从〈切韵序〉推论隋代文人的几个问题》(《中古文学史论文集续编》)认为隋文帝开皇四年(584),薛道衡等人在长安相会,讨论音韵问题,后陆法言据以作《切韵》。详见据袁卧雪《年谱》。

开皇四年十一月使陈。《隋书·高祖纪》:"冬十一月壬戌,遣兼散骑常侍薛道衡、通直散骑常侍豆卢寔使于陈。"《隋书》本传载:"其年,兼散骑常侍,聘陈主使。道衡因奏曰:'江东蕞尔一隅,僭擅遂久,实由永嘉已后,华夏分崩。刘、石、符、姚、慕容、赫连之辈,妄窃名号,寻亦灭亡。魏氏自北徂南,未遑远略。周、齐两立,务在兼并,所以江表逋诛,积有年祀。陛下圣德天挺,光膺宝祚，比隆三代，平一九州，岂容使区区之陈，久在天网之外？臣今奉使，请责以称藩。'高祖曰：'朕且含养，置之度外，勿以言辞相折，识朕意焉。'"《隋书》本传载："江东雅好篇什，陈主尤爱雕虫，道衡每有所作，南人无不吟诵焉。"

开皇五年（586），道衡四十六岁。七月，与颜之推接待陈使。《陈书·文学·阮卓传》："至德元年，入为德教殿学士。寻兼通直散骑常侍，副王话聘隋。隋主夙闻卓名，乃遣河东薛道衡、琅邪颜之推等，与卓谈宴赋诗，赐遗加礼。"

《隋书》本传载："及八年伐陈，授淮南道行台尚书吏部郎，兼掌文翰。王师临江，高颎夜坐幕下，谓之曰：'今段之举，克定江东已不？君试言之。'道衡答曰：'凡论大事成败，先须以至理断之。《禹贡》所载九州，本是王者封域。后汉之季，群雄竞起，孙权兄弟遂有吴、楚之地。晋武受命，寻即吞并，永嘉南迁，重此分割。自尔已来，战争不息，否终斯泰，天道之恒。郭璞有云：'江东偏王三百年，还与中国合。'今数将满矣。以运数而言，其必克一也。有德者昌，无德者亡，自古兴灭，皆由此道。主上躬履恭俭，忧劳庶政，叔宝峻宇雕墙，酣酒荒色。上下离心，人神同愤，其必克二也。为国之体，在于任寄，彼之公卿，备员而已。拔小人施文庆委以政事，尚书令江总唯事诗酒，本非经略之才，萧摩诃、任蛮奴是其大将，一夫之用耳。其必克三也。我有道而大，彼无德而小，量其甲士，不过十万。西自巫峡，东至沧海，分之则势悬而力弱，聚之则守此而失彼。其必克四也。席卷之势，其在不疑。'颎忻然曰：'君言成败，事理分明，吾今豁然矣。本以才学相期，不意筹略乃尔。'"开皇八年（588），道衡四十九岁。是年十一月，隋以晋王杨广为元帅进攻陈朝。道衡作《祭淮文》、《祭江文》(见《初学记》卷六)、《岁穷应教诗》(见《初学记》卷四)。

《隋书》本传载:"还除吏部侍郎。后坐抽擢人物,有言其党苏威,任人有意故者,除名,配防岭表。晋王广时在扬州,阴令人讽道衡从扬州路,将奏留之。道衡不乐王府,用汉王谅之计,遂出江陵道而去。寻有诏征还,直内史省。晋王由是衔之,然爱其才,犹颇见礼。后数岁,授内史侍郎,加上仪同三司。"袁卧雪《年谱》云:"此为炀帝杀道衡张本。"

自伐陈还,作《平陈碑》。唐李吉甫《元和郡县图志》卷二十五:"隋平陈,树碑。其文薛道衡之词。"作《后周大将军杨绍碑》。见《文馆词林》卷四五二。

与李文博相知。《隋书·李文博传》:"开皇中,为羽骑尉,特为吏部侍郎薛道衡所知。……道衡每得其语,莫不欣然从之。"

与杨素关系密切。《隋书·杨素传》:"素性疏而辩,高下在心,朝臣之内,颇推高颎,敬牛弘,厚接薛道衡,视苏威蔑如也。自余朝贵,多被陵轹。其才艺风调,优于高颎,至于推诚体国,处物平当,有宰相识度,不如颎远矣。"开皇十二年(592)十二月,杨素代苏威为尚书右仆射。

《隋书·高祖纪》载文帝于开皇十五年(595)正月祠泰山,大赦天下。唐人许敬宗《文馆词林》卷六六六收有薛道衡《隋文帝拜东岳大赦诏》。

道衡久当枢要,才名益显,太子诸王争相与交,高颎、杨素雅相推重。

《隋书》本传载:"道衡每至构文,必隐坐空斋,蹋壁而卧,闻户外有人便怒,其沉思如此。高祖每曰:'薛道衡作文书称我意。'然诫之以迂诞。后高祖善其称职,谓杨素、牛弘曰:'道衡老矣,驱使勤劳,宜使其朱门陈戟。'于是进位上开府,赐物百段。道衡辞以无功,高祖曰:'尔久劳阶陛,国家大事,皆尔宣行,岂非尔功也?'道衡久当枢要,才名益显,太子诸王争相与交,高颎、杨素雅相推重,声名籍甚,无竞一时。"

开皇十九年(599),作《出塞》诗二首,该诗为和杨素而作。《敬酬杨仆射山斋独坐》疑当作于本年。《重酬杨仆射山斋》疑当作于次年。详见袁卧雪《年谱》。

仁寿中,隋文帝不欲道衡久知机密,因出检校襄州总管。

《隋书》本传载:"仁寿中,杨素专掌朝政,道衡既与素善,上不欲道衡久知机密,因出检校襄州总管。道衡久蒙驱策,一旦违离,不胜悲恋,言之哽咽。高祖怆然改容曰:'尔光阴晚暮,侍奉诚劳。朕欲令尔将摄,兼抚萌俗。今尔之去,朕如断一臂。'于是赍物三百段,九环金带,并时服一袭,马十匹,慰勉遣之。在任清简,吏民怀其惠。"

与房彦谦善。《隋书·房彦谦传》:"内史侍郎薛道衡,一代文宗,位望清显,所与交结,皆海内名贤。重彦谦为人,深加友敬,及兼襄州总管,辞翰往来,交错道路。"

隋炀帝杨广嗣位,转番州刺史。岁余,上表求致仕。帝令自尽,缢而杀之,时年七十。

《隋书》本传载:"炀帝嗣位,转番州刺史。岁余,上表求致仕。"《隋书·房彦谦传》:"炀帝嗣位,道衡转牧番州,路经彦谦所,留连数日,屑涕而别。"岁余,隋炀帝大业元年(605),道衡六十六岁。

《隋书》本传载:"帝谓内史侍郎虞世基曰:'道衡将至,当以秘书监待之。'道衡既至,上《高祖文皇帝颂》。……帝览之不悦,顾谓苏威曰:'道衡致美先朝,此《鱼藻》之义也。'于是拜司隶大夫,将置之罪。道衡不悟。司隶刺史房彦谦素相善,知必及祸,劝之杜绝宾客,卑辞下气,而道衡不能用。会议新令,久不能决,道衡谓朝士曰:'向使高颎不死,令决当久行。'有人奏之,帝怒曰:'汝忆高颎邪?'付执法者勘之。道衡自以非大过,促宪司早断。暨于奏日,冀帝赦之,敕家人具馔,以备宾客来候者。及奏,帝令自尽。道衡殊不意,未能引诀。宪司重奏,缢而杀之,妻子徙且末,时年七十,天下冤之。……有子五人,收最知名,出继族父孺。""炀帝嗣位",隋文帝仁寿四年(604),七月文帝卒,太子杨广即位,是为炀帝。按:"《鱼藻》之义",《毛诗序》:"《鱼藻》,刺幽王也。言万物失其性,王居镐京,将不能自乐,故君子思古之武王焉。"

袁卧雪《年谱》考证,道衡《和许给事善心戏场转韵诗》疑作于大业三年(607)正月。

"有人奏之",此人为裴蕴。《隋书·裴蕴传》云:"司隶大夫薛道衡以忤意获谴,蕴知帝恶之,乃奏曰:'道衡负才恃旧,有无君之心。见诏书每下,便腹非私议,推恶于国,妄造祸端。论其罪名,似如隐昧,源其情意,深为悖逆。'帝曰:'然。我少时与此人相随行役,轻我童稚,共高颎、贺若弼等外擅威权,自知罪当诛调。及我即位,怀不自安,赖天下无事,未得反耳。公论其逆,妙体本心。'于是诛道衡。"

唐人刘餗《隋唐嘉话》："炀帝善属文,而不欲人出其右。司隶薛道衡由是得罪,后因事诛之,曰:'更能作"空梁落燕泥"否？'"旧说或认为隋炀帝是因为嫉妒而杀害薛道衡,如今大家一致认为嫉妒并不是薛道衡得罪的主因。正如杜晓勤所说："这种说法缺乏史实依据。据此书《序》云,书中所记多道听途说,'不足备之大典,故系之小说之末'。既为小说家言,便不能坐实。况且,这个记载不但与正史所述炀帝真心爱士赏文之性格不符,而且与道衡之死的史实相差甚远。……由此可以看出,道衡之死,实因对炀帝不满所致,非炀帝妒忌其文才而加害之。"(杜晓勤《试论隋炀帝在南北文化交融过程中的作用》,《北京大学学报》1999年第4期)

有集七十卷,行于世。

《隋书》本传载："有集七十卷,行于世。"今存《薛司隶集》一卷。《先秦汉魏晋南北朝诗》录存其诗二十余首,《全上古三代秦汉三国六朝文》录存其文八篇。学术论文有于英丽《论薛道衡及其诗歌》(《福州大学学报》2008年第4期)等。

十七、杨素生平事迹辑录

杨素，字处道，弘农华阴（今属陕西）人。

杨素，《隋书》、《北史》有传。1973年陕西潼关出土了《大隋纳官上柱国光禄大夫司徒公尚书令太子太师太尉公楚景武公墓志铭并序》）（以下简称为《杨素墓志》）。《隋书·杨素传》："杨素，字处道，弘农华阴人也。祖暄，魏辅国将军、谏议大夫。父敷，周汾州刺史，没于齐。"

《杨素墓志》载："十世祖瑶，晋侍中、仪同三司、尚书令。"杨素祖杨暄，字景和。官至北魏辅国将军、谏议大夫，《北史》、《周书》中有《杨暄传》。杨素父杨敷，为北周汾州刺史。《周书·杨敷传》："杨敷，字文衍，华山公宽之兄子也。父暄，字景和。性朗悟，有识学。弱冠拜奉朝请，历员外散骑侍郎、华州别驾、尚书右中兵郎中、辅国将军、谏议大夫。以别将从魏广阳王渊征葛荣，为荣所害。赠殿中尚书、华夏二州诸军事、镇西将军、华州刺史。……敷殊死战，矢尽，为孝先所擒。齐人方欲任用之，敷不为之屈，遂以忧愤卒于邺。高祖平齐，赠使持节、大将军、淮广复三州诸军事、三州刺史，谥曰忠壮。葬于华阴旧茔。"

杨素卒于大业二年（606），《隋书·杨素传》载："明年，拜司徒，改封楚公，真食二千五百户。其年，卒官。""其年"即大业二年。杨素的生年和享年史书无载。《杨素墓志》:"大业二年七月癸丑朔廿三日乙亥,遭疾,薨于豫州飞山里第,春秋六十三。"据此可知,杨素生于西魏文帝大统十年(544)。

杨素生平事迹见《隋书》、《北史》本传及《杨素墓志》。有关杨素生平事迹的相关研究文章有梁建邦《杨素墓志的发现与价值》(《渭南师专学报》1990年第1期)、姚双年《隋杨素墓志初考》(《考古与文物》1991年第2期)、周铮《杨素墓志初考补正》(《考古与文物》1993年第2期)、杨焄《杨素行年及其他》(《文学遗产》2004年第6期)等。另外,兰州大学袁烨湘2008年硕士学位论文《杨素其人及其诗歌研究》中有《杨素年谱》。

周保定五年,周大冢宰宇文护引素为中外记室,后转礼曹,加大都督。

《隋书·杨素传》:"素少落拓,有大志,不拘小节,世人多未之知,唯从叔祖魏尚书仆射宽深异之,每谓子孙曰:'处道当逸群绝伦,非常之器,非汝曹所逮也。'后与安定牛弘同志好学,研精不倦,多所通涉。善属文,工草隶,颇留意于风角。美须髯,有英杰之表。周大冢宰宇文护引为中外记室,后转礼曹,加大都督。"按,牛弘,隋代名臣。《隋书·牛弘传》:"牛弘,字里仁,安定鹑觚人也。本姓尞氏。祖炽,郡中正。父允,魏侍中、工部尚书、临泾公,赐姓为牛氏。"《杨素墓志》载"周保定五年,起家为中外府记室"。可知杨素任周大冢宰宇文护中外记室在周保定五年(565),是年杨素二十二岁。

《隋书·杨素传》:"武帝亲总万机,素以其父守节陷齐,未蒙朝命,上表申理,帝不许。至于再三,帝大怒,命左右斩之。素乃大言曰：'臣事无道天子，死其分也。'帝壮其言，由是赠敷为大将军，谥曰忠壮。拜素为车骑大将军、仪同三司，渐见礼遇。帝命素为诏书，下笔立成，词义兼美。帝嘉之，顾谓素曰：'善自勉之，勿忧不富贵。'素应声答曰：'臣但恐富贵来逼臣，臣无心图富贵。'"据《周书·杨敷传》载，杨敷陷齐于北周武帝建德元年（572），是年杨素二十九岁。

平齐之役，素请率父麾下先驱。以功封清河县子。及齐平，加上开府，改封成安县公。

《隋书·杨素传》："及平齐之役，素请率父麾下先驱。帝从之，赐以竹策，曰：'朕方欲大相驱策，故用此物赐卿。'从齐王宪与齐人战于河阴，以功封清河县子，邑五百户。其年授司城大夫。明年，复从宪拔晋州。宪屯兵鸡栖原，齐主以大军至，宪惧而宵遁，为齐兵所蹑，众多败散。素与骁将十余人尽力苦战，宪仅而获免。其后每战有功。及齐平，加上开府，改封成安县公，邑千五百户，赐以粟帛、奴婢、杂畜。从王轨破陈将吴明彻于吕梁，治东楚州事。封弟慎为义安侯。陈将樊毅筑城于泗口，素击走之，夷毅所筑。宣帝即位，袭父爵临贞县公，以弟约为安成公。寻从韦孝宽徇淮南，素别下盱眙、钟离。"按，本传未言杨素任职，据《杨素墓志》："齐王礼崇先路，任重元戎，眷求明德，光膺王佐，请公为行军府长史。公爱参旗鼓之节，立乎矢石之间，□□□陈，战在先胜。"又，"改封成安县公"中"成安"当误，《杨素墓志》云："以功进位上开府，封安成公，出为东楚州总管。"这样与本传中的"宣帝即位，袭父爵临贞县公，以弟约为安成公"相符。

又，"宣帝即位，袭父爵临贞县公"，宣帝大成元年为579年，

《杨素墓志》:"大象二年,袭封临贞公。"二者相差一年,本传恐有误。(详见杨焄《杨素行年及其他》)

杨坚为丞相,素深自结纳。坚甚器之。高祖受禅,加上柱国。

《隋书·杨素传》:"及高祖为丞相,素深自结纳。高祖甚器之,以素为汴州刺史。行至洛阳,会尉迥作乱,荥州刺史宇文胄据武牢以应迥,素不得进。高祖拜素大将军,发河内兵击胄,破之。迁徐州总管,进位柱国,封清河郡公,邑二千户。以弟岳为临贞公。高祖受禅,加上柱国。开皇四年,拜御史大夫。其妻郑氏性悍,素忿之曰:'我若作天子,卿定不堪为皇后。'郑氏奏之,由是坐免。"按,"武牢"即虎牢,避唐讳而改。

隋军大举伐陈,以素为行军元帅。战后,封越国公。

《隋书·杨素传》:"上方图江表,先是,素数进取陈之计,未几,拜信州总管,赐钱百万、锦千段、马二百匹而遣之。素居永安,造大舰,名曰五牙,上起楼五层,高百余尺,左右前后置六拍竿,并高五十尺,容战士八百人,旗帜加于上。次曰黄龙,置兵百人。自余平乘、舴艋等各有差。及大举伐陈,以素为行军元帅,引舟师趣三硖。军至流头滩,陈将戚欣以青龙百余艘、屯兵数千人守狼尾滩,以遏军路。其地险峭,诸将患之。素曰:'胜负大计,在此一举。若昼日下船,彼则见我,滩流迅激,制不由人,则吾失其便。'乃以夜掩之。素亲率黄龙数千艘,衔枚而下,遣开府王长袭引步卒从南岸击欣别栅,令大将军刘仁恩率甲骑趣白沙北岸,迟明而至,击之,欣败走。悉虏其众,劳而遣之,秋毫不犯,陈人大悦。素率水军东下,舟舻被江,旌甲曜日。素坐平乘大船,容貌雄伟,陈人望之惧曰:'清河公即江神也。'陈南康内史吕仲肃屯岐亭,正据江峡，于北岸凿岩，缀铁锁三条，横截上流，以遏战船。素与仁恩登陆俱发，先攻其栅。仲肃军夜溃，素徐去其锁。仲肃复据荆门之延洲。素遣巴蜓卒千人，乘五牙四艘，以柏樯碎贼十余舰，遂大破之，俘甲士二千余人，仲肃仅以身免。陈主遣其信州刺史顾觉镇安蜀城，荆州刺史陈纪镇公安，皆慑而退走。巴陵以东，无敢守者。湘州刺史、岳阳王陈叔慎遣使请降。素下至汉口，与秦孝王会。及还，拜荆州总管，进爵郕国公，邑三千户，真食长寿县千户。以其子玄感为仪同，玄奖为清河郡公。赐物万段，粟万石，加以金宝，又赐陈主妹及女妓十四人。素言于上曰：'里名胜母，曾子不入。逆人王谊，前封于郕，臣不愿与之同。'于是改封越国公。寻拜纳言。岁余，转内史令。"

江南人李棱等聚众为乱，朝廷以素为行军总管，帅众讨之。

《隋书·杨素传》："俄而江南人李棱等聚众为乱，大者数万，小者数千，共相影响，杀害长吏。以素为行军总管，帅众讨之。贼朱莫问自称南徐州刺史，以盛兵据京口。素率舟师入自杨子津，进击破之。晋陵顾世兴自称太守，与其都督鲍迁等复来拒战。素逆击破之，执迁，虏三千余人。进击无锡贼帅叶略，又平之。吴郡沈玄憘、沈杰等以兵围苏州，刺史皇甫绩频战不利。素率众援之，玄憘势迫，走投南沙贼帅陆孟孙。素击孟孙于松江，大破之，生擒孟孙、玄憘。黟、歙贼帅沈雪、沈能据栅自固，又攻拔之。浙江贼帅高智慧自号东扬州刺史，船舰千艘，屯据要害，兵其劲。素击之，自旦至申，苦战而破。智慧逃入海，素蹑之，从余姚泛海趣永嘉。智慧来拒战，素击走之，擒获数千人。贼帅汪文进自称天子，据东阳，署其徒蔡道人为司空，守乐安。进讨，悉平之。又破永嘉贼帅沈孝彻。于是步道向天台，指临海郡，逐捕遗逸寇。前后百余战，智慧遁守闽越。"

《隋书·杨素传》："上以素久劳于外，诏令驰传入朝。加子玄感官为上开府，赐彩物三千段。素以余贼未殄，恐为后患，又自请行。乃下诏曰：'……内史令、上柱国、越国公素，识达古今，经谋长远，比曾推毂，旧著威名，宜任以大兵，总为元帅，宣布朝风，振扬威武，擒剪叛亡，慰劳黎庶。军民事务，一以委之。'素复乘传至会稽。先是，泉州人王国庆，南安豪族也，杀刺史刘弘，据州为乱，诸亡贼皆归之。自以海路艰阻，非北人所习，不设备伍。素泛海掩至，国庆遑遽，弃州而走，余党散入海岛，或守溪洞。素分遣诸将，水陆追捕。乃密令人谓国庆曰：'尔之罪状，计不容诛。唯有斩送智慧，可以塞责。'国庆于是执送智慧，斩于泉州。自余支党，悉来降附，江南大定。上遣左领军将军独孤陀至浚仪迎劳。比到京师，问者日至。拜素子玄奖为仪同，赐黄金四十斤，加银瓶，实以金钱，缣三千段，马二百匹，羊二千口，公田百顷，宅一区。代苏威为尚书右仆射，与高颎专掌朝政。"

素性疏而辩，高下在心，朝臣之内，颇推高颎，敬牛弘，厚接薛道衡，视苏威蔑如。

《隋书·杨素传》："素性疏而辩，高下在心，朝臣之内，颇推高颎，敬牛弘，厚接薛道衡，视苏威蔑如也。自余朝贵，多被陵轹。其才艺风调，优于高颎，至于推诚体国，处物平当，有宰相识度，不如颎远矣。"开皇十二年（592）十二月，杨素代苏威为尚书右仆射。

素监营仁寿宫，颇伤绮丽，大损人丁，引起隋文帝不悦。

《隋书·杨素传》："寻令素监营仁寿宫，素遂夷山堙谷，督役严急，作者多死，宫侧时闻鬼哭之声。及宫成，上令高颎前视，奏称颇伤绮丽，大损人丁，高祖不悦。素尤惧，计无所出，即于北门启独孤皇后曰：'帝王法有离宫别馆，今天下太平，造此一宫，何足损费！'后以此理谕上，上意乃解。于是赐钱百万，锦绢三千段。"

开皇十八年，突厥达头可汗犯塞，以素为灵州道行军总管，出塞讨之。

《隋书·杨素传》："十八年，突厥达头可汗犯塞，以素为灵州道行军总管，出塞讨之，赐物二千段，黄金百斤。先是，诸将与虏战，每虑胡骑奔突，皆以戎车步骑相参，舆鹿角为方阵，骑在其内。素谓人曰：'此乃自固之道，非取胜之方也。'于是悉除旧法，令诸军为骑阵。达头闻之大喜，曰：'此天赐我也。'因下马仰天而拜，率精骑十余万而至。素奋击，大破之，达头被重创而遁，杀伤不可胜计，群虏号哭而去。优诏褒扬，赐缣二万匹，及万钉宝带。加子玄感位大将军，玄奖、玄纵、积善并上仪同。素多权略，乘机赴敌，应变无方，然大抵驭戎严整，有犯军令者立斩之，无所宽贷。每将临寇，辄求人过失而斩之，多者百余人，少不下十数。流血盈前，言笑自若。及其对阵，先令一二百人赴敌，陷阵则已，如不能陷阵而还者，无问多少，悉斩之。又令三二百人复进，还如向法。将士股栗，有必死之心，由是战无不胜，称为名将。素时贵幸，言无不从，其从素征伐者，微功必录，至于他将，虽有大功，多为文吏所谴却。故素虽严忍，士亦以此愿从焉。"《杨素墓志》："十九□□□州道行军总管，委以边略。突厥达头可汗驱其引弓之众，率其鸣镝之旅，逾亭越障，亘野弥原。公亲勒轻锐，分命骁勇，□□□击，前后歼夷，转斗千里，斩馘万计。"周铮《杨素墓志考补正》认为"十九□□□"应该是"十九年授灵"。《隋书》本传与《杨素墓志》所载两者相差一年，《隋书·高祖本纪》与《杨素墓志》同，本传恐误。《资治通鉴·隋纪二》亦系此事于开皇十九年（599）。（详见杨焄《杨素行年及其他》）袁烨湘《杨素年谱》认为杨素《出塞二首》及薛道衡、虞世基的和作皆作于开皇十九年。

开皇二十年，晋王杨广为灵朔道行军元帅，素为长史。及为太子，素之谋也。

《隋书·杨素传》："二十年，晋王广为灵朔道行军元帅，素为长史。王卑躬以交素。及为太子，素之谋也。仁寿初，代高颎为尚书左仆射，赐良马百匹，牝马二百匹，奴婢百口。其年，以素为行军元帅，出云州击突厥，连破之。突厥退走，率骑追蹑，至夜而及之。将复战，恐贼越逸，令其骑稍后。于是亲将两骑，并降突厥二人，与虏并行，不之觉也。候其顿舍未定，趣后骑掩击，大破之。自是突厥远遁，碛南无复虏庭。以功进子玄感位为柱国，玄纵为淮南郡公。赏物二万段。"

及献皇后崩，山陵制度，多出于素。亲戚故吏，布列清显，素之贵盛，近古未闻。后文帝渐疏忌之，外示优崇，实夺之权也。

《隋书·杨素传》："及献皇后崩，山陵制度，多出于素。上善之，……并赐田三十顷，绢万段，米万石，金钵一，实以金，银钵一，实以珠，并绫锦五百段。时素贵宠日隆，其弟约、从父文思、弟文纪，及族父异，并尚书列卿。诸子无汗马之劳，位至柱国、刺史。

家僮数千，后庭妓妾曳绮罗者以千数。第宅华侈，制拟宫禁。有鲍亨者，善属文，殷胄者，工草隶，并江南士人，因高智慧没为家奴。亲戚故吏，布列清显，素之贵盛，近古未闻。炀帝初为太子，忌蜀王秀，与素谋之，构成其罪，后竟废黜。朝臣有违忤者，虽至诚体国，如贺若弼、史万岁、李纲、柳彧等，素皆阴中之。若有附会及亲戚，虽无才用，必加进擢。朝廷靡然，莫不畏附。唯兵部尚书柳述，以帝婿之重，数于上前面折素。大理卿梁毗，抗表上言素作威作福。上渐疏忌之，后因出敕曰：'仆射国之宰辅，不可躬亲细务，但三五日一度向省，评论大事。'外示优崇，实夺之权也。终仁寿之末，不复通判省事。上赐王公以下射，素箭为第一，上手以外国所献金精盘，价直巨万，以赐之。四年，从幸仁寿宫，宴赐重叠。"

袁烨湘《杨素年谱》认为杨素《赠薛内史》及薛道衡《重赠杨仆射山序》作于仁寿元年（601）。

及文帝不豫，素等入阁侍疾。素曾矫诏追东宫兵士帖上台宿卫。文帝崩，时论颇有异论。

《隋书·杨素传》："及上不豫，素与兵部尚书柳述、黄门侍郎元岩等入阁侍疾。时皇太子入居大宝殿，虑上有不讳，须豫防拟，乃手自为书，封出问素。素录出事状以报太子。宫人误送上所，上览而大恚。所宠陈贵人又言太子无礼。上遂发怒，欲召庶人勇。太子谋之于素，素矫诏追东宫兵士帖上台宿卫，门禁出入，并取宇文述、郭衍节度，又令张衡侍疾。上以此日崩，由是颇有异论。"

杨广以素为并州道行军总管、河北安抚大使，率众数万讨汉王杨谅。

《隋书·杨素传》："汉王谅反，遣茹茹天保来据蒲州，烧断河桥。又遣王聃子率数万人并力拒守。素将轻骑五千袭之，潜于渭口宵济，迟明击之，天保败走，聃子惧而以城降。有诏征还。初，素将行也，计日破贼，皆如所量。帝于是以素为并州道行军总管、河北安抚大使，率众数万讨谅。时晋、绛、吕三州并为谅城守，素各以二千人縻之而去。谅遣赵子开拥众十余万，策绝径路，屯据高壁，布阵五十里。素令诸将以兵临之，自引奇兵潜入霍山，缘崖谷而进，直指其营，一战破之，杀伤数万。谅所署介州刺史梁修罗屯介休，闻素至，惧，弃城而走。进至清源，去并州三十里，谅率其将王世宗、赵子开、萧摩诃等，众且十万，来拒战。又击破之，擒萧摩诃。谅退保并州，素进兵围之，谅穷蹙而降，余党悉平。帝遣素弟修武公约赍手诏劳素。……素上表陈谢。……其月还京师，因从驾幸洛阳，以素领营东京大监。以平谅之功，拜其子万石、仁行、侄玄挺皆仪同三司，赉物五万段，绮罗千匹，谅之妓妾二十人。"

素虽有建立之策及平杨谅功，然特为炀帝所猜忌，外示殊礼，内情甚薄。

《隋书·杨素传》："素虽有建立之策及平杨谅功，然特为帝所猜忌，外示殊礼，内情甚薄。太史言隋分野有大丧，因改封于楚。楚与隋同分，欲以此厌当之。素寝疾之日，帝每令名医诊候，赐以上药。然密问医人，恒恐不死。素又自知名位已极，不肯服药，亦不将慎，每语弟约曰：'我岂须更活耶？'素贪冒财货，营求产业。东、西二京，居宅侈丽，朝毁夕复，营缮无已。爰及诸方都会处，邸店、水硙并利田宅以千百数，时议以此鄙之。子玄感嗣，别有传。诸子皆坐玄感诛死。"

《隋书·杨素传》："素尝以五言诗七百字赠番州刺史薛道

衡。"据曹道衡、刘跃进《南北朝文学编年史》考证，认为此诗作于仁寿四年（604），袁烨湘《杨素年谱》认为作于大业元年（605）。

大业元年，迁尚书令，寻拜太子太师。大业二年，拜司徒，改封楚公。其年，卒官。谥曰景武。

《隋书·杨素传》："大业元年，迁尚书令，赐东京甲第一区，物二千段。寻拜太子太师，余官如故。前后赏锡，不可胜计。明年，拜司徒，改封楚公，真食二千五百户。其年，卒官。谥曰景武，赠光禄大夫、太尉公、弘农河东绛郡临汾文城河内汲郡长平上党西河十郡太守。给辒车，班剑四十人，前后部羽葆鼓吹，粟麦五千石，物五千段。鸿胪监护丧事。"据《隋书·杨约传》："后帝在东都，令约诣京师享庙，行至华阴，见其兄墓，遂枉道拜哭，为宪司所劾，坐是免官。"可知杨素墓在华阴（今陕西境内）。

大业九年（613）六月，杨素长子杨玄感起兵反隋，同年八月被镇压。《隋书·杨素传》史臣曰："幸而得死，子为乱阶，坟土未干，阖门俎戮，丘陇发掘，宗族诛夷。则知积恶余殃，信非徒语。多行无礼必自及，其斯之谓欤！"从"丘陇发掘"可知杨素墓曾经被挖掘破坏。杨素墓志1950年代出土于陕西省潼关县吴村乡。据梁建邦《杨素墓志的发现与价值》考证墓志撰写者为虞世基。

后世或以为：素者，天下古今之至不仁者也。

《隋书·杨素传》史臣曰："杨素少而轻侠，倜傥不羁，兼文武之资，包英奇之略，志怀远大，以功名自许。高祖龙飞，将清六合，许以腹心之寄，每当推毂之重。扫妖氛于牛斗，江海无波；摧骁骑于龙庭，匈奴远遁。考其夷凶静乱，功臣莫居其右；览其奇策高文，足为一时之杰。然专以智诈自立，不由仁义之道，阿谀时主，高下其心。营构离宫，陷君于奢侈；谋废冢嫡，致国于倾危。终使宗庙丘墟，市朝霜露，究其祸败之源，实乃素之由也。"王夫之《读通鉴论》卷十九："隋之诸臣，唯素之不可托也为最，非但颎、弼、德林之不屑与伍，即以视刘昉、郑译犹有悬绝之分。何也？素者，天下古今之至不仁者也。其用兵也，求人而杀之以立威，使数百人犯大敌，不胜而俱斩之，自有兵以来，唯尉缭言之，唯素行之，盖无他智略，唯忍于自杀其人而已矣。其营仁寿宫也，丁夫死者万计，皆以杀人而速奏其成，旷古以来，唯以杀人为事者更无其匹。"

素诗词气宏拔，风韵秀上。有集十卷。

《隋书·杨素传》："素尝以五言诗七百字赠番州刺史薛道衡，词气宏拔，风韵秀上，亦为一时盛作。未几而卒，道衡叹曰：'人之将死，其言也善，岂若是乎！'有集十卷。"

陈祚明《采菽堂古诗选》卷三十五曰："越公诗清远有气格，规模西晋，不意武夫凶人有此雅调。"王士祯《带经堂诗话》卷四："杨处道沉雄华瞻，风骨甚遒，已辟唐人陈、杜、沈、宋之轨。"黄子云《野鸿诗的》曰："越公《赠薛播州》数篇，高迥雅逸，纤靡扫尽，大业之朝，足称首杰。观者不以人废言可也。"刘熙载《艺概·诗概》："杨处道诗甚为雄深雅健。齐梁文辞之弊，贵清绮不重气质，得此可以矫之。"

今人的文学史著作对杨素有所涉及，例如葛晓音《八代诗史》（中华书局2001年修订版）、钱志熙《中国诗歌通史·魏晋南北朝卷》（人民文学出版社2012年版）等著作对杨素诗歌有深入的论述。学术论文有乔正康《略谈隋代的杨素及其诗歌》（《扬州师范学院学报》1961年第11期）等。

十八、陈叔宝生平事迹辑录

陈叔宝，字元秀，小字黄奴。吴兴长城（今浙江长兴）人。人称陈后主。

陈叔宝，生平事迹载《陈书·本纪第六》和《南史·陈本纪下》。

据《陈书》本纪载："后主，讳叔宝，字元秀，小字黄奴，高宗嫡长子也。"按，叔宝祖父名陈道谈，陈武帝陈霸先之兄，梁东宫直阁将军，卒于侯景之乱。叔宝父名陈顼，即高宗陈宣帝，字绍世，小字师利。陈霸先之侄，陈文帝陈蒨之弟。陈顼生于公元530年，公元568年即位，卒于公元582年。生平事迹载《陈书·本纪第五》、《南史·陈本纪下第十》。

叔宝于梁承圣二年（553）十一月生于江陵（在今湖北）。《陈书·本纪》载："梁承圣二年十一月戊寅生于江陵。"在平定侯景之乱后，陈霸先出镇京口，梁元帝命陈霸先将子侄送入江陵。陈顼等在江陵任职，是故陈叔宝出生于江陵。

有关陈叔宝生平事迹的研究成果，主要有严绘的《陈叔宝年谱》（载广西师范大学硕士学位论文《陈叔宝及其诗歌研究》，2010年）。

梁承圣三年江陵陷，陈顼迁关右，留叔宝于穰城。天嘉三

年，叔宝归京师，立为安成王世子。

《陈书》本纪载："梁承圣二年十一月戊寅生于江陵。明年，江陵陷，高宗迁关右，留后主于穰城。天嘉三年，归京师，立为安成王世子。天康元年，授宁远将军，置佐史。光大二年，为太子中庶子，寻迁侍中，余如故。"按，穰城，在今河南邓县。梁承圣三年（554），西魏攻陷江陵，陈顼例随长安。叔宝及其母柳敬言、弟弟叔陵被扣留于穰城。《陈书·始兴王叔陵传》载："始兴王叔陵，字子嵩，高宗之第二子也。梁承圣中，高宗在江陵为直阁将军，而叔陵生焉。江陵陷，高宗迁关右，叔陵留于穰城。高宗之还也，以后主及叔陵为质。"公元557年十月，陈霸先登基，建立陈朝。十一月，遥封陈顼为始兴郡王。永定三年（559）陈霸先卒，临川王陈蒨即位，是为陈文帝。天嘉三年（562），叔宝十岁，归京师，立为安成王世子。天康元年（566），叔宝十四岁，是年四月陈文帝卒，太子陈伯宗继位，是为陈废帝。光大二年（568），叔宝十六岁。是年十一月陈顼贬废帝为临海王。

太建元年正月立为皇太子。

《陈书》本纪载："太建元年正月甲午，立为皇太子。"按，太建元年（569）正月，陈顼即位，叔宝被立为太子。是年，陈叔宝十七岁。

太建年间，陈叔宝在东宫时常组织文人雅集。参与东宫雅集的有江总、陆瑜、陆琼、顾野王、褚玠、傅縡、陈暄、虞世基等文士。陈叔宝《与江总书悼陆瑜》："管记陆瑜，奄然殂化，悲伤悼惜，此情何已。吾生平爱好，卿等所悉，自以学涉儒雅，不逮古人，钦贤慕士，是情尤笃。……吾监抚之暇，事隙之辰，颇用谈笑娱情,琴樽间作,雅篇艳什,迭互锋起。每清风明月,美景良辰,对群山之参差,望巨波之混漾,或玩新花,时观落叶,既听春鸟,又聆秋雁,未尝不促膝举觞,连情发藻,且代琢磨,间以嘲谑,俱怡耳目,并留情致,自谓百年为速,朝露可伤,岂谓玉折兰摧,遽从短运,为悲为恨,当复何言,遗迹余文,触目增泫,绝弦投笔,恒有酸恨,以卿同志,聊复叙怀,涕之无从,言不写意。"《陈书·顾野王传》:"太建二年,迁国子博士。后主在东宫,野王兼东宫管记,本官如故。六年,除太子率更令,寻领大著作,掌国史,知梁史事,兼东宫通事舍人。时宫僚有济阳江总、吴国陆琼、北地傅縡、吴兴姚察,并以才学显著,论者推重焉。迁黄门侍郎,光禄卿,知五礼事,余官并如故。"《陈书·姚察传》:"补东宫学士。于时济阳江总、吴国顾野王、陆琼、从弟瑜,河南褚玠、北地傅縡等,皆以才学之美,晨夕娱侍。"《陈书·孔奂传》:"后主时在东宫,欲以江总为太子詹事,令管记陆瑜言之于奂。奂谓瑜曰:'江有潘、陆之华,而无园、绮之实,辅弼储宫,窃有所难。'瑜具以白后主,后主深以为恨,乃自言于高宗。高宗将许之,奂乃奏曰:'江总文华之人,今皇太子文华不少,岂藉于总!如臣愚见,愿选敦重之才,以居辅导。'帝曰:'即如卿言,谁当居此?'奂曰:'都官尚书王廓,世有懿德,识性敦敏,可以居之。'后主时亦在侧,乃曰:'廓王泰之子,不可居太子詹事。'奂又奏曰:'宋朝范晔即范泰之子,亦为太子詹事,前代不疑。'后主固争之,帝卒以总为詹事,由是忤旨。其梗正如此。"

太建十四年正月,陈顼卒,叔宝即皇帝位。

《陈书》本纪载:"十四年正月甲寅,高宗崩。乙卯,始兴王叔陵作逆，伏诛。丁巳，太子即皇帝位于太极前殿。……夏四月丙申，立皇子永康公胤为皇太子，赐天下为父后者爵一级，王公已下赍帛各有差。"按，"始兴王叔陵作逆"事，《陈书·始兴王叔陵传》有详细记载："及高宗不豫，太子诸王并入侍疾。高宗崩于宣福殿，翌日旦，后主哀顿俯伏，叔陵以锉药刀斫后主中项。太后驰来救焉，叔陵又斫太后数下。后主乳媪吴氏，时在太后侧，自后掣其肘，后主因得起。叔陵仍持后主衣，后主自奋得免。长沙王叔坚手搤叔陵，夺去其刀，仍牵就柱，以其褶袖缚之。时吴媪已扶后主避贼，叔坚求后主所在，将受命焉。叔陵因奋袖得脱，突走出云龙门，驰车还东府，呼其甲士，散金银以赏赐，外召诸王将帅，莫有应者，唯新安王伯固闻而赴之。"后被萧摩诃领兵杀之。

《陈书》本纪载至德三年："十一月辛巳，舆驾幸长干寺，大赦天下。十二月……辛丑，释奠于先师，礼毕，设金石之乐，会宴王公卿士。"

叔宝每引宾客，对贵妃等游宴，则使诸贵人及女学士与狎客共赋新诗，互相赠答。采其尤艳丽者，以为曲调，被以新声。

陈叔宝即位后荒于酒色，不恤政事，经常与文人学士一起游宴赋诗。《南史·陈本纪下》："后主愈骄，不虞外难，荒于酒色，不恤政事。左右嬖佞珥貂者五十人，妇人美貌丽服巧态以从者千余人。常使张贵妃、孔贵人等八人夹坐，江总、孔范等十人预宴，号曰'狎客'。先令八妇人襞采笺，制五言诗，十客一时继和，迟则罚酒。君臣酣饮，从夕达旦，以此为常。而盛修宫室，无时休止。税江税市，征取百端。刑罚酷滥，牢狱常满。覆舟山及蒋山柏林，冬月常多采醴，后主以为甘露之瑞。"《南史·张贵妃传》："至德二年，乃于光昭殿前起临春、结绮、望仙三阁。高数十丈，并数十间。其窗牖、壁带、县楣、栏槛之类，皆以沉檀香为之。又饰以金玉，间以珠翠，外施珠帘。内有宝床宝帐，其服玩之属，瑰丽皆近古未有。每微风暂至，香闻数里；朝日初照，光映后庭。其下积石为山，引水为池，植以奇树，杂以花药。后主自居临春阁，张贵妃居结绮阁，龚、孔二贵嫔居望仙阁，并复道交相往来。又有王、季二美人，张、薛二淑媛，袁昭仪、何婕妤、江修容等七人，并有宠，递代以游其上。以宫人有文学者袁大舍等为女学士。后主每引宾客，对贵妃等游宴，则使诸贵人及女学士与狎客共赋新诗，互相赠答。采其尤艳丽者，以为曲调，被以新声。选宫女有容色者以千百数，令习而歌之，分部迭进，持以相乐。其曲有《玉树后庭花》、《临春乐》等。其略云：'璧月夜夜满，琼树朝朝新。'大抵所归，皆美张贵妃、孔贵嫔之容色。张贵妃发长七尺，鬓黑如漆，其光可鉴。特聪慧，有神彩，进止闲华，容色端丽。每瞻视眄睐，光彩溢目，照映左右。尝于阁上靓妆，临于轩槛，宫中遥望，飘若神仙。才辩强记，善候人主颜色。荐诸宫女，后宫咸德之，竞言其善。又工厌魅之术，假鬼道以惑后主。置淫祀于宫中，聚诸女巫使之鼓舞。时后主怠于政事，百司启奏，并因宦者蔡临儿、李善度进请，后主倚隐囊，置张贵妃于膝上共决之。李、蔡所不能记者，贵妃并为疏条，无所遗脱。因参访外事，人间有一言一事，贵妃必先知白之，由是益加宠异，冠绝后庭。而后宫之家不遵法度、有牴于理者，但求恩于贵妃。贵妃则令李、蔡先启其事，而后从容为言之。大臣有不从者，因而谮之，言无不听。于是张、孔之权，熏灼四方。内外宗族，多被引用。大臣执政，亦从风而靡。阉宦便佞之徒，内外交结，转相引进。贿赂公行，赏罚无常，纲纪瞀乱矣。"《隋书·音乐志上》载："及后主嗣位，耽荒于酒，视朝之外，多在宴筵。尤重声乐，遣宫女习北方箫鼓，谓之《代北》，酒酣则奏之。又于清乐中造《黄鹂留》及《玉树后庭花》、《金钗两臂垂》等曲，与幸臣等制其歌词，绮艳相高，极于轻薄。男女唱和，其音甚哀。"

刘永济《十四朝文学要略》说："降及陈世，运极屯难，情尤颓放。声色之娱，惟日不足。"今人对陈叔宝文人集团的研究，见胡大雷《中古文人集团》。

祯明二年，隋遣晋王杨广众军伐陈。叔宝奏伎纵酒，作诗不辍。

陈叔宝即位后与隋朝关系日趋恶化。《南史·陈本纪下》："初，隋文帝受周禅，甚敦邻好，宣帝尚不禁侵掠。太建末，隋兵大举，闻宣帝崩，乃命班师，遣使赴吊，修敌国之礼，书称姓名顿首。而后主益骄，书末云：'想彼统内，如宜此宇宙清泰。'隋文帝不说，以示朝臣。清河公杨素以为主辱，再拜请罪，及襄邑公贺若弼并奋求致讨。后副使袁彦聘隋，窃图隋文帝状以归，后主见之，大骇曰：'吾不欲见此人。'每遣间谍，隋文帝皆给衣马，礼遣以归。后主愈骄，不虞外难，荒于酒色，不恤政事。"

《陈书》本纪：祯明二年"冬十月……己酉，舆驾幸莫府山，大校猎。十一月……是月，隋遣晋王广众军来伐，自巴、蜀、沔、汉下流至广陵，数十道俱入，缘江镇戍，相继奏闻。时新除湘州刺史施文庆、中书舍人沈客卿掌机密用事，并抑而不言，故无备御。"《南史·陈本纪下》："（隋文帝）以晋王广为元帅，督八十总管致讨。乃送玺书，暴后主二十恶。又散写诏书，书三十万纸，遍喻江外。诸军既下，江滨镇戍相继奏闻。新除湘州刺史施文庆、中书舍人沈客卿掌机密，并抑而不言。……上流诸州兵，皆阻杨素军不得至。都下甲士尚十余万人。及闻隋军临江，后主曰：'王气在此，齐兵三度来，周兵再度至，无不摧没。虏今来者必自败。'孔范亦言无渡江理，但奏伎纵酒，作诗不辍。"

祯明三年，隋军南下，叔宝被俘。

《陈书》本纪："三年春正月乙丑朔，雾气四塞。是日，隋总管贺若弼自北道广陵济京口，总管韩擒虎趋横江，济采石，自南道将会弼军。丙寅，采石戍主徐子建驰启告变。丁卯，召公卿入议军旅。戊辰，内外戒严，以骠骑将军萧摩诃、护军将军樊毅、中领军鲁广达并为都督，遣南豫州刺史樊猛帅舟师出白下，散骑常侍皋文奏将兵镇南豫州。庚午，贺若弼攻陷南徐州。辛未，韩擒虎又陷南豫州，文奏败还。至是隋军南北道并进。后主遣骠骑大将军、司徒豫章王叔英屯朝堂，萧摩诃屯乐游苑，樊毅屯耆阇寺，鲁广达屯白土冈，忠武将军孔范屯宝田寺。己卯，镇东大将军任忠自吴兴入赴，仍屯朱雀门。辛巳，贺若弼进据钟山，顿白土冈之东南。甲申，后主遣众军与弼合战，众军败绩。弼乘胜至乐游苑，鲁广达犹督散兵力战，不能拒。弼进攻宫城，烧北掖门。是时韩擒虎率众自新林至于石子冈，任忠出降于擒虎，仍引擒虎经朱雀航趣宫城，自南掖门而入。于是城内文武百司皆遁出，唯尚书仆射袁宪在殿内。尚书令江总、吏部尚书姚察、度支尚书袁权、前度支尚书王瑗、侍中王宽在省中。后主闻兵至，从宫人十余出后堂景阳殿，将自投于井。袁宪侍侧，苦谏不从，后阁舍人夏侯公韵又以身蔽井，后主与争久之，方得入焉。及夜，为隋军所执。丙戌，晋王广入据京城。"后主"自投于井"的情节在《南史·陈本纪下》有详细记载："城内文武百司皆遁出，唯尚书仆射袁宪、后阁舍人夏侯公韵侍侧。宪劝端坐殿上，正色以待之。后主曰：'锋刃之下，未可及当，吾自有计。'乃逃于井。二人苦谏不从，以身蔽井，后主与争久之方得入。沈后居处如常。太子深年十五，闭阁而坐，舍人孔伯鱼侍焉。戍士叩阁而入，深安坐劳之曰：'戎旅在途，不至劳也。'既而军人窥井而呼之，后主不应。欲下石，乃闻叫声。以绳引之，惊其太重，及出，乃与张贵妃、孔贵人三人同乘而上。……丙戌，晋王广入据台城，送后主于东宫。"

陈亡，叔宝入于长安。

《陈书》本纪："三月己巳，后主与王公百司发自建邺，入于长安。"《南史·陈本纪下》："三月己巳，后主与王公百司，同发自建邺，之长安。隋文帝权分京城人宅以俟，内外修整，遣使迎劳之。陈人讴咏，忘其亡焉。使还奏言：'自后主以下，大小在路，五百里累累不绝。'隋文帝嗟叹曰：'一至于此。'及至京师，列陈之舆服器物于庭，引后主于前，及前后二太子、诸父诸弟众子之为王者，凡二十八人；司空司马消难、尚书令江总、仆射袁宪、骠骑萧摩诃、护军樊毅、中领军鲁广达、镇军将军任忠、吏部尚书姚察、侍中中书令蔡征、左卫将军樊猛，自尚书郎以上二百余人。文帝使纳言宣诏劳之。次使内史令宣诏让后主，后主伏地屏息不能对，乃见宥。隋文帝诏陈武、文、宣三帝陵，总给五户分守之。……既见宥，隋文帝给赐甚厚，数得引见，班同三品。每预宴，恐致伤心，为不奏吴音。后监守者奏言：'叔宝云，"既无秩位，每预朝集，愿得一官号。"'隋文帝曰：'叔宝全无心肝。'监者又言：'叔宝常耽醉，罕有醒时。'隋文帝使节其酒，既而曰：'任其性；不尔，何以过日。'

未几，帝又问监者叔宝所嗜。对曰：'嗜驴肉。'问饮酒多少？对曰：'与其子弟日饮一石。'隋文帝大惊。及从东巡，登芒山，侍饮，赋诗曰：'日月光天德，山川壮帝居。太平无以报，愿上东封书。'并表请封禅，隋文帝优诏谦让不许。后从至仁寿宫，常侍宴，及出，隋文帝目之曰：'此败岂不由酒？将作诗功夫，何如思安时事？当贺若弼度京口，彼人密启告急，叔宝为饮酒，遂不省之。高颎至日，犹见启在床下，未开封。此亦是可笑，盖天亡也。昔苻氏所征得国，皆荣贵其主。苟欲求名，不知违天命，与之官，乃违天也。'隋文帝以陈氏子弟既多，恐京下为过，皆分置诸州县，每岁赐以衣服以安全之。"

隋仁寿四年十一月，卒于洛阳，时年五十二。

《陈书》本纪："隋仁寿四年十一月壬子，薨于洛阳，时年五十二。追赠大将军，封长城县公，谥曰炀，葬河南洛阳之芒山。"按，隋文帝卒于仁寿四年（604）七月，数月后叔宝卒。不知其死是否与隋炀帝有关。

史家评曰："不崇教义之本，偏尚淫丽之文。"

《陈书》本纪载魏徵曰："后主生深宫之中，长妇人之手，既属邦国殄瘁，不知稼穑艰难。初惧贴危，屡有哀矜之诏，后稍安集，复扇淫侈之风。宾礼诸公，唯寄情于文酒，昵近群小，皆委之以衡轴。谋谟所及，遂无骨鲠之臣，权要所在，莫匪侵渔之吏。政刑日紊，尸素盈朝，耽荒为长夜之饮，嬖宠同艳妻之孽。危亡弗恤，上下相蒙，众叛亲离，临机不寤，自投于井，冀以苟生，视其以此求全，抑亦民斯下矣。……非夫感灵辰象，降生明德，孰能遗其所乐，而以百姓为心哉？此所以成、康、文、景千载而罕遇，癸、辛、幽、厉靡代而不有,毒被宗社,身婴戮辱,为天下笑,可不痛乎!古人有言,亡国之主,多有才艺,考之梁、陈及隋,信非虚论。然则不崇教义之本,偏尚淫丽之文,徒长浇伪之风,无救乱亡之祸矣。"《陈书》本纪载姚思廉曰:"后主昔在储宫,早标令德,及南面继业,实允天人之望矣。至于礼乐刑政,咸遵故典,加以深弘六艺,广辟四门,是以待诏之徒,争趋金马,稽古之秀,云集石渠。且梯山航海,朝贡者往往岁至矣。自魏正始、晋中朝以来,贵臣虽有识治者,皆以文学相处,罕关庶务,朝章大典,方参议焉。文案簿领,咸委小吏,浸以成俗,迄至于陈。后主因循,未遑改革,故施文庆、沈客卿之徒,专掌军国要务,奸黠左道,以哀刻为功,自取身荣,不存国计。是以朝经堕废,祸生邻国。斯亦运钟百六,鼎玉迁变,非唯人事不昌,盖天意然也。"《南史·陈本纪下》李延寿论曰:"后主因削弱之余,锺灭亡之运,刑政不树,加以荒淫。夫以三代之隆,历世数十,及其亡也,皆败于妇人。况以区区之陈,外邻明德,覆车之迹,尚且追踪叔季,其获支数年,亦为幸也。虽忠义感慨,致恸井隅,何救《麦秀》之深悲,适足取笑乎千祀。嗟乎!"

张溥《陈后主集》云:"世言陈后主轻薄最甚者,莫如《黄鹂留》、《玉树后庭花》、《金钗两鬓垂》等曲,今曲不尽传,唯见《玉树》一篇,寥落寡致,不堪男女唱和,即歌之,亦未极哀也。史称后主标德储宫,继业允望,遵故典,弘六艺,金马石渠,稽古云集,梯山航海,朝贡岁至,辞虽夸诩,审其平日,固与郁林、东昏殊趋矣。临春三阁,遍居丽人,奇树夭花,往来相望,学士狎客,主盟文坛,新诗方奏,千女学歌,辞采风流,官家未有。"(张溥著,殷孟伦注《汉魏六朝百三家集题辞注》,人民文学出版社1981年版,第

260页）

对于陈叔宝其人，历代学者多认为是一个昏庸无能且多才多艺的亡国之君；对于陈叔宝其诗，学者多认为诗风轻薄绮靡。如丁福保说："后主以绮艳相高，极于淫荡。所存者只是绮罗粉黛。"（《全汉三国晋南北朝诗歌·绪言》）后人大抵延续此说。马海英《陈代诗歌研究》中有《陈叔宝论》一节。作者认为："作为皇帝的陈叔宝，耽于女色、任性、无能，不是个合格的皇帝，但又有善良的一面，绝非暴君；而作为文学家的陈叔宝，敏感和珍爱生命中的美丽……在诗歌格律方面接近成熟，也有自己的特色。"（马海英《陈代诗歌研究》，学林出版社2004年版，第108页）

有《陈后主集》传世。

《隋书·经籍志四》著录："《陈后主集》三十九卷。"《旧唐书·经籍志》著录为五十卷。《新唐书·艺文志》著录为五十五卷。《宋史·艺文志》著录仅为一卷。其集于宋时散失殆尽。明代之后的辑本有：

《陈后主集》三卷附录一卷，明张燮辑《七十二家集》本；
《陈后主集》一卷，明薛应旂《六朝诗集》本；
《陈后主集》一卷，明张溥辑《汉魏六朝百三名家集》本；
《陈后主集》二卷，丁福保辑《汉魏六朝名家集初刻》本。

今人严可均《全上古三代秦汉三国六朝文》收有陈叔宝文三十六篇，逯钦立《先秦汉魏晋南北朝诗》收录陈叔宝诗歌九十余首。广西师范大学研究生严绘的《陈叔宝诗歌校注》（载广西师范大学硕士学位论文《陈叔宝及其诗歌研究》,2010年)是目前唯一的陈叔宝诗歌校注本。马海英《陈代诗歌研究》中《陈诗补遗与正误》中补遗了两首陈叔宝诗,一首为《济江临诗》,一首为《临终诗》(见该书第164页)。方学森《陈后主诗歌考校辑佚》(《湖州师范学院学报》2013年第2期)自云在逯书的基础上,辑得诗三首:《济江临诗》、《临行诗》(与《临终诗》为同一首诗)、《浮梁上怀乡诗》。其中后两首为日本学者京文金所发现。方学森《陈后主文赋文献梳理与辑佚》(《湖州师范学院学报》2012年第3期)辑得陈叔宝文章十三篇。

十九、杨广生平事迹辑录

杨广，一名英，小字阿𡡉。隋文帝第二子。弘农华阴（今陕西华阴）人。开皇元年立为晋王，开皇二十年立为太子，仁寿四年七月继位，大业十四年被部下缢杀。唐朝谥曰炀皇帝，后人称之为隋炀帝。

杨广，《隋书》卷三、卷四有本纪，《北史》卷十二有本纪。《隋书》本纪："炀皇帝，讳广，一名英，小字阿𡡉，高祖第二子也。母曰文献独孤皇后。上美姿仪，少敏慧，高祖及后于诸子中特所钟爱。在周，以高祖勋，封雁门郡公。"

其父为隋文帝杨坚（541—604）。《隋书·文帝纪》："高祖文皇帝，姓杨氏，讳坚，弘农郡华阴人也。"杨坚代周自立，建立隋朝。他在位期间统一了中国，实行了三省六部制；开创了科举制度；制定了律法《开皇律》。其母文献独孤皇后。《隋书·后妃传》："文献独孤皇后，河南洛阳人，周大司马、河内公信之女也。信见高祖有奇表，故以后妻焉，时年十四。高祖与后相得，誓无异生之子。后初亦柔顺恭孝，不失妇道。"文帝雅信文献皇后，皇后得以长期参与朝政，时人并称二人为"二圣"。

杨广，生于公元569年，卒于公元618年。《隋书》本纪："开皇元年，立为晋王，拜柱国、并州总管，时年十三。"按，开皇元年为公元572年，上推十三年，杨广生于公元569年。

杨广生平事迹主要记载于《隋书》之《炀帝纪》和《北史》之《隋本纪下》。

开皇元年，立为晋王。开皇六年，拜雍州牧。

开皇元年（581）杨广十三岁，被立为晋王。《隋书》本纪："开皇元年，立为晋王，拜柱国、并州总管，时年十三。寻授武卫大将军，进位上柱国、河北道行台尚书令，大将军如故。"

开皇六年（586）杨广十八岁，拜雍州牧。《隋书》本纪："六年，转淮南道行台尚书令。其年，征拜雍州牧、内史令。"

开皇八年冬，以广为行军元帅大举伐陈。陈平，进位太尉。

开皇八年（588），杨广二十岁，以兵马都讨大元帅的身份，统领五十余万大军伐陈，在他的统帅下完成统一大业。他在战后诸多问题的处理上表现出高超的领导艺术，深受当时舆论的好评。《隋书》本纪："八年冬，大举伐陈，以上为行军元帅。及陈平，执陈湘州刺史施文庆、散骑常侍沈客卿、市令阳慧朗、刑法监徐析、尚书都令史暨慧，以其邪佞，有害于民，斩之右阙下，以谢三吴。于是封府库，资财无所取，天下称贤。进位太尉，赐辂车、乘马，衮冕之服，玄珪、白璧各一。复拜并州总管。俄而江南高智慧等相聚作乱，徙上为扬州总管，镇江都，每岁一朝。高祖之祠太山也，领武候大将军。明年归藩。后数载，突厥寇边，复为行军元帅，出灵武，无虏而还。"

随着隋朝的统一，中国结束了数百年的分裂。分散在各地的人才集中到了长安。当时知名文人有卢思道、李德林、薛道衡、李元操、魏澹、虞世基、柳䛒、许善心等。《隋书·文学志》："爰自东帝归秦,逮乎青盖入洛,四隩咸暨,九州攸同,江汉英灵,燕赵奇俊,并该天网之中,俱为大国之宝。言刈其楚,片善无遗,润木圆流,不能十数,才之难也,不其然乎!时之文人,见称当世,则范阳卢思道、安平李德林、河东薛道衡、赵郡李元操、巨鹿魏澹、会稽虞世基、河东柳䜣、高阳许善心等,或鹰扬河朔,或独步汉南,俱骋龙光,并驱云路,各有本传,论而叙之。其潘徽、万寿之徒,或学优而不切,或才高而无贵仕,其位可得而卑,其名不可埋没。"

及太子杨勇废,立广为皇太子。

开皇二十年(600),杨广三十二岁,文帝立杨广为皇太子。《隋书》本纪:"及太子勇废,立上为皇太子。是月,当受册。高祖曰:'吾以大兴公成帝业。'令上出舍大兴县。其夜,烈风大雪,地震山崩,民舍多坏,压死者百余口。仁寿初,奉诏巡抚东南。是后高祖每避暑仁寿宫,恒令上监国。"

为了夺得太子之位,杨广多年来矫情自饰,沽名钓誉,终于达到了目的。《隋书》本纪:"开皇元年,立为晋王……上好学,善属文,沉深严重,朝野属望。高祖密令善相者来和遍视诸子,和曰:'晋王眉上双骨隆起,贵不可言。'既而高祖幸上所居第,见乐器弦多断绝,又有尘埃,若不用者,以为不好声妓,善之。上尤自矫饰,当时称为仁孝。尝观猎遇雨,左右进油衣,上曰:'士卒皆沾湿,我独衣此乎!'乃令持去。"《隋书》本纪:"初,上自以藩王,次不当立,每矫情饰行,以钓虚名,阴有夺宗之计。时高祖雅信文献皇后,而性忌妾媵。皇太子勇内多嬖幸,以此失爱。帝后庭有子,皆不育之,示无私宠,取媚于后。大臣用事者,倾心与交。中使至第,无贵贱,皆曲承颜色,申以厚礼。婢仆往来者,无不称其仁孝。又常私入宫掖，密谋于献后，杨素等因机构扇，遂成废立。"
《隋书》本纪史臣曰："炀帝爰在弱龄，早有令闻，南平吴会，北却匈奴，昆弟之中，独著声绩。于是矫情饰貌，肆厥奸回，故得献后锺心，文皇革虑，天方肇乱，遂登储两，践峻极之崇基，承丕显之休命。"

仁寿四年七月，文帝杨坚卒，广即皇帝位。

仁寿四年（604），杨广三十六岁，即皇帝位。《隋书》本纪："四年七月，高祖崩，上即皇帝位于仁寿宫。八月，奉梓宫还京师。……十一月乙未，幸洛阳。丙申，发丁男数十万掘堑，自龙门东接长平、汲郡，抵临清关，度河，至浚仪、襄城，达于上洛，以置关防。"

《隋书·杨约传》："及晋王入东宫，引约为左庶子，改封修武县公，进位大将军。及素被高祖所疏，出约为伊州刺史。入朝仁寿宫，遇高祖崩，遣约入朝，易留守者，缢杀庶人勇，然后陈兵集众，发高祖凶问。炀帝闻之曰：'令兄之弟，果堪大任。'"

杨广素以才学自负。《隋书·五行志上》："炀帝自负才学，每骄天下之士，尝谓侍臣曰：'天下皆谓朕承藉余绪而有四海耶，设令朕与士大夫高选，亦当为天子矣。'"

大业元年，立晋王昭为皇太子。

大业元年（605），杨广立萧氏为皇后。《隋书》本纪："大业元年春正月壬辰朔，大赦，改元。立妃萧氏为皇后。改豫州为溱州，洛州为豫州。废诸州总管府。丙申，立晋王昭为皇太子。"

是年迁都洛阳，大力营建东都洛阳，历时十个月。同时下令开通大运河。八月借助龙舟临幸江都（今江苏扬州）。《隋书》本纪："二月己卯，以尚书左仆射杨素为尚书令。三月丁未，诏尚书令杨素、纳言杨达、将作大匠宇文恺营建东京，徙豫州郭下居人以实之。……又于皂涧营显仁宫，采海内奇禽异兽草木之类，以实园苑。徙天下富商大贾数万家于东京。辛亥，发河南诸郡男女百余万，开通济渠，自西苑引谷、洛水达于河，自板渚引河通于淮。庚申，遣黄门侍郎王弘、上仪同于士澄往江南采木，造龙舟、凤䑠、黄龙、赤舰、楼船等数万艘。……八月壬寅，上御龙舟，幸江都。以左武卫大将军郭衍为前军，右武卫大将军李景为后军。文武官五品已上给楼船，九品已上给黄蔑。舳舻相接，二百余里。冬十月己丑，赦江淮已南。扬州给复五年，旧总管内给复三年。"按，大运河是将钱塘江、长江、淮河、黄河、海河连接起来的人工河道。大运河以洛阳为中心，包括通济渠（含邗沟）、江南河、永济渠三大部分。通济渠北起洛阳，东南入淮水。邗沟北起山阳（今江苏淮安），南达江都。江南河北起京口（今镇江），南通余杭（今浙江杭州）。永济渠南起洛阳，北通涿郡（今北京城西南）。

大业二年四月庚戌，广入于东京。辛亥，广御端门。

大业二年（606），杨广入东京洛阳。《隋书》本纪："二年春正月辛酉，东京成，赐监督者各有差。……二月丙戌，诏尚书令杨素、吏部尚书牛弘、大将军宇文恺、内史侍郎虞世基、礼部侍郎许善心制定舆服。……三月庚午，车驾发江都。……夏四月庚戌，上自伊阙陈法驾，备千乘万骑，入于东京。辛亥，上御端门，大赦，免天下今年租税。……（秋七月）甲戌，皇太子昭薨。乙亥，上柱国、司徒、楚国公杨素薨。"

关于科举制度的创立时间，史书没有明确的记载，学界多认为大业二年隋炀帝始建进士科,首次实行科举考试制度。《旧唐书·薛登传》载薛登疏文:"炀帝嗣兴,又变前法,置进士等科。于是后生之徒,复相放效,因陋就寡,赴速邀时,缉缀小文,名之策学,不以指实为本,而以浮虚为贵。"《隋书》本纪载大业三年炀帝诏令:"爰及一艺可取,亦宜采录,众善毕举,与时无弃。以此求治,庶几非远。文武有职事者,五品已上,宜依令十科举人。有一于此,不必求备。朕当待以不次;随才升擢。其见任九品已上官者,不在举送之限。"《隋书》本纪载大业五年炀帝又诏:"诸郡学业该通,才艺优洽,膂力骠壮,超群等伦,在官勤奋、堪理政事、立性正直、不避强御四科举人。"

大业三年四月车驾北巡狩。

大业三年(607),隋炀帝颁《大业律》,对隋文帝末年比较严酷的法律进行了修订。改州为郡;改度量衡依古式;改官制,设五省、三台、五监、十六府等。《隋书》本纪:"(三年四月)甲申,颁律令,大赦天下,关内给复三年。壬辰,改州为郡。改度量权衡,并依古式。改上柱国已下官为大夫。"

是年,杨广车驾北巡榆林,接见高丽使者。《隋书》本纪:"(三年)三月辛亥,车驾还京师。……六月辛巳,猎于连谷。……戊子,次榆林郡。丁酉,启民可汗来朝。己亥,吐谷浑、高昌并遣使贡方物。甲辰,上御北楼,观渔于河,以宴百僚。秋七月辛亥,启民可汗上表请变服,袭冠带。诏启民赞拜不名,位在诸侯王上。甲寅,上于郡城东御大帐,其下备仪卫,建旌旗,宴启民及其部落三千五百人,奏百戏之乐。赐启民及其部落各有差。……八月壬午,车驾发榆林。乙酉,启民饰庐清道,以候乘舆。帝幸其帐,启民奉觞上寿,宴赐极厚。上谓高丽使者曰:'归语尔王,当早来朝见。不然者,吾与启民巡彼土矣。'皇后亦幸义城公主帐。己丑,启民可汗归蕃。癸巳,入楼烦关。壬寅,次太原。诏营晋阳宫。九月己未,次济源。幸御史大夫张衡宅,宴享极欢。己巳,至于东都。"

杨广欣赏的诗人主要有王胄、虞世基、庾自直三人。《隋书·王胄传》:"大业初为著作佐郎以文词为炀帝所重。帝尝自东都还京师,赐天下大酺,因为五言诗,诏胄和之。……帝览而善之,因谓侍臣曰:'气高致远,归之于胄;词清体润,其在世基;意密理新,推庾自直。过此者未可以言诗也。'帝所有篇什多令继和。与虞绰齐名,同志友善,于时后进之士咸以二人为准的。"

大业四年三月,车驾幸五原,因出塞巡长城。

大业四年(608),开永济渠,三月出塞巡视长城。《隋书》本纪:"四年春正月乙巳,诏发河北诸郡男女百余万开永济渠,引沁水,南达于河,北通涿郡。……二月己卯,遣司朝谒者崔毅使突厥处罗,致汗血马。……(三月)壬戌,百济、倭、赤土、迦罗舍国并遣使贡方物。乙丑,车驾幸五原,因出塞巡长城。……夏四月丙午,以离石之汾源、临泉、雁门之秀容为楼烦郡。起汾阳宫。"

大业五年正月,广自东都还京师。三月己巳,车驾西巡河右。四月,猎于陇西。五月,猎于拔延山。九月,车驾入长安。十一月,车驾幸东都。

大业五年(609),车驾西巡河右。杨广率大军从京都长安出发到甘肃陇西,西上青海,横穿祁连山,经大斗拔谷北上,到达河西走廊的张掖郡。《隋书》本纪:"五年春正月丙子,改东京为东都。癸未,诏天下均田。戊子,上自东都还京师。……二月戊戌，次于阌乡。……戊申，车驾至京师。……三月己巳，车驾西巡河右。……夏四月己亥，大猎于陇西。壬寅，高昌、吐谷浑、伊吾并遣使来朝。乙巳，次狄道，党项羌来贡方物。癸亥，出临津关，渡黄河，至西平，陈兵讲武。五月乙亥，上大猎于拔延山，长围周亘二千里。庚辰，入长宁谷。壬午，度星岭。甲申，宴群臣于金山之上。丙戌，梁浩壅御马度而桥坏，斩朝散大夫黄亘及督役者九人。吐谷浑王率众保覆袁川，帝分命内史元寿南屯金山，兵部尚书段文振北屯雪山，太仆卿杨义臣东屯琵琶峡，将军张寿西屯泥岭，四面围之。浑主伏允以数十骑遁出，遣其名王诈称伏允，保车我真山。壬辰，诏右屯卫大将军张定和往捕之。定和挺身挑战，为贼所杀。亚将柳武建击破之，斩首数百级。甲午，其仙头王被围穷蹙，率男女十余万口来降。六月丁酉，遣左光禄大夫梁默、右翊卫将军李琼等追浑主，皆遇贼死之。癸卯，经大斗拔谷，山路隘险，鱼贯而出。风霰晦冥，与从官相失，士卒冻死者太半。丙午，次张掖。……壬子，高昌王麹伯雅来朝，伊吾吐屯设等献西域数千里之地。上大悦。癸丑，置西海、河源、鄯善、且末等四郡。丙辰，上御观风行殿，盛陈文物，奏九部乐，设鱼龙曼延，宴高昌王、吐屯设于殿上，以宠异之。其蛮夷陪列者三十余国。戊午，大赦天下。开皇已来流配，悉放还乡，晋阳逆党，不在此例。陇右诸郡，给复一年，行经之所，给复二年。秋七月丁卯，置马牧于青海渚中，以求龙种，无效而止。九月癸未，车驾入长安。……十一月丙子，车驾幸东都。"

大业六年三月癸亥，广幸江都宫。

大业六年（610）三月，幸江都宫。《隋书》本纪："（六年春正月）丁丑，角抵大戏于端门街，天下奇伎异艺毕集，终月而罢。帝数微服往观之。……(二月)庚申,征魏、齐、周、陈乐人,悉配太常。三月癸亥,幸江都宫。……夏四月丁未,宴江淮已南父老,颁赐各有差。"

大业七年二月,广升钓台,临扬子津,大宴百僚。自江都入通济渠,幸于涿郡。

《隋书》本纪:"(七年)二月己未,上升钓台,临扬子津,大宴百僚,颁赐各有差。……乙亥,上自江都御龙舟入通济渠,遂幸于涿郡。……夏四月庚午,至涿郡之临朔宫。"

大业八年春正月,大军集于涿郡,进军辽东。九年再次征讨高丽。是时各地起义者风起云涌。

《隋书》本纪:"八年春正月辛巳,大军集于涿郡。……总一百一十三万三千八百,号二百万,其馈运者倍之。癸未,第一军发,终四十日,引师乃尽,旌旗亘千里。近古出师之盛,未之有也。……(三月)癸巳,上御师。甲午,临戎于辽水桥。戊戌,大军为贼所拒,不果济。……甲午,车驾渡辽。大战于东岸,击贼破之,进围辽东。……既而高丽各城守,攻之不下。六月己未,幸辽东,责怒诸将。止城西数里,御六合城。七月壬寅,宇文述等败绩于萨水,右屯卫将军辛世雄死之。九军并陷,将帅奔还亡者二千余骑。癸卯,班师。九月庚辰,上至东都。……是岁,大旱,疫,人多死,山东尤甚。"

《隋书》本纪:"九年春正月丁丑,征天下兵,募民为骁果,集于涿郡。……(二月)又征兵讨高丽。……(三月)丁丑,发丁男十万城大兴。戊寅,幸辽东。……夏四月庚午,车驾渡辽。壬申,遣宇文述、杨义臣趣平壤。……六月乙巳,礼部尚书杨玄感反于黎阳。丙辰,玄感逼东都。河南赞务裴弘策拒之,反为贼所败。戊辰,兵部侍郎斛斯政奔于高丽。庚午，上班师。高丽犯后军，敕右武卫大将军李景为后拒。遣左翊卫大将军宇文述、左候卫将军屈突通等驰传发兵，以讨玄感。秋七月己卯，令所在发人城县府驿。……八月壬寅，左翊卫大将军宇文述等破杨玄感于阌乡，斩之，余党悉平。……（九月）甲午，车驾次上谷，以供费不给，上大怒，免太守虞荷等官。……闰月己巳，幸博陵。庚午，上谓侍臣曰：'朕昔从先朝周旋于此，年甫八岁，日月不居，倏经三纪，追惟平昔，不可复希！'言未卒，流涕呜咽，侍卫者皆泣下沾襟。冬十月丁丑，贼帅吕明星率众数千围东郡，武贲郎将费青奴击斩之。……十二月甲申，车裂玄感弟朝请大夫积善及党与十余人，仍焚而扬之。"

由于杨广的暴政，导致各地起义者风起云涌。《隋书》本纪："区宇之内，盗贼蜂起，劫掠从官，屠陷城邑，近臣互相掩蔽，隐贼数不以实对。或有言贼多者，辄大被诘责。各求苟免，上下相蒙，每出师徒，败亡相继。战士尽力，必不加赏，百姓无辜，咸受屠戮。"《北史·隋本纪》载："加之以师旅，因之以饥馑，流离道路，转死沟壑，十七八焉。于是相聚藿蒲，猬毛而起。大则跨州连郡，称帝称王；小则千百为群，攻城剽邑。流血成川泽，死人如乱麻；炊者不及析骸，食者不遑易子。茫茫九土，并为麋鹿之场；惵惵黔黎，俱充蛇豕之饵。"

大业十年三月，行幸涿郡。四月，车驾次北平。秋七月，车驾次怀远镇。高丽遣使请降。八月班师。

大业十年（614），杨广第三次进攻高丽。《隋书》本纪："（十年）二月辛未，诏百僚议伐高丽，数日无敢言者。……三月壬子，行幸涿郡。癸亥，次临渝宫，亲御戎服，祃祭黄帝，斩叛军者以衅鼓。……（夏四月）甲午，车驾次北平。……秋七月癸丑，车驾次怀远镇。乙卯，曹国遣使贡方物。甲子，高丽遣使请降，囚送斛斯政。上大悦。八月己巳，班师。……冬十月丁卯，上至东都。己丑，还京师。十一月丙申，支解斛斯政于金光门外。乙巳，有事于南郊。……十二月壬申，上如东都。其日，大赦天下。戊子，入东都。"

大业十一年春正月，大宴百僚。八月乙丑，巡北塞，被突厥围城。九月甲辰，突厥解围而去。十月壬戌，广至东都。

大业十一年（615），杨广大宴百僚，巡北塞。《隋书》本纪："十一年春正月甲午朔，大宴百僚。突厥、新罗、靺鞨、毕大辞、诃咄、传越、乌那曷、波腊、吐火罗、俱虑建、忽论、靺鞨、诃多、沛汗、龟兹、疏勒、于阗、安国、曹国、何国、穆国、毕、衣密、失范延、伽折、契丹等国并遣使朝贡。戊戌，武贲郎将高建毗破贼帅颜宣政于齐郡，虏男女数千口。乙卯，大会蛮夷，设鱼龙曼延之乐，颁赐各有差。……（五月）己酉，幸太原，避暑汾阳宫。……八月乙丑，巡北塞。戊辰，突厥始毕可汗率骑数十万，谋袭乘舆，义成公主遣使告变。壬申，车驾驰幸雁门。癸酉，突厥围城，官军频战不利。上大惧，欲率精骑溃围而出，民部尚书樊子盖固谏乃止。齐王𬀪以后军保于崞县。甲申，诏天下诸郡募兵，于是守令各来赴难。九月甲辰，突厥解围而去。丁未，曲赦太原、雁门郡死罪已下。冬十月壬戌，上至于东都。"

大业十二年七月，广幸江都宫。

大业十二年（616），广幸江都宫。《隋书》本纪："（十二年五月）壬午，上于景华宫征求萤火，得数斛，夜出游山，放之，光遍岩谷。……（秋七月）甲子，幸江都宫，以越王侗、光禄大夫段达、太府卿元文都、检校民部尚书韦津、右武卫将军皇甫无逸、右司郎卢楚等总留后事。奉信郎崔民象以盗贼充斥,于建国门上表,谏不宜巡幸。上大怒,先解其颐,乃斩之。……车驾次汜水,奉信郎王爱仁以盗贼日盛,谏上请还西京。上怒,斩之而行。"

大业十三年五月,唐公李渊起义师于太原。十一月,李渊入京师。遥尊杨广为太上皇,立代王侑为帝,改元义宁。

大业十三年(617),李渊遥尊杨广为太上皇,立代王侑为帝,改元义宁。《隋书》本纪:"(十三年五月)甲子,唐公起义师于太原。丙寅,突厥数千寇太原,唐公击破之。……八月辛巳,唐公破武牙郎将宋老生于霍邑,斩之。……十一月丙辰,唐公入京师。辛酉,遥尊帝为太上皇,立代王侑为帝,改元义宁。上起宫丹阳,将逊于江左。有乌鹊来巢幄帐,驱不能止。荧惑犯太微。有石自江浮入于扬子。日光四散如流血。上甚恶之。"

大业十四年三月,右屯卫将军宇文化及等杀广于江都,时年五十。

大业十四年(618),杨广卒。《隋书》本纪:"二年三月,右屯卫将军宇文化及,武贲郎将司马德戡、元礼,监门直阁裴虔通,将作少监宇文智及,武勇郎将赵行枢,鹰扬郎将孟景,内史舍人元敏,符玺郎李覆、牛方裕,千牛左右李孝本、弟孝质,直长许弘仁、薛世良,城门郎唐奉义,医正张恺等,以骁果作乱,入犯宫闱。上崩于温室,时年五十。萧后令宫人撤床簀为棺以埋之。化及发后,右御卫将军陈棱奉梓宫于成象殿,葬吴公台下。发敛之始,容貌若生,众咸异之。大唐平江南之后,改葬雷塘。"按,"二年",指隋恭帝义宁二年,即大业十四年。"大唐平江南之后,改葬雷塘",唐贞观五年（631），改葬隋炀帝于雷塘（今江苏扬州北）。

《隋书》本纪："所至唯与后宫流连耽湎，惟日不足，招迎姥媪，朝夕共肆丑言，又引少年，令与宫人秽乱，不轨不逊，以为娱乐。"

杨广诗文创作甚丰。

《隋书·文学志》："炀帝初习艺文，有非轻侧之论，暨乎即位，一变其风。其《与越公书》、《建东都诏》、《冬至受朝诗》及《拟饮马长城窟》，并存雅体，归于典制。虽意在骄淫，而词无浮荡，故当时缀文之士，遂得依而取正焉。所谓能言者未必能行，盖亦君子不以人废言也。"根据杨广一生的行事来看，他早年的"非轻侧之论"只是一种矫情自饰的政治表演，"暨乎即位，一变其风"才显示了他的本来面目。

《隋书·音乐志》载："炀帝不解音律，略不关怀。后大制艳篇，辞极淫绮。令乐正白明达造新声，创《万岁乐》、《藏钩乐》、《七夕相逢乐》、《投壶乐》、《舞席同心髻》、《玉女行觞》、《神仙留客》、《掷砖续命》、《斗鸡子》、《斗百草》、《泛龙舟》、《还旧宫》、《长乐花》及《十二时》等曲，掩抑摧藏，哀音断绝。"白明达，隋唐著名乐师。至唐代尚有流传，如《泛龙舟》、《七夕相逢乐》；五代时的敦煌曲子词还有词调《斗百草》。唐崔令钦《教坊记》云："唐高宗晓音律，因风叶鸟声，晨坐闻之，命乐工白明达写之，遂有此曲。凡筚篥，大弦未尝鼓，唯作此曲，入鸟声即弹之。筝则移两柱向上，鸟声毕，入急，复移如旧也。"

明人许学夷《诗源辨体》卷十一云："隋炀帝五言声尽入律，语多绮靡，乐府七言有《泛龙舟》、《江都夏》、《东宫春》，调虽稍变梁陈，而体犹未纯。"清人沈德潜《说诗晬语》卷上云："隋炀帝艳情篇什，同符后主；而边塞诸作，铿然独异，剥极将复之候也。"沈德潜《古诗源》卷十四云："炀帝诗，能作雅正语，比陈后主胜之。"

今人对隋炀帝文学创作的研究，除了各种文学史著作之外，请参阅以下资料：曹道衡《论隋代诗歌》（《齐鲁学刊》1997年第2期）；杜晓勤《试论隋炀帝在南北文化交融过程中的作用》（《北京大学学报》1999年第4期）；张玉璞《隋炀帝与南北文化交融》（《北方论丛》2002年第2期）；张玉璞《论南北文化交融背景下的隋炀帝诗歌》（《江海学刊》2002年第3期）；王强《隋炀帝诗歌创作三论》（《东岳论丛》2006年第3期）；王强《论隋炀帝的文学思想》（《河北大学学报》2008年第2期）；杨金梅《隋代诗歌研究》（社会科学文献出版社2011年版）第八章《诗人专论之杨广》。

有《隋炀帝集》传世。

《隋书·经籍志》著录《炀帝集》五十五卷。《旧唐书·经籍志》、《新唐书·艺文志》皆著录《隋炀帝集》三十卷。明张燮录《隋炀帝集》八卷，收入《七十二家集》。张溥著录《隋炀帝集》一卷，收入《汉魏六朝百三家集》。近人丁福保辑《隋炀帝集》五卷，收入《汉魏六朝名家集初刻》。逯钦立《先秦汉魏晋南北朝诗》辑录杨广诗三十六题四十二首。

杨金梅《隋代诗歌研究》附录《隋代诗歌补遗》补遗的杨广之作有：《湖上曲望江南》八阙、《持楫篇》、《忆韩俊娥诗》、《赐宫女诗》、《嘲罗罗》、《杂忆诗》、《塞外行》。

附录一 唐太宗《陆机传论》解析

贞观二十年(646),唐太宗下诏重修《晋书》,后来亲自为其中的《宣帝本纪》、《武帝本纪》、《陆机传》和《王羲之传》撰写了史论。《陆机传论》原文如下:

古人云:"虽楚有才,晋实用之。"观夫陆机、陆云,实荆、衡之杞梓,挺圭璋于秀实,驰英华于早年,风鉴澄爽,神情俊迈。文藻宏丽,独步当时;言论慷慨,冠乎终古。高词迥映,如朗月之悬光;叠意回舒,若重岩之积秀。千条析理,则电坼霜开;一绪连文,则珠流璧合。其词深而雅,其义博而显,故足远超枚、马,高蹑王、刘,百代文宗,一人而已。然其祖考重光,羽楫吴运,文武奕叶,将相连华。而机以廊庙蕴才,瑚琏标器,宜其承俊义之庆,奉佐时之业,申能展用,保誉流功。属吴祚倾基,金陵毕气,君移国灭,家丧臣迁。矫翮南辞,翻栖火树;飞鳞北逝,卒委汤池。遂使穴碎双龙,巢倾两凤。激浪之心未骋,遽骨修鳞;陵云之意将腾,先灰劲翮。望其翔跃,焉可得哉!夫贤之立身,以功名为本;士之居世,以富贵为先。然则荣利人之所贪,祸辱人之所恶,故居安保名,则君子处焉;冒危履贵,则哲士去焉。是知兰植中涂,必无经时之翠;桂生幽壑,终保弥年之丹。非兰怨而桂亲，岂涂害而銎利？而生灭有殊者，隐显之势异也。故曰，炫美非所，罕有常安；韬奇择居，故能全性。观机、云之行己也，智不逮言矣。睹其文章之诫，何知易而行难？自以智足安时，才堪佐命，庶保名位，无忝前基。不知世属未通，运钟方否，进不能辟昏匡乱，退不能屏迹全身，而奋力危邦，竭心庸主，忠抱实而不谅，谤缘虚而见疑，生在己而难长，死因人而易促。上蔡之犬，不诫于前，华亭之鹤，方悔于后。卒令覆宗绝祀，良可悲夫！然则三世为将，衅钟来叶；诛降不祥，殃及后昆。是知西陵结其凶端，河桥收其祸末，其天意也，岂人事乎！

《陆机传论》既是陆机研究中的珍贵史料，也是探究唐太宗政治思想和文学思想的重要材料。纵观近几十年来学术界对《陆机传论》的研究，有学者对其写作动机提出了一些不同的看法，值得进一步探究。在对唐太宗文学思想的研究中，学人们最看重其《帝京篇序》，对《陆机传论》或忽视，或误解，未能真正把握其理论价值。本文拟在检讨前贤研究成果的基础上，就唐太宗《陆机传论》中所涉及的几个问题，谈点一己之见。

一

在对《陆机传论》写作动机的研究中有两种观点值得我们重视。

一种观点认为《陆机传论》乃是贞观年间宫廷斗争的折射。李培栋先生认为唐太宗决心重修《晋书》，是由于一系列政治事件的刺激:一是"皇位继承问题上的严重斗争";二是"他对勋戚功臣们的猜忌怀疑";三是"太宗本人对历史记载的恐惧心理"。针对《陆机传论》,他说:"在这里他意味深长地对臣僚们发出劝诫。……他亲撰二陆传论自有其现实用心,并非自炫廉价的风骚。太宗从来不是那种自炫风骚的人。……他写二陆传论的时间应该是贞观二十年下诏修晋书前后不久的日子里,那时距离承乾之死一年零三月,距诛刘洎三个月,又刚刚杀掉张亮。这个写作背景是能说明太宗写作动机的。"①

按:上述说法结合唐初宫廷政治斗争来研究《陆机传论》,发人所未发。但是我们认为:第一,作者强调唐太宗的现实用心,否定了《陆机传论》与文学之间的关系。而《陆机传论》内容可以划分为两个部分,前一部分主要评价陆机其文,后一部分重点评价陆机其人。任何一种认为《陆机传论》与文学创作没有直接关系的说法都是不能成立的。《旧唐书·邓世隆传》说唐太宗"听览之暇,留情文史,叙事言怀,时有构属,天才宏丽,兴托玄远",《旧唐书·音乐志》载唐太宗自云:"朕虽以武功定天下,终当以文德绥海内。文武之道,各随其时。"作者却将文学视为"廉价的风骚",似与史实不合。第二,作者认为围绕太子的废立,李承乾与李泰各树朋党,朝臣各有依附。李承乾失势之后,朝臣们或拥护李治,或依附李泰,是故唐太宗借题发挥,儆戒臣僚。此说将《陆机传论》的写作动机坐实为一场宫廷斗争,缺乏现实依据。倘若说

---

① 李培栋:《〈晋书〉研究(上)》,《上海师范大学学报(社会科学版)》1984年第2期。

《陆机传论》中融入了对刚刚结束的宫廷斗争的反思，未尝不可。但如果硬要说它是专门为某某事件而作就显得牵强。《陆机传论》涉及面广泛，唐太宗的感慨是其对人生的一种领悟，它是太宗半生阅历的总结，不应该附会为某一次宫廷斗争的对应物。

还有一种观点认为唐太宗之所以对陆机如此推崇，并非因陆机的文学才华和文学见解，而是因为陆机具有与李世民一致的政治思想。提出这一观点是日本学者清水凯夫先生，他在《北京大学学报》1995年第5期发表了《论唐修〈晋书〉的性质》，其中有"《晋书·陆机传》的改修"一节谈论相关问题。

首先，清水先生将现存《晋书》与残存的臧荣绪《晋书》加以对照，发现臧荣绪《晋书》选择了陆机的《文赋》、《豪士赋序》和《谢平原内史表》，而唐修《晋书》则在保留《豪士赋序》的同时，将另外两篇文章置换为《辨亡论》和《五等论》，从而说明这是唐太宗有"意图性"的改修。作者的结论是臧荣绪《晋书》"偏重于陆文学修辞方面"，而唐修《晋书》更"重视陆机文的儒教治世方面"。按：清水先生的研究重视文献考证，其考证细密扎实，这个结论并没有问题。同时，我们也要看到这个结论并不是什么秘密。在《贞观政要·文史第二十八》中，有一段唐太宗对房玄龄的训示："比见前后汉史载录扬雄《甘泉》、《羽猎》，司马相如《子虚》、《上林》，班固《两都》等赋，此既文体浮华，无益劝诫，何假书之史策？其有上书论事，词理切直，可裨于政理者，朕从与不从，皆须备载。"在唐太宗看来，文学是文学，史学是史学，史书中应该收录的是有益劝诫的可裨于政理的文章，其他的文学性作品不是不能写，而是不能载入史册。如此，唐修《晋书》选择陆机的儒教治世文章而舍弃其文学修辞性文章就很好理解了。

其次,清水先生提出:"太宗把陆机评为'百代文宗',决不只是注目于陆文的华丽的表现形式,而主要是为陆机文章的内容所吸引","论赞的整体思想几乎就是注目于陆机的治世才能的","以'政治标准'放在第一位"。按:长期以来,很多读者只是关注《陆机传论》中唐太宗对华美文风的重视,相对忽略了对其慷慨内容的强调。与前人只谈《陆机传论》中的华丽的表现形式相反,清水先生看到了《陆机传论》中的另一方面。遗憾的是清水先生在强调内容时又忽视了形式。"文藻宏丽"与"言论慷慨"两个方面没有主要与次要的分别,片面强调一个方面,而忽视另外一个方面都是不符合原意的。

最后,在上述论述的基础上,清水先生得出的结论是:"论赞的整体思想几乎都是注目于陆机的治世才能的,这样的以'政治标准'放在第一位的太宗的'制曰',除了充分显示了他的独裁性及以自我审美标准来强行改变历史人物面目的狂妄外,对全面认识陆机形象及评价陆在文学史上的地位毫无价值可言。很明显,历史上真实的陆机并非以杰出的治世才能或政治家而名扬史册的。……陆机虽以诗闻名于当世,但亦决非'百代文宗',唐太宗以文学的'门外汉'硬要干预史学、文学范畴。以'制曰'这种'万岁'金口玉言所规范下的谬论,因它的'绝对的'政治权威性而遗毒于后世并开启了历代统治者强行干预文学的先河。总之,李世民用称赞创作了与自己统治思想一致的经世济民内容美文的陆机,来暗示了陆机文章是世上文章的典范。"[1]

按：与其他封建帝王相比，唐太宗是一个明君的典型，在文学政策上也不算是一个"独裁"者和"狂妄"者。陆机并非是以杰出的治世才能或政治家而名扬史册的，而唐太宗也没有把陆机看作一个杰出的政治家，认为唐太宗认为陆机具有杰出的治世才能，乃是清水先生的一种误读。

诗人辞世之后，在他的读者群中会出现异代知己。比如锺嵘对曹植的评价，苏轼对陶渊明的推崇，都在文学史上产生了广泛影响。陆机的异代知己无疑当推唐太宗。他推许陆机为"百代文宗"，的确是空前绝后的。这个结论是否准确，是可以讨论的。对古代诗人的优劣，往往是仁者见仁，智者见智，后人并不会因为这是唐代皇帝的御评而盲从。事实上陆机在文学史上的地位一直是沉浮不定的。

唐太宗并不算文学的门外汉。他的诗现存一百余首，《全唐诗》说他"诗笔草隶，卓越千古。至于天文秀发，沉丽高朗，有唐三百年风雅之盛，帝实有以启之焉"[2]，并不完全是溢美之词。如果他是文学的门外汉，那门内之人为数不多。

清水先生既说"论赞的整体思想几乎就是注目于陆机的治世才能的"，同时又说："李世民用称赞创作了与自己统治思想一致的经世济民内容美文的陆机，来暗示了陆机文章是世上文章的典

---

[1] 〔日〕清水凯夫：《论唐修〈晋书〉的性质》，《北京大学学报（社会科学版）》1995年第5期。
[2] 《全唐诗》卷一，中华书局1960年版，第1页。

范。"两者似有矛盾之处。前面说《陆机传论》的"整体思想"时是指整个论赞来说的,后面说的是"美文",只是就论赞的一个部分来说的,也就是说与美文无关的部分没有表现陆机的治世才能。此外,陆机是否具有治世才能呢?《陆机传论》告诉我们陆机有高贵的出身、出众的才华,但是他智不逮言,"进不能辟昏匡乱,退不能屏迹全身,而奋力危邦,竭心庸主",是一位思想上的巨人,行动中的侏儒。《陆机传》中也批评他:"好游权门,与贾谧亲善,以进趣获讥。"所以说陆机只是在作品中表现出了治世才能,而在现实政治中并不具有治世才能。就文学部分而言,是否可以说"李世民称赞陆机的初衷是因为陆机创作了与自己统治思想一致的经世济民内容的美文"呢?陆机的《辨亡论》、《五等论》和《豪士赋序》与唐太宗的政治观念是否一致,在《陆机传论》中并没有明确的提示。《陆机传论》中所说的"言论慷慨"、"其义博而显"是对其文学表现力的评价,而不是对其政治观念的评判。

我们认为《陆机传论》由两个部分组成,前半部分赞美陆机的文学成就,后半部分是由陆机不幸人生所引出的对于士人进退之道的感叹。而以上两种观点皆过分关注于《陆机传论》中的政治因素,相对忽视了其中所蕴含的文学价值。

二

如果说《宣帝本纪》和《武帝本纪》是一位政治家对于晋朝两位政治人物的评价,那么,《王羲之传论》则是一位书法爱好者对书圣的推崇,《陆机传论》是一位文学爱好者对"文宗"的评价。

　　学术界多认为唐太宗看重文章的政教作用,其文学思想隶属于儒家系统。其证据主要有:一、唐太宗撰写了《帝京篇序》,其中说:"至于秦皇、周穆、汉武、魏明,峻宇雕墙,穷侈极丽,征税殚于宇宙,辙迹遍于天下,九州无以称其求,江海不能赡其欲。覆亡颠沛,不亦宜乎!予追踪百王之末,驰心千载之下,慷慨怀古,想彼哲人。庶以尧舜之风,荡秦汉之弊,用咸英之曲,变烂漫之音,求之人情不为难矣。故观文教于《六经》,阅武功于七德,台榭取其避燥湿,金石尚其谐神人。皆节之于中和,不系之于淫放。……释实求华,以人从欲,乱于大道,君子耻之。故述《帝京篇》以明雅志云尔。"学术界中对这篇序非常看重,或认为他的文学思想比较集中地体现在《帝京篇序》中;[1]或认为《帝京篇序》堪称唐太宗诗歌理论的纲领。[2]二、唐太宗反对臣下为自己编辑文集。《贞观政要·文史第二十八》载,贞观十一年(637),太宗对要为自己编文集的邓世隆说:"朕若制事出令,有益于人者,史则书之,足为不朽。若事不师古,乱政害物,虽有词藻,终贻后代笑,非所须也。只如梁武帝父子,及陈后主、隋炀帝,亦大有文集,而所为多不法,宗社皆须臾倾覆。凡人主唯在德行,何必要事文章耶!"唐太宗认为对于人主来说,德行是必须的,文学才华可有可无,不足挂齿。三、唐太宗明确反对浮华的文学作品。前引《贞观政

---

[1] 郝明、邹进光:《论唐太宗的文学思想》,《文学遗产》2004年第1期。
[2] 高林广:《试论唐太宗的诗学思想及其对初唐诗风的影响》,《文科教学》1997年第1期。

要·文史第二十八》可证，唐太宗反对"文体浮华，无益劝诫"之赋，欣赏那些"词理切直，可裨于政理"之作。

儒家诗学观（或曰文学观）乃是一种笼统的提法，其内涵甚为复杂。截至唐太宗时代，影响最大的有三种：第一，原始儒家的诗学观。因为原始儒家关注的重心在社会政治和伦理道德，他们对文学创作并没有系统的论述。仅有一些片段的言论，例如：《论语·卫灵公》云："子曰：'辞达而已矣。'"《论语·雍也》云："子曰：'质胜文则野，文胜质则史，文质彬彬，然后君子。'"等等。这些言论并不是对文学创作的具体要求，并且因为过于简洁，引起了后代儒生不同的解读。第二，汉代儒士的诗教观。自汉武帝实行"罢黜百家、独尊儒术"以来，儒士的诗学思想广泛传播，他们自觉地为统治者推出了一套封建时代盛行的诗教观，主张诗歌要温柔敦厚、文章应主文而谲谏。相对于原始儒家的诗学观，汉儒的诗教说更容易为统治者所采纳。第三，隋文帝的诗学观。隋朝统一之后，开皇四年（584），隋文帝下诏改革文体。据李谔《上隋高祖革文华书》云："自是公卿大臣咸知正路，莫不钻仰坟集，弃绝华绮，择先王之令典，行大道于兹世。"这种观念将政教与文学完全对立起来，主张摒弃带有华丽色彩的文章，虽然也打着儒家的旗号，但是更接近于法家的思想。隋文帝的文艺思想较为偏激，只能屈居儒家诗学体系的一隅。

如果我们把儒家诗学体系看作一个整体，原始儒家思想及其观念是其大本大源；汉儒诗教观是其主流，习惯上被后人视为儒学文艺观的正派嫡宗；隋文帝的文艺思想与唐太宗的文艺思想属于旁逸斜出的两条支流。

《帝京篇序》不是一篇论文学之作，它主要通过列代皇王的行事，来阐述自己的政治理想。唐太宗不满秦皇汉武"峻宇雕墙，穷侈极丽"、"释实求华，以人从欲"的生活方式，他的理想是"皆节之于中和，不系之于淫放"。当然他的政治理念中也包括了对文学艺术的要求，即"用咸英之曲，变烂漫之音"。一般情况下，最高统治者都不会拒绝儒家的诗学观，没有皇帝会愚蠢到反对文人为自己的政权歌功颂德。隋炀帝也好，唐太宗也好，在这一点上是相同的。唐太宗云："朕观《隋炀帝集》，文辞奥博，亦知是尧、舜而非桀、纣，然行事何以反也！"[1]即使是隋炀帝也同样肯定尧舜之道，否定桀纣之行。萧纲《诫当阳公大心书》中说："立身先须谨重，文章且须放荡。"[2]对于"放荡"应该如何理解，还有争议。但他立身还是尊奉儒家思想的。萧纲虽然名义上做过皇帝，实受制于贼臣侯景，没有言行自由。倘若他能自由施政，相信他一定也不会完全摒弃儒家思想及其诗学观。唐太宗说："凡人主唯在德行，何必要事文章耶！"是对帝王的要求，并不是对文学的看法。他反对"文体浮华，无益劝诫"之赋是对史书编纂的要求，也不代表他对文学的要求。

唐太宗的诗学观与汉儒诗教观和隋文帝的诗学观明显有别。唐帝国建立之后，文以载道的观点一度盛行，魏徵在《陈书·后主本纪后论》和《隋书·文学传序》等处都强调了绮靡文风与政权之间的关系，将梁陈文学看作亡国之音。李百药、令狐德棻、姚思廉

---

[1] 《资治通鉴》卷一九二《唐纪》八，中华书局1956年版，第6021页。
[2] ［明］张溥：《汉魏六朝百三家集》四，江苏古籍出版社2002年版，第210页。

等人推波助澜，在史书中也有对于六朝文学的批判。更有甚者，将国家的兴亡系之于文学艺术。据《旧唐书·音乐志》载：

> 御史大夫杜淹对曰："前代兴亡，实由于乐。陈将亡也，为《玉树后庭花》；齐将亡也，而为《伴侣曲》，行路闻之莫不悲泣，所谓亡国之音也。以是观之，盖乐之由也。"太宗曰："不然，夫音声能感人，自然之道也，故欢者闻之则悦，忧者听之则悲。悲欢之情，在于人心，非由乐也。"

杜淹等人承袭汉儒的诗教观，将亡国之音附会为亡国之源。唐太宗并不认同这种把国家败亡的原因归罪于文学艺术的荒唐结论。

六朝以来，以正统儒士自命的学者将辞藻与内容割裂开来，反对华美文风。而唐太宗毫不掩饰他对辞藻的喜爱。除去《陆机传论》中对陆机文采的推崇外，他的创作中也甚有文采，明胡应麟《诗薮》评价其《帝京篇》曰："唐初唯文皇《帝京篇》藻瞻精华，最是杰作。视梁陈神韵少减，而富丽过之。"[1]其作辞藻华美，并不符合他在序中提倡的中和之美。《旧唐书·杨师道传》载："师道退朝后，必引当时英俊，宴集园池，而文会之盛，当时莫比。雅善篇什，又工草隶，酬赏之际，援笔直书，有如宿构。太宗每见师道所制，必吟讽嗟赏之。"可见他对于贵族阶层宴饮时的绮丽之作也很欣赏。

唐太宗在《陆机传论》中以陆机为楷模，提出了"宏丽慷慨"

---

[1] ［明］胡应麟：《诗薮》，上海古籍出版社1958年版，第36页。

文学观,它要求文学作品文藻宏丽、言论慷慨、高词迥映、叠意回舒、千条析理、一绪连文、其词深而雅、其义博而显。唐太宗的诗学观是一种新型的文艺观,它在承认儒家正统观念的前提下,反对政治功利主义文学观,试图矫正汉儒的政治教化诗学观。这种文学观中并没有明确要求用儒家思想去规范诗人的头脑,用文学去直接为政治服务,它提倡文藻的美和慷慨之气。如果说《帝京篇序》是对帝王文学的自我规范,有益劝诫是对史书修撰的要求,那么《陆机传论》是对文学的总体要求。唐太宗在贞观年间提出这种诗学观来,并不是要与儒家诗学观分庭抗礼,而是意在矫正儒家政治功利主义诗教观的弊端。相对而言,它为文学提供了一种较为宽松的政治环境,更符合文学自身的艺术特征和审美情趣,有利于文学艺术的繁荣和发展。

唐太宗并不是一个传统意义上的儒家信徒,他并没有照搬汉儒的文学思想,也不赞赏隋文帝式的政治功利主义观点,因此,他能够在一定程度上矫正汉儒的政治教化诗学观,提出有利于文学艺术健康发展的宏丽慷慨诗学观。

三

贞观年间的文坛上存在着这样一对矛盾:理论上对于六朝文风的挞伐与创作上对于六朝文风的喜爱,亦即理论上对于儒家诗教的推崇与创作上对于儒家诗教的逆违。如果从文学理论着眼,隋唐之际盛行的是儒家文学思想;如果从文学创作上着眼,初唐流行的是六朝的绮靡文学。

在一部分学者的眼中,唐太宗是一个宫体诗的拥护者乃至制造者,贞观诗坛是齐梁宫体诗的延续。闻一多先生说:"宫体诗就是宫廷的,或以宫廷为中心的艳情诗,它是个有历史性的名词,所以严格地讲,宫体诗又当指以梁简文帝为太子时的东宫,及陈后主、隋炀帝、唐太宗等几个宫廷为中心的艳情诗。我们该记得从梁简文帝当太子到唐太宗宴驾中间一段时期,正是谢朓已死、陈子昂未生之间一段时期。这其间没有出过一个第一流的诗人。那是一个以声律的发明与批评的勃兴为人所推重,但论到诗的本身,则为人所诟病的时期。"[1]

唐太宗是否喜欢宫体诗是文学史上的一桩公案。《唐会要》卷六十五《秘书省》载:

> (贞观)七年九月二十三日,上谓侍臣曰:"朕因暇日,每与秘书监虞世南商量今古。朕一言之善,虞世南未尝不悦;有一言之失,未尝不怅恨。尝戏作艳诗,世南进表谏曰:'圣作虽工,体制非雅。上之所好,下必随之。此文一行,恐致风靡。轻薄成俗,非为国之利。赐令继和,辄申狂简。而今之后,更有斯文,继之以死,请不奉诏旨。'群臣皆若世南,天下何忧不治!"

这里的唐太宗站在道德的制高点上教诲群臣,说明自己的艳情诗只是一次游戏之作。然而大家更愿意引用宋计有功《唐诗纪事》

---

[1] 闻一多:《宫体诗的自赎》,胡晓明编:《唐诗二十讲》,华夏出版社2009年版,第1页。

上的一段话。《唐诗纪事》卷一云:"帝尝作宫体诗,使虞世南赓和,世南曰:'圣作诚工,然体非雅正。上有所好,下必有甚;臣恐此诗一传,天下风靡,不敢奉诏。'帝曰:'朕试卿尔!'"《新唐书·虞世南传》、《全唐诗话》、《历代诗话》都有类似的记载。或以为"朕试卿尔"是自我解嘲之语,表现了政治家的成熟与狡诈;或以为足以证明唐太宗对宫体诗并不欣赏。无论如何,我们可以窥到时人对于宫体诗的关注与热衷程度。

沈德潜《说诗晬语》说:"诗至于宋,性情渐隐,声色大开,诗运一转关也。"[①]南朝诗歌与魏晋诗歌的最大区别就在于性情之作趋于减少,诗人越来越崇尚声色,追求艺术形式的华美。陈子昂《修竹篇序》说:"文章道弊,五百年矣,汉魏风骨,晋宋莫传,然而文献有可征者。仆尝暇时观齐梁间诗,彩丽竞繁,而兴寄都绝,每以永叹,思古人,常恐逶迤颓靡,风雅不作,以耿耿也。"陈子昂提倡汉魏风骨,并不欣赏陆机的诗歌风格,也没有发现贞观诗歌的特异之处,而是将把五百年来的文坛一概骂倒。这对于唐太宗来说是不公平的。正当六朝宫体诗风大肆泛滥之时,唐太宗在《陆机传论》中以陆机为楷模,提出了"宏丽慷慨"文学观,提倡文学作品要风格慷慨、辞藻宏丽。

明人顾起元在《锦研斋次草序》中曰:"昔士衡《文赋》有曰'诗缘情而绮靡',玷斯语者,谓为六代之滥觞,不知作者内激于志,外荡于物,志与物泊然相遭于标举兴会之时,而旖旎佚丽之形出焉。绮靡者,情之所自溢也,不绮靡,不可以言情。彼欲饰情而

---

① [清]沈德潜:《说诗晬语》,人民文学出版社1979年版,第203页。

为绮靡，或谓必汰绮靡而致其情，皆非工于缘情者矣。"①宫体诗与陆机文学最根本的区别就在于"内激于志，外荡于物"两个方面。为了克振家声而追求建功立业，是"内激"陆机之志；自然界的风雷，人世的艰难、政治的旋涡、思乡的愁苦等等是"外荡"陆机之物。

宫体诗徘徊在"衽席之间"、"闺闱之内"，诗风香软妖冶、轻靡绮艳。《隋书·经籍志四》说："梁简文之在东宫，亦好篇什，清辞巧制，止乎衽席之间；雕琢蔓藻，思极闺闱之内。后生好事，递相放习，朝野纷纷，号为'宫体'。"《梁书·梁简文帝纪》载萧纲之语曰："余七岁有诗癖，长而不倦。"宫体诗以宫廷生活为描写对象，专写男女之情以及女子的容貌、举止、情态、服饰乃至生活环境、所使用的器物等。齐梁宫体诗一味轻浮放荡，缺乏宏丽之辞，也没有慷慨之气。

现存的唐太宗诗文中并没有艳情之作。即使他内心欣赏宫体诗，曾经尝试作过宫体诗，但为了现实政治和帝国文学的大业，他一定不会提倡宫体诗。他借用陆机的创作提出宏丽慷慨的文学观，一箭双雕，不仅想要矫正儒家诗学观的方向，同时也意在拯救六朝宫体诗对诗歌的冲击。可惜在创作方面，唐太宗自己的作品未能达到慷慨宏丽的程度，致使宏丽慷慨诗学观没有形成一场文学界的革新运动。

慷慨宏丽诗学观积极探索诗歌艺术的本质规律，它没有把文学看作政治的工具和传声筒，也不愿意让文学成为人性堕落的载

---

① ［清］黄宗羲：《明文授读》卷三十六，清康熙己卯年四明张氏味芹堂刊本。

体。唐太宗在儒家政教文学观与六朝宫体诗的夹击中突围,试图为帝国的诗坛寻找一条新路。贯通文学史来看,唐太宗慷慨宏丽诗学观乃是六朝宫体诗向盛唐气象过渡的桥梁,它为风骨声律兼备的盛唐诗歌的出现奠定了坚实的基础。

四

在总结陆机人生时,唐太宗提出了自己的人生价值观:不论贤愚皆有自己的追求,贤人追求功名,俗士追求富贵,两者在思想境界上有高下之别。贪图荣利与躲避祸辱是人的共性,只有君子和哲士才能处理好去与留之间的关系。兰花与桂树所处的地位不同,会有不同的结局,君子应当引以为戒。作为士人来说,"炫美非所"会招致祸害,只有"韬奇择居"才能保全性命。在唐太宗看来,人生不能一味勇猛直前,盲目自负,应该审时度势,进退有据。这种观点虽然不是什么高见,但对于那些功名利禄之徒而言是一声当头棒喝。

按照这种人生哲学来衡量,陆机兄弟的错误就很明显:"观机、云之行己也,智不逮言矣。睹其文章之诫,何知易而行难?"陆机的《豪士赋》讽刺齐王司马冏"身危由于势过,而不知去势以求安",慨叹齐王不能"超然自引,高揖而退"。当此之时,陆机是一个明白人,可一旦到了自己身上就犯糊涂,"进不能辟昏匡乱,退不能屏迹全身,而奋力危邦,竭心庸主"。这里唐太宗也有意通过今昔对比从而表明:因为陆机遇见的是"庸主",所以忠而被疑,疑而见杀;如果遇见的是像自己这样的明主一定会风云际会,大展鸿图。其实,"上蔡之犬,不诚于前,华亭之鹤,方悔于后"不是个别人的错误,乃是历代官场人物的通病。李白《行路难》其三也有相近的感慨:"陆机多才岂自保,李斯税驾苦不早。华亭鹤唳讵可闻,上蔡苍鹰何足道。"面对风云激荡的政局变幻,能够始终保持清醒头脑的人毕竟为数不多。

两晋时代是一个门阀士族兴盛的时代,士族的影响一直延续到了南朝乃至初唐。司马懿和司马炎都是士族阶层的政治精英,陆机和王羲之则是士族阶层的名士。《陆机传论》也具有明显的士族情结。关于这一点,似乎未能引起研究者足够的重视。《陆机传论》指出陆机出身于"祖考重光,羽楫吴运"的东南士族家庭,"廊庙蕴才,瑚琏标器",在正常情况下陆机兄弟会成为国家的栋梁之才。可惜遇见了西晋的平吴之役,在国破家亡之后,陆机兄弟辞家远宦,在八王之乱中遭遇不幸,客死他乡。"卒令覆宗绝祀,良可悲夫!"从中我们不难看到唐太宗对陆机士族出身的看重和对其不幸遭遇的痛惜。

陆机是一个具有强烈的士族意识的人。《晋书·陆机传》说他:"少有异才,文章冠世,伏膺儒术,非礼不动。"太康末年,陆机兄弟来到了洛阳地区。《晋书·张华传》载:"初,陆机兄弟志气高爽,自以吴之名家,初入洛,不推中国人士。"陆机的士族意识也表现在他的文学创作上,他对自己的贵族出身拥有无比的自豪感和优越感。正因为"咏世德之骏烈,诵先人之清芬"(《文赋》)是陆机诗赋的重要内容,所以才给庾信留下了"陆机之辞赋,先陈世德"(《哀江南赋》)的印象。陆机所推崇的儒家思想及儒家诗学观中渗透着家族意识。士族文人在艺术上追求新变,喜欢绮靡诗风。

唐帝国建立之后，士族阶层的势力进一步衰弱，但还是百足之虫，死而不僵。士族的旧望不减当年。当时的士族形成了四个地域集团：山东士族，江左士族，关中士族，代北士族。其中山东士族在社会上威望最高。《新唐书·高俭传》载："先是，后魏太和中，定四海望族，以宝等为冠。其后矜尚门地，故《氏族志》一切降之。王妃、主婿皆取当世勋贵名臣家，未尝尚山东旧族。后房玄龄、魏徵、李勣复与昏，故望不减。"即使是丞相房玄龄、魏徵也不能免俗，争相与山东士族联姻。在他们的带动下，山东士族的社会声望再次攀升，以至于让唐太宗难以忍受。

唐太宗一方面压制山东士族，另外一方面尽量抬高关中士族特别是陇西李氏的政治地位。唐太宗在《修晋书诏》中说："齐家唯据河北，梁陈僻在江南，当时虽有人物，偏僻小国，不足可贵。"在北周、北齐和梁陈鼎立之时，他以北周为正统，贬低北齐和梁陈的地位，完全是因为他的祖先仕宦于北周之故。这样我们就不难理解唐代史官们为何要尽量抬高唐太宗祖先的地位，夸耀李唐皇室祖先的功业。贞观六年（633），唐太宗令高士廉等人勘正姓氏，修订《氏族志》。《新唐书·高俭传》载："初，太宗尝以山东士人尚阀阅，后虽衰，子孙犹负世望，嫁娶必多取赀，故人谓之卖昏。……帝曰：'我于崔、卢、李、郑无嫌，顾其世衰，不复冠冕，犹恃旧地以取赀，不肖子偃然自高，贩鬻松槚，不解人间何为贵之？……朕以今日冠冕为等级高下。'遂以崔幹为第三姓，班其书天下。"唐太宗借用《氏族志》的刊正，意在提高李氏皇族的政治地位。唐太宗将御评的殊荣给予陆机与王羲之这两个六朝士族的精英，或许与他自己的士族情结不无关系吧。

至于文章最后数句中，"诛降不祥，殃及后昆"云云，乃是当时人的一种普遍的宿命论观念，在此不做深究。

《新唐书·太宗本纪》曰："盛哉，太宗之烈也！其除隋之乱，比迹汤武；致治之美，庶几成康。自古功德兼隆，由汉以来未之有也。"唐太宗是与秦皇汉武并列的历史人物，被称为"千古一帝"，文韬武略，百世流芳。《陆机传论》总结了陆机的一生，前一部分评论了陆机的文学成就，给予陆机以"百代文宗"的桂冠。后一部分中结合陆机的生平遭遇，提出了士人的处世之道，同时也透露出了唐太宗的士族情结。唐太宗提出"宏丽慷慨"诗学观，意在矫正汉儒诗教观和宫体诗的流弊，在中国文学理论发展史上理应占有一席之地。

附录二　唐代宗期待视野中的
　　　　王维诗歌

面对同一位诗人及其诗歌创作,后世读者会做出截然不同的评价。就王维诗歌而言,后人的评价多是肯定性的,但也有否定性的看法。在肯定性的评价中,也有程度上的差异:或以为王维在盛唐时代无人能及,唐代宗在《答王缙进王维集表诏》中誉之为"天下文宗",吴乔《围炉诗话》载唐时流行有"王维诗天子,杜甫诗宰相"的说法;或以为王维可以与李白、杜甫鼎足而立,徐增《而庵诗话》曰:"诗总不离乎才也。有天才、有地才、有人才。吾于天才得李太白,于地才得杜子美,于人才得王摩诘。"后人将李白、杜甫、王维分别誉之为诗仙、诗圣、诗佛;或认为王维没有资格与李白杜甫并列。陆时雍《诗境总论》曰:"世以李杜为大家,王维、高、岑为傍户,殆非也。"在今人所撰的文学史中,多把李白与杜甫并列为中国古代诗歌天空中的双子星座,将王维与孟浩然并列为田园山水诗派的代表。否定性的评价可以朱熹和方东树为代表,魏庆之《诗人玉屑》载朱熹之言曰:"王维以诗名开元间,遭禄山乱陷贼中,不能死,事复平,幸不诛。其人既不足言,词虽清雅,亦萎弱少气骨。"方东树《昭昧詹言》曰:"辋川之于诗,亦称一祖。……然愚乃不喜之,以其无血色性情也。称诗而无当于兴观群怨,失《风》、《骚》之旨,远圣人之教,亦何取乎?"

如何理解这种评价上的差异呢?按照西方接受美学的原理,文学史乃是文学作品与不同时代读者的"期待视野"相互交融的结果。"期待视野"决定着读者对作品的取舍标准和基本态度。"所谓'期待视野',实际上是指在阅读一部文学作品时,读者原先各种经验、趣味、素养、理想等综合形成的对文学作品的一种欣赏水平和要求,在具体阅读中,表现为一种潜在的审美尺度。"[①]我们认为在影响读者群之阅读动机、接受心态和评价尺度的诸多因素中,读者的社会地位至关重要。读者的价值取向、审美观念莫不与其社会地位相系。从社会地位的角度看,帝王权贵、文人雅士与庶民百姓之间必然会有审美观上的差异。

在王维诗歌接受史上,唐代宗是一位特殊的读者。据《旧唐书·王维传》记载:"代宗好文,常谓(王)缙曰:'卿之伯氏,天宝中诗名冠代,朕常于诸王座闻其乐章。今有多少文集,卿可进来。'"王缙《进王维集表》云:"臣兄文词立身,行之余力,常持坚正,秉操孤贞,纵居要剧,不忘清静,实见时辈,许以高流。至于晚年,弥加进道,端坐虚室,念兹无生。……"唐代宗《答王缙进王维集表诏》曰:"卿之伯氏,天下文宗。位历先朝,名高希代。抗行周雅,长揖《楚词》。调六气于终篇,正五音于逸韵。泉飞藻思,云散襟情。诗家者流,时论归美,诵于人口,久郁文房,歌以国风,宜登乐府。旰朝之后,乙夜将观。石室所藏,殁而不朽。柏梁之会,今也则亡,乃眷棣华,克成编录。声猷益茂,叹息良深。"据

---

① 姜建国:《论尧斯接受美学中的"期待视野"》,《社会科学辑刊》1992年第6期。

王缙《进王维集表》可知此表上于宝应二年(763)正月初七日。代宗于宝应元年(762)四月即位,到宝应二年正月,只有八九个月的时间。这八九个月对于代宗而言、对于大唐帝国而言都不是一段轻松的日子。宝应元年四月五日,太上皇唐玄宗去世,同月十八日唐肃宗去世。代宗即位之时,宦官李辅国、程元振把持朝政,代宗处境尴尬,碍于政治情势,代宗不得不在五月任命李辅国为司空兼中书令。此时,安史之乱还没有最后平定,史朝义叛军包围宋州数月。八月,浙江起义军袁晁攻占台州、越州等地。十月,唐军收复东都洛阳。这一年,江东大疫,死者过半。吐蕃攻陷临洮、成渭等州。在藩镇势力猖狂、宦官气焰嚣张、农民起义时有发生的即位之初,代宗为何时常会提到一位已经故去的诗人呢?

从普通读者的角度看,王维诗歌在少年代宗的脑海中留下了美好的记忆,在代宗三十三年的人生中,王维是当时名气最大的诗人。代宗生于开元十四年(726),到天宝元年(742)时他已经十六岁了,他常和其他诸侯王一起欣赏王维的乐章。开元二十九年(741)代宗被封为广平王,至德二年(757)进封为楚王,乾元元年(758)改封为成王,四月册为皇太子。在他成为皇太子的次年,王维去世。同时,我们也应该看到,作为当朝皇帝,他的"期待视野"自然不同于普通读者。如果说普通读者的"期待视野"主要属于审美期待,而帝王的期待则含有政治因素;如果说普通读者的"期待视野"主要是一种个人期待,帝王的"期待视野"则同时含有"天下"成分。因此,代宗对王维的高度重视具有一定的政治意义和现实意义。

基于以上考虑,本文拟探究代宗推许王维为"天下文宗"的内在原因。

一

代宗誉王维为"天下文宗",预示王维将"殁而不朽",其中也包含着对其人格的肯定。代宗《增修学馆制》曰:"修文行忠信之教,崇祗庸孝友之德,尽其师道,乃谓成人。然后扬于王庭,敷以政事,征之以理,任之以官,寘于周行,莫匪邦彦,乐得贤也,其在兹乎!朕志承理体,尤重儒术,先王设教,敢不虔行。"此制提出的用人标准也是历代统治者的共识,按照这个标准,首先要求士人自觉地接受儒家传统道德的教育,培养出"文行忠信"、"祗庸孝友"的人格,继而要求人才"扬于王庭,敷以政事",忠心服务于封建帝国。

在政治生活中,王维终生奉行"文行忠信之教"。据《旧唐书·王维传》记载,他先后担任了右拾遗、监察御史、左补阙、库部郎中、吏部郎中、给事中、太子中庶子、中书舍人、尚书右丞等官职。在不同的任内,王维都能够做到兢兢业业,恪尽职守。赵殿成《王右丞集笺注序》说:"(王维)天机清妙,与物无竞,举人事之升沉得失,不以胶滞其中。"王维在《酬郭给事》中所描写的"晨摇玉佩趋金殿,夕奉天书拜琐闱"也正是他自己朝廷生涯的形象反映[1]。正因为如此,代宗才誉其"位历先朝,名高希代",王缙才敢于用"常持坚正,秉操孤贞"八个字来评价其兄的官场生涯。

---

[1] 王维作品引自陈铁民:《王维集校注》,中华书局1997年版。

后人对王维的诟病主要集中在出任伪职一事上,按照儒家的价值观,士人在危难时刻应该杀身成仁,舍生取义。《旧唐书·王维传》云:"禄山陷两都,玄宗出幸,维扈从不及,为贼所得。……贼平,陷贼官三等定罪。维以《凝碧诗》闻于行在,肃宗嘉之。会缙请削己刑部侍郎以赎兄罪,特宥之,责授太子中允。"如果王维是唐帝国的叛徒,其行为不可宽恕,那么最为痛恨他的人首先应该是肃宗。面对失节的王维,肃宗嘉其诗,事后"特宥之",稍后的代宗也没有对其人品提出异议。杜甫《奉赠王中允维》曰:"共传收庾信,不得比陈琳。一病缘明主,三年独此身。"也对王维表现出深刻的理解和同情,充分肯定了王维对皇帝的忠贞。

在人伦道德领域,王维"崇衹庸孝友之德"。《旧唐书·王维传》云:"事母崔氏以孝闻。与弟缙俱有俊才,博学多艺亦齐名,闺门友悌,多士推之。……居母丧,柴毁骨立,殆不胜丧。"王维为孝敬母亲而购置了辋川别墅,其《请施庄为寺表》说:"臣亡母故博陵县君崔氏,师事大照禅师三十余岁,褐衣疏食,持戒安禅,乐住山林,志求寂静,臣遂于蓝田县营山居一所。"王维对弟妹也非常友爱。在《偶然作》中他写道:"日夕见太行,沉吟未能去。问君何以然,世网婴我故。小妹日成长,兄弟未有娶。家贫禄既薄,储蓄非有素。几回欲奋飞,踟蹰复相顾。"他写给弟妹的诗歌为数不少,如《九月九日忆山东兄弟》、《林园即事赠舍弟紞》、《山中示弟等》、《山中寄诸弟妹》等,他的《责躬荐弟表》受到了肃宗的褒扬。《旧唐书·王维传》云:"临终之际,以缙在凤翔,忽索笔作别缙书,又与平生亲故作别书数幅,多敦厉朋友奉佛修心之旨,舍笔而绝。"亲情,让王维至死难以割舍。对于朋友和同僚,王维从不恃才傲物，以仁厚之心待人处世。他与孟浩然、裴迪等人之间的友谊感人至深。晚年时，与杜甫之间也建立了深厚的友情，杜甫《奉赠王中允维》曰："中允声名久，如今契阔深。"在王维诗集中，送别诗占了很大篇幅。王维能够设身处地为朋友考虑，他总是给仕途得意的朋友以鼓励，给人生失意的朋友以安慰。赵殿成《王右丞集笺注序》曰："即有送人远适之篇，怀古悲歌之作，亦复浑厚大雅，怨尤不露。苟非实有得于古者诗教之旨，焉能至是乎？"

王维思想上具有明显的佛教色彩，《旧唐书·王维传》云："维弟兄俱奉佛，居常蔬食，不茹荤血，晚年长斋，不衣文采。……在京师日饭十数名僧，以玄谈为乐。斋中无所有，唯茶铛、药臼、经案、绳床而已。退朝之后，焚香独坐，以禅诵为事。妻亡不再娶，三十年孤居一室，屏绝尘累。"佛教禅宗的思想也直接影响了王维的诗歌创作。以安史之乱为界，佛教对王维产生了不同的影响。乱前，主要表现为诗人对佛教超越之境的向往；乱后，主要是对自己"失身"的忏悔。后期王维所表现出的内省精神、忏悔意识，在最高统治者眼里也是值得嘉许的。同时，王维也不排斥道家和道教思想，他在《奉和圣制庆玄元皇帝玉像之作应制》中表示："愿奉无为化，斋心学自然。"唐代统治者提倡三教合一的思想，可以说王维的思想并非离经叛道的异端邪说，他在思想上与最高统治者保持了基本一致。

赵殿成《王右丞集笺注序》载赵殿最语曰："唐之诗家称正宗者，必推王右丞。"王维之所以被视为诗坛正宗，原因是多方面的。王缙曰："实见时辈，许以高流。" 杜甫《解闷》曰："不见高人王右丞，蓝田丘壑蔓寒藤。"天宝年间殷璠所编的《河岳英灵集叙》云:"粤若王维、昌龄、储光羲等二十四人,皆河岳英灵也,此集便以'河岳英灵'为号。"该集收录王维诗歌十五首,李白诗歌十三首。殷璠对李白、高适等人都有人格或道德方面的不满言辞,说李白"性嗜酒,志不拘检",说高适"性拓落,不拘小节",但他对王维为人为文皆没有提出批评。

王维善于学习继承优秀的文化遗产,代宗"抗行周雅,长揖《楚词》"云云,不仅以王维为正宗,而且隐含着以王维诗作为盛唐时代的新经典之意。顾起经《王右丞诗集笺注小引》云:"语盛唐者,唯王、孟、高、岑四家为最。语四家者,唯右丞为最。其为诗也,上薄《骚》、《雅》,下括汉魏,博综群籍,渔猎百氏。"王维的诗歌题材广泛,涉及了应制、山水、游览、寄赠、酬答、过访、行旅、饯别、哀悼等范围,尤其是在山水、应制、送别等方面取得了杰出成就。代宗说王维诗歌"泉飞藻思,云散襟情",就是对其山水之作的肯定。王维在五言古诗、七言古诗、五言律诗、七言律诗、绝句、六言诗及骚体诗等体式上皆取得了突出成就。代宗诏书中说他"正五音于逸韵",强调了王维诗歌在声律方面的贡献。

刘勰《文心雕龙·征圣》曰:"然则圣文之雅丽,固衔华而佩实者也。"可见,"雅丽"是许多古代诗人共同追求的审美标准。胡应麟将盛唐诗歌特征概括为"秀丽雄深",他在《诗薮·内编》卷四中说:"盛唐一味秀丽雄深。杜则精粗、巨细、巧拙、新陈、险易、浅深、肥瘦,靡不毕具,参其格雕,实与盛唐大别。"在盛唐诗人中,李白峻急飘逸,杜甫悲凉沉郁,王维浑厚秀雅。李白为人个性张扬,苏轼《李太白碑阴记》说他"戏万乘若僚友,视同列为草芥",这种性格特征难以为统治者所喜欢。杜甫诗歌感时伤事,歌哭万端，充满了忧患意识，属于盛唐时代的变风变雅之作。除了安史之乱中短期的左拾遗之任，他始终生活在朝廷之外，难以得到最高统治者的青睐，杨亿的"村夫子"之讥也说明杜甫难以为高级官僚阶层所认同。当然，在今天看来，这不是杜甫的不足，恰恰彰显了杜甫的伟大。在许多人的眼里王维具有中正平和、儒雅谦退、文质彬彬的人格特征，相较之下，王维诗歌最接近"雅丽"和"秀丽雄深"的标准。殷璠《河岳英灵集》曰："维诗词秀调雅，意新理惬，在泉为珠，着壁成绘，一句一字，皆出常境。"李因培《唐诗观澜集》曰："右丞诗荣光外映，秀色内含，端凝而不露骨，超逸而不使气，神味绵渺，为诗之极则，故当时号为'诗圣'。"王维诗歌雍容大度，浑厚典雅，秀色内含，充分表达了士大夫阶层的思想情感。

二

在王维的诗歌创作中，从内容上看，既有清庙之作，也有山林之作；从艺术风格上看，既有高华之作，也有清远之作。徐献忠《唐诗品》曰："右丞诗发秀自天，感言成韵，词华新朗，意象幽闲。上登清庙，则情近圭璋；幽彻丘林，则理同泉石。言其风骨，固尽扫微波；采其流调，亦高跨来代。"叶燮《原诗》曰："右丞五言律有二种：一种以清远胜，……一种以雄浑胜。"施补华《岘佣说诗》曰："摩诘七律，有高华一体，有清远一体，皆可效法。"纵观王维接受史，也有一些读者把王维看作"侍从酬奉"者，例如《新唐书·文艺传》曰："唐有天下三百年，文章无虑三变。……若侍从酬奉则李峤、宋之问、沈佺期、王维,……言诗则杜甫、李白、元稹、白居易、刘禹锡,谲怪则李贺、杜牧、李商隐,皆卓然以所长为一世冠,其可尚已。"独孤及《唐故左补阙安定皇甫公集序》曰:"沈宋既殁,而崔司勋颢、王右丞维复崛起于开元、天宝之间。"可是,从整体上看,在王维研究中,特别是在20世纪以来的研究中,对其应制诗评价不高,重视不够。

宋人葛立方《韵语阳秋》卷二云:"应制诗非他诗比,自是一家句法,大抵不出于典实富艳耳。"初唐诗歌染有六朝诗歌中的雕饰艳丽之弊,在应制诗中表现得尤为突出。在王维以前,应制诗经历了一个缓慢的嬗变阶段,出现了许敬宗、宋之问、沈佺期等著名的应制诗人。初唐宫廷诗人大都自觉地把自己看作御用文人,把写作奉和应制诗视为自己的天职。他们揣摩皇帝的心意,阿谀奉迎,诗歌中缺乏个性色彩。开元贤相张说、张九龄也写有许多应制诗,应制诗在二张的手中有了一定改变,部分诗中凸显出了独立的人格。继二张之后,王维开创了应制诗的新天地,成为唐代应制诗的集大成者。正如吴乔《围炉诗话》所说:"应制诗,右丞胜于诸公。"

开元、天宝年间是唐帝国的全盛时代,是一个值得为之放声歌唱的时代。作为朝廷官员的王维,自觉地用诗歌来为大唐帝国服务。王维的应制诗,以皇帝为中心,描写了皇帝和身边大臣的各种活动,既有朝会之作、游览之作,也有宴饮之作、送别之作等。王维《和贾舍人早朝大明宫之作》云:"绛帻鸡人送晓筹,尚衣方进翠云裘。九天阊阖开宫殿,万国衣冠拜冕旒。日色才临仙掌动,香烟欲傍衮龙浮。朝罢须裁五色诏,佩声归向凤池头。"此诗写于乾元元年（758）春天，是对贾至的和作，同时和作的还有杜甫、岑参。吴烶《唐诗选胜直解》曰："应制诗庄重典雅，斯为绝唱。"胡震亨《唐音癸签》曰："《早朝》四诗，名手汇此一题，觉右丞擅场，嘉州称亚，独老杜为滞钝无色。"胡应麟《诗薮·内编》说："初唐七言律缛靡，多谓应制使然，非也，时为之耳。此后《早朝》及王、岑、杜诸作，往往言宫掖事，而气象神韵，迥自不同。"颔联写出了大唐之盛，可惜开天盛况在乾元年间已经不复存在，不过从这里可以看出王维对开天盛世的向往之情。有时，皇帝会与宰臣们登高望远，为国泰民安而欣喜。其《奉和圣制登降圣观与宰臣等同望应制》云："山川八校满，井邑三农竟。比屋皆可封，谁家不相庆。……渭水天边映。佳气含风景，颂声溢歌咏。端拱能任贤，弥彰圣君圣。"在皇帝组织的宴会上，君臣欢娱，饮酒赋诗，其乐融融。其《奉和圣制赐史供奉曲江宴应制》云："侍从有邹枚，琼筵就水开。言陪柏梁宴，新下建章来。对酒山河满，移舟草树回。天文同丽日，驻景惜行杯。"其《奉和圣制与太子诸王三月三日龙池春禊应制》云："明君移凤辇，太子出龙楼。赋掩陈王作，杯如洛水流。金人来捧剑，画鹢去回舟。苑树浮宫阙，天池照冕旒。宸章在云表，垂象满皇州。"当大殿上长出了"灵芝"、天空中飘浮着"瑞气"的时候，他们会热烈欢呼。其《大同殿生玉芝龙池上有庆云百官共睹圣恩便赐宴乐敢书即事》云："欲笑周文歌宴镐，遥轻汉武乐横汾。岂知玉殿生三秀，讵有铜池出五云。陌上尧樽倾北斗，楼前舜乐动南薰。共欢天意同人意，万岁千秋奉圣君。"其《奉和圣制天长节赐宰臣歌应制》云："德合天兮礼神遍，灵芝生兮庆云见。"

如果说以上诗篇依然沿袭着初唐以来同类诗歌的内容,那么王维的另外一些诗篇则显示了诗人独特的个性。其《奉和圣制从蓬莱向兴庆阁道中留春雨中春望之作应制》是一幅帝城雨中春望图,诗云:"渭水自萦秦塞曲,黄山旧绕汉宫斜。銮舆迥出千门柳,阁道回看上苑花。云里帝城双凤阙,雨中春树万人家。为乘阳气行时令,不是宸游玩物华。"黄生《唐诗摘钞》曰:"风格秀整,气象清明,一脱初唐板滞之习。初唐逊此者,正是才情不能运其气格耳。"尾联的规劝之意符合封建诗教的温柔敦厚之旨,所以得到了沈德潜的推崇,他在《唐诗别裁集》中说:"应制诗应以此篇为第一。结意寓规于颂,臣子立言,方为得体。"其《奉和圣制送不蒙都护兼鸿胪卿归安西应制》云:"上卿增命服,都护扬归旆。杂虏尽朝周,诸胡皆自邻。鸣笳瀚海曲,按节阳关外。落日下河源,寒山静秋塞。万方氛祲息,六合乾坤大。无战是天心,天心同覆载。"值得注意的是诗人借"天心"传达了自己的反战思想。

此外,在王维的边塞诗中也有一些"赞圣朝之美"的诗歌。其《出塞作》云:"居延城外猎天骄,白草连天野火烧。暮云空碛时驱马,秋日平原好射雕。护羌校尉朝乘障,破虏将军夜度辽。玉靶角弓珠勒马,汉家将赐霍嫖姚。"方东树《昭昧詹言》曰:"前四句目验天骄之盛,后四句侈陈中国之武,写得兴高采烈,如火如锦。……浑颢流转,一气喷薄,而自然有首尾起结章法,其气若江海之浮天。"其《从军行》云:"尽系名王颈,归来报天子。"其《少年行》写咸阳游侠少年们的报国精神。"孰知不向边庭苦,纵死犹闻侠骨香"等句慷慨激昂;"天子临轩赐侯印,将军佩出明光宫"等句气宇轩昂。

以上诗歌既有对帝王之都周边环境的描写，也有对大唐声威的张扬；既有对皇帝圣明的歌颂，也有对臣下忠心的剖白。盛唐时代的繁盛空前绝后，王维写作应制诗的才能举世无双。是盛唐时代催生了王维的应制诗，王维的应制诗充分地再现了盛唐之盛，两者完美地结合在一起，形成了庄重典雅、气格雄深、高华精警的清庙之歌，它们深刻表现出大唐帝国国力的强盛，皇都的气象，大国的风范，君臣的和谐，也表达了自己对于帝王的赤胆忠心。应该说，在所有诗歌中这是让统治者最为赏识的一类。

三

在王维研究中，人们习惯上认为王维在张九龄罢相之后，对朝廷政治失望，对李林甫集团不满，从此不再关心世事，表现在诗歌创作上就是用沉浸山水自然来逃避政治，对抗现实。其实，这种看法是似是而非的。在古代中国很早就有《后汉书·逸民传》中所谓"甘心畎亩之中，憔悴江海之上"的隐士，在晋宋易代之际，陶渊明不愿为五斗米折腰，毅然挂冠归去了；谢灵运在永嘉太守任内也辞别官场，回到始宁庄园隐居。陶、谢此时的行为的确有与统治者分庭抗礼之意。但是，半官半隐的王维不仅对最高统治者——皇帝从来没有决裂之意，即使是对自己不满的宰相李林甫也始终虚与委蛇，不敢与之决裂。在张九龄罢相之后，王维《寄荆州张丞相》云："举世无相识，终身思旧恩。"对张九龄表现出真挚的思念。但与此同时，王维又有《和仆射晋公扈从温汤》颂扬李林甫，诗云："谋犹归哲匠，词赋属文宗。司谏方无阙，陈诗且未工。长吟吉甫颂，朝夕仰清风。"王维与李林甫的亲信苑咸过从甚密，有《苑舍人能书梵字，兼达梵音，皆曲尽其妙，戏为之赠》、《重酬苑郎中》等诗与之交往。读者或以为《重酬苑郎中》中的"丞相无私断扫门"是对李林甫的讽刺，其实未必，正如陈贻焮先生所指出的那样："他不满意不良政治倾向，不满意李林甫，但也不能不去歌功颂德。他不愿巧诣以自进，但又不干脆离去。他不甘同流合污，但又极力避免政治上的实际冲突，把自己装点成亦官亦隐的'高人'，始终为统治者所不忍弃。"[1]正因为王维奉行明哲保身的人生哲学，也由于他长期漂浮在社会上层，因此他对当时的社会危机没有杜甫那样深切的体会和清醒的认识。

王维走向山水、写作山水诗的重要原因并不在于逃避政治的黑暗，相反，王维山水诗的写作与统治者的热衷庄园山林密切相关。据《新唐书·食货志》载"自王公以下，皆有永业田"，从初唐开始，许多宫廷诗人都写到了园林别墅中的风光景致，可以说是初盛唐时代的庄园别墅之风促进了山水诗的发展。在帝王的鼓励下，一些台阁重臣们会时常组织山池宴集，据《旧唐书·杨师道传》载，贞观年间，侍中杨师道退朝之后，"必引当时英俊，宴集园池，而文会之盛，当时莫比。……太宗每见师道所制，必吟讽嗟赏之。"刘洎《安德山池宴集》云："已均朝野致，还欣物我齐。"赞赏杨师道将朝臣与山野合二为一。唐中宗游幸世家望族韦嗣立的山庄，封韦嗣立为"逍遥公"，称其山庄为"逍遥谷"。张说《东山记》云："韦公，体含真静，思协幽旷，虽翊亮廊庙，而缅怀林薮，东

---

[1] 陈贻焮：《王维诗选·后记》，人民文学出版社1983年版。

山之曲，有别业焉。……兹所谓丘壑夔龙，衣冠巢许。"《唐诗品》云："开元之际，君臣悦豫，饯别临游，动纾文藻，而感旧瞩芳，探奇校猎，情欣所属，辄有命赋。"唐玄宗《王屋山送道士司马承祯还天台》云："江湖与城阙，异迹且殊伦。间有幽栖者，居然厌俗尘。林泉先得性，芝桂欲调神。"对幽栖者的林泉生活不胜歆羡。玄宗还有《同二相已下群臣宴乐游园》等写自己与臣下的山林之乐。朝廷大臣们也多向往"丘壑夔龙，衣冠巢许"的生活方式，李颀《裴尹东溪别业》云："公才廊庙器，官亚河南守。别墅临都门，惊湍激前后。旧交与群从，十日一携手。幅巾望寒山，长啸对高柳。……始知物外情，簪绂同刍狗。"储光羲《同张侍御鼎和京兆萧兵曹华岁晚南园》云："公府传休沐，私庭效陆沉。方知从大隐，非复在幽林。"钱起《宴崔驸马玉山别业》云："满朝辞赋客，尽是入林人。"利用政务之余走向山林，退朝之后休憩山庄，成为在唐代官员中盛行的风气。在他们眼里，山林生活是朝廷生涯的一个组成部分，山水诗是宫廷文学的自然延伸。王维很早就周旋在这个圈子里，从一定意义上说，王维山水诗是唐代帝王和权贵生活的记录，王维诗歌再现了上层贵族的林泉之趣。《旧唐书·王维传》云："维以诗名盛于开元、天宝间，昆仲宦游两都，凡诸王驸马豪右贵势之门，无不拂席迎之，宁王、薛王待之如师友。"前面提到的"逍遥谷"等庄园也是王维时常光顾之地，王维集中有许多描写贵族的山林生活的作品。其《暮春太师左右丞相诸公于韦氏逍遥谷宴集序》记载了开元二十五年（737）三月的一次集会，诗人说："逍遥谷天都近者，王官有之，不废大伦，存乎小隐。迹崆峒而身拖朱绂，朝承明而暮宿青霭，故可尚也。"这正是王维所理解的半官半隐。其《同卢拾遗过韦给事东山别业二十韵》云:"谒帝俱来下,冠盖盈丘樊。……鸣玉满春山,列筵先朝暾。"这些山水描写从一个侧面反映了唐帝国的富足安适,祥和宁静,折射了盛唐时代高级士大夫阶层悠然闲雅的生活方式。

相较于在他人别墅中的盘桓,王维山水诗更多的还是在写自己的辋川别业。《旧唐书·王维传》云:"得宋之问蓝田别墅,在辋口;辋水周于舍下,别涨竹洲花坞,与道友裴迪浮舟往来,弹琴赋诗,啸咏终日。尝聚其田园所为诗,号《辋川集》。"据《陕西通志》载:"(辋川)川口为两山之峡,随山凿石,计五里许,路甚险狭,过此豁然开朗,村墅相望,蔚然桑麻肥沃之地,四顾山峦掩映,似若无路,环转而南,凡十三区,其美愈奇。王摩诘别业在焉。有孟城坳、华子冈、文杏馆、斤竹岭二十景。维日与裴迪游咏其间。"据王维在《辋川集》中的描写,这里"北垞湖水北,杂树映朱阑。透迤南川水,明灭青林端"。他不仅与裴迪互相唱和,完成了庄园山水诗的代表作《辋川集》,还画有表现别墅一带景色的名作"辋川图"。

王维的山水诗不染有官场的气息,他诗意地栖居在庄园山水中。其《辋川闲居赠裴秀才迪》云:"倚杖柴门外,临风听暮蝉。渡头余落日,墟里上孤烟。复值接舆醉,狂歌五柳前。"其《山居秋暝》云:"明月松间照,清泉石上流。竹喧归浣女,莲动下渔舟。随意春芳歇,王孙自可留。"其《归嵩山作》云:"清川带长薄,车马去闲闲。流水如有意,暮禽相与还。荒城临古渡,落日满秋山。迢递嵩高下,归来且闭关。"其《终南别业》云:"兴来每独往,胜事空自知。行到水穷处,坐看云起时。偶然值林叟,谈笑无还期。"人和自然合二为一，隐逸与山水对许多人而言，可能是附庸风雅。在王维是一种生命体验，是一种生存方式，他从山水中获得了道。半隐是官场生活的一种补充，半隐的目的是为了更好地仕宦。王维的一些山水诗喜欢描写"空"、"静"的境界，胡应麟《诗薮》曰："如'人闲桂花落'、'木末芙蓉花'，读之身世两忘，万念皆寂。"许学夷《诗源辨体》曰："摩诘五言绝，意趣幽玄，妙在文字之外。……摩诘胸中滓秽净尽，而境与趣合，故其诗妙至此耳。"这样的空寂境界远离红尘，没有人间的烟熏火燎之痕，诗人自己超然物外，似乎与现实没有任何关系。其实，且不要说这样生活需要雄厚的物质基础作后盾，单说此一审美境界，它需要一定的思想深度和艺术修养才能领会把握，无疑，它是属于贵族阶层的精神世界。

施补华《岘佣说诗》云："摩诘五言古，雅淡之中，别饶华气。故其人清贵；盖山泽间仪态，非山泽间性情也。"其实不仅是王维的五言古诗，王维所有的山水诗中都具有一定的清贵气。正因为王维诗歌再现了统治者阶层对山水的审美情趣。这也是代宗为首的贵族集团欣赏王维山水诗的重要原因吧。

唐代宗对王维的评价不是一个普通读者对一位普通诗人的看法，这一评价折射了当时最高统治者对文学创作的政治态度和审美情趣。从朝廷政治的角度看，典雅平和的王维诗歌是代宗眼里的新经典。从日常生活的角度看，王维诗歌反映了盛唐时代贵族阶层的审美标准和艺术趣味。从而可以说在盛唐诗人中，只有王维才最符合封建帝王及其政权对文学的政治要求和审美期待。

后　记

本书是一组南北朝贵族文学研究的专题论文及部分南北朝作家生平事迹的资料汇编。上编除第一章之外，其他九篇学术论文与下编中的《颜之推生平事迹辑录》及附录两章已在学术刊物上发表。

下编共选择了十九位南北朝作家对其生平事迹文献加以整理。数年之前，应傅璇琮先生邀约，我接受了《南北朝才子传笺证》的撰写任务。傅璇琮先生先后主编过《唐才子传校笺》和《宋才子传笺证》两部大型学术著作，在学术界产生了巨大影响。在《唐才子传校笺》和《宋才子传笺证》完成之后，傅先生考虑组织编写《先唐才子传笺证》，命我负责其中的《南北朝才子传笺证》。书稿写作过程中，傅先生告诉我，因为自己年岁已大，不想担任《先唐才子传笺证》的主编了，拟请中国人民大学国学院副院长袁济喜教授担任主编。济喜教授与我数次联系，并曾经推荐拙文《颜之推传笺证》在《郑州大学学报》2014年第2期上发表。我虽然收集了一些资料，但撰写工作进度非常缓慢。我在南北朝文学研究方面是一个外行，对于这一时段的文学大势和作家作品比较陌生。我只能在教学和事务性工作之余，零敲碎打地进行手工作业。由于疏懒和事务繁忙，最终未能完成傅璇琮先生生前的托付，对此深以为憾。

本部分之所以没有采用傅先生命名的《南北朝才子传笺证》，原因有二，一是这里所提交的只是一个半成品。原来打算完成四十位左右的作家传记，目前仅仅完成了二分之一；二是按照傅璇琮先生的要求，"笺证"不仅要有对文献材料的整理，还要有撰写者的考证和研究，能够对该时段作家的个人行迹与文学、文化的整体风貌，作出信实生动并多元的探索，"实则为文献整理与文学研究结合的体例与创新探索"。我所做的主要是文献资料的收集，缺少考证和探索，没有达到傅先生所期望的学术高度。是故，这一部分不敢命名为"南北朝才子传笺证"，姑且称之为"南北朝作家生平事迹辑录"。

本书上下编有些材料有重复使用的现象，如果说在专题论文时是不得不涉及，那么在作家事迹辑录时则应该从略为好。但倘若在作家事迹中从略会显得作家事迹不够完整清晰。所以在考虑之后保持了原状。

为了完成学院安排的新课程，近一年来我已经进入对《老》、《庄》的学习与研究，再也没有时间和精力去完成《南北朝才子传笺证》的撰写任务。这本小书，算是对自己近几年在南北朝文学方面学习的一次总结。"南北朝贵族文学研究"是一个开放性题目，在这个题目下有很多文章可做。自己所写的这几篇小文，只是一个初学者在大海边留下的一串歪歪斜斜的脚印。

感谢商务印书馆学术中心主任郑殿华先生为本书出版所给予的大力支持！三年前已经与田媛君合作过一次，再次感谢田媛君为编辑此书所付出的精力！感谢《北京大学学报》主编程郁缀先生、副主编郑园教授、《安徽大学学报》主编吴怀东教授、《陕西师范大学学报》主编杜敏教授等师友多年来的支持！本书中的多篇论文发表前，博士生聂昕同学帮我翻译了英文提要，并主动对原文进行核对。初稿完成之后，博士生张任同学和硕士生卢多果同学对文稿进行认真校对，发现了不少舛误之处。博士生刘隽一、周鹏等同学也订正过数篇论文。在此一并表示感谢！

  孔融《与曹操论盛孝章书》云："岁月不居，时节如流。五十之年，忽焉已至。公为始满，融又过二。"2016年，我已经五十四岁，深憾昨日时光已弃我而去。经学生提示，我才发现，我几乎把所有的"梁"字全打成为"粱"，视力之衰退竟然到了如此程度。身体即将进入暮年，学业却在原地踏步，几无长进。心中虽欲不迂缓，却也无可奈何。知其无可奈何而安之若命，这大概就是所谓的知天命吧。

孙明君

丙申年冬月于清华园新斋